MILA OLSEN

Entführt

Bis in die dunkelste Nacht

1. Auflage 2016

IMPRESSUM

Mila Olsen
c/o Autoren.Services
Herr Reiner Dieterich
Zerrespfad 9
53332 Bornheim

www.milaolsen.com
www.facebook.com/AutorinMilaOlsen

Buchsatz: Christian Balcaen | www.mybookMakeUp.com
Lektorat/Korrektorat: Anne Paulsen | www.textwerkstattannepaulsen.de
Abschlusskorrektorat: Tanja Lottes | www.tanja-lottes.de
Umschlaggestaltung: © Designomicon | www.designomicon.de
Anke Koopmann, unter Verwendung von Motiven
von © www.shutterstock.com

ISBN-13: 978-1540676313
ISBN-10: 1540676315

Druck: CreateSpace

Prolog

Ich wollte sterben an jenem Tag, damals, in diesem eisigen Winter in Kanada. Ich weiß noch, wie kalt der Wind von den Berghängen wehte, unter einem stahlblauen Himmel ohne eine einzige Wolke. Doch dann fand ich dich – und du hast mich berührt. Irgendetwas an dir hat mir gesagt, es sei zu früh, aufzugeben. Ich schwöre dir, Lou, ich wusste da noch nicht, was es war. Denn hätte ich es gewusst, damals, in diesem eisigen Winter in Kanada, hätte ich dich niemals entführt. Das musst du mir glauben.

Anfangs dachte ich, es seien deine Augen, diese tiefen nordhimmelblauen Augen, die so unschuldig aussahen wie neues Leben. In ihnen lag Freiheit – das war auf jeden Fall das, was ich glauben wollte.

Aber vielleicht war es auch dein Haar und die Art, wie es das Sonnenlicht einfing. Heute kann ich es nicht mehr sagen, als wäre das alles schon vor Jahren passiert.

Doch Lou … es war so viel mehr. All das war nichts im Vergleich zu dem, was ich in dir gefunden habe. Und heute wünschte ich mir, ich hätte dich nie entdeckt. Dann wäre es jetzt nicht so schwer, zurückzublicken.

Ich wünschte, du wärst immer noch dieses lachende blonde Mädchen, das sich in ihrem weißen Kleid im Garten von Ash Springs dreht. Und ich der Junge, der nur Dunkelheit kennt.

Denn die Dunkelheit schützt uns vor den Dingen, an die wir uns nicht erinnern wollen.

Aber wie könnte ich dich vergessen?

1. Kapitel

Da ist nur Wind. Sonst nichts. Noch nicht einmal ich. Nur der Chinook, der wie das Heulen eines Wolfsrudels über die gezackten Gebirgskämme streicht.

Für einen Moment sehe ich mich verwirrt um. Ich stehe mitten auf dem zugefrorenen Quiet Lake, orientierungslos, als hätte ich all meine Erinnerungen verloren.

So etwas passiert mir oft in letzter Zeit. Ich vergesse, was ich tun wollte, manchmal sogar, was ich gerade gedacht habe. Vielleicht bin ich schon zu lange allein, zu sehr verschmolzen mit der Wildnis, sodass all meine Gedanken verblassen. Zurück bleiben nur die Bilder des stahlblauen Himmels und der Nadelbäume, Kälte und Wind.

Mein Blick streift über den Saum der schneeverhangenen Fichten am Ufer. Ihre Wipfel beugen sich in den Böen, immer wieder rieselt eine Handvoll Schnee von ihren Zweigen und zerstäubt in der Luft zu Millionen Kristallen. Doch die reinweiße Schönheit berührt nichts in mir.

Ich trete einmal kurz auf der Stelle. Das verschneite Eis knirscht unter meinen Füßen, als könnte es jede Sekunde aufreißen. Wie wäre es, bei Minus vierzehn Grad im Eis einzubrechen? Wie lange würde es dauern, bis ich erfriere? Oder würde ich ertrinken?

War es das, was mir durch den Kopf gegangen ist, bevor ich stehen geblieben bin? In den gefütterten Handschuhen öffne und schließe ich meine kalten Finger, dann ziehe ich mir die Wollmütze tiefer ins Gesicht.

Keine zehn Meter von mir entfernt ist das Loch, das ich ins Eis gehackt habe, damit ich mir mühelos den Winter über Wasser schöpfen kann. Daneben stehen zwei Eimer, meine Axt liegt dazwischen.

Plötzlich werden meine Gedanken wieder klarer und ich erinnere mich an all die Dinge, die ich heute noch erledigen wollte. Ich muss mir eine Liste meiner Vorräte machen, weil ich gestern die letzte Dose Möhren geöffnet habe. Ich wollte die Kettensäge anwerfen und den bereits gespannten Fichtenstamm hinter der Hütte in Einzelteile zersägen, damit ich genug Feuerholz habe, sollte ich krank werden. Außerdem sollte ich die undichte Stelle am Dach reparieren, und gerade eben wollte ich das Loch im Quiet Lake weiter aufbrechen, um an Wasser zu kommen, wenn der See am Ufer bis auf den

Grund gefriert.

Ich blicke über meine Schulter zu der Blockhütte oberhalb der niedrigen Böschung. Die Aufgaben scheinen sich unbezwingbar wie der Mount McKinley vor mir aufzutürmen. Es erdrückt mich, für das Morgen zu handeln, überhaupt an morgen zu denken. Morgen wird sein wie heute. Leer und einsam. Es gibt kein Entkommen aus meinem Leben. Gab es noch nie.

Ein dunkler Schauder packt mich kälter als die Minusgrade, flüstert von dem stummen Entsetzen und der nie vergessenen Furcht. Manchmal glaube ich, im Winter ist alles besonders schlimm. Nicht nur das schattenhafte Gefühl des Grauens, sondern auch die Einsamkeit. Wenn sich die Kälte schweigsam wie ein Mantel aus Eis über das Land legt, muss ich an Weihnachten und Silvester denken. An glücklich vereinte Familien in festlichen Wohnzimmern, an Truthahn mit Maronen und Süßkartoffelauflauf. An die vielen Mums und Dads, die ihre Kinder mit Bergen von Geschenken überhäufen, als gäbe es kein Morgen.

Ich laufe weiter. Weg von der Hütte, weg von dem Loch, weiter auf den See hinaus. Die starken Temperaturschwankungen letzte Woche haben das Eis im hinteren Bereich brechen lassen. Die Platten liegen dicht beieinander und sehen aus wie ein weißes Mosaik.

Vielleicht wäre es das Beste, wenn das Eis unter mir bricht. Die Natur würde mich verschlucken. Niemand würde mich vermissen, ich würde nichts vermissen. Und ich müsste weder weiter an Jordan noch an das Monster oder glückliche Familien denken.

Seit November bin ich schon hier, mitten in der großen Einsamkeit des Yukon, auch den Sommer über habe ich keine Menschenseele gesehen. Wann habe ich überhaupt das letzte Mal einen Menschen gesehen? Vor acht Monaten? Neun?

Das Eis unter meinen schwarzen Boots knarzt wie eine Reihe morscher Dielen. Noch ist es fest, aber auf dem südlichen Teil des Sees suppt Wasser über die Mosaikschollen wie Lymphe aus einer Wunde. Fröstelnd schlinge ich die Arme um mich und laufe.

Der harte Widerstand unter meinen Füßen weicht dem Gefühl von schwankenden Holzbrettern. Mir kommt der Gedanke, dass ich jetzt wirklich einen Grund hätte, stehen zu bleiben. Im Gegensatz zu vorhin. Aber die Gefahr ist wie ein Sog, mein Inneres scheint eins mit der Natur. Der Riss in meiner Seele ist so gewaltig wie die Bruchstelle zwischen Eis und Wasser.

Bilder steigen in mir auf. Bilder des grauen Sees, der mich in seine Tiefen zieht, als besäße er einen eigenen Willen.

So dunkel … ich kann nichts hören, ich kann nichts sehen … Atme, atme. Mum, es ist so dunkel …

Ich weiß nicht, wo diese kindliche Stimme herkommt. Sie durchgeistert mich wie ein Echo. Wenn ich dieser Stimme nachgebe, rutsche ich ins Bodenlose, ins Ungewisse, das mir jedes Mal alle Erinnerungen nimmt, ohne mich wahrhaftig vergessen zu lassen.

Ich springe von einer Scholle zur nächsten, die Wasserrinnen dazwischen sind breiter, als sie zunächst aussahen. Der Schnee, der den zugefrorenen See bedeckt, wird hier durch das Wasser weggewaschen, und teilweise erkenne ich die Bläschen im Eis, darunter das graugrüne Gewässer. Ich schließe die Augen.

So dunkel … Mum … wo bist du?

Ein leises Knacken unter mir reißt mich in die Gegenwart zurück. Wie angewurzelt bleibe ich stehen und schaue auf meine Füße. Zwischen meinen Boots verläuft ein feiner Riss in der durchsichtigen Scholle. Mit Faszination und Entsetzen warte ich darauf, dass sie durchbricht. Mein Atem malt sich als weiße Wolke in die Luft. Nichts passiert, außer dass die Scholle wie ein Floß von den anderen wegtreibt. Jetzt müsste ich schon sehr weit springen, um wieder Halt zu finden.

Soll ich stehen bleiben? Dann wäre alles vorbei. Die Leere, die Dunkelheit. Das Alleinsein.

Der Boden unter mir beginnt zu schaukeln. Von rechts nach links und zurück. Instinktiv strecke ich die Arme zur Seite, um das Gleichgewicht zu halten. Doch ich bin zu schwer, mein Gewicht drückt die Platte nach unten. Eiswasser schießt in meine Stiefel, aber es ist gleichgültig. Meine Boots verschwinden unter der undurchsichtigen Wasseroberfläche. Ein paar Blasen steigen nach oben. Ich mache nichts, sehe nur hinab. Das graue Gewässer starrt zurück wie das Auge eines Toten. *So dunkel … so tief unter der Erde …*

Auf einmal ist da nur noch Panik. Ohne nachzudenken, setze ich zum Sprung auf die benachbarte Scholle an, bete, dass das dünne Eis die Wucht des Absprungs aushält. Da knackt es wieder. Das Eis zerbricht.

Etwas Schweres zieht mich hinab. Es ist so kalt, ich kann nicht atmen. Meine Arme rudern in der Luft. Alles geht viel zu schnell. Reflexartig reiße ich meinen Oberkörper nach vorne, Richtung der rettenden Platte, während ich meinen Fuß gegen das Bruchstück der sinkenden Scholle drücke. Ich erwische den Rand der dicken Nachbarplatte, kralle mich fest und hieve mich auf die Unterarme. Meine Beine brennen vor Kälte, doch ich schaffe es mit einem Knie auf die Eisschicht. Keuchend schiebe ich mich vor, immer weiter, so lange, bis ich komplett auf dem Eis liege, dann rolle ich mich erschöpft auf den Rücken. Das Blau des Himmels färbt sich rot und scheint auf mich zuzukommen wie ein im Wind flatternder Schal.

Ich spüre nichts mehr. Nur mein jagendes Herz, das in meinen Ohren hämmert.

Sekundenlang traue ich mich nicht, irgendeine Bewegung zu machen. Angespannt horche ich auf ein Ächzen des Eises, auf Töne, die das Zerbersten der Oberfläche unter mir ankündigen. Aber alles bleibt still. Bis auf den Chinook.

Irgendwann hebe ich im Zeitlupentempo den Kopf und betrachte die Platte, auf die ich mich gerettet habe. Sie ist dick und kräftig. Ich werde heute weder ertrinken noch erfrieren, wenn ich jetzt aufstehe und mich bewege.

Nach ein paar tiefen Atemzügen hieve ich mich vorsichtig auf die Füße. Meine Klamotten sind vollständig durchnässt und gefrieren bereits an der Luft, doch ich zittere nicht nur vor Kälte. Mir ist schwindelig von dem, was ich gerade versucht habe. Mit bebenden Händen umschatte ich meine Augen und blicke über die weiße Landschaft, hin zu den Bergen, deren Kämme sich glasklar von dem Blau des Himmels abheben.

Nichts hat sich verändert. Die Luft ist frisch und so rein wie nirgendwo sonst auf der Welt; und trotzdem ist mir das alles egal. Ich fühle nichts.

Ich schüttele den Kopf, wie um die düsteren Gedanken zu vertreiben, und gehe zurück.

In den nächsten Minuten beschäftige ich mich damit, das Wasserloch weiter aufzuhacken, mechanisch fülle ich die Eimer mit Wasser und trage sie Richtung Hütte. Meine Lungen stechen beim Atmen, meine Klamotten sind steif gefroren und erinnern mich bei jedem Schritt daran, wie dicht ich davor bin, den Verstand zu verlieren.

Wie konnte ich mich nur so weit auf den See hinauswagen?

Irgendetwas muss passieren. Ich weiß nur nicht, was. Bloß eines ist mir klar: Wenn ich mich selbst nicht in den Griff bekomme, werde ich den Winter nicht überleben.

In der Hütte stelle ich die vollen Wassereimer auf den Sperrholzfußboden und bleibe in dem niedrigen Raum stehen. Die Sonne steht bereits tief über dem Gebirgszug und färbt die Spitzen glutrot. Ich schaue auf die Uhr. Vier Uhr nachmittags. Wie lange bin ich wirklich da draußen auf dem See gewesen?

Die Kettensäge kann ich in der Dämmerung nicht anwerfen, geschweige denn auf das Dach klettern, um das Leck mit neuen Latten zusammenzuschustern. Bleiben noch die Vorräte. Unschlüssig sehe ich zur Tür, die in den Anbau führt, und lasse mich auf den Boden sinken. Er ist kalt und klamm, ein Blick auf das Thermometer zeigt mir eine Innentemperatur von zwölf Grad. Ich sollte ein paar Holzscheite in den Ofen werfen, doch auch dazu kann ich mich nicht aufraffen. Es wäre auch nicht die schlechteste Idee, die Schuhe und die steif gefrorene Hose auszuziehen. Oder die Mütze und die Handschuhe.

Aber ich sitze nur da, den Rücken an die Blockbohlen gelehnt, und starre durch die Glasfront nach draußen. Die Sonne sinkt immer tiefer, während sich der Himmel in ein graues Meer mit Fetzen von orange- und rosafarbenen Wolken verwandelt.

Vielleicht wäre es besser gewesen, ich hätte diese Blockhütte nie entdeckt. Die Menschen, die dieses Grundstück vor mir gepachtet und die Hütte gebaut haben, waren wenigstens zu zweit. Zumindest gibt es alles in doppelter Ausführung. In dem einzigen Raum der unteren Etage stehen zwei selbst gezimmerte Holzstühle an einem einfachen Tisch. Es gibt ein Patchwork-Sofa mit zwei durchgesessenen Sitzplätzen, davor einen glatt geschliffenen Stamm, der den Wohnzimmertisch ersetzt. Als ich die Hütte entdeckt habe, standen darauf sogar noch zwei Teller. Die Sprossenleiter neben der Couch führt zu einer Schlafkoje, die mit zwei Fellen ausgelegt ist. Sie ist so groß, dass ich mich darin verloren fühle und daher auf der Couch penne.

Müde lege ich den Kopf in die Hände, rieche an den nassen Handschuhen und denke an die liegen gebliebenen Arbeiten. In einer Siedlung wäre das Leben auf jeden Fall bequemer. Und leichter. Die letzten zwei Winter habe ich in Faro verbracht, einem Kaff mit höchstens fünfhundert Einwohnern. Nach den Sommermonaten im Camper fühlte sich die Nähe anderer fast schon erleichternd an. Ich brauchte nur in den Supermarkt zu gehen, um mir zu versichern, dass ich nicht der einzige Mensch auf der Welt bin. Doch das konnte nicht gut gehen.

Ich schiebe die aufkeimende Erinnerung von mir. An meine Flashbacks will ich nicht denken.

Mühsam hieve ich mich nach oben und zwinge mich zur Aktivität. Sage mir im Geiste vor, was ich zu tun habe, wie schon an so vielen Abenden zuvor. Zuerst ziehe ich mich um und hänge die nassen Klamotten an einen Haken am Eingang. Danach erhitze ich das Wasser im Kessel, setze Tee aus Pfefferminzblättern auf und lege ein paar Scheite aus Fichtenholz in das kümmerliche Feuer.

Nachdem die Sonne untergegangen ist, zünde ich die drei Öllämpchen an, die von der Decke herabhängen wie Blumenampeln. Für einen Moment überlege ich mir, zu zeichnen, aber selbst dafür fehlt mir heute die Energie.

Alles erscheint sinnlos. Die ersten Wochen habe ich die Hütte auf Vordermann gebracht, das konnte ich auch im Dämmerlicht. Aber jetzt sind diese Arbeiten getan.

Viel zu früh an diesem Abend gehe ich in den Vorratsraum, um mir mein Abendessen auszusuchen. Ich sollte wirklich eine neue Liste von den Vorräten anfertigen, sonst passiert es mir womöglich, dass ich einen Monat lang Elchgulasch mit Reis essen muss, wobei mir sogar das im Augenblick egal ist.

Wahllos greife ich nach einer Dose Hirschgulasch und einer Dose Erbsen und erhitze sie auf dem Gasherd. Ich esse, aber ich schmecke kaum etwas. Immer wieder sehe ich nach draußen. Mittlerweile überziehen Abermillionen Sterne den Himmel – sie glitzern und flittern wie Sieger-Konfetti aus Gold und Silber. In Los Angeles habe ich nie so viele Sterne gesehen wie im Yukon. Ich glaube, der Himmel Kanadas würde sämtliche Mädchenherzen höherschlagen lassen.

Mädchenherzen … das Wort hört sich seltsam an. Als wäre es etwas Fremdes, vielleicht etwas Außerirdisches. *Mädchenherzen.* Es klingt so abstrus, ich schüttele über mich selbst den Kopf. Ich war wirklich zu lange allein, dass ich so etwas denke.

Während ich abspüle, ertappe ich mich dabei, wie ich immer wieder an diesen Ausdruck zurückdenke. Wahrscheinlich werde ich jetzt tatsächlich wahnsinnig.

Es dauert geschlagene drei Stunden weiteren Nach-draußen-

Starrens, bis ich endlich meinem Drang nachgebe und den alten Laptop aus dem obersten Küchenschrank hole.

Vielleicht sollte ich mir einfach ein paar Mädchen anschauen. Vielleicht hilft mir das, mich besser zu fühlen. Im letzten Winter in Faro habe ich mich damit öfter von meinem trostlosen Leben abgelenkt, auch wenn es nichts verändert hat. Womöglich muntern mich ein paar hübsche Mädchen heute Abend aber doch noch ein wenig auf.

Mit diesem Gedanken trage ich den Generator nach draußen, stelle ihn auf *run* und ziehe die Anlasserschnur. Zum Glück dröhnt er sofort los und zickt nicht rum, trotzdem ist der intensive Geruch des Benzins in der Nachtluft widerlich. Mit dem Unterarm vor der Nase führe ich das Verlängerungskabel zurück zur Hütte und quetsche es in den undichten Spalt der Tür. Was könnte ich noch aufladen außer dem Satellitenmodem und dem Laptop? Mir fällt das Ladegerät für die Batterien ein – meine Taschenlampe geht schon seit zwei Tagen nicht mehr, außerdem könnte ich auch die batteriebetriebene Deckenlampe mal testen.

Nacheinander lade ich die Teile auf und ärgere mich, dass ich keine Dreifachsteckdose dabeihabe. Danach gehe ich raus, schalte den Generator ab und verstaue ihn nach dem Ausdünsten wieder im Vorratsraum.

Ich hocke auf dem Boden zwischen der Couch und dem Fenster, dem einzigen Fleckchen, das mit einem rostroten Läufer ausgestattet ist. Den Laptop habe ich auf dem Schoß, doch die Kälte hier scheint seinem Innenleben nicht zu bekommen. Nach dem fünften Absturz beim Hochfahren bin ich versucht, das elende Ding gegen die Blockbohlen zu schleudern, und ich widerstehe dem Drang nur, weil ich ganz fest an das Wort *Mädchenherzen* denke.

Nach einer Stunde habe ich es geschafft und sitze vor dem weißen Bildschirm mit der bunten Schrift: *Google*.

Ich fühle mich wie ein Eindringling, der einen verbotenen Blick in eine fremde Welt erhaschen will. Komisch, nichts hat mich bisher zu den Menschen oder in ihre Welt zurückgezogen.

Für Sekunden überlege ich mir, einfach *Mädchenherzen* einzutippen, doch dann gebe ich *Blondine* ein. Ich weiß nicht warum, aber ich mag blondes Haar lieber als dunkles. Womöglich weil blond so unschuldig wirkt, so rein. Wie alles, was ich nicht bin. Ich klicke auf

Google Bilder und ein Haufen gut aussehender Frauen reiht sich Foto für Foto aneinander.

Wow – unschuldig sieht keine von denen aus. Halb geöffnete Lider, Wimpern bis Bagdad und wieder zurück, Schlafzimmerblick. Rote Spitzen-BHs, die mehr zeigen als verhüllen.

»Sieht aus, als hättest du hier freie Wahl«, flüstere ich mir zu. Der raue Klang meiner Stimme erschreckt mich. Wann habe ich das letzte Mal gesprochen, also wirklich gesprochen und nicht nur in Gedanken? Vielleicht geht's mir deswegen so beschissen, weil ich nicht einmal eine reale Stimme höre.

Wieder blicke ich auf die blonden Frauen in ihren knappen Dessous. Habe ich aus Versehen noch das Wort *Sex* eingetippt? *Blondine* und *Sex?*

Seltsam unbeeindruckt starre ich auf die Fotos. Nichts regt sich. Was ist mit mir los? Spüre ich jetzt noch nicht mal etwas, wenn ich mir eine heiße Frau anschaue? Vielleicht sprechen sie mich auch einfach nicht an. Ich öffne eine neue Seite. Die gleiche Flut billiger Barbiekopien strahlt mich an und zeigt mir dabei ihre Brüste.

Ich fühle mich überfordert. Sie erinnern mich an zu viele Sandys, Mandys und Candys von früher. Groupies, die nach den Untergrundkämpfen immer die Sieger verwöhnt haben. Kein Wunsch war zu abgefahren – Hauptsache sie waren Teil der Show und bekamen etwas vom Ruhm ab. Schon damals wusste ich nicht, was ich anschließend mit ihnen hätte reden sollen. Sie haben meine Bedürfnisse befriedigt und ich vielleicht ihre. Keine Ahnung. So eine Art Sex to go.

Wie lange ist das jetzt her? Zweieinhalb Jahre? Länger? Inmitten der unberührten Wildnis kommt mir das Leben, das ich in den Slums geführt habe, wie ein surrealer Traum vor. Rückblickend weiß ich nicht einmal mehr, ob es ein guter oder ein schlechter war.

Ich lehne mich zurück und greife nach meinen Zigaretten. Als ich mir eine Kippe anzünde, registriere ich, was mir an all diesen Frauen auf dem Monitor fehlt: Wahrheit. Sie sehen so geistlos aus wie Puppen. Da ist nichts Authentisches. Sie sind Imitationen von etwas, von dem sie selbst nicht wissen, wie es sich anfühlt.

Aber wie fühlt sich das Leben an?

Ich inhaliere den Rauch. Mein Hirn wird durch das Nikotin wieder klarer. Schließlich tippe ich *Mädchenherzen* ein und komme mir dabei schmutziger vor, als wenn ich beim Anblick der üppigen

Blondinen selbst Hand angelegt hätte.

Ich klicke auf *Bilder*.

Ein paar abgedrehte Manga-Figuren starren mich aus hervorquellenden Augen an. Daneben grinst eine Gruppe pubertierender Teens in die Kamera. Ganz links ist ein Bild von dem bleichen Jungstar-Vampir. An seinen Namen kann ich mich nicht mehr erinnern. Ich klicke mich weiter durch, irgendwann entdecke ich ein braunhaariges Mädchen – das erste, das mich nicht sofort abschreckt, weil es so harmlos aussieht. Adretter Pferdeschwanz, rundes Gesicht, blaues Polohemd. Ich lande auf Facebook – auf ihrem Profil. Emma Miller, sechzehn Jahre. Gott, noch so jung. Ich werde im Januar zweiundzwanzig. Aber wen interessiert das?

Aus reiner Neugier studiere ich die Angaben, die sie über sich gemacht hat. Sie liest gerne, bevorzugt Vampirromane. Ich schnaube verächtlich und fahre bei dem Geräusch zusammen. Wahrscheinlich lässt dieser Jungstar-Vampir ihr kleines Mädchenherz schneller schlagen. Ich weiß gar nicht, warum mich das plötzlich so zornig macht.

Ich drücke die Zigarette aus, starre weiter auf den Bildschirm.

Mein Kopf ist auf einmal so leer. Alle Gedanken sind wie fortgepustet, doch diesmal fühlt es sich nicht krankhaft an, sondern leicht. Ein bisschen wie Schweben. Nach einer Weile merke ich, dass sich mein Blick an dem Facebook-Header von Emma Miller festgesaugt hat. Allerdings nicht an Emma, sondern an dem Mädchen daneben. Es hat ein kleines, ovales Gesicht, ein weiches Kinn und einen süßen Mund. Alles an ihr ist irgendwie niedlich, doch am auffallendsten sind die riesigen tiefblauen Augen. Noch nie in meinem Leben habe ich so unschuldige Augen gesehen. Strahlend wie der Himmel über Alaska.

Die Konturen meines Sichtfeldes verschwimmen. Wie durch einen Tunnelblick schaue ich auf den Bildschirm, sehe nur noch sie.

Ihr blondes Haar reicht ihr bis zu den Ellbogen und glänzt wie ein Tuch aus spiegelglatter Seide. Sie hält Emma im Arm.

Da ist etwas. Ich kann es nicht benennen, aber irgendetwas berührt mich an ihr. Ich kann nicht einmal sagen, was es ist und warum es so eine Wirkung auf mich ausübt. Vielleicht, weil sie aussieht, als hätte sie nichts vor der Welt zu verbergen. Ein echter Sonnenschein.

Ein heißkalter Schauder kriecht mir über den Rücken. Aus

Furcht oder vor Freude? Aber weswegen sollte ich mich fürchten? Seit wann fühle ich überhaupt solche Dinge?

Ich schließe für einen Moment die Augen, dieses Mädchen muss meiner Fantasie entspringen. Sie kann nicht real sein, weil das Gefühl in mir nicht echt sein kann.

Ich blinzele und sie schaut mich an. Mein Mund wird staubtrocken.

»Wer bist du?«, höre ich mich flüstern, und dieses Mal erschrecke ich nicht.

Nach und nach erfasse ich alle Einzelheiten des Fotos. Die beiden Freundinnen stehen auf einer ausgedörrten Wiese, im Hintergrund ist ein einfaches Holzhaus auf Stützpfeilern, umrahmt von unzähligen Sträuchern Wüstensalbei. Das Mädchen mit den blauen Augen trägt eine apricotfarbene Bluse, die sich ein bisschen mit ihren apfelroten Wangen beißt. Sie ist höchstens fünfzehn. Ich schlucke gegen meine trockene Kehle an und klicke mich durch Emmas Freundesliste. Sie ist kurz, daher finde ich das Mädchen schnell:

Louisa Scriver.

Klick.

Der Header ist derselbe wie bei Emma. Ich starre auf ihr Profilbild. Wieder schaut sie mich mit ihren blauen Augen an, die himbeerfarbenen Lippen diesmal ernst geschlossen.

Sie fordert mich heraus, ich weiß nur nicht, wie und warum. Mit feuchten Händen wische ich mir über das Gesicht. Da ist wieder dieses befremdende Gefühl, das ich nicht benennen kann. Hitze und Kälte. Mein Magen zieht sich zusammen.

Von einer Sekunde auf die andere wird mir kotzübel. Die Luft erscheint zu dünn, um zu atmen. Ich muss hier raus. Sofort! Irgendwie schaffe ich es, den Laptop neben mich zu stellen und auf die Füße zu kommen, doch es ist zu spät. Die Blockbohlen flimmern. Schwarz-weiße Streifen, die vorbeirauschen wie eine Störung im Fernsehen. Alles in mir schnürt sich zusammen. Ich falle, spüre einen dumpfen Schmerz an den Kniescheiben.

Nein, nicht jetzt … bitte, nicht jetzt … Ich blinzele, um mich zu orientieren, aber ich bin wie blind. Mit den Händen taste ich über den Boden, irgendwann ist da ein Widerstand. Eine Wand, ein Deckel. Alles stürzt auf mich nieder. Ich bin eingeschlossen.

Heiße Panik überrollt mich, mein Herz rast.

Eins, zwei, drei, vier … bin nicht da und bin nicht hier. Es ist so dunkel …

Meine Ohren summen und irgendwo in meiner Nähe höre ich ein gequältes Pfeifen, als würde jemand schnell hintereinander einen Blasebalg drücken.

Beruhig dich, atme! Eins, zwei …

Aber ich kann nicht mehr atmen. Der Boden unter mir öffnet sich wie eine Falltür und ich stürze hinab, immer tiefer, in ein Loch ohne Licht, ohne Ende. Alles zersplittert. Die Umgebung, die Zeit, ich selbst.

Der Junge kennt den Kellergang, jede Unebenheit auf dem kalten Beton, jeden Fleck an den grauen Wänden. Noch zwanzig Schritte bis zur Tür.

»Hab ich gesagt, du sollst stehen bleiben?«

Der Schlag trifft ihn so unvorbereitet in den Rücken, dass er zur Seite taumelt und mit der nackten Schulter an der rauen Wand entlangschrammt. Seine Haut reißt auf, aber er spürt es kaum.

»Nein, Sir.« Mit einem unerträglichen Maß an Überwindung zwingt er einen Fuß vor den anderen und heftet seinen Blick auf die Glühbirne am Ende des Korridors. Der Geruch nach Schimmel und Moder brennt in seinen Lungen.

Er weiß, was ihn erwartet. Er hat es schon so oft durchgestanden und doch steigert sich seine Angst mit jedem weiteren Mal.

Unauffällig reibt er die schweißnassen Hände an seiner zerschlissenen Hose ab, spürt die Krusten von Dreck auf dem ausgedünnten Stoff: vergorene Milch von letzter Woche, eingetrocknete Wasserbeize von vorletzter Woche, Holzöl … wie lange hat er diese Hose schon an? Er versucht sich zu erinnern, an etwas anderes zu denken als an das, was hinter der Tür ist. Er will nicht am Ende des Flurs ankommen. Nie.

Wieder trifft ihn die Faust in den Rücken, um ihn voranzutreiben.

»Ich werde dich lehren, was es heißt, sich mir zu widersetzen!«

Der dreieckige Hubbel auf dem Betonboden. Noch zehn Schritte.

»Jawohl, Sir.« Seine Stimme zittert und er hasst sich dafür. Er weiß nicht einmal, was er getan hat.

Vor der Holztür bleibt er stehen, weil der Mann es so will. Der Mann, das Monster. Der Junge spürt seinen feuchten Atem im Nacken. Er riecht sogar den Whisky darin – die Billigmarke aus dem Walmart. Übelkeit steigt ihm die Kehle hoch.

»Schau mal, du Hosenscheißer, was ich mir für dich habe einfallen lassen!« Über seine Schulter hinweg wird die Tür aufgestoßen.

Im nächsten Moment hat der Junge den stinkenden Atem vergessen. Stumm blickt er auf den Sarg inmitten des nur spärlich ausgeleuchteten Raumes. Die schwarze Holzkiste steht auf einem Podest, perfekt in Szene gesetzt, um das Grauen in ihm noch zu schüren. Doch heute ist es nicht nur der Sarg, der ihn schaudern lässt, sondern auch der aufgerissene Boden daneben.

»Praktisch, oder?« Die Hand des Monsters packt ihn am Genick und zerrt ihn wie ein Stück Vieh zu der Grube.

Er will nicht hinsehen, aber er tut es doch. Das Loch in der Erde ist tief und dunkel, gerade groß genug für die Kiste.

»Praktisch, oder?«, brüllt der Mann hinter ihm los und der Druck im Nacken des Jungen wird so fest, dass ihm schwindelig wird.

»Jawohl, Sir.« Ein Flüstern, mehr bringt er nicht hervor.

Der Mann lässt ihn ruckartig los, bleibt aber dicht hinter ihm.

Der Junge schaut hoch. Er entdeckt Seile an der Decke und eine Winde. In der Ecke stapeln sich Plastiksäcke, auf denen an der Seite das Wort ›Blumenerde‹ steht. Daneben reihen sich prall gefüllte Jutesäcke aneinander, ein paar braune Krümel liegen davor. Alle Muskeln in ihm verkrampfen sich gleichzeitig, während seine Blase nachgeben will.

Seit wann hat er Erde hier unten? Und wann hat er die Grube ausgehoben?

Mit einem Mal kommt es dem Jungen so vor, als gäbe es nichts mehr auf der Welt außer ihm, diesem Sarg und dem dunklen Loch im Boden. Alles an ihm wird gefühllos. Er merkt kaum, wie er wieder gepackt und vor den Sarg gestoßen wird. Er weiß nicht, was gerade passiert, das kann nicht das Leben sein.

»Öffne den Deckel, du mieses Stück Scheiße. Los, mach schon! Mit jeder Sekunde, die du zögerst, bleibst du länger drin, das verspreche ich dir.«

Die Worte sind keine Drohung. Der Mann steht dicht hinter ihm; sein fetter Bauch drängt den Jungen nach vorn. Mit zitternden Händen öffnet er die sechs Metallschließen an der Seite, dicke Scharniere, die es unmöglich machen, den Deckel von innen aufzustemmen.

»Deine Mutter hat das schneller hinbekommen als du.«

Worte wie Stromstöße ins Herz. Mit all seiner Kraft drückt der Junge den hölzernen Deckel auf. Sein Blick klebt an den kunstvollen Verzierungen auf der Vorderseite. Rosenranken auf Ebenholz. Nur nicht hineinsehen.

»Das genügt.«

Der Sarg ist erst halb offen, aber es reicht, um hineinzusteigen. Der Geruch von Angstschweiß, Urin und Fäkalien schwappt ihm entgegen.

»Wenn ich auch nur einen Mucks von dir höre, versenke ich den Sarg in der Grube und schütte die Erde drauf. Verstanden?«

»Jawohl, Sir.«

»Dann verreckst du wie deine elende Töle.«

Er presst sich die Hand auf den Mund und versucht, nicht an Blackys Winseln zu denken, als das Monster ihm die Pfoten zusammengebunden und ihn in die winzige Kiste gepfercht hat. Er darf nicht weinen. Auf gar keinen Fall!

Wieder trifft ihn die Faust. »Soll ich dich erst reinprügeln, oder was?«

»Nein, Sir.« Er versucht verzweifelt, an etwas Schönes zu denken. An seine Little Miss Sunshine, das blonde Mädchen. Sie hatte so etwas Helles, Fröhliches, das sein Herz leicht gemacht hat. Aber die Little Miss Sunshine ist so unendlich weit weg. Er weiß ja nicht einmal, wo er sie gesehen hat. Mit zitternden Knien klettert er in das Unterteil des Sargs, legt sich ausgestreckt hin, die Arme an die Seiten gepresst. Seine großen Zehen stoßen an das Holz. Er muss in den letzten drei Wochen gewachsen sein. Dort, wo das Loch in der Socke ist, wird seine Haut sofort kalt.

»Schau mich an!«

Der Junge gehorcht.

Das eiserne Gesicht über ihm ist ernst. Der Mann grinst nicht. Das macht ihm Angst. Noch mehr als sonst.

»Ich schwöre bei Gott, dass ich dich Gehorsam lehre, du kleiner Bastard.«

»Es tut mir leid, Sir«, hört er sich flüstern. In diesem Moment tut es das sogar wirklich.

Jetzt grinst das Monster doch. »Du bist ein jämmerlicher Schwächling. Dein Vater muss ein totaler Versager gewesen sein!«

Der Junge ballt die Fäuste. Am liebsten würde er auf den Mann einprügeln, aber er würde damit nur seine Strafe verlängern.

Als der Mann den Deckel zuschiebt, kneift er die Augen zusammen, weil er nicht sehen will, wie es dunkel wird. Er hört nur das Reiben des Holzes … das Klacken der Metallschließen. Klack–Klack–Klack. Drei. Klack–Klack–Klack. Sechs.

Dann ist es still. So still. Das Einzige, was er hört, ist sein Atem. Sein Brustkorb krampft sich zusammen, als würde er weinen, aber er bleibt stumm und seine Augen trocken. Er blinzelt. Da ist nichts außer der Dunkelheit und dem fauligen Gestank. Er muss an Blacky denken. An sein weiches Fell, die feuchte Schnauze, den warmen Körper. Die einzige Wärme, an die er sich erinnert. Blacky hat es geschafft, er hat es hinter sich – all die Qualen, die der Mann ihm seinetwegen auferlegt hat. Wie aus großer Entfernung hört er ihn jaulen. Er schluckt. Zwinkert. Wenn er weint, bringt der Mann ihn um. Sind seine Augen nass?

Er versucht, an nichts zu denken, aber er schafft es nicht. Seine Angst bäumt sich auf wie ein panisches Pferd. Wie lange wird er ihn dieses Mal hier einsperren? Einen Tag? Drei? Eine Woche? Wie lange holt er ihn zwischendurch raus?

Er hört seine hektischen Atemzüge, doch irgendwann schalten seine Sinne ab. Er riecht nichts mehr, hört nichts mehr. Nur die Dunkelheit ist noch da.

Sie ist so groß, dass von ihm nichts mehr übrig bleibt.

Warum bist du weggegangen, Mum? Hörst du mich? Warum hast du mich verlassen?

Die Dunkelheit ist überall. Auch in ihm.

Vielleicht ist seine Mum deswegen fortgelaufen. Er ist ein schlechter Mensch. Ein Bastard. Ein Kind, dessen Vater es nicht wollte. Dessen Mutter es nicht wollte. Die Schwärze wird immer dichter. Er kann nicht mehr atmen. Er sollte nicht mehr atmen. Ihn kann man nicht lieben. Wer könnte ihn je lieben, wenn es schon seine Mum und sein Dad nicht konnten? Er ist nichts. Asche und Staub.

Der Junge unterdrückt die Tränen, es kostet ihn seine ganze Kraft, seine ganze wenige Kraft, die er noch hat. Plötzlich ist überall roter Nebel, hinter seinen geschlossenen Augen, in seinem Kopf, in den Ohren und in den Fäusten. Alles ist rot wie Blut. Etwas geschieht mit ihm, aber er kann nicht sagen, was.

»Geh zur Seite«, sagt eine fremde Stimme in dem roten Dunst und schiebt ihn weg. In diesem Augenblick explodiert alles um ihn herum. Die Dunkelheit, der Sarg, sein Bewusstsein …

Es ist, als würde ich erwachen, ohne geschlafen zu haben. Das hohe Pfeifen, das ich zuvor schon gehört habe, wird leiser. Nach einer Weile erkenne ich es als meinen Atem. Für mehrere Sekunden sitze ich einfach nur da und versuche, etwas von den Bildern festzuhalten, doch es ist wie immer nach einem Flash. Die Erinnerungen verblassen, bevor ich sie betrachten kann. So, als wären sie nicht Teil von mir, sondern von einer Person, die jetzt fort ist. Ich erinnere mich nur vage an den Jungen, als hätte ich ihn in einem Film gesehen – aber ich erinnere mich an kein einziges Gefühl. Uns trennt eine Mauer.

Benommen wische ich mir über die Augen und schaue mich um. Ich lehne an der Wand, die Beine angewinkelt. Vor meinen Füßen liegt eine zerbrochene Öllampe. Das Petroleum hat sich in einer Lache ringsum die Scherben verteilt, daneben liegen Bücher kreuz und quer über den Boden verstreut. Es sieht aus, als hätte sie ein Irrer aus dem Regal gezerrt und wäre darauf herumgetrampelt.

Vor mir liegt der Grund für meine selbst gewählte Einsamkeit. Ich zerstöre alles und erinnere mich hinterher an nichts. In mir scheint etwas Böses zu sein, das ich nicht greifen kann.

Geh zur Seite …

Das habe ich doch gehört, oder? Krampfhaft suche ich nach weiteren Bildern, denke ganz fest an den Jungen, doch er ist taub und blind und stumm. Ich bekomme keine Verbindung zu ihm.

Fuck! Fuck! Fuck!

Ich schlage meinen Hinterkopf an die Wand, um mich durch den Schmerz von der Angst des Verrücktwerdens abzulenken. Allein die Tatsache, dass ich wieder einen Flashback hatte, trifft mich härter als ein Hieb ins Genick. Ich hatte geglaubt, ich wäre diese Anfälle in der Wildnis endlich losgeworden. Keine Trigger. Keine Flashs. *Verdammt!* Ich hieve mich mühsam nach oben und bin erleichtert, dass mir außer meinem Kopf nichts wehtut.

Mit einem Blick durch die Hütte versuche ich den Schweregrad meines Blackouts abzuschätzen. Die Tür zur Vorratskammer ist noch intakt – ich habe sie also nicht eingetreten. Gut! Die Haustür ist ebenfalls in Ordnung. Noch besser! Ein paar Töpfe liegen auf dem Boden vor der winzigen Arbeitsplatte. Der blau-grüne Teller, von dem ich heute Dosen-Hirsch gegessen habe, ist zerbrochen. Wenigstens sehe ich wieder farbig, der Anfall ist vorbei und es besteht keine Gefahr mehr, dass ich gleich noch mal weg bin.

Mit einem Aufstöhnen wische ich mir über die Stirn. Sie ist schweißnass, in der Mitte ist eine Schwellung.

Warum hat es mich wieder erwischt? Und wieso zur Hölle erinnere ich mich nie daran, was passiert ist?

Ratlos sehe ich mich ein zweites Mal um. Ich muss das Petroleum aufwischen. Ungeduldig werfe ich einfach ein Geschirrtuch darauf, dabei fällt mein Blick auf den Laptop. Die Seifenblasen des Bildschirmschoners schweben über das Bild des blonden Mädchens, dessen Anblick mich vorhin so sehr gefesselt hat.

Immer noch sieht sie mich aus ihren riesigen blauen Augen an, als wollte sie mir ein Geheimnis zuflüstern.

Little Miss Sunshine. Louisa Scriver.

Sonnenschein. Sonnenmädchen. Alaskahimmel.

Hat sie den Flash ausgelöst? Und wenn ja, warum?

Wie in Trance gehe ich auf den Computer zu und bin mit einem

Mal überglücklich, nicht ihn im Wahn zerschlagen zu haben. Scheiß auf die Öllampe! Ich knie mich vor den Laptop und ziehe ihn näher zu mir. Mit einem Klick auf die Eingabetaste verschwinden die tanzenden Seifenblasen.

Da ist wieder dieses heißkalte Frösteln in meinem Inneren und ich weiß immer noch nicht, warum, und was es bedeutet.

»Louisa«, sage ich leise. Ein schöner Name für meine hübsche, kleine Miss Sunshine. Alles an ihr ist süß und leicht.

Irgendetwas verändert sich in mir, aber ich weiß nicht, was es ist. Auf jeden Fall keine weitere Attacke, denn dafür fühlt es sich zu gut an. Warm und neu. Ich rieche plötzlich ganz intensiv den Rauch des Ofens und das chemische Petroleum. Der würzige Duft des Hirschfleisches hängt dazwischen … Ein paar Meter weiter knistert und knackt das brennende Holz und über die Holzlatten auf dem Dach heult der Chinook.

Mit einem merkwürdigen Gefühl im Bauch sehe ich mich um. Im Glas der Öllampe spiegelt sich das Licht der anderen. Ein helles Blinken erfüllt den Raum, immer wieder. Es sieht geheimnisvoll aus, wie ein magisches Zeichen aus einer anderen Welt. Wieso ist mir das noch nie aufgefallen?

Ich stehe auf und mache ein paar Schritte auf die Öllampe zu, die vor dem Fenster von der Decke baumelt. Dabei fällt mein Blick nach draußen. Ein silberner, übergroßer Mond taucht den zugefrorenen See und die verschneiten Bäume in kristallklares Licht. In der Mitte, fast neben dem Wasserloch, entdecke ich ein Rudel Wölfe. Es sind mindestens fünfzehn, mit schwarzem und grauem Fell.

Mein Herz klopft schneller. Am liebsten würde ich jetzt rausgehen und mit ihnen eine Runde über den See laufen. Rennen. Einfach rennen. Ein paar von ihnen sind auf dem Eis stehen geblieben, während die anderen weiterziehen. Eine Bewegung am Ostufer lenkt mich von den Wölfen ab.

An der kahlen Espe, an der die Böschung steiler ist, flitzt ein Biber in seine Fluchtröhre. Ein zweiter folgt. Ein paar Rebhühner flattern auf und verschwinden wieder in einem blätterlosen Strauch. Zwei Wölfe ändern ihren Kurs.

Die Natur wirkt schlagartig voller Leben, als wäre sie frühzeitig aus dem Winterschlaf erwacht.

Noch einmal sehe ich zu dem strahlenden blonden Mädchen auf meinem Laptop und mein Magen zieht sich mit einem wundersamen Gefühl zusammen.

Vielleicht ist es nicht die Natur, die zum Leben erwacht. Vielleicht habe ich nur endlich begriffen, dass ich noch nicht tot bin!

Ohne zu überlegen, ohne einen Gedanken an die Gefährlichkeit des Wolfsrudels zu verschwenden, streife ich mir Jacke und Schuhe über und gehe nach draußen.

Und dann renne ich wirklich. Einfach so in die Dunkelheit.

2. Kapitel

Den nächsten Tag verbringe ich in einem seltsamen Rausch und erledige alle Aufgaben, für die mir an den Tagen zuvor die Kraft gefehlt hat. Ich klettere aufs Dach und repariere bei Minus zwanzig Grad endlich die morsche Stelle auf der Nordseite über dem Vorratsraum. Ich schmeiße die Kettensäge an und zersäge im Dunst des Benzingeruchs die Fichte in akkurate Scheite. Ich hole mehrere Eimer Wasser und schaffe es, mich bei elf Grad Innenraumtemperatur wirklich gründlich zu waschen. Danach flicke ich das Loch in meiner Daunenjacke und auch noch das in dem Topflappen mit dem kitschigen Herz. Anschließend gehe ich mit einer Liste in den Vorratsraum und notiere meine Bestände. Von dem mexikanischen Bohneneintopf sind nur noch zehn Dosen auf Lager, dafür habe ich einen fast vollen Sack Mehl, zwei Säcke Reis, fünf Packungen Milchpulver und zehn eingeschweißte Hartkäse, ungeachtet der über fünfzig Fleisch- und Gemüsekonserven. Nur die Möhren sind alle. Außerdem stapeln sich noch zwanzig Kilo Nudeln, fünf Kilo Margarine und zehn Schachteln Müsli auf dem hinteren Regal übereinander. Daneben lagern zwanzig Tuben Tomatenmark und dreißig Kilo Schwarzbrot in Dosen. Eigentlich muss ich mir keine Sorgen machen, ich schaffe es im Notfall sogar über zwei Winter.

Später, als die Sonne wie ein Feuerball über der Gebirgsfront im Westen steht, lade ich noch das Gewehr.

Ich fühle mich ausgepowert, aber zum ersten Mal seit Langem richtig gut. Den ganzen Tag habe ich mich darauf gefreut, abends wieder den Laptop anzuschalten und mehr über das blonde Mädchen zu erfahren. Ich habe mir geschworen, ihre bisherigen Posts nicht auf einmal zu lesen, sondern sie mir einzuteilen wie eine Schachtel Pralinen. Als müsste ich mir Teile ihres Lebens für schlechte Zeiten aufsparen. Außerdem habe ich so jeden Tag etwas, das mir hilft, bis abends durchzuhalten.

Nach dem Essen lege ich Batterien in die Plastik-Deckenlampe und stelle sie behelfsmäßig auf den Holztisch, bevor ich die beiden Öllichter abhänge. Nur für den Fall, dass ich wieder einen Flash bekomme, schließe ich sie zusammen mit allem, was zerbrechlich ist, in einen Schrank. Erst danach fahre ich den Laptop hoch, den ich eine Stunde zuvor in die Nähe des Ofens gestellt habe, damit er nicht ganz so kalt ist.

Ich logge mich in mein provisorisches Profil ein, das ich mir gestern Nacht noch erstellt habe. Ben Hoover, nicht Brendan Connor. Keine Angaben zur Person, kein Profilbild. Mit klopfendem Herzen klicke ich das Lesezeichen Louisa an.

Sie hat ihren Header ausgetauscht. Heute steht Louisa unter einem Apfelbaum und lacht mit dem Sonnenschein um die Wette. Das Funkeln in ihren Augen sieht aus wie ein aufgehender Stern am Nordhimmel.

Ich atme tief durch. Wenn ich jetzt wieder einen Anfall bekomme, muss es an ihr liegen. Aber dann dürfte ich sie nicht länger ansehen. Schon den ganzen Tag hat mir diese Angst vor einer neuen Attacke neben all der Vorfreude zu schaffen gemacht. Ich komme einfach nicht darauf, was den Flash ausgelöst haben könnte. Hoffentlich nicht sie, sondern nur die Überreizung meiner eingerosteten Nerven.

Ohne den Blick von ihr abzuwenden, krame ich mir eine Kippe hervor und zünde sie an. Als eine Weile nichts geschieht, verfliegt meine Sorge und ich lese die Angaben durch, die sie bei den Infos über sich gemacht hat.

Meine Freunde nennen mich Lou.

Ich muss lächeln. Es fühlt sich seltsam an, wie eine Grimasse. *Lou, also. Okay. Ich kann dich gerne Lou nennen.*

Alter: 16

Zum Glück nicht vierzehn oder fünfzehn, da hätte ich selbst Angst vor mir bekommen.

Lieblingsfarbe: rosa, gelb

Hassfach: Mathe

Lieblingsfächer: Sport und Kunst

Hobbys: Mode, Musik, tanzen

Ein echtes Mädchen eben. Mag kein Mathe und liebt Mode und tanzen. Irgendwie finde ich das niedlich, obwohl es naiv und oberflächlich klingt. Mein Blick kehrt zu ihrem ovalen Gesicht zurück. Zu ihren alaskablauen Augen. Sie strahlen so sehr, dass mich wieder dieser Schauder erfasst. Das heißkalte Prickeln flutet von meinem Bauch in den Unterleib. Es ist verstörend, ich kann mich nicht erinnern, wann ich so etwas das letzte Mal empfunden habe. Ob ich so etwas überhaupt schon mal in dieser Intensität empfunden habe. Kopfschüttelnd betrachte ich sie ein weiteres Mal. Irgendwie sieht sie aus, als gäbe es in ihrem Leben nichts, das ihr etwas anhaben könnte. Nichts, das sie fürchtet. Bewundernswert.

Nach einer Weile reiße ich mich los und scrolle runter zu ihrem ersten Post:

*Hallo ihr da draußen, ich bin's, Lou, bald 16 Jahre alt und seit heute auf Facebook. Endlich! Das Beste ist: Ich weiß schon jetzt, dass ich es lieben werde. Es hat mich drei Wochen gekostet, meinen Bruder davon zu überzeugen, wie harmlos es hier zugeht – *entnervt die Augen roll*!*

*Ach ja, bevor ich es vergesse: Klickt mich an, wenn ihr auf Freundesuche seid, und schickt mir unbedingt eine Nachricht! Und: Ist hier jemand gut in Mathe? Ich bräuchte nämlich mal Hilfe bei den Hausaufgaben. Wahrscheinlichkeitsrechnung *würg*!*

Hundertdreizehn Kommentare. Hauptsächlich von Jungs. Lou hat ein paar Mal geantwortet, vor allem bei denen, die ihr bei Mathe helfen wollten.

Hey Honey, du siehst zum Anbeißen aus. Wie hoch wäre die Wahrscheinlichkeit, dass ich dich vernaschen darf, wenn ich dir deine Hausaufgaben mache? Gruß Matthew.

Wie bitte? Dieser Arsch von Matthew Fox sieht aus, als wäre er über vierzig. Lou hat ihn zum Glück ignoriert. Wobei … sie hat den Kommentar geliked.

Mein Puls pocht hart an meiner Schläfe und ich spüre, wie Zorn in mir hochkocht. Am liebsten würde ich selbst einen Kommentar zu seiner Äußerung abgeben, aber der Post ist schon über ein Jahr alt. Ich finde noch ein paar weitere dumme Anmachsprüche, die Lou zum Glück nicht geliked hat.

Als ich alle Kommentare durchgelesen habe, muss ich mich zwingen, nicht direkt den nächsten Eintrag anzuschauen. Ich scrolle wieder hoch. Andererseits scheint sie sehr aktiv zu sein. Die Daten der letzten Posts beweisen, dass sie täglich etwas Neues schreibt.

Ich weiß nicht, wie viele Stunden vergangen sind und wie viele Zigaretten ich geraucht habe. Zwischendurch musste ich sogar mal den Akku des Laptops neu aufladen. Dafür habe ich mittlerweile eine Ahnung davon, wer das blonde Mädchen mit den blauen Augen wirklich ist. Ich habe ein paar Screenshots von ihren schönsten Fotos gemacht und in dem Ordner *Lou* abgespeichert. Sie liebt Lemon-Cookies und Schoko-Donuts, außerdem hat sie vier Brüder.

Einer von ihnen heißt Avery und scheint leidenschaftlich gerne zu kochen. Lou hat ihre Lieblingsgerichte wie Kunstwerke abfotografiert und darunter stets: *Küchenchef Avery empfiehlt heute* geschrieben. Am liebsten mag sie Spaghetti mit getrockneten Tomaten, Basilikum, Pinienkernen und Knoblauch.

Von einem anderen Bruder hat sie sogar ein Foto gepostet. *Liam.* Lou hat ihn beim Kopfstand im Garten abgelichtet und ein *Liam-the-Buddha-Scriver* daruntergesetzt. *Ups, ich hoffe, ich habe jetzt nicht deine Seele in meinem Handy eingesperrt. Falls doch: sorry!,* hat sie daruntergeschrieben und einen Smiley hintendran gesetzt.

Irgendwann in dieser Nacht zwinge ich mich, mit dem Lesen aufzuhören. Weil ich es fast schon unheimlich finde, mich so intensiv mit nur einem einzigen Mädchen zu beschäftigen, klicke ich noch auf ein paar andere Profile. Aber keine der jungen Frauen spricht mich an. Es ist wie verhext. Immer wieder lande ich bei Lou mit ihrem offenen Lachen und dem schimmernden blonden Haar, das aussieht, als würde es Millionen von Sonnenstrahlen reflektieren. Wie es sich in meinen Händen anfühlen würde? Wie Lou sich anfühlen würde?

Als ich den Laptop runterfahre, ist es zwei Uhr nachts. Der Rabe auf der Pappel gegenüber der Blockhütte veranstaltet sein übliches Krächz-Konzert. Das macht er immer um diese Zeit. Meist weckt er mich dann aus dem Albtraum, in dem ich Jordan Price wieder und wieder meine Fäuste ins Gesicht hämmere. So lange, bis ihm das Blut über die Nase und Lippen läuft und er anfängt zu taumeln. Und wie jedes Mal höre ich nicht auf. Ich verpasse ihm einen harten finalen Schlag von unten gegen das Kinn. Er stürzt nicht – er fliegt; rückwärts durch die düstere Kampfarena. Ich bekomme kaum mehr etwas mit und erst, als die wilden Anfeuerungsrufe der Zuschauer verstummen, sehe ich den unnatürlich verdrehten Hals. Jemand neben mir flüstert etwas und dann ist es still.

So still, dass ich das Krächzen des Raben selbst im Traum höre wie ein Totengeläut.

Doch heute ist es nicht Jordan Price, der meine Fausthiebe zu spüren bekommt, sondern Matthew Fox.

Ich ramme ihm meine Fäuste in den Magen und brülle ihn an, ich würde ihn umbringen, sollte er Lou zu nahe kommen.

Später, kurz vorm Morgengrauen, stehe ich am Fenster und starre auf den See. Der Himmel ist wolkenverhangen und die wenigen Sterne spenden kaum Licht. Ich muss erneut an Jordan denken, den Jungen, der durch meine Hand starb. Ich weiß, es ist meine Schuld, auch wenn er sich erst bei dem Sturz auf den Steinboden das Genick gebrochen hat. Ich hätte aufhören müssen. Er war neu dabei, ein junger Kerl, dem ich die Angst vor dem Kampf im unruhigen Flackern der Augen angesehen habe. Als er fiel, war er schon am Ende und hatte keine Kraft mehr, sich geschickt abzufangen.

Ungefähr zweieinhalb Jahre ist das jetzt her. Die Welt, in der ich damals zu Hause war, erscheint mir so unwirklich wie nie zuvor.

Ich lege eine Hand auf die Glasscheibe. Heute ist die erste Nacht, in der ich nicht von Jordan geträumt habe. Ich weiß nicht, was das bedeutet. Ist das gut oder schlecht? Bin ich abgestumpft oder nur abgelenkt? Bin ich ein noch schlechterer Mensch, wenn ich irgendwann anfange, es zu vergessen? Ist das normal?

Ich weiß es einfach nicht. Ich weiß nicht einmal, was es bedeutet, normal zu sein.

Verloren sehe ich nach draußen und mein Blick verirrt sich in der Dunkelheit. Eine einzelne Schneeflocke schwebt hinter dem Fensterglas zu Boden.

Wie es wohl wäre, wenn ich jetzt Lou bei mir hätte?

Die nächsten Wochen vergehen, ein Tag ist wie der andere, aber mit Lou sind sie nicht mehr so leer. Alles fällt mir leichter, selbst das Aufstehen. Nach dem Frühstück verrichte ich die notwendigen Arbeiten. Mal suche ich im Wald nach geeigneten Bäumen, die ich fällen und zu Brennholz verarbeiten kann, mal ist etwas zu reparieren oder irgendein Nager hat mir die Brille des Plumpsklos verkackt und mir seine Sauerei hinterlassen. Mittags jogge ich mehrere Runden um den See, hin und wieder baue ich Kaninchenfallen und abends sitze ich vor dem Laptop und lese Lous Posts.

Mittlerweile ist es fast so, als würde ich sie persönlich kennen. Manchmal, wenn ich nachts von unbestimmten Albträumen geweckt werde und raus auf den See starre, stelle ich mir vor, wie es wäre, selbst eine Familie zu haben. So wie Lou. Insgeheim beneide ich sie um ihre heile Welt, auch wenn ich aus einem älteren Post herausgelesen habe, dass sie ihre Eltern früh verloren hat. Vielleicht beneide ich auch nicht ihre Welt, sondern die Leichtigkeit, mit der sie durchs Leben geht. Und vielleicht ist mein Neid auch eine Form von Bewunderung oder ein Sehnen. Ich kann meine eigenen Gefühle nicht durchschauen, sie sind wirr und nicht logisch. Trotzdem ist es besser als früher. Ich fühle wieder etwas und das habe ich Lou zu verdanken, dem Mädchen mit den flachsblonden Haaren und den Augen wie Alaska.

Anfang März beginnt der Schnee zu tauen und gibt ein paar Findlinge am Ufer frei. Neben der Blockhütte bricht das erste Grün der Krokusse hervor und jeden Tag wird die winterblasse Sonne heller. Die Luft wird tagsüber so warm, dass sich in den Morgenstunden eine Nebelschicht über dem See sammelt. Manchmal weht der Chinook hindurch und teilt den Nebel wie ein Meer, hinterlässt Pfade, die gleich wieder im Nichts verschwinden. Es sieht mystisch aus, wie das Herzstück von Avalon. Ich glaube, es würde Lou gefallen.

Als ich heute Morgen zum Wasserloch laufe, hat sich der Frühnebel bereits verzogen und ich entdecke auf der anderen Seite des Quiet Lake ein paar eingemummte Camper vor einem Lagerfeuer. Wie angewurzelt bleibe ich stehen, als wäre ich ein Karibu, das Gefahr wittert. Ebenso aufmerksam registriere ich all die anderen Veränderungen. Ich erkenne die Umrisse eines orangefarbenen Planzeltes hinter ihnen, dann sehe ich ihren Vorratsbeutel, der an dem niedrigen Ast einer Weide baumelt.

Ihre Anwesenheit macht mich nervös, ich weiß nicht, warum. Am liebsten würde ich mein Gewehr holen und einen Warnschuss absetzen, damit sie sich verziehen, doch das würde mir nur Ärger einbringen. Das Ufer auf der anderen Seite des Quiet Lake gehört nicht zu meinem gepachteten Land.

Ich schöpfe das Wasser aus dem Loch und ignoriere ihre auffordernden Rufe, die plötzlich über das Eis hallen. Unverkennbar eine andere Sprache, aber jetzt wechseln sie ins Englische: »*Hello! Hello my friend!*«

Ich sehe nicht einmal mehr hinüber. Ich will keinen Kontakt zu ihnen, keinen Small Talk unter Eremiten. Gerade erst habe ich es geschafft, mit mir selbst zurechtzukommen. Mit mir und Lou. Und das funktioniert gut. Ich brauche sonst niemanden.

Ich ziehe die Mütze fast bis über meine Augen, dann trage ich die Eimer zur Blockhütte zurück. Mit jeder Stunde des heutigen Frühmärztages wird mir deutlicher bewusst, dass meine Tage in der Hütte vorbei sind. Der Frühling steht vor der Tür und mit ihm kommen nicht nur Spatzen und Birkenzeisige zurück, sondern offenbar auch die Touristen. Der See ist nur im Winter ein Ort der Einsamkeit.

Als ich heute Abend auf der Couch sitze und den Laptop hochfahre, überkommt mich eine seltsame Wehmut. Ich muss wieder zum Camper zurück und fühle mich dabei ein bisschen wie aus dem Paradies vertrieben. Irgendwie gehörte das alles jetzt zusammen. Lou, der Winter, die Hütte und ich.

Ihr neuestes Bild bringt mich jedoch zum Lächeln – das fühlt sich immer noch fremd auf meinen Wangen an, wie Muskelkater. Warum um alles in der Welt fotografiert sie ihre Füße in den Chucks? Ach so … die Chucks sind neu. Klar, die muss sie ja posten! Und natürlich sind sie gelb. Darauf hätte ich meinen gesamten Vorrat verwettet – okay, meinen halben, die andere Hälfte hätte ich auf Rosa gesetzt!

Unwillkürlich fahre ich mir durchs Haar und frage mich zum ersten Mal, ob ich ihr gefallen würde. Steht sie auf dunkles Haar und dunkle Augen? Ich drehe den Kopf und betrachte mein Spiegelbild im Fensterglas. Ein ernstes Gesicht mit ausgeprägten Wangenknochen, einem breiten Mund, aber schmalen Lippen.

Mein Aussehen hat mich nie interessiert, doch im Milieu der Kämpfe gab es etliche Frauen, die sich mir an den Hals geworfen haben. An meinem Charakter lag es nicht, allenfalls an meinen Siegen. Ramon, der Junge, mit dem ich den ersten Winter in den Slums überlebt habe, sagte immer, ich solle mein Geld besser mit meinem Gesicht anstatt mit den Fäusten verdienen. Ich würde aussehen wie ein mitteleuropäisches Model. Geglaubt habe ich ihm das nicht, und selbst wenn es so wäre, ist jetzt nach etlichen Monaten Wildnis nichts mehr davon übrig geblieben. Mein Blick ist fahrig, fast lauernd, mein Haar zu lang, meine hohlen Wangen von Stoppeln übersät.

Ich sehe so aus wie der Freak, der ich bin.

Von mir selbst abgestoßen wende mich wieder dem Laptop zu und bin froh, dass Lou mich nicht sehen kann.

Ich scrolle ein bisschen rum und entdecke zu meiner Freude einen weiteren Post, den ich noch nicht kenne.

Hallo an alle ihr da draußen. Bei uns in Ash Springs schmilzt mal wieder der Asphalt in der Sonne und ich hänge hier rum und weiß nicht, was ich tun soll. Habt ihr nicht auch manchmal das Gefühl, euer Leben ist wie die monotone Straße von Ash Springs nach Rachel? Mit nichts als hitzezerfressenen Sträuchern und trockenem Sand. Träumt ihr nicht auch davon, es würde endlich etwas passieren? Etwas, das euch wie ein Adler packt und so hoch in die Lüfte reißt, dass ihr die ganze Welt von oben sehen könnt? Etwas, das euch so hoch fliegen lässt, dass die Sonnenstrahlen euer Herz ausleuchten? Etwas, das euch von innen nach außen kehrt und als jemand zurücklässt, den ihr nicht wiedererkennt? Träumt ihr nicht auch davon?

Ich lese diesen Eintrag wieder und wieder. Es ist der erste, in dem Lou etwas wirklich Persönliches über sich preisgibt. Etwas, das nichts mit Mode, Freundinnen, Familie oder Schule zu tun hat. Irgendwie erscheint es mir so, als wären diese Worte nur für mich bestimmt. Als hätte Lou mir ins Herz geblickt und dort eine Sehnsucht gefunden, die ich vor mir selbst verborgen habe. Ein Teil von mir begreift etwas, dem der Rest hinterherhinkt. Vielleicht ist es nur eine Ahnung in meinem Unterbewusstsein, ich weiß es nicht.

»Etwas, das euch so hoch fliegen lässt, dass die Sonnenstrahlen euer Herz ausleuchten«, wiederhole ich flüsternd. Die Dunkelheit wegleuchten, für immer. Ein Strom aus Wehmut und Glück schauert durch mich hindurch, und alles, was zurückbleibt, ist eine tiefe, brennende Sehnsucht nach mehr.

Ich starre sie an und tippe mit dem Zeigefinger ganz sacht auf ihre Lippen. »Alaska-Mädchen, was machst du nur mit mir?«

3. Kapitel

Mein Umzug von der Hütte in den Camper dauert mehrere Wochen. Ich hatte fast vergessen, wie verflucht lang dieser Weg durch die dichten Nadelwälder ist. Für eine einfache Tour bin ich mit Gepäck über sieben Stunden unterwegs, und da ich nicht all meine übrig gebliebenen Konserven zurücklassen will, transportiere ich die Hälfte davon in mein Sommerlager: eine Lichtung an einem Wasserfall, mitten in einem Wald voller Fichten, Tannen, Birken und Espen.

Bei meiner letzten Wanderung von der Hütte zum Camper ist es Anfang Mai.

Lou ist weiterhin mein erster Gedanke am Morgen und der letzte am Abend.

Manchmal träume ich von ihr anstatt von Jordan, doch wenn ich sie anfassen will, kann ich sie nie erreichen. Immer ist es so, als würde ich sie auf einer Leinwand betrachten. So wie in den Videos, die sie seit einiger Zeit großzügig auf Facebook postet. Ihre Stimme ist genau so, wie ich sie mir vorgestellt habe. Klar und hell, sie erinnert mich an das Blau von Glockenblumen, an den Himmel, die Weite und vielleicht auch ans Fliegen. Als ich sie zum ersten Mal gehört habe, dachte ich, ich kriege einen Flash. Manchmal glaube ich, Lou wirkt wie eine Überdosis Leben auf mich.

Nachdem ich heute Abend das Lagerfeuer entfacht habe, setze ich mich mit dem Laptop auf dem Schoß davor und schaue mir zuerst mein Lieblingsvideo an. Eine Freundin von Lou hat es im ausgedörrten Garten der Scrivers aufgenommen, die Kamera wackelt hin und her, aber das ist egal. Lou trägt eine Shorts mit gehäkeltem Spitzensaum, dazu ein helles Rüschentop, das die Shorts überlappt. Fast sieht es aus, als würde sie nur ein weißes Kleid tragen. Im goldenen Abendlicht dreht sie sich selbstvergessen auf dem Rasen, barfuß, die Arme zur Seite gestreckt, das Haar wie eine funkelnde Flut, die um ihre Schultern brandet. Und jedes Mal, wenn sie in die Kamera schaut, versetzt es meinem Herz einen Stich. Denn eingehüllt von Licht, dem Lachen der Mädchen und dem Flattern der Rüschen wirkt sie wie ein Geschöpf aus einer anderen Wirklichkeit – nicht greifbar, nur ein Traum.

Es gibt Tage, da kann ich mir dieses Video zwanzigmal hintereinander anschauen, doch heute lenkt mich ein neuer Post davon ab. Ich warte bereits den ganzen Tag darauf, denn es ist nicht üblich für Lou, sich so lange nicht zu melden.

Voller Vorfreude wechsele ich zu ihrem Eintrag.

Hallo ihr da draußen! Heute muss ich euch leider mitteilen, dass ich Facebook für eine längere Zeit verlasse.

Ich brauche ein paar Sekunden, bis ich den Inhalt der Aussage wirklich begreife. Mein Puls beginnt an meinen Schläfen zu pochen, während ich den Satz wieder und wieder lese. Automatisch balle ich meine Hände zu Fäusten und spüre es erst, als ich so fest zudrücke, dass meine Knöchel knacken.

Was meint Lou mit: für eine längere Zeit? Drei Tage? Eine Woche? Ein Jahr? Das kann doch gar nicht sein – sie war doch so happy auf Facebook! Plötzlich öffnet sich ein zweites Pop-up-Fenster am unteren Rand des Bildschirms und zeigt einen weiteren Post von ihr an.

Gott sei Dank, es war bestimmt nur ein blöder Scherz!

Gierig sauge ich die nächsten Worte in mich hinein und merke schon beim Lesen, wie mir Übelkeit die Speiseröhre hochsteigt.

Für alle, die es interessiert, was ich in den Sommerferien so mache – hier ist unsere Reiseroute:

25.06.–01.07.: Sequoia National Park, Lodgepole
02.07.–08.07.: Yosemite National Park, Tuolumne Meadows
09.07.–11.07.: Mammoth Lakes, New Shady Rest
12.7.–15.7.: Death Valley National Park, wo dort, wissen wir noch nicht!
15.07./16.07.: Ash Springs

Es tut mir leid, vergesst mich nicht!

Die Buchstaben tanzen wie betrunken vor meinen Augen hin und her. Eine *längere Zeit* bedeutet ganz offenbar *lange*. Viel zu lange! Jetzt ist es erst Anfang Mai! Der Route nach zu urteilen, wird sie frühestens im August wieder auf Facebook sein. Aber wieso meldet sie sich ab? Hat sie einen Freund, der es ihr verbietet? Aber sie hat nie einen Typen erwähnt, darauf habe ich gesondert geachtet – immer drehte sich alles nur um ihre Brüder, ihre Freundinnen, ihren Alltag. Ich hätte es bemerkt, wenn sie plötzlich jemanden gehabt hätte, da bin ich mir sicher.

Ob es was mit diesem Club zu tun hat, in den sie so unbedingt aufgenommen werden wollte? Die Hades-in-Love? Sie müssen es schon sehr nötig haben, wenn sie sich nach dem griechischen Gott der Unterwelt benennen.

Möglicherweise ist das alles doch nur ein schlechter Joke und Lou postet gleich ein: *Na, reingefallen?*

Das würde zu ihr passen! Ja, natürlich, das wird es sein.

Ich starre auf den Bildschirm und warte. Es kommt mir vor wie im Dezember, als ich auf das Knacken des Eises gewartet habe. Was, wenn es kein Scherz war? Wenn sie gleich unwiderruflich aus meinem Leben verschwunden ist? Was dann? Eher wie in Trance statt geistesgegenwärtig mache ich einen Screenshot von ihrem letzten Post und speichere ihn in dem Ordner *Lou* ab. Sie kann nicht einfach so verschwinden! Sie darf nicht einfach so verschwinden. Was soll ich ohne sie in der Wildnis anfangen? Welchen Grund hätte ich, morgens aufzustehen und zu atmen?

Mit zitternden Händen wische ich mir den Schweiß aus dem Gesicht. Irgendetwas in mir gerät völlig außer Kontrolle, doch bevor ich den Laptop vor Zorn auf den Boden schmettern kann, aktualisiere ich noch einmal die Seite.

Bitte, lass es nur ein Scherz gewesen sein!

Die Verbindung braucht ewig, um die Seite neu zu laden, doch als sie es endlich geschafft hat, steht da nur:

404 Not found

Mein Kopf ist plötzlich leer. Alles ist weg. Ich lade noch einmal neu.

404 Not found.

Sie ist tatsächlich fort! Ein unheildrohendes Flackern legt sich um mich – finstere, böse Flammen, die sich durch meinen Körper direkt in die Seele fressen. Wie betäubt stelle ich den Laptop neben mich, stehe auf und laufe im Kreis um das Lagerfeuer herum. Einmal, zweimal, dreimal … Lou kann mich nicht verlassen haben. Sie *darf* mich nicht verlassen haben!

Ein Gewitter aus Verzweiflung und Wut ballt sich in mir zusammen, wie blind irre ich umher. Irgendwann dresche ich wie ein Verrückter auf den nächstbesten Baumstamm ein. Die splitternde Borke trifft mich am Auge und ein jäher Schmerz schießt über meine Hände in die Unterarme hinauf bis in die Schultern.

Am liebsten würde ich Lou aus dem Computer zerren und fragen, wieso sie mir das antut! Ich schreie Worte in die Nacht, von denen ich nicht weiß, was sie bedeuten. Eine Art Kauderwelsch aus bitterlichem Flehen und rasendem Zorn. Ich will zurück zu dem Computer und ihn in tausend Stücke schlagen, um Lou da rauszubekommen, aber alles, was ich tue, ist auf den Stamm vor mir einzuprügeln. Ich höre erst auf, als meine Hände taub und die Fingerknöchel voller Blut sind.

Als würde ich unbeteiligt neben mir stehen, schaue ich mir dabei zu, wie ich orientierungslos im Wald umhertaumele. Die Farbe des Feuers und der Sterne verblasst und Wald und Finsternis rasen auf mich zu, verschlucken mich bei lebendigem Leib. Ich falle …

Licht! Grell und blendend wie tausend Sonnen. Der Junge kneift die Augen so fest zusammen, dass es wehtut. Hände packen ihn am Kragen, zerren ihn in eine sitzende Position.

»So, Hosenscheißer. Trink das aus, und zwar zack, zack!«

Er spürt den Becher, den das Monster ihm in die Finger drückt, will ihn zum Mund führen, wie schon die Male zuvor, doch seine Hände gehorchen ihm nicht. Das Gefäß rutscht ihm weg und eine eisige Flüssigkeit ergießt sich über sein dünnes Hemd. Noch bevor er vor Kälte zusammenzucken kann, trifft ihn ein harter Schlag in den Nacken. Sein Oberkörper wird nach vorne geschleudert, Schmerz explodiert in scharlachroten Funken hinter seinen geschlossenen Lidern.

»Du elender Scheißer bist sogar zum Trinken zu blöd!«

Hände drücken ihn zurück in die Enge. Er blinzelt, will einen Rest des Lichts mit in die Dunkelheit nehmen.

Eins, zwei, drei, vier … bin nicht da und bin nicht hier. Der Deckel schließt sich, er weiß nicht zum wievielten Mal. Er glaubt, es nicht länger aushalten zu können. Die Enge, die Kälte, die Dunkelheit. Das Gefühl, sich aufzulösen, tot zu sein.

»Weinst du etwa, du mieses Stück Dreck?« Durch den schmalen Spalt sieht er das steinerne Gesicht und die grauen Augen. Leblos, aber gefährlich wie ein Blut witternder Hai.

»Nein, Sir«, seine Stimme zittert. Er spannt alle Muskeln an, atmet ganz

flach und versucht, kein verdächtiges Geräusch zu machen. Keinen Mucks. Nichts.

Das Licht wird heller. Die Faust donnert ohne Vorwarnung in sein Gesicht, begleitet von derben Flüchen. Eins, zwei, drei, vier … Er hört auf, mitzuzählen, spürt den Schmerz überall. Im Kiefer, auf der Nase, im Rücken, der durch die Hiebe gegen den Boden prallt. Etwas Nasses läuft ihm über Lippen und Wangen. Er betet, dass es keine Tränen sind.

»Du weinst nicht?«

»Nein … Sir.« Worte, von denen er nicht weiß, wer sie sagt. Alles tut weh.

»Hauptstadt von Afghanistan?«

»Ka-Kabul.« Das Nasse auf seinen Wangen läuft immer weiter.

»Äthiopien?«

Aus einem dichten Nebel hört er ein leises Stöhnen. »Addis Abeba.«

»Bulgarien?«

»Sofia.«

»Brunei?«

»Bandar Seri Begawan.« Ihm wird schwindelig.

»Bundesstaaten von Amerika alphabetisch?«

Er zählt sie auf, funktioniert wie ein Uhrwerk, das man aufgezogen hat. Nach Pennsylvania gerät er ins Stocken und da fällt ihm wieder ein, warum der Mann ihn dieses Mal bestraft. Er hat schon mal an derselben Stelle gestockt. Doch auch jetzt kann er sich nicht erinnern, was nach Pennsylvania kommt.

Der nächste Schlag in sein Gesicht raubt ihm den Atem.

»Glaub bloß nicht, dass du mir so leicht davonkommst. Denkst du, mir macht es Spaß, einem stinkenden Bastard wie dir Unterricht zu Hause zu geben? Glaubst du nicht, ich hätte Besseres zu tun?«

Der Junge zieht Luft ein, aber bekommt keine. Krampfhaft schluckt er gegen seine enge Kehle an, will die Tränen und das Betteln zurückhalten. Beides hilft nicht. Nichts hilft. Nur sterben vielleicht.

Als ich nach dem Flashback zu mir komme, liege ich zusammengekrümmt auf der Erde. Etwas krabbelt über mein Gesicht und ich wische mechanisch über die Stelle am Kinn, an der ich das Kribbeln fühle. Dieses Mal weiß ich sofort, warum ich durchgedreht bin.

Lou hat mich verlassen!

Augenblicklich ist der Zorn wieder da, und doch spüre ich darunter noch etwas viel Schlimmeres. Unendliche Leere. So wie auf dem Quiet Lake. Als blickte ich in ein Nichts, das weder Anfang noch Ende hat.

Ächzend will ich mich auf die Beine hieven, doch alles an mir ist steif gefroren vor Kälte. Ich kippe nach vorne und lande auf allen vieren. Aus den Augenwinkeln nehme ich die heruntergebrannten Scheite des Lagerfeuers wahr.

Desorientiert blicke ich in den Himmel. Die wenigen Wolken leuchten fahlrot, aber es kann unmöglich schon Morgen sein. Dann hätte mein Flash über sieben Stunden gedauert.

Mit einem Aufstöhnen setze ich mich auf den Waldboden und greife gedankenverloren nach der Silbermünze an meinem Lederarmband, umschließe sie mit kalten Fingern.

Lass nicht zu, dass das wieder passiert. Lass nicht zu, dass ich wieder alleine zurückbleibe. Auch wenn kein Monster mehr da ist, vor dem ich Angst haben muss, fürchte ich mich doch. Vor jedem Tag, den ich lebe. Vor dem Tod, für den ich zu feige bin. Vor der Dunkelheit. Vor den Menschen. Vor der Einsamkeit. Vor mir selbst. Davor, Lou nie wieder bei ihrem Sonnentanz zusehen zu können, wie sie sich traumverloren dreht und lacht …

Der Adrenalinstoß, der mich bei diesem letzten Gedanken packt, lässt mich aufspringen. Wie wahnsinnig stürze ich auf den am Boden liegenden Laptop zu, fege mit dem Handrücken ein paar Käfer von der Lüftung und hämmere mehrmals auf die Eingabetaste, weil alles so lange dauert. Nach einer gefühlten Ewigkeit kann ich das Lesezeichen anklicken und die Seite lädt neu.

404 Not found.

Wutschreiend schlage ich mit der flachen Hand auf die Tastatur, doch dann besinne ich mich für einen Augenblick und rufe den Ordner *Lou* auf. Fahrig klicke ich ein Bild nach dem anderen an und betrachte sie mit klopfendem Herzen.

Lou in knappen Shorts und mit niedlichem Schmollmund vor einem H&M, Lou mit wehenden Haaren, rosafarbener Bluse und einem blau-grünen Cake-Pop beim Inlineskaten, Lou im Bad vor dem Spiegel, ein lustiges Selfie, auf dem sie die Nase krauszieht. Lou in Sternchen-Flip-Flops am Kopfsalatbeet mit Avery, dem Bruder, der ihr am ähnlichsten sieht. Lous Spaghetti mit Tomaten und Pinienkernen … viel zu schnell habe ich sie alle durch.

Hätte ich doch nur noch mehr Bilder abgespeichert und nicht eines Tages damit aufgehört. Dann hätte ich jetzt etwas, von dem ich zehren könnte. Aber zehren bis wann? Vielleicht wird sie sich auch nie wieder anmelden. Oder hat sie das Konto nur deaktiviert?

Abermals betrachte ich die Bilder: Lous ovales Gesicht, die süßen, vollen Lippen, ihre tiefblauen, runden Augen, mit denen sie all die Dunkelheit um mich verscheuchen kann.

Von einer Sekunde auf die andere beginnen meine Adern zu brennen, heiß und wild. Mein Herz pocht so heftig gegen die Rippen, als hätte ich zehn Tannen gefällt. Es macht mir Angst. Immer wieder kämpfe ich gegen etwas an, demgegenüber ich mich absolut machtlos fühle. Ein glühendes, unbändiges Sehnen, ein zerreißendes Ziehen in meiner Brust. Ich habe das Gefühl, es keinen Tag länger ohne Lou aushalten zu können. Irgendwo in meinem Hinterkopf erscheinen Bilder von ihr hier bei mir: Lou, zierlich und blond vor den dunklen Fichten; Lou am Wasserfall, lachend und Wasser um sich spritzend; Lou am Lagerfeuer mit leuchtenden Augen; Lou in eine Decke gewickelt bei mir im Camper; Lou, die mir ganz nahe kommt, so nah, dass ich meine Hände um ihre schmale Taille legen kann … Mein Herz jagt mit mir davon, hinein in die Fantasien, die ich am liebsten von mir fernhalten würde, doch sie werden immer greifbarer und größer. Mein ganzes Hirn ist voller Lou!

Und wie aus dem Nichts sind da plötzlich ihre Worte: *Träumt ihr nicht auch davon, dass endlich etwas passiert?*

Etwas geschieht mit mir. Es sind diese Bilder von ihr in der Wildnis. Auf einmal wird mir alles ganz klar:

Ich brauche Lou hier bei mir. Von einer Sekunde auf die andere weiß ich das mit absoluter Bestimmtheit: Ich brauche Lou. Ich will nicht mehr leben ohne Lou. Nur mit ihr macht alles Sinn. Ich muss sie hierherholen, hier in den Yukon, damit ich sie jeden Tag anschauen kann. Wenn ich sie nur sehen kann, ist alles gut. Sie muss mich nicht lieben, aber ich muss sie in meiner Nähe haben. Erst dann wird es mir wieder gut gehen. Nur mit ihr kann ich die Dunkelheit von mir fernhalten.

Ich klicke das Bild von ihr an, auf dem sie mit geschürzten Lippen fast trotzig in die Kamera schaut. Hitze prickelt auf meiner Haut.

Willst du, Lou? Willst du zu mir in den Yukon?

Ihr widerspenstiger Blick fordert mich heraus.

Kann ich das tun? Sie hierherholen?

Bei der Vorstellung rauscht eine Woge puren Adrenalins durch meine Sinne. Für Sekunden ist mein Kopf wie leer gefegt und ich werde an einen Ort getragen, der süß und verlockend erscheint. Lou und ich zusammen hier! Lou in meinem Arm …

Ein Krachen im Unterholz reißt mich aus meinen Gedanken. Im Dickicht entdecke ich einen Rehbock, der mit seinem Geweih den Ast einer Espe bearbeitet, um an die jungen Triebe zu kommen.

Augenblicklich komme ich mir vor, als wäre ich nach einem exzessiven Rausch stocknüchtern aufgewacht. Was habe ich da eben gedacht? Wie komme ich auf so einen absurden Gedanken. Lou herholen – das ist doch irrsinnig!

Und doch … Unwillkürlich stehe ich auf und laufe vor dem Camper auf und ab. Wäre es wirklich so verrückt, Lou in den Yukon zu holen?

Es wäre nicht nur verrückt, sondern total durchgeknallt! Das geht auf keinen Fall. Aber ich muss sie sehen! Am besten den ganzen Tag. Nie war es mir klarer vor Augen als jetzt. Nur wenn sie ein Teil meines Lebens ist, werde ich glücklich.

Ich könnte ja nach Ash Springs fahren. Der Gedanke ist plötzlich da. Den Camper könnte ich in der Nähe von ihrem Zuhause parken und heimlich mit einem Teleobjektiv neue Bilder von ihr schießen.

Na klar, du könntest dich auch ebenso gut mit einem Teleobjektiv in den Scriver-Garten legen – auffälliger geht's nicht mehr! Der Riesencamper ist in diesem Kaff so unauffällig wie eine Vogelspinne in Averys Tomaten-Basilikum-Spaghetti!

Ich könnte mir ein Auto kaufen und den Camper abseits von Ash Springs parken.

Und was machst du, wenn du Flashs bekommst und irgendwas kaputt schlägst oder jemanden verletzt? Dann ruft so ein alteingesessener, unbestechlicher Anwohner die Polizei und du landest schneller hinter Gittern, als du ›Louisa Scriver‹ flüstern kannst! Und dann siehst du sie erst recht nie mehr wieder.

Ach verdammt!

Wie früher nach einem Kampf sauge ich das getrocknete Blut von meinen aufgeplatzten Knöcheln. Aber wenn ich nicht zu Lou nach Ash Springs kann, wie soll ich sie denn sonst wiedersehen?

Ich könnte mir ein Haus in Ash Springs kaufen, aber damit wäre mein Flashbackproblem nicht gelöst. Selbst wenn ich mich nicht mit einer Kamera auf die Lauer lege, werde ich nach ein paar Wochen durch mein seltsames Verhalten und die Flashs auffallen. Das war doch genau der Grund, weswegen ich in den Yukon geflohen bin!

Außerdem: Will ich mir wirklich aus der Nähe anschauen, wie Lou eines Tages ihren Freund mit nach Hause nimmt?

Du könntest ja derjenige sein, den sie mit nach Hause nimmt.

Weil sie dich ja auch so unbedingt will. Gerade jemanden wie dich!

Etwas in meiner Brust krampft sich zusammen. Nein, mich kann man nicht lieben, nicht einmal mögen. Aus reiner Verzweiflung balle ich die Fäuste. Ich sehe überhaupt keine Möglichkeit, Lou näherzukommen. Außer natürlich … ja, außer, ich nehme sie wirklich mit in den Yukon.

Aber sie würde niemals freiwillig mit mir hierherkommen. Sie hasst schon Ash Springs, wie langweilig würde ihr erst die Wildnis erscheinen? Außerdem kann ich sie doch nicht einfach so gegen ihren Willen mitnehmen?

Doch, klar kannst du das, flüstert eine Stimme tief in mir drin. Allein der Gedanke, sie bei mir zu haben, spült einen süßen Strom aus Glück und Benommenheit durch mich hindurch.

Doch Lou gegen ihren Willen zu verschleppen, würde bedeuten, sie bewusst weglocken zu müssen: von ihren Brüdern, ihrem Zuhause. Kann ich das wirklich?

Ich höre in mich hinein. Die Stimme meines Gewissens ist auf einmal verstummt. Die Vernunft schweigt. Stattdessen kommen die Bilder zurück: Lou, wie sie sich bei mir im Licht des Lagerfeuers dreht und lacht. Wie sich der Tanz der Flammen auf ihrem Gesicht bricht wie flüssiges Gold. Mein Herz fängt an zu klopfen, wie vor Wochen, als ich sie das erste Mal gesehen habe. Ist das Furcht oder Freude?

Mit einem tiefen Atemzug setze ich mich wieder vor den Laptop. *Alles kommt wieder in Ordnung, beruhig dich! 404 Not found hat keine Macht über dich.* Ich werde Lou einfach mitnehmen.

Aber kann ich sie wirklich gegen ihren Willen hier festhalten? Und wie bekomme ich sie dazu, freiwillig in den Camper zu steigen? Wie soll ich das überhaupt anstellen? Instinktiv beiße ich auf meinen aufgerissenen Knöchel, schmecke die metallische Note des Blutes. Ich will sie doch lachen sehen! Sie soll nicht leiden. Allerdings wird sie sich von meinem Vorhaben kaum mit Worten überzeugen lassen.

Hey Lou, steig ein, wir fahren in den Yukon!

Echt jetzt? Wie lange denn?

Na, für immer. Willst du?

Nein, Worte werden nicht ausreichen. Aber welche Möglichkeiten habe ich noch?

So sehr ich auch darüber nachdenke, mir will einfach nichts einfallen. Natürlich will ich ihr nicht wehtun, aber vielleicht ist es einfach notwendig, um mein Ziel zu erreichen. Es ist ein Kompromiss, den ich eingehen muss.

Ich schließe die Augen, sehe Lou vor mir. Sie lächelt mich an. Ein wohliger Schauer rieselt mir über den Rücken und in meinem Bauch explodiert ein Feuerwerk aus Sehnsucht, Verlangen und wilder Aufregung. Nochmals betrachte ich das Foto, auf dem sie so widerspenstig lockend aussieht. Sachte tippe ich mit den Fingerspitzen auf Lous Gesicht, spüre wieder dieses Reißen in der Brust und die Hitzebläschen auf der Haut. »Du gehörst bald zu mir, kleines Sonnenmädchen. Für immer und ewig gehörst du zu mir.«

Der Tag zieht vorbei, ohne dass ich es wirklich mitbekomme. Es ist wie nach einem besonders harten Kampf. Alles erscheint leiser, als hätte man die Lautstärke heruntergeregelt. Ich schwimme in einem Rausch aus süßem, reinem Adrenalin.

Nicht ein einziges Mal stelle ich meine Entscheidung infrage. Etwas in mir ist eingerastet, wie ein Riegel, den man vorgeschoben hat und der jetzt klemmt.

Ich werde Lou zu mir holen. Ein bisschen ist dieser Entschluss wie ein Schock, trotzdem überwiegen das Benebelt-Sein, das Delirium, der Gedanke, das Richtige für mich zu tun.

Plötzlich habe ich so viel zu erledigen und komme mir vor wie auf Speed. Ich schreibe Listen und notiere mir alles, was ich noch über Lou weiß. Sie mag Zitrusblütenduschgel, Melonenkaugummi und diese Lemon-Cookies von Cypress. Schoko-Donuts, Spaghetti, Pinienkerne und getrocknete Tomaten. Ich gehe die Bilder meines Ordners durch und halte fest, was sie trägt und, sofern sie es gepostet hat, von welcher Marke es ist. Auf dem Schnappschuss von ihr im Bad entdecke ich eine Seife: *Wild Ocean Dream*. Auch sie wandert auf meine Liste.

Ich will Lou genau so wie auf den Bildern und den Videos, mit denen sie mich lange Zeit so glücklich gemacht hat. Sie soll genau so aussehen, riechen, lachen und tanzen wie in meiner Vorstellung. Außerdem wird sie sich wohler fühlen, wenn die Dinge um sie herum so sind, wie bei ihr zu Hause. Womöglich hasst sie mich dann nicht so sehr. Aber den letzten Gedanken schiebe ich schnell beiseite. An alles, was unmittelbar danach kommt, will ich jetzt noch nicht denken. Da sind Gefühle in mir, die ich nicht fühlen will, Wahrheiten, denen ich nicht gestatten möchte, an die Oberfläche zu gelangen. Und doch sind sie in mir verankert, ganz tief in meiner Seele, unheimlich wie der Hall eines Echolots in den Tälern des Meeres. Sie zu verdrängen ist unmöglich.

Vielleicht wird Lou sich ja sogar in mich verlieben.

Monster!

Der Kugelschreiber zerbricht unter dem Druck meiner Finger. Die Vorstellung hat etwas Krankes, Perverses, das weiß selbst ich. Aber der Junge von früher weiß es noch besser. Denn er war so einsam, dass er sogar bereit war, das Monster zu lieben, das ihn gequält hat.

Doch ich möchte kein Monster sein. Ich will nur, dass Lou bei mir ist. Sonst nichts.

Bereits am nächsten Morgen verlasse ich den Ort, der seit drei Jahren mein Sommerquartier gewesen ist. Zum ersten Mal seit Langem habe ich wieder ein anderes Ziel, außer den Tag möglichst schnell herumzubekommen. Ich fahre zurück nach L. A., in die Stadt, in der ich aufgewachsen bin.

Heute Nacht habe ich noch ein paar Mal im Netz nach Lou gesucht, doch das Ergebnis war immer dasselbe: *404 Not found.* Darunter eine Liste mit allen möglichen Louisas, aber keine Louisa Scriver. Aber selbst wenn ich sie wiedergefunden hätte: Mein Plan steht. Es kommt mir vor, als wäre er unumkehrbar, so wie ein starkes Erdbeben in Küstennähe zwangsläufig einen Tsunami auslöst. Ich bin zu dem Entschluss gekommen, Lou von einem der Campgrounds mitzunehmen, die sie auf Facebook gepostet hat. Dort fällt mein Wohnmobil nicht auf, außerdem herrscht auf den Campingplätzen ein reges Treiben, Touristen kommen und gehen. Wenn ich Glück habe, kann ich in der Masse untergehen und so gut wie unsichtbar bleiben. Einen konkreten Plan, wie ich vorgehe oder sie zu meinem Camper locke, habe ich noch nicht, aber dafür ist auch noch genug Zeit. Zuerst muss ich Vorräte einkaufen, Kleider besorgen und alle nötigen Vorkehrungen treffen. Für Lou werde ich Dinge benötigen, die ich nicht ohne Weiteres im Laden kaufen kann. Zum ersten Mal seit Jahren bin ich froh über meine alten Kontakte, auch wenn es mich Überwindung kostet, zurückzukehren. Mit Sicherheit werde ich Flashs bekommen, aber ich bin bereit, jeden davon durchzustehen. Notfalls kette ich mich an, um niemanden zu verletzen. Für Lou muss ich das riskieren.

Während der Fahrt über die einsamen, kerzengeraden Straßen des Yukon kurbele ich das Fenster hinunter und spüre, wie mir der Fahrtwind durch die Haare wirbelt. Ich schalte das Radio ein und höre Musik. Wann habe ich das letzte Mal einen Song mitgesungen? Ist das ein oder zwei Jahre her? Wann habe ich überhaupt das letzte Mal Musik gehört? Es fällt mir nicht ein, aber es spielt auch keine Rolle, jetzt nicht mehr.

Nach einer Weile strecke ich meinen Arm aus dem Fenster und beginne diesen neuartigen Zustand zu genießen. Ich fühle mich befreit, auch wenn ich nicht genau weiß, wovon. Es ist ein bisschen so, als wäre ich vor langer Zeit gestorben und jetzt wiederauferstanden.

4. Kapitel

In Los Angeles habe ich das Gefühl, in einer Science Fiction-Stadt gestrandet zu sein. Es ist schwerer, als ich es mir vorgestellt habe. Bunte Häuser, Palmen und Autos ziehen an mir vorbei, verschwimmen, ohne mehr zu hinterlassen als ein Wirrwarr an Farben. Und überall sind Menschen. Die ganze Stadt ist mit ihnen vollgestopft. Plötzlich erscheint mir mein Vorhaben unmöglich.

An einer Tankstelle auf der Sunrise Avenue halte ich an und umklammere das Lenkrad mit beiden Händen. Mir ist eiskalt, trotzdem rinnt mir der Schweiß über das Gesicht.

Ich schaff das nicht. Ich schaff das einfach nicht. Zu viele Farben, zu viel Lärm, zu viele Menschen.

Durch die Nase hole ich tief Luft, greife nach dem Handy, das auf dem Beifahrersitz liegt, und betrachte einen alten Screenshot von Lou. Sie zwinkert mir zu und augenblicklich spüre ich, wie die Wärme in mich zurückfließt.

Komm schon, Bren, scheint sie zu sagen. *Es ist doch ganz leicht.*

Ist es das, Sonnenmädchen?

Sie strahlt. *Na klar!*

Na klar! Ein Lächeln huscht durch meine Gedanken, während ich den Motor anlasse. *Für dich ist alles irgendwie leicht, stimmt's?*

Mit schweißfeuchten Händen fahre ich weiter und werde erst wieder ruhig, als ich in eine vertraute Gegend komme.

Zu Hause, denke ich spöttisch.

Auf einem gesicherten Parkplatz am Los Angeles River stelle ich den Camper ab und laufe das Stück Richtung Compton zu Fuß. Die flachen, aneinandergereihten Häuser liegen nur wenige Meilen vom Hollywood Boulevard entfernt und selbst von hier kann ich noch die Wolkenkratzer in Downtown erkennen: eine glänzende Silhouette aus Schwarz und Silber. Riesig und doch winzig im Vergleich zu den gigantischen Gebirgsgipfeln des Yukon.

Ich laufe am betonierten Los Angeles River entlang, auf dem Sprayer ihre bunten Graffiti hinterlassen haben, und gelange zu den stillgelegten Eisenbahngleisen. Dort habe ich mit zwölf die Aufnahmeprüfung in eine der berüchtigtsten Gangs geschafft: zwei Minuten Gruppenprügel und eine Runde Waterboarding. Danach war ich ein *Bones*, einer von vielen Jugendlichen des Ghettos, die durch das soziale Raster gefallen waren. Nur war ich weder Afroamerikaner noch Latino oder Chicano. Bei den Bones war das zum Glück egal. Der Slogan der Gang wurde zu meiner persönlichen Religion: *Fight or Die.* Nach der Flucht vor meinem Stiefvater wollte ich vor allem eins: mich nie wieder schwach fühlen. Das Leben in den Slums ist hart. Wenn du nicht kämpfen kannst, wirst du irgendwann erneut zum Opfer – des Staats, der rivalisierenden Banden oder des Hungers.

Ich springe über die Schienen, dann ziehe ich mir die Kapuze des Hoodies tief ins Gesicht. Niemand soll mich sofort erkennen. Es ist viel Zeit vergangen. Ich habe keine Ahnung, welche Bande hier gerade das Sagen hat, wer mit wem im Clinch liegt und wessen Reviergrenzen jetzt wo verlaufen. Außerdem kann es durchaus sein, dass mich die Brüder von Jordan Price immer noch suchen. Eine Woche nach dem Kampf haben sie demjenigen ein Kopfgeld versprochen, der mich lebendig zu ihnen bringt. In unseren Kreisen bleibt man niemandem etwas schuldig. Und ich habe noch nicht gezahlt.

Wachsam sehe ich mich um, doch es ist ruhig. Lediglich zwei Afroamerikaner mit schwarzen Halstüchern laufen an mir vorbei. Black Bloods. Beide höchstens zwölf, noch zu jung, um mir gefährlich zu werden.

Nach ein paar Straßen komme ich an die Grenze zwischen Compton und Lynwood. Eigenartige Gefühle von Entfremdung, Selbsthass und alter Furcht steigen in mir auf, vertraut wie Kameraden einer gemeinsamen Sache. Ich hatte mir geschworen, nie wieder hierher zurückzukehren, aber als Ramon mich fragte, wo ich ihn treffen will, nannte ich ihm ohne nachzudenken die Thorson Ave. Die Straße, in der ich bis zu meinem zwölften Lebensjahr gefangen war und von der ich kaum mehr zu sehen bekam, als das staubige Stück vor der Eingangstür.

Während der letzten Meter gehe ich langsamer, den heißen Santa Ana-Wind im Gesicht. Auf diesem Abschnitt ist die Thorson Ave nicht asphaltiert und meine Füße wirbeln eine Mischung aus ockerfarbenem Sand und Erde durch die Luft. Ich erinnere mich, wie ich die Körnchen bei meiner Flucht aufgewirbelt habe.

Wieso habe ich ausgerechnet diesen Ort, diese Straße, als Treffpunkt gewählt?

Mit einem merkwürdigen Gefühl im Bauch blicke ich mich um. Die schäbige Wohngegend wirkt wie ausgestorben, als hätten die

Bewohner sie bereits vor Jahren verlassen. Für das hinterste Haus auf der linken Seite mochte das für lange Zeit auch zugetroffen haben, denn mein Stiefvater ist laut Ramons Aussage ein Jahr nach meiner Flucht verschwunden.

Mein Herz fängt an, schneller zu schlagen. Das Haus sieht ganz anders aus, als ich es in Erinnerung habe. Der sperrige Gitterzaun rund um das Grundstück ist verschwunden, es gibt nur noch eine niedrige Backsteinmauer und ein hüfthohes Tor. Direkt davor bleibe ich stehen und lasse den Blick vorsichtig über das Gebäude schweifen.

Der bröckelige graue Putz ist einer weißen Fassade gewichen und zwei Königspalmen ersetzen das wuchernde Gestrüpp des Vorgartens. Vor den Fenstern links der Tür hängen Gardinen mit türkisfarbenen Kringeln, vor dem auf der rechten Seite bläht sich ein blauer Vorhang mit Feuerwehrautos im Wind. Direkt am Glas baumelt ein Teddybär-Mobile.

Ein seltsamer Anblick – das Haus wirkt in dieser Gegend wie ein Fremdkörper.

War ich wirklich hinter diesen Mauern so lange gefangen? Angekettet an den Betonwänden der Abstellkammer, ungesehen von allen anderen Menschen dieser Erde? Wie kann es sein, dass die Nachbarn in all den Jahren nicht gemerkt haben, was hinter diesen Mauern passiert ist? War es ihnen egal? Wussten sie überhaupt, dass ich existiere?

Ich umrunde das Grundstück. Der Garten ist immer noch von denselben Büschen umgeben, doch durch eine kahle Stelle entdecke ich die morsche Treppe, auf der man auch vom Außenbereich in den Keller gelangt. Der winzige Holunderstrauch am Eck ist baumhoch gewachsen, daneben blüht der Liguster, vor dem Blacky begraben liegt.

Ein schauriges Frösteln überzieht meine Arme trotz der warmen Temperatur. Der Geruch von frischem Holz und Lack steigt in meine Nase. Und ich rieche *ihn*. Seinen sauren Schweiß, das billige Rasierwasser und den Whisky.

Nein. Ich schüttele energisch den Kopf. *Ich heiße Brendan, ich bin kein Kind mehr, das sich nicht wehren kann. Ich bin zweiundzwanzig. Der kleine Junge von damals existiert nicht mehr.*

Der Geruch verblasst, sinkt an die Stelle in meinem Geist, die nicht älter wird. Dieser Ort hier birgt zu viele Erinnerungen. Zu viele – und doch zu wenige. Damals kam es mir so vor, als würde die Zeit sich endlos ausdehnen. Nach meiner Flucht hatte ich dann plötzlich das Gefühl, kaum gelebt zu haben. Während meiner Gefangenschaft gab es zu viele gleiche Tage, immer dieselben Gefühle. Zu viel Furcht. Zu viel Einsamkeit. Unendliche Einsamkeit. Und sogar Langeweile. Ich habe in seiner Werkstatt bis zum Umfallen geschuftet, Freunde hatte ich natürlich keine. Meine Spielkameraden waren die Schulbücher, die er mir gab, mehr besaß ich nicht. Zwei graue Hosen, zwei graue Shirts, immer im Wechsel von drei Wochen – und im Winter viel zu kalt. Die Silbermünze, die ich in einer Ritze der Bodenlatten versteckt hatte, war das Einzige, das mir gehörte. Ich erinnere mich an die Stunden, in denen ich mit ihr Geschicklichkeitsübungen gemacht habe, Fingerübungen, Kopf-oder-Zahl-Spiele. Mehrere Monate habe ich die Kreuzung zwischen dem Vogel und den Baumkronen darauf betrachtet, bis ich sie auswendig hätte zeichnen können. Aber ich hatte weder Papier noch Stifte in der fensterlosen Kammer, beides bekam ich nur für meine Aufgaben.

»Bren?«

Die Stimme reißt mich aus meinen Gedanken. Ich drehe mich um und entdecke Ramon keine drei Meter weiter.

»Scheiße, du bist es wirklich!«, entfährt es ihm und er weicht einen Schritt zurück. »Ich kann nicht glauben …« Er bricht ab und mustert mich aus schmalen Augen.

»Ramon.« Ich weiß nicht, was Menschen sagen, wenn sie sich nach Jahren wiedersehen. Ich kann nicht einmal sagen, ob ich ihn vermisst habe. Für einen Moment stehe ich einfach nur da und starre ihn an. Noch immer trägt er seine kurzen, dunklen Dreadlocks, die wie ein Strahlenkranz vom Kopf abstehen, und wirkt wie eine Kreuzung aus Punkrocker und Jesus Christus. Irgendwie beruhigt mich sein Anblick, ich kann nicht sagen, wieso. Ich zwinge mich, ihm zuzunicken. »Schön, dich wiederzusehen.« Ich glaube, das passt.

»Ganz der vornehme Slumdog-Prinz. Brendan, der für jeden Knochen, den er dir bricht, auch den lateinischen Namen kennt …« Ramon grinst, doch dann wird er sofort wieder ernst. »Verdammt, Bren …« Seine Finger zittern, als er sich über die stacheligen Dreadlocks streicht. »Was willst du hier? Falls du wegen der Kohle da bist …«

»Du bist mir nichts schuldig«, sage ich schnell. *Aber ich schulde dir so vieles.* Erst jetzt fällt mir auf, wie dünn er geworden ist. Seine wasserhellen Augen sind blutunterlaufen und nicht nur seine Finger zittern. Aber ich werde ihn nicht fragen, was ihm passiert ist, so wie er mich nie gefragt hat, was mit mir passiert ist. Eine Regel des Anstands in einem Leben ohne Moral.

Er sieht mich misstrauisch an. Es passt nicht zu seinen weichen Zügen, das hat es noch nie. »Niemand hier verzichtet auf seine Kohle.«

»Ich habe genug Geld, schon vergessen?« Ich mache einen Schritt auf ihn zu und sofort weicht er wieder zurück.

»Hast es verprasst in den drei Jahren und kommst jetzt, um Schulden einzutreiben? Verdammt, wo hast du überhaupt gesteckt? Ich dachte zuerst, die Brüder von Price … aber das hätte sich herumgesprochen …«

»Ich komme nicht zurück. Ich will nur, dass du mir ein paar Dinge besorgst.«

»Du kommst nicht wegen der beschissenen Kohle und auch nicht, um die Dinge mit Price ein für alle Mal zu klären?«

»Nein.« Ich schüttele den Kopf. »Es gibt nichts zu klären. Aber ich brauche … ich brauche Dinge, an die du zurzeit besser rankommst als ich.«

»Und dann ist meine Schuld beglichen?« Ramon zieht die Augenbrauen hoch.

Ich könnte schreien. Ich hasse dieses Getue um Schuld und Bezahlung. Als würde das irgendwas besser machen. Wie viel müsste mein Stiefvater zahlen, um sich von seiner Schuld an mir freizukaufen? Vor allem, womit müsste er mich bezahlen? Mit Geld, Blut oder Leben? Manche Schulden wird man nie los. So wie ich meine bei Jordan. Und selbst wenn seine Brüder mich umbringen würden, wäre die Schuld nur ein weiterer Passagier in meinem Grab auf dem Weg in die Hölle.

»Du schuldest mir nichts«, presse ich ungeduldig hervor. »Hab ich damals schon gesagt.« Am liebsten würde ich ihn schütteln. »Du hast Geld gebraucht, ich hab's dir gegeben. Betrachte es als Geschenk.«

Ramon lächelt zaghaft und seine verkrampfte Haltung entspannt sich. »Was brauchst du?«

Ich krame die Liste, die ich unterwegs geschrieben habe, aus meiner Hosentasche und drücke sie ihm in die Hand. »Steht alles da drauf.«

Fahrig faltet er das Blatt auseinander und wischt sich mit dem Unterarm über die triefende Nase. Er sieht krank aus, kränker als einfach nur erkältet. »Chloroform, K.-o.-Tropfen, Atropin … Schlafmittel. Dimenhydrinat? Betäubungsgas?« Irgendwo in der Ferne bellt ein Hund. »Ich will nicht wissen wofür, oder?«

»Willst du nicht.« Ich deute auf das Papier. »Ich brauche die Dinge unverdünnt, absolut rein. Ich will keinen zusammengepanschten Scheiß, klar?«

Ramon nickt. »Chloro und das Gas … das wird ein bisschen dauern, den Rest kann ich leicht beschaffen.«

»Wie lange brauchst du fürs Chloro?«

Ramon zuckt mit den Schultern. »Ein bis zwei Wochen, vielleicht auch drei.«

»Ist okay. Wenn du schneller bist, bekommst du tausend Dollar extra.« Ich habe keine Eile. Bis zum 25. Juni dauert es noch eine Weile, aber ich glaube, dass er Geld braucht. Ich will es ihm geben, ohne dass er mich noch einmal anpumpen muss. Dafür hat er zu viel für mich getan. Gedankenverloren blicke ich zu dem renovierten Haus und stelle mir vor, wie er damals mit bandagierten Fäusten das Fenster eingeschlagen hat, um hineinzukommen. Das Monster war einkaufen. Ein paar Bones haben Schmiere gestanden, während er in der Wohnung nach alten Dokumenten von mir gesucht hat.

»Bist du auf Crystal oder was?«, höre ich ihn in meine Erinnerung fragen.

Ich reiße mich gedanklich los und wende mich wieder um. »Wegen der Betäubungsmittel?«

»Wegen der Betäubungsmittel, wegen der Betäubungsmittel«, äfft er mich gespielt affektiert nach, dann fällt seine Stimme ab. »Verfickte Scheiße, ich rede doch nicht von deiner Drogenliste. Hast du in der letzten Zeit mal in den Spiegel geschaut?«

Ich weiß, wie ich aussehe: hohle Wangen, lauernder Blick bei ansonsten verkümmerter Mimik. »Ich war lange allein«, sage ich nur.

Ja, ich war lange allein, aber das wird sich ändern. Mit Lou wird sich alles ändern und nur deswegen bin ich hier. Zurückgekommen, wie Ramon sagt. Für einen Moment denke ich an ihre seidigen blonden Haare, wie sie im Abendlicht gefunkelt haben, und sofort geht es mir besser. Als fielen tausend Tonnen Gewicht von meinen Schultern, als bedeutete das alles hier nichts. Es ist nur ein winziger Schritt, den ich gehen muss, um ans Ziel zu kommen.

»Wo bist du gewesen, Bren?«

»Weit weg.«

»Wo?«

»Besser, du weißt es nicht.«

»Und warum treffen wir uns genau in dieser Straße, vor diesem Haus? Bren, hörst du mir zu?«

Ja, warum hier? Ich habe keinen Flashback bekommen, das ist wie ein Wunder. Wollte ich mir beweisen, dass ich meiner Vergangenheit ohne Flash ins Auge sehen kann? Doch dann wird mir klar, dass ich diese Anfälle nie werde steuern können. Situationen, die mir harmlos erscheinen, katapultieren mich zurück, während in Momenten, in denen ich sie erwarte, nichts geschieht. Aber das wusste ich doch ohnehin, oder nicht? Warum bin ich also wirklich hier?

Das Monster ist fort, schon sehr lange. Ich werde nie wieder eine Möglichkeit finden, mich für all die Jahre zu rächen.

Schritt für Schritt gehe ich auf das Haus zu, spüre den warmen Wind im Gesicht wie ein Streicheln von zarten Fingern. Lou wird bei mir gefangen sein, so wie ich es hinter diesen Mauern war.

Ich war zu klein, um mich an etwas anderes zu erinnern. In meinem Leben hat es immer nur dieses Gemäuer gegeben, als wäre es das Zentrum der Welt. Seiner Welt.

Jahrelang habe ich mich gefragt, was es da draußen geben mochte; wie die Luft in den Straßen riecht, wie sich Sonnenstrahlen auf der Haut anfühlen oder wie ein Lachen klingt.

Aber mit Lou mache ich es anders als er mit mir. Ich stecke sie nicht in eine fensterlose Kammer. Sie wird unter dem blauen Himmel des Yukon leben, in grünen, weiten Nadelwäldern. Sie darf anziehen und essen, was immer sie will. Sie darf fühlen, was sie will. Ich möchte, dass sie bei mir glücklich wird, und auf gar keinen Fall will ich ihr wehtun. Sie soll einfach nur bei mir sein und eines Tages wird sie verstehen, warum ich sie entführt habe.

Ich betrachte meinen Handrücken, die blasse Narbe, die entstanden ist, als ich vergeblich versucht habe, meine Handfessel loszuwerden.

Bis Lou verstanden hat, dass der Yukon ihr Glück ist, kann viel Zeit vergehen, das ist mir klar. Und die Wildnis ist ein gefährlicher Ort. Manchmal gefährlicher als L. A.

»Ich brauche noch Double-Lock-Handschellen«, sage ich laut vor mich hin und gehe geistig den Innenraum des Campers durch.

»Acht Paar, nein, besser zehn. Alle aus gehärtetem Stahl. Und Eisenketten. Auch zehn Stück.«

Ich höre Ramons Schritte hinter mir. Er stellt sich neben mich und räuspert sich umständlich. »Eisenketten?«

Ich schließe kurz die Augen, spüre den harten Zug der unnachgiebigen Fesseln an den Armen und den Schulterblättern. Auf der Fahrt hatte ich bereits schon mal den Gedanken, ich könnte mich während eines Flashs anketten. Im Grunde ist das die Lösung, denn so gefährde ich auch Lou nicht. Also sind die Ketten für uns beide. »Es dürfen keine aus dem Baumarkt sein, die meisten sind zu schwer.« Sie sollen Lou nicht unnötig wehtun. »Lebt dieser Dexter noch?«

Ramon nickt.

»Besorg ein paar von ihm und ich probiere sie aus.« Ich weiß nicht, was Ramon jetzt denkt, aber es ist mir auch egal. Zum Glück ist er jemand, der nicht nachfragt.

Abermals sehe ich zu den Mauern, die jetzt so weiß leuchten wie die pompösen Villen von Beverly Hills. Der Vorhang mit den Feuerwehrautos bauscht sich hinter dem gekippten Fenster im Wind, die Teddys des Mobiles wippen auf und ab, als würden sie schaukeln. Ein Kinderlachen dringt in meine Ohren. Eindeutig das eines Jungen.

Vielleicht hat er die perfekte Familie. Mutter, Vater, Kind.

Etwas an dieser Vorstellung macht mein Herz schwer wie Blei. Es zieht mich hinab, in die Tiefe des Kellers, in die Dunkelheit, irgendwohin, wo ich nicht sein möchte, nie wieder. Ich will das nicht fühlen. Nicht dieses Abermillionen Tonnen schwere Gewicht. Hinter meiner Stirn explodiert ein scharfer Schmerz und wird zu einem blutroten Nebel, der in jede Zelle meines Körpers dringt.

Für Sekunden habe ich das Gefühl, in dem Dunst zu verschwimmen. Als würde mein Denken von einem anderen Bewusstsein überflutet. Bilder von Lou gleiten an mir vorbei. Lou mit den Handschellen, gefangen gehalten von einer Eisenkette an der Wand des Wohnmobils. Sie zieht und zerrt an den Fesseln, aber sie kann sich nicht befreien. Und je länger und heftiger sie es versucht, desto verzweifelter weint sie. Ich versuche, mich in sie hineinzuversetzen, aber da ist eine Wand. Ich fühle nichts. Kein Mitleid, keine Reue. Nur Befriedigung, dass sie jetzt mir gehört. Ich habe das Recht, sie zu entführen. Es wird nie wieder so leer und kalt sein wie früher.

Niemals. Ich werde dafür sorgen, dass sie mich nie wieder verlässt. Und wenn es bedeutet, dass sie die erste Zeit bei mir in Ketten verbringt, wird es geschehen.

»Bren?«

Der rote Nebel verschwindet in mir, als hätte jemand einen Stöpsel gezogen. Ich schaue den schaukelnden Teddys zu. Was habe ich gerade gedacht?

Mutter, Vater, Kind. Lou in Ketten. Warum war es mir so gleichgültig? Wieso habe ich nichts gefühlt?

Ich schüttele mechanisch den Kopf. Ich will das nicht machen. Aber es wird notwendig sein. Ein Teil von mir weiß es. Ein Teil von mir kann es tun. Ohne Bedauern, ohne Gewissensbisse. Vielleicht der Teil, der den Keller dieses Hauses nie verlassen hat.

Für dich ist alles irgendwie leicht, stimmt's?

Na klar!

Sie wird drüber hinwegkommen, Bren, ganz sicher. Sie will doch ein Abenteuer.

Mein Herz ist nicht mehr schwer, und das ist gut so.

Nachdem ich mich von Ramon getrennt habe, gehe ich zum Camper zurück und suche mir einen Parkplatz vor einem Walmart, auf dem ich mit meinem Wohnmobil kostenlos stehen darf. Als Erstes ziehe ich alle Vorhänge zu, dann setze ich mich auf die Zweimannbank, ein Kuli und ein leeres Blatt Papier liegen vor mir auf dem Tisch. Für einen Augenblick mache ich nichts, lasse Gedanken und Bilder vorbeiziehen. Das renovierte Haus geht mir nicht mehr aus dem Kopf. Es wirkte so anders, plötzlich scheint alles irgendwie verkehrt. *Er* dürfte nicht fort sein. *Er* müsste für immer in dieses Haus gebannt sein!

Mit einem Seufzen ziehe ich schließlich mein Handy aus der Hosentasche und betrachte den Screenshot von Lou. Mit ihr kommt mir nichts verkehrt vor, im Gegenteil. Alles ist klar.

Als ich mich besser fühle, hole ich meine Einkaufsliste vom letzten Jahr und schreibe eine neue. Ich rechne aus, wie viele Konserven von meinem Winterlager übrig sind, verdoppele alles andere und schlage noch eine Winterration obendrauf. So werden die Vorräte auf jeden Fall so lange reichen, bis Lou aus dem Gröbsten draußen ist. Vorher will ich eigentlich nicht in die Zivilisation zurück. Lou soll sich an das Leben in der Wildnis gewöhnen. Das Beste wäre natürlich, wir müssten nie wieder an einen anderen Ort zurückkehren und könnten uns von dem ernähren, was der Wald hergibt.

Ich spüre, wie ich mich während all dieser Überlegungen immer mehr entspanne.

Die nächsten Tage verbringe ich ausschließlich im Camper, sodass ich nicht unter Menschen gehen muss. Jeden zweiten Tag wechsele ich den Parkplatz, damit das Wohnmobil niemandem unangenehm auffällt, einmal fahre ich noch an einer Dump-Station vorbei. Mit einem Kribbeln der Vorfreude im Bauch notiere ich viele weitere Dinge, an die ich bisher noch gar nicht gedacht habe: falsche Kennzeichen für den Camper, eine doppelte Ration Medikamente, Binden, Tampons und all dieser Mädchenkram, von dem ich keine Ahnung habe. Und dann natürlich extra viel von den Sachen, die Lou mag. Lemon-Cookies, Schoko-Donuts, Pancakes, Waffeln, sehr viel Zucker für den Kaffee, Pinienkerne, Nudeln, getrocknete Tomaten und eingelegten Knoblauch.

Nach einer Woche kaufe ich früh morgens in einem noch wenig besuchten Baumarkt die Materialien, die ich für das Anbringen der Ketten brauche: Metallplatten, Schrauben, Ösen. Ich habe das alles so viele Jahre gesehen, dass ich mir dafür keine Liste schreiben muss. Zum Montieren fahre ich auf einen Parkplatz am großen Handelshafen, wo keinem der Lärm auffällt. Ich verteile die Halterungen ziemlich gleichmäßig, nur im Schlafbereich bringe ich mehr an. Angekettet zu schlafen kann zur Qual werden, vor allem, wenn die Fesseln immer an derselben Stelle sitzen – und gerade nachts werde ich auf eine Fesselung lange nicht verzichten können. Für tagsüber habe ich heute im Baumarkt noch Kabelbinder und Glöckchen gekauft, um daraus Armbändchen machen zu können, eine Art Signalgeber, damit sie nicht unbemerkt fliehen kann. Zuletzt tausche ich noch den Spiegel im Bad gegen eine bruchsichere Variante aus – sicher ist sicher.

Danach bleibt mir nichts weiter übrig, als auf Ramon und die Ketten zu warten. Erst als ich mich für ein Modell entschieden habe, beginne ich mit den Einkäufen.

Um kein Aufsehen zu erregen, klappere ich nacheinander die Einkaufszentren und Supermärkte von ganz L. A. ab. Dreimal bekomme ich währenddessen einen Flashback, zweimal schaffe ich es gerade noch rechtzeitig in den Camper, um mich im Schlafbereich anzuketten. Im Trader Joe's habe ich weniger Glück. Der Flash erwischt mich, als jemand an mir vorbeigeht, der nach Wasserbeize und Holzöl riecht. Ich weiß nicht genau, was ich getan habe, aber als ich zu mir komme, liegen die Bioäpfel auf dem Boden, ein Regal ist umgekippt. Ich kann den Inhaber nur beruhigen, weil ich ihm mehr Geld zahle, als er vermutlich in zwei Monaten verdient. Wenigstens habe ich niemanden verletzt.

Zwei Wochen nach dem Flash fahre ich zu einer verwaisten Autowerkstatt in der Nähe des Handelshafens. Die ganze Straße ist eine Ansammlung pleitegegangener Betriebe, hier kommen nicht mal irgendwelche Hools zum Randalieren her. Der perfekte Ort. Mit einem dunklen, unheimlichen Gefühl im Bauch starre ich auf die Werkstatt, die ich letzte Woche ausgekundschaftet habe. Die Tür zum ehemaligen Empfangsraum hängt halb aus den Angeln, alle Fenster sind zersplittert. Trostlos, so wie der bleigraue Himmel und der kalte Wind, der heute vom Pazifik Richtung Land weht.

Das hier wird der schwerste Teil meines Vorhabens.

Mit einem tiefen Seufzen steige ich aus und trage nacheinander die großen Holzbretter in den ehemaligen Inspektionsraum. Danach hole ich die Vierkanthölzer, den Bohrer und meinen Werkzeugkasten.

Für einen Augenblick betrachte ich die rechteckigen Bretter auf dem Boden. Es ist geschliffene Birke, ich habe extra helles Holz ausgesucht. Als ob das etwas ändern würde!

Mein Hals wird eng. Durch die zersplitterten Fenster pfeift der Wind und lässt mich frösteln. Das unheimliche Gefühl in mir weicht einer Art Kältestarre. Ich muss an Friedhöfe denken. An alte Keller. Den Sarg. Wie kann ich so etwas bloß tun? Wie kann ich auch nur daran denken, nach dem, was mir passiert ist?

Mit klammen Fingern wische ich mir über Mund und Kinn, schüttele den Kopf. Ich habe keine Wahl. Wieder und wieder habe ich die Möglichkeiten gegeneinander abgewogen. Von den Nationalparks, in denen die Scrivers haltmachen, sind es viele Tage bis hoch in den Yukon. Wenn ich Lou mitnehme, wird sie sich kaum brav neben mich auf den Beifahrersitz setzen. Bestimmt wird es auch jede Menge Suchmeldungen geben. Also muss ich sie irgendwo unterbringen … verstecken.

Wie einen Schatz.

Das Pfeifen des Windes wird stärker, klingt wie das schauerliche

Lied eines Geisterchors. Die Tür klappert in einem monotonen Rhythmus gegen den Rahmen. Ich zünde mir eine Kippe an und laufe im Raum auf und ab, an einer alten Hebebühne vorbei. Es ist Ende Mai. Die Vorräte sind aufgestockt, alle anderen Kleinigkeiten gekauft. Vorletzte Woche habe ich den Hohlraum unter dem Doppelbett mit Akustikschaumstoff gedämmt. Ich habe gehofft, ich könnte Lou einfach dort unterbringen, doch nachdem ich neulich eine Vollbremsung machen musste, habe ich erkannt, wie gefährlich das ist. Sie könnte unkontrolliert durch den Hohlraum geschleudert werden, vor allem, wenn sie betäubt ist. Und dann könnte sie sich das Genick brechen … wie Jordan. Wenn ich den Hohlraum zusätzlich mit Decken auskleide, könnte sie ersticken, falls sie ungünstig liegt. Ich werde nicht die Zeit haben, das jede Minute zu kontrollieren. Vor einer Woche habe ich die Dämmung wieder herausgerissen und versucht, eine zusätzliche Wand in den Hohlraum einzuziehen, aber dafür war die Holzverkleidung zu dünn. Beinahe hätte ich die Bettkonstruktion in ihre Einzelteile zerlegt.

Danach kam mir diese Idee, diese letzte Konsequenz, die mich Nächte hat wach liegen lassen: Ich muss eine Kiste für Lou bauen. Eine Kiste ist die sicherste Möglichkeit, sie unbeschadet und unentdeckt in den Yukon zu bekommen.

Mit einem dunklen Frösteln gehe ich zu einem der kaputten Fenster und schaue zum Camper. Die Aufschrift *Travel America* erscheint mir wie Hohn. Ich zweifle an mir selbst, vielleicht zum ersten Mal, seit mir der Gedanke gekommen ist, Lou zu entführen. Wenn ich bereit bin, sie in eine Kiste zu stecken, wie weit werde ich noch gehen, um mein Ziel zu erreichen?

Nach einem tiefen Zug werfe ich die Kippe nach draußen und drehe mich zu den Brettern um. Allein beim Anblick des Holzes wird mir kotzübel, aber es hilft alles nichts.

Es muss getan werden. Für Lou und für mich.

Die Birkenbretter und Vierkanthölzer habe ich im Baumarkt bereits im richtigen Maß bestellt, ich muss sie nur noch zusammenschustern. Ich nehme mir das erste Brett und bohre ein Loch durch die angezeichnete Markierung. Meine Hand zittert und ich halte inne. Der Wind singt sein Lied von Geistern und Gräbern. Schattengedanken von Enge und Finsternis wirbeln durch mich hindurch. Tod. Folter. Dunkelheit. Ich beiße die Zähne zusammen und mache weiter, bohre alle Löcher in die Bretter. Das Atmen fällt mir schwer.

Bevor ich mit den Vierkanthölzern weitermache, betrachte ich den Screenshot von Lou.

Sie strahlt mich an. Mein Magen krampft sich zusammen. Ich kann sie mit in den Yukon nehmen, ich kann sie meinetwegen auch anketten, aber das mit der Kiste ist grausam.

Ich stecke das Handy zurück und greife wieder nach dem Bohrer. Ich kann ihn kaum halten. Wütend über mich selbst lege ich ihn zur Seite und balle die Faust. So fest, dass es wehtut. Als könnte ich meine Finger mit Gewalt dazu zwingen, mit dem Zittern aufzuhören.

Reiß dich gefälligst zusammen, du Schwächling! Nicht du sollst in diese Kiste, sondern Lou! Und genau deswegen betäubst du sie ja auch. Nicht nur, damit sie Ruhe gibt, sondern auch, damit sie sich nicht fürchtet!

Ich atme tief in den Bauch, öffne die Faust und halte die Hand auf Augenhöhe. Sie zittert immer noch. *Fuck!* Ich bin echt ein Versager, wenn ich es nicht schaffe, diese Scheißkiste zu bauen. Mit zusammengepressten Lippen greife ich nach der Schraube. Diese Arbeit ist wichtig. Ich muss sie erledigen, das Resultat dient Lous Sicherheit. Punkt. Aus. Schluss.

Ich schraube die ersten beiden Vierkanthölzer an die Bretter, ohne mir noch einmal das Bild von Lou anzuschauen. Gewissensbisse helfen mir nicht. Ich verdränge Lou aus meinem Kopf, konzentriere mich nur auf das, was ich tue. Bohren und schrauben. Ich stelle mir vor, ich baue eine Kiste für meine Vorräte. Meine Hände werden ruhiger, der stoische Teil in mir übernimmt die Führung. Ich schaffe es, die restlichen Bretter und Hölzer zu verbinden, am Ende bohre ich noch ein paar Luftlöcher in die Bretter und bringe den Riegel am Kistendeckel an.

Als ich das fertige Werk begutachte, bekomme ich Herzklopfen, aber es ist keine Furcht. Ich fühle mich zu schlecht, um stolz darauf zu sein, dass ich es geschafft habe, trotzdem bin ich unendlich erleichtert. Wenn ich das fertiggebracht habe, schaffe ich alles andere auch.

In dieser Nacht bekomme ich einen abartigen Flash. Es gelingt mir zwar, mich anzuketten, aber ich zerschlage bei diesem Anfall einen Haufen Geschirr, das sagt mir zumindest der Scherbenhaufen am nächsten Morgen. Außerdem liegt eine Schranktür herausgerissen auf dem Boden. Sollte ich im Yukon eine Attacke bekommen, wäre es sicher das Beste, mich draußen an einen Baum zu ketten.

Nachdem ich das Chaos beseitigt und die Tür repariert habe, beginne ich am Mittag damit, Lous Klamotten nachzukaufen. Einen Großteil davon bestelle ich im Internet und lasse ihn an Ramons Adresse liefern. Manches bekomme ich überhaupt nicht, dafür suche ich noch selbst ein paar Teile aus. Ich stelle fest, dass ich offenbar eine Vorliebe für Schwarz habe, obwohl mir Lou gerade in dem weißen Hemdchen so gut gefallen hat.

Parallel zu den Bestellungen finde ich im Darknet einen Medizinstudenten, der für Kohle bereit ist, sein Wissen über Betäubungsmittel mit mir zu teilen. Schließlich will ich Lou nur betäuben und nicht umbringen. Außerdem muss sie zwischendurch wach genug sein, damit sie Wasser trinken und aufs Klo gehen kann, soll sich aber hinterher an nichts mehr erinnern können. Und auf gar keinen Fall darf sie mitbekommen, dass ich sie in dieser Scheißkiste in den Yukon transportiere.

Ich notiere sorgfältig alle Kombinationen, lerne sie aber trotzdem auswendig. Das einzige Problem, das ich noch habe, ist das Chloroform. Ich kann es Lou nicht in Tropfen verpassen, ich habe nur grobe Richtwerte, daher beschließe ich, es an mir selbst auszutesten. Doch dafür brauche ich Ramon. Zum ersten Mal hat er Skrupel, und ich muss die Summe, die ich ihm biete, zweimal erhöhen, damit er zustimmt und mich betäubt.

Am Ende sind vier Versuche nötig, um die richtige Dosierung zu erwischen. Bei den ersten Malen hat er zu viel Chloro benutzt. Ich war zwar nach ein oder zwei Atemzügen schon weg, doch es hat lange gedauert, bis ich wieder zu mir gekommen bin. Etwas zu lange, hat Ramon gesagt. Bei Lou will ich kein Risiko eingehen. Das Chloro stammt aus dem Vorrat eines Chemiekonzerns, in den ein paar von Ramons Kumpels eingebrochen sind. Es ist danach nicht gestreckt worden und wirkt viel stärker als erwartet. Beim vierten Mal hat Ramon nur die Hälfte des dritten Versuchs verwendet. Es hat zwar länger gedauert, um mich in den Tiefschlaf zu befördern, aber dafür bin ich auch zwei Minuten später wieder aufgewacht. Genau diese Dosierung habe ich mir notiert, heruntergerechnet auf Lous geschätztes Gewicht.

Jetzt bleibt nur noch eines zu tun. Ich muss unter Menschen, außerdem muss ich mich um mein Äußeres kümmern. Denn wenn ich Lou in meinem jetzigen Zustand unter die Augen trete, wird sie niemals mit mir mitkommen. Und das ist es ja letztendlich, was sie tun muss, damit mein Plan funktioniert. Mit mir mitkommen und in den Camper steigen – der Rest sollte leicht sein.

5. Kapitel

Es ist der 25. Juni. Seit sechs Uhr früh verharre ich hinter einem Mammutbaum am Rand des Visitor Centers *Lodgepole* und lasse den weitläufigen Parkplatz nicht aus den Augen. Heute wird Lou mit ihren Brüdern hier im Sequoia National Park ankommen, zumindest, wenn ihre Liste kein Fake war.

Ein dunkles, euphorisches Prickeln steigt von meinem Bauch in die Brust. Ich bin schon seit gestern Abend da. Den Camper habe ich in einer Haltebucht an der Hauptstraße abgestellt, sodass man ihn vom Visitor Center aus nicht sieht.

Ich tauche tiefer in den Schatten des Baumes und ziehe die Mundwinkel nach oben. Versuche, genau das Lächeln hinzubekommen, das ich im letzten Monat jeden Tag aufs Neue geübt habe. Ein harmloses, aber selbstbewusstes Lächeln, das Lou keine Angst machen wird.

Mit einer einstudierten Geste streiche ich dabei meine Haare zurück. Zum ersten Mal in meinem Leben bin ich froh über mein Aussehen. Mit ein wenig Konzentration schaffe ich es sogar, den lauernden Ausdruck in meinen Augen zurückzudrängen, trotzdem habe ich zur Sicherheit meine Augentropfen mit dem Belladonna eingesteckt.

Wieder blicke ich zum Parkplatz und versuche den Rausch aus Aufregung, Freude und Furcht in mir zu unterdrücken. Ich weiß, ich werde nicht viele Chancen bekommen, vielleicht auch nur eine. Unbewusst zuckt meine Hand zu der Hosentasche, in der ich die Apothekerflasche mit dem Chloroform, die K.-o.-Tropfen und ein paar Kabelbinder verstaut habe. Ursprünglich wollte ich mir eine konkrete Strategie überlegen, wie ich Lou in den Camper locke, doch so etwas kann ich nicht exakt planen, es muss sich spontan aus einer Situation heraus ergeben. Möglicherweise trödelt sie mal nach einer Wanderung herum, bleibt hinter ihren Brüdern zurück und ich kann sie ansprechen. Vielleicht mache ich mir einen Verband und frage sie, ob sie mir bei etwas helfen kann; doch dafür müsste sie ohne ihre Brüder unterwegs sein.

Womöglich klappt die Nummer mit dem Camper auch gar nicht. Dann muss ich Lou nachts aus dem Zelt ihrer Brüder entführen, was das ganze Unterfangen schwieriger macht. Ich müsste das Betäubungsgas einsetzen, aber ich habe Angst, Lou damit zu schaden.

Sie ist das Leichtgewicht der Scrivers und eine Dosis, die Avery oder Ethan in Tiefschlaf versetzt, könnte bei ihr zu einem Atemstillstand führen. Nein, die Camper-Variante ist die bessere Option, auch wenn sie viel mehr von mir fordert.

Ich lächele noch einmal und lasse meinen Blick zu der Zufahrtsstraße des Centers wandern. Sie müssen über den steilen Pass fahren und können nur von rechts kommen. Aber was, wenn sie nicht auftauchen? Wenn Lou irgendeinen Mist gepostet hat, um mich reinzulegen? Wenn sie irgendwie gemerkt hat, dass ich sie über Monate hinweg gestalkt habe?

Ich presse meine Hände gegen die Schläfen. Nein, unmöglich. Lou kann es nicht gemerkt haben, wie auch? Nie habe ich einen Kommentar gepostet oder ihr eine Nachricht geschickt. Aber ihr übervorsichtiger Bruder könnte sich dazu entschlossen haben, die Route zu ändern – gerade weil Lou sie ins Netz gestellt hat.

Ethan. Der Schatten eines finsteren Gedankens legt sich über mich. Natürlich weiß er, welche perversen Fantasien ein Mädchen wie Lou in den Köpfen der Männer wecken kann. Vermutlich wird er sie bewachen wie ein Schießhund. Meine Hände zittern vor unterdrücktem Zorn, als ich mir vorstelle, wie er meine Pläne durchkreuzt, und ich atme mehrmals tief durch.

Ich muss unbedingt ruhiger werden. Ich darf nicht an Ethan denken, ich darf an gar nichts denken, das mich aufregt. Einen Flashback kann ich mir nicht leisten, davon hat es in den vorhergehenden Wochen schon zu viele gegeben. Bereits jetzt komme ich mir vor wie einer dieser Schachtel-Clowns, der nur darauf wartet hochzuschießen, sobald der Deckel aufgeht.

Ich warte weiter. Die Sonne klettert in den Zenit und sinkt wieder herab. Mittlerweile sind drei Campingbusse von der Zufahrtsstraße abgebogen und haben ihre Plätze auf dem Areal für die großen Wohnmobile eingenommen. Der Bezirk liegt rechts von mir, nur durch ein paar Weißdornbüsche getrennt, und die Stimmen der Kinder schwirren wie Gewittermücken zu mir rüber.

Gegen halb drei wird es selbst im Schatten so brütend heiß, dass mir der Schweiß über den Rücken läuft. Schon bald klebt der Kapuzenpulli an meiner Haut und ich verfluche mich, kein T-Shirt angezogen zu haben. Ich überlege, ihn einfach auszuziehen, als ich plötzlich einen grauen Toyota auf der Zufahrtsstraße entdecke. Lou hat das Auto ihres Bruders vor Monaten gepostet, mit Mayo unter den

Türgriffen, als Racheakt für eine von Ethans Strafen. Mit nervenaufreibender Langsamkeit rollt der Wagen auf den Parkplatz, direkt auf das Besucherzentrum zu.

Mein Mund ist staubtrocken. Selbst auf diese Entfernung erkenne ich einen jungen blonden Mann am Steuer. *Ethan?* Auf dem Bild, das Lou heimlich von ihm eingestellt hat, trägt er einen Zopf und seine Miene ist säuerlich.

Wie ein mit der Sonne wandernder Schatten bewege ich mich am Stamm entlang und behalte das Auto im Auge. Durch das lichte Blattwerk einer Hecke spähe ich Richtung Parkplatz. Es ist tatsächlich Ethan, ich erkenne ihn ganz deutlich! Er trägt sogar das rotweiß-karierte Hemd.

Plötzlich ist Chaos in meinem Kopf. So lange habe ich auf diesen Augenblick gewartet, jetzt fliegt er vorbei, ohne dass ich wirklich begreife, was passiert.

Der Toyota kommt zwischen mir und dem Visitor Center zum Stehen, direkt danach schwingen die vier Türen auf. Lous Brüder steigen fast zeitgleich aus; sie kommen mir vor wie Phantome, die meiner Fantasie entspringen. Aber sie sind echt, keine dreißig Meter von mir entfernt:

Ethan, der mit verkniffenem Gesicht die Hände in die Hüften stützt; der braun gebrannte Liam – mit ellenlangen Haaren und einem glückseligen Grinsen, als hätte er sich unterwegs eine Tüte Gras reingezogen. Jayden, dem die Strähnen wirr vom Kopf abstehen, eindeutig der Jüngste der Brüder; und Avery, der Größte mit den sanften Zügen, der Lou am ähnlichsten sieht.

Aber wo ist Lou?

Kälte kriecht mir über den Rücken: Sie ist zu Hause geblieben, bei Freunden!

Ihrem Freund?

Meine Finger ballen sich unwillkürlich zur Faust, während ich wie vereist auf den Toyota starre. Avery beugt sich noch einmal ins Wageninnere und sagt etwas, das ich von hier aus nicht verstehe.

»Meine Güte, dann soll sie halt im Auto sitzen bleiben«, höre ich einen von ihnen entnervt rufen. »Aber dann wird sie auch nicht erfahren, wo die Duschen sind!«

Ein Schauer der Erleichterung rieselt mir über den Rücken. Avery redet immer noch. Wahrscheinlich will Lou nur nicht aussteigen. Als wüsste sie, dass ich hier stehe und auf sie warte.

Vielleicht sollte ich mich einfach zu ihr ins Auto setzen, sie betäuben und den Wagen kurzschließen, sobald ihre Brüder weg sind. Ich blicke kurz zu ihren Geschwistern.

»Herrgott noch mal!«, brüllt Ethan, der mittlerweile schon am überdachten Eingang steht. »Lass sie doch, wenn sie schmollen will!« Er verschwindet im Inneren des Besucherzentrums und Liam und Jayden folgen ihm, während Avery sich weiterhin Richtung Rückbank beugt und ausholend gestikuliert.

Plötzlich weicht er zurück und ein blondes Mädchen klettert heraus. Einfach so. Als hätte dieser Moment keine Bedeutung.

Ich will auf die Knie fallen. Lou ist real, wahrhaftig real! Sonnenstrahlen glitzern auf ihren Haaren, die sie zu einem hohen Pferdeschwanz gebunden hat. Für Sekunden kann ich sie nur anstarren, ohne zu denken, ohne zu atmen. Sie erscheint mir noch zierlicher als auf ihren Fotos. Noch heller, noch leichter. Sie kichert, stößt Avery einen Ellbogen in die Rippen und zieht danach lachend ihre Bluse hoch, die über ihre Schulter gerutscht ist. Avery lacht zurück und in dem Augenblick beneide ich ihn heiß und unbändig um die vielen Jahre an ihrer Seite. Wie gut muss sich das anfühlen!

Als ich wieder Luft holen kann, ist es, als würde das Gewicht meiner Einsamkeit noch schwerer wiegen. So wie vor dem Haus des Monsters zieht ein roter Nebelschleier durch meinen Geist und macht mich benommen. Lou stößt Avery erneut in die Rippen, und noch einmal, bis er sie spielerisch auf den Oberarm boxt. Sie lachen, Lou nickt in Richtung des Visitor Centers und sagt etwas zu Avery, das ihn grinsen lässt.

Ich starre ihnen nach, wie sie Seite an Seite hineingehen, und meine Hand wandert zu den Kabelbindern, den K.-o.-Tropfen und dem Chloroform in meiner Tasche.

»Bald«, höre ich mich sagen. Leise und stoisch, als müsste ich mich selbst beruhigen, um ihnen nicht hinterherzustürmen.

Als die Scrivers nach einer halben Stunde wieder aus dem Besucherzentrum kommen, Lou untergehakt bei Avery, ziehe ich mich weiter in den Wald zurück. Ich laufe ein Stück parallel entlang der Schotterstraße und irgendwann fährt der graue Toyota an mir vorbei. Ich jogge zwischen den Bäumen versteckt hinterher, mache aber kehrt, sobald ich gesehen habe, wo sie ihr Zelt aufschlagen.

Lou in greifbarer Nähe zu wissen, löst ein derartiges Gefühlschaos in mir aus, dass ich mich vor einer neuen Attacke fürchte.

Zurück im Wohnmobil reiße ich mir meine verschwitzten Klamotten vom Leib, steige unter die Dusche und überlege, wie ich das Flashback-Problem löse. Vielleicht sollte ich vor unserer ersten Begegnung meine Augentropfen mit dem Atropin benutzen. Dann würde ich Lou nicht so deutlich sehen, könnte cooler bleiben, und mein Blick wäre durch die erweiterten Pupillen definitiv nicht der eines Jägers auf Beutezug. Außerdem wäre es auch gut, um andere Reize zu minimieren. In L. A. ist es mir mit den Augentropfen am Ende sogar gelungen, mich kurzfristig in einer größeren Menschenmenge zu bewegen, ohne einen Flash zu bekommen. Eigentlich sind die Tropfen gegen Regenbogenhautentzündung, aber bei einer seltenen Anwendung sind sie nicht schädlich, das hat zumindest der Medizinstudent aus dem Darknet geschrieben. Und natürlich verwende ich eine niedrig dosierte Variante.

Nur – sollte es mir wirklich gelingen, Lou hierherzulocken und zu betäuben – wer fährt dann den Camper? Mit den Tropfen bin ich manchmal bis zu zwei Stunden kurzsichtig. Ich darf unmöglich länger als nötig an diesem Ort bleiben. Andererseits wäre ein überstürzter Aufbruch ebenso auffällig. Womöglich wäre es sogar besser, ein bisschen zu warten. Ja, etwas zu warten ist definitiv die bessere Variante.

Nach der Dusche schlüpfe ich in einen sauberen schwarzen Hoodie und eine dunkle Cargohose. Vielleicht steht Lou mehr auf Jeans, aber ich brauche die Taschen. Zumindest lässt mich das Outfit nicht wie einen Spießer erscheinen. Eher wie einen Abenteurer, und das ist es doch, was Lou sich wünscht.

Ich lächele vor mich hin, dieses Mal aus einem inneren Bedürfnis heraus. Ein letztes Mal kontrolliere ich die stählernen Halterungen an den Wänden, die Eisenketten im oberen Küchenschrank, die Handschellen direkt daneben. Ich krame mein Handwerkszeug aus der alten Hose und lasse die Mittelchen in der Cargotasche verschwinden, danach sehe ich mich aufmerksam im Camper um.

Das Innere wirkt zu steril, wie das Arbeitsumfeld eines Irren, der darauf steht, junge Mädchen auszuweiden. Ein Mädchen wie Lou, das mit vier Brüdern aufwächst, macht diese Ordnung vielleicht misstrauisch. Es sieht zu *vorbereitet* aus. Schnell hole ich meine Lederjacke aus dem oberen Fach und werfe sie auf die Sitzbank im vorderen Bereich, anschließend stelle ich eine angebrochene Flasche Cola und ein Glas auf den Tisch. Oder lieber ein Bier? Nein, Cola passt besser, außerdem soll sie mich nicht für einen Säufer halten. Wieder schaue ich mich um. Es sieht immer noch viel zu aufgeräumt aus. Zumindest für einen Typen, der allein mit einem Camper unterwegs ist. Ich sehe nervös auf die Uhr. Gleich halb sechs. Ich reiße einen Schrank auf und verteile achtlos Müsliriegel, Heftpflaster, Kugelschreiber, Haushaltsgummis, Tassen und zwei Teller auf der Arbeitsplatte.

Definitiv besser!

Zum Abschluss zwänge ich mich noch mal in das winzige Bad und lächele mein selbstbewusstes Lächeln. Anschließend hole ich die Augentropfen aus der alten Hose und stecke sie ein. Vielleicht bekomme ich ja heute schon eine Chance, Lou anzusprechen. Womöglich vertraut sie mir dann beim zweiten Mal oder sie geht sogar sofort mit mir mit. Besser, ich bin auf alle Eventualitäten vorbereitet.

Gegenüber meiner Haltebucht liegt der Teil des Waldes, durch den man zu den Zeltplätzen des Campgrounds kommt.

Aufmerksam schaue ich mich um, doch es sind weder Autos noch Wanderer zu sehen, als ich zwischen den grauen Schatten der Bäume verschwinde. In diesem Teilabschnitt von Lodgepole stehen die Sequoias dicht beieinander und ihr Kronendach bildet einen geschlossen grünen Schirm über mir. Kaum ein Lichtstrahl fällt auf die Erde, aber trotz des schützenden Dämmerlichts bin ich vorsichtig. Ich kann nicht ausschließen, dass sich spielende Kinder in das Gebiet vorwagen. Die Schotterstraße ist nicht weit weg, vielleicht fünfhundert Meter westlich, ebenso die Zeltplätze und die öffentlichen Toiletten. Es wäre fatal, wenn sich hinterher jemand daran erinnern würde, wie ich hier durch den Wald geschlichen bin.

Als ich höchstens noch dreißig Meter vom Platz der Scrivers entfernt bin, bewege ich mich so leise, als würde ich mich an ein Karibu heranpirschen. Einzelne Rufe dringen durch den Wald, danach Stimmen und Gelächter.

Verstohlen schaue ich mich um. Links neben den Scrivers ist ein unbesetzter Zeltplatz, rechts von ihnen steht ein blau-gelbes Familienzelt mit Vordach, das von einem Kreis Findlingen umgeben ist. Dunkler Qualm und der Geruch von Steaks wehen zu mir herüber. Durch die Zweige einer jungen Weihrauchzeder sehe ich zwei kleine

Mädchen neben dem Zelt auf und ab hüpfen und ihre Hände in den weichen Zeltstoff stoßen.

Ich gehe noch näher heran.

»Sind das etwa alle Klamotten, die du dabeihast?«, höre ich plötzlich eine Stimme, die ich allein des unfreundlichen Tonfalls wegen Ethan zuordne. Ich halte inne.

»Ja. Und weiter?«

Bei Lous Worten tauche ich hinter einem jungen Sequoia ab. Er ist schlank und hochgewachsen, aber er verbirgt mich komplett, wenn ich mich nicht bewege.

»Keine lange Hose? Keine Pullover?«, schimpft Ethan weiter. »Was ist mit deinen Wanderstiefeln?«

»Ich kann in meinen Chucks laufen.«

Ich habe Wanderstiefel für dich gekauft, Lou. Könnte ich dich doch nur sehen! Sie klingt so nah. Es ist so wunderbar, ihre Stimme zu hören. Live, und nicht über Tausende von Meilen hinweg durch den Lautsprecher eines Laptops.

»Oder in diesen Sandalen, die du noch nicht einmal bei mir abgestottert hast. Wo genau hast du gedacht, machen wir Urlaub? Auf einem Campground Marke Spa-Hotel?«, spottet Ethan grimmig.

Von links fliegt wildes Gekicher zu mir herüber.

»Rain? Summer? Hört mit dem Unsinn auf!«

»Rain hat angefangen … Daddy, Daddy …«

Als das Mädchen plötzlich ins Stocken gerät, halte ich die Luft an und drehe mich in die Richtung, aus der die Kinderstimmen kommen. Haben sie mich entdeckt? Ich sehe sie nicht mehr; dafür aber einen gealterten Hippie mit Hawaiihemd, der jetzt neben dem Zelt auftaucht, die Grillzange erhoben wie einen Zeigefinger.

»Und wo sind die beiden Campinglampen?«, zischt Ethan von vorne. In Zeitlupentempo sinke ich in die Hocke und bete, dass mich keines der Mädchen gesehen hat.

»Das war Summer!«, kreischt eine Kinderstimme.

»Du bist wirklich zu nichts zu gebrauchen.« Wieder Ethan. »Es ist ja nicht so, als hätte ich dich gebeten, an tausend Dinge zu denken. Es waren nur diese beiden Lampen und die Tischdecke. Mehr nicht! Drei Dinge. Sollte nicht zu schwer sein, selbst für dich nicht.«

Summer und Rain haben ihren Streit anscheinend vergessen, kein Wunder, so laut wie Ethan herumbrüllt. Die plötzliche Stille nebenan sorgt zum Glück dafür, dass ich wieder jedes Wort verstehe.

»Tut mir leid.« Lou hört sich sauer an.

»Vielleicht hast du sie ja auch absichtlich stehen lassen.«

»Habe ich gar nicht! Ich habe sie einfach nur vergessen.«

»So wie dein Mathezeug?« Etwas knallt, es hört sich an wie ein Kofferraumdeckel. »Geh zum Visitor Center und kauf zwei Neue. Sofort!«

Unbewusst zuckt meine Hand zu dem Chloro-Fläschchen. Sie soll zum Visitor Center gehen? *Allein?* Ich muss unbedingt etwas sehen. So geräuschlos wie möglich richte ich mich auf, schaue links an dem Stamm vorbei und bekomme gerade noch mit, wie Ethan Lou ein paar Dollarscheine in die Finger drückt.

»Kann ich dann auch ein Bärenspray mitbringen?«, fragt Lou etwas leiser und für einen winzigen Augenblick flackert Angst über ihre Züge, bevor sie wieder eigensinnig das Kinn vorschiebt. Ich kenne diesen Gesichtsausdruck. Diese Furcht, die jemand durch eine harte Miene verbergen will. Ich habe sie schon Hunderte Male im Blick meiner früheren Gegner gesehen. Und schlagartig wird mir klar, dass das alles hier nur ein weiterer Kampf ist.

Ich bekomme nicht mit, was Ethan antwortet, doch es scheint Lou nicht zu gefallen. Ihr Blick huscht zu Avery hinüber, bevor er dann wieder an Ethan hängen bleibt.

»Ich habe aber Angst vor Bären«, sagt sie jetzt trotzig und erneut sehe ich diesen bangen Ausdruck in ihren Zügen.

»Nur die Lampen. Sonst nichts, kapiert?«, herrscht Ethan sie an.

»Vielleicht steige ich auch in den nächsten Bus und fahre nach Hause. Oder irgendwo anders hin!«, gibt Lou zurück. Sie klingt dem Weinen nahe.

»Ja, ja, ist klar. Pass nur auf, dass du den richtigen Bus erwischst!«

Er schickt sie wirklich alleine weg! Blut braust wie ein Sturm durch meine Ohren und ich höre Lous Worte, als wäre ich in eine Schicht aus Watte gehüllt. Etwas mit *Dad* und *gemein* und *zu nichts zu gebrauchen. Ich hasse dich!*

Mit geballten Fäusten stürmt sie davon und die Benommenheit fällt von mir ab. Meine Gedanken rasen, während ich gebückt ein paar Sträucher umrunde, um ihr nachzugehen, querfeldein, aber parallel zur Schotterstraße.

Du fürchtest dich also vor Bären, Lou. Und zwar nicht nur ein bisschen …

Vier Jahre lang habe ich gekämpft und gewonnen. Nie konnte

jemand ein Gefühl vor mir verstecken. Das Monster hat mich gelehrt, genau zu beobachten und auf Feinheiten zu achten. In der Thorson Ave diente es meinem Überleben. Ein Stirnrunzeln des Mannes konnte einen nahenden Wutanfall ankündigen und Schläge nach sich ziehen. Je nachdem, wie tief es sich eingrub, auch solche mit dem Gürtel. Herabgezogene Mundwinkel verhießen selten Spott, sondern Triumph. Strafen im Keller, in der Finsternis, folgten. Manchmal gelang es mir, diese Mimik vorauszuahnen und gegenzusteuern, aber nicht immer. In Compton und South Central brachte mir meine Fähigkeit dann unzählige Siege ein. Oft war es nur ein Zucken in der Wange oder ein hektisches Tänzeln auf der Stelle. Stets hat es mir verraten, welchen Angriff mein Widersacher am meisten fürchtete. Tritte mit der Ferse gegen den Oberschenkel, Stöße mit dem Knie in die Rippen, Fausthiebe in den Magen – und genau mit seiner Schwäche habe ich ihn nachher erwischt.

Das Blut kehrt in meine klammen Finger zurück, als müsste ich direkt jemandem die Fäuste ins Gesicht hämmern. Aber da ist nur Lou. Sie hat die Hände unter die Achseln geschoben und sieht sich immer wieder um, als hätte sie Angst.

Irgendwann bleibt sie stehen und blickt exakt in meine Richtung. Ich verharre stocksteif hinter einem Weißdorn und schaue zurück. Sie kann mich nicht entdeckt haben, dafür steht die Sonne zu tief. Zwischen den einzelnen Mammutbäumen, den Dornenbüschen und Findlingen ist kaum ein Lichtfleck zu sehen, selbst in diesem Gebiet nicht. Außerdem bin ich zu weit weg.

Trotzdem kommt es mir so vor, als würden wir uns ansehen. Sie und ich. Beute und Jäger. Trophäe und Sieger.

Bald gehörst du mir, süße Lou. Nur mir allein. Dann kann ich dich ansehen, wann immer ich will. Dir nahe sein, wann immer ich will.

Meine Brust füllt sich mit sengender Hitze, als wäre sie zuvor hohl gewesen. Das Brennen darin ist so tief, reicht so weit in mein Inneres, dass es mir Angst macht. Der Moment scheint ewig zu dauern, doch dann schüttelt sie wie über sich selbst den Kopf. Ihr blonder Pferdeschwanz schwingt hin und her, und sie läuft weiter.

Mit jedem Schritt wird mir klarer, dass ich für ihre Entführung kaum eine bessere Chance bekomme als heute. Sie hat Ethan sogar damit gedroht, auszureißen! Wenn sie jetzt verschwindet, wird es zunächst so aussehen, als wäre sie weggelaufen.

Aus dem Wald heraus beobachte ich, wie Lou plötzlich den

Schotterweg verlässt und in das Areal der Familiencamper abbiegt. Dort stehen die Sequoias weniger dicht und ich werde langsamer. Am besten lasse ich sie erst in das Besucherzentrum gehen. Ich könnte ihr meine Hilfe beim Kauf der Lampen anbieten. Wie ich Lou einschätze, hat sie keinen blassen Schimmer davon, so wie sie auch keine Ahnung von Mathe und logischen Zusammenhängen hat.

Wie hoch ist die Wahrscheinlichkeit, dass ich dich heute noch mitnehme, Lou? Du weißt es nicht, war ja klar!

Der Gedanke ist plötzlich in meinem Kopf, aber ich fühle mich wie ein Arsch.

Als ein Ast hinter mir knackt, fahre ich alarmiert herum. Eine schmale Gestalt prescht keine fünfzig Meter weiter an mir vorbei.

Verdammt, fast hätte ich den Pfad vergessen, den ich heute Morgen entdeckt habe!

Die Gestalt hetzt im Dauerlauf voran, und erst, als sie ein Stück vor mir ist, identifiziere ich sie als einen von Lous Brüdern. Es ist der Jüngste mit dem zerzausten Haar. Jayden. Zwischen zwei Campingbussen rempelt er Lou an, es gibt ein kurzes Gerangel und danach sehe ich, wie sie aufeinander einreden.

Er will doch jetzt hoffentlich nicht den Aufpasser spielen? Feindselig starre ich ihn an. *Hau ab und lass sie da alleine reingehen!*

Unwillkürlich wandert meine Hand zu der Chloro-Flasche in meiner Hosentasche. Ich hätte nicht übel Lust, einfach beide zu betäuben und Lou danach zu meinem Camper zu tragen, doch das geht natürlich nicht.

Jayden redet weiter auf sie ein, doch ein süßlicher Geruch lenkt mich plötzlich von der Szenerie ab. *Verfluchte Scheiße!* – ich habe die Flasche mit dem Chloroform aufgedreht! Bei dem penetranten Geruch nach Marzipan und Chemie wird mir sofort übel.

Fahrig schraube ich die Braunflasche wieder zu und wische meine Finger danach an ein paar Blättern ab. Als ich aufsehe, zieht Jayden mit hängenden Schultern ab und Lou überquert schnellen Schrittes die Straße und verschwindet im Visitor Center.

Ich atme erleichtert auf und warte, bis Jayden außer Sichtweite ist, dann hole ich die Augentropfen aus der anderen Tasche. Nur einen Tropfen in jedes Auge, um die Pupille zu erweitern, Reize auszublenden und nicht durchzudrehen, wenn ich Lou gegenüberstehe.

Mit einem Mal wird mir klar, wie nahe ich meinem Ziel bin. Eine seltsame Ruhe legt sich über mich. Ein vertrautes Gefühl aus einer anderen Zeit. Fast hätte ich es vergessen. Ich fühle mich wie in der letzten Minute vor einem Kampf.

Ich verliere nie.

Noch einmal übe ich mein einstudiertes, lässiges Lächeln und werde zu jemandem, der mir völlig fremd ist. Zu jemandem, der ich gern sein würde, aber niemals sein kann.

Für einen Augenblick denke ich an das Haus in der Thorson Ave, an den Keller, den Mann und meine Flucht. Und an den kleinen Jungen, den ich zurückgelassen habe und der noch immer dort unten gefangen ist. Allein und einsam, mit den Träumen von seiner Little Miss Sunshine. Ich will ihm sagen, dass bald alles gut ist, aber ich weiß nicht, ob er mich hört.

6. Kapitel

Ich betrete das Besucherzentrum, ohne nach rechts und links zu sehen. Das Licht sticht grell in meine Augen und ich blinzele ein paar Mal, damit die Helligkeit keinen Flashback auslöst. Ein heißes Kribbeln sitzt mir im Nacken. Irgendwo hier drin ist Lou, aber ich will mich nicht zu offensichtlich nach ihr umdrehen.

Wiege deinen Gegner in Sicherheit. Ich höre die Stimme meines Fight Scouts im Kopf. Buzz Hansen. Er hat wie immer recht.

Mit langen Schritten gehe ich zu den Tiefkühlschränken, die ich von Weitem gut erkennen kann. Als ich direkt davorstehe, kann ich die Schrift auf den Packungen nicht mehr entziffern. Das ist der Nachteil dieser Augentropfen: Im Nahbereich sieht man verschwommen, während man in die Ferne so gut sieht wie immer. Wahllos will ich etwas greifen, nur um beschäftigt zu wirken, dann besinne ich mich. Wenn ich Lou anspreche, sollte es etwas sein, das sie auch mag. Ähnliche Vorlieben erwecken Sympathien. Angestrengt betrachte ich die Bilder auf den fein säuberlich gestapelten Schachteln und bin froh, als ich Fischstäbchen entdecke. Ich ziehe sie achtlos heraus und muss mich mit aller Macht dazu zwingen, nicht nach Lou Ausschau zu halten. Bestimmt ist sie in der Abteilung für Campingzubehör, wo es die Lampen gibt.

Ich gehe zum nächsten Schrank und hole einen Eiskaffee aus dem Kühlregal. Das Dritte, was ich gut erkenne und von dem ich weiß, dass es zu Lous Favoriten gehört, sind Donuts. Ich stapele alles übereinander. In meinen Ohren beginnt es zu summen, das Kribbeln im Nacken wird so stark, dass ich es kaum mehr aushalte.

Vorsichtig wende ich mich um, schaue nach oben. Keine Überwachungskameras – zumindest keine sichtbaren. Wahrscheinlich gibt es gar keine. Überwachungskameras sollen Diebe abschrecken, also bringt man sie da an, wo sie jeder sehen kann.

Mein Blick tastet sich weiter, von rechts nach links durch den Raum, hin zu einer Nische neben dem Eingangsbereich.

Lou steht da und starrt mich an!

Fuck! Für Sekunden bin ich bewegungsunfähig, so sehr bin ich davon gebannt, ihre volle Aufmerksamkeit zu haben. Zum ersten Mal nimmt sie mich wahr! Irgendwie macht mich das fassungslos. Ihr Mund ist leicht geöffnet und die blonden Haare fallen wie ein Vorhang aus goldener Seide über ihre Schultern. Eine davon ist nackt, da ihre Bluse mal wieder eine Etage tiefer gerutscht ist. Hatte sie vorhin nicht einen Zopf? Ich blinzele kurz. Sie ist so süß, dass es meinem Inneren einen brennenden Stich versetzt. Ich weiß auch, wieso: Die Wahrheit ist eindeutig. Ein Mädchen wie Lou würde sich niemals dauerhaft mit jemandem so Kaputten wie mir einlassen. Lou ist Licht und ich bin Finsternis. In dem Augenblick, wo sie mir gegenübersteht, wird mir das erst richtig bewusst.

Meine Eingeweide krampfen sich zusammen. Vor Sehnsucht. Vor Aufregung. Vor etwas, das ich nicht benennen kann.

Bald gehört sie dir. Bald gehört sie dir und dann ist es völlig egal, mit wem sie sich sonst eingelassen hätte …

Die Stimme schlängelt sich verheißungsvoll durch meinen Geist, aber ich dränge sie zurück. Lou sieht mich immer noch an, in der Hand eine schwarze Dose. Da Lou in der Campingabteilung steht, ist es wahrscheinlich das Bärenabwehrspray, das sie vorhin so unbedingt kaufen wollte.

Schwäche, schreit der Teil meines Verstandes, der sich nicht von ihrem Aussehen benebeln lässt. *Schwäche. Schwäche. Schwäche. Schlag zu!*

Ich brauche mehr Kraft als bei einem Nahkampf mit schweren Stößen, um mich von ihrem Anblick loszureißen. Wie hypnotisiert gehe ich zur Kasse, während mein Denken weiterarbeitet. Sie fürchtet sich vor Bären und draußen ist es jetzt schon beinahe dunkel. Sie muss alleine zu Fuß zurücklaufen. Was, wenn ich ihr sage, dass dort Bären auf dem Schotterweg sind? Wenn ich ihr anbiete, sie zu ihrem Zeltplatz zurückzufahren?

»Zehn Dollar!« Der Mann hinter der Theke mustert mich eigenartig. Vielleicht bilde ich mir das aber auch nur ein, weil ich sein Gesicht wie durch ein verzerrtes Brennglas sehe. Ich zwinge mich zu einem Lächeln und krame einen Schein heraus. Bloß nicht mit Karte bezahlen, mit der man meine Identität nachprüfen kann.

Der Mann nickt mir zu und legt den Schein in die Kasse.

Ich wende mich um, das Ziel im Blick. Ich denke an all die psychologischen Stützen, die Buzz mich gelehrt hat, als ich noch ein Anfänger war.

Ruhe bewahren. Tiefe Atemzüge in den Bauchraum. Keine ausladenden Bewegungen, die dich verraten. Vergiss nie deinen Schwerpunkt. Alles unter Kontrolle.

Entschlossen steuere ich die Nische an und streiche meine Haare zurück. Lou steht immer noch mit der Dose in der Hand da. Es ist tatsächlich ein Bärenabwehrspray. Was hat sie die ganze Zeit gemacht?

Als ich sie fast erreicht habe, wendet sie sich auf einmal ab. Ärger sammelt sich in meinem Magen. Sie soll sich doch nicht abwenden, sondern mit mir reden!

Ich stelle mich demonstrativ vor das Regal mit den Campinglaternen, um ihr einen Grund zu geben, mich anzusprechen. Mein Rücken beginnt zu prickeln, allein von dem Wissen, dass sie hinter mir steht. Ich möchte mich umdrehen und sie berühren, jetzt sofort!

Obwohl mich ihre Nähe verrückt macht, versuche ich, die Namen der Marken zu entziffern, damit ich sie besser beraten kann. Sie sagt immer noch nichts. Irgendwann dämmert es mir, dass sie sich wahrscheinlich nicht traut. Immerhin bin ich viel älter als sie.

Lou ist schüchtern! Weiß der Teufel, wieso mir das so gut gefällt. »Das Abwehrspray ist völlig zwecklos«, mache ich dann den ersten Schritt. Meine Stimme strotzt vor Überlegenheit. »Geldmacherei«, füge ich noch hinzu, weil ich auf keinen Fall möchte, dass sie es kauft. »Ich kenne zumindest niemanden, der damit erfolgreich einen Bären schachmatt gesetzt hätte.« Auf dem Absatz drehe ich mich zu ihr um und lächele mein einstudiertes Lächeln. Jetzt, da ich glaube, sie wäre unsicher, fällt es mir erstaunlich leicht.

Sie blickt zu mir auf und erwidert nichts. Ihr Gesicht ist verschwommen, das Einzige, was ich sehe, ist ein tiefes Nordhimmelblau, als stünden wir unter dem weiten Himmel des Yukon. Plötzlich fühle ich mich, als hätte sie mir selbst eine Ladung Abwehrspray verpasst.

Um mich von ihren Augen abzulenken, deute ich auf die Dose in ihrer Hand. »Du reizt sie nur damit«, höre ich meine Stimme, die mir mit einem Mal ganz fremd vorkommt. »Im schlimmsten Fall werden sie aggressiv und greifen erst recht an. Vor allem, wenn du nicht gut gezielt hast.« Ich mache einen Schritt auf sie zu. Herrgott, wieso schweigt sie immer noch! *Mach es mir doch nicht so schwer, Lou!*

»Du hast wohl noch nicht so oft Campingurlaub gemacht?«, hake ich nach. Eine direkte Frage, die eine Antwort erzwingt.

»Und wenn mir plötzlich einer gegenübersteht?«, platzt sie so jäh heraus, dass ich am liebsten lachen würde. »Also«, sie zögert, »also ein Bär meine ich jetzt.« Sie senkt kurz den Blick, als wäre ihr peinlich, was sie gesagt hat.

Gefalle ich ihr? Ist sie deswegen so verschüchtert? Der Gedanke macht mich an und ich werde noch mutiger. »Dann bleibst du stehen. Ganz ruhig.« Als sie mich wieder anschaut, ist mein Lächeln echt. Ich bin froh, über etwas reden zu können, mit dem ich mich auskenne. »Du wartest einfach, bis er sich zurückzieht. Wenn er trotzdem näher kommt, musst du singen oder klatschen. Laute Geräusche schrecken die meisten Schwarzbären ab.«

»Okay.« Ihr Flüstern jagt einen heißkalten Schauer über meinen Rücken. Sie stellt die Dose zurück. »Ich soll eine Campinglampe kaufen. Kennst du dich damit aus?«

»Eine zum Hängen oder eine, die man auf den Tisch stellt?« Ich lasse sie nicht aus den Augen. Ohne es zu merken, lässt sie sich immer mehr auf den Kampf ein, spürt die einzelnen Schläge nicht, die sie nach und nach zu Boden zwingen.

»Eine, die man auf den Tisch stellen kann.« Sie räuspert sich umständlich. Ihre Finger spielen an einer Kette herum, Einzelheiten sehe ich nicht, aber ich höre ein feines Klimpern. Keine Frage, sie ist nervös. Ein tänzelnder Gegner.

»Ich habe unsere Lampen zu Hause vergessen und mein Bruder hat mich dazu verdonnert, neue zu kaufen«, fügt sie hinzu, als wäre das wichtig.

Ich nicke nur. Das verrät schließlich nichts. Ich wende mich dem Regal zu und greife eine von den oberen Campinglaternen. Sie hat ein gelbes SZ auf dem gewölbten Bauch, sodass ich die Marke erkenne, ohne sie vom Preisschild ablesen zu müssen. »Die von Solarez sind die Besten. Blenden nicht und spenden trotzdem genug Licht.« Ich strecke ihr die Lampe entgegen, aber sie nimmt sie mir nicht ab, sondern betrachtet sie nur von allen Seiten. So als hätte sie eine Ahnung von Technik. Zum Schluss bleibt ihr Blick an meiner Narbe hängen, zumindest bilde ich mir das ein. Mit aller Macht unterdrücke ich die finstere Erinnerung, die wie schwarze Schlacke in mir aufsteigt und mein Denken verstopft.

»Ich heiße Louisa«, sagt sie plötzlich und sieht mit entwaffnender Offenheit zu mir auf.

Meine Freunde nennen mich Lou.

»Bren.« Ich kann nicht aufhören, sie anzuschauen, auch wenn ich nur eine zerflossene Mischung aus Blau und Blond wahrnehme. Was würde sie sagen, wenn ich sie einfach auf einen Drink zu mir in den Camper einladen würde? Was, wenn sie für immer bei mir bleiben würde, freiwillig? Wenn sie mir versprechen könnte, mich nie zu verlassen?

»Nur Bren?«, reißt sie mich aus den Gedanken.

Ich blinzele benommen und verfluche mich, dass ich mich so leicht ablenken lasse. Ich schwöre, das wird mir nicht noch einmal passieren. Da kann Lou so unschuldig gucken, wie sie will.

»Brendan«, sage ich leise und blicke zur Kasse. Zum Glück beachtet uns der Kassierer nicht, ich glaube, er hat nicht einmal mitbekommen, dass ich mit Lou spreche. Auch sonst ist kaum jemand im Laden, der sich später an mich erinnern könnte. Nur eine entnervte Mutter, die ihren Sohn davon abhält, die Konservendosen aus den Regalen zu pfeffern, und ein schwer verliebtes Pärchen, das nur Augen füreinander hat. Trotzdem muss ich jetzt gehen, wenn meine Geschichte mit dem Bären nachher glaubhaft sein soll.

»Ich muss los.« Ich drücke Lou die Campinglampe in die Hand, und weil ich ziemlich schroff geklungen habe, füge ich noch ein: »Vielleicht sehen wir uns ja noch« hinzu.

Sie lächelt. »Bist du länger hier?« Schwingt da Enttäuschung in ihrer Stimme mit?

Ich schaue zu dem verliebten Pärchen, das in einen innigen Kuss versunken ist. »Ein paar Tage noch.«

»Wir auch.«

»Ja.« *Ich weiß.* Ich nicke ihr zu. »Bis dann.«

»Ja.«

Ich presse die auftauenden Tiefkühlsachen an meinen Bauch und verschwinde, bevor die Mutter und das Pärchen mich genauer mustern können.

Am liebsten würde ich mich noch einmal nach Lou umdrehen, aber das wäre verräterisch.

Als ich den Parkplatz überquere, überschlagen sich meine Gedanken. Wohin mit diesem scheiß Tiefkühlzeug? Ich kann es nachher unmöglich noch dabei haben, Lou soll ja denken, ich hätte es eingeräumt. Mit einem Mal kommt es mir vor, als hätte sich *mein* logisches Denken verabschiedet. Oder soll ich es doch mitnehmen?

Ich laufe den Schotterweg entlang, der zum Zeltplatz der Scrivers führt, und werfe die gefrorenen Sachen in einem spontanen Entschluss in einen der großen Müllcontainer.

Abschätzend schaue ich mich um. Die Abendsonne liegt blass hinter einer Schicht Wolken verborgen und nur ein paar einzelne rotgoldene Strahlen fallen zu Boden. Über mir fährt der Wind scharf durch die gigantischen Baumkronen. Niemand ist in der Nähe, kein Mensch auf dem Weg. Vermutlich sitzen jetzt alle bei Steak und Bier zusammen vor ihren Lagerfeuern. Die perfekte Zeit.

Ich gehe zurück und behalte dabei den Ausgang des Visitor Centers im Auge. Es sind noch knapp hundert Meter bis zur Zufahrtsstraße, als ich Lou herauskommen sehe, je eine Laterne in der Hand. Für einen Moment bleibt sie stehen und es sieht aus, als würde sie an einer der Campinglampen herumspielen.

Falls sie mich nach den Tiefkühlsachen fragt, kann ich immer noch behaupten, sie wären nicht für mich, sondern für einen Bekannten gewesen. Meine Hand wandert instinktiv noch einmal an die Außentasche der Cargohose, in der ich das Chloroform verstaut habe. Wieder durchfährt mich dieses heftige, tiefe Brennen, eine Mischung aus Vorfreude, Furcht und Erregung.

Nicht mehr lange.

Während ich die Straße überquere und den Parkplatz betrete, entdeckt sie mich. Sie sieht zwar überrascht aus, scheint jedoch nicht unangenehm überrascht zu sein.

Zielstrebig gehe ich auf sie zu und spiele gedanklich das Manöver durch, das ich vor den Fights immer wieder eingetrichtert bekommen habe.

Angriff. Zurückweichen nur zum Schein. Keine verräterischen Bewegungen. Tief Luft holen. Erneuter Angriff. Diesmal mit aller Gewalt.

Jordan Price taucht in meinem Kopf auf, doch ich schiebe die Erinnerung an ihn fort.

»Hey Louisa.« Ohne es zu wollen, gleitet mein Blick an ihr hinab. Hier draußen werde ich durch die erweiterten Pupillen wenigstens nicht mehr so geblendet, meine Sicht ist trotzdem bescheiden. Für einen Fight wäre es fatal, aber Lou wiegt höchstens fünfundfünfzig Kilo – es wird also keinen echten Kampf geben. »Schlechte Nachrichten«, sage ich jetzt und setze eine Miene auf, von der ich hoffe, dass sie besorgt wirkt.

»Wieso?« Irritiert wackelt sie mit den Lampen herum und tritt von einem Bein aufs andere.

»Dort hinten sitzt eine Schwarzbär-Mutter mit ihren Jungen direkt neben den Müllcontainern.«

Trotz des Belladonnas sehe ich, wie sie erstarrt. »Die Müllcontainer liegen genau auf meiner Strecke.«

Ich höre die Panik, die in ihren Worten mitschwingt, und gratuliere mir innerlich. »Du solltest warten, bis sie weg ist. Bärenmütter reagieren immer aggressiv, wenn sie glauben, jemand bedrohe ihre Jungen.« Ich überlege einen Moment, suche nach Details, um die Lüge glaubhaft zu machen. »Irgendein Penner hat wohl vergessen, die Container zu verriegeln. Ist jeden Sommer dasselbe. Es kann Stunden dauern, bis die sich satt gefressen haben.«

Lou sieht angsterfüllt Richtung Wald. »Ich muss zurück«, sagt sie heftig.

Nein, musst du nicht! Wütend presse ich die Lippen zusammen und schüttele den Kopf. »Du kannst da jetzt nicht vorbei.«

»Aber meine Brüder …« Ihre Stimme überschlägt sich. Flüchtig huscht ihr Blick zum Visitor Center und wieder zu mir zurück. »Sie werden nach mir suchen. Wir müssen den Rangern Bescheid geben. Ich muss …«

»Louisa«, ich hebe beruhigend die Hand. Klar denkt sie an ihre Brüder! Zum Glück habe ich mir für diese Situation schon etwas überlegt. »Die Ranger sind bereits dort und passen auf«, sage ich schnell, bevor sie Hals über Kopf ins Besucherzentrum rennt. »Sie lassen niemanden auch nur in die Nähe der Bärenmutter.«

»Wirklich?«, fragt sie hoffnungsvoll.

Ich nicke nur. Ihre Brüder sind allerdings tatsächlich ein Problem. Wäre ich einer von ihnen, würde ich Lou garantiert nicht in der Dämmerung herumlaufen lassen. Irgendwie geschieht es Ethan recht, wenn sie verschwindet, weil er nicht besser auf sie aufpasst. Er verdient sie überhaupt nicht!

»Sichern sie auch beide Seiten der Container ab?«, fragt Lou in meine Gedanken. Ihre Stimme klingt immer noch schrill. Ich muss sie unbedingt beruhigen, bevor sie doch noch selbst nachsehen will.

»Natürlich«, sage ich so ruhig und überlegen ich kann. »Was denkst du denn?«

Mein Tonfall verfehlt seine Wirkung nicht. Sie atmet erleichtert aus und ich drehe mich kurz zum Schotterweg um. Wäre verdammt auffällig, wenn da jetzt jemand entlanglaufen würde! Ich muss sie schnellstens von hier weglocken, aber noch ist es zu früh für die alles entscheidende Frage. Ich überwinde mich zu ein bisschen Geplänkel: »Es gibt immer wieder Idioten, die Bären fotografieren und filmen. In Kanada wollte ein Tourist sogar mal seine Tochter auf dem Rücken eines Grizzlys reiten lassen.«

Ihre Augen weiten sich und werden so rund wie die von einem

Porzellanpüppchen. »Nicht wahr!«

»Doch ehrlich!«, bekräftige ich. »Aber es ist nichts passiert.«

Sie lacht und ich stimme mit ein. Weil man das so macht und nicht, weil mir danach ist. Ich zucke fast selbst zusammen, so künstlich klingt es, doch Lou lächelt weiter.

Zeit für den nächsten Angriff. »Ich wollte eigentlich noch mal zum Center.« Gentlemanlike greife ich nach den Laternen in ihren Händen und erwische sie zum Glück richtig. »Hab die Tomaten vergessen. Aber wenn du zu deinen Brüdern willst, kann ich dich vorher außen rum zu eurem Zeltplatz fahren.« *Keine verräterischen Bewegungen. Tiefes Einatmen in den Bauch.*

»Es gibt eine zweite Strecke?«, fragt sie ehrlich verwundert. »Das hat uns der Ranger gar nicht gesagt.«

Ich packe die Laternen so fest, dass sich der Metallgriff in meine Haut schneidet. Alles, was sie erwidert und mich von meinem Vorhaben abbringen könnte, macht mich automatisch zornig. Ich muss aufpassen. »Eigentlich gibt es sogar drei«, behaupte ich, um sie noch mehr zu verwirren. »Aber die dritte liegt zu dicht an den Müllcontainern, die ist auch abgeriegelt. Und die andere wird selten benutzt, weil sie Tausende von Schlaglöchern hat. Sie führt mehrere Meilen mitten durch den Wald.« Ich weiß nicht, warum ich ausgerechnet beim letzten Satz auf ihre nackte Schulter und den Ansatz ihres weißen BHs starren muss.

Wie als Antwort darauf zieht Lou verunsichert die Bluse nach oben.

Ich könnte meinen Kopf gegen einen Betonpfosten rammen! Jetzt bleibt nur noch der hinterhältigste aller Tricks.

»Du solltest da nicht alleine entlanglaufen«, sage ich leiser als üblich. »Wirklich nicht.« Ich sehe ihr in die Augen, gespielt besorgt. Sie sieht zurück – ich schaue nicht weg. Nur Lügner schauen weg. Oder Feiglinge.

Und als wollte mich der Himmel unterstützen, reißt die Wolkendecke auf und gibt die orangerote Sonne frei. Ein Strahlen liegt in der Luft, ein Strahlen wie von tausend glitzernden Goldkörnchen.

Lou lächelt. Vielleicht wegen meiner Worte, vielleicht aber auch wegen des rotgoldenen Abendlichts. Ihre Verunsicherung ist wie weggeblasen.

»Und was wird dann aus deinen Tomaten? Willst du die nicht noch schnell holen?«, fragt sie mit funkelnden Augen.

Gleich habe ich sie. Ich weiß es. Sie lächelt immer noch und für einen Moment kann ich nur daran denken, dass auch dieses Lächeln bald mir gehört.

Rasch winke ich ab. »Ich stehe dahinten, nur ein Stück an der Straße entlang.«

Wir sehen uns ein weiteres Mal an. Lous Augen blitzen übermütig und in meinem Inneren echot die Frage, die sie der Welt vor einiger Zeit gestellt hat: *Träumt ihr nicht auch davon, dass endlich etwas passiert?* Wahrscheinlich denkt sie, ich wollte sie anmachen. Vielleicht denkt sie, ich wäre ihr Abenteuer. Ein bisschen verwegen, aber im Grunde harmlos. Sie ist so naiv, so absolut vertrauensvoll. Fast tut sie mir leid und doch kribbelt alles in mir.

Ich kann es wirklich schaffen.

Und wenn du sie einfach nur auf ein Bier einlädst?

Ich weiß nicht, wo diese Stimme herkommt, aber ich dränge sie zurück. Mädchen wie Lou stehen auf die softe Bad-Boy-Variante, Kategorie *Dark Prince Charming,* und nicht auf verkorkste Psychopathen wie mich. Möglich, dass ich sie sogar rumkriegen könnte, aber niemals, niemals hätte ich sie für immer.

Ich nehme die Laternen kurz in eine Hand, um den Autoschlüssel aus meiner Hosentasche hervorzukramen. Es wird höchste Zeit, den Parkplatz zu verlassen, bevor einer von Lous Brüdern auftaucht. Einmal sehe ich noch über die Parkfläche, entdecke aber zum Glück nur einen Mann, der sein Reisegepäck aus dem Kofferraum hievt. Ohne sich umzusehen, steuert er das Besucherzentrum an.

Ich kehre ihm dennoch vorsichtshalber den Rücken zu. »Ist nicht weit«, sage ich und meine Stimme klingt rauer als beabsichtigt.

Lou nickt und ich laufe für alle Fälle als Barriere zwischen ihr und dem Visitor Center los. Flüchtig schaue ich noch einmal zu dem Schotterweg, doch er liegt menschenverlassen im Zwielicht.

Lou geht neben mir her und unser Schweigen wird nur vom Scheppern der Laternen und dem Klirren des Schlüssels durchdrungen. Ich hoffe, sie wird angesichts des Campers keinen Rückzieher machen. Aus den Augenwinkeln behalte ich sie im Blick und merke dabei, dass sich meine Sehschärfe langsam wieder normalisiert. Ich sehe, wie sie hoch in die wippenden Baumwipfel schaut und danach das Gesicht in den Wind hält. So, als könnte sie von alldem nicht genug bekommen. Trotzdem fröstelt sie.

»Du zitterst«, stelle ich fest. Hoffentlich hat sie keine Angst vor ihrer eigenen Courage.

»Mir ist nicht kalt.«

Ja, aber du zitterst trotzdem! Ich lächele. *Vielleicht zitterst du ja vor Aufregung.* Ich suche fieberhaft nach einem unverfänglichen Gesprächsthema, aber mir fällt nichts ein. Ich bin so kurz vor meinem Ziel. Mit aller Macht zwinge ich mich zur Ruhe.

Mittlerweile haben wir den Parkplatz verlassen und der Himmel verfinstert sich erneut. Riesenhafte Schatten hängen im Wald, grau und gespenstisch, als wäre er die Kulisse für einen Horrorfilm.

»Wir sind gleich da«, sage ich, um das Schweigen zu durchbrechen, bevor Lou die schaurige Umgebung allzu bewusst wird. Vage deute ich die Straße entlang, wo in zweihundert Metern Entfernung schon der Camper zu sehen ist.

»Du bist mit deiner Familie hier?« Lou sieht mich irritiert an.

Das Wort *Familie* lässt mich an das schaukelnde Teddybären-Mobile in der Thorson Ave denken. *Nein, süße Lou, wir haben nicht alle eine große glückliche Familie.* Der zornige Gedanke ist so plötzlich da, als hätte ihn ein anderer für mich gedacht. Dann erinnere ich mich daran, dass sie ihre Eltern verloren hat, und erzwinge ein Lächeln, um ihr keine Angst zu machen. »Allein.«

Sie wirkt erleichtert. »Ich dachte irgendwie, du hättest ein Auto und ein Zelt«, plappert sie gut gelaunt weiter.

Fast bringt sie mich mit ihrer naiven Unbekümmertheit zum Lachen. Genau das ist es, was ich schon auf den Bildern so an ihr geliebt habe. Das rosarote, zuckersüße, leichte, nicht greifbare Leben, das wie Atem aus ihr herausströmt.

»Gibt es einen Unterschied zwischen einem Zelt-Typ und einem Camper-Typ?«, frage ich, um sie in diesem Zustand der Arglosigkeit festzuhalten.

Sie nagt kurz an ihrer Unterlippe, dann zuckt sie mit den Schultern. »Ich weiß nicht«, weicht sie aus. »Du sahst irgendwie nach Zelt aus, keine Ahnung. Ich dachte, weil du so viel weißt, über die Bären und so.«

Ich lächele wieder dieses schreckliche, sirupzähe Lächeln, das mittlerweile mit meinen Zügen verklebt zu sein scheint. »Mit dem Bus bin ich flexibler.«

»Er ist ziemlich groß. Da passt eine fünfköpfige Familie rein.«

»Ich brauche Platz. Ich bin oft den ganzen Sommer unterwegs.« Das ist nicht einmal gelogen.

»Und was machst du im Winter?«, bricht es aus ihr hervor.

Anscheinend gefalle ich ihr tatsächlich. Gut. Besser so, als wenn sie mich abstoßend fände.

»Arbeiten«, sage ich geheimnisvoll.

»Ach so.« Ihre Wangen röten sich und ein scheues Lächeln zupft an ihren Mundwinkeln – und wie ein Echo in meiner Herzgegend.

Als wir den Camper erreichen, werfe ich einen Blick auf die schnurgerade Hauptstraße. Kein Auto, kein einsamer Wanderer. Mich trennen nur Sekunden von meinem Ziel. *Meter.* Plötzlich sind meine Hände feucht und ich gehe mit steifen Schritten zur Beifahrertür. Ich gebe vor, aufschließen zu wollen.

»Verdammter Mist«, fluche ich so laut, dass Lou es hören muss. »Klemmt mal wieder.« Demonstrativ rucke ich mehrmals am Türgriff. Nichts passiert, klar, denn ich habe nicht wirklich aufgeschlossen. Ich wende mich zu Lou um, die an der Seitenfront stehen geblieben ist. Entschuldigend zucke ich mit den Schultern und versuche ein peinlich berührtes Grinsen hinzubekommen. »Sorry. Macht's dir was aus, hinten einzusteigen? Du kannst von dort auf den Beifahrersitz klettern.«

»Kein Problem.« Über ihre gelösten Gesichtszüge huscht ein misstrauischer Schatten, nur Bruchteile von Sekunden, doch ich habe ihn gesehen.

Alles unter Kontrolle.

Schnell gehe ich an ihr vorbei und schließe die Seitentür auf. Mist, es ist total dunkel im Camper. Ganz sicher macht ihr das Angst. Für einen Moment überlege ich, sie vor dem Wohnmobil zu betäuben, aber das wäre riskant. Jemand könnte sie schreien hören. Ich öffne die Tür so weit wie möglich und gehe einen Schritt zur Seite, damit sie die Stufen hochsteigen kann. Das Chaos, das ich in letzter Sekunde verbreitet habe, sieht harmlos natürlich aus.

Doch vielleicht reicht das nicht. Lou zögert und lugt vorsichtig in den Wohnbereich, als würde ich dort ein Ungeheuer verstecken. Sie schaut mich an. Ein seltsam flehender Ausdruck liegt in ihren Augen. Als ahnte sie etwas und wollte es nicht wahrhaben. Ich versuche, ihren Argwohn wegzulächeln, und erinnere mich wieder an meine Strategie. *Zurückweichen zum Schein.* Ich hole tief Luft und setze einen Schritt nach hinten.

»Hey, ich bin Bren und nicht Jack«, sage ich vorgetäuscht locker. Das nimmt ihr hoffentlich den Wind aus den Segeln.

»Jack?«

So begriffsstutzig kann sie nicht sein! Ich hebe theatralisch die Hände und muss aufpassen, dass die Laternen nicht aneinanderschlagen. »The Ripper«, erkläre ich grinsend und verstaue den Autoschlüssel ungeschickt in meiner Hosentasche.

Lou lacht auf. Ich glaube, jetzt habe ich sie endgültig überzeugt.

Vorsichtshalber weiche ich noch einmal zum Schein zurück, diesmal nur symbolisch. »Wir können auch zu Fuß gehen, wenn es dir lieber ist. Es ist zwar weit, aber ich verstehe, wenn du …«

»Nein, schon okay.« Lou schüttelt energisch den Kopf, als sollte ich ihre Zweifel nicht sehen. Wahrscheinlich will sie nicht, dass ich sie für ein ängstliches, kleines Mädchen halte. Sie versucht, mir zu gefallen. Tief in mir berührt mich das und für ein paar Sekunden fühle ich mich verloren. Einsamer als je zuvor, ich weiß nicht, wieso. Vielleicht, weil sie es mir so leicht macht; weil sie so verdammt naiv ist und an das Gute in mir glaubt – etwas, an dem ich schon lange gescheitert bin.

Als sie die Stufen hochsteigt, sehe ich nur auf ihr blondes Haar. Ihr blondes Haar, das mich von der ersten Minute an gefangen hat. Ein Sturm von Empfindungen jagt durch mich hindurch und ich atme ein paar Mal tief in den Bauch. Bloß keinen Flash bekommen. Bloß keine Gefühle an mich heranlassen. Kein Mitleid. Nichts.

Ich muss es einfach tun. Je schneller, desto besser. Ich habe mich schließlich nicht monatelang vorbereitet, um mich im entscheidenden Moment von ihrer Vertrauensseligkeit ausknocken zu lassen. Vielleicht macht sie das ja absichtlich. Womöglich lächelt sie ja deswegen ach-so-unschuldig durch die Gegend. *Ha!*

Der Gedanke macht mich wütend. Ich steige ihr hinterher, und als ich die Tür mit einem entschlossenen Ruck zuziehe, ist es, als würde ich damit auch all meine Gefühle aussperren. *Genau so! Hör bloß auf, sie zu bedauern, sonst geht das hier total in die Hose!*

Schritt für Schritt gehe ich die Stufen nach oben und nehme die Campinglampen in eine Hand, mit der anderen angele ich nach dem Chloroform. Lou hat sich noch nicht zu mir umgedreht, sondern nur im Camper herumgeguckt. Jetzt starrt sie auf die zugezogenen Gardinen und macht sich kleiner, als sie ist. Wie ein Kaninchen, das der Schlange vorspielt, es wäre keine lohnenswerte Beute.

Falsch gedacht!

Genau hinter ihr bleibe ich stehen, so dicht, dass mir ihr Duft in die Nase steigt. Eine eigenwillige, frische Mischung aus Nivea und Zitrone.

Ich weiß nicht, warum, aber ich bin ganz ruhig. Nichts kann mehr schiefgehen. Vorsichtig ziehe ich die Flasche und das Tuch heraus und schraube das Fläschchen auf. Umständlich, weil ich die Laternen noch in der Hand halte. Es dauert länger, als es sollte.

Lou rührt sich immer noch nicht. Vielleicht wartet sie auch einfach darauf, dass ich etwas sage. *Willst du was trinken? Willst du dich setzen? Hey, willst du mit mir ins Bett? Als ob!*

Ohne ein Geräusch zu machen, falte ich das Tuch auseinander und durchtränke den Stoff mit der Flüssigkeit. Ich habe es tausend Mal geübt. Der Flascheninhalt entspricht exakt der nötigen Menge. Es dauert nicht einmal drei Sekunden, trotzdem frisst sich die chemische Süße wie ein Feuer durch den Camper. Bedrohlich und schnell.

Lou macht sich noch kleiner. Bilder blitzen vor mir auf, wie sie sich in ihrem weißen Hemdchen im Abendlicht dreht und lacht. Auf einmal habe ich das schreckliche Gefühl, dass sie mir verloren geht, wenn ich jetzt weitermache.

Aber ich will sie! Und wie ich sie will! Ich sollte sie nicht wollen, doch ich kann nicht anders.

Ich lasse die Laternen los. Wie aus einer anderen Raumzeit höre ich das Glas zersplittern.

Noch bevor Lou reagieren kann, habe ich sie gepackt und drücke ihre Ellbogen an die Flanken. Für einen Augenblick ist sie ganz still, hängt wie betäubt in meinem Griff. Ich will die Sekunden nutzen, ihr das Tuch aufs Gesicht pressen, doch gerade, als ich die Hand hebe, reißt sie mit einem entsetzten Keuchen an ihren Armen. Das Tuch rutscht aus meinen Fingern. Im letzten Moment balle ich die Faust und halte es fest.

Das Chloroform verflüchtigt sich, der schwere, süße Marzipangeruch legt sich wie Kleber auf meine Haut.

Lou fängt an zu schreien. »Hilfe!«, »Nein!«, »Bitte!« Ihr Hinterkopf kracht gegen mein Kinn. Roter Nebel legt sich vor meine Augen, entfacht einen Tornado in meinem Kopf. Ich reiße die Hand nach vorne und presse ihr das Tuch über Mund und Nase. Fest.

Es tut mir leid, Lou, flüstere ich in der Dunkelheit meines Verstandes. *Es tut mir leid, aber nichts war nötiger als das. Ich will dich nie wieder verlieren.*

In einem ohnmächtigen Versuch, sich mir zu widersetzen, krallt sie die Nägel in meine Oberschenkel. Ich spüre es kaum, dafür werde ich mir ihres Zustandes bewusst. Ihr Rücken ist klatschnass, ihr Körper ein einziges Zittern. Sie hat Todesangst.

»Halt still, ich tue dir nichts«, sage ich dicht an ihrem Ohr. Aus einem Instinkt heraus ziehe ich sie noch fester an mich, doch sie beruhigt sich nicht, sondern tritt um sich und erwischt mich am Schienbein.

Automatisch neige ich mich ein Stück zurück, hebe sie hoch und ihre Füße zappeln in der Luft wie ein Fisch auf dem Trockenen. An meinem Bauch spüre ich ihren Rücken, das rasende Donnern ihres Herzens. Ich drücke das Tuch noch härter auf ihr Gesicht, will, dass es vorbei ist. Im Geist zähle ich die Sekunden. *Einundzwanzig*. Es dauert zu lange. *Zweiundzwanzig*. Viel zu lange. Hinter dem Tuch höre ich sie wimmern. Bei *dreiundzwanzig* bäumt sie sich noch einmal auf, doch dieses Mal klappt sie mitten in der Bewegung zusammen, wird ganz schlaff.

Okay, gleich ist sie weg. *Gleich hast du's geschafft, Lou!*

»Keine Angst, ich tue dir nicht weh«, flüstere ich erneut und bete, dass sie mir glaubt. Dass es diese Worte sind, die sie mit in den Tiefschlaf nimmt. Eine Sekunde später sackt sie endgültig zusammen.

7. Kapitel

Kopfüber hängt Lou in meinem Arm, das blonde Haar sieht aus wie ein herabfallender Schleier. Obwohl ich eben noch voller rasender Gedanken war, bin ich jetzt absolut ruhig. Vielleicht fühlt man sich so, wenn man etwas wirklich Böses getan hat, ich weiß es nicht. Womöglich ist das einfach die Erleichterung, es hinter mir zu haben.

Die Glasscherben der Campinglaternen knirschen unter meinen Füßen, als ich Lou zum Bett trage. Vorsichtig lege ich sie ab und messe ihren Puls. Schwach, aber gut fühlbar, und er geht regelmäßig, also ist alles okay. Die Dosierung war richtig.

Für einen Moment stehe ich nur da und schaue sie an: das weiche, ovale Gesicht, das jetzt wieder so friedlich aussieht, als würde sie schlafen; die verschwitzte, gerötete Haut. Sie hat ein paar winzige Sommersprossen rechts und links unterhalb der Augen. Helles Zimtgold – komisch, die sind mir noch nie aufgefallen. Was gibt es sonst noch an ihr, das ich nicht kenne? Mein Blick bleibt an ihren fein geschwungenen Lippen hängen. Bilde ich mir das ein oder ist ihre Oberlippe etwas voller?

Meine Finger zucken unter dem Wunsch, die gleichmäßige Kontur nachzufahren. Warum eigentlich nicht, sie bekommt es ja sowieso nicht mit! Nur dieses eine Mal. Zittrig strecke ich die Hand aus, und als ich die samtene Haut auf meinen Fingerspitzen spüre, fängt mein Herz an zu klopfen.

Lou fühlt sich so gut an. *So gut. So weich!* Das tiefe, dunkle Brennen in meiner Brust flackert mit einer Intensität auf, die mich umhaut.

Mit dem Zeigefinger streiche ich über ihre Lippen, weiter hinab bis zum Kinn, den Hals hinunter … mein Blick fällt auf ihre nackte Schulter.

Du solltest da nicht alleine entlanglaufen. Wirklich nicht!

Schockiert über mich selbst, ziehe ich die Finger so schnell zurück, als hätte ich mich verbrannt. Was zur Hölle mache ich da? Ich habe sie nicht entführt, um sie anzufassen, sondern um sie bei mir zu haben.

Bist du sicher?

Ich ignoriere die spottende Stimme in meinem Kopf und hole das Chloro-Fläschchen, das ich vorhin gerade noch auf den Tisch stellen konnte. Rasch träufele ich ein paar Tropfen davon auf das

Tuch, das ich immer noch in der Hand halte. Wieder betrachte ich sie von oben, wie sie daliegt, klein und blond. Irgendwie bin ich froh, dass sie in diesem Augenblick so friedlich aussieht, nach dem, was sie hinter sich hat.

Ich verspüre keine Reue. Da ist nichts, was mir leidtut, außer, dass sie solche Angst hatte.

Ich beuge mich zu ihr runter und lege das getränkte Tuch vorsichtig auf ihr Gesicht, damit sie noch eine Weile bewusstlos bleibt. Danach kehre ich die Scherben zusammen und packe sie mit den kaputten Lampen in einen Plastiksack.

Mit einem kurzen Blick auf Lou ziehe ich die K.-o.-Tropfen aus der Hosentasche und hole das Schlafmittel aus dem Schrank. Beides tröpfele ich im richtigen Verhältnis in die PET-Flasche, die ich extra dafür vorbereitet habe. Es sind nur noch drei Schlucke Wasser drin, ich werde nicht lange brauchen, um es Lou einzuflößen. Ganz zum Schluss gebe ich noch Dimenhydrinat hinzu, das Mittel gegen Übelkeit, dann gehe ich zum Bett und nehme das Tuch von ihrem Gesicht.

Ich schaue auf die Uhr. Zwei Minuten. Länger wird es nicht dauern, bis sie zu sich kommt.

Noch bevor sie aufwacht, hole ich einen Kabelbinder aus meiner Tasche, rolle sie auf die Seite und binde ihre Handgelenke hinter dem Rücken zusammen. Es muss schnell gehen und ich habe keine Lust, dass sie mir die Mischung aus der Hand schlägt. Außerdem wird sie sich hinterher durch das Gamma-Butyrolacton sowieso nicht daran erinnern.

Ich setze mich neben sie aufs Bett und ziehe sie ein Stück über meine Oberschenkel, sodass ihr Oberkörper erhöht liegt. Ihre kleinen Brüste kommen mir durch diese Position entgegen. Durch den nassen Stoff schimmern sie milchweiß, bis auf den winzigen, rosafarbenen Hof in der Mitte. Ich kann nicht anders, ich muss darauf starren, ohne wirklich zu wissen, was ich denken oder fühlen darf. Irgendwann reiße ich den Blick los und lasse ihn weiterschweifen, hin zu ihrem flachen Bauch, ihrem Schoß, zu den schlanken Oberschenkeln und den zierlichen Fesseln. Wieder steigt die siedende Hitze in meine Brust und füllt von dort jede Zelle meines Körpers mit Feuer. Meine Gedanken brennen, schmelzen meinen Verstand zu einem Nichts zusammen.

Natürlich will ich sie nicht nur anschauen! Ich will sie überall berühren, ihren Geruch in mich hineinsaugen, ihre Haut schmecken. Meine Finger zittern.

Grimmig balle ich die Faust und würde sie mir am liebsten selbst gegen die Schläfe donnern. Ich werde sie nicht noch einmal so anfassen wie vorhin. Egal, was sie mit mir macht. Egal, wie gut sie nach Nivea-Zitrone riecht und wie weich ihre Haut ist. Egal, ob sie sich erinnert oder nicht. Ich bin kein Typ, der so etwas tut!

Als ihre Lider flattern, bin ich fast erleichtert, nicht mehr darüber nachdenken zu müssen.

»Ethan?« Ihre Stimme klingt heiser, entweder vom Schreien oder vom Chloro.

»Er ist nicht hier, Lou.« Ich weiß nicht, warum ich das sage. So mitleidlos, so kalt. Vielleicht, um innerlich auf Abstand zu gehen.

»Wo … was …« Sie blinzelt benommen, scheint nicht zu begreifen, was mit ihr passiert ist.

»Es ist alles gut, Lou. Du brauchst keine Angst zu haben.« Die falschen Worte – sie verkrampft sich. »Trink das aus, dann kannst du weiterschlafen.« Ich führe die Flasche an ihre Lippen, doch sie dreht den Kopf weg. Ich habe damit gerechnet und halte ihr die Nase zu.

Ich glaube, sie merkt erst in diesem Augenblick, dass ihre Hände gefesselt sind. Sie ruckt an ihren Armen und ihre Augen weiten sich vor Furcht.

»Trink es. Ich will dir nicht wehtun.«

Sie schnappt nach Luft, dabei fließt das Wasser in ihren Mund.

Ich presse ihre Kiefer zusammen, nicht fest, aber nachdrücklich. »Schlucken.«

Sie gehorcht und ich lasse sie durchatmen. »Noch mal.«

Dieses Mal wehrt sie sich nicht. Sie versteht schnell.

Als sie alles getrunken hat, lasse ich sie zurück auf das Bett gleiten. Sie rührt sich nicht, aber ich weiß, sie kann unmöglich schon schlafen. Sie ist benebelt, bewegungsunfähig, aber bei Bewusstsein. In spätestens einer halben Stunde wird sie wegdämmern.

Ich wende mich von ihr ab und ziehe die Falttür des Schlafbereiches bis zur Hälfte hinter mir zu. So kann ich sie auch von vorne im Auge behalten und reagieren, wenn ihr trotz des Dimenhydrinats schlecht wird.

Entgegen meines Vorsatzes entschließe ich mich spontan dazu, doch sofort loszufahren, vielleicht die hundertdreißig Meilen nach Fresno, vielleicht auch mehr. Noch gibt es keine Suchmeldung und

Polizeistreifen, und ich kann Lou erst mal auf dem Bett liegen lassen, während ich fahre. Damit sie nicht vom Bett fällt, rolle ich die beiden Daunendecken zu Würsten und drapiere sie um Lou herum. Wenn sie hier oben auf dem Bett liegt, kann ich sie durch den Rückspiegel beobachten, es besteht also keine Gefahr, dass sie erstickt.

Nachdem ich auch noch die Kissen zurechtgestopft habe, verstaue ich die Tüte mit den zerbrochenen Laternen und den Scherben in einem der oberen Schränke. Danach wasche ich meine Hände und verneble den ganzen Camper mit *Gold Man* von *Amouage,* einem schweren, süßen Männerparfüm, das ich extra für diesen Zweck gekauft habe. Die orientalische Mischung aus Hölzern, Rosen und Gewürzen hängt augenblicklich in der Luft und überdeckt das Chloroform.

Bevor ich mich ans Steuer setze, werfe ich einen letzten Blick auf Lou. Ihre Augen sind geschlossen, ihr Atem geht ruhig. Ich muss lächeln, klopfe einmal an die Wand und ein leichtes Zucken huscht über ihr Züge. *Okay, Lou, noch nicht ganz im Tiefschlaf, aber du bist schon ziemlich weit weg.*

Als ich den Motor starten will, sehe ich im Seitenspiegel zwei Lichtpunkte aufflackern.

»Louisa!« Der aufgebrachte Ruf dringt bis ins Innere des Campers.

Fuckin hell! Lous Brüder!

Ganz sicher werden sie klopfen und mich fragen, ob ich ein blondes Mädchen gesehen habe. Noch bevor sie auf meiner Höhe ankommen, springe ich auf und klettere in die Schlafkoje oberhalb des Führerhauses.

Mein Herz pocht so heftig, dass mir übel wird.

»Lou? Lou-u? Wo steckst du, verdammt?« Ich meine, Ethans Stimme zu erkennen.

Ich schaue schnell auf die Uhr. Kurz vor halb acht. So lange ist Lou noch nicht weg, seine Sorge hat sich bestimmt noch nicht in ihm eingenistet. Er könnte es auch für einen üblen Scherz von ihr halten, da sie gesagt hat, sie würde sich in den nächsten Bus setzen. Aber es ist schon so dunkel.

Ich lege mich auf den Bauch und spähe seitlich an dem Vorhang vorbei auf die Straße. Das Flackern der Taschenlampen erscheint bereits am hinteren Teil des Campers und ich erkenne Gesichter im Kreis der schwenkenden Lichtkegel. Es ist tatsächlich Ethan, er läuft voran, gefolgt von dem langhaarigen Liam.

»Herrgott, Louisa! Wenn du nicht sofort zurückkommst, hast du das ganze nächste Jahr Hausarrest!«, brüllt Ethan so laut, dass ich Angst bekomme, Lou könnte es trotz ihres Dämmerzustandes hören. Ethan ist stehen geblieben und leuchtet die Fenster des Campers an.

Jetzt spinnt er komplett!

Hastig klettere ich wieder nach unten und schiebe die Falttür zu. Irgendetwas muss ich tun. Sonst hämmern sie gleich an die Tür und wollen womöglich reinkommen. Das geht auf keinen Fall. Vielleicht riecht man das Chloro doch noch durch den Parfümnebel hindurch.

Als ein Lichtstrahl direkt durch das Frontfenster fällt, halte ich mir geblendet die Hand vor die Augen.

»Lou-i-sa!«, schreit Ethan von etwas weiter weg. Ich blinzele gegen den Strahl an und sehe Liam wie einen Geist vor dem Camper stehen. Er dreht sich im Kreis und leuchtet alles an, was ihm in die Quere kommt. Wahrscheinlich ist er zugedröhnt mit irgendwelchen tibetanischen Kräutertees oder was auch immer er sich reinzieht.

Wut und Furcht kochen in mir hoch. Ich weiß nicht, was ich tun werde, wenn die beiden Verdacht schöpfen, allerdings werde ich nicht den Kürzeren ziehen. Liam ist dünn wie ein Asket und Ethan zwar durchtrainiert, aber kein ernst zu nehmender Gegner. Entschlossen öffne ich die Seitentür und steige die Stufen hinunter.

»Was ist hier los?«, zische ich mit gesenkter Stimme und ziehe die Tür hinter mir zu. »Könnt ihr nicht leiser sein? Meine Tochter ist gerade erst eingeschlafen.« Gut, dass Lou vorhin das mit der fünfköpfigen Familie gesagt hat.

»Entschuldigung«, ruft Ethan mir gedämpft zu und richtet den Lichtstrahl auf meine Brust wie ein Fadenkreuz. Er kommt mir ein paar Schritte entgegen. »Wir suchen unsere Schwester. Hast du sie gesehen? Klein, blond«, er hält die Hand an seinen Ellbogen, »langes Haar. Sechzehn Jahre alt … ziemlich … ziemlich hübsch …« In den letzten Worten höre ich Angst mitschwingen. Seine Wut ist am Kippen – ich muss ganz dringend hier weg.

Ich gebe vor, nachzudenken, und schüttele langsam den Kopf, obwohl mein Herz immer noch rast. »Hier ist kein Mädchen vorbeigekommen. Wäre mir aufgefallen.« Ich sehe ihn direkt an, so wie Lou vorhin. »Ich war bis vor fünf Minuten die ganze Zeit über draußen … Reparaturen am Kühler … meine Frau hat die Kleine ins Bett gebracht.«

Ethan bleibt stehen und tritt von einem Bein aufs andere. Falten graben sich in seine Stirn. Noch einmal leuchtet er die Straße ab.

»Das hat doch jetzt keinen Sinn, Eth«, höre ich Liam sagen, der direkt neben mir steht. »Lou ist wahrscheinlich längst zurück und freut sich diebisch darüber, dass du dir solche Sorgen machst.«

Ethan atmet tief durch. »Hoffentlich.« Er lächelt kurz, will die Angst überspielen, aber es gelingt ihm nicht. »Lass uns trotzdem noch mal in die andere Richtung gehen«, schlägt er vor.

Liam seufzt und schiebt sich etwas in den Mund, das wie Kautabak aussieht. »Von mir aus!«

Ethan nickt mir zu und hebt die Hand zum Gruß. »Dann danke für die Hilfe.«

Ich lächele mein einstudiertes Lächeln. »Keine Ursache.«

Als sie außer Sichtweite sind, habe ich das Gefühl, durchzudrehen. Aufgewühlt lehne ich mich an den Camper und krame meine Zigaretten hervor. *Ethan und Liam.* Ich inhaliere den Rauch, versuche mich zu beruhigen, und weiß gar nicht, warum ich so durcheinander bin. Ich habe alles richtig gemacht, mich nicht auffällig verhalten oder etwas Verräterisches gesagt.

Vielleicht ist es einfach nur diese Mischung aus Furcht und Triumph, die mich fertigmacht. Womöglich waren es aber auch die Sorgenfalten auf Ethans Stirn. Die Angst, die er weglächeln wollte, weil es ihm vor mir wahrscheinlich peinlich war, sie zu zeigen.

Ich nehme ihm das weg, was er am meisten liebt und beschützen will. Besser, ich hätte ihn nicht gesehen und wäre von diesen Konsequenzen der Entführung verschont geblieben. Aber ich habe keine Lust, mich jetzt schlecht zu fühlen. Nicht heute, wo es mir zum ersten Mal richtig gut geht. Ich will mir nicht vorstellen, wie er hier noch stundenlang herumläuft und verzweifelt Lous Namen in die Nacht brüllt.

Ich rauche zwei Zigaretten hintereinander, dann steige ich wieder ein und setze mich auf die Bank, lege das Gesicht in die Hände. Ethan schien bereits jetzt so nervös. Möglicherweise sucht er Lou noch eine halbe Stunde, unter Umständen gibt er den Rangern aber auch gleich Bescheid. Sollte er nur den geringsten Verdacht hegen, dass Lou etwas Schreckliches zugestoßen sein könnte, werden womöglich alle Fahrzeuge bei der Ausfahrt kontrolliert. Und ich brauche ganz sicher länger als eine halbe Stunde, bis ich die Serpentinen zum Parkausgang runtergefahren bin.

Ich weiß, was das bedeutet. Mir wird speiübel, während ich nach hinten zu Lou gehe.

Ich muss sie schon jetzt in die Kiste unter dem Bett stecken. Bei einer Kontrolle ginge sie mit viel Glück als Kleiderbox durch, wenn sie überhaupt entdeckt werden würde. Mit einem Elendsgefühl im Bauch schlage ich die Überdecke des Bettes hoch und löse die dunkle Verkleidung am Fußteil. Rasch stelle ich sie beiseite, dann entriegele ich die Seitenwand der Holzkiste.

Ich muss es tun. Es ist notwendig.

Vorsichtig nehme ich Lou auf die Arme, gehe mit ihr in die Knie und verfrachte sie mit gebeugtem Oberkörper in die Holzkonstruktion. Als ich sie darin liegen sehe, so winzig und zerbrechlich, habe ich das Gefühl entzweizubrechen.

Lou sieht so hilflos aus. So klein in der Dunkelheit.

So dunkel, Mum …

»Lou … es tut mir leid …« Meine Stimme bricht.

Ich kann vieles tun, aber Lou da hineinzusperren ist, als würde ich mich selbst in das Monster verwandeln, das ich fürchte. Instinktiv greife ich nach der Silbermünze an meinem Lederarmband.

Atmen, Bren. Atme. Du bist nicht er!

Ich konzentriere mich auf die kühle Münze zwischen meinen Fingern, alles, was von meiner Kindheit übrig ist. Ich besitze sie, seit ich denken kann, verbunden mit einer verschwommenen Erinnerung an Geborgenheit. Sie ist der Beweis, dass es ein Leben vor der Thorson Ave gab und ich mal eine Mum hatte. In meinem dunklen Gefängnis war die Münze das Einzige, was ich hatte. Sie erinnerte mich daran, wer ich war und dass ich noch nicht aufgehört hatte zu existieren.

Mit zusammengepressten Lippen schaue ich wieder zu Lou und schüttele abwehrend den Kopf.

Meine Mum hat mich verlassen, aber Lou ist bei mir.

Ich muss es tun. Es wird nicht von Dauer sein. Ich hole sie raus, sobald es geht. Ich lasse die Münze los und streichele Lou über die Wange, als könnte das irgendetwas besser machen.

Wie schon so oft habe ich das Gefühl, in zwei Hälften gespalten zu werden, als wäre in mir eine Mauer, die ich hochziehen kann, um alle Gefühle auszublenden. Der gefühllose Teil nimmt mit seinen tauben Händen den Deckel und verschließt ihn sorgfältig. Danach bringt er die Blende an und hängt die Überdecke darüber.

Monster, flüstert der andere Teil, der Lou gestreichelt hat, tief in mir. *Monster!*

Als ich am Visitor Center vorbeifahre, entdecke ich weder Ranger noch Lous Brüder. Nach einer knappen Meile meine ich, das Licht von großen Strahlern im Wald zu sehen, zumindest ist der Radius der Lichtkegel größer als der von Taschenlampen. Womöglich ein erster Suchtrupp. Mit den erlaubten fünfundzwanzig Stundenkilometern krieche ich die nächste halbe Stunde voran, in der ständigen Angst, plötzlich in ein Großaufgebot der Polizei oder Parkranger zu geraten. Doch es passiert nichts.

Ich fahre bis zum Rangerhäuschen am Ein- und Ausgang des Parks. Zum Glück ist es nicht besetzt. Die Schranke ist offen – aber das ist um diese Uhrzeit nicht ungewöhnlich.

Ohne lange darüber nachzudenken, fahre ich durch die unbesetzte Kontrolle, doch ich verspüre noch keine Erleichterung. Angespannt überlege ich, wie weit ich fahren muss, um unentdeckt davonzukommen. Bis Fresno auf jeden Fall. Von den Gebirgsausläufern aus kann ich in manchen Kurven bereits die hellen Lichter der Talstädte erkennen. Tulare, Visalia, Reedley. Sie leuchten aus der Tiefe, darüber prangt ein runder, leichenblasser Mond. Es sieht gespenstisch aus, aber vielleicht kommt es mir nur so vor. Da draußen gibt es vermutlich nichts Böseres als mich. Ich habe das Mädchen, das ich liebe, in eine Holzkiste gepfercht wie ein Stück Vieh.

Als ich nach eineinhalb Stunden das Ortsschild von Fresno passiere, fällt ein Großteil der Anspannung von mir ab. Im Industriegebiet suche ich mir an einer halb abgerissenen Lagerhalle einen Parkplatz und tausche die Nummernschilder aus. Die gefakten amerikanischen Kennzeichen werfe ich hinter dem Betreten-Verboten-Schild auf einen Haufen Elektroschrott, die Laternen entsorge ich ein paar Meilen weiter in einem Glascontainer. Danach kontrolliere ich Lous Atmung und setze die Reise auf der CA 41 N fort.

Als ich in Merced ankomme, erinnere ich mich nur noch vage daran, die Strecke gefahren zu sein. Die Uhr zeigt Viertel vor zwölf. Etwa weitere eineinhalb Stunden später halte ich an einem *Flying J* hinter Modesto an. Ich parke den Camper ordnungsgemäß auf einem dafür vorgesehenen Parkplatz, dann gehe ich nach hinten zu Lou, löse die Verkleidung und öffne die Kiste. Ich beuge mich ein Stück unter das Bett. Lou liegt so still da, als wäre sie tot. Mit einem Schaudern lege ich ihr die Hand auf den Bauch – diese Berührung ist erlaubt. Überhaupt sind alle Berührungen, die ihrem Wohlergehen dienen, erlaubt. Als ich ihre tiefen, regelmäßigen Atemzüge unter meinen Fingern spüre, klingt das Frösteln in mir wieder ab.

Ich lasse die Kiste und die Verkleidung offen und steige an der Seitenfront hinaus, um mir ein Bild der Lage zu machen.

Warme Nachtluft schwappt mir entgegen, zusammen mit dem Geruch von Abgasen und Benzin.

Das Areal des Truck Stops ist gut überschaubar. Ein gelb-rotes Denny's Restaurant nimmt einen großen Teil der Fläche ein, daneben gibt es eine Tankstelle mit einem einfachen Shop. Ringsum ist alles flach, nur eine Handvoll weit auseinanderstehender Blechhäuser hebt sich vor dem dunklen Horizont ab. Die Gegend wirkt, als interessierte sich niemand für seinen Nächsten. Eigentlich perfekt.

Direkt neben mir parkt ein chromfarbener Truck – ein Aufkleber von einem blonden Pin-up-Girl klebt auf der Beifahrertür des Führerhauses.

Müde lehne ich mich an die Front des Wohnmobils. Ich fühle mich eigenartig. Das flache Land und die windschiefen Strommasten mit ihren durchhängenden Leitungen kommen mir vor, als gehörten sie in eine andere, verkehrte Welt. Alles ist falsch. Es gibt keine schneebedeckten Gebirgsgipfel, keine Nadelbäume, keine grünen Flüsse. Keine Kanadagänse oder Wildschafe. Keine Wölfe.

In den letzten zwei Monaten in Los Angeles war das Gefühl, etwas würde nicht passen, weniger intensiv als hier im Central Valley.

Bestimmt liegt es an Lou.

Lou und ich, wir gehören in den Yukon. Lou gehört in den Yukon. Nie habe ich sie mir bei der Überfahrt vorgestellt. In Merced, Modesto oder sonst wo. In meinen Fantasien lag sie auch nie in der Kiste. Ich habe mir nie erlaubt, daran zu denken, auch wenn ich wusste, dass es nötig sein würde. Jetzt wünschte ich mir, ich hätte mich besser darauf vorbereitet.

Ich rauche eine Zigarette und umrunde den Truck dabei scheinbar geistesabwesend. Die Vorhänge der Schlafnische sind zugezogen, wenn ich Glück habe, schläft der Fahrer tief und fest und bekommt meine Anwesenheit nicht einmal mit.

Zurück im Wohnmobil lege ich mich auf den Boden längs vor das offene Fußteil des Doppelbettes. Der Platz ist schmal, ich kann nur auf der Seite liegen, aber ich will bei Lou sein.

Nach den Berechnungen, die ich anhand ihres geschätzten Gewichtes angestellt habe, muss ich ihr gegen sieben Uhr morgens die nächste Dosis Betäubungsmittel geben. Außerdem sollte ich sie aufs Klo setzen. Ich stelle den Wecker meiner Uhr auf Viertel vor sieben. Das sollte genügen, um die Mischung zuzubereiten.

Während ich auf den Schlaf warte, betrachte ich ihr Profil und das lange, weiche Haar, das wie Gold auf den Boden der Kiste fließt. Ich bin aufgedreht und gleichzeitig zu Tode erschöpft. Ich will nicht einschlafen, ich möchte sie einfach nur ansehen. Die ganze Zeit, immerzu. In diesem Moment bin ich der glücklichste Mensch auf der Welt. Und für einen winzigen Augenblick ist es, als würde der Junge in dem Verlies in meinem Inneren lächeln.

Ich setze Lou aufs Bett und lasse sie die Mischung trinken, noch ehe sie richtig wach ist. Sie murmelt unverständliche Worte zwischen den einzelnen Schlucken, einmal verschluckt sie sich und hustet fürchterlich. Ich klopfe ihr auf den Rücken, und als sie sich beruhigt hat, beobachte ich sie aufmerksam. Sie versucht, den Kopf gerade zu halten, doch ihr Kinn kippt immer wieder auf die Brust. Irgendwann schafft sie es und sieht mich ein bisschen entrückt an.

»Wobinich?« Sie will sich eine Haarsträhne aus der Stirn streichen, doch auf halbem Weg fällt ihr Arm kraftlos auf die Matratze zurück.

Ich klemme die Strähne hinter ihr Ohr und predige mir, dass es ihrem Wohl dient, die Haare kitzeln sie bestimmt.

»Ich habe dich mitgenommen, damit du für immer bei mir bist«, sage ich schlicht und lasse meine Finger für einen Moment an ihrem Haar verweilen. »Ich tue dir nichts, Lou. Niemals, ich schwöre es.«

Sie kichert, als wäre es ein Witz.

Der Laut fährt mir unter die Haut. Wie gut, dass sie sich später an nichts mehr erinnern wird. »Musst du auf die Toilette?«

»Willst-du-mich-da-draufsetzen?«

»Klar, wer sonst?« Ich warte ihre Antwort gar nicht erst ab, sondern trage sie wie einen Mehlsack über meiner Schulter in das winzige Klo. Sie wehrt sich nicht. Im Bad stelle ich sie auf die Füße und stütze sie mit einem Arm, während ich ihr die durchgeschwitzte Shorts herunterziehe.

Krampfhaft starre ich auf ihren Bauch und schiebe die Unterhose über ihre Hüften nach unten.

»He …« Ihr Protest geht in ein Glucksen über. Sie will sich an mir festhalten, doch da drücke ich sie schon auf den Toilettensitz.

»Dann mal los!« Ich überlege, mich umzudrehen, aber ich muss sie halten, sonst stürzt sie mir vorneüber vom Klo. Ich stütze sie an den Schultern, ihr Kopf kippt nach vorne und ihre Nase drückt in meinen Bauch. Kurz danach ertönt ein leises Plätschern und ich bin dankbar, dass diese üblen Mittel wenigstens auch enthemmen. Andernfalls wäre sie bestimmt nicht bereit, in meiner Gegenwart zu pinkeln.

Reglos blicke ich gegen die Wand.

»Fertig«, nuschelt sie und dreht den Kopf, sodass sich ihre Wange an meinen Hoodie schmiegt. Im nächsten Augenblick schließen sich ihre Arme kraftlos um meine Hüften.

Die Berührung lässt mich erstarren wie aus Erz gegossen. Eine Kälte durchzuckt mich, viel kälter als Eis.

Du verdienst das nicht! Du bist nur Dreck! Nur Dreck und Staub!

Lou presst ihre Wange fester an meinen Bauch und ihre Hände finden auf meinem unteren Rücken zusammen.

Ich atme gegen das Gefühl der Schuld an, das ihre arglose Berührung in mir auslöst. Etwas in mir bricht auf und für einen Wimpernschlag wird alles, was in mir dunkel ist, noch schwärzer.

Ich darf das nicht zulassen. Sie ist halb nackt, und wenn die Drogen aufhören zu wirken, wird sie mich hassen. Aber ihre Wärme tut so gut, wie sie gleichzeitig schmerzt und alles schlimmer macht. Und je länger ich sie spüre, desto mehr beginne ich, mich danach zu sehnen. Etwas in mir wird weich, etwas, was sich vorher wie Stahl anfühlte. Irgendwo tief in mir ist eine Stelle, die gehalten werden will. Auf diese Art. Mehr nicht, das reicht. Doch warum tut es so weh? Vielleicht, weil ich mich nicht an Nähe erinnere. Weil Schläge das Einzige waren, was mein Körper erfahren hat und was ich geben kann.

Mit dem seltsamen Schmerz in der Brust löse ich Lou von mir, ziehe sie wieder an und trage sie zum Bett zurück.

Danach trinke ich einen Eiskaffee für einen schnellen Koffein-Kick, hole mir einen Muffin aus dem Schrank und setze mich neben sie auf die Bettkante, beobachte, wie sie einschläft. Die Verwirrung über meine Empfindungen bleibt, und die winzige, weiche Stelle in mir ist immer noch da. So als wäre durch Lous Berührung an einer vernarbten Stelle neue Haut gewachsen.

Zum ersten Mal bekomme ich Angst.

Was, wenn sie mir das niemals verzeihen wird? Nicht in einem Jahr, nicht in fünf? Was, wenn ich es nicht schaffe, sie nicht anzufassen? Oder durchdrehe und sie verletze? Wenn der Teil in mir, den ich nicht steuern kann, ihr wehtut? Was dann?

8. Kapitel

Der dritte Tag mit Lou verläuft so ruhig und unauffällig wie der zweite. Nachdem ich Spokane hinter mir gelassen habe, wechsele ich von dem Highway auf eine der namenlosen Straßen und passiere die Grenze nach Kanada, British Columbia. In diesen einsamen Landstrichen existieren keine bemannten Grenzübergänge, aber ich weiß, dass es versteckte Sensoren und Kameras an manchen Überlandstraßen gibt. Auch in den dichten Wäldern oder an Trails. Vorsichtshalber trage ich eine tief in die Stirn gezogene Baseballkappe und tausche nach meiner Passage ein weiteres Mal die Nummernschilder aus.

Ich umfahre den Großraum Vancouver auf einem Provincial Highway. Niemand hält mich an, es gibt keine Kontrollen, auch nicht später auf den Interstates. Es ist fast zu leicht. So oft es geht, halte ich an und sehe nach Lou. Meist lasse ich die Klappe offen.

Als ich kurz vor Hazelton tanken muss, springt mich beim Bezahlen die kanadische Ausgabe der *Daily News* an. Mir wird heiß und kalt. Ein Bild von Lou prangt auf der Vorderseite. Ich erkenne es sofort: Es ist das Foto, das Avery von Lou geschossen hat. Sie hat diesen Schnappschuss schon vor meiner Zeit gepostet, aber ich erinnere mich noch genau an das, was sie darunter geschrieben hat: *Danke, Avy, für dieses tolle Foto *strahl*! Du bist der Beste!*

Sie war so stolz darauf, und es hat über zweihundert Kommentare und noch mehr Likes bekommen. Es jetzt auf der Titelseite zu sehen, hinterlässt ein saures Gefühl in meinem Magen.

WO IST LOUISA? – ziehen sich die Buchstaben wie ein Mahnmal unter dem Bild entlang. Daneben steht anklagend: *Sie wollte nur Laternen kaufen … Lesen Sie den ausführlichen Bericht auf Seite 3.*

Ich kann nicht anders – ich muss diesen Artikel haben. Alleine schon, um zu wissen, ob sich jemand an mich erinnert. Bisher habe ich mich nicht getraut, im Internet nach Berichten über Lous Verschwinden zu suchen. Vielleicht überprüft eine Soko alle Netzverbindungen, die diese Artikel aufrufen. Das ist zwar sehr unwahrscheinlich, aber nicht unmöglich – und so könnten sie mich orten.

Meine Stimme klingt unnatürlich laut, als ich die *Daily News* verlange. Zum Glück herrscht reger Betrieb, außerdem habe ich mir wieder die Kappe tief ins Gesicht gezogen.

Zurück im Camper verriegele ich die Seitentür, schaue nach Lou und falte dann noch auf dem Bett sitzend die Zeitung auseinander. Auch hier ist das Foto der Titelseite abgebildet:

VERMISSTE LOUISA BLEIBT WEITERHIN VERSCHWUNDEN

Mit klopfendem Herzen überfliege ich den Artikel. Alles wird so ausführlich beschrieben, dass ich für einen Moment glaube, sie ist tatsächlich weg. Neben den üblichen Angaben wird auf ihre Brüder eingegangen. Jayden glaubt nicht daran, dass sie sich verlaufen hat. Die Polizei hält einen Unfall für möglich, schließt aber weder ein Verbrechen noch ein Ausreißen aus, gerade weil andere Camper den Streit um die Lampen mitbekommen haben. *Summer und Rain und ihr Hippievater.* Es gibt keinen einzigen Hinweis auf einen jungen, dunkelhaarigen Mann mit einem Wohnmobil der Marke *Travel America.*

Ich lasse erleichtert die Zeitung sinken. Niemand erinnert sich an mich, und falls doch, hält er mich nicht für verdächtig. Selbst Ethan nicht.

Bei dem Gedanken an Lous ältesten Bruder bekomme ich ein dumpfes Gefühl in der Brust. *Ziemlich … ziemlich hübsch …* Wie es ihm jetzt wohl geht? Der Funke eines schlechten Gewissens nagt an meinem Inneren, aber ich verdränge ihn sofort. Er hätte besser aufpassen sollen!

Ich erlaube mir, die Klappe der Kiste samt Bett-Verkleidung offen zu lassen, und hänge nur die Überdecke über das Loch. So bekommt Lou viel mehr Sauerstoff, außerdem kann ich schneller nach ihr sehen. Ich denke an die Spritze mit dem Adrenalin, die ich für den Notfall im Gepäck habe und bete, sie nicht einsetzen zu müssen.

Am Abend lege ich mich wieder neben sie vor die Kiste.

Mit geschlossenen Augen murmelt sie etwas, was mein Name gewesen sein könnte.

»Was ist denn, Lou?«, frage ich leise.

Sie blinzelt ein paar Mal, als könnte sie so besser sehen. »Wieso-istes-soeng?«

Ich schaue sie an und wiederhole, was ich ihr in den letzten Tagen immer wieder gesagt habe: »Alles ist gut, Lou. Das ist nur für kurze Zeit. Bald kannst du da wieder raus. Du musst keine Angst haben.«

Als ich ihr Zittern bemerke, streiche ich ihr übers Haar, um sie zu beruhigen. »Alles ist gut. Du bist jetzt bei mir. Ich werde dir nicht wehtun.« Ich ziehe die Hand zurück, damit es ihr nicht zu viel wird.

»Oh.« Ihr Gesichtsausdruck entspannt sich und ihre Augen, die so hektisch gezwinkert haben, fallen zu.

»Schlaf gut, Sonnenmädchen«, flüstere ich mit rauer Kehle.

Sie wirkt so friedlich. Noch weiß sie ja nicht, was ich getan habe. Mir graut vor dem Augenblick, wenn sie es herausfindet.

Nach Hazelton fahre ich ein Stück am grünen Skeena River entlang, der sich wie ein Aal durch die weit emporragenden Gebirgszüge schlängelt.

In Iskut halte ich an einer winzigen Tankstelle im Westernstil. Ein rauer Wind beugt die flachen Sträucher, lässt die Blätter der Birken rascheln und pustet mir die Haare ins Gesicht. Ich kann schon den typischen Geruch des Nordens riechen: kräftige Fichtennadeln, schweres Holz und feuchte Erde. Hier noch vermischt mit Sand und Staub.

Beim Bezahlen kaufe ich die neuste Ausgabe der *Daily News*. Das Titelbild ziert eine gigantische Luftbildaufnahme vom Sequoia National Park, das Bild von Lou ist etwas geschrumpft, aber immer noch eine Viertelseite groß.

LATERNEN-MÄDCHEN IMMER NOCH VERMISST. RANGER ERWEITERN SUCHGEBIET IM NATIONAL PARK. WAR ES EIN UNFALL AM MORO ROCK?

Der Artikel ist kürzer und es gibt ein paar Fotos vom Granitkoloss des Moro Rock. Wieder keine Hinweise auf einen jungen Mann. Ich reiße den Bericht heraus und lege ihn zu dem anderen in das abschließbare Fach oberhalb der Seitentür.

Als ich Lou am Abend auf einer Waldstraße aus der Kiste hole, ist sie total kaltschweißig. Das Haar klebt feucht an ihrem Kopf und die Bluse ist so nass, ich könnte sie auswringen.

»Oh, nein, verdammt, Lou!« Ich lege sie aufs Bett, messe ihren Puls, doch ich finde ihn kaum, so schwach ist er. Schnell stopfe ich ihr ein paar Kissen unter die Füße, um ihren Kreislauf zu stabilisieren, und hole eine kleine Wasserflasche aus der Küche. Sie muss mehr trinken. Ich werde einfach das Dimenhydrinat verdoppeln, damit sie sich nicht übergeben muss.

Später flöße ich ihr noch eine homöopathische Dosis K.-o.-Tropfen ein und bin erleichtert, als sie auch ohne das zweite Einschlafmittel wegdämmert. Zeit, mir etwas Neues zu überlegen. Ich kann ihr in diesem Zustand unmöglich noch mehr Schlafmittel verabreichen, sonst wacht sie vielleicht nicht mehr auf. Ich gehe raus ins Freie und sehe durch den lichten Birkenwald zum Highway. Es ist eine einsame Überlandstraße mit wenig Verkehr.

Kann ich es riskieren, die Mittel komplett wegzulassen? Niemand verdächtigt mich, die Polizei sucht also auch keinen jungen Mann mit Camper.

Ich könnte ihr am Morgen ein luftdurchlässiges Tuch mit ein paar Tropfen Chloro über Mund und Nase legen. Am Mittag bin ich sicher schon auf der Höhe von Dease Lake oder Cassiar. Die Gegend ist öd und verlassen. Ich könnte Lou hinten anketten und bräuchte keine Betäubungsmittel mehr.

Ich nicke, als müsste ich mir selbst beipflichten, dass es eine gute Idee ist, aber mein Gefühl sagt etwas anderes.

Morgen wird Lou begreifen, was ich getan habe. Ab morgen wird sie mich hassen.

9. Kapitel

Am nächsten Morgen geht es Lou wieder besser, aber ich bleibe trotzdem bei meinem Plan. Ich stecke sie in die Kiste und träufele ein paar Tropfen Chloro auf eine Mullbinde. Sie ist so dünn, dass Lou darunter noch atmen kann. Mehrmals halte ich an, um nach ihr zu schauen, und bin erleichtert, als ich gegen zwei Uhr mittags Dease Lake erreiche. In einem Ein-Mann-Laden kaufe ich mir die aktuelle Ausgabe der *Vancouver Sun,* froh, überhaupt eine Tageszeitung zu ergattern. Lou ist augenscheinlich auch in Kanada Thema Nummer eins:

VERSCHWUNDENES LATERNEN-MÄDCHEN: WELCHE SCHULD HABEN DIE BRÜDER?

»Eine Schande«, sagt der greisenhafte Mann hinter der Kasse in einem bekümmerten Tonfall. Ich sehe von der Titelseite auf, die ich bereits überflogen habe.

»Entschuldigung?« Ich ziehe fragend die Augenbrauen hoch.

Seine Mundwinkel sind herabgezogen wie bei einem Magenkranken, seine Augen blicken mir traurig entgegen.

»Jetzt behaupten sie, das Mädchen wäre vor ihren Brüdern geflüchtet. Dabei ist die Familie doch alles, oder nicht?«

In Dease Lake vielleicht, denke ich zynisch. »Da haben Sie wohl recht«, antworte ich laut. »Ich habe gelesen, das Mädchen habe sich verirrt.«

Die Furchen im Gesicht des Alten werden tief wie Gräben. »Haben Sie das Bild von dem Mädchen gesehen?«

Mechanisch nicke ich. Er mag alt sein, aber er ist auch ein Mann. Seine Augen sagen alles. Ich weiß, was er denkt. Solche Mädchen verlaufen sich nicht. Sie werden der Welt gestohlen. Von Männern wie mir.

Ich murmele einen kurzen Gruß und fahre auf und davon.

Als ich vom Cassiar Highway auf eine der *Nameless Roads* abbiege, beginnt es irgendwo am Unterboden des Campers zu hämmern. Im ersten Augenblick denke ich, es ist der Motor, doch nach wenigen Sekunden begreife ich, dass es nur Lou sein kann. Einen Moment später höre ich sie schreien.

Sie ist zu früh aufgewacht! Sie liegt in der Kiste! Allein in der Dunkelheit.

Ich bremse so hart, dass die Reifen quietschen und das Wohnmobil ein paar Meter unkontrolliert über die holprige Straße schlingert. Mein Magen krampft sich zusammen. Lou muss da raus, bevor sie vor Angst den Verstand verliert.

Ich renne nach hinten, löse die Verkleidung und entriegele die Kiste. Dabei fällt mir auf, wie still es plötzlich ist. Der Deckel klappt runter, ich beuge mich vor und sehe Lou. Mein Herz will aufhören zu schlagen.

Sie liegt auf der Seite, die Augen zusammengepresst. Ihr Körper wird von Zitterkrämpfen geschüttelt, wie ich sie noch nie gesehen habe.

»Sht, ruhig. Das musste sein.« Meine Worte verfehlen ihre Wirkung. Sie zittert noch stärker, ihre Zähne klappern unkontrolliert aufeinander.

Ich muss ihr unbedingt alles erklären, dann beruhigt sie sich bestimmt gleich wieder.

»Ich hole dich jetzt raus«, sage ich deutlich, damit sie mich versteht.

Sie reißt die Augen auf, als hätte ich ihr Todesurteil verkündet. Für einen Moment sieht sie mir mitten ins Gesicht. Verwirrung huscht über ihre Züge. Verwirrung, Erkenntnis und Fassungslosigkeit. Für den Bruchteil einer Sekunde frage ich mich, ob sie mich erkennt und an was genau sie sich erinnert. Weiß sie noch, dass ich sie hinterrücks gepackt und betäubt habe?

Ganz behutsam hebe ich die Hand. »Ich tue dir nichts, Louisa.« Ich beuge mich vor und greife nach ihren Oberarmen, um sie herauszuziehen. Im nächsten Augenblick fängt sie erneut an zu schreien. Keine Worte, nur hohe, gellende Laute wie von einem aufgeregten Marder.

Ich halte inne. »Lou, ich bin's, Brendan. Wir waren die letzten fünf Tage zusammen unterwegs. Du weißt das vermutlich nicht mehr, aber du hast mir vertraut.«

Sie schlägt nach meinen Armen, hört einfach nicht auf zu schreien und wird immer hysterischer.

»Beruhige dich, Lou!« Ich muss fast brüllen, um sie zu übertönen. Sie erwischt mich am Daumen und er knickt nach hinten. Der Schmerz entfacht meine Ungeduld. »Es ist alles gut. Verdammt noch mal, beruhig dich!« Ich packe ihren Oberarm und klammere meine Finger darum wie einen Schraubstock. Mit einem Mal wird sie ganz starr, als würde sie sich ihrem Schicksal ergeben.

Manchmal hilft eben nur Schmerz. Ein widerlicher Gedanke aus dem

Nichts! Ihr Wimmern macht es nicht besser.

Du machst ihr mit dieser Härte nur noch mehr Angst, Brendan!

Ich wische alle Bedenken beiseite: Sie muss aus der Kiste raus und das geht offenbar nur mit Gewalt.

»Ich will dir nicht wehtun. Hör auf, dich zu wehren!«

Ich schiebe eine Hand unter ihre Hüfte und ziehe sie mit einem Ruck nach draußen. Erst jetzt merke ich, wie sehr ihr Körper noch unter den Drogen leidet. Ihre Muskeln sind total schlaff. Über ihr stehend rolle ich sie auf den Bauch und hieve sie auf alle viere – einen Arm oberhalb und einen unterhalb ihrer Brust. Trotz der Situation kann ich nicht verhindern, dass mir ein Prickeln über den Rücken läuft, während ich sie so halte und sie sich in meinem Griff windet. Durch den nass geschwitzten Stoff spüre ich ihre warme Haut, rieche ihren Schweiß, den flüchtigen Rest von Nivea-Zitrone.

Ich lass dich nie wieder los, Lou.

Ich fühle mich wie ein beschissener Arsch. Ich *bin* ein beschissener Arsch! Kann ich in ihrer Gegenwart nicht mal was Normales denken?

Eine Sekunde später kotzt sie auf ihre Hände. Eine grüne Flüssigkeit schwimmt über den PVC-Boden. Ohne zu überlegen, halte ich sie nur noch mit einem Arm umschlungen und bündele ihre langen Haare zu einem Zopf.

»Das kommt vom Chloro. Das lässt bald nach, keine Angst.«

Sie zuckt zusammen, übergibt sich erneut.

Das ist alles meine Schuld, weil ich ihr diese elenden Mittel verpasst habe. Andererseits hilft es keinem von uns, wenn ich mich deswegen schlecht fühle.

Nach ein paar Minuten ist sie noch erschöpfter als zuvor und hängt wie eine Puppe in meinem Griff.

Ich räuspere mich kurz, damit sie sich nicht erschreckt, wenn ich etwas sage. »Ich lege dich jetzt aufs Bett … Mehr passiert nicht«, füge ich schnell hinzu, als ich spüre, wie sich ihre erschlafften Muskeln verhärten.

Mit einem einzigen Ruck hebe ich sie hoch und lasse sie in die Daunenbettdecke sinken. Während ich sie von oben betrachte, krampft sich alles in mir zusammen. Das Prickeln auf meinem Rücken weicht einem unguten Gefühl von Furcht.

Ihre Wangen sind so weiß wie Schnee und heben sich kaum von dem flachsblonden Haar ab. Sie dreht den Kopf in meine Richtung, ohne mich zu sehen.

Hör doch auf, dich zu fürchten!, würde ich am liebsten schreien, aber ich bringe keinen Ton heraus. Sie krallt ihre Hände in die Decke, jeder Muskel ist angespannt. Ihr zierlicher Körper zittert einfach immer weiter. Immer weiter. Immer weiter.

»Musst du auf die Toilette?«, frage ich, mehr um überhaupt etwas Normales zu sagen.

Sie zuckt erneut zusammen, schüttelt den Kopf. Wenigstens mal eine andere Reaktion auf mich, außer als zu schreien und zu zittern.

»Sag mir Bescheid, wenn du musst, dann helfe ich dir.«

Ganz zaghaft wandert ihr Blick an mir hoch und bleibt an meinem Gesicht hängen. Angst flimmert wie Hitze in ihren Augen. An was erinnert sie sich? Was weiß sie noch und was hat sie bereits vergessen?

Ich denke an ihre Umarmung, ihre Wange an meinem Bauch, die Arme um meine Hüfte. Alles in mir zieht sich zusammen. Da ist ein Bedürfnis in mir, das mit einer Intensität brennt, die mich schwindelig macht. Ich will sie so sehr, dass nur noch Nebel in meinem Kopf ist.

Irgendwann wird mir bewusst, wie penetrant ich sie anstarre. Schnell wende ich den Blick ab. So macht man das zumindest bei scheuen oder verwundeten Tieren. Und Lou erinnert mich gerade an ein angeschossenes Reh, das nicht fliehen kann.

»Ich habe dich schon ein paar Mal auf die Toilette gesetzt. Erinnerst du dich nicht?«, komme ich wieder auf das Thema zurück, um das Schweigen zwischen uns zu brechen.

Abermals ein Kopfschütteln, danach schließt sie die Augen. Vielleicht schafft sie es noch nicht, sie offen zu halten, oder sie will mich nicht ansehen.

Ich mache einen Schritt auf sie zu und überlege, ihren Puls zu messen, doch dann würde sie womöglich hyperventilieren.

Kann man vor Angst sterben?

Ich weiß es nicht. Ich hätte es mir manchmal gewünscht.

Eine Weile schaue ich auf Lou hinab und weiß überhaupt nicht mehr, was ich machen soll, um ihr die Furcht zu nehmen.

Als ich gegen die Bettdecke stoße, knistern die Daunen und Lou reißt die Augen wieder auf, als wäre das Geräusch der Vorbote einer Gewalttat. »Ich würde dir was zu trinken geben, aber das geht erst vierundzwanzig Stunden nach der Betäubung«, sage ich unbeholfen.

Ich sehe sie an, sie sieht mich an. Als wäre ich ein Alien mit fünf Köpfen, das gleich grausige Experimente an ihr durchführt. »Alles andere wäre zu gefährlich«, fahre ich fort. »Du könntest noch mal wegdämmern und dich im Schlaf übergeben müssen … Daran kann man ersticken.«

Ihre Lippen zittern. Sie dreht den Kopf auf die andere Seite.

Ich atme tief ein und lasse die Luft durch die Nase ausströmen. »Lou, ich verstehe, dass du Angst hast, aber ich werde dir nicht wehtun. Ich versprech's.«

Sie presst sich die schmutzige, feuchte Faust auf den Mund, ganz fest. Wieder zittert sie in Krämpfen. Sie liegt so beschissen kläglich auf diesem Bett, dass es mir wehtut, sie anzusehen.

Ich kann ein Seufzen nicht unterdrücken. »Also gut. Ich lasse dich erst mal allein. Du wirst schon noch rausfinden, dass ich mein Wort halte.«

Stille.

Okay! Dann kümmere ich mich zunächst um einen Rastplatz für die Nacht.

Ich bin schon fast vorne, als mich ihre Stimme innehalten lässt.

»Warum ich?« Es ist nur ein Flüstern, aber es trifft mich mit ungebremster Wucht.

Was soll ich ihr antworten? Weil du mein Sonnenmädchen bist, meine Little Miss Sunshine? Weil nur du mich zum Lächeln gebracht hast? Weil du mein Leben gerettet hast, an einem Tag, an dem ich sterben wollte?

Mein Herz pocht hart in meiner Brust. Ich könnte ihr Hunderte von Gründen nennen.

»Weil du so lebendig bist«, sage ich dann schlicht. Es ist die Wahrheit. Eine ganz simple Tatsache. Das Leben sprudelt aus Lou heraus, als hätte sie zu viel davon.

Für einen Augenblick frage ich mich erschrocken, ob ich all das Leben von ihr verschlucken kann, so wie die Natur mich verschluckt hat, als es nur noch sie und mich gab. Vielleicht sauge ich Lou auf und hinterher ist nichts mehr von ihr übrig.

Ich fahre auf der unbefestigten Straße immer tiefer in den Wald und parke den Bus einfach am Straßengraben.

Kurz sehe ich nach Lou, doch sie ist wieder weggedämmert. Das ist in der aktuellen Situation wahrscheinlich das Beste für sie. Während ich vorsichtig ihren Puls messe, wird mir bewusst, wie lange ich schon keinen Flash mehr hatte, obwohl ich in den letzten Tagen permanent unter Strom stand. Wahrscheinlich liegt das an Lou. Sie bei mir zu haben, tut mir einfach gut.

Wir sind schon weit im Norden, die Sonne steht immer noch hoch, obwohl es bereits Spätnachmittag ist. Im Schneidersitz setze ich mich an die Straße, inmitten von tiefblauen Lupinen, Mohn und federleichtem Fuchsschwanzgras, das still im Wind hin und her wiegt.

Ich weiß nicht, wie ich mich Lou gegenüber verhalten soll, damit sie weniger Angst hat. In der Vergangenheit hatte ich nie Kontakt zu Mädchen. Zumindest nicht zu solchen wie Lou. Nie hat mich ein Mädchen oder eine Frau so zart und unschuldig angefasst wie sie, als sie die Arme um mich geschlungen hat.

Mein Blick fällt auf einen Zitronenfalter, der hektisch um die Blütentrauben einer Lupine flattert. Lou ist wie dieser Schmetterling. Ich muss aufpassen, dass ich sie nicht zerdrücke. Ehrlich gesagt weiß ich nicht mal, wie ich mich ihr gegenüber hätte verhalten sollen, wenn sie freiwillig mitgekommen wäre. Ich habe keine Ahnung, wie normale Beziehungen funktionieren. In den Slums gab es strikte Regeln und Hierarchien. Bei dem Monster sowieso. Und an eine Zeit davor erinnere ich mich nicht. Es kommt mir vor, als hätte es seit meiner Geburt nur den Mann und mich gegeben. Ich weiß nicht einmal, wie lange ich bei ihm gefangen war, doch es müssen mindestens acht Jahre gewesen sein.

Erst ab dem dritten oder vierten Lebensjahr hat ein Kind klare Erinnerungen an das, was geschieht. So hat es mir zumindest die Psychologin erklärt, die ich wegen der Flashs aufgesucht habe.

Gedankenverloren zupfe ich an ein paar Grashalmen.

Die Attacken kamen unerwartet. Eigentlich dachte ich zu der Zeit, ich hätte mit der Vergangenheit abgeschlossen, weil die Albträume aufgehört hatten. Ich hatte mit den Fights begonnen und endlich ein Ventil für meine Wut gefunden. Dann kam der erste Flash. Er war kurz, der zweite dauerte bereits mehrere Minuten. Sie häuften sich und dehnten sich aus. Wurden schlimmer. Bei einem besonders heftigen Anfall stürzte ich aus dem ersten Stock. Die Bones dachten, ich würde mir Pillen einwerfen.

Da ich erst sechzehn war und keinen Vormund hatte, ging ich zu einem mexikanischen Arzt, der Migranten ohne Krankenversicherung behandelte. Er schickte mich zu seiner Bekannten, Dr. Watts, einer Psychologin.

»So wie du das schilderst, klingt das nach einem Flashback«, hat Dr. Watts meinen Bericht damals kommentiert. Sie sah aus wie eine typische Ärztin, mit adrettem Dutt und Hornbrille, saß in der Mitte eines cremefarben ausstaffierten Raums – ich in der Ecke, einem Ort, den ich selbst gewählt hatte. Sie trug ein kornblumenblaues Kostüm – ich meine neue Jeans und ein anständiges schwarzes Hemd. Die Klamotten hatte ich mir von meinem ersten selbst verdienten Geld gekauft. Endlich etwas, das mir gehörte, nach mir roch, sauber und ohne Risse war. Ich fühlte mich ihr gegenüber trotzdem so, als würde ich noch meine stinkenden, grauen Klamotten aus der Thorson Ave tragen.

»Einem was?«, habe ich nur nachgehakt, weil ich das Wort nicht kannte.

»Ein Flashback ist das Neuerleben einer traumatischen Erinnerung. Erinnerst du dich an ein traumatisches Erlebnis in deiner Kindheit, Brendan?« Sie sprach so sanft und leise, wie ich mir die Sprechweise einer Psychologin vorgestellt hatte.

Ich schwieg.

»Weißt du, ein Trauma ist eine seelische Verletzung, bei der die eigenen Bewältigungsstrategien versagen. Nichts, was man bisher gelernt hat, funktioniert, um mit der Situation fertig zu werden. Es kommt zu Zuständen extremer Hilflosigkeit, zu einem Verlust von Kontrolle, der zu einer Erschütterung des eigenen Weltverständnisses führt. Und natürlich auch zu einer Veränderung des Selbstbildes.«

Dr. Watts dachte wohl, ich hätte das nicht gewusst, doch dem war nicht so. Ich hätte nur viel einfachere Worte dafür gefunden.

»Manchmal reicht ein Geruch und man wird in die Vergangenheit zurückgeschleudert. Ein Trauma kennt keine Zeit. Dadurch, dass alle Möglichkeiten der Bewältigung versagt haben, wird es im Gehirn nicht als vergangenes Erlebnis abgespeichert. Es ist also immer präsent, in einem Schwebezustand, und wird durch einen Trigger aktiviert, als geschähe es erneut.«

»Ein Trigger wäre dann ein Geruch?«

»Ein Trigger kann alles sein, selbst das Staubkorn an deinem Stiefel, wenn es mit dem Geschehenen auf irgendeine Weise verknüpft ist.« Sie überlegte kurz. »Es ist nur ungewöhnlich, dass du danach eine Amnesie … also eine Gedächtnislücke an die Zeit des Flashbacks hast. Das spräche mehr für einen abgespaltenen Persönlichkeitsanteil, aber es ist zu früh, um zu spekulieren.«

»Ich will eigentlich nur wissen, wann und wie es wieder aufhört.« Mehr interessierte mich nicht.

»Das kommt ganz auf dich an, Brendan. Du musst versuchen, das Trau-

ma aufzuarbeiten und in deine Persönlichkeit zu integrieren. Vielleicht unter Hypnose. Das wäre eine von mehreren Möglichkeiten.«

»Das geht nicht.« Lieber hätte ich mich wie ein Verlierer der Kämpfe mit einer Bullenpeitsche prügeln lassen. Niemals würde ich wieder zurückgehen. Weder körperlich noch gedanklich noch sonst wie. Es kotzte mich schon an, wie Dr. Watts Trigger und Trauma aussprach, so als wüsste sie über mich Bescheid und könnte in mich hineinsehen. Den ganzen Hass und die Wut, das Gefühl, etwas zerstören zu müssen, um überhaupt denken zu können. Manchmal hatte ich den Eindruck, ich bestünde nur aus Zorn. Und dann wieder fühlte ich gar nichts mehr, als wäre meine Seele evakuiert worden. Nach meiner Flucht aus der Thorson Ave dachte ich, jeder Mensch würde sich so fühlen. Es hat lange gedauert, bis ich gemerkt habe, dass nur ich irgendwie anders funktionierte.

»Wieso geht es nicht? Welche Gründe sprechen dagegen?«, fragte sie mich nach einer Weile der Stille.

»Ich kann das nicht. Niemals.« Vielleicht war ich laut geworden, keine Ahnung.

Sie hat mich angesehen, mit einem allwissenden Röntgenblick. Sehr lange. So lange, wie mich außer dem Mann noch nie jemand angeschaut hatte. Nicht einmal einer meiner Gegner, das hätten sie nie gewagt. Aber da saß sie und blickte mir direkt in die Augen. Und ich fühlte mich kleiner als sie. Viel kleiner.

»Ein Trauma ist nicht nur eine seelische Verletzung, es ist auch immer ein Verlust, Brendan. Es ist der Verlust von Unschuld.« Sie machte eine Pause. So wie der Mann es getan hatte, wenn er seinen folgenden Worten mehr Gewicht verleihen wollte. Ich sah zurück, als könnte ich sie mit meinem Blick in die Knie zwingen, aber sie ließ sich nicht beirren. »Ein Trauma ist der Verlust eines Lebens, das hätte gelebt werden können, wenn es die Verletzung nicht gegeben hätte. Du hast in gewisser Weise dein Leben verloren. Du bist jemand anderes geworden als der, der du hättest sein können.«

»Es ist mir egal, wer ich heute bin. Es muss aufhören!«

»Schade.«

»Was schade?«

»Dass du nicht herausfinden willst, wer du bist.«

Die Worte flattern an mir vorbei. *Du bist jemand anderes geworden als der, der du hättest sein können.* Wieso muss ich gerade jetzt an dieses Gespräch denken? Ist es wegen Lou?

Natürlich ist es wegen Lou. Ich hätte sie nicht entführt, wäre ich ein anderer. Aber ich kann die Zeit nicht zurückdrehen. Und falls doch, auf welchen Zeitpunkt? Gab es in meinem Leben einen Zeitpunkt, der perfekt wäre, um noch mal von vorne zu beginnen? Ich habe keine Ahnung. Vieles lag nicht in meiner Hand. Aber Lou, Lou liegt in meiner Hand und jetzt kann es perfekt werden, es muss.

Ein plötzliches Gurgeln im Bauch des Campers lässt mich aufhorchen. Ich weiß, was es bedeutet. Lou hat irgendwo da drinnen den Wasserhahn aufgedreht. Vermutlich im Bad. Ich hatte ihr doch extra gesagt, sie soll mich rufen, wenn sie aufs Klo muss!

Wütend springe ich auf die Füße und bin mit drei großen Sätzen im Camper. Sofort werfe ich einen Blick auf das Bett: leer! Hinter der Tür zur Toilette höre ich ein seltsam schmatzendes Geräusch, auf das ich mir keinen Reim machen kann. Versucht Lou etwa, an den Wänden hochzuklettern?

Ehe ich mich davon abhalten kann, reiße ich die Tür auf. Was ich sehe, übersteigt meine Vorstellungskraft.

Lou steht vor dem Waschbecken, oder viel mehr das, was mal Lou gewesen ist. Jetzt ist sie voller blauer Seifencreme und weißem Schaum. Sie sieht aus wie dieses Schlumpfmädchen – nur ohne Mütze. Himmel, sie kann sich kaum gerade halten und ist trotzdem aufgestanden! Sie hätte sich verletzen können! Der Gedanke macht mich noch zorniger. Sie muss auf mich hören! Ich muss dafür sorgen, dass sie auf mich hört.

»Was machst du da?« Meine Stimme klingt gepresst und richtig sauer. *Super, Brendan, gut gemacht! Das macht ihr sicher weniger Angst!*

Sie schaut mich nur an, die Augen geweitet. Der Schaum klebt wirklich überall, sogar auf ihren Lidern, den Augenbrauen und in den Nasenlöchern. Wenn sie sich waschen wollte, hätte sie auch duschen können und ich hätte ihr irgendwie geholfen. Zur Not hätte ich ihr einen Eimer zum Draufsetzen gegeben. Wahrscheinlich ist meine Hilfe aber genau das, was sie nicht will. Herrgott noch mal – ich habe sie aufs Klo gesetzt, sie hat mich umarmt!

Der frische Geruch von *Wild Ocean Dream* steigt mir in die Nase. Plötzlich sehe ich, wie nass ihre Augen sind. Als ob sie gleich überlaufen. Vielleicht denkt sie an ihr Zuhause. Es *riecht* hier wie in ihrem Zuhause. Schlagartig fühle ich mich wie der allerletzte Dreckskerl.

Ganz langsam, sodass sie nicht denkt, ich würde sie schlagen, strecke ich die Hand aus. »Gib mir die Seife, Lou.«

Bei ihrem Namen zuckt sie kaum merklich zusammen. »Nenn mich nicht immer Lou! Du kennst mich überhaupt nicht«, flüstert sie zittrig.

»Natürlich kenne ich dich!« Es rutscht mir so leicht über die Lippen. Und ich kenne sie ja auch, während ich für sie ein Fremder bin. Das wird mir erst jetzt bewusst. Ich bin ihr völlig fremd. »Gib mir die Seife, Louisa«, wiederhole ich deshalb, aber nicht weniger fordernd.

»Nein!« Sie presst die Seife an ihre Brust, als wollte sie sie nie wieder hergeben.

Nein?

»Ich habe dir gesagt, du sollst mich rufen, wenn du auf die Toilette willst«, sage ich streng. »Hast du Wasser getrunken?«

Trotzig schüttelt sie den Kopf und sprüht dabei Seifenschaum auf meine Boots. Wenigstens in dieser Sache hat sie auf mich gehört.

»Gut!« Das ist ein Anfang. Ich deute auf den Wasserhahn. »Jetzt wasch dich ab!«

»Nein!«

Diese Antwort finde ich ärgerlich, aber auch irgendwie mutig. Vor allem aber überraschend. Als stünde vor mir nicht die Lou, die ich kenne, sondern ein völlig anderes Mädchen. Aufmerksam mustere ich sie von oben bis unten, was etwas schwierig ist, da der blaue Schaum noch überall an ihr pappt. Ich könnte sie jetzt packen und unter die Dusche stellen, um ihr zu zeigen, wie sich ihr *Nein* gegenüber meinem *Ja* verhält. Andererseits hat sie ein bisschen *Wild Ocean Dream* dringend nötig nach den letzten fünf Tagen.

»Okay, dann bleibst du eben so!«, sage ich scheinbar gleichgültig und nicke Richtung Bett. »Komm mit! Auf der Toilette warst du ja wahrscheinlich schon.«

Sie bockt und bleibt einfach, wo sie ist. Jetzt reicht's mir wirklich. »Wir müssen weiter!« Ich fasse nach ihrem Arm, doch sie weicht aus, rutscht auf dem Boden aus und landet mit dem Hintern auf dem Klo.

»Wohin?« Angstvoll starrt sie mich an.

Ich muss lächeln. Vielleicht, weil sie begreift, dass all ihr Widerstand nichts bringen wird und sich das gut anfühlt, auch wenn es das nicht sollte.

»Weiter weg. Weiter weg von dem Ort, von dem ich dich mitgenommen habe.«

Ich nehme ihr die Seife ab und lege sie ganz oben auf den

Schrank. Dann greife ich nach ihrem Arm und ziehe sie mit mir. Diesmal wehrt sie sich nicht und erinnert mich dabei wieder mehr an die Lou auf den Fotos. Das ist gut. Alles sollte leicht mit ihr sein. Auch mit ihr umzugehen sollte leicht sein.

Vor dem Bett bleibe ich stehen.

Sie rührt sich nicht, aber ich spüre, wie ein Zittern durch ihren Körper läuft und wie sie sich anspannt, damit ich es nicht merke.

»Sperrst du mich wieder in die Kiste?« Ein schreckliches Entsetzen liegt in ihrem Flüstern, so tief und so dunkel wie der Ort, den ich kenne. Mit großen Augen schaut sie zu mir auf, das ganze Gesicht vor Furcht verkrampft wie in Erwartung eines Schlags oder Schlimmerem.

Plötzlich weiß ich genau, wie sie sich fühlt. Als wäre ihre Angst ein Spiegel meiner Seele.

Für Sekundenbruchteile ist alles wieder da. Die Enge um mich herum, das Gefühl, keine Luft zu bekommen, das nass geschwitzte Shirt, von dem mir kalt wurde, die Hose, die aus anderen Gründen nass war, der Gestank und der Ekel.

Ich bekomme keinen Flash, vielleicht, weil ich Lou dabei ansehe und ihre Furcht stärker ist als die Macht meiner Erinnerung. Immer noch sind ihre Augen angsterfüllt und flehentlich, und ich sehe mich, den Mann anschauend, angsterfüllt und flehentlich.

Roboterhaft schüttele ich den Kopf. »Die Strecke ist einsam genug, um dich draußen zu lassen. Die Kiste war nur am Anfang notwendig.« Ich gebe ihren Oberarm frei und merke erst jetzt, wie fest ich ihn gepackt hatte. Mit steifen Schritten gehe ich zum Fenster, schiebe zwei Lamellen des Rollos auseinander und blicke hinaus. »Es sei denn natürlich, du versuchst mir wegzulaufen«, setze ich noch leise hinzu. Es klingt wie das bedrohliche Zischen einer Peitsche, aber die Warnung muss sein, auch wenn ich nicht vorhabe, sie umzusetzen. Ich will nicht, dass Lou sich unnötig fürchtet, aber sie darf niemals, niemals versuchen abzuhauen. Sie darf es nicht einmal wagen, daran zu denken. Sie muss wissen, wie gefährlich es ist, mich herauszufordern. Nicht den Brendan, der ich normalerweise bin, sondern den Teil in mir, der während eines Flashs handelt.

Nach einer Weile drehe ich mich wieder zu ihr um. Sie steht immer noch am selben Platz, als wagte sie es nicht, sich ohne meine Anweisung zu rühren. Schaum rinnt an ihr herab und bildet eine Pfütze rund um ihre Füße. Bei ihrem Anblick verflüchtigt sich meine Anspannung sofort.

»Wir fahren jetzt weiter«, sage ich so freundlich, ich kann. »Du bleibst hier hinten und legst dich noch mal hin.«

Sie krabbelt umständlich aufs Bett und lässt mich dabei nicht aus den Augen.

»Und jetzt?«, fragt sie leise.

Ich gehe nach vorne zu der Küchenzeile und hole zwei Paar Handschellen und eine Eisenkette aus einem gesicherten Schrank. Als ich damit zurücklaufe, werden ihre Augen riesig, und ich frage mich, wie lange das noch so weitergeht.

»Es passiert nichts.« Ich nicke zu den Halterungen an den Wänden. »Das ist nur, damit du während der Fahrt keine Dummheiten machst.« Ich klicke je eine der Handschellen an den Enden der Eisenkette fest und lasse eine an der Halterung an der Wand einrasten. »Dein Handgelenk.«

Sie presst die Lippen zusammen.

Ich warte. Ich will es nicht schon wieder gewaltsam tun. Wir sehen uns an. Da ist etwas in ihrem Blick, was mich erschreckt. Ich kenne es nur zu gut: Wut. Verletzter Stolz, der Wille, es zu verbergen, und Resignation, weil sie weiß, wie es ausgeht.

»Ich will dir nicht wehtun.«

Lous Lippen bleiben zusammengepresst, als sie mir ihren Arm hinhält. *Du tust es doch,* klagen ihre Augen mich an, und sie hat recht, natürlich.

Wo wäre ich heute, wäre ich der geworden, der ich hätte sein können? Lou wäre ganz sicher nicht hier, aber wo wäre ich?

Ich drücke die Schelle zu, sodass sie eng genug sitzt, ihr jedoch nicht ins Fleisch schneidet. Mit einem Klick rastet sie ein. »Du bleibst von den Rollos weg.«

Sie nickt kaum merklich.

»Das ist mein Ernst, Louisa, verstehst du?«

»Was gibt es daran nicht zu verstehen?«, flüstert sie. »Du gibst einen Befehl, ich muss ihn ausführen.«

»Ganz so ist es nicht«, lenke ich ein.

Sie blickt auf ihre gefesselte Hand.

Doch, so ist es!

Ich weiß, dass sie das denkt. Ich tue es auch. Alles andere wäre gelogen.

10. Kapitel

Ich schaffe es an diesem Abend fast bis nach Johnsons Crossing, den Ort, an dem ich den Highway verlassen muss, um zu meinem Grundstück zu kommen.

Ich parke den Camper an einem Waldweg, greife mir eine kleine Flasche Wasser und gehe in den Schlafbereich zu Lou. Sie sitzt im Dunklen, zusammengekauert an der Rückwand.

»Du hast kein Licht gemacht«, stelle ich fest und nicke zum Lichtschalter, nur für den Fall, dass sie ihn nicht gesehen hat. »Die Kette ist lang genug.«

Sie antwortet nicht, sondern blickt stur geradeaus. Ich tue, als würde ich ihre Ablehnung nicht bemerken und dränge mich am Bett vorbei Richtung Fenster. Prompt rutscht sie auf die andere Seite.

Ich unterdrücke ein Seufzen und ziehe das Rollo nach oben. Mondlicht flutet auf das Bett wie ein Schwall silbernes Wasser. »Ich habe dir was zu trinken mitgebracht.« Ich halte ihr die Flasche hin. »Erst einmal nur Wasser, das verträgst du jetzt besser. So war es zumindest bei mir.«

»Bei dir?«

Das hat sie nicht fragen wollen, das sehe ich – ich habe auch lange überlegt, ob ich es überhaupt erwähne. Ich muss lächeln. »Ich habe das Chloro an mir selbst getestet. Ich wollte dich schließlich nicht umbringen, sondern nur betäuben.«

Sie schaut mich völlig verständnislos an, als wäre ich noch verrückter, als sie sich bisher ausgemalt hat. Die Flasche beachtet sie nicht – auf eine Art, die angestrengt aussieht.

»Wasser habe ich danach immer am besten vertragen.«

»Du hast das öfter gemacht?« Ihr Tonfall ist ein Spiegel dessen, was sie nicht sagt. *Du bist irre, du elender Psycho!*

»Viermal.« Ich zucke betont gleichgültig mit den Schultern. Es war notwendig, ich habe es getan, so wie ich vieles, was notwendig war, in meinem Leben getan habe. Mein Essen aus dem Müll zusammensuchen, im strömenden Regen auf der Straße übernachten und darauf hoffen, dass mich keiner im Schlaf absticht.

Ich mache einen Schritt auf das Bett zu und strecke meinen Arm weiter in ihre Richtung. »Trink!«, sage ich mit einem Anflug von Ungeduld, weil sie immer noch keine Anstalten macht, nach der Flasche zu greifen.

»Wirst du mir das Wasser auch gewaltsam einflößen, wenn ich nicht will?«, zischt sie durch zusammengebissene Zähne.

Erst jetzt fällt mir auf, wie krampfhaft sie die Eisenkette umklammert. Das Mondlicht bricht sich geisterhaft hell auf ihrem Gesicht, der Rest der Seife lässt es wächsern erscheinen. Ich ziehe die Wasserflasche zurück. »Wenn es deinem Überleben dient.«

Sie schließt die Augen und ihre Hand, die die Kette hält, entspannt sich ein wenig. Was habe ich denn jetzt gesagt, was sie beruhigt?

»Ich soll also überleben?«

Ah das! »Klar. Was hast du denn gedacht? Denkst du, ich betreibe diesen Aufwand, um dich umzubringen?«

»Vielleicht tust du's später noch.«

»Vielleicht auch nie. Und jetzt trink!« Ich sehe auf sie herab, weiß nicht, wie ich sie dazu bekommen soll, das zu tun, was gut für sie ist. »Bitte«, überwinde ich mich schließlich zu sagen und bin überrascht, wie es aus meinem Mund klingt. Ich habe schon seit Jahren um nichts mehr gebeten.

Dieses winzig kleine Wort dehnt sich im Raum aus, als hätte es mehr Macht als Ketten, und lässt sie die Augen öffnen. Ein paar Mal flackert ihr Blick unruhig hin und her. Von mir zu der Flasche, von der Flasche zu mir.

»Erst du«, flüstert sie rau. Und da begreife ich, dass sie Angst hat, ich könnte noch mal was von den Drogen reingemischt haben. Womöglich K.-o.-Tropfen, um sie gefügig zu machen.

Als hätte ich das nötig! *Hier in der Wildnis müsste ich dich dazu nicht einmal betäuben, es würde dich sowieso keiner hören.*

Trotzdem schüttele ich das Wasser und trinke einen Schluck, danach reiche ich ihr die Flasche weiter.

Lou trinkt hastig, so als wäre sie nicht sicher, wann sie wieder etwas bekommt. Nachdem sie die Hälfte ausgetrunken hat, nehme ich ihr die Flasche weg.

»Das reicht.« Sie sieht zu mir auf, ihre Augen glänzen fiebrig, sie hat immer noch Durst. »Später gibt's mehr«, verspreche ich daher schnell, dann nicke ich zu der Tür, hinter der die Duschkabine ist. »Willst du duschen?«

»Nein.« Sie hätte ebenso gut *Du kannst mich mal* sagen können.

»Es riecht wie in einem Pumakäfig«, versuche ich zu scherzen. Auch das habe ich seit Jahren nicht mehr getan.

Sie sieht verstohlen an sich herab. »Ist mir egal.«

Ich seufze laut. »Du hast immer noch Angst, ich könnte dir was antun.«

Sie zieht die Beine an und schlingt schützend die Arme um ihre Knie, als müsste sie sich vor mir verstecken. »Wieso bin ich sonst hier?«, flüstert sie und weicht meinem Blick aus.

»Damit ich dich nie wieder verliere«, antworte ich ehrlich.

»Du hast mich niemals besessen. Wie willst du mich da verlieren?« Lou zwinkert und reibt sich mit den Händen über die nackten Knie. Immer wieder. Es erinnert mich an etwas, das ich in der Abstellkammer getan habe. Eine immer gleiche Bewegung. Vor und zurück, vor und zurück. Ein sanftes, einsames Wiegen, das mich getröstet hat.

Ich begreife, wie verstört sie wirklich ist. Sie braucht einfach mehr Zeit. Gespielt gelassen zucke ich daher die Schultern. »Du bist noch nicht voll da. Immer noch ein bisschen benebelt vom Chloroform«, erkläre ich ruhig. »Außerdem hast du immer noch viel zu viel Angst. Du musst erst mal wieder einen klaren Kopf bekommen, bevor wir weiter darüber reden.«

Abermals schließt sie die Augen, als wollte sie alles um sich herum ausblenden. Wenigstens hört sie auf, mit den Händen über die Knie zu reiben.

Ich trete ein paar Mal auf der Stelle, sehe sie an, wie sie da sitzt, zusammengekauert, ein armseliges Bündel Angst. »Morgen kannst du wieder was essen.«

Keine Reaktion.

Die Luft zwischen uns wird immer dichter, es kommt mir vor, als würde sie mit Lous Panik volllaufen und sie vollkommen von mir abschirmen.

»Etwas in mir hat mich gezwungen, es zu tun«, sage ich unvermittelt, weil ich mit irgendetwas zu ihr durchdringen will. »Es gab keine Alternative, kein Entweder-oder. Zu keiner Zeit.«

Mädchenherzen.

Louisa Scriver.

404 Not found.

Sie rührt sich nicht und ich gebe gefrustet auf und gehe duschen.

Als ich mir gerade den Schaum abspüle, schwankt der Boden des

Campers wie ein Schiff auf zehn Meter hohen Wellen.

Mit einem Satz bin ich aus der Dusche, wickele mir das Handtuch um die Hüfte und taumele dabei gegen die Glaswand der Kabine.

Mit einem gezischten *Verdammt!* ramme ich meinen Ellbogen dagegen, dann gehe ich zu Lou.

»Der ganze Camper wackelt. Was *machst* du?«, herrsche ich sie an.

Sie sitzt auf der Bettkante und versteckt die gefesselte Hand hinter ihrem Rücken. »Nichts.« Ein Wispern. Ihr Atem geht stoßweise. Feine Schweißtröpfchen rinnen ihr über die Schläfen.

Nichts. Na klar, Lou, das glaub ich dir aufs Wort!

Ich umrunde das Bett. Ich weiß genau, was sie versucht hat. Das, was vermutlich jeder getan hätte. »Vergiss es!« Ich nicke zu der Halterung, an die ich sie mit der Kette fixiert habe. »Selbst ich kann die Platten nicht herausreißen.«

»Hast du das auch ausprobiert?«, fragt sie gepresst.

»Natürlich.« Ich werfe ihr einen taxierenden Blick zu, denke an meine Flashs in L. A. »Schätze, du bräuchtest einen Akkuschrauber und viel Geduld, um die Dinger abzumontieren.« Sie soll ruhig wissen, dass es für sie ganz und gar unmöglich ist. »Und mit den Handschellen brauchst du es gar nicht erst zu versuchen – Double-Lock-Sicherung. Der Trick mit der Nadel oder der Büroklammer funktioniert nicht.« Ich deute auf ihre Halskette. »Oder mit so einem Anhänger.«

Sie beißt sich auf die Lippen und sieht weg. Ertappt! Natürlich hat sie daran gedacht.

Ärger steigt in mir auf. »Du entkommst mir nicht. Ob mit oder ohne Fessel, du wirst es niemals schaffen, Lou. Finde dich damit ab!«

»Louisa«, flüstert sie heiser. »Ich heiße Louisa.«

Nein, für mich bist du Lou, denke ich zornig. *Einfach nur Lou. Und für dich ist alles irgendwie leicht.*

Doch so sieht sie nicht aus. Im Gegenteil. Krampfhaft versucht sie, meinem Blick auszuweichen, und wirkt, als würde sie unter einer unsichtbaren Last zusammenbrechen. Aber sie weint nicht. Und trotzdem kommt es mir vor, als könnte ich das Gewicht ihrer ungeweinten Tränen auf der Brust spüren.

Es tut mir leid, Lou, flüstert eine Stimme in meiner Dunkelheit. *Es tut mir leid, aber ich kann es für dich nicht besser machen. Es ist fairer, dich nicht hoffen zu lassen, denn Hoffen bedeutet, immer weiter zu leiden. Hoffnung ist grausamer als jedes andere Gefühl der Welt.*

Finsternis fließt aus mir heraus. Eine Linie nach der anderen, ich kann es nicht stoppen. Meine Augen sind geschlossen, während der schwarze Kohlestift über das Papier gleitet. Normalerweise gibt es dabei zarte, leise Töne, aber heute verschluckt das Lagerfeuer sämtliche Geräusche. Das Knistern ist wie mein inneres Brennen.

Schon immer hat mich das Zeichnen beruhigt. Es fing in den Slums an, als ich in Ramons Baracke zum ersten Mal einen Stift und einen Block in die Finger bekam. Wir waren hungrig, weil der Müll nichts Essbares hergegeben hatte außer einer Dose mit verschimmeltem Hundefutter. Ramon hauste in einer Wellblechhütte bei seiner Tante, die sich selten blicken ließ. Seine Mum war gestorben, sein Dad saß ebenso wie sein Onkel und sein Cousin im Knast.

An diesem Abend entdeckte ich den Stift und den Notizblock auf einem kaputten Beistelltisch, einfach dahingeworfen, als besäße keines davon einen Wert. Der Bleistift zog mich magisch an, niemals hatte ich mit einem Stift etwas anderes getan, als zu schreiben oder zu rechnen. Ich setzte mich hin und begann. Ich malte den Vogel mit den von Ästen durchbrochenen Flügeln. Bereits der erste Versuch war perfekt, es war, als hätte ich nie etwas anderes getan.

Ramon stand neben mir und bekam seinen Mund nicht mehr zu. »Hey, Hoover«, sagte er, weil ich meinen echten Namen damals vergessen hatte. »Kannst du auch Personen zeichnen?«

Ich zuckte mit den Schultern, ich wusste es nicht. Dann malte ich ihn – mit seinem verfilzten Haarkranz und dem Jesus-Gesicht. An diesem Abend wussten wir, womit wir uns in den nächsten Wochen über Wasser halten konnten. Wir verkauften meine Bilder, es brachte nicht viel, aber es reichte für das Nötigste. Manchmal traute ich mich raus, und wir saßen auf dem Hollywood Boulevard oder der Sunrise Avenue. Ich zeichnete Porträts und Karikaturen von Touristen. Es war ein guter Sommer, bis ich *ihn* zufällig auf der Straße entdeckte. Danach habe ich Compton zwei Jahre nicht mehr verlassen. Lieber wäre ich verhungert, als zu ihm zurückkehren zu müssen.

Ein Knacken im Unterholz lässt mich von dem Papier aufsehen, doch als ich zu den schlanken Birkenstämmen blicke, schaut nur die Finsternis zurück. Eine Weile sitze ich da und starre in die knisternden Flammen des Feuers.

Ich muss nicht auf das schauen, was auf dem Papier entstanden ist, es ist immer dasselbe Bild. Rosenranken auf Ebenholz, so dunkel, dass ein Außenstehender sie nie erkennen würde. Manchmal fühle ich mich danach besser. Weniger zornig, ruhiger. Als könnte ich das Gewicht in mir auf ein Blatt Papier abwälzen. Doch das ist nur von kurzer Dauer, und heute bin ich auch nicht wirklich bei der Sache, weil ich die ganze Zeit an Lou denken muss.

Ich fühle mich nicht leichter, sondern schwerer; schuldig.

Weil Lou nicht mehr wie Lou aussieht. Nicht mehr hell, nicht mehr strahlend. Nicht mehr leicht.

Ich wusste, der Anfang würde schwierig werden, auch wenn ich daran nicht gerne gedacht habe. Nur hätte ich nicht erwartet, dass es mir so viel ausmachen würde. Irgendwie habe ich geglaubt, ich könnte ausblenden, wie es ihr geht; und zwar so lange, bis sie den ersten Schock überwunden und sich erholt hat.

Aber auf was warte ich eigentlich? Erwarte ich, dass Lou mich liebt und wir wie Mann und Frau hier im Yukon leben? So hatte ich mir das doch vorgestellt, zumindest in meiner Fantasie.

Aber was, wenn sie mich niemals will? Ich kann sie nicht zwingen, mich zu lieben.

Ich muss an *ihn* denken. An das seltene Lächeln, das er mir geschenkt hat, wenn ich ihm besonders gut beim Schleifen und Lackieren des Holzes geholfen habe. Ich habe gehungert nach diesem Lächeln. Ich hätte meine Seele gegeben für dieses Lächeln. Es war das Einzige, das meinem Leben einen Sinn gab. Es machte mich für Sekunden wertvoll. So, als wäre ich ihm wichtig.

Vielleicht war das Lächeln sogar das Grausamste. Es ließ mich hoffen, er könnte sich eines Tages ändern. Aber Menschen ändern sich nicht. Zumindest nicht in ihrem tiefsten Seelenkern. Ein Sadist bleibt immer ein Sadist, ein Einzelgänger ein Einzelgänger, ein böser Mensch bleibt böse.

Wird es Lou eines Tages ebenso mit mir ergehen? Wird sie nach meinem Lächeln hungern? Nach meinen Worten?

Aber ich bin nicht er. Ich behandele sie gut. Ich will sie auch gar nicht anketten. Und ich werde sie nicht bestrafen, indem ich sie in die Kiste stecke.

Wieder sehe ich in die orangeroten Flammen. Sie zischen wie Schlangenmäuler in die Dunkelheit, fressen an ihr, doch nie gelingt es ihnen, sie zu vertilgen. Irgendwann ist das Feuer erloschen, aber die Nacht noch schwarz. Womöglich ist Finsternis das Grundprinzip des Lebens und alle guten, hellen Menschen sind wie die Sterne am Firmament. Sie werden geboren, sie strahlen und eines Tages sterben sie. Doch die Finsternis überlebt.

Lou ist mein Stern, mein Licht in der Dunkelheit.

Wenn sie sich an mich gewöhnt hat, wird sie mich eines Tages lieben, plötzlich bin ich mir sicher. Es ist wie ein Grundprinzip. Selbst ich hätte das Monster geliebt, einfach, weil ich allein war.

Vielleicht ist es egal, warum sie mich liebt, Hauptsache, sie liebt mich überhaupt.

In meinem Inneren sehe ich das Bild von den schaukelnden Teddys im Wind. Vater, Mutter, Kind. Die perfekte Familie.

In meiner Brust lodert dieses heiße, qualvolle Ziehen, das so stark ist, als könnte es mich verbrennen, wenn ich ihm nachgebe.

Das will ich, verdammt! Genau das.

Vielleicht lebt es sich mit der Illusion von Liebe besser als ganz ohne Liebe. Womöglich gibt es auch keinen Unterschied zwischen echter Liebe und der Illusion davon.

Als ich am nächsten Morgen aufwache, strahlt die Sonne bereits durch das lang gezogene Fenster der Schlafkoje. Der Himmel ist königsblau, die Schatten der Birken fallen schmal und lang auf den Forstweg. Es muss früh am Morgen sein.

Während ich in den Wohnraum des Campers klettere, wird mir bewusst, dass das heute mein allererster Tag mit Lou ist. Bei diesem Gedanken kribbelt mein Bauch wieder so stark wie damals im Sequoia National Park, als sie auf dem Parkplatz aus dem Auto gestiegen ist.

Um sie nicht zu wecken, lasse ich erst mal kein Wasser laufen, sondern schlüpfe nur in eine dunkelgrüne Cargohose und mein Lieblingsshirt, das schwarze mit dem Jack Wolfskin-Logo auf der Brust. Danach binde ich mir einen Zopf, weil mir meine Haare ständig ins Gesicht fallen. Vielleicht kann Lou sie mir ja irgendwann schneiden. Irgendwann, wenn ich keine Angst mehr haben muss, dass sie mich mit einer Schere absticht.

Im Bad überprüfe ich noch mal mein Aussehen im Spiegelschrank. Eigentlich bin ich zufrieden – das Wilde, Lauernde ist zwar immer noch zu sehen, aber es ist lange nicht mehr so ausgeprägt wie im Winter. Für einen Augenblick lächele ich mich an, wie ich Lou anlächeln möchte, doch das kommt mir immer noch vor wie eine Grimasse.

Ich gehe wieder nach draußen und decke so leise wie möglich den Tisch. Wenn Lou später wach wird, soll sie sich wie zu Hause fühlen, daher krame ich alles aus den Schränken, was ich für sie gekauft habe. Schoko-Donuts, ihre heiß geliebten Lemon-Cookies und Erdnussbutter.

Nach einer Weile beschließe ich, dass es jetzt spät genug ist, und schmeiße den Generator an, um Kaffee zu kochen. Doch selbst davon wird Lou nicht wach. Ich nehme an, die Nachwirkungen der Drogen setzen sie völlig außer Gefecht.

Nahezu lautlos trete ich zu ihr ans Bett. Als sie gestern Nacht endlich eingeschlafen war, habe ich noch ihr Handgelenk desinfiziert und verbunden. Von ihrem Befreiungsversuch war die Haut unter dem Reif gerötet, an einer Stelle sogar bis aufs Fleisch aufgeschabt. Sie lag da wie ein junger eingerollter Igel, völlig erschossen vom Tag und den Drogen. Sie ist nicht einmal aufgewacht, als ich das Jod drauf gepinselt habe. Sie hat im Schlaf gesprochen, leider habe ich aber nichts verstanden.

Mittlerweile liegt sie auf dem Rücken. Sie hat sich aufgedeckt und die blonden Haare bilden einen ausgebreiteten Fächer rund um ihren Kopf. Es sieht einladend aus. Ich möchte mich zu ihr legen und darin herumwuscheln. Ich weiß nicht, warum mich gerade ihr Haar so fasziniert, aber vielleicht geht es ja allen Männern so mit Haaren.

Eine Weile sehe ich ihr beim Schlafen zu, dann klicke ich kaum hörbar die Kette von ihren Handschellen ab, damit sie sich nicht so gefangen fühlt, wenn sie aufwacht.

Kurzerhand entschließe ich mich, noch Rührei mit Speck zu machen; ich weiß, wie sehr sie das liebt. Avery macht das jeden Samstagmorgen für all seine Geschwister. Seine Geheimzutat ist Crème fraîche. Lou hat mal ein Video gepostet mit dem Titel: *Avy-best-Cook-ever!* Gott sei Dank habe ich mir alles an dem Tag notiert, als Lou sich von Facebook abgemeldet hat. Sonst hätte ich es vielleicht vergessen.

Ich schlage die Eier in die Pfanne und setze eine weitere für den Speck auf. Rührei mit Speck nach Avery-Art ist eine Wissenschaft für sich, aber ich habe es in Los Angeles geübt: Zuerst kommt Butter zu den Eiern. Die Eier nie zu heiß werden lassen und von der Flamme runternehmen, sobald sie stocken, da das Rührei sonst trocken wird. Mit dem Spatel immer weiter rühren. Ganz zum Schluss kommen dann Mineralwasser und Crème fraîche dazu. Und natürlich Pfeffer und Salz. Das Salz darf nicht vorher rein, weil es sonst die Konsistenz verdirbt – so hat es Avery jedenfalls erklärt, während Lou die Kamera auf die Pfanne gehalten hat.

Als ich ein Geräusch aus dem hinteren Teil des Wohnmobils höre, wende ich mich um. Durch die halb offene Falttür sehe ich, wie Lou aus dem Bett klettert.

»Ah, du bist ja wach!«, rufe ich ihr zu.

Sie zuckt zusammen.

Ich versuche es zu ignorieren, ich habe einfach zu gute Laune. »Wir frühstücken gleich.«

»Ich muss auf die Toilette.« Unsicherheit schwingt in ihrer Stimme mit.

Ich deute mit dem Kochlöffel zum Bad. »Mich musst du nicht um Erlaubnis fragen.«

Sie bleibt ziemlich lange im Badezimmer, länger, als irgendjemand für irgendetwas benötigt, aber ich werde heute nicht ungeduldig, selbst wenn das Rührei kalt wird. Anstellen kann sie da drinnen ja nichts.

Ich stelle die Pfanne auf den Tisch, lehne mich an die Küchenzeile und sehe aus dem Fenster. Ein paar Tannenäste wippen im Wind auf und ab, es hat etwas Beruhigendes, Meditatives, fast wie zeichnen.

Im Geist gehe ich noch mal die Route durch und schätze ab, wie lange wir noch bis zu dem Pachtgrundstück brauchen.

Mein Land liegt mitten im Herzen des *Unorganized Canada*, Gebiete, die auf kaum einer öffentlichen Karte verzeichnet sind. Ab und zu findet man hier noch die Hütten von Trappern, aber die meisten stehen mittlerweile leer, so wie auch ein Großteil der Goldminen schon lange verlassen ist.

Als sich die Badezimmertür öffnet, schaue ich zu Lou. Für einen Augenblick erschrecke ich mich über die tiefschwarzen Ringe unter ihren Augen. Sie sehen aus wie Veilchen nach einer Schlägerei; andererseits war es zu erwarten, dass sie nach fünf Tagen Halbkoma kein Sonnenschein ist.

»Setz dich!« Ich deute auf die Zweimannbänke.

Lous Blick huscht an mir vorbei und bleibt an der Seitentür hängen.

Sie denkt an Flucht, Brendan, die ganze Zeit. Pass auf!

Ich beobachte, wie sie zum Tisch geht und sich auf die Bank fallen lässt. Tut sie nur so oder ist sie wirklich immer noch erschöpft? Oder ist sie apathisch?

Misstrauisch geworden schenke ich ihr Kaffee ein und halte ihn ihr direkt vors Gesicht, damit sie ihn auch sieht. »Kaffee?«

Sie nimmt ihn, das werte ich mal als Entgegenkommen.

»Schwarz mit zwei Stück Zucker.« Ich zwänge mich auf die Bank ihr gegenüber. »Ich wusste nicht, was du willst, also habe ich alles gemacht.« Aus einem saublöden Grund bin ich stolz, alles über sie zu wissen.

Ich lehne mich auf der Bank zurück und merke, wie Lou mich die ganze Zeit mustert, auch wenn sie glaubt, ich würde es nicht merken. Sie hat außer dem Kaffee noch nichts angerührt, vielleicht traut sie sich nicht. Ich denke an unsere Begegnung im Visitor Center, als sie mir so verschüchtert vorkam. Womöglich ist diese Ängstlichkeit eine Eigenschaft von ihr.

Oder sie frühstückt einfach nicht gerne mit einem Psycho, der sie gefangen hält? Wäre denkbar!

Ich verdränge den Gedanken schnell. »Willst du Rührei?«, frage ich betont heiter.

Sie nickt.

»Lemon-Cookies?«

Sie nickt wieder.

Erleichtert darüber, dass sie überhaupt etwas essen will, häufe ich ihr einen Berg Rührei auf den Teller. »Du solltest langsam essen und gut kauen, sonst verträgst du es nicht. Und vielleicht heute Morgen doch noch keine Erdnussbutter.« Es war blöd von mir, ihr dieses fetthaltige Zeug hinzustellen. Der Speck ist schon fettig genug, nicht, dass sie es nicht bei sich behalten kann. Mit dem Handrücken schiebe ich das Glas weg, eigentlich nur, um meine Worte zu untermauern.

Lou blickt wieder auf ihren Teller, ihre Hände liegen auf dem Schoß. Nach einer Weile fängt sie an zu essen. Das heißt, sie versucht es, doch ihre Finger zittern so sehr, dass ihr ständig das Rührei von der Gabel fällt.

Okay, sie glaubt mir also immer noch nicht!

Ganz bewusst greife ich mir einen Donut und unterziehe ihn einer genaueren Untersuchung, damit sie sich nicht von mir beobachtet fühlt.

Plötzlich legt sie ruckartig die Gabel auf den Teller. »Woher weißt du, was ich mag?« Anklagend starrt sie mich an.

Das ist jetzt nicht ihr Ernst, oder? »Weißt du das nicht?« Offenbar ist sie noch naiver, als ich dachte.

»Nein!«, entgegnet sie störrisch.

»Dann denk mal darüber nach!« Ich lege den Schoko-Donut zurück und sehe sie geradeheraus an.

»Hast du mich heimlich in unserem Haus beobachtet? Hast du mit einem Fernglas auf dem Feld gelegen und zu uns reingespannt?«

»Nein. Und trotzdem weiß ich es.« Ich muss echt lächeln, obwohl das unfair ist. Sie teilt ihr Leben mit der Welt und glaubt ernsthaft, es würde sich jemand die Mühe machen, sich mit einem Fernglas aufs Feld zu legen! *Nein, nein, Lou, du hast uns das alles freiwillig verraten.*

Sie sieht mich immer noch an, auf einmal werden ihre Augen schmal: »Du bist mir gefolgt. Im Nationalpark bist du mir zum Visitor Center nachgegangen. Parallel zum breiten Schotterweg durch den Wald.«

Keine Ahnung, wie sie jetzt darauf gekommen ist. »Schon möglich.« Ich weiche ihrem Blick nicht aus, ich habe keinen Grund zu lügen.

»Du warst der Schatten«, wispert sie und schlägt sich für einen Moment die Hände vor den Mund. »Deswegen hast du auch von dem Streit und den Campinglampen gewusst. Du hast gehört, wie ich mit Ethan gestritten habe. Du hast uns belauscht.«

So hatte ich mir das Frühstück nicht vorgestellt. Ich schaue aus dem Fenster und nicke mechanisch. Anlügen will ich sie nicht. Ich habe sie entführt, sie weiß sowieso, dass irgendetwas mit mir nicht in Ordnung ist. Sie darf nur nicht herausfinden, wie viel mit mir nicht in Ordnung ist. Zumindest nicht gleich, sonst dreht sie wirklich durch.

»Du hast gehört, wie ich zu ihm gesagt habe, dass ich weglaufen will.«

Ich sehe sie wieder an und lächele kurz, als ich daran zurückdenke. »Das war eine gute Vorlage, ja. Aber es hätte sich auch etwas anderes ergeben. Ich habe mich auf eine längere Zeit des Wartens eingestellt, doch du warst leicht zu fangen.« Auch wenn es wahr ist, es klingt furchtbar.

Lou presst sich prompt die Hand auf den Magen, als wäre ihr übel. »Seit wann ... Wie lange war ich bewusstlos?«, fragt sie unvermittelt.

Ich hebe in einer vagen Geste die Schultern. Jetzt ist sowieso alles egal, besser, sie erfährt es sofort und kann es dann nach und nach vergessen. »Ungefähr fünf Tage. Aber nicht nur durch Chloroform, das wäre zu gefährlich gewesen.«

Sie schluckt hart. »Was war es noch?«

»Atropin, Dimenhydrinat, Gamma-Butyrolacton, Barbiturate ...«

»Was?«

»Belladonna, K.-o.-Tropfen, Schlafmittel ... das Dimenhydrinat war gegen die Übelkeit. Damit du dich nicht übergibst.« Ich sehe ihr direkt in die Augen, ich kann dabei zusehen, wie sich das Entsetzen auf ihr Gesicht malt. Strich für Strich.

»Du hast mir K.-o.-Tropfen gegeben?«

Mir ist ganz klar, was sie denkt. »Eine geringe Dosis«, lenke ich ein. »Erinnerst du dich nicht?« Blöde Frage, natürlich erinnert sie sich nicht! Aber ich erinnere mich. An ihre Arme um meine Hüfte und ihre Wange an meinem Bauch. »Manchmal warst du kurz wach«, rede ich jetzt weiter. »Da habe ich dir alles erklärt und dir zu trinken gegeben. Nicht viel und immer nur schluckweise.«

»Wieso fünf Tage?« Sie sieht immer noch absolut entgeistert aus.

Ich zucke nur mit den Schultern. »Es war gefährlich in der ersten Zeit. Ich konnte es nicht riskieren, dass man dich findet, wenn mein Wohnmobil durchsucht wird. Nur deswegen. Und ich habe dich betäubt, damit du in der Kiste keine Angst hast. Am letzten Tag habe ich dich noch mal Chloro atmen lassen, damit ich die anderen Sachen nicht überdosiere.«

Sie steht auf, plumpst aber danach gleich wieder auf den Sitz zurück. Falls ihr Gesicht noch ein wenig Farbe hatte – jetzt ist es weiß wie Kreide.

»Es gab gar keine Bären auf diesem Weg, hab ich recht?« Ihre Stimme ist getränkt von Verachtung, sie läuft aus ihr heraus wie Wasser aus einem vollgesogenen Schwamm. »Du hast meine Angst benutzt, um mich wegzulocken. Du bist ...«

Ein mieses Schwein? Ein Scheißkerl? Ein Bastard? Ein Hosenscheißer? Spuck's aus, Lou, ich habe schon so viele Namen über mich ergehen lassen!

»Halte von mir, was du willst, ich nehme dich trotzdem mit«, erwidere ich schroff, als sie nichts weiter sagt.

Sie öffnet den Mund, ihre Augen schimmern plötzlich feucht. »Aber …«

»Du bleibst bei mir. Für immer«, ersticke ich ihre Worte. »Du kannst nichts dagegen tun.« Ich rede mir ein, ihre Abscheu würde mir nichts ausmachen, aber natürlich tut sie das doch.

Eine Träne löst sich aus ihren Augenwinkeln und rollt dick und rund über ihre Wange.

Scheiße! Mein Magen wird hart wie ein Brett. Sie sieht noch viel süßer aus, wenn sie weint. *Scheiße! Scheiße! Scheiße!* Aber sie soll nicht weinen. Und sie soll mich nicht so ansehen!

Ich will meinen Kopf in den Sand stecken und erst wieder herausziehen, wenn sie damit aufgehört hat. Doch sie hört nicht auf. Im Gegenteil.

Ich atme tief durch und suche den Teil in mir, der hart und kalt ist, der sie mitleidlos betäuben und anketten kann, ohne mit der Wimper zu zucken. Dieser Teil schüttelt den Kopf. »Deine Tränen werden dir nicht helfen. Tränen helfen nie. Nicht bei mir.« Ich komme mir fremd vor. Weit weg. Verbissen sehe ich aus dem Fenster, konzentriere mich auf meinen alten Zorn. »Dort, wo ich aufgewachsen bin, gilt das Recht des Stärkeren. Und das bist hier nicht du. Tut mir leid!«

Plötzlich will ich nur noch hier raus. Als ich fast bei der Tür bin, drehe ich mich noch einmal zu ihr um. »Ich weiß, wie schwer es für dich ist. Und ich werde alles tun, damit es für dich erträglicher wird.« Lous Tränen bilden zwei Streifen auf ihren Wangen und tropfen auf das Rührei nach Avery-Art. »Wenn du wütend bist, sei wütend. Wenn du traurig bist, sei traurig. Ich verbiete dir keinerlei Gefühle. Ich werde sie aushalten, bis es besser wird. Wenn du meinst, du musst mich anspucken, dann tu es, aber übertreib es nicht …« Ich mache eine kurze Pause, spüre, wie mein Blick in sie hineindringt und wie schutzlos sie dagegen ist. »Nur eines darfst du niemals versuchen.«

»Was?« Nur ein Wispern.

»Fliehen.« Das Wort kommt hart wie ein Eisbrecher über meine Lippen, viel härter, als ich wollte.

»Was würde dann passieren?« Ihre Augen sind so weit offen, dass ich hineinfallen könnte.

Du denkst daran, stimmt's? Die ganze Zeit über!

Allein der Gedanke, sie könnte mir weglaufen, bringt mich wieder völlig aus der Fassung. Unwillkürlich ballen sich meine Hände zu Fäusten. Lou greift nach dem Buttermesser, jede Erklärung wäre jetzt zu viel.

»Versuch's einfach nicht!«, sage ich so gefasst wie möglich, dann stürme ich hinaus und schlage die Tür hinter mir zu.

Ich lasse das Greywater am Straßenrand ab und befülle den Frischwassertank mit mehreren Wasserkanistern. Meine eiserne Reserve, falls wir mal nicht in der Nähe eines Baches oder Sees rasten.

Ich stehe immer noch neben mir. In den Slums von Los Angeles habe ich so viele Menschen weinen sehen. Verwitwete Mütter, hungernde Kinder, einmal sogar Ramon, als er dachte, ich würde ihn nicht sehen. Doch bisher war ich immun gegen Tränen. Sie haben nichts in mir berührt, als wäre in mir die Fähigkeit des Mitleidens verkümmert. Aber Lous Tränen haben mich getroffen – auf eine Art, die mich aus der Fassung bringt. Es ist, als könnten sie etwas Hartes weich machen, wie Wasser einen Stein runden kann. Ich fühle mich verletzlich und ausgeliefert, dabei ist sie es, die geweint hat, die ausgeliefert und verletzlich ist, nicht ich. Ich hasse es, mich so zu fühlen. Es erinnert mich zu sehr an meine Vergangenheit. Es ist gefährlich, denn es öffnet mich für Dinge, die besser in der Tiefe bleiben. Dort, wo ich sie verschließen kann.

Als ich später wieder in den Camper zurückgehe, sitzt Lou immer noch am Tisch. Ich frage sie ein paar Mal, ob sie spülen will, damit sie etwas tun kann, was ihr vertraut ist, aber sie verneint. Irgendwann schalte ich den Fernseher an und zappe durch die Programme. Bei *Find me* klicke ich sofort weiter, nicht dass sie da über Lou berichten. Ich muss an die Zeitungsartikel denken – ich bräuchte eine aktuelle Ausgabe, damit ich auf dem neusten Stand bin. Vielleicht kann ich hinter Johnsons Crossing halten, irgendwo außerhalb, sodass Lou es gar nicht mitbekommt.

»Willst du was Bestimmtes sehen?«, frage ich sie, nachdem ich bei der hundertsten Soap angekommen bin.

»*Find me!*«, erwidert sie prompt.

»Außer *Find me!*«

»Hero of the Week.«

»Das gefällt dir?« *Wieder etwas Neues über sie gelernt.* Ich zappe ehrlich erstaunt zurück und lasse es laufen, während ich abspüle. In Los Angeles habe ich die Sendung ein paar Mal geschaut, oder zumindest habe ich es versucht, aber es war dieser typische Helden-Kitsch, den man nur fünf Minuten ertragen kann, ohne kotzen zu müssen.

Dass Lou so was mag? Ich schaue zu ihr rüber. Sie hängt wie gebannt am Bildschirm und ich bin froh, sie so abgelenkt zu sehen.

Das Geplänkel des Moderators und des Helden rauscht an mir vorbei, ich werde erst wirklich auf das Gespräch aufmerksam, als der Moderator David O'Dell nach Andrew Franklins Geschichte fragt.

»Dann erzähl doch mal der Nation, wie du überhaupt zu Henry Clark gefunden hast«, fordert der Moderator den Helden Andrew auf.

Ich drehe mich zum Bildschirm um. Dieser Andrew sieht aus wie ein aufgeblasener Arschkriecher mit Seitenscheitel und grinst wie ein Vollhorst. »David, ich darf doch David sagen, nicht?«

Der unscheinbare Moderator nickt nur – und selbst wenn er hätte antworten wollen, Andrew reißt das Wort an sich:

»Du weißt, David, da war vor Wochen dieses Foto in der Zeitung.« Nach Aufmerksamkeit heischend schaut er durchdringend in die Kamera. »Eine Gruppe Jugendlicher hatte diesen Obdachlosen zusammengeschlagen. Wieder einmal ging das Foto um die Welt, wieder einmal zeigte es einen U-Bahnsteig und einen Prügelknaben – wortwörtlich. Ich meine, wir kennen diese Fotos, David, eins ist wie das andere. Nicht, dass ich mich als abgestumpft bezeichnen würde, aber es ist, wie es ist.«

Die Rede von diesem Lackaffen klingt wie auswendig gelernt. Wahrscheinlich hat er sie vor dem Spiegel geübt. Zusammen mit dem Dauergrinsen eines Breitmaulfrosches, der aussieht, als wäre zu viel Luft in ihn hineingepumpt worden. Gereizt höre ich weiter zu, denn er läuft gerade zu Hochform auf.

»Niemand kannte den Mann und irgendetwas veranlasste mich, genauer hinzusehen. Und ich meine hier wirklich genauer, David«, sagt er beschwörend. »Der Herr im Himmel weiß, wieso. Auf jeden Fall denke ich da: Mann, der alte Herr sieht doch aus wie der beste Freund deines Vaters – Gott hab ihn selig.«

Abermals schaue ich zu Lou. Bei dem Gedanken, sie könnte diesen Andrew mögen, würde ich am liebsten meinen Kopf ins Klo stecken. Ob sie auf Harvard-Studenten wie ihn steht?

Ich sehe wieder auf den Bildschirm. Andrew monologisiert immer noch.

»Also ich erkenne den Mann, habe aber keine Ahnung, wie er heißt, denn es ist ja schon so lange her.«

»Und was hast du dann getan?«, fragt David O'Dell.

Andrew würdigt David keines Blickes. »Ich habe einen Aufruf bei *Facebook* und *Do you know?* gestartet. Am Ende hatte ich Glück. Aus der üblichen Kette von Ein-Freund-von-einem-Freund hat ihn schließlich jemand identifizieren können.«

»Und du wirst Henry Clark tatsächlich auf Lebzeit die Miete zahlen?«

»Unbedingt, David. Ich meine, das ist doch Ehrensache, oder? Unsere Väter waren beide Marines.«

»Das ist wahrhaftig heldenhaft.«

Mir entfährt ein spöttisches »Ha!« Lou zuckt zusammen und dreht sich halb zu mir um. Ich deute mit dem Spüllappen auf den Fernseher. »Wahrscheinlich hat dieser Henry Clark Lungenkrebs und nur noch zwei Monate zu leben. Dieser Andrew ist doch nur auf Aufmerksamkeit aus.« In den Slums haben wir so geschniegelte Typen gehasst!

»Kennst du ihn auch so gut wie mich?«, fragt Lou und wendet sich wieder Andrew zu.

Ich gehe nicht auf ihre Bemerkung ein. »Glaubst du, diesem Andrew geht es darum, dem alten Mann zu helfen?« Betont lässig schlendere ich zu ihr rüber. Sie ist wirklich total vertrauensselig, darin habe ich mich nicht getäuscht. »Der macht sich nur wichtig. Vermutlich ist er nur ein durchschnittlich begabter Student und versucht so, einen besseren Job an Land zu ziehen.«

»Vielleicht will er wirklich nur helfen.« Lou sieht mich an, als wüsste sie nicht, wie weit sie gehen darf, ab wann sie mich wütend macht. Das macht mich erst recht sauer, denn ich habe ihr schon hundert Mal gesagt, ich tue ihr nichts. Außerdem macht es mich fuchsteufelswild, wie sie dieses selbstherrliche Arschloch verteidigt.

»Wenn er helfen will, sollte er den einsamen Mann bei sich aufnehmen, wenn er wirklich einmal der beste Freund seines Vaters war.« Ich werfe ihr einen vernichtenden Blick zu, nehme die Fernbedienung von der Arbeitsplatte und schalte den Fernseher aus. Das war's mit *Hero of the Week!*

»Los, geh nach hinten! Wir fahren gleich weiter«, weise ich sie an.

Sie gehorcht sofort, wenigstens das. Ich gehe ihr hinterher und spüre immer noch die Wut, die meine Kehle anschwellen lässt. Lou kann doch kein Typ wie Andrew gefallen! Mir wird klar, dass ich gar keine Ahnung habe, auf welche Jungs sie steht, weil es auf Facebook nie einen gab.

»Setz dich aufs Bett … und jetzt rutsch ein Stück nach links.« Ich greife nach ihrem Handgelenk und klicke die lose herabbaumelnde Handschelle an der Eisenkette fest, die immer noch mit der Halterung verbunden ist. Ein bisschen wie eine Leine, aber das muss sein.

Als ich fertig bin, merke ich, dass Lou mich beobachtet.

»Wohin fahren wir?«, fragt sie mit dünner Stimme.

»Weiter.«

»Wohin weiter? Du musst doch ein Ziel haben.«

»Mein Ziel wird dir nicht gefallen, wieso willst du es dann wissen?«, blaffe ich sie an. *Zu diesem Andrew fahren wir jedenfalls nicht,* würde ich am liebsten sarkastisch hinzufügen und komme mir schon wieder vor wie der allerletzte Dreckskerl.

Sie rutscht ein Stück von mir weg. »Wohin bringst du mich?«

Sie will nur wissen, was du vorhast, Brendan. Das ist nur natürlich.

Ich gehe zum Fenster und stelle die Lamellen des Rollos waagrecht, so kann sie später ein bisschen rausschauen. Als mein Blick auf die unbefestigte Landstraße fällt, spüre ich einen Druck auf der Brust, den ich mir nicht erklären kann.

Ich habe sie unter Drogen gesetzt und sie entführt; sie hat Angst, sie hat Heimweh und sie kennt mich nicht. Und ich rege mich auf, nur weil ihr vielleicht ein Harvard-Student lieber ist als ich.

»Einfach fort«, sage ich nur. Mehr geht nicht, und ich hasse mich dafür.

11. Kapitel

Ich fahre auf dem Alaska Highway Richtung Johnsons Crossing. Der Himmel ist immer noch strahlend blau, nur ein paar kleine weiße Eiskristallwolken weben sich wie Fäden über den Himmel. Oft weisen sie darauf hin, dass es abends ein Gewitter gibt.

Von Lou höre ich nicht einen Mucks. Vorsichtshalber habe ich die Falttür zugezogen und überlege, was passieren würde, wenn mich die Bullen anhalten. Doch im Grunde ist der Gedanke ein Witz. Ich wurde hier noch nie kontrolliert und ich habe auch in all den Jahren erst ein einziges Mal überhaupt eine Polizeistreife gesehen.

Als ich den maroden Schaufelraddampfer am Ufer des Teslin Lake entdecke, weiß ich, dass ich gleich nach Johnsons Crossing komme. Ich brauche eine Zeitung, darf aber Lou nicht die Möglichkeit geben, um Hilfe zu rufen. Andererseits besteht Johnsons Crossing nur aus ein paar Häusern. Ich fahre über die Brücke in den Ort, direkt an dem winzigen Supermarkt vorbei, in dem ich auf der Fahrt nach Los Angeles eine Stange Pall Mall gekauft habe. Etwa zweihundert Meter hinter dem Ortsschild parke ich den Camper am Straßenrand.

»Ich muss was reparieren«, rufe ich nach hinten. »Danach gibt's was zu essen.«

Lou gibt keine Antwort. Vielleicht schläft sie ja auch.

Ich schließe alles ab und jogge den Weg zurück zu dem bescheidenen *Mike's*, schnappe mir zwei Sandwiches aus der Kühltheke, für Lou natürlich eins mit Gouda und Schinken, und gehe zum Ständer mit den Zeitschriften. Die Auswahl ist dürftig – es gibt nur den *Yukon Quest*. Auf dem Titelbild finde ich nichts über ein entführtes Mädchen. Ich kaufe die Ausgabe trotzdem und beeile mich zurückzukommen.

Als ich die Stufen hochsteige, ist es immer noch totenstill im Camper.

»Lou?«

Keine Antwort.

Ich packe Lou das Sandwich aus, lege es auf einen Teller und ziehe die Falttür auf. Der Geruch, der mir entgegenkommt, ist … gewöhnungsbedürftig. Gott, ich schwöre, wenn sie sich nicht bald wäscht, stelle ich sie mit Klamotten unter die Dusche. Als ich sie anschaue, tut mir der Gedanke sofort leid. Sie sitzt zusammengekauert auf dem Bett, den Kopf auf die Knie gelegt, die angewinkelten Beine mit den Armen umschlungen.

»Hey Lou, ich hab was zu essen«, sage ich leise.

Sie schaut nicht einmal auf.

»Du musst doch was essen, du hast heute Morgen schon nichts angerührt.« Ich strecke den Teller von mir, als wollte ich ein scheues Reh aus der Hand füttern.

Keine Reaktion. Dann hebt sie den Kopf um wenige Millimeter und blickt zu mir auf.

»Lou, ich werde dir nichts antun. Du kannst mir glauben.«

Ein Flehen liegt in ihrem Blick. So wie am Campground, als sie ins Wohnmobil gestiegen ist, noch nicht ahnend, was ihr bevorstand.

Sie schweigt. Sie bettelt nicht, sie versucht nicht, mich umzustimmen. *Tapfer,* schießt es mir durch den Kopf. *Oder stolz.* Vielleicht ist sie beides. Diesmal fühlt sich diese neue Erkenntnis ganz warm in mir an, nicht so wie beim ersten Mal mit der Seife, als ich dachte, sie wäre plötzlich eine andere Lou.

Mit einem Lächeln stelle ich den Teller vor sie aufs Bett. »Guten Appetit.«

Ich ziehe die Tür hinter mir zu, gehe nach vorne und setze mich an den Tisch. Während ich esse, blättere ich in der Zeitung und entdecke im Mittelteil *USA Today* schließlich doch noch eine Meldung über Lous Verschwinden.

MAHNWACHE FÜR LOUISA

Im Vermisstenfall der sechzehnjährigen Louisa gibt es bislang keine neuen Erkenntnisse.

Es folgt eine minimalistische Zusammenfassung dessen, was geschehen ist. Dann folgt nur noch ein:

Laut eines Berichts der Daily News California planen die vier Brüder der Vermissten eine Mahnwache für ihre Schwester. Sie soll am heutigen Abend am Campground Lodgepole vor dem Besucherzentrum stattfinden, dem Ort, an dem das Mädchen zuletzt gesehen wurde. Die Brüder wollen damit gegen die in ihren Augen unzureichende Polizeiarbeit demonstrieren.

Park Ranger Thomas Baker geht von etlichen Teilnehmern aus. Die

Mahnwache beginnt um 19:00 Uhr.

Für einen Moment sehe ich Ethan vor mir, wie er versucht, die Sorge wegzulächeln. *Ziemlich hübsch* … Ziemlich-hübsch gehört jetzt mir, lenke ich mich schnell von dem aufkommenden unguten Gefühl in meinem Bauch ab. Ich schneide den Zeitungsartikel aus und lege ihn zu den anderen in den abschließbaren Schrank über der Tür.

Am Abend verlasse ich die Canol Road und fahre auf einer ehemaligen Holzabfuhrstraße weiter.

Nach eineinhalb Stunden halte ich auf einer geschotterten Ausbuchtung, an der ich am nächsten Morgen auch gut wenden kann. Die Gegend ist perfekt. Die Fichten drängen sich so dicht aneinander, dass Wanderer sich kaum in dieses Gebiet verirren, außerdem verläuft hier keiner der bekannten Trails. Durch die Bucht haben wir sogar ein bisschen Platz jenseits der Straße und können ein Lagerfeuer machen. Vielleicht lenkt Lou das ein wenig ab.

Ich verriegele die beiden Türen im Fahrerhaus und gehe zu ihr nach hinten. Zum ersten Mal rutscht sie bei meinem Anblick nicht zurück. Schweigend befreie ich sie von der Kette, die Handschellen nehme ich nicht ab, nur für den Fall, dass ich sie mal schnell irgendwo festmachen muss.

»Ich mache jetzt ein Lagerfeuer. Wir können später grillen, wenn du willst«, schlage ich vor.

Sie nickt zaghaft.

Innerlich atme ich ein wenig auf. »Wenn du willst, kannst du zu mir rauskommen und mithelfen.«

Sie schaut zu Boden und schüttelt den Kopf, ebenso zögerlich, wie sie genickt hat.

Ich mustere sie kurz. Ihr Haar hängt in Strähnen hinab und sieht mehr nach Straßenköter aus als nach Flachs. »Du könntest duschen.«

Jetzt nickt sie wieder.

»Aber pass dabei auf dein Handgelenk auf.«

Sie fährt mit dem Finger über den Verband, gedankenverloren, als würde sie wie nebenbei eine Katze streicheln. Ich schiebe mich an ihr vorbei und gehe zu dem schmalen Schrank am Kopfteil des Bettes.

»Hier sind Klamotten für dich. Größe XS passt doch, oder?« Ich habe alles fein säuberlich zusammengelegt und gestapelt und bin echt gespannt, was sie zu den Kleidern sagen wird. Die weiße Bluse, die sie trägt, ist sogar auch dabei.

Lou schaut an mir vorbei, ihr Mund steht offen und ihre Augen wirken wie kugelrunde Murmeln. Ich kann nicht sagen, ob sie ihre eigenen Klamotten bereits erkennt – ich erwähne es jedenfalls nicht, es soll sie überraschen.

Ich öffne die Schublade im unteren Teil des Schranks. »Hier ist Unterwäsche. Socken«, ich zeige auf die andere Seite. »Schuhe sind dort drüben.« Ihr Blick kehrt zu mir zurück, aber zum ersten Mal kann ich ihn nicht deuten.

»Und da oben im Hängeschrank ist das, was du sonst noch brauchen wirst. Shampoo, Duschzeug … Binden und so.«

Ihr Blick bohrt sich in meinen. Er verunsichert mich. Bestimmt fragt sie sich, wie lange ich mich auf ihre Entführung vorbereitet habe.

Ich überlege, ihr das Ganze zu erklären, lasse es aber sein. Sie muss nicht alles schon am Anfang erfahren, das schürt vermutlich nur ihre Ängste.

»Okay … ich gehe dann mal raus und mache Feuer«, sage ich stattdessen, da sie nach einer Weile immer noch schweigt.

An der Schwelle zum Gang halte ich inne: »Handtücher sind auch da oben im Hängeschrank.« Das hätte ich beinahe vergessen.

Lous Blick ist mir gefolgt. Ihr ganzer Körper wirkt wie in Stein gemeißelt.

Was habe ich jetzt wieder falsch gemacht?, würde ich sie am liebsten fragen. Lauter als normal. Doch ich halte mich zurück und gehe nach draußen.

Ich hole ein Bündel Feuerholz aus dem Stauraum des Hecks und suche am Waldrand ein paar Gesteinsbrocken für die Begrenzung der Feuerstelle.

Während ich den Kreis auslege, sehe ich zum Himmel. Die weißen Eiskristallwolken vom Mittag sind im Süden aufquellenden Wolkentürmen gewichen. Ihre Unterseiten sind sturmgrau, hängen voller Regentropfen. Typische Gewitterwolken. Ich höre trotzdem nicht auf, sondern lege aus dicken Fichtenhölzern das Bett für das Feuer aus. Gewitter im Yukon sind sowieso unberechenbar, es ist gut möglich, dass es erst in einigen Stunden blitzt und donnert.

Während ich die Hölzer aneinanderreihe, kehren meine Gedanken zu Lou zurück. Sie muss mich einfach erst mal kennenlernen. Wenn wir mehr Zeit miteinander verbringen, wird sie schon bald keine Angst mehr vor mir haben. Dass sie duschen und mit mir grillen will, ist ein Anfang. Sie hätte es ebenso gut ablehnen können, es sei denn, sie hätte sich das nicht getraut.

Da fällt mir etwas ein. »Du kannst schon mal schauen, was du nachher essen willst«, rufe ich so laut, dass sie es drinnen hören muss.

»Okay«, ruft sie nach ein paar Sekunden zurück. Ich blicke über die Schulter zum Camper. Sehen kann ich sie nicht, aber sie scheint im vorderen Bereich zu sein.

Wollte sie nicht duschen? Wieso ist sie nicht hinten am Schrank und sucht sich Klamotten und Handtücher raus? Hat sie schon entdeckt, dass ich ihren halben Kleiderschrank nachgekauft habe?

Pass auf!, warnt eine Stimme in meinem Kopf.

Durchsucht sie die Küche nach einer Waffe?

Ich lasse den rauen Ast los und verharre ganz still an meinem Platz. »Es ist alles im Kühlschrank. Such mir auch was aus!«

»Ja!«

Ich lausche, höre aber nichts. Ich tue so, als würde ich meine Arbeit fortsetzen, falls sie mich beobachtet. Innerlich sind all meine Sinne in Alarmbereitschaft. Andererseits: Sie wird keine Waffe finden. Mit einem Teller wird sie mir wohl kaum das Genick brechen können.

Ich arbeite weiter, doch ich kann die Unruhe in mir nicht verscheuchen. Von Osten her rollen Quellwolken über den Himmel wie dunkelgraue Lawinen. Die Luftschichten werden dichter, die Schatten verschwimmen mit dem Dämmerlicht.

Pass auf!

Ich sehe zum Camper, alles ist ruhig. Kalte Luft strömt aus dem Wald und jagt mir eine Gänsehaut über den Rücken. Als würde ich spüren, dass etwas Übles geschehen wird.

Und dann höre ich einen dumpfen Schlag.

Er klingt wie der Aufprall eines Menschen, der von einem niedrigen Ast springt. Ich weiß sofort, was es bedeutet.

12. Kapitel

Mit einem Satz springe ich auf die Füße, renne los, noch ehe ich richtig Halt habe. Schotter prasselt unter meinen Stiefeln, doch das Geräusch erscheint mir unendlich weit weg. Als ich einen Haken um den Camper schlage, sehe ich Lou auf der anderen Seite über die Straße hetzen.

Sie ist wirklich aus dem Fenster der Beifahrertür geklettert!

Irgendetwas in mir dreht völlig durch.

»Louisa!« Ihr Name schießt wie Donner aus mir heraus. »Bleib stehen! Sofort! *Lou!*«

Mein Gesichtsfeld beginnt zu flackern und die Bäume am Waldrand verwischen zu wirren grünen Mustern.

Mit ein paar langen Sätzen springe ich auf sie zu. Lou taumelt, fängt sich wieder, ich kann nicht rechtzeitig stoppen. Mit der vollen Wucht meines Körpers schmettere ich gegen sie und der Boden rast auf uns zu. Mein Jochbein knallt auf ihren Hinterkopf, Schmerz pulsiert wie ein Stromschlag bis zu meinem Kinn, ein markerschütternder Schrei füllt die Luft.

Ich bekomme kaum mit, dass ich auf ihr liege und sie mit dem Gewicht meines Körpers auf dem Boden halte. Mein Herz hämmert wie eine Trommel in meinen Ohren.

Du hast sie. Alles ist gut!

Aber in meinem Kopf tobt der Sturm, wirbelt diesen Gedanken zur Seite.

»Was hab ich dir gesagt? Was?«, brülle ich sie an. Sie liegt auf dem Bauch. Ich richte mich ein Stück über ihr auf, zwänge ihre Arme mit den Knien an die Flanken und packe sie im Genick. Hart. Viel zu hart.

Sie antwortet nicht, atmet nur in kleinen, hektischen Stößen.

»Ich habe gesagt, keine Flucht!« Ich reiße ihren Kopf nach oben, presse die Finger ganz fest um ihren Nacken. »Ich hab gesagt, du sollst mich nicht verlassen. Mich! Nicht! Verlassen!«

Hör auf, Brendan, stopp! Sofort!

Aber ich kann nicht. Ich höre sie keuchen, spüre, wie sie ihre Arme gegen meine Knie drückt, und zwänge meine Beine noch fester gegen ihre Seiten. Es ist mir egal, ob es ihr wehtut. Sie wollte weglaufen! Ich hab ihr gesagt, sie soll's nicht versuchen! Ich kann kaum noch denken. Rote Blitze zucken um mich herum und mit einem Mal wird mir speiübel.

So dunkel, so dunkel … Die kindliche Stimme steigt in mir auf wie ein Toter aus seiner Gruft. *Mum, wo bist du?*

Ein eiskalter Schauder rinnt mir über den Rücken. Ich weiß, dass ich einen Anfall bekomme, es ist, als könnte ich seine Vorboten in der Luft schmecken. Moder und Feuchte. Panisch lasse ich Lous Nacken los und zerre sie auf die Beine. Keine Ahnung, wie viel Zeit mir noch bleibt. Ich weiß überhaupt nichts, nur, dass es schnell gehen muss, was auch immer ich tue. Als ich sie zum Camper zurückzerre, kämpfe ich mich wie durch Nebel. Lou kratzt mich, tritt mir gegen die Beine und rammt mir den Ellbogen in den Unterleib, aber ich spüre nichts. Nur meine Hände, die sie wie Schraubzwingen gepackt halten. Ich werde sie nicht loslassen, nie wieder werde ich sie loslassen!

Vor dem Wohnmobil bleibe ich stehen. Sie ist plötzlich ganz still. Mit einem Ruck drehe ich sie mit dem Rücken zu mir, kreuze meine Arme vor ihrer Brust – eine Position, die ich früher während der Kämpfe angewendet habe.

»Verdammt Lou!«, keuche ich in ihren Nacken. »Willst du dich umbringen?« Ich muss mich unbedingt beruhigen. Die Umgebung wird immer dunkler und das liegt nicht am aufkommenden Unwetter.

Als sie etwas sagt, verstehe ich sie nicht. So viele Worte, doch keines dringt zu mir durch.

Schwärze flackert vor meinen Augen, der Tornado braust immer schneller durch meinen Kopf. Ich muss Lou in Sicherheit bringen, bevor ich vollkommen in dem Flash gefangen bin. Das ist das Einzige, was ich noch begreife.

Ich muss sie in Sicherheit bringen. Ich wiederhole den Satz wie ein Gebet. Im Geist, vielleicht auch laut, ich weiß es nicht. Er darf mir nur nicht weggleiten.

Plötzlich ist da ein Geistesblitz, eine Erinnerung. *Ketten! Handschellen!* Ich brauche beides. Ich schleppe Lou zurück ins Wohnmobil. Ich glaube, ich rede mit ihr, aber das ist nur wie ein Funken in einem Feuer. Hektisch reiße ich einen Schrank auf, Blätter segeln zu Boden. Mit den Fingern taste ich nach Metall. Als ich die kühlen Glieder der Ketten spüre, kommt etwas aus meinem Mund, das wie ein seufzendes Aufatmen klingt.

Ich zerre Lou hinter mir her nach draußen, die Hand um ihren

Arm geschlossen. »In Sicherheit«, höre ich mich murmeln. Ich laufe am Camper entlang, finde wie ein Schlafwandler das Ziel, von dem ich nicht wusste, dass ich es hatte.

»Bleib stehen … jetzt runter auf den Boden.« An der Schulter drücke ich sie nach unten.

»Bren …«

So dunkel …

»Du hättest nicht weglaufen dürfen …« Mechanisch greife ich nach Lous Handgelenk und klicke sie mit der losen Schelle an einem Stahlring am Unterboden der Karosserie fest.

So furchtbar dunkel …

»Brendan …«

Ein Schleier legt sich vor meine Augen, ich kann kaum noch was sehen. »Zu spät!«, würge ich hervor. »Es wird dunkler … alles wird schwarz …«

Donner grollt in den Wolken, aber ich habe das Gefühl, er ist in mir drin.

Verwirrt schaue ich mich um, ich wollte etwas machen … Lou sitzt ganz klein vor mir, die Hände über dem Kopf wie zum Schutz vor Regen …

Schutz … ja … ich laufe von ihr fort in Richtung Waldrand. Wieder finde ich wie in Trance genau das, was ich suche. Eine Fichte, nicht zu alt, nicht zu jung, mit einem kräftigen Stamm, der mich halten wird. Ich schlinge die Kette einmal um ihn herum und klicke die Metallreifen um meine Handgelenke, lasse sie einrasten.

Sicher! Lou ist sicher!

Diese plötzliche Erkenntnis bringt mich für wenige Sekunden zurück in die Realität.

Habe ich eben gelächelt? Ich schüttele den Kopf, dann merke ich, dass mir der Schweiß wie eine Flut über den Rücken rinnt. »Louisa?« Ich entdecke sie an der Seitenfront des Campers sitzend, das Gesicht so weiß wie vor wenigen Tagen, als es ihr wegen der Drogen so schlecht ging.

Sie schaut mich an und presst sich zitternd an die Wand des Wohnmobils. Ich muss es ihr sagen, vielleicht nicht alles, aber wenigstens etwas, um ihr die größte Angst zu nehmen. Mit aller Macht versuche ich mich aufs Sprechen zu konzentrieren, zwinge die Worte in die richtige Reihenfolge, bevor ich sie ausspreche.

»Was auch immer geschieht, hab keine Angst. Es kann dir nichts passieren.« Mit brachialer Gewalt rucke ich an meinen Fesseln. »Siehst du?« *Sie halten mich! Sie müssen mich halten!*

Ihre Antwort geht in dem Chaos in mir verloren. Ich habe das Gefühl, etwas zieht mich nach unten, in die Tiefe, hin zu dem Jungen. Panik flutet durch meine Adern. »Alles ist schwarz!« Ich laufe auf Lou zu, als könnte sie mich festhalten, sodass ich nicht stürze. Nach wenigen Metern stoppt mich ein harter Ruck an der Kette und ein scharfer, brennender Schmerz fährt wie ein Schlachtermesser in meine Handgelenke.

Wieder höre ich ihre Stimme, aber erfasse nicht den Sinn der zusammengefügten Worte, als würde sie eine andere Sprache sprechen.

»Lou!« Ich kann sie kaum noch sehen. Hektisch blinzele ich gegen den schweren Schleier vor mir an. »Lou … du musst mir etwas versprechen …« Ich stecke die Hand in meine Hosentasche und ziehe mit zittrigen Fingern den Schlüsselring heraus. »Aber erst: Nimm den hier, ja?« Ich halte den Schlüssel vor mich und hoffe, dass sie ihn sehen kann. »Du musst ihn nehmen.« Sonst kann sich das Monster befreien und ich würde es nicht einmal mitbekommen.

»Wie denn?« Ihre Stimme klingt weit entfernt und blechern, aber wenigstens verstehe ich wieder, was sie sagt.

So weit wie möglich beuge ich mich in den Fesseln nach vorne und werfe den Schlüsselring in die Richtung, aus der ihre Worte kommen. »Steck ihn ein.« Vage sehe ich einen hellen Schemen, der sich nach vorne bewegt. Hände, die etwas greifen.

Mit dem Unterarm wische ich mir den tropfenden Schweiß von der Stirn. »Und jetzt hör zu!« Das Gefühl, der Boden würde nachgeben und ich in die Schwärze stürzen, wird mit jeder Sekunde stärker. »Dieser Schlüssel schließt nur meine Handschellen auf, nicht deine. Ich will, dass du dich unter den Camper …«

So dunkel, Mum, wo bist du? Mum?

Die kindliche Stimme kommt von allen Seiten. Ein roter Nebel ist plötzlich zwischen Lou und mir. *Geh beiseite!*

»Was ist los?«, höre ich Lou fragen.

Ich atme gegen die Panik an und stütze die Hände auf meine Oberschenkel. »Unter den Camper legst«, stoße ich schnell und undeutlich hervor. »Das sollte … das sollte mit der Fessel möglich sein.« War ich schon weg? Ich weiß es nicht, aber das Sprechen strengt mich immer mehr an, als müsste ich aus einem Brunnenschacht hinausrufen. Ich blinzele ein paar Mal und sehe Lou den

Kopf schütteln.

»Wieso soll ich mich verstecken?«

»Mach es einfach! Morgen früh wirfst du mir den Schlüssel wieder zu. Verstanden? Morgen früh … nicht vorher!«

»Wieso denn? Brendan, was ist los?«

Ich kann nichts mehr sehen. Ein steinkaltes Grauen steigt in mir auf, greift nach meinem Bewusstsein wie Hände aus einem Grab. »Es wird dunkel«, höre ich mich sagen, »und wenn es dunkel wird, kommt der Tod.«

Schritt für Schritt gehe ich rückwärts, weg von Lou. »Pass auf den Schlüssel auf, sonst kommen wir hier niemals wieder weg.« Das fällt mir noch ein und dann zieht mich die Dunkelheit hinab an den Ort, gegen den mein Verstand nicht ankommt. Ich stürze in einen endlosen, tiefen Sog, wie ein schwarzes Loch im Weltall, das alles verschlingt und nichts übrig lässt. Und doch ist da mehr.

In der Schwärze blitzen Bilder vor mir auf, zusammenhanglose Bruchstücke eines Kaleidoskops. Lou, wie sie sich um sich selbst dreht, ihr im Wind flatterndes Haar, Lichtfunken darin wie Reflexion aus tausend Spiegeln, Sonnenlicht, das ewig gebrochen wird.

Ein Teil von mir klammert sich daran fest, und als ich mit einem harten Schlag auf den Boden pralle, habe ich das Gefühl, immer noch da zu sein. In mir drin.

Verstört richte ich mich auf. Baumstämme malen sich in den Raum ohne Licht. Wer bin ich? Wo? Bin ich im Wald oder im Keller? Ich will die Hände ausstrecken, tasten, doch sie gehorchen mir nicht mehr, sie gehören mir nicht.

Eins, zwei, drei, vier … bin nicht da und bin nicht hier …

Da ist jemand, ich bin nicht allein. Etwas tritt geistergleich aus mir heraus.

Bleib hier!

Es ist die Stimme des Jungen. Plötzlich steht er in seiner dreckigen Hose und dem grauen Shirt vor mir. Er ist mager wie ein Kriegsgefangener, seine Augen liegen tief in den Höhlen, geben nichts preis. Er sieht mich an, sein Blick ist zeitlos, als sähe er mich nicht in diesem Augenblick an, sondern schon immer.

Du kannst nicht mitkommen, höre ich ihn sagen, ohne dass sich seine Lippen bewegen. Danach dreht er sich um und läuft in die Finsternis.

Warte!, rufe ich ihm nach.

Er wendet sich zu mir um. *Du musst hierbleiben.* Seine Stimme ist kindlich hoch, aber schwer von Trauer. *Es ist zu gefährlich* …

Und dann ist er fort …

13. Kapitel

Der Junge steht vor dem Sarg, ein Sarg, wie für ein Kind gemacht, für ein sehr, sehr kleines Kind. Es dürfte höchstens sechs sein, um dort reinzupassen. Aber der Junge ist älter als sechs, wie alt genau, kann er nicht sagen, weil er nie Geburtstag hat. In letzter Zeit ist er gewachsen, seine Hose reicht nur noch bis über die Knöchel. Wenn er noch zwanzig Zentimeter wächst, ist er so groß wie der Mann.

Immer noch starrt er auf den Sarg, da er nicht weiß, was der Mann damit vorhat. Er ist auch nicht so fein gearbeitet wie die Särge, die der Mann sonst verkauft und die der Junge stundenlang polieren und ölen muss – eigentlich ist es eine Kiste. Der Junge weiß nichts von Familie oder Liebe, aber er weiß, er selbst würde niemals sein totes Kind in eine solche Kiste legen. So lieblos zusammengeschustert.

»Für wen ist der Sarg, Sir?« Er lispelt, weil seine Zunge geschwollen ist. Jedes Wort sticht im Hals, um den gestern die Hände des Mannes gelegen und ihn gewürgt haben, bis er fast das Bewusstsein verloren hat.

»Na, was glaubst du denn?« Das Monster grinst ihn an.

Der Magen des Jungen verdreht sich zu einem Knoten, er kennt das Grinsen. Es verspricht Gefahr.

»Für mich ist er zu klein, Sir«, wagt er zu sagen.

Das Grinsen wird breiter. »Ich könnte dir die Knochen brechen, was meinst du, wie klein ich dich hinterher zusammenfalten könnte?«

Der Junge tritt von einem Bein aufs andere, dabei gibt es keinen Muskel, der ihm nicht wehtut. Die Fäuste des Monsters haben keine Stelle verschont.

»Aber keine Sorge, Hosenscheißer, deinen Platz im Sarg wird jemand anderes einnehmen.« Der Mann verlässt die Werkstatt und öffnet die schrill quietschende Stahltür nebenan.

Der Junge hört ein Winseln und ein eiskalter Schauer kriecht durch seine Adern.

Das kann der Mann nicht ernst meinen. Er will ihm nur Angst machen, er hat ihn für seinen Fluchtversuch bereits bestraft. Das meint er nicht ernst … doch im Inneren weiß er, was passieren wird. Er weiß es, noch bevor der Mann mit Blacky in den Armen hereinkommt. Blackys Beine sind seltsam verdreht und er jault und winselt die ganze Zeit …

Der Junge spürt, wie sich etwas über ihn stülpt. Eine Glocke aus Eis. Nichts kommt mehr an ihn heran. Er will etwas sagen, aber er bringt kein Wort heraus.

Der Mann wirft Blacky auf den Tisch. Blacky ist erst seit einem Monat ausgewachsen, ein kleiner Retriever-Mischling. Der Mann hat ihn für sich gekauft, aber Blacky hat ihn nie geliebt, sondern nur den Jungen, den Bastard ohne Namen und ohne Alter. Der Mann hat es irgendwann aufgegeben und den Hund genauso gequält wie ihn, in dem Wissen, es würde den Jungen noch härter treffen. Jetzt liegt Blacky da, auf dem Tisch neben dem Sarg, mit gebrochenen Beinen.

Der Mann zieht ein dickes Seil aus seiner Tasche. »Wenn du weinst, wenn du auch nur einen Laut von dir gibst, bringe ich dich um. Und dein Scheißköter wird noch mehr leiden. Vielleicht verbrenne ich ihn dann bei lebendigem Leib.« Er verbiegt Blackys Beine noch weiter und bindet ihm die vier Pfoten zusammen.

Der Junge steht da. Wie soll er weinen, wenn das Grauen so groß ist, dass es ihn taub macht? Wie soll er weinen, wenn seine Brust so zusammengeschnürt ist, dass Tränen nicht hinauskämen?

Das Winseln des Hundes ist überall. Überall, nur nicht unter der Glocke, die den Jungen abschottet. Er schluckt immer wieder, aber er weint nicht. Obwohl er es will. Diesmal will er es wirklich, denn dann würde der Mann ihn endlich umbringen. Was soll er hier ohne Blacky?

Ja, gestern wollte er noch fliehen, aber er hätte Blacky irgendwann geholt. Das hatte er ihm versprochen. Also hat er den Schlüssel genommen. Zum ersten Mal hat der Mann diesen Schlüssel für die Hintertür vergessen wegzuschließen, als der Junge noch nicht in der Abstellkammer eingesperrt gewesen war. Der Junge hat ihn eingesteckt, und als der Mann im Bad war, hat er ihn benutzt. Er hat aufgeschlossen und ist durch den Garten gerannt. Gerannt, gerannt, er weiß nicht mehr viel, er kann sich nicht mehr erinnern.

Der Mann schlägt Blacky auf die Schnauze, schreit, er solle still sein. Ein dünner Faden Blut tropft von Blackys Lefzen, aber er jault nicht mehr. Er sieht nur den Jungen an, doch der Junge kann ihm nicht helfen.

Er wird wieder allein sein, wenn Blacky weg ist. Es wird so sein wie vorher. Sein Herz wird so schwer, er hat das Gefühl, es fällt aus seinem Körper. Nein, der Junge schafft das nicht, er hält das nicht aus. Hilf mir!, ruft er im Stillen und weiß nicht, wer kommen soll. Doch plötzlich ist da ein glutroter Nebel in seinem Inneren.

»Geh zur Seite«, sagt eine tiefe fremde Stimme. Sie kommt aus dem Nebel und der Junge hat das Gefühl, er wird einfach aus sich herausgeschoben und jemand anderes tritt an seine Stelle.

Er liegt wieder im Dunklen. In dieser einsamen Todesstille. An einem Ort ohne Zeit. Er könnte im Sarg sein, er könnte im Wald sein, er könnte in den

Slums sein, er weiß es nicht. Er will schreien, doch er ist stumm. Er lauscht nur.

War da nicht etwas? Ganz leise im Hintergrund? Wenn er flach atmet, kann er es hören. Ja, da ist eine Stimme. Sie erinnert ihn irgendwie an das Blau von Glockenblumen. An Weite, den Himmel. Er kennt diese Stimme; sie flüstert, als wollte sie ihn nicht wecken. Er kann sich nicht bewegen, aber mit dem Geist folgt er den Worten. Sie sind wie Flügel, die ihn an einen besseren Ort tragen. Für einen Augenblick lässt er sich mitnehmen, vergisst alles, was war.

Kühle streicht mir über das Gesicht. Um mich herum ist Vogelgezwitscher und von irgendwoher kommt das Hämmern eines Spechts. Ich blinzele ein paar Mal, wie um meine Sehstärke scharf zu stellen. Der Ast einer Fichte wippt vor meinem Gesicht auf und ab, er sieht aus wie ein dunkelgrüner Fächer. Benommen richte ich mich auf und will mir mit der Hand über die Augen wischen, als mir ein roher Schmerz ins Handgelenk fährt.

Erst da wird mir wieder bewusst, was geschehen ist: Ich hatte einen Flash und habe mich angekettet. Doch da war es dämmrig, jetzt ist es hell. Früh am Morgen. Mein Herz macht einen Satz.

Was habe ich mit Lou gemacht?

Wo ist sie?

Mit steifen Gliedern stehe ich auf und laufe ein paar Schritte Richtung Ausbuchtung. Zum Glück entdecke ich Lou sofort. Sie liegt nicht unter dem Camper, wie ich es ihr gesagt habe, sondern sitzt an der Seitenfront. Sie sieht so furchtbar aus, wie ich mich fühle. Durchgefroren, nass und verwahrlost, aber ansonsten scheint es ihr gut zu gehen.

Ich spüre die Art von Erleichterung in mir wie damals in den Slums, wenn ich im Müll noch etwas Essbares entdeckt habe. Ich will Lou etwas zurufen, doch in dem Moment fällt mir ein, dass ich überhaupt nicht weiß, was in der Nacht geschehen ist. Sie ist weggelaufen, ich habe sie umgeworfen und im Genick gepackt, das weiß ich noch, doch danach fehlen mir ein paar Augenblicke. Kurz darauf habe ich sie angekettet.

Aufmerksam beobachte ich sie, als könnte ich anhand ihres Verhaltens herausfinden, was ich getan habe. Ich weiß absolut nichts mehr. Ein paar Bilder des Jungen habe ich noch im Kopf, mehr nicht … oder doch? War diesmal nicht etwas anders als sonst? Hatte es was mit Lou zu tun?

Leise gehe ich durchs Unterholz hinaus auf den Platz und ignoriere das beißende Brennen unter den Handschellen. Ich will mir gar nicht ausmalen, wie zerfetzt die Haut darunter aussieht.

Lou kramt mittlerweile in ihrer Hosentasche herum und zieht den Schlüssel für meine Handschellen hervor. Hat sie gemerkt, dass ich wieder normal bin? Bin ich in dieser Nacht mal klar gewesen? Ich glaube kaum, denn an klare Phasen während eines Flashbacks erinnere ich mich so gut wie immer. Und trotzdem ist mir eine Erinnerung geblieben. An etwas Helles, Klares, Weites, wie ein Streifen des blauen Himmels.

Eine Weile schaue ich Lou dabei zu, wie sie versucht, den Schlüssel ins Schloss zu stecken. Ein Lächeln legt sich auf mein Gesicht. Ein echtes Lächeln, denn das ist so typisch für sie: es trotz besseren Wissens zu versuchen. *So wie ihre Flucht!* Der letzte Gedanke löscht das Lächeln aus.

»Ich habe dir doch gesagt, dass er nur meine aufschließt«, sage ich, bevor sie noch den Schlüssel abbricht.

Beim Klang meiner Stimme zuckt sie kaum merklich zusammen, aber das ist ja nichts Neues. Als sie zu mir aufschaut, ist ihr Blick argwöhnisch. »Was passiert, wenn ich dir den Schlüssel gebe?«

»Ich mache uns los.« Ich bin froh, dass sie nicht: *Was war das heute Nacht?* gefragt hat.

»Und dann?«

Ich kann ein weiteres Lächeln nicht verbergen. »Solltest du duschen.«

Sie blickt an ihrer schlammgesprenkelten Bluse hinab bis zu ihren schmutzverkrusteten Füßen. Mir fällt auf, dass sogar ihr Gesicht voller brauner Schlammtupfen ist. Sie sehen aus wie große Sommersprossen, irgendwie niedlich.

Als ihr Blick zu mir zurückkehrt, spiegelt sich etwas Seltsames darin wider. Ich komme mir plötzlich vor wie ein Raubtier, das jetzt endlich an der Kette liegt, wo sie es gefahrenlos begutachten kann.

»Wirst du mich zur Strafe wieder in die Kiste sperren?«, fragt sie unvermittelt.

»Himmel, nein, Lou!«, entfährt es mir erschrocken.

»Aber du hast mir damit gedroht!«

»Ich dachte, es wäre das Beste, dich darin einzusperren, wenn ich … also, wenn so etwas passiert.« Ich hebe demonstrativ die Hände und die Stahlringe scheuern über meine wunde Haut. Irgendetwas muss ich ihr schließlich antworten, auch wenn es gelogen ist. Ich habe ihr gedroht, damit sie keinen Fluchtversuch unternimmt und ich keinen Flash bekomme, aber das muss sie nicht wissen.

Sie sieht mich immer noch an. »Was wirst du dann tun? Irgendetwas wirst du tun, habe ich recht?«

Sie kennt mich bereits zu gut. »Ich müsste lügen, wenn ich es verneinen würde.« Ich gehe in die Hocke, um mit ihr auf gleicher Augenhöhe zu sein. Hoffentlich nimmt ihr das die Angst. Für ein paar Sekunden mustere ich sie, um herauszufinden, was in ihr vor sich geht, doch es gelingt mir nicht. »Ich weiß nicht, was heute Nacht passiert ist«, sage ich nach einer Weile ehrlich.

Sie weicht meinem Blick aus, schaut auf ihre Füße.

Offenbar will sie es mir auch nicht erzählen.

»Man nennt es Flashback. Das Neu-Erleben einer alten, furchtbaren Erinnerung, eines Traumas. Hast du schon davon gehört?«

Sie sieht an mir vorbei. »Im Fernsehen«, flüstert sie. »Aber ich habe weitergezappt.«

Ich weiß nicht, ob es besser gewesen wäre, wenn sie mehr erfahren hätte. Doch so wie ich Lou einschätze, aufgrund all ihrer Posts, waren solche Dinge in ihrem früheren Leben nicht wichtig.

»Es gibt verschiedene Formen«, sage ich und löse eine Haarsträhne, die auf meiner Stirn festklebt. »Ich erinnere mich hinterher nicht mehr daran, was ich während eines Anfalls gemacht habe. Es beginnt damit, dass ich alles nur noch schwarz-weiß sehe. Alles wird dunkler, rückt von mir weg.« Lou schaut immer noch an mir vorbei. »Irgendwann bin ich in mir selbst gefangen und nehme nichts mehr außen herum wahr.« Ich riskiere einen Blick auf meine Handgelenke. Es ist übler, als ich befürchtet habe. An dem Handgelenk, an dem ich das geflochtene Lederarmband mit der Münze trage, sind die Wunden nicht ganz so gravierend. An dem anderen hängt die Haut ringsum in Fetzen herab, Streifen, die ich abziehen könnte wie das Fell eines Kaninchens. Darunter ist rohes Fleisch, gespickt mit Rindenstückchen, Steinchen und Dreck.

»Muss schlimm gewesen sein heute Nacht«, sage ich. »Ich habe versucht, mich loszureißen, oder?«

Lou nickt, ein Schrecken liegt in ihrem Blick.

»Einmal habe ich jemanden während eines Flashbacks bewusstlos geschlagen, weil ich dachte, er wäre …«, *ein Monster*, »jemand anderes … Deswegen habe ich mich angekettet. Ich wollte dir nicht wehtun.«

Lous Augen verengen sich zu Schlitzen. »Das willst du ja nie«, flüstert sie gepresst. »Und trotzdem tust du's. Ständig!« Sie blinzelt ein paar Mal und ich weiß, was sie verstecken will. Schwäche und Tränen.

Ich betrachte eine Stelle auf dem Boden vor mir. »Es tut mir leid, Lou.«

»Wieso machst du es dann?«, zischt sie zu mir rüber.

Ruckartig sehe ich auf. »Du darfst einfach nicht weglaufen. Ist sowieso zwecklos. Ich fange dich immer wieder ein. Das alte Katz-und-Maus-Spiel.«

Lous Augen feuern eine Ladung zornflammender Blitze auf mich ab. Okay, das mit der Katze und der Maus war echt unnötig – und wer ist dabei schon gerne die Maus. Ich unterdrücke ein Seufzen, weil ich stets die falschen Sachen sage und es nicht verhindern kann. »Es gibt ein paar Dinge, die so etwas bei mir auslösen«, greife ich das Thema wieder auf. »Man nennt diese Reize Trigger.«

Lou sieht mich an, als wäre ich eine Kakerlake, die sie am liebsten unter ihrer Schuhsohle zerquetschen würde. »Gibt es sonst noch irgendwelche Trigger? Das sollte ich vielleicht wissen.«

»Ja, aber darüber will ich nicht reden«, fahre ich sie an. Ich hasse den Blick, mit dem sie mich betrachtet. »Und jetzt gib mir endlich den Schlüssel.«

»Du klingst zu wütend. Wenn du so wütend bist, gebe ich ihn dir nicht.«

Mir entfährt ein entnervter Seufzer. »Du hast immer noch Angst.« Es ist mehr eine Frage.

Stumm schaut sie mich an, die freie Hand um den Schlüssel gekrampft. Der ablehnende Ausdruck auf ihrem Gesicht weicht wieder diesem Flehen, das mich wehrlos macht. Sie sieht so winzig aus vor dem riesigen Camper. Ein dumpfer Druck erfüllt meine Brust. Ich bin ein erbärmlicher Idiot! Wie komme ich auf die Idee, ihr *keine* Angst zu machen? Sie kann schließlich nicht in mich reinschauen. Und das alles hier ist verrückt: ich, die Wildnis, mein Flash.

»Ich könnte dir niemals etwas antun«, sage ich rau. »Was soll ich machen, damit du mir glaubst?«

»Mich freilassen.«

Ihre prompte Antwort lässt mich lächeln. »Eins zu null für dich. Aber du weißt selbst, dass das nicht geht. Und jetzt wirf den Schlüssel rüber, aber so, dass ich ihn erreichen kann.«

»Was, wenn uns jemand hier findet?«, stößt sie plötzlich hervor und ruckt an der Handschelle, als wollte sie damit Hilfe herbeiwinken. »Nach mir wird gesucht. Vielleicht fliegt die Polizei mit dem Helikopter das Gebiet ab.«

Ich denke an die Zeitungsberichte in dem abgeschlossenen Schrank. »Vielleicht. Vielleicht auch nicht. Die Polizei behauptet, du wärst weggelaufen. So wie Hunderte von Jugendlichen jedes Jahr. Ich denke nicht, dass sie sich die Mühe machen, dich in dieser Einöde zu suchen.«

»Du lügst!«, presst sie hervor. »Natürlich suchen sie mich. Deswegen durfte ich auch *Find me* nicht sehen.«

»Ich kann dich die Nachrichten hören lassen. Du bist längst nicht mehr aktuell.« *Zumindest nicht in Kanada.* »Was glaubst du, haben deine Freundinnen ausgesagt?« Ich werfe ihr einen durchdringenden Blick zu. »Dein Bruder würde dich einengen und dir alles verbieten … du hast selbst gesagt, dass du mit dem Bus nach Hause fahren willst. Oder irgendwo anders hin. Glaub mir, die Polizei hat Besseres zu tun, als nach einem kleinen, rebellischen Teenager-Mädchen zu suchen. Gib mir den Schlüssel, dann lasse ich dich die Zeitungen von den ersten Tagen nach deinem Verschwinden lesen.«

Lou presst die Lippen aufeinander und sieht hinauf zu dem Schriftzug *Travel America.* »Du erpresst mich mit deinem Wissen. Das ist unfair. Und du weißt es.« Ihre Stimme klingt, als würde sie gleich anfangen zu weinen.

Jetzt habe ich ihr schon wieder wehgetan, es ist zum Kotzen. Ich mache einen Schritt zurück. »Ich hätte es nicht erwähnen müssen. Aber du kannst natürlich auch warten. So lange, bis wir uns vor Entkräftung nicht mehr aufrecht halten können … Was in deinem Fall viel früher geschieht.« Lou sieht kurz zu mir rüber, nur um danach wieder den Schriftzug *Travel America* anzustarren. »Dieses Gebiet umfasst fast 500.000 Quadratkilometer bei gerade mal 30.000 Einwohnern. Hier rettet dich niemand.« Sie soll sich keine Hoffnung machen. Es ist so gut wie undenkbar, dass hier jemand vorbeikommt. Trotzdem brauche ich den Schlüssel. Nicht, dass sie am Ende wirklich noch zusammenbricht. Wenn sie vor Erschöpfung das Bewusstsein verliert, kann ich ihr nicht helfen.

Für einen Augenblick sieht es so aus, als würde sie einfach dort an Ort und Stelle verharren wollen, doch dann entschließt sie sich offenbar, zur Vernunft zu kommen, und rutscht nach vorne. Als sie die Hand mit dem Schlüssel in meine Richtung streckt, sehe ich, wie sehr ihre Finger zittern.

»Du sperrst mich wirklich nicht wieder in die Kiste?«, fragt sie mit dünner Stimme.

»Nein.« Ich schüttele bekräftigend den Kopf.

»Aber du wirst etwas anderes tun – hast du vorhin gesagt!«

»Das stimmt.« Ich weiche ihrem Blick nicht aus. Ich will so sehr, dass sie mir vertraut.

»Was?«

Ich seufze laut. »Ich will dich nicht belügen. Ich hatte niemals vor, dich ständig anzuketten. Aber ich schätze, das werde ich erst einmal tun müssen.« Das ist immerhin ein großer Teil der Wahrheit. Natürlich habe ich gehofft, so schnell wie möglich darauf verzichten zu können, zumindest am Tag – da wollte ich mit den Glöckchenarmbändern auskommen. Für die Nacht gibt es keine Alternative.

Lou rutscht wieder zurück und lehnt sich mit dem Rücken an den Camper. Gedankenverloren starrt sie in den hellblauen Himmel, dann folgt ihr Blick ein paar Krähen, die über die moosgrünen Baumkronen hinweggleiten.

Glaubt sie wirklich, es käme jemand vorbei, der sie rettet? Wie schlimm fühlt es sich für sie an, hier bei mir zu sein?

Ich muss daran denken, wie hart ich sie umgeworfen habe und wie fest und unnachgiebig mein Griff um ihren Nacken gewesen ist. Es war mir in dem Moment egal, ob ich ihr wehtue, weil ich so in Rage war. Auch wenn es tief in mir vergraben ist, weiß ich, wie es sich anfühlt, jemandem ausgeliefert zu sein, der überlegen ist; gefesselt zu sein, in dem Wissen, der andere könnte theoretisch alles mit einem machen. Alles. Wirklich alles. Diesmal bin ich derjenige, der überlegen ist, und das fühlt sich gut an. Es gibt mir Sicherheit. Mir kann nichts passieren, aber was ist mit Lou?

Aufmerksam schaue ich zu ihr rüber, doch sie sitzt immer noch da und starrt in den Himmel.

Ich zwinge sie, bei mir zu leben, dabei kann ich es selbst kaum mit mir aushalten. Wie hat sich mein Stiefvater in all der Zeit gefühlt, als ich bei ihm eingesperrt gewesen bin? Hat ihn das befriedigt? Und wenn ja, warum? Wieso hat er mich nicht in ein Heim gegeben, als meine Mum weggegangen ist? Brauchte er jemanden, den er quälen konnte? Aber ich will Lou nicht quälen. Und sie soll auch keine Angst vor mir haben, denn sonst funktioniert das nicht mit uns.

Ruhelos setze ich mich auf den Boden, greife mir zwei Steine und lasse sie in meiner Handfläche umeinanderkreisen. Die Kette klirrt eine feine Melodie, als sie bei der Bewegung über die rohe Haut schabt. Es brennt wie Feuer, als würden sich Splitter und Dreck noch tiefer ins Fleisch fressen, aber der Schmerz tut gut. Er lenkt mich von dem Gedanken ab, was ich Lou antue und ob ich sie so leiden lasse, wie das Monster mich hat leiden lassen.

Ich weiß nicht, wie lange ich so dasitze. Die Sonne brennt mir auf Scheitel und Rücken, meine feuchten Klamotten trocknen in der Hitze.

Lou rührt sich immer noch nicht. Ich will nicht schon wieder wütend werden, gerade weil ich damit jedes Mal einen Rückschritt bei ihr mache, und trotzdem kann ich die Ungeduld nicht verdrängen.

Wenn sie wirklich ohnmächtig wird, haben wir ein Problem.

Im Laufe des späten Vormittags legt sie sich unter den Camper und ich höre sie Zahlen vor sich hin murmeln. Es ist ihr vielleicht gar nicht bewusst, dass sie mit sich selbst redet, und ich beobachte sie eine Weile dabei. Sie scheint mit dem Stock etwas in die getrocknete Erde zu ritzen. Sie kommt mir seltsam vor. Seltsam fremd.

Einmal schaut sie mich von ihrem Platz unter dem Camper aus an. Vorwurfsvoll und entmutigt. Und ein bisschen bittend. So fühlt es sich zumindest an, doch wie sich Dinge anfühlen, entspricht oft nicht der Wahrheit. Außerdem kommt mir heute sowieso alles verändert vor. Selbst mein Flashback kommt mir rückblickend anders vor als gewöhnlich. Und ich fühle mich anders. Realer. Mehr in meinem Körper. Nicht so, als würde ich nur durch dieses Leben geistern.

Der taubenblaue Himmel verdichtet sich und seine Farbe wechselt zu einem leuchtenden Stahlblau. Als die Sonne in den Zenit klettert, wird es brütend heiß und die Luft steht, als hätte sich eine Glasglocke über den Platz gestülpt.

Unruhig gehe ich auf und ab, kicke Steine hin und her und rechne dabei nach, wie viel Lou in den letzten Tagen gegessen und getrunken hat. Sie liegt immer noch unter dem Camper und ich spüre, wie sich schon wieder Ärger in mir ausbreitet, weil sie einfach nicht mitdenkt.

»Wenn du mich provozieren willst …«, rufe ich ihr irgendwann zu. »Du hast mich bald so weit.«

»Ich warte nur darauf, dass jemand kommt«, ruft sie zurück.

»Das wird nicht passieren. Nie.«

»Das werden wir ja sehen«, beharrt sie trotzig.

»Ja, werden wir.«

Okay … Lou ist ausdauernd. Auch das lerne ich heute über sie. Trotz dieser Nacht, in der ohne mein Wissen ein Gewitter gewütet haben muss, in der ich höchstwahrscheinlich komplett ausgeflippt bin, gibt sie mir Kontra. Andererseits: Vielleicht ist sie auch einfach verzweifelt genug, sich an jeden noch so winzigen Strohhalm zu klammern.

Ich verschwinde zwischen den Fichten, weil ich ganz dringend pinkeln muss, und frage mich, wie das bei Lou ist. Spätestens, wenn sie aufs Klo muss, wird sie ihren Widerstand aufgeben, da bin ich mir sicher.

Für den Rest des Nachmittages suche ich mir ein schattiges Plätzchen und lehne mich mit dem Rücken gegen den Stamm eines Nadelbaums. Mit geschlossenen Augen lausche ich den Waldgeräuschen: dem feinen Summen der Bienen, dem Gezwitscher der Vögel, dem Knacken und Knistern der Streifenhörnchen im Unterholz.

Als das Licht schließlich dünner wird und sich die Schatten in die Länge ziehen, kriecht Lou wie steif gefroren unter dem Camper hervor. Sie schaut mir nicht ins Gesicht, sondern auf den Bauch. Ohne ein Wort zu sagen, wirft sie den Schlüssel in meine Richtung – viel zu hoch. Ich erwische ihn gerade noch, bevor er über meinen Kopf fliegt und im Nirgendwo landet. Mit ungeschickten Fingern schließe ich die Handschellen auf und gehe zu Lou.

Bei ihrem Anblick weiß ich nicht, ob ich sie schütteln oder in den Arm nehmen will. Sie presst sich zitternd an die Seitenwand, ruckt an ihrer Fessel, als wollte sie sich losreißen und weglaufen.

»Ich tue dir nichts«, entfährt es mir wieder mal viel zu scharf. Allmählich komme ich mir vor wie ein Papagei. Ich sinke neben ihr in die Hocke und öffne die Handschelle. Unsere Körper berühren sich dabei, doch sie bleibt ganz still sitzen. Um sie nicht zu erschrecken, stehe ich extra langsam auf.

»Komm, hoch mit dir! Du musst was trinken.« Ich fasse sie am

Arm, um ihr aufzuhelfen, da keucht sie schmerzerfüllt auf.

Sofort lasse ich los. »Was ist?«

»Ich kann das alleine!«, fährt sie mich an. Mit einer Hand am Camper hievt sie sich nach oben und beißt dabei die Zähne zusammen.

»Was ist los? Tut dir etwas weh?«

»Nein!« Abwehrend kreuzt Lou die Arme vor der Brust.

Auffälliger geht's kaum! Grimmig greife ich nach ihrem Handgelenk. »Das glaube ich dir nicht. Lass mich sehen!«

»Ich habe mich gestoßen«, sagt sie viel zu hastig. »Es ist nichts.«

»Gestoßen, soso.« Ich schaue ihr so lange in die Augen, bis sie wegsieht, und krempele den Ärmel ihrer Bluse nach oben. »Oh verdammt!« Was ich sehe, hinterlässt ein tiefes Entsetzen in mir. An ihrem Oberarm sind zwei Hämatome, so groß und violettschwarz wie überreife Auberginen. Im Grunde ist der ganze Arm ein einziger blauer Fleck, nur in verschiedenen Stadien. Ihre Ellbogen sind von einem gelben Kranz eingefasst, der bestimmt noch vom Tag der Entführung stammt, dazwischen sind überall grüne, blaue und grünblaue Flecken.

»An beiden Armen?«, will ich durch zusammengebissene Zähne wissen und frage mich, was das für eine Rolle spielt.

Sie nickt, aber sie sieht mir dabei nicht in die Augen.

Zorn steigt in mir auf, diesmal auf mich selbst. »Das kommt nicht wieder vor!«, stoße ich hervor. »Nie wieder. Du hast mein Wort, egal, was geschieht!«

Sie entwindet sich meinem Griff. »Versprich mir nichts, was du nicht halten kannst.« Bebend rollt sie den Ärmel runter, dann schaut sie mir mit hartem Blick ins Gesicht. »Doch selbst wenn …« Wie wild schüttelt sie den Kopf. »Meinst du, diese blauen Flecken sind schlimmer, als alles andere, was du mir antust? Glaub mir, du könntest mich grün und blau prügeln und vergewaltigen, es wäre mir egal, wenn du mich hinterher nur irgendwo am Straßenrand absetzen würdest.«

Ich zucke zusammen, als hätte sie mir einen Kopfstoß in den Magen verpasst. Alles in mir dreht sich und am liebsten würde ich sie jetzt wirklich packen und gegen den Camper pressen. Sie anschreien, dass sie völlig verrückt ist, so etwas auch nur zu denken. Ich balle die Fäuste, um meiner Wut ein Ventil zu geben. »Du weißt nicht, was du sagst«, entgegne ich mit eiserner, kalter Ruhe. »Du bist völlig wirr im Kopf. Los, geh rein!« Ich nicke zur Seitentür und diesmal gehorcht sie sofort.

Lou verschwindet als Erstes auf die Toilette, während ich an der Spüle Wasser über meine zerfetzten Handgelenke laufen lasse. Mein Blick fällt auf die breite Narbe, die normalerweise von dem Lederarmband verdeckt wird. Sie zieht sich einmal rings um das Gelenk und sieht aus wie eine Verbrennung. Das Monster hat sich einen Dreck darum geschert, ob meine Haut durch die Fessel einreißt, blutet oder nässt. Er hat auch nie die Seite gewechselt, wie ich das bei Lou mache. Ein paar Mal hat er mich sogar gezwungen, meine Hand mit dem rohen Fleisch in einen Eimer mit Salz zu tauchen. Ich musste bis fünfzig zählen, oft auch weiter. Manchmal, wenn das Wetter umschlägt oder die Jahreszeiten wechseln, fängt das Narbengewebe an zu stechen. Dann rieche ich Salz und Blut in der Luft, höre mich zählen und spüre den Druck der unterdrückten Schreie in der Lunge. Bei der Erinnerung an den Schmerz krampft sich alles in mir zusammen.

Schnell lege ich das Armband wieder an. Die frischen Wunden von heute verlaufen zum Glück weiter vorne.

Ich bin gerade fertig, als Lou aus der Toilettenkabine kommt.

»Darf ich duschen?«, fragt sie und ihre Stimme klingt so monoton, als hätte *sie* die letzten Jahre in Einsamkeit verbracht.

»Klar.« Ich schüttele meine Hände, damit das Wasser abperlen kann. »Soll ich dir dein Shampoo und dein Duschgel holen?«

Sie verzieht das Gesicht, als würde sie gleich in Tränen ausbrechen.

»Du kannst auch meine Sachen nehmen«, sage ich schnell. Ich öffne den Schrank über mir und hole ein nagelneues Schwarzer-Pfeffer-Minz-Duschgel und ein Irish-Shampoo hervor. Ich drücke es ihr in die Hand und sie zieht sich sofort in den winzigen Duschraum zurück.

Vielleicht hat sie ja Angst, ich hätte für sie nur Duschgel rausgesucht, das mich heißmacht. Keine Ahnung, was in Lous Kopf vorgeht. Nach dem, was sie mir eben entgegengeschleudert hat, weiß ich gar nichts mehr; außer, dass sie mich abgrundtief verachtet. Aber das war zu erwarten. Sie braucht einfach Zeit, und ich habe in meinem Leben schon immer auf die wichtigsten Dinge warten müssen: darauf, dass sich der Deckel öffnet, darauf, dass ich fliehen kann, darauf, etwas zu essen zu finden. Auf die Kämpfe, auf das Heilen der Wunden danach. Vielleicht bin ich ja deswegen mit allem anderen so ungeduldig.

Während das Wasser in der Dusche läuft, suche ich die Sachen zusammen, die ich später für Lou brauche: Betaisodona, eine Schere und die Heilkräutersalbe mit Rosmarin. Als ich zum Spiegelschrank im Klo gehe, um Pflaster und Mullbinden zu holen, höre ich sie schluchzen.

Nicht nur ein bisschen, sondern so heftig und verzweifelt, dass sich eine kalte Faust um mein Herz schließt und zudrückt. Ich kann nicht anders, ich stelle mich dicht vor die Tür, es ist wie ein Zwang. Ich verdiene es nicht anders. Ich habe ihr gesagt, ich würde ihre Gefühle aushalten, doch das hier ist hart. Sie weint und weint, als könnte sie niemals wieder aufhören, als würde sie an ihren großen, tiefen Schluchzern ersticken.

Ich muss schlucken. Am liebsten würde ich jetzt zu ihr reingehen, aber das wäre das Verkehrteste, was ich tun könnte. Sie will mich nicht, nichts an mir.

Als das Prasseln des Wassers plötzlich verstummt, wird Lou sofort mucksmäuschenstill.

Ich drehe mich zum Wasserstandsanzeiger hinter mir um. Das rote Lämpchen leuchtet. Lautlos gehe ich ein paar Meter von der Tür weg. »Du hast den Wassertank leergemacht!«, rufe ich unüberhörbar.

Stille. Durch den Spalt zwischen Boden und Tür dringt feuchte, heiße Luft. »Kommst du klar?«

Immer noch Stille. Ein ungutes Gefühl durchfährt mich. Rasierklingen kann sie nicht gefunden haben, die sind gut weggepackt. »Louisa? Alles in Ordnung?« Ist sie ohnmächtig geworden?

Als sie wieder nicht antwortet, reiße ich einfach die Tür auf, ohne einen Gedanken daran zu verschwenden, dass sie nackt sein könnte. Sie steht vor mir wie eine Mumie, eingewickelt in ein weißes Handtuch, aber völlig erstarrt. Was von ihrer Haut zu sehen ist, leuchtet scharlachrot, wirkt fast verbrannt. Ich notiere mir im Kopf, dass ich die Höchsttemperatur des Durchlauferhitzers runterregeln muss, damit sie sich nicht absichtlich verbrüht.

Viel zu geisterhaft läuft sie an mir vorbei, verschwindet im Schlafraum des Wohnmobils und schiebt die Falttür hinter sich zu.

Es kostet mich ein unerträgliches Maß an Selbstbeherrschung, ihr nicht hinterherzulaufen, um sie in den Arm zu nehmen, ihr durchs Haar zu streichen und ihr zu versprechen, dass eines Tages alles gut wird. Ich weiß es einfach. Niemand leistet ewig Widerstand, und wenn man die Umstände nicht ändern kann, akzeptiert man sie als normal. Man hört auf zu kämpfen.

Ich richte ein Tablett mit Wasser und einer Schüssel Haferflocken und warte noch eine Stunde, damit sie sich beruhigen kann. Bevor ich zu ihr gehe, gieße ich Milch zu den Flocken.

»Lou?« Mit einer Hand ziehe ich die Falttür auf.

Sie sitzt bei heruntergelassenen Rollos im Dunklen und sieht starr geradeaus, eigentlich zu mir, aber irgendwie durch mich hindurch.

»Ich hab was zu essen für dich.« Ich stelle das Tablett vor ihr auf dem Bett ab, dann schalte ich das Licht ein.

Sie trägt das schwarze T-Shirt und die halblange Levi's-Jeans. Beide Teile habe ich unabhängig von ihren Kleidern ausgesucht, weil sie mir so gut gefallen haben. Der weite Ausschnitt des Shirts offenbart ihre zarten Schlüsselbeine. Sie stehen hervor und erinnern mich an zwei fein geschwungene Flügel.

Lous Miene ist immer noch so, als wäre sie lebendig eingefroren worden.

»Du musst was essen«, sage ich, nachdem ich eine Weile neben dem Bett gestanden und gewartet habe.

Lou rührt sich nicht. Seufzend ziehe ich die Rollos hoch und schiebe das Fenster auf, um frische Luft reinzulassen. Es ist bereits Abend, aber noch ziemlich hell. Die klaren Flötentöne einer Einsiedlerdrossel dringen in den Camper und im Hintergrund erschallt wieder das Toc-Toc-Toc des Spechts. »Ich gehe erst, wenn die Schüssel leer ist.«

Offenbar ist es diese Drohung, die hilft, denn Lou fängt an zu essen: Löffel in den Brei, Löffel in den Mund, schlucken. Von vorn. Wie ein Roboter. *Unlebendig.*

Ebenso mechanisch trinkt sie das Wasser, das ich ihr reiche.

Als ich anschließend ihre wundgescheuerten Handgelenke verbinde, ändert sich ihr Zustand nicht. Teilnahmslos lässt sie alles mit sich machen, folgt meinen Worten wie eine Marionette, vollkommen willenlos. Vorsichtshalber drücke ich ihr die Salbe gegen die Blutergüsse in die Finger, damit sie nicht das Gefühl hat, ich würde die Verletzungen ausnutzen, um sie anfassen zu können. Wie eine

Schlafwandlerin reibt sie über ihre Arme, abwesend, als wäre sie Millionen Meilen von mir entfernt. Am Schluss versorge ich noch die Schürfwunden an den Knien und bringe die Arzneimittel zurück in den Küchenschrank.

Mir ist klar, dass ich sie jetzt anketten muss, auch wenn sich alles in mir dagegen sträubt. Zögernd gehe ich zu ihr nach hinten.

»Gib mir noch mal deine linke Hand.«

Sie streckt sie mir mit stumpfem Blick entgegen.

Ich möchte fluchen und mit den Fäusten auf die Verkleidung des Campers einprügeln. *Herrgott noch mal, Lou! Schrei mich wieder an, weine, aber mach irgendwas! Bitte, mach was!* Mit zusammengebissenen Zähnen löse ich die Fessel und lasse sie um ihren Fußknöchel einrasten. »Damit sich deine Arme ein bisschen erholen können.« Kaum habe ich den Satz gesagt, merke ich selbst, wie schrecklich er klingt. Als wäre sie nun für immer dazu verdammt, mit den Ketten zu leben. Mit einem Seufzen klicke ich den freien Ring der Handschellen an der Eisenkette fest, die noch an der Wand in ihrer Verankerung hängt.

Eigentlich wollte ich sie für heute in Ruhe lassen, doch beim Hinausgehen muss ich wieder an ihre Worte denken. »Das hast du vorhin nicht ernst gemeint, oder?« Ich verschränke die Arme vor der Brust und mustere sie mit schmalen Augen.

Sie sagt nichts, dafür krampft sie die Finger in den T-Shirt-Stoff und zwirbelt ihn zu kleinen Würstchen zusammen.

»Dass es dir egal wäre, wenn ich dich halb totschlagen und vergewaltigen würde, wenn ich dich nur hinterher irgendwo am Straßenrand absetze.«

Vielleicht ist es die Härte ihrer eigenen Worte, die sie aus ihrer Starre weckt, auf jeden Fall sieht sie auf einmal wieder so aus, als wäre sie anwesend.

Eine echte Reaktion bekomme ich trotzdem nicht.

Resigniert schüttele ich den Kopf. »Ich muss wirklich ein Monster sein.«

Sie schließt die Augen, entzieht sich meinem Blick. Ihre Finger ballen sich um den Stoff des T-Shirts, so fest, dass ihre Knöchel weiß werden.

»Ich will dich nur bei mir haben. Mehr nicht … Ich werde dich nicht mehr anfassen … Und schon gar nicht auf die Art, von der du denkst, dass ich es tun könnte. Nicht, solange du es nicht willst.«

Sie regt sich nicht, atmet ganz flach, als wären meine Worte nur eine perfide Lüge und als könnte ich gleich über sie herfallen. Ich weiß nicht, was ich noch tun soll, damit sie mir glaubt. Wieder muss ich an den Moment denken, als sie betäubt von Drogen die Arme um mich geschlungen hat; und an meine Träume von ihr hier im Yukon. In meiner Brust spüre ich noch immer dieses düstere, tiefe Brennen, aber es flackert viel weniger intensiv.

»Ich werde warten, bis du bereit bist. Versprochen«, höre ich mich sagen, und nie habe ich etwas ernster gemeint.

Vielleicht ist es die Sanftheit meiner Worte, die Lou aufschauen lässt.

»Das wird niemals passieren«, sagt sie nach einer Pause mit brüchiger Stimme. »Niemals.«

Diesmal schaut sie nicht weg und doch ist es, als würde sie sich mir vollkommen entziehen. Als hätte ich sie nie weniger besessen als in diesem Augenblick.

Vielleicht mache ich gerade deswegen einen Schritt auf sie zu, um ihr zu zeigen, dass es unmöglich ist, mir zu entkommen. Womöglich habe ich auch einfach ein Problem mit ihrer Verachtung.

Ich löse meine Arme, die ich bis eben vor mir verschränkt hatte, und halte ihr meine Handgelenke vor die Nase, die zerfetzte Haut und das rohe Fleisch. »Dieses Mal hast du Glück gehabt. Ich konnte mich rechtzeitig anketten«, sage ich mit Zorn in der Stimme. »Das nächste Mal schaffe ich es vielleicht nicht mehr. Also überlege dir gut, ob du noch einmal versuchst abzuhauen.« Demonstrativ lenke ich meinen Blick auf die Kette. »Falls ich dir je wieder Gelegenheit dazu gebe.«

Damit drehe ich mich um und marschiere nach vorne. Ihre Worte versenken sich in mir tief wie ein Anker: *Das wird niemals passieren. Niemals.*

Okay, Lou, das werden wir ja sehen!

Ich kann nicht anders, ich bin wütend. Ich weiß, wie falsch es ist und dass ich kein Recht auf meinen Zorn habe. Es war doch klar, dass Lou mich hasst. Mein Gefühl ignoriert das aber völlig. Es tobt und schreit und würde am liebsten das Lenkrad aus dem Camper reißen und wie ein Frisbee durch den Wald schleudern. Doch dann muss ich daran denken, wie verzweifelt Lou im Bad geweint hat.

Es ist, als lägen Welten zwischen den Dingen, die ich fühle. Noch nie habe ich den Unterschied als so stark empfunden – er ist wie ein Spalt, der mich in zwei Hälften teilt. *Guter Bren, böser Bren.*

Ich gehe nach draußen, werfe die Tür hinter mir zu und zünde mir eine Zigarette an, doch das Nikotin beruhigt mich nicht. Ich laufe ein paar Meter in den Wald, dann hämmere ich meine Fäuste gegen eine Drehkiefer. Die Borke kracht auseinander, gibt die ungeschützte Bastschicht preis. Meine Handgelenke explodieren vor Schmerz und beginnen erneut zu bluten.

Ich höre auf. Mein Atem geht stoßweise. Ich weiß nicht, was mir lieber ist, Mitleid oder Zorn. Zorn ist falsch, Mitleid richtig. Aber der Zorn verschwindet ja nicht einfach so, nur weil mein Verstand weiß, dass es unrecht ist, so zu fühlen.

Als ich zum Camper zurückgehe, weiß ich überhaupt nicht mehr, wer ich bin und wie ich sein soll.

14. Kapitel

Je weiter wir nach Norden kommen, desto weniger bleibt von Lou übrig. So als würde sie sich mit der wachsenden Entfernung mehr und mehr auflösen. Sie spricht nur mit mir, wenn es unumgänglich ist. Aber was heißt schon *spricht? Ja* und *Nein* sind die einzigen Worte, die sie für mich reserviert hat.

Nach drei Tagen erreiche ich die Abzweigung, die zu meinem Land führt, eine geschotterte Abfuhrstraße der Holzindustrie, die seit ewiger Zeit ausgedient hat.

Ich hoffe, Lou schaut ab und zu aus dem Fenster, damit sie ein bisschen was von der Natur sieht. Immer wieder bricht der schattige Nadelwald auf und gibt einen Blick auf spiegelglatte Gebirgsseen frei. Gläsern schimmern sie im Sonnenlicht, die Zitterpappeln an den Ufern ragen wie lang gestreckte Glieder zum Himmel. Hellgrüne Täler mit wilden Flüssen folgen weiten Graslandschaften, die von den dunklen Wäldern zurückerobert werden. Irgendwann rücken die Bäume enger zusammen, daran erkenne ich, dass ich bald da bin.

Noch nie hat es sich so gut angefühlt, auf meinem Land anzukommen. *Lou, Endstation, wir sind da!,* würde ich am liebsten zu ihr nach hinten rufen, aber ich bezweifele, dass sie meinen Enthusiasmus teilt. Ich werfe die Campertür zu und laufe eine Runde um die geschotterte Bucht, als müsste ich schauen, ob noch alles in Ordnung ist. Wie in einem Haus, in das man nach langer Zeit zurückkehrt. Die Weißfichten bilden immer noch einen hohen Kreis um die Lichtung und wirken reglos wie Wächter. Vor den Fichten liegt ein dichter grüner Teppich aus jungen Weidenröschen. Ein paar Bienen summen um die geschlossenen Knospen.

Einen Augenblick atme ich die frische, vom Duft der Fichtennadeln geschwängerte Luft ein und blicke in das sichtbare Stück blauen Himmels.

Spontan beschließe ich, Lou heute Abend mit hier rauszunehmen. Ich habe sie in den letzten Tagen in Ruhe gelassen, aber vielleicht war das nicht gut. Seit zwei Tagen hat sie sogar das Essen eingestellt und nimmt immer mehr ab. Irgendetwas muss passieren.

Als ich einen kompletten Grey- und Blackwater-Wechsel hinter mir habe, baue ich das Holzbett für das Lagerfeuer und sammele

Holz und Birkenrinde. Danach gehe ich zurück zu Lou.

Hohlwangig und bleich liegt sie auf dem Bett, so wie jeden Abend, wenn ich sie frage, ob sie sich zu mir ans Lagerfeuer setzen will. Irgendwie sieht sie so unwirklich aus, als würde sie tatsächlich nicht mehr in die echte Welt gehören, sondern nur noch in meine.

»Du musst etwas essen.« Mein Blick fällt auf ihre Schlüsselbeine, die viel weiter hervorstehen als noch vor einer Woche. »Wenn du es nicht freiwillig tust, zwinge ich dich dazu.« Es wäre schrecklich, ihr das Essen wie einer Mastgans eintrichtern zu müssen, aber ich bin entschlossen, es durchzuziehen.

Doch selbst meine Drohung reißt sie nicht aus der Teilnahmslosigkeit. Ich setze mich vorsichtig zu ihr auf die Bettkante. Sie rührt sich nicht, zwinkert nicht mal.

»Ich habe es immer geliebt, wie lebendig du bist. Es schien so, als könnte dich nichts umwerfen«, sage ich leise.

Ihre Augen schimmern, aber sie sieht weiter zur Decke.

»Ich weiß genau, wie es dir im Augenblick geht. Du fühlst dich, als würdest du in einem gläsernen Sarg liegen.« Für einen Moment muss ich die Augen schließen, denke an den Tag im Yukon, an dem ich sterben wollte, an all die Tage, an denen ich sterben wollte. »Du fühlst dich tot, aber nicht begraben. Du kannst alles sehen, alles hören und doch ist jedes Empfinden gedämpft. Der Himmel könnte stahlblau sein, aber für dich ist er grau. Und selbst wenn du die Hand ausstreckst, um etwas zu berühren, ist da nur kaltes Glas.« Ich weiß nicht, wer oder was mich solche Worte finden lässt. Keine Ahnung, wo sie herkommen, aber sie scheinen etwas in Lou zu berühren. Sie wendet den Kopf zu mir herum und sieht mich mit großen Augen an.

Ich muss mich zwingen, nicht nach ihrer Hand zu greifen. »Ich wünschte, es gäbe ein Mittel, um es dir erträglich zu machen. Ich wünschte mir, ich könnte derjenige sein, der dieses Glas für dich kaputt schlägt … Leider war ich es, der es erschaffen hat.«

Ihr fassungsloser Blick brennt sich in meinen. Ich lasse den Kopf sinken, wische mir über das Gesicht, als würde das alle Schuld von mir nehmen können. So wie sie hier liegt, ist sie nicht mehr das Mädchen aus Ash Springs. Zum ersten Mal wird mir mit aller Klarheit bewusst, dass ich sie zerstöre. So wie ich es zu Beginn befürchtet habe. Meine Dunkelheit ist zu viel für sie. Sie verkümmert vor meinen Augen wie eine Pflanze ohne Licht.

»Hätte ich doch nur ein anderes Mädchen entführt und es dir erspart«, höre ich mich sagen und für den Bruchteil einer Sekunde glaube ich mir selbst. Denn dann wäre Lou immer noch Lou. Aber der Punkt ist: Es gab nie ein anderes Mädchen, das mir aus meiner Dunkelheit hätte heraushelfen können, also gab es nie eine andere Option. Und jetzt müssen wir da irgendwie durch.

Eine Stunde später gehe ich mit einem voll beladenen Tablett wieder zu ihr nach hinten. Sie liegt immer noch da, wie zur letzten Ruhe aufgebahrt. Innerlich wappne ich mich gegen meinen Widerwillen, sie mit roher Gewalt zum Essen zu zwingen.

»Ich habe dir einen Getreidebrei mit geriebenen Äpfeln gemacht, alles andere würdest du sicher nicht gut vertragen … Und Louisa – ich gehe erst weg, wenn du alles aufgegessen hast.« Diese Drohung hat ja schon einmal geholfen.

Als sie sich nach einer Weile immer noch nicht regt, ziehe ich sie einfach nach oben und stopfe ihr die Bettdecke in den Rücken, für den Fall, dass sie zum Sitzen zu schwach ist.

Ich beuge mich zu ihr vor, sodass mein Gesicht ihrem ganz nah kommt, und schaue sie mit kompromissloser Härte an. »Iss!« Ich will sie wirklich nicht zwingen, aber im Geist sehe ich mich bereits ihren Kopf zwischen meinen Arm klemmen, ihre Kiefer öffnen und dann zusammenpressen, damit sie schluckt. Bei dem Gedanken wird mir elend, obwohl ich das schon mal mit ihr gemacht habe, doch damals war es nur Wasser. Und es hat mir irgendwie kaum etwas ausgemacht.

Ich richte mich wieder auf und stelle mich breitbeinig und mit verschränkten Armen vor die Falttür.

Lou sieht mich nicht an, greift aber wie in Zeitlupe nach dem Löffel, der im Getreidebrei steckt. Ihre Finger zittern so sehr, dass sie ihn kaum halten kann. Verstohlen zieht sie ihre Hand zurück und verkrampft ihre Schultern, macht sich klein.

Sie wird wieder nicht essen!

Gib ihr Zeit, Brendan, flipp nicht aus! Sie macht das nicht, um dich zu provozieren. Sie hat doch nur Angst vor dir.

Ohne den Blick von ihr zu nehmen, gehe ich auf die andere Seite des Bettes und setze mich auf die Kante.

»Wir bleiben länger hier. Ab morgen musst du nicht mehr den ganzen Tag hinten auf dem Bett sitzen«, versuche ich sie ein wenig von der angespannten Situation abzulenken.

Erneut greift sie nach dem Löffel. Er klirrt ein paar Mal gegen den Rand und sie zuckt zusammen. Ich gebe vor, aus dem Fenster zu schauen, und bin froh, als ich sie irgendwann essen höre.

Nach ein paar Minuten wende ich mich zu ihr um und ertappe sie dabei, wie sie mich versteckt aus den Augenwinkeln betrachtet. In dem Blau ihrer Augen liegt etwas Neues, ein winziges Schimmern, vielleicht eine Frage.

Kann ich dir trauen?

Tust du mir wirklich nichts?

Für einen winzigen Moment fühle ich mich, als wäre meine Brust voller Konfetti, das mich von innen kitzelt. Meine Wangen brennen und ich blicke auf ihre Hände. Sie zittern immer noch.

Als es spät am Abend dunkel wird, entfache ich das Lagerfeuer und lege mir meinen alten Waffengürtel um. Es ist praktischer, alle Schlüssel und Utensilien für die Wildnis an die Karabiner des Gurts zu hängen und nicht erst umständlich aus den Hosentaschen kramen zu müssen.

Als ich nach hinten komme, sitzt Lou noch genau so auf dem Bett, wie ich sie verlassen habe. Ihre pastellgelbe Bluse ist zerknittert, die blaue Jeans sitzt viel zu locker.

»Du kommst mit mir raus«, sage ich so bestimmend, dass meine Worte keinen Zweifel daran lassen, wie ernst es mir ist. »Welche Schuhe willst du anziehen? Ich habe deine Sandalen, Chucks, Flip-Flops …«

»Flip-Flops.«

»Darin frierst du.«

»Egal.«

»Okay, dann also Flip-Flops.« Ich schüttele verständnislos den Kopf, hole ihre Flip-Flops mit den Sternchen und stelle sie vor dem Bett auf den Boden. »Zieh sie an.« Ich komme mir vor wie ein Kommandant, weil ich sie zu allem auffordern muss.

Mit sichtbarem Widerwillen rutscht Lou vom Bett runter. Sie guckt auf die Schuhe, runzelt die Stirn und wirft mir einen seltsamen Blick zu. Vielleicht fragt sie sich ja, wo ich die Flip-Flops gekauft habe. Sie waren echt nicht leicht zu bekommen und haben eine stundenlange Recherche erfordert. Zum Schluss musste ich sie mit einem gefakten Account bei eBay ersteigern – für 78 Dollar.

Aber Lou sagt nichts. Es ist wirklich komisch, dass sie kein Wort über die Klamotten verliert.

Auf wackeligen Beinen schlüpft sie in ihre Schuhe, eine Hand auf dem Bett abgestützt.

»Okay – und jetzt zieh den Pullover über.« Ich reiche ihr einen flauschigen schwarzen Pulli, den ich erst vor Kurzem gekauft habe.

Widerstrebend nimmt sie ihn mir ab und ich öffne ihre Handschelle, damit sie ihn überziehen kann. Er ist zu groß, aber das macht nichts, so hält er sie wenigstens schön warm. Ich klicke den Stahlreifen wieder fest und mustere sie eingehend. Ihr blondes Haar wirkt im Vergleich zu dem dunklen Pulli noch heller. Es fällt wie Bahnen weicher, glatter Seide herab und duftet frisch nach meinem Kräutershampoo. Mir gefällt es, wenn sie nach meinen Sachen riecht, dann ist es erst recht so, als gehörten wir zusammen. Ich starre sie an und unterdrücke den Wunsch, sie zu berühren, in ihr Haar zu fassen und sie daran zu mir zu ziehen. Der Puls klopft in meinen Fingerspitzen.

Es wäre so leicht, Brendan … du könntest sie direkt hier aufs Bett zurückstoßen, ihr Haar packen … niemand ist da, der es mitbekommt … niemand …

Ich wende mich abrupt von ihr ab und löse die Handschelle, die am Ende der Kette an der Verankerung festgemacht ist. Ich hasse diese Stimme in meinem Kopf. Vielleicht ist es etwas, was aus meiner Zeit in der Thorson Ave stammt, vielleicht hat das Monster ein Brandzeichen in meinem Denken hinterlassen. So, als könnte man mit jedem, dem man überlegen ist, alles machen, solange man es vor niemandem rechtfertigen muss. Aber ich werde Lou ganz sicher nie auf diese Art wehtun. Niemals! Die Stimme kann mich weiter locken und verführen, sie kann mich in Grund und Boden quatschen und mir alles versprechen. *Scheiß drauf!*

Etwas ratlos betrachte ich jetzt die Kette und wäge ab, ob ich Lou so mit ans Lagerfeuer nehmen soll. Ich könnte sie am Stuhl festmachen. Doch der Gedanke, wie sie da draußen sitzt, angebunden wie ein Hund, während ich mich frei bewegen kann, kommt mir noch unmenschlicher vor, als alles andere, was ich tue. Aber sie losmachen, nein, das geht auf keinen Fall! Ich kann sie nicht permanent überwachen. Vielleicht würde sie trotz ihres Zustands einen zweiten Fluchtversuch riskieren.

Aus einem Reflex heraus klicke ich die eine Schelle einfach um mein Handgelenk. Wenn sie schon gefesselt ist, dann wenigstens an mich.

»Jetzt sind wir aneinander gebunden, du und ich«, sage ich und deute ein Lächeln an. »Ich kann mir Schlimmeres vorstellen.«

Keine Reaktion.

Langsam, damit sie in ihrem Zustand hinterherkommt, gehe ich voraus und sie folgt mir mit dem größtmöglichen Abstand. Drei Meter fünfzig, so lang ist die Kette. Vor dem Feuer setze ich mich auf den Campingstuhl und zeige auf den zweiten daneben.

Aus den Augenwinkeln beobachte ich, wie Lou den Stuhl nimmt und so weit von mir wegrückt, bis sich die Kette strafft. Ich unterdrücke ein Seufzen. Der Ring scheuert über meine wunde Haut, aber ich bleibe sitzen, ohne die Distanz zu verringern. Nach ein paar Minuten setzt sie sich auf die äußerste Kante und sieht aus, als wollte sie gleich davonstürmen.

Ich sehe in die lodernden Flammen. Immer wieder platzt ein Scheit in der Hitze und gelbrote Funken stieben nach oben. Der Wind wirbelt sie durch die Nacht und Sekunden später verglühen sie, als hätte es sie nie gegeben.

»Die Nachtluft wird dir guttun«, durchbreche ich das Schweigen nach einer Weile. »Du siehst aus wie ein Gespenst.«

Lou streckt die Hände in Richtung der Flammen, sodass ihre Handflächen hell leuchten, antwortet aber nicht.

»Sei mal ganz still!«

Idiot, sie ist die Stille in Person!

Ich beuge mich ein wenig zu ihr. Wie ein verschwommenes Hintergrundgeräusch hört man das Plätschern des Wasserfalls.

Lou sieht angestrengt aus, vielleicht lauscht sie wirklich.

»Wasser«, erkläre ich. Ich bin mir sicher, sie hat es auch gehört. »Wasser ist gut, damit können wir die Tanks auffüllen und bleiben länger unabhängig.«

Ihre Schultern versteifen sich.

Sicher, du willst nicht unabhängig sein, ist schon klar, Lou!

Sie hält ihre Hände noch weiter ans Feuer, so nah, dass sie sich gleich verbrennt. Ich schwöre, ich schlage sie ihr weg, wenn sie noch dichter rangeht.

»Du willst also nicht mit mir reden?«

Okay, auch gut. Ich krame das Sturmfeuerzeug und die Zigaretten heraus. Ich werde mir meine gute Laune nicht davon verderben lassen. Alles, was ich will, habe ich hier – ich muss nur noch warten, bis Lou ihren Widerstand aufgibt.

Du bist ein Scheißkerl!

Ich weiß!

Ein paar Wölfe fangen an zu heulen, tiefe, melancholische Laute dringen durch den Wald. Es ist kein Heulen, mit dem sie sich orten oder ihr Revier abgrenzen, sondern ein Ruf nach verloren gegangenen Artgenossen, um die Familie zusammenzuhalten. Wie ein akustisches Leuchtfeuer. Es muss ein Rudel von mindestens acht Tieren sein. Vielleicht ist es sogar die Gruppe, die ich im Winter auf dem Quiet Lake gesehen habe. Das Heulen wird dunkler, ein bisschen unheimlich.

Ob es Lou Angst macht?

Ich schaue sie an und sie sieht durch die Dunkelheit zurück. Das Feuer färbt ihre Haare in rotes, funkelndes Gold. Mit ihren blauen Augen, den blassen Wangen und den schmalen Schultern erscheint sie mir wie eine geheimnisvolle Waldelfe. *Sie sieht erwachsener aus,* denke ich. Vielleicht, weil sie so abgenommen hat.

»Warum ich?«, flüstert sie urplötzlich.

Aha, du redest also doch! Ich unterdrücke ein triumphierendes Lächeln und halte ihren Blick mit meinem fest. »Warum nicht du?«, frage ich zurück und inhaliere den Zigarettenrauch tief in die Lungen.

»Du hast gesagt, du hättest ein anderes Mädchen entführen sollen. Dann war ich nicht die Einzige, die infrage gekommen ist, oder? Hattest du eine Liste?«

Das hat sie also doch beschäftigt. Ich lasse den Rauch aus meinem Mund strömen. »Das hast du falsch verstanden.«

Lou zieht ihre Hände zurück, als bräuchte sie jetzt alle Aufmerksamkeit für die Unterhaltung. »Was gibt es daran falsch zu verstehen?«, fragt sie abweisend. »So wie es aussieht, hast du mehrere Mädchen beobachtet und mich ausgesucht.«

»Ich habe mir mehrere Mädchen angeschaut, doch ich hatte nie vor, eines davon zu entführen. Bis ich dich entdeckt habe.« Ich habe es nicht ganz korrekt formuliert, aber frage mich unwillkürlich, ob es so nicht eher der Wahrheit entspricht. War bei mir von Anfang an der Wunsch da, Lou in den Yukon zu holen? Unbewusst? Hätte ich sie auch entführt, wenn sie sich nicht abgemeldet hätte? Vielleicht wären mir ihre Posts bald nicht mehr genug gewesen. Irgendwie liegt diese Zeit wie hinter einem undurchdringlichen Nebel verborgen. Als hätte nicht ich sie erlebt, sondern ein anderer Bren.

Als ich aus meinen Gedanken wieder auftauche, merke ich, wie verwirrt sie mich ansieht. Verständnislos schüttelt sie den Kopf. »Entdeckt? Wo hast du mich entdeckt?«

Oh Lou …

»Das musst du schon selbst rausfinden. Ist aber eigentlich nicht schwer, wenn du mal ernsthaft darüber nachdenken würdest.« Es ist kaum zu glauben, dass sie keine Ahnung hat. Aber ich will wirklich, dass sie von sich aus darauf kommt. Außerdem habe ich keine Lust, es ihr zu erklären. Sie wird mich dann für noch gestörter halten, als ich bin. »Auf jeden Fall …« Ich lehne mich zurück und es gibt wieder einen Ruck an der Kette. »Auf jeden Fall gab es niemals eine andere Option als dich. Ich habe dich gesehen und wollte dich. Ich hätte alles dafür getan, was getan werden muss. *Alles.«* Ich mache eine Pause und sehe durchdringend in ihre geweiteten Augen. »Ich weiß, das klingt absurd, herzlos und beängstigend. Und ich will dir auch nicht einreden, ich wäre ein guter Mensch.« Ich wende den Blick ab und starre in den hellen Schein des Feuers. *Denn das bin ich nicht.*

Ich sage es laut.

Ich bin kein guter Mensch.

Das ist es, was ich beigebracht bekommen habe.

Schade, dass du nicht herausfinden willst, wer du wirklich bist.

Der Satz irrt durch meine Gedanken, als habe er sich aus meiner Erinnerung gelöst. Vielleicht war es falsch, Lou das alles zu erzählen, andererseits muss sie mir endlich vollkommen vertrauen und dazu gehört die Wahrheit.

Ich wische mir über die Stirn, die von der Hitze des Feuers heiß ist. »Ich will nur, dass du verstehst, wieso ich es tun musste.«

»Tu ich aber nicht!«, spuckt sie mir entgegen.

Klar, Lou. Ich würd's ja auch nicht verstehen. Da kommt so ein dahergelaufener Psychopath, lockt dich in seinen Camper und nimmt dich einfach mit. Und jetzt erklärt er dir auch noch, warum, und will von dir verstanden werden. Das ist krank. Das ist richtig krank.

Je lauter meine innere Stimme wird, desto mehr will ich, dass sie wenigstens begreift, wieso ich sie brauche. Ich denke an den kleinen Jungen, der wieder und wieder für mich leidet. Ich würde ihr so gerne von ihm erzählen, aber ich kann nicht.

Stille flackert zwischen uns, dicht und unnahbar wie das Feuer. Klagend wie das Heulen der Wölfe.

Lou sitzt immer noch auf der Kante des Stuhls, die Haare wie goldenes Feuer vor ihrem Gesicht, sodass ich nur ihre Nasenspitze sehe.

Ich rutsche ein wenig nach vorne, um sie besser anschauen zu können. »Wenn du auf deinen Herzschlag achtest, was spürst du da?«, frage ich sie.

»Mein Herz, was sonst.«

»Probier es doch mal.« Ich ziehe die Mundwinkel zu einem verkrampften Lächeln nach oben und ignoriere ihren frostigen Tonfall.

»Ich will aber nicht.«

Ich schiebe die Hand unter die Lederjacke und lege sie auf meine Brust. Dumpf vibrieren die Herzschläge auf meiner Handfläche. Doch das Nichts dazwischen ist lauter. Dunkler. Es saugt sich an mir fest, zieht mich hinab. Es macht mir Angst, als wäre ich wieder ein Kind, das in der finsteren Enge eingeschlossen ist und auf den Tod wartet.

Meine Finger verkrallen sich im Stoff des Kapuzenpullis. »Ich spüre nur die Stille dazwischen. Nur Leere. Nur Dunkelheit«, sage ich im Flüsterton.

»Und deswegen hast du mich entführt?«, fährt Lou mich an, aber es klingt weniger aggressiv als noch zuvor.

»Ja«, antworte ich ehrlich und versuche, das dunkle Empfinden abzuschütteln. »Mit dir ist es besser.« *Selbst wenn du traurig und störrisch und hasserfüllt bist, fühle ich mich endlich wieder so, als bekäme ich genug Luft. Als könnte ich wieder atmen. Wie ein Adler, der über die stärksten Stürme hinweggleiten kann.*

Sie wendet den Blick ab und sieht in die Flammen. »Du hast vorhin gesagt, du hättest alles getan, was getan werden muss. Um mich zu entführen, meine ich.« Sie zögert einen Moment, schaut wieder zu mir und ich nicke.

»Hättest du dafür auch einen meiner Brüder getötet?«

Für einen Augenblick kommt es mir vor, als hätte sie mir einen Tritt gegen die Schläfe verpasst. Ich ahne, warum sie das fragt, und es macht mich wütend. *Du tust ihr nicht mehr weh!,* ermahne ich mich selbst. *Weder mit Worten noch mit deinen Händen.* Innerlich zähle ich bis zehn und beuge mich wieder vor.

»Das ist eine unfaire Frage, Louisa. Und ich kann sie dir unmöglich beantworten.« Meine Stimme klingt unpersönlich und viel zu ruhig. »Sage ich *ja*, mache ich dir Angst und du hasst mich noch mehr. Sage ich *nein*, wirst du mir nicht glauben. Was willst du also hören?«

»Die Wahrheit«, sagt sie herausfordernd.

Natürlich, Lou! Beides lässt dich mich noch mehr verachten!

»Die Wahrheit ist, dass ich mir diese Frage nie gestellt habe«, sage ich nach kurzem Überlegen. »Und du hättest es auch niemals tun sollen. Im Nachhinein kann ich sie nicht beantworten.« Das stimmt auch, denn ich weiß nicht, was ich wirklich getan hätte, wäre Ethan damals misstrauisch geworden.

»Du machst es dir leicht.« Ihr Flüstern ist voller Bitterkeit.

»Ich hätte *nein* sagen können, auch auf die Gefahr hin, du würdest mich einen Lügner nennen.« Ich lasse sie nicht aus den Augen. Ihre Hände krampfen sich um die Stuhlkante.

»Hast du schon mal jemanden getötet?«

Etwas in mir erstarrt zu Eis. Ruckartig stehe ich auf und wende mich von Lou ab. Bilder von Jordan flackern vor mir auf, wie er mit diesem unnatürlich verdrehten Hals auf dem Boden liegt. Die Stille von damals summt in meinen Ohren.

»Dein Schweigen – ist das ein *Ja*?«, höre ich Lou mit piepsiger Stimme fragen. »Du hast …« Sie stockt, schluckt hörbar. »Ich … ich will jetzt rein.«

Ich fahre jäh zu ihr herum. »Nein«, sage ich mit kalter Ruhe. Mir ist klar, wie viel Angst ihr das jetzt machen muss. Doch ich kann ihren Verdacht nicht so unerwidert stehen lassen. »Du hast mir eine Frage gestellt und ich werde sie beantworten!« Ich deute auf den Stuhl. »Setz dich sofort wieder hin!«

Sie sinkt auf die Kante zurück, das Gesicht noch bleicher als zuvor, die Lippen zusammengepresst.

»Es ist fast drei Jahre her …« Ich laufe vor ihr auf und ab. Die Kette klirrt, scheuert über meine aufgerissenen Handgelenke, die ich immer noch nicht verbunden habe. »Es war nicht so, wie du denkst.«

»Was denke ich denn?« Ihre Stimme klingt fest, aber ihr Körper zittert wie Espenlaub im Herbstwind.

Ich bleibe stehen, unterdrücke ein spöttisches Lachen. »Das Schlechteste natürlich. Dass ich aus Habgier, Neid oder Zorn getötet habe. Vielleicht malst du dir ja sogar aus, wie ich es getan habe. Womöglich besonders heimtückisch oder barbarisch. Ha!« Mir entfährt ein Schnauben. Ganz sicher glaubt sie, ich hätte jemanden hinterrücks erstochen. Mit zusammengekniffenen Augen taxiere ich sie abschätzend. »Habe ich recht?«

Lou weicht meinem Blick aus – *klar!* »Wie hast du es denn getan?«

Wenigstens hakt sie nach. »Es war ein Unfall … Es ist eine längere Geschichte.«

»Ich brauche nur die Kurzform. Und danach will ich wieder rein.«

»Die Kurzform ist: Wir haben gekämpft, er hat es nicht überlebt.«

Lou gibt einen undefinierbaren Laut von sich. »Du hast ihn zu Tode geprügelt.«

Ich könnte schreien. »Du verdrehst es. Es gab einen Kampf. Wir wussten beide, worauf wir uns einlassen. Es gab keine Regeln, dafür war das Preisgeld sehr hoch.« *Zu hoch, viel zu hoch!*

»Du hast also doch für Geld getötet«, sagt sie und ihre Mundwinkel ziehen sich verächtlich herab.

Mit steifen Schritten gehe ich auf sie zu. Am liebsten würde ich sie zu mir hochziehen und schütteln, weil sie alles falsch versteht. Weil sie keine Ahnung von früher hat. Keine Ahnung von nichts hat! »Er ist durch meinen Schlag gestürzt«, stoße ich hervor. »Dabei hat er sich das Genick gebrochen, verdammt noch mal! Es war nie ein Kampf auf Leben und Tod.«

Lou sieht mich seltsam an; als wüsste sie mehr über mich, als mir bewusst ist. »Vielleicht ist er ja auch durch deinen Schlag gestorben, wer kann das wissen?«

Ich stütze meine Hände auf die Armlehnen ihres Stuhls, beuge mich dicht zu ihr. So dicht, dass sie den Kopf zur Seite dreht, um mir auszuweichen. Ich spüre die Wärme ihres Körpers, höre ihre schnellen Atemzüge. »Ja, das haben andere auch so sehen wollen«, sage ich gefährlich leise an ihrer Ohrmuschel. »Vor allem der Vater und der Bruder des Toten.« *Du bist nicht die Einzige, die mir einen langsamen, grausamen Tod wünscht, Lou, keine Angst.*

Lou bleibt stocksteif sitzen. »Wenn es keine Regeln gab, war es ein illegaler Kampf und niemand hat das näher untersucht. Glück für dich«, sagt sie mit bebender Stimme.

Mutig. Mutig und dumm.

Ich atme in den Bauch, um meine Wut zu unterdrücken. »Du

kannst mich gerne weiter reizen, um zu sehen, ob ich am Ende doch noch mein Versprechen breche«, sage ich beherrscht. »Allerdings werde ich dich dahingehend enttäuschen. Ich schlage niemals Schwächere, selbst, wenn sie es darauf anlegen.«

»Du entführst sie nur«, presst sie mühsam hervor.

Mit einem Laut zwischen Seufzen und Schnauben stoße ich mich von den Lehnen ab und gebe ihr wieder etwas mehr Raum. Ich weiß nicht, ob ich mich darüber freuen soll, dass sie heute so anders ist. Wenigstens ist sie nicht mehr so apathisch.

»Was hast du mit mir vor?« Lou schaut herausfordernd zu mir hoch.

Ungeduldig schnalze ich mit der Zunge. »Das habe ich dir doch schon tausend Mal gesagt. Ich nehme dich mit. Einfach mit mir mit. Du willst es nur nicht glauben.«

Schwungvoller, als ich es ihr zugetraut hätte, springt sie auf die Füße und ballt die Fäuste. »Will ich auch nicht!«, flüstert sie frostig. »Und ich glaube dir auch nicht, dass du mir nichts tust. Und weißt du was? Es wäre mir lieber, du würdest jetzt mit mir machen, was immer du vorhast. Genau jetzt. Dann hätte ich es nämlich hinter mir und du könntest dir deine Schauspielerei sparen.« Sie sieht mich an, als wäre ich ein wildes Tier.

»Ich. Tue. Dir. Nichts!« Der dunkle Klang meiner Stimme jagt selbst mir einen Schauer über den Rücken.

»*Lügner!*« Sie kommt mir so nah, dass ich jedes Detail ihres Gesichts sehen kann. Schweißtröpfchen glitzern auf ihrer Stirn. »Warum zögerst du es hinaus? Macht wohl Spaß, mich zappeln zu lassen! Du bist wirklich krank. Krank und pervers.«

Ehe ich begriffen habe, warum sie sich vorbeugt, trifft mich ihr warmer Speichel mitten auf die Wange. Für einen Moment bin ich vollkommen handlungsunfähig, spüre nur, wie er mir zäh über das Gesicht läuft. Zorn brennt in meinen Adern. Lou beißt die Zähne aufeinander, wie in Erwartung einer Ohrfeige. Ich weiß nicht, wer von uns beiden schockierter ist. Ganz langsam hebe ich die Hand. Sie zuckt zurück, starrt mich an. Wie in Zeitlupe wische ich mir mit dem Jackenärmel die Spucke weg.

»Los! Mach schon!«, schreit sie mich an, als könnte sie mein Nichthandeln nicht länger ertragen. »Mach es endlich!« Sie zittert und bebt so sehr, dass ich wegschauen muss. Natürlich hat sie Angst. Natürlich tut sie nur so, als würde ihr das alles nichts ausmachen. Und ich weiß, ich muss etwas tun. Irgendwas, das ihr hilft – trotz meiner Wut. Ich denke an die fiese Stimme in meinem Kopf.

Es wäre so leicht, Brendan … du könntest sie direkt hier aufs Bett zurückstoßen, ihr Haar packen …

»Ja.« Ein dunkles Flüstern kommt aus meinem Mund. Lou taumelt ein paar Schritte zurück. »Ja, es wird Zeit. Es muss etwas passieren.«

Mit klirrender Kette gehe ich auf sie zu und ziehe wie automatisiert das Jagdmesser aus der Lederscheide.

Lou erstarrt, als wagte sie unter meinem Blick nicht einmal mehr zu atmen. Der rote Feuerschein flackert in hellen Schatten über ihr Gesicht. Wie betäubt schaut sie auf die blitzende Klinge.

Ich muss es schnell erledigen.

Ohne nachzudenken, mache ich einen Satz auf sie zu, greife in ihr Haar und ziehe sie rigoros hinter mir die wenigen Meter zum Camper zurück.

»Bren …« Mein Name ist nicht mehr als ein Flehen aus ihrem Mund, doch ich lasse nichts an mich heran. Ich wollte sie nicht mehr anfassen, ihr nicht mehr wehtun, aber es muss etwas passieren. Das ist alles, woran ich denke.

Hart stoße ich sie gegen den Camper, zwänge sie zwischen der Wand und mir wie in einen Käfig. Mein Körper drückt gegen ihren, er will etwas ganz anderes als mein Verstand. Sie ist so warm, so weich … *Es wäre so leicht* … Ich spüre ihren Hintern an meinen Oberschenkeln.

Lou fängt an zu wimmern, als könnte sie die Stimme in mir hören.

»Dauert nicht lange«, sage ich extrem ruhig. Ich packe sie am Kopf und presse ihre Stirn gegen die Wand. »Und wenn du stillhältst, tut es auch nicht weh!« Mit grimmiger Entschlossenheit ziehe ich ihr Haar zu einem Zopf nach oben und wickele ihn dabei um meine Handkante, als wäre sie eine Spule.

Lou rührt sich nicht mehr. Selbst als ich noch energischer zerre, bleibt sie bewegungslos. Als ihre Haare vom Kopf her einen festen Strang bilden, entscheide ich mich für eine Stelle und beginne zu säbeln. *Zu kurz*, schreit alles in mir, doch ich mache weiter. Führe das Messer. Vor und zurück, vor und zurück. Lous Kopf ruckt gegen das *Travel America*. Die Haare, die ich schon geschnitten habe, fallen kurz und zerzaust herab. Ich könnte mich ohrfeigen für das, was ich tue. Und trotzdem fühlt es sich an wie ein Triumph. Nicht nur Lou gegenüber, sondern vor allem mir selbst.

Als ich fertig bin, überfällt mich eine seltsame Erleichterung. Ich drehe mich mit dem abgeschnittenen Zopf in der Hand um und marschiere Richtung Feuer. Irgendwo hinter mir höre ich das Klirren der Kette, es gibt einen kurzen Ruck. Ich warte, bis Lou mich eingeholt hat, und gehe die letzten drei Schritte zum Lagerfeuer. Dann drehe ich mich zu ihr um.

Sie steht da mit Augen so groß wie zwei Vollmonde und schweißglänzendem Gesicht. Über ihre Wangen ziehen sich hektische rote Flecken. Mit offenem Mund starrt sie auf den blonden Zopf in meiner Hand. Ihre verstrubbelten Haare reichen gerade noch bis zum Kinn, ein paar Strähnen sind länger.

Ich nicke knapp, mehr, um mein Werk gutzuheißen.

»Na, glaubst du mir jetzt?« Schwungvoll werfe ich ihren Zopf in das Bett des knisternden Feuers. Es gibt einen zischenden Laut, dann fallen die Flammen darüber her und eine Handvoll weiße und rote Funken stäuben in die Nacht.

Lou tritt neben mich. Der Rauch verdunkelt sich und der Geruch von versengten Haaren erfüllt die Luft.

»Glaubst du, ein Mann würde einem Mädchen die Haare abschneiden, wenn es ihm nur um das eine ginge?«, frage ich und schaue sie voller Genugtuung an.

Sie schluckt und kann den Blick nicht von ihrem verbrennenden Haar lösen. Es hat sich gelockt, ist teilweise weiß. Es gibt eine letzte Stichflamme, danach ist fast alles verdampft und verbrannt. Ich wende mich wieder ab und sehe aus den Augenwinkeln, wie sie fahrig an den Enden ihrer Haare herumzupft.

»Glaubst du mir jetzt?« Ein Hauch von Trotz färbt meine Worte dunkler. Ich will eine Antwort. Ich habe das für sie getan. Und für die Stimme in meinem Kopf, die offenbar glaubt, der Reiz eines Mädchens ließe sich an seinen Haaren bemessen.

Lou schlingt die Arme um sich, wirkt, als müsste sie sich selbst Trost spenden. Wahrscheinlich habe ich mal wieder genau das Falsche getan.

»Glaubst du mir?«, frage ich noch einmal leiser und sehe dabei ins Feuer.

Irgendwann spüre ich ihren Blick auf mir und wende mich zu ihr um. Tränen fließen über ihre Wangen und tropfen über das Kinn zu Boden.

»Du weinst ja.« Verwundert schüttele ich den Kopf.

»Nein!« Mit dem Handrücken wischt sie sich ein paar Mal über die Augen.

»Ist es wegen deinem Haar? Das wächst doch wieder.«

Sie atmet tief ein und aus, öffnet und schließt die Finger. Sie wirkt, als würde sie krampfhaft darum kämpfen, die Kontrolle wiederzufinden.

»Es konnte so nicht weitergehen. Ich musste dir irgendwie die Angst nehmen … zumindest habe ich es versucht.«

Sie sieht mich nicht an. »Du hast mich glauben lassen, dass du mich umbringst.«

»Ich habe gesagt, ich tue dir nichts. Du hättest mir nur vertrauen müssen. Das ist nicht meine Schuld. Ich wollte … ich wollte nur ein für alle Mal klarstellen, wie die Dinge hier laufen.« Ich zucke ratlos mit den Schultern.

»Also hast du getan, was getan werden musste. So wie es deine Art ist.«

Ein einzelner Lacher kommt aus mir heraus, doch er wirkt völlig unpassend, einsam und verloren. »Ich habe dir ja gesagt, dass ich kein guter Mensch bin. Gute Menschen tun gute Dinge.«

»Und was tust du?«

Für einen Augenblick betrachte ich die Klinge des Messers. Die Flammen des Feuers brechen sich auf der spiegelnden Oberfläche. Ich drehe sie ein wenig und sehe einen Teil meines Gesichts. Ruß klebt an meinem Kinn und der Kratzer auf meiner Stirn, der noch von Lou stammt, leuchtet scharlachrot.

Schade, dass du nicht wissen willst, wer du bist.

Ich schiebe die Stimme weg und stecke das Jagdmesser in seine lederne Scheide zurück.

»Heute habe ich Haare geschnitten. Morgen baue ich Fallen, um Kaninchen zu fangen. Und übermorgen sage ich dir vielleicht, wo ich dich entdeckt habe – wenn du es bis dahin noch nicht rausbekommen hast. Wäre das ein Anfang?« Ich erzwinge ein Lächeln, auch wenn mir überhaupt nicht danach ist.

Lou weicht vor mir zurück in Richtung der Fichten, bis sich die Kette strafft. Sie sagt nichts mehr, sondern sieht abwechselnd vom Camper in den Wald und wieder zu mir. So, als wüsste sie nicht, wohin mit sich und ihren Gedanken.

Ich kann nicht aufhören, sie anzusehen. Das kürzere Haar macht sie jünger, doch ihre Augen sind trüb. Etwas in mir drängt an die Oberfläche. Ein Gefühl, ein Wissen, das noch wortlos und ungeformt ist. Lou sieht nicht aus, als fühlte sie sich bei mir sicherer, sondern scheint völlig verloren. Sie ist meilenweit von dem Mädchen entfernt, das sich selbstvergessen im Abendlicht gedreht hat. Sie ist nicht mehr das Mädchen auf meinen Fotos.

Ich denke an das, was Dr. Watts mir vor Jahren erklärt hat.

Ein Trauma ist auch immer der Verlust von Unschuld. Ein Trauma ist der Verlust eines Lebens, das hätte gelebt werden können, wenn es die Verletzung nicht gegeben hätte.

Mit einem Schlag wird mir kotzübel. Ich bin es, der ihr das Leben genommen hat, das sie hätte führen können.

Die Unschuld in ihren Augen, ihre Lebendigkeit, ihre Vertrauensseligkeit – ich habe ihr Weltbild erschüttert, indem sie erfahren musste, was für ein böser Ort diese Erde sein kann. Sie wird nie wieder die Lou sein, die ich entführen wollte. Meine *Little Miss Sunshine,* an die sich der kleine Junge geklammert hat, ist für immer fort.

Plötzlich ertrage ich ihren Anblick nicht mehr und wende mich ab. Ganz fest umklammere ich die Silbermünze an meinem Armband. Ich habe mir eingeredet, ich sei besser als mein Stiefvater, weil ich Lou nicht aus niederen Gründen misshandele. Doch das war alles gelogen. Natürlich misshandele ich sie. Natürlich quäle ich sie. Sie ist nur hier, damit es mir besser geht.

Ich atme ein paar Mal tief durch, unterdrücke das brennende Gefühl, mich übergeben zu müssen. Wäre ich ein guter Mensch, würde ich sie gehen lassen. Vielleicht hätte sie dann noch eine Chance, die Welt eines Tages wieder so zu sehen wie zuvor. Aber ich kann nicht. Etwas in mir lässt mich diesen Gedanken nicht zu Ende denken. Ich kann sie nicht gehen lassen. Nie wieder. Niemals.

Verstohlen blicke ich zu ihr rüber. Sie steht völlig verloren da, ein kleiner heller Schatten vor den großen dunklen Nadelbäumen. Ganz anders als in meiner Vorstellung. Ich schüttele den Kopf. Definitiv, ich bin kein guter Mensch. Gute Menschen tun gute Dinge. Dinge, die ich nicht fertigbringe.

15. Kapitel

Die Dunkelheit umgibt mich wie ein übergroßer Schatten. Ihr unsichtbares Gewicht drückt auf meine Schultern, beschwert meine Schritte. Ich irre umher, während meine Füße auf dem eisigen Boden taub werden. Ich finde nicht zurück. Woher ich komme, habe ich vergessen. Wer ich war, ist nur noch im Widerhall der Schwärze zu spüren, wie ein ferner Geruch.

Plötzlich stoße ich mit den ausgestreckten Händen an eine harte Fläche und mit schlafwandlerischer Sicherheit weiß ich sofort, dass es eine Tür ist. Mit den Fingerspitzen fahre ich über die Oberfläche. Rosenranken auf Ebenholz, wie auf dem Sarg. Meine Finger finden das kühle Metall der Klinke. Abgeschlossen.

Du kannst nicht reinkommen, höre ich den Jungen aus dem Raum nebenan wispern.

Warum nicht?, frage ich.

Du hältst das nicht aus. Er steht direkt hinter der Tür.

Für einen Augenblick ist es, als würde ich diesen Jungen gut kennen.

Aber du bist zu klein. Ich lege meine Finger auf die Rosenranken.

Damals nicht.

Wie meint er das? Überrascht ziehe ich die Hände zurück und innerhalb eines Wimpernschlags ist dort, wo die Tür war, wieder der Schleier aus Stille und Finsternis.

Unsicher laufe ich ein paar Schritte und mit einem Mal merke ich, dass der Junge neben mir geht. Er trägt eine blaue Jeans, ein weißes Hemd und polierte Schuhe. Er schaut mich unentwegt an und gerade, als ich mich wundere, warum ich ihn trotz der Schwärze sehen kann, zeigt er geradeaus.

Da musst du lang.

Ich will ihn fragen, woher er das weiß, aber da ist er schon wieder verschwunden. Blinzelnd blicke ich vor mich und mit einem Mal bricht die Dunkelheit vor mir auf wie die Schale einer Frucht.

Etwas Blaues schwebt durch meinen Traum. Ein Blau wie Glockenblumen. Es flattert an den Rändern, als hätte man einfach ein Stück Himmel herausgeschnitten. Ohne zu überlegen, greife ich danach und sofort spüre ich den Sog an meinem Körper, als würde ich von einem Wind mitgenommen und fortgetragen. Überall um mich herum ist plötzlich ein sanftes Geflüster. Unverständliche Worte wie zarte Hände, die über meine Haut streicheln. Sie hüllen mich ein wie eine Umarmung, halten mich fest. Als ich das nächste Mal zwinkere, fällt ein schmaler Streifen Licht auf mich, wie durch eine Tür, die sich öffnet. Dahinter ist es blendend hell und in der Helle steht Lou.

Mit klopfendem Herzen fahre ich in die Höhe und stoße mit dem Kopf hart an das Dach des Campers. Nur kurz reibe ich mir über die schmerzende Stelle, dann klettere ich über die Lehne der Essbank auf den Boden und schleiche nach hinten.

Lou hat sich wieder wie ein schutzbedürftiges Tier zusammengerollt, ihr Arm mit der Handfessel ragt lang ausgestreckt unter der Decke hervor.

Etwas knistert heiß und kalt in meiner Brust. Ich fühle mich schutzlos bei ihrem Anblick. Als hätte sie die Macht, die Tür in meinem Inneren aufzubrechen. Eine nie gekannte Zärtlichkeit überschwemmt mich. Ich kann nicht glauben, dass sie das für mich getan hat. Ich erinnere mich an die Stimme, die während des Flashs zu mir durchgedrungen ist.

Du hast mit mir geredet, Lou, stimmt's? In der Nacht, als ich meinen Flash hatte, hast du beim Camper gesessen und mit mir gesprochen. Du hast mich getröstet, und ganz gleich, was du mir erzählt hast, es hat mir geholfen. Und du hast das getan, obwohl … ich eben ich bin.

Ich lausche ihren Atemzügen, doch sie klingen schwer, als wäre selbst das Luftholen für sie zu anstrengend.

Es tut mir leid, dass ich kein besserer Mensch bin, Lou. Ich wünschte, ich könnte das für dich sein, aber ich kann's nicht.

Für einen Moment hört sie auf zu atmen, dreht sich im Schlaf herum und die kinnlangen Haare fallen über ihre Wange.

Ich kann schon wieder nicht aufhören, sie anzusehen. Diesmal ist da nicht das tiefe dunkle Brennen in meiner Brust. Da ist etwas anderes, aber ich kann es nicht beschreiben. Ich versuche, dem Gefühl nachzuspüren wie den Verletzungen nach einem Kampf, doch es kommt mir vor, als hätte mir nie jemand die richtigen Worte dafür beigebracht. Es fühlt sich an, als käme ich aus einer staubigen Höhle in ein Tal mit frischen grünen Bäumen und einem kristallklaren See. Das Gefühl ist weit und groß und leicht. Kitzelt, als jagten Wind, Sonne und Schatten über meine nackte Haut.

Vielleicht ist es einfach nordhimmelblau.

16. Kapitel

Ich schaue aus dem Fenster der Schlafkoje. Dem tiefen Stand der Sonne nach zu urteilen, ist es erst sechs Uhr früh.

Schnell klettere ich nach unten, werfe den Generator an und setze den Kaffee auf. Anschließend gehe ich nach hinten zu Lou. Sie liegt immer noch so eingerollt da wie in der Nacht, den gefesselten Arm in Richtung der Verankerung ausgestreckt.

Zurückhaltend klopfe ich dreimal an die Wand, um sie zu wecken. Mittlerweile kennt sie das und erschreckt sich nicht mehr.

»Guten Morgen.« Ich greife nach der Schelle, die an der Eisenkette hängt, und schließe sie auf.

Aus geschwollenen Augen blinzelt sie zu mir hoch, erwidert aber nichts. Vielleicht hat sie im Schlaf geweint; falls ja, habe ich es nicht gehört.

»Ich zeige dir nachher, wie man Kaninchenfallen baut«, sage ich betont heiter.

»Ich esse kein Kaninchen.« Lou schält sich aus der Bettdecke, zieht ihr hochgerutschtes Oberteil am Saum nach unten und verschwindet sofort Richtung Toilette.

»Vielleicht muss du das aber eines Tages«, rufe ich ihr extra laut hinterher. »Zum Beispiel, wenn uns der Vorrat an Konserven ausgeht.«

Rums – die Tür fliegt hinter ihr zu.

Für einen Moment weiß ich nicht, ob ich lachen oder mich ärgern soll.

»Ach ja, du bist ja im Hungerstreik. Hab ich fast vergessen«, sage ich dann nur und gehe zurück nach vorne.

Ich überlege, was ich ihr zu essen machen könnte, und entscheide mich für die extradicken Waffeln von *Aunt Mary Jane,* die sie sich oft mit Emma getoastet hat.

Love it so much, hat Lou in einem Post mal dazu geschrieben.

Als sie aus dem Bad kommt, hat sie sich ihr Haar mit einem Stück Mullbinde zusammengebunden.

»Du warst am Schrank«, stelle ich überrascht fest.

»Was dagegen?« In ihren Augen liegt ein Ausdruck von Rebellion.

»Nein.« Ich lächele entwaffnend. Im Schrank wird sie kein Werkzeug finden, das habe ich alles unten im Stauraum und in meinem abschließbaren Hängeschrank oberhalb der Tür. Ich habe zwar die Vorräte ein wenig aufgestockt, aber nur mit harmlosen Mitteln wie Aspirin, Hustensaft, Pflastern und Tapes. Damit kann sie weder sich noch mich umbringen.

Lou verschwindet wieder in ihrem Bereich und zieht die Falttür hinter sich zu. Kurz danach schaukelt der Camper, weil sie vermutlich auf dem Bett steht und im mittleren Schrank herumkramt, anschließend höre ich eine Tür zuklappen.

Danach passiert minutenlang nichts.

»Kommst du endlich?«, rufe ich, als ich die letzten beiden Waffeln in den Toaster stecke.

Sie antwortet nicht, aber kurz nach meiner Aufforderung öffnet sich die Falttür. Mit steifen Schritten geht Lou nach vorne und setzt sich auf die Bank.

Kommentarlos klicke ich die lose Handschelle von ihrem Handgelenk an die Kette, die ich vorhin noch an der Verankerung unter dem Tisch festgemacht habe.

Lous Blick folgt den Gliedern bis unter die Tischplatte. Ihre Miene bleibt regungslos, als wäre nicht sie es, die angekettet worden ist. Oder so, als hätte sie diesen Zustand akzeptiert.

Das Narbengewebe unter meinem geflochtenen Lederarmband sticht. Ich schüttele ein kaltes Schaudern ab und schenke ihr Kaffee ein, gebe zwei Stück Zucker dazu und stelle die Tasse vor ihr auf den Tisch.

Mit dünnen Lippen schaut sie kurz auf den Teller, auf dem ich die Waffeln übereinandergestapelt habe.

»Willst du Blaubeer-Pancakes?«, frage ich sie, während ich den Puderzucker und ein Sieb aus dem Schrank hole.

»Nein.«

»Okay.« Die letzten beiden Waffeln hüpfen aus dem Toaster. Mit zwei Fingern ziehe ich sie heraus, lege sie auf den Servierteller und stäube den Puderzucker über den Waffelberg.

Danach zwänge ich mich Lou gegenüber auf die Bank und stelle den Teller zwischen uns. Lou sitzt immer noch da wie eine Statue, als ginge sie das alles hier nichts an. Prüfend betrachte ich sie eine Weile. Sie hat immer noch Ringe unter den Augen und ihre Haut ist käseweiß, was durch ihre korallenrote Bluse besonders betont wird. Mein Blick fällt auf die beiden Strähnen, die links und rechts wie ein heller Rahmen an ihren Wangen herabfallen. Sie machen ihr ovales

Gesicht noch weicher, als es sowieso schon ist. Mir kommt die letzte Nacht in den Sinn, das seltsame Gefühl, als ich sie beim Schlafen beobachtet habe. Ich will ihr etwas Nettes sagen, sie aufmuntern. »Du siehst süß aus mit dem Zopf.«

Ihre Hände verkrampfen und Kaffee schwappt aus der Tasse.

Super Brendan! Sehr feinfühlig! »Tut mir leid.« Ich ärgere mich über mich selbst. »Hätte ich nicht sagen sollen.« Schnell wische ich den Kaffee mit einem Küchentuch auf und nehme mir eine Waffel vom Teller.

»Du musst auch etwas essen«, sage ich ein paar Minuten später mit vollem Mund zu Lou, die mal wieder nichts anrührt.

»Ich habe keinen Appetit.« Sie blickt auf die Waffel in meiner Hand und für einen Moment sieht es aus, als bekäme ihr Gesicht einen Grünstich.

»Glaub ich dir.« Ich nicke. »Trotzdem musst du essen.«

»Willst du mich sonst zwangsernähren?« Fast unmerklich rutscht sie ein Stück nach hinten. Das Kunstleder der Sitzbank knarzt.

»Ich würde Mittel und Wege finden, glaub mir.«

Lou zieht die Schultern nach vorne, was sie wieder kleiner wirken lässt. »Mir ist wirklich schlecht.« Sie schaut mich an, diesmal ganz offen und ein bisschen bittend.

Ich blicke von ihr zu den Waffeln und wieder in ihr Gesicht. Ich kann ein Seufzen nicht unterdrücken. »Heute Abend isst du, versprochen?«, sage ich streng.

Lous versteifte Haltung lockert sich. »Okay«, sagt sie sichtbar erleichtert. »Aber kein Kaninchen.«

Ich will ein Lachen imitieren, den dunklen Ton aus meiner Brust pressen, aber er kommt mir wie von selbst über die Lippen. Trotzdem klingt es unbeholfen, wie eine schlecht gesprochene Fremdsprache.

Während ich abspüle, lasse ich Lou *Hero of the Week* schauen, doch der Empfang ist schlecht. Vermutlich wetterbedingt. Die Sendung grieselt vor sich hin, aber Lou scheint sowieso gedanklich an einem anderen Ort zu sein. Ein paar Mal ertappe ich sie dabei, wie sie mich beobachtet und jedes Mal schaut sie daraufhin schnell wieder zum Fernseher.

Irgendetwas ist anders als vorher. Sie sieht mich heute Morgen nicht mehr so an, als könnte ich sie im nächsten Moment erdrosseln, sondern eher wie jemanden, den sie einzuschätzen versucht.

Vielleicht liegt auch ein *Wer bist du wirklich?* in ihren Augen. Womöglich ist es aber auch gar nichts davon und ihr Blick nur der Spiegel meiner Wünsche.

Später verbinde ich uns beide wieder mit der Eisenkette und ziehe Lou über die geschotterte Fläche zum Stauraum des Campers. Der Himmel ist bereits strahlend blau und der Geruch von altem Fichtenholz, jungen Nadeln und frischer Erde erfüllt die Luft. Aus dem Wald erschallt das penetrante Hämmern eines Goldspechts.

»Wird ein warmer Tag heute«, sage ich zu Lou. Ein typischer Frühsommertag im Yukon. Herrlich, um in den kühlen Morgenstunden Fallen zu stellen und am heißen Mittag in dem grünen See am Wasserfall zu baden. Hoffentlich macht es Lou wenigstens ein bisschen Spaß.

Ich bedeute ihr mit einer Geste, ein Stück zurückzuweichen, und öffne die breite Ladeluke. »Zieh Wanderschuhe an, damit kannst du im Wald besser laufen.« Ich hole die Schuhe hervor, die ich vor Wochen im Internet bestellt habe. Knöchelhohe Schnürstiefel mit Karomustern. »Ich hoffe, sie gefallen dir, ich habe extra welche mit gelb und rosa genommen.«

Lou sagt nichts, sondern zieht widerstandslos die sonnengelben Socken aus den Schuhen, streift sie über und schlüpft dann in die Stiefel.

Als ich ihre Sternchen-Flip-Flops in die Ladeluke werfe, gibt sie ein eigenartiges Geräusch von sich. Fast wie ein erschrecktes Luftschnappen.

»Was ist da drin?«, will sie wissen und nickt in den Stauraum des Campers.

Verwundert über ihr Interesse hake ich die Klappe der Luke an der Seite ein, sodass ich beide Hände frei habe und Lou in Ruhe schauen kann.

»Vorräte. Jede Menge Konserven«, erkläre ich ihr.

Lou starrt hinein, der Mund steht ihr offen.

Ich deute auf ein paar Blechdosen. »Pfirsiche, Ananas, Salzkartoffeln, Erbsen, Bohnen, Mais, Würstchen, Brathering, Thunfisch, mexikanische Dosengerichte – tut mir leid … ich liebe mexikanisches Essen …« Lou ist so still, dass ich mich mitten im Satz umdrehe. Sie schaut mich an, als wären mir zwei Hörner aus der Stirn gewachsen. Vielleicht mag sie ja kein mexikanisches Essen. Für mich lösen Burritos, Enchiladas, grüne und rote Salsa und Mole Poblano ein Wohlgefühl aus, das noch aus der Zeit stammt, als ich sechzehn war. Ich feierte meine ersten Erfolge bei den Kämpfen und besaß zum ersten Mal in meinem Leben eigene Kohle. Ramon, ich und ein paar Bones zogen wochenlang durch die besten mexikanischen Restaurants von Los Angeles. Lou kann sich bestimmt nicht vorstellen, wie es sich anfühlt, wenn man zum ersten Mal in seinem Leben satt wird.

Sie dreht sich wieder völlig entgeistert zum Stauraum und stiert hinein, als würde ich dort Leichen in Salzlake konservieren. »Ich habe auch jede Menge Nudeln, keine Sorge, ich weiß ja, dass du die magst«, beeile ich mich zu sagen. »Tomatensoße und Käsesoße habe ich auch. Und Knoblauch in Dosen. Mit dem frischen Basilikum wird es schwierig, aber Pinienkerne habe ich da. Ganz hinten links.« Vage deute ich in die Ecke, wo ich sie vermute, und wende mich wieder zu Lou.

Ich weiß nicht, ob sie mitbekommt, dass sie den Kopf schüttelt. Sie tritt von einem Bein aufs andere und der Schotter knirscht unter den robusten Sohlen ihrer Stiefel. Ihr Blick fliegt über die beschrifteten Kisten und bleibt an den beiden Gasflaschen hängen.

»Propangas. Damit kochen wir.« Mit dem Handrücken verscheuche ich eine lästige Schar Kriebelmücken, die an den vorderen Kisten herumschwirrt. »Außerdem wird der Kühlschrank mit Propan betrieben. Mit den beiden Flaschen sollten wir es über den Winter schaffen.«

Lou öffnet den Mund, schließt ihn wieder und öffnet ihn erneut. »Du willst den Winter über hierbleiben?«

Ob hier oder sonst wo – ich weiß nicht, wo ihr Problem ist. Gefangen ist sie doch ohnehin. »Klar«, antworte ich daher locker. »Ich habe vor, für immer hier in dieser Gegend zu bleiben.«

»Wird es im Winter nicht viel zu kalt, um in einem Camper zu hausen?«, fragt sie mit dünner Stimme und schaut mich wieder so eigenartig an.

Jetzt muss ich doch lächeln. »Ich habe an alles gedacht, Lou. Mach dir keine Sorgen.« Sie hat einfach nur Angst, wir könnten im Winter erfrieren. Aber so, wie sie die Vorräte anblickt, erzähle ich besser noch nichts von der Hütte. Sie soll sich erst an diesen Ort gewöhnen. »Dir wird hier nichts geschehen. Und außerdem«, füge ich noch hinzu, »die Zivilisation ist zwar weit weg, aber auch nicht unerreichbar.«

»Und wieso willst du Kaninchen fangen, wenn hier alles voller Vorräte ist?«

Ich hebe in einer unbestimmten Geste die Schultern. »Frisches Fleisch ist wichtig. Außerdem können wir so Essen einsparen.«

Sie schluckt, als müsste sie krampfhaft etwas Unverdauliches im Magen behalten. »Ich will aber keine Kaninchen essen.« Sie sagt es ganz leise und in ihren Augen schimmern ungeweinte Tränen.

Ich seufze und löse den Haken der Klappe. »Ich könnte auch Eichhörnchen fangen. Oder Streifenhörnchen«, versuche ich zu scherzen und schließe den Stauraum ab. *Okay, schon wieder falsch.* »Schau mich nicht so entsetzt an, Lou«, sage ich und lache künstlich auf. »Vielleicht erwische ich ja auch mal einen Hirsch. Und außerdem musst du das ja nicht essen. Ich hab genug Vitamin- und Eisenpräparate mitgenommen.«

Sie wendet sich ab, wischt sich unauffällig über die Augen und ich notiere mir in Gedanken, zukünftig keine Witze mehr über niedliche Nagetiere zu machen. Spontan entschließe ich mich dazu, die Fallen nicht sofort aufzustellen. »Komm jetzt«, sage ich betont heiter und ziehe spielerisch an der Kette, die uns verbindet. »Ich zeige dir die Umgebung.«

Ich dirigiere Lou zu dem See mit dem Wasserfall, der hinter einem Saum aus Schwarztannen und Fichten verborgen liegt. Eingerahmt von den dunklen Bäumen und den Felsen wirkt das Gewässer wie das helle Herz des Waldes. Das Spiegelbild des Himmels, der Tannen und Birken bricht sich auf der Oberfläche.

Lou dreht den Kopf nach rechts, ihr Blick fliegt die graue, kaskadenartige Felswand hinauf, von der aus das Wasser in einer schmalen Bahn in die Tiefe stürzt.

»Wie eine verwitterte Treppe für Riesen«, sage ich laut.

Ohne mich zu beachten, balanciert Lou über ein paar moosüberzogene Steine und klettert über den umgestürzten Stamm einer Fichte. Erneut schaut sie sich um und bleibt schließlich mit den Füßen im Wasser stehen.

»Ein stiller Ort«, sage ich und steige mit einem Schritt über den Baumstamm hinweg. Eine Waldeidechse verschwindet zwischen zwei Steinen und lässt nur noch ihren Schwanz von der Sonne bescheinen. »Hier hört man nichts außer dem Sprudeln des Wassers und ein paar vorlauten Vögeln. Wenn man eine Weile hier ist, löst sich der Geist auf, als tauchte er ins Nichts. Man wird eins mit Luft und Wasser.«

Lou guckt von rechts nach links, als versuchte sie, das Panorama als Ganzes zu verinnerlichen.

Ich weiß nicht, ob sie die Stimmung dieses Ortes ebenso wahrnimmt wie ich. »Für mich war dieser See immer ein Ort der Zuflucht, so als könnte ich hier Schutz finden«, erkläre ich laut. Das trifft es vielleicht am besten: Zuflucht. Schutz. Trost.

Lou schnaubt kaum hörbar, womöglich habe ich es mir aber auch nur eingebildet und es war ein Geräusch aus dem Wald. »Vor was solltest du denn Schutz brauchen?« Sie wendet sich nach links und läuft am Rand des Ufers entlang. Das Wasser umspült ihre Füße und die kleinen Wellen, die sie aufwirbelt, lassen das Spiegelbild von Himmel und Wald hin und her schaukeln.

An einer Gruppe Findlinge wird sie langsamer, stakst zwischen ihnen hindurch und betrachtet einige genauer.

»Du kannst hier baden, wenn du willst«, schlage ich vor, mehr um wieder etwas zu sagen. Ich hätte sogar einen Bikini für sie dabei – natürlich in Rosa und mit kleinen Rüschen.

»Ich kann nicht schwimmen.«

»Du kannst nicht schwimmen?«, wiederhole ich fassungslos. Irgendwie schockiert mich das.

Lou blickt zu dem grauen Felsen und geht noch ein wenig tiefer ins Wasser. Die Wellen schwappen in ihre Schnürstiefel und eine Gänsehaut überzieht ihre Waden. »Sag bloß, das wusstest du nicht?«, fragt sie zynisch.

Ich schüttele den Kopf, aber sie sieht es nicht. Lou kann nicht schwimmen. Das gibt's doch gar nicht. Selbst ich kann schwimmen, ich habe es mir vor drei Jahren beigebracht, in einem See bei Faro. Und in der Nähe von Ash Springs gibt es warme Quellen. Sie sind das Erste, das man angezeigt bekommt, wenn man den Ort googelt.

»Das Wasser ist nicht tief. Höchstens einen Meter. Da kann dir nichts passieren. Außerdem bin ich ja auch noch da.« Ich wate um einen niedrigen Findling herum, der wie ein Schildkrötenpanzer aus dem Wasser ragt. »Ich könnte es dir aber auch beibringen.« Es ist ungünstig, im Land der zwei Millionen Seen nicht schwimmen zu können.

Sie bleibt stumm, schaut mich nicht einmal an. Ihre demonstrative Ablehnung macht mich plötzlich wieder wütend. »Sieh mich an, Louisa!« Meine Stimme ist mit Ungeduld durchsetzt. Und mit der üblichen Härte.

Als sie den Kopf hebt, sind ihre Zähne aufeinandergepresst. Widerwillen flackert in ihren Augen, aber auch Furcht. Mehr Furcht als Widerwillen.

Hör auf, mich zu behandeln, als wäre ich Dreck!, will ich sie anfahren, doch ich unterdrücke die Worte, die in meiner Kehle sitzen. Sie gehören in eine andere Zeit. Lou kann nichts für meine Vergangenheit und sie darf fühlen, was immer sie will – das habe ich ihr versprochen. Wieder muss ich daran denken, dass sie in der Nacht meines Flashs mit mir gesprochen haben muss. Tröstende Worte, viele Stunden lang. Sie ist ein seltsames Geschöpf.

Was soll ich nur mit ihr machen?

Ratlos lege ich mir die Hand vor die Augen und bekomme nur nebenbei mit, dass Lou zurücktaumelt. Vielleicht hat sie ja schon wieder gedacht, ich würde sie schlagen.

Ich wollte sie heute aufheitern, sie von ihrem Heimweh ablenken, doch sie ist offenbar noch nicht so weit.

»Du musst mich nicht ständig bekämpfen«, sage ich trotzdem, wische mir über Mund und Nase und lasse den Arm sinken. »Du machst es dir nur selbst schwer damit. An deiner Situation wird sich nichts ändern, also kannst du auch versuchen, mit mir auszukommen.«

Schon wieder schaut sie weg, als könnte sie meinen Anblick nicht ertragen. Stattdessen mustert sie die Felswand, als würde sie sich ausmalen, wie sie dort hochklettert, um mir zu entkommen. Ich folge ihrem Blick. Die steinerne Wand ist bestimmt zwanzig Meter hoch. Vorletzten Sommer bin ich spaßeshalber die ersten Kaskaden hochgeklettert, doch selbst ich musste nach der Hälfte kapitulieren. Die Bäume rechts und links bieten in dieser Höhe keine Möglichkeit mehr, sich festzuhalten. Für Lou wäre es unmöglich, dort raufzukommen. Ganz und gar unmöglich!

Ich mustere sie kurz, in dem Moment schaut sie von der Felswand auf ihr Handgelenk und mir danach direkt in die Augen. Eine Mischung aus Aufregung und Ertappt-werden spiegelt sich in ihren Zügen. Jede Wette – sie hat sich dort hinaufklettern sehen!

»Vergiss es!«, fahre ich sie böse an. »Die Felsen sind durch das Wasser glatt und rutschig. Du würdest herunterfallen und dir das

Genick brechen.«

»Wäre nicht das Schlechteste«, murmelt sie vor sich hin.

»Dann sollte ich dich lieber nicht in Versuchung führen!« Mit grimmiger Miene halte ich ihr mein Handgelenk mit dem Stahlring genau vor die Nase. »Aber solltest du mal ohne mich hierher wollen, kann ich dich auch an einem Baum festketten.« Fester als nötig ziehe ich sie weiter und weiß nicht, was mich mehr aus der Fassung bringt: Lous Ablehnung oder meine Unfähigkeit, sie gelassen auszuhalten.

»Übrigens«, füge ich nach einer Weile hinzu, als wir zu dem steinigen Wasserlauf kommen, durch den das Seewasser abfließt. »Wenn du dich hier verirrst, wirst du vermutlich keine zwei Tage überleben.«

Lou bleibt abrupt stehen, sodass sich der Reif an meinem Handgelenk durch den Ruck tief in die verletzte Stelle gräbt. Die Haut darunter fängt an zu brennen. »Wieso?«

Diesmal drehe ich mich nicht zu ihr um, sondern ziehe auffordernd an der Kette, damit sie weiterläuft. Sicher denkt sie an die Grizzlys, Waldbisons und Elche, von denen ich ihr heute Morgen noch erzählt habe. Für einen Augenblick überlege ich, sie in dem Glauben zu lassen, aber das käme mir unfair vor. »Du würdest erfrieren«, sage ich daher knapp. »Das Wetter hat schon etliche Touristen das Leben gekostet.«

»Erfrieren? Es ist Sommer!« Lou holt mich mit ein paar schnellen Schritten ein und stolpert dabei fast über eine besonders dicke Wurzelknolle.

Ich ziehe sie querfeldein weiter, mitten durch das Dickicht aus Nadelbäumen, Totholz, Heidelbeersträuchern und Farnen. Es ist ein beschwerlicher Weg, immer wieder peitschen mir die Fichtenzweige mit ihren spitzen Nadeln ins Gesicht und ich bin mir sicher, Lou geht es genauso.

»Es ist Sommer. Wie kann man im Sommer erfrieren?«, hakt sie ein paar Minuten später noch einmal nach. Das Thema lässt sie nicht los. Würde mich ihr Interesse daran nicht so ärgern, wäre ich vermutlich froh, dass sie mit mir redet.

»Wenn du einschläfst und nicht merkst, dass dein Lagerfeuer ausgeht und die Temperaturen unter Null sinken – zum Beispiel.«

Daraufhin sagt sie nichts mehr.

Vorsichtig streiche ich über den Unterbauch des toten Kaninchens, um die Harnblase zu entleeren, anschließend binde ich eine Schnur um die Hinterläufe und hänge das Tier kopfüber an den Ast einer Fichte. Lou sitzt am Lagerfeuer auf ihrem Campingstuhl. Als wir am späten Morgen vom Fallenstellen zurückgekommen sind, habe ich zwei Ketten miteinander verbunden und ein Ende an einem Stahlring am Unterboden festgemacht. So kann sie sich in einem größeren Radius bewegen und sich sogar ans Lagerfeuer setzen, wenn ich im Wald bin. Und in den Wald musste ich heute häufiger, nicht nur, um die Fallen zu kontrollieren, sondern auch, um einen Teil unseres Mülls zu entsorgen. Ich kann nicht alles im Lagerfeuer verbrennen. Die Konservendosen wasche ich im See aus und lagere sie bis zu meiner Rückkehr in die Zivilisation im Stauraum. Pappe von Tiefkühlware falte ich zusammen und lagere sie ebenfalls dort, doch manches muss ich vergraben.

Nachdem ich das Kaninchen aufgehängt habe, drehe ich mich zu Lou um und merke, wie sie mich aus zusammengekniffenen Augen beobachtet. Vielleicht stellt sie sich vor, ich könnte sie auch auf diese Weise an einen Ast hängen, keine Ahnung, was in ihrem hübschen Kopf vor sich geht.

Ich wende ihr den Rücken zu und nehme mein schärfstes Messer vom Gürtel ab, ein Killermesser mit gebogener Klinge und feinem Wellenschliff, für das man in anderen Ländern eine *legal reason* bräuchte.

»Was willst du mit der Schüssel?«, höre ich Lou plötzlich fragen.

Ich tippe mit dem Fuß leicht an den Blechbehälter, den ich vorhin schon unter den Ast gestellt habe. »Ich fange das Blut auf.« Ich ziehe einen sauberen Schnitt entlang der Kaninchenkehle und gehe einen Schritt zurück, während das Tier ausblutet. »Wir können daraus Suppe kochen, es enthält viele Nährstoffe.« Mit einem Grinsen drehe ich mich zu Lou um und muss laut auflachen, als ich ihre hochgezogene Oberlippe und die gekräuselte Nase sehe. Natürlich habe ich das nicht vor, andererseits stimmt es wirklich.

Ohne sie aufzuklären, laufe ich mit der vollen Schale die paar Meter durch den Fichtensaum, schütte das Blut ins Wasser und schwenke die Schale aus.

Als ich zurückkomme, sieht Lou mich fragend an. »Die Schale ist leer«, stellt sie fest.

»Hast du ernsthaft geglaubt, ich koche dir eine Blutsuppe?« Ich tippe mir an die Stirn. »Ich hab's wegen der Tiere aufgefangen. Das

Blut lockt sonst vielleicht Wölfe und Bären an.«

Ich gehe zu dem baumelnden Kaninchen zurück und setze zwei kleine Schnitte an der Innenseite der Schenkel. Mit einer Hand greife ich in den ersten Schnitt, löse das Fell vom Fleisch, während ich mit der anderen weiter schneide. Kurz drehe ich mich zu Lou um, doch sie sieht weg. Klar. Die meisten Menschen können die Tiere, die sie essen, weder schlachten noch ausnehmen. Für mich ist es befriedigend, nicht wegen des Tötens, sondern weil es mich unabhängig von allem anderen macht. Als Kind war ich auf die Gunst des Monsters angewiesen, habe nur seine Reste oder gar nichts bekommen, in den Slums habe ich mich über Jahre hinweg von dem Abfall anderer ernährt. Das Jagen gibt mir eine Art von Sicherheit, mit der es keine Konserve aufnehmen kann.

Nachdem ich das Fell gelöst habe, stülpe ich es wie eine umgedrehte Socke bis zum Kopf, trenne es ab und schneide den Bauchraum auf, um das Tier auszunehmen. Ich höre die Kette klimpern und ahne, dass Lou in den Camper verschwindet.

Ich habe das Kaninchen mit einem kleinen Beil zerlegt, die Keulen auf einen Spieß gesteckt und über das Feuer gehängt. Den Rest packe ich in eine Gefriertüte und stopfe ihn in eine winzige Lücke zwischen Zitroneneis und Tiefkühldonuts. Lou sitzt vorne am Tisch, bis ganz nach hinten reicht ihre Kette nicht. Mein Blick bleibt an ihren Handgelenken hängen. Die Verbände braucht sie schon seit ein paar Tagen nicht mehr, aber jetzt fällt mir auf, wie stark sich die Haut ringsum gerötet hat.

Ich hole zwei schwarze Halstücher aus dem Hängeschrank neben der Schlafkoje und setze mich mit einem »Prinzessinnen-Rosa gab's leider nicht!« ihr gegenüber auf die Bank. Misstrauisch beäugt sie erst die Tücher und dann mich.

»Keine Angst!« Ich halte die Stoffe hoch, »ich will sie dir nur um deine Handgelenke binden, damit sich die Haut nicht wieder entzündet.«

»Das kann ich selbst.«

»Sicher. Aber nicht so gut wie ich.«

Sie beißt sich auf die Lippe, schaut aus dem Fenster und streckt mir ihre Hände hin.

»Lou, ich mach das nicht, um dich zu ärgern. Mit einer Hand geht es eben nicht so gut.« Vorsichtig schiebe ich ihren Stahlring ein

Stück hoch und schlinge das weiche Tuch um ihr Gelenk. Glühende Funken springen durch meine Adern, während ich den Stoff ein paar Mal darum wickele. Glühende Funken, Zuneigung und Verlangen, alles zusammen. Nicht so wild und lodernd wie früher, nicht so stürmisch, sondern sanfter.

Mit einem Doppelknoten binde ich das Tuch zu und wiederhole das Ganze auf der anderen Seite. »Ist einfacher, wenn wir es gleich an beiden Seiten machen, damit …« Ich verstumme.

»Damit du nicht ständig aufpassen musst, an welcher Hand du mich fesselst.« Lou dreht den Kopf zu mir und sieht mich aus schmalen Augen an. »Ist schon klar.«

Nickend rücke ich den Reif wieder zurecht und stehe auf. »Ich mach dir jetzt was zu essen und dann gehen wir raus. Die Keulen sind auch gleich fertig. Was willst du haben?«

Lou legt sich die Hand auf den Magen und macht ein Gesicht, als würde sie sich ekeln.

»Du musst essen. Du hast es versprochen! Also, ich höre?«

»Brot«, würgt Lou hervor, als käme ihr schon allein das Wort nur mit Mühe über die Lippen.

Ich sehe sie lange an. Ich kann nur hoffen, sie isst wirklich.

Die Keulen schmecken zart und haben überhaupt nicht den typischen Wildgeschmack, den so viele Leute nicht mögen. Trotzdem kaue ich auf ihnen herum, als wären sie zäh wie Leder. Grund dafür ist Lou. Sie sitzt lethargisch neben mir auf dem Campingstuhl, einen Teller mit Käsetoast und Lemon-Cookies auf dem Schoß, rührt aber nichts an. Mit jeder Sekunde muss ich mich mehr zusammenreißen, sie nicht anzubrüllen.

Fucking hell, Lou! Ich habe exakt einen Teelöffel Butter drauf geschmiert und genau den Gouda genommen, den du am liebsten magst!

Ich fühle mich machtlos gegenüber ihrer Weigerung zu essen. Mir ist mittlerweile klar geworden, dass ich sie nicht gewaltsam zum Essen zwingen würde. Noch vor ein paar Tagen hätte ich es gemacht, aber jetzt nicht mehr; warum, kann ich gar nicht genau sagen.

Mit den Zähnen ziehe ich das Fleisch von der Keule und überlege fieberhaft, wie ich Lou dazu bringe, ihr Brot zu essen. Überhaupt wieder zu essen.

Düster sehe ich zu ihr rüber. Sie hat den Zopf wieder aufgemacht und wegen der hohen Luftfeuchte heute Abend kräuseln sich die Strähnen, die aus ihrem kinnlangen Haar herausragen. Ganz kurz treffen sich unsere Blicke und sie sieht mich schuldbewusst an.

Sie sieht – mich! – schuldbewusst an.

Dabei bin ich der Grund ihrer Appetitlosigkeit.

Vielleicht springt sie auf einen Deal an. Ich sage ihr endlich, wo wir genau sind, immerhin fragt sie mich ständig danach. Dafür muss sie aber auch essen.

Doch was mache ich morgen? Und übermorgen? Wieder schaue ich zu ihr rüber. Sie ist nur noch der Schatten des Mädchens, das mich im Winter so fasziniert hat. Das Bild des Zeitungsartikels blitzt vor mir auf – das Bild, auf dem sie wie heute die korallenfarbene Bluse trägt und lachend unter dem Apfelbaum steht. Und schlagartig weiß ich, welchen Deal ich ihr anbieten kann.

Sehr fair, Brendan, echt jetzt?

Wütend über mich selbst pfeffere ich den abgenagten Knochen ins Feuer, stehe auf und hole die Aktenmappe mit den Zeitungsartikeln über Lous Verschwinden aus dem Schrank. Danach gehe ich zum Lagerfeuer zurück, setze mich mit vorgetäuschter Gelassenheit auf den Stuhl, die Mappe auf meinen Oberschenkeln.

»Das hier sind die Zeitungsberichte, von denen ich dir erzählt habe. Die Artikel, die nach deinem Verschwinden erschienen sind«, erkläre ich ruhig.

Lous Unterkiefer klappt herunter, als wollte sie nach Kriebelmücken schnappen.

»Du hast nicht geglaubt, dass ich sie wirklich habe.« Bei ihrem Anblick muss ich ein Lächeln unterdrücken und so etwas wie Triumph schleicht sich zu meiner Selbstverachtung. Das finde ich noch verabscheuungswürdiger.

Lou sitzt da wie erstarrt. »Nein.« In ihren Augen toben alle nur möglichen Gefühle. Im Licht des Feuers wirken sie wie ein aufgepeitschtes Meer, das immer wieder vergeblich gegen dieselbe Klippe brandet, aber nicht gegen sie ankommt.

Ich beuge mich ein Stück zu ihr vor, fühle die Hitze der Flammen auf meinem Gesicht. »Es sind auch Bilder von deinen Brüdern in der Zeitung«, deute ich an. »Einer von ihnen sieht dir besonders ähnlich. Ich glaube, es ist Avery.« Es muss wie ein Stich ins Herz für sie sein, aber ich will verdammt sein, wenn ich sie so nicht zum Essen bekomme.

Lou schluckt geräuschvoll und ich komme mir vor wie das allergrößte Stück Dreck auf der Welt. Das Monster hatte vielleicht recht.

»Wenn du heute isst, lasse ich dich den ersten Artikel lesen. Morgen bekommst du dann den nächsten – vorausgesetzt, du nimmst drei Mahlzeiten zu dir.«

Lous Mundwinkel sinken nach unten. Für einen Moment denke ich, sie wird gleich weinen, doch dann läuft ein Beben durch ihren Körper. Schaudernd atmet sie ein. »Es ist nicht fair, mich mit diesen Artikeln zu erpressen«, sagt sie gefasst und starrt auf die Mappe auf meinem Schoß. »Du weißt, wie wichtig sie mir sind.«

Ich habe plötzlich einen Kloß in der Kehle, irgendwie fühlt sich alles falsch an. »Ich erwarte keine große Gegenleistung.« Meine Stimme klingt rau. »Nicht einmal ein Lächeln.«

Trotzig schiebt Lou ihr Kinn vor. »Trotzdem ist es Erpressung.«

»Ich bin kein guter Mensch. Das habe ich dir gesagt. Ich habe dich entführt. Erpressung ist nichts dagegen.«

Ohne mich aus den Augen zu lassen, greift Lou nach dem Käsebrot und beißt ein riesiges Stück davon ab. Sie kaut nur ein paar Sekunden darauf herum, schluckt und stopft sich danach die andere Hälfte fast auf einmal in den Mund. Immer noch sieht sie mich an, widerspenstig und provokativ.

»Wenn dir alles gleich wieder hochkommt, zählt es nicht«, sage ich entschieden, kann aber meine Sorge nicht komplett hinter dem Tonfall verstecken.

Lou schiebt sich den Lemon-Cookie quer hinterher, schluckt, ohne zu kauen, und beginnt fürchterlich zu husten.

Fluchend springe ich auf und klopfe ihr kräftig auf den Rücken. Es dauert mindestens zwei Minuten, bis sie sich wieder beruhigt hat.

»Ersticken zählt auch nicht.« Die Sanftheit meiner Stimme ist befremdlich und ich lasse meine Hand ein bisschen zu lange zwischen ihren Schulterblättern liegen, bevor ich sie wegziehe.

Danach gehe ich zu meinem Stuhl zurück, öffne die Aktenmappe und betrachte den Inhalt. »Willst du den ersten Artikel, den ich habe?«

Sie nickt. Immer noch sind ihre Augen glasig vom Husten.

Ich suche den Bericht heraus, ich kenne ihn fast auswendig, so oft habe ich ihn in den ersten Tagen gelesen.

VERMISSTE LOUISA BLEIBT WEITERHIN VERSCHWUNDEN

Ich reiche Lou das Stück Papier. Sofort streckt sie die Hand aus, doch noch lasse ich nicht los.

»Der erste Bericht fehlt. Da war ich noch zu sehr mit dir und der Betäubung beschäftigt. Das hier ist der zweite.«

»Macht nichts.« Sie flüstert, sieht mich mit Ungeduld in den Augen an. *Gib ihn mir!,* schreit sie mit jeder Faser ihres Körpers.

Ich ziehe die Finger zurück und werfe ihr einen warnenden Blick zu. »Die anderen musst du dir auch verdienen, denk daran!« Mit diesen Worten lasse ich sie allein. Zurück im Camper schalte ich die Außenbeleuchtung an, damit sie die kleine Schrift besser entziffern kann. Für einen Augenblick bin ich versucht, sie zu beobachten, aber ich entscheide mich nach kurzem Zögern dagegen. Dieser Moment gehört ihr allein.

17. Kapitel

Nach einer guten Stunde schaue ich letztendlich doch zu ihr hinaus. Zitternd steht sie am Feuer, den Zeitungsartikel hat sie in die Flammen geworfen. Mein Magen verhärtet sich. Ich weiß nicht, wieso sie das getan hat, es ergibt keinen Sinn. Womöglich hat sie einfach die Hoffnung verloren.

Mit nassen Wangen und klirrender Kette kommt sie einige Minuten später zurück in den Camper.

»Lou? Alles okay?« Am liebsten würde ich sie berühren, aber ich habe ihr versprochen, sie nur anzufassen, wenn es nötig ist. Vielleicht wäre es in diesem Augenblick notwendig, ihr über die Haare zu streichen oder sie in den Arm zu nehmen, doch das kommt nicht infrage. Und *Alles okay* kann ich natürlich auch vergessen. Nichts ist okay. Niemals war etwas weniger okay für sie, das kann ich sehen. Wieso habe ich so dämlich gefragt?

Mir wird an diesem Abend klar, wie weit ich immer noch davon entfernt bin, normal zu sein. Vielleicht so weit wie noch nie zuvor.

Wortlos befreie ich sie von der zweiten Kette, damit sie zur Toilette gehen kann, danach klicke ich sie in ihrem Schlafbereich fest. Das steinerne Gefühl in meinem Magen breitet sich weiter aus und lähmt meine Arme und Beine mit bleierner Schwere.

In der Nacht beobachte ich Lou beim Schlafen, tausend Gedanken, tausend Gefühle und tausend Erinnerungen in mir. Vielleicht, weil es mir auch mal so ergangen ist wie ihr.

Ich muss an meinen Stiefvater denken. Er hat mir gesagt, meine Mum hätte mich bei ihm zurückgelassen. Der kleine Junge dachte manchmal, er hätte nie eine Mum gehabt. Natürlich weiß ich mit meinem Verstand, dass das nicht wahr ist. Jeder hat eine Mum. Zeitweise fühlt es sich aber trotzdem so an. Bis heute weiß ich nicht, warum sie mir so etwas Grauenvolles angetan hat. Keine Mum sollte ihr Kind bei einem gestörten Sadisten zurücklassen.

Ich erkläre es mir damit, dass sie einfach Angst vor ihm hatte. Vielleicht hat er mit ihr auch all diese schlimmen Dinge gemacht und sie hat es eine Zeit lang ertragen. Bei einer günstigen Gelegenheit ist sie schließlich fortgelaufen und hat mich zurückgelassen. Ich stelle mir manchmal vor, sie hätte sich spontan entschieden, zu gehen. Womöglich ist sie für ihn einkaufen gegangen und vor dem Liquor Store hat es sie wie ein Blitz durchzuckt. Sie hat beschlossen, das Haushaltsgeld für eine Zugfahrt in ein besseres Leben zu benutzen, und das war's dann für mich. Diese Variante gefällt mir von allen am besten. Mit einem impulsiven Entschluss kann ich viel eher leben, als wenn sie es längerfristig geplant hätte.

Als ich später in den Slums gelebt habe und mir Ramon meinen Namen wiedergegeben hat, dachte ich anfangs daran, sie zu suchen. Aber zuerst fehlte mir das Geld, danach das Verständnis. Was hätte mir diese Frau schon erzählen können?

Ich wollte mir keine Rechtfertigungen anhören müssen, außerdem hätte ich sie wahrscheinlich sowieso nicht gefunden. Womöglich hat sie ihren Namen geändert, aus Angst, er könnte sie finden.

Ich schaue Lou in dieser Nacht länger an als sonst, stelle mir vor, wie sie ihre Brüder vermisst. Der Junge vermisst seine Mum genauso, trotz allem, was er über sie denkt.

Wieder einmal versuche ich krampfhaft, Bilder heraufzubeschwören, die aus einer noch früheren Zeit stammen. Bilder von einem Leben vor der Thorson Ave, vor Los Angeles. Es muss diese Bilder geben, aber ich komme nicht ran oder ich war wirklich zu jung, so wie es mir Dr. Watts erklärt hat. Das Bild meiner strahlenden Miss Sunshine muss zu diesen Erinnerungen gehören. Ich weiß es so sicher, wie ich atmen kann.

Alles hat sich seit dieser Nacht verändert. Zuerst habe ich es als Sieg verbucht, da Lou seitdem an den meisten Tagen tatsächlich dreimal am Tag gegessen hat.

Doch jetzt, am fünften Tag, spüre ich, dass etwas noch viel weniger stimmt als zuvor.

Ihre Apathie nimmt zu. Manchmal verharrt sie über Stunden in derselben Haltung. Sie reagiert nicht mehr auf Worte – aber nicht, weil sie mich ärgern will. Es ist, als rauschte alles einfach durch sie hindurch, sie ist an einem völlig anderen Ort und hat nur ihre äußere Hülle zurückgelassen.

Wahrscheinlich klinkt sie sich hier aus und ist geistig in Ash Springs. Vielleicht malt sie sich ihr Leben aus, wie es sein könnte. Denkt an Ethan, Avery, Liam und Jayden.

Ich würde ihr so gerne helfen, aber ich komme nicht an sie ran. Selbst ihre Halskette, die sie zuvor so oft in der Hand gehalten hat, scheint für sie keinerlei Bedeutung mehr zu haben.

Die Mauern, die sie errichtet, sind unüberwindlich. Wenn sie auf ihrem Bett liegt und an die Decke starrt, setze ich mich manchmal neben sie und rede mit ihr.

»Was willst du morgen machen? Willst du mehr von der Umgebung sehen? Sollen wir noch mal zum See gehen? Möchtest du lernen, welche Beeren man hier essen kann?« All meine Fragen verschwinden in ihr, nichts kommt mehr aus ihr heraus. Sie ist völlig in sich gekehrt. Sie kann nicht mehr kämpfen, nicht gegen mich, nicht gegen ihre Hoffnungslosigkeit. Ihre seelische Erschöpfung ist grenzenlos und ich weiß nicht, wie ich ihr helfen soll. Insgeheim bete ich um ein Wunder, auch wenn ich nie an einen Gott geglaubt habe. Dann will ich meinen Kopf gegen den Kühler rammen, weil Gott für Lous Rettung nicht nötig ist. Ich könnte dieses Problem selbst lösen, indem ich sie gehen lasse, sie in Ash Springs absetze und sage: *Okay, Lou, es hat halt einfach nicht funktioniert.*

Immer öfter bekomme ich Angst, sie könnte nie wieder aus diesem Zustand herauskommen. Nach außen hin gebe ich mich unerschütterlich, ich erledige alle anfallenden Aufgaben. Ich wasche unsere Wäsche im See, fülle und entleere die Wassertanks und pflücke jede Menge frischer Heidelbeeren. Doch in mir herrscht ein Chaos an Gefühlen. Ich habe selten mehr in mir gespürt als Wut, Einsamkeit und Leere. Jetzt sind da Empfindungen, die ich zuvor nur versucht habe zu imitieren. Sorge, Mitleid, Zuneigung. Echte Zuneigung, nicht dieses krankhafte Besessensein, das für keine anderen Gedanken Raum lässt. Es verstört mich. Es macht jemanden aus mir, den ich nicht wiedererkenne, und ich weiß nicht, wohin es führen wird, und ob dieser Jemand mir nicht eines Tages Angst macht.

Als ich heute Morgen aufbreche, um die beiden Kaninchenfallen zu kontrollieren und eine neue zu bauen, lasse ich Lou an die Ketten gefesselt am Camper zurück. Sie will sowieso nicht mit, ich habe aufgegeben, sie zu fragen.

Bevor ich gehe, lege ich ihr noch eine Decke über die Schultern, damit sie nicht friert. Wie immer ist sie viel zu luftig angezogen, als kümmerte sie sich nicht darum, ob sie krank wird.

Ich nehme den Weg durch den Fichtensaum und laufe am steinigen Seeufer entlang. Kühle steigt von der Wasseroberfläche auf und taucht das Herz des Waldes in eine kalte, klare Schönheit. Der Nadelwald ringsum hängt noch voller Morgenschatten, der Himmel ist graublau und nur vereinzelte Sonnenstrahlen erreichen den Boden. In der Frühdämmerung sehen sie aus wie Gitterstäbe aus Licht. Wirklich schade, dass Lou sich das nicht angucken will.

Ich schaue mich um und entscheide mich, die neue Falle in der Nähe des Wasserlaufs aufzustellen. Eine Weile laufe ich an der Böschung des Bachbetts entlang, trampele dabei ein paar Kanadische Strauchnesseln platt und wechsele irgendwann wieder ins Dickicht. Nach einigen Minuten ziehe ich mir wegen der Kälte die Kapuze des Hoodies über.

Ich bekomme Lou und ihre Trauer nicht aus dem Kopf. Soll ich sie doch noch mal dazu zwingen, mit mir rauszugehen? Wir könnten am Bach entlangwandern, vielleicht bis zur Felsenschlucht am Ende des Berges, das dauert nur eine halbe Stunde, wenn man dem Wildwechsel folgt.

In meine Gedanken vertieft, bleibe ich an einer Fichte stehen, um ein rotes Tuch daran festzuknoten. Der Ort ist perfekt für eine Falle, da er am Wildwechsel liegt und nicht zu weit vom Bach entfernt ist. Als ich den letzten Knoten setze, dringt ein schwacher Laut an mein Ohr. Das Winseln eines Tieres. Es erinnert mich an das Wimmern eines geprügelten Kindes, das in seinem Schmerz keine Worte mehr findet. Für einen Augenblick flackert schwarzes Licht vor mir auf. Aus einem Instinkt heraus hebe ich die Hände, will sie mir auf die Ohren legen, doch dann besinne ich mich und lasse die Arme wieder sinken. Ich muss nachsehen, was los ist. Das Winseln klingt nach einem sehr jungen Tier. Junge in der Nähe des Campers stellen ein Risiko dar, wenn die Eltern uns als Bedrohung ansehen. Es könnte ein Fuchswelpe sein oder ein Wolfsjunges. Oder das Junge eines Grizzlys. Vielleicht ist die Mutter ja auch in der Nähe.

Für einen Moment bleibe ich unbewegt stehen und lausche gebannt.

Ich muss ganz dicht dran sein, die Laute sind nur so leise, weil sie so schwach sind. Vorsichtig umrunde ich die Fichte, an die ich das Tuch geknotet habe, und steige über mehrere abgebrochene Äste hinweg. Ein Streifenhörnchen flitzt davon. Jetzt ist das Winseln direkt unter mir. In Zeitlupentempo lasse ich mich in die Hocke sinken und streiche mit dem Handrücken ein paar gefiederte Farnblätter zur Seite. Mein Herz schlägt schneller.

Zum Glück kein Bärenjunges!

Ein winziger Wolfswelpe kriecht mutterseelenallein auf der Erde herum.

»Hey, was machst du denn hier?« Der Welpe dreht sich im Kreis um sich selbst, als hätte er völlig die Orientierung verloren. Seine Beinchen zittern in dem vergeblichen Versuch, weiterzulaufen, doch im nächsten Moment fällt er um und bleibt einfach liegen.

»Du bist viel zu dünn, weißt du das?« Ich strecke meine Hand nach ihm aus und er leckt mir sofort über die Finger. Seine Zunge ist rau und weich. Er hat keine Angst vor mir, zumindest reagiert er kaum auf mich, nur auf meine Hand. Das ist schlecht. Ich habe einiges über Wölfe nachgelesen, seit sich das erste Rudel auf meinem Land sein Revier abgesteckt hat. Ich weiß nicht mehr alles, aber dieser Welpe ist definitiv zu mager für sein Alter. Vorsichtig taste ich über die hervorstehenden Rippen, zupfe ein paar Zecken aus dem Fell und werfe sie angewidert in die Farne zurück.

Hierlassen kann ich ihn auf keinen Fall. Ein paar Meter weiter links entdecke ich eine Höhle, direkt unterhalb eines Erdhügels. Es ist ungewöhnlich, dass ein Junges davor liegt und nicht darin. Ich schleiche näher heran und schaue vorsichtig in den dunklen Tunnel. Stille. Nicht ein Geräusch dringt aus der Dunkelheit. Ich beuge mich weiter zur Öffnung vor. Die Höhle scheint leer zu sein, zumindest so weit ich es sehen kann.

Offenbar hat die Wolfsmutter ihn zurückgelassen. Etwas, was wir gemeinsam haben, und was mich sofort für ihn einnimmt. Ich gehe zurück und hebe das winzige Bündel behutsam hoch. Ganz sanft lege ich meine Hand auf seinen Rücken, spüre das weiche, flauschige Fell zwischen den Fingern. Es erinnert mich an Blacky. Die raue Zunge, die jetzt suchend über meinen Daumen leckt, spült eine weitere Erinnerung in meinen Geist. Ich liege zusammengekauert in der Abstellkammer, meine Hand steckt verdreht in der Fessel. Es gibt keine Stelle an meinem Körper, die mir nicht wehtut. Das Monster hat mit einem Gürtel auf mich eingedroschen, bis ich mich nicht mehr bewegt habe. Noch heute höre ich manchmal das Knallen der Schläge und krampfe mich innerlich zusammen.

Weinst du jetzt etwa, du Memme? Weinst du?

N-nein, Sir.

Dann hast du wohl noch nicht genug, was?

Und er schlug wieder zu. Nur, weil sein Hund zu mir kam, mir die Hand abgeleckt hat, an mir hochgesprungen ist. Mich liebte und nicht ihn. Ich war damals ganz sicher, dass das der wahre Grund gewesen ist und nicht die verschüttete Wasserbeize.

Der kleine Wolf winselt und ich merke, wie fest ich meine Finger in sein Fell gekrallt habe.

»Was mache ich nur mit dir?«, frage ich laut und blicke zum Bachlauf. Er ist zu schwach, er wird es nicht schaffen. Er wird einem anderen Tier zum Opfer fallen. Das wäre der natürliche Lauf der Dinge und dem anderen wäre dadurch geholfen. Aber ich will ihn nicht diesem Schicksal überlassen.

Wenn ich fair wäre, müsste ich ihn ertränken, um ihm weitere Qualen zu ersparen. Doch dann denke ich wieder an Blacky, wie er in der Kiste gelegen hat … Ich halte den Welpen vor mein Gesicht, mustere ihn prüfend von allen Seiten.

»Du bist ein Kerl, was?«, stelle ich fest. Zum Glück scheint er keine Parasiten zu haben. Noch sieht auch das Fell nicht struppig aus und er gibt ja eindeutig Hilferufe von sich.

»Weißt du was? Ich nehme dich jetzt erst mal mit zu Lou und gebe dir was zu essen!« Mit dem Unterarm drücke ich den Welpen an meinen Körper und lege die andere darüber, dann laufe ich zurück. Diesmal achte ich nicht darauf, mich leise durchs Unterholz zu bewegen, sondern presche einfach drauf los. Es ist mir egal, wie viele Tiere ich mit dem Krach aufschrecke.

»Lou! Das musst du dir ansehen!« Ich rufe schon, als ich erst die Hälfte des Fichtensaums durchquert habe. Mit langen Schritten steige ich über Heidelbeerbüsche und Totholz hinweg und bleibe am Rand der Ausbuchtung an einem bodennahen Zweig hängen. Mit einem Fluchen stolpere ich nach vorn, kann mich aber gerade noch rechtzeitig wieder fangen.

Lou schaut mich verständnislos an, dann entdeckt sie das Fellbündel in meinen Armen. Ihre Augen werden groß.

»Da, nimm mal!« Ich gebe ihr gar keine Zeit, etwas zu erwidern, sondern drücke ihr einfach das Junge in die Hände, als wäre es selbstverständlich. »Ein Wolfswelpe«, erkläre ich, bevor sie vielleicht denkt, es wäre ein Grizzly, und laufe nach hinten zu der Heckklappe. »Ich habe ihn neben einer Höhle gefunden.« Für einen Moment schaue ich zu Lou zurück, die den kleinen Wolf so vorsichtig im Arm hält wie einen Säugling. »Ich habe ihn winseln hören«, sage ich und öffne die Rückklappe des Campers. Irgendwo hier muss das Milchpulver sein, das ich im Überfluss in einem Walmart gekauft habe. Es sind mindestens zwölf große Päckchen, die uns eigentlich den ganzen Winter über reichen sollten. Ich klettere auf Knien in die Öffnung und schiebe ein paar Kisten zur Seite, bis ich die finde, auf der in fetten Buchstaben: *Winter/Milch/Obst* steht.

»Du hast ihn nicht seiner Mutter weggenommen, oder?«, höre ich Lou plötzlich aus der Nähe fragen. Sie ist mir anscheinend gefolgt.

Empört werfe ich einen Blick über meine Schulter. »Natürlich nicht! Für wen hältst du mich?« Fassungslos schüttele ich den Kopf, dabei ist ihre Frage berechtigt. Ich habe sie ihren Brüdern gestohlen – weswegen sollte ich also Skrupel haben, den Welpen seiner Mutter wegzunehmen?

Mit beiden Händen wühle ich in der Kiste herum. »Komm schon … Ich weiß doch genau, dass ich dich dabeihabe.«

Ungeduldig ziehe ich ein paar Dosen mit eingelegten Pfirsichen heraus und stelle sie schwungvoll auf dem Blechboden ab. Ein gewaltiges Scheppern dröhnt durch den Stauraum. »Ich nehme an, seine Mutter hat ihn nicht angenommen. Oder sie ist gestorben und die anderen Welpen wurden bereits gefressen. Es gibt tausend Möglichkeiten.« Irgendwie habe ich das Gefühl, es Lou erklären zu müssen. Auf gar keinen Fall soll sie denken, ich hätte den Welpen wirklich einfach mitgenommen.

Ich höre, dass sie etwas sagt, dem liebevollen Tonfall nach zu urteilen, gilt es jedoch dem Welpen und nicht mir. Nachdem ich die Winterkiste durchgeschaut und nichts gefunden habe, klettere ich ein Stück weiter nach hinten. Wenn Lou jetzt die Heckklappe zuschlagen würde, säße ich im Stauraum fest.

Gut, dass sie an der Kette hängt und ich den Schlüssel habe.

»Ich glaube, er hat Hunger«, sagt sie etwas ratlos.

»Was meinst du, mache ich hier?«, murre ich genervt. »Ich suche Milchpulver. Ich weiß genau, dass ich es eingepackt habe, sollte uns mal die Dosenmilch ausgehen.«

In dem Augenblick entdecke ich einen Karton. *Milch hier!* steht auf der Seite, unterstrichen und mit einem dicken Ausrufezeichen versehen. Vage erinnere ich mich daran, die Milchpakete kurz vor der Abfahrt noch umgepackt zu haben.

»Du hast Milchpulver dabei?« Lou klingt schon wieder entgeistert, aber nicht mehr ganz so verzweifelt.

Schnell klappe ich den Deckel auf, ziehe ein Päckchen Pulver hervor und krieche rückwärts zurück, bevor Lou wirklich noch die Heckklappe zuwirft.

»Klar.« Mit einem triumphierenden Lächeln rutsche ich aus dem Stauraum heraus und halte Lou das blaue Paket unter die Nase. »Hier ist es.« Ich werfe einen Blick auf den Welpen, der in Lous Armen liegt, als gehörte er schon immer dorthin. Ein seltsamer Stich brennt in meinem Herz, eine flüchtige Erinnerung an etwas, was ich einmal gedacht habe.

Mutter. Vater. Kind.

»Ich hoffe, er trinkt das«, ich sehe sie ernst an, »denn wenn nicht, müsste ich ihn ertränken.«

»Was?« Fassungslos presst sie den Wolf noch fester an sich.

»Bevor er sich quält, meine ich.«

»Du spinnst wohl!« Ihre blauen Augen blitzen vor Entrüstung. »Das kommt überhaupt nicht infrage.«

Ich hebe beschwichtigend die Hände. »Lou, sei vernünftig. Wenn er nicht trinkt, wird er nicht überleben und elendig verhungern und verdursten. Willst du das?«

Sie weicht ein paar Schritte zurück und in dieser Sekunde kann ich nur daran denken, dass sie ihren Kindern später eine gute Mum sein wird. Kinder, die sie vielleicht mit mir haben wird. Irgendwann. Ich betrachte sie, wie sie da steht und dem kleinen Wolf fürsorglich über das flauschige Fell streichelt. Ein zartes, wildes Verlangen pulsiert in meinem Bauch. Für einen Augenblick sehen wir uns an.

»Er wird trinken«, sagt Lou leise und eine glühende Entschiedenheit spiegelt sich in ihren Augen. »Ganz sicher wird er das!«

Lou ist mir in den Camper gefolgt und hat den Welpen eigenmächtig in meinen dunkelblauen Fleecepulli gewickelt. Ich sehe das als Fortschritt, da sie mich anfangs für alles, was sie tun wollte, um Erlaubnis gefragt hat. *Darf ich das Fenster aufmachen? Darf ich zur Toilette? Darf ich Hero of the Week schauen? Darf ich mich hinlegen?*

»Wir müssen ihn wiegen, damit wir sein Gewicht kontrollieren können«, gebe ich jetzt zu bedenken und drehe die Gasflamme am Herd auf, um das Wasser für die Milch abzukochen. Danach krame ich so lange in den Küchenschubladen herum, bis ich die Frühstücksbeutel gefunden habe. Als ich vor drei Jahren beschlossen habe, in die Wildnis aufzubrechen, habe ich mir immer wieder Dokus über Wildtiere angesehen. Einmal haben zwei Farmer einen verwaisten Fuchswelpen gefunden und ihn mit Milch aus Beuteln aufgepäppelt. Sie hatten keine Milchflaschen und der Traktor musste erst repariert werden. Bis sie wieder mobil waren, haben sie den Kleinen aus diesen Plastikbeuteln gefüttert, und es hat funktioniert – bis zu dem Zeitpunkt, als der Fuchs alt genug war und nicht mehr von seinem Ausflug in die freie Natur zurückkam.

Doch Wölfe sind anders als Füchse. Wölfe binden sich sehr schnell an Menschen, und wenn sie jemanden lieben, lieben sie ihn für immer.

Ich reiße einen Plastikbeutel ab und halte ihn demonstrativ in die Luft, damit Lou ihn sehen kann. »Das wird die provisorische Milchflasche.«

Sie runzelt die Stirn, als wäre das nicht gut genug für den Wolf. »Wie soll das denn funktionieren?«, fragt sie skeptisch.

Ich lege den Beutel neben die offene Milchpulververpackung und messe mit dem beiliegenden Löffel die Menge Pulver ab, die ich brauche. »Ich schneide eine Ecke ab, dann kann das Junge daraus die Milch saugen, als wäre es eine Zitze.« Vorsichtig gebe ich das Pulver in einen Messbecher und schaue Lou an, die den Welpen zusätzlich zu meinem Pulli noch mit den Händen wärmt. »Die ersten Wölfe, die der Mensch gezähmt hat, wurden von Frauen gesäugt. Hast du das gewusst?« In meinem Kopf taucht das Bild auf, wie Lou dem Welpen die Brust gibt, und ich kann ein belustigtes Grinsen nicht unterdrücken. »Ich schätze nicht, dass das bei dir funktionieren würde.«

Sie erdolcht mich fast mit ihrem Blick. Schnell wende ich mich ab, hole die flache Waage aus dem Unterschrank und stelle sie auf den Tisch.

Mit dem Daumen drücke ich auf die On-Taste. »Los, leg ihn drauf, bevor er getrunken hat.«

Lou wickelt den Welpen aus meinem Fleecepulli und legt ihn auf die glatte Oberfläche. Er bietet einen jämmerlichen Anblick, wie er so daliegt. Er zittert und hört gar nicht mehr auf zu winseln.

»Beeil dich, er friert.« Lou ist aufgestanden, ihre Hände sind zu Fäusten geballt.

Ich drücke den Knopf ein weiteres Mal und lese die Anzeige ab. »Fünfhundert Gramm.« Verdammt, sein Gewicht ist noch geringer, als ich befürchtet habe! »Das ist viel zu wenig. So viel wiegt ein Welpe normalerweise bei der Geburt. Aber dieser hier ist bestimmt schon drei oder vier Wochen alt.«

»Woran siehst du das?« Lou greift beherzt nach dem Welpen und wickelt ihn wieder in meinen Pullover, als müsste sie ihn vor mir beschützen. Und tatsächlich ist er plötzlich still, als wüsste er, dass ihm von ihr nur Gutes widerfährt.

»Er hat die Augen offen«, erkläre ich ihr. »Also muss er älter als zwei Wochen sein. Außerdem reagiert er auf Geräusche. Schau!« Ich stoße einen kehligen Laut aus, ein Wolfsheulen, mit dem ich vor zwei Jahren dem Rudel auf meinem Grundstück geantwortet habe. Ich muss sehr verzweifelt gewesen sein, denke ich jetzt. Verzweifelt und sehr einsam.

Der kleine Kerl in meinem Fleecepulli findet mein Heulen wohl ebenfalls sehr lebensecht, denn er stößt sofort wieder seine Klagelaute aus, diesmal noch lauter als vorher.

»Siehst du!«, sage ich erfreut zu Lou. »Das machen sie erst, wenn sie mindestens drei Wochen alt sind.«

Lou sieht mich mit strenger Miene an. »Du machst ihm Angst«, entgegnet sie ärgerlich. Mit dem eingepackten Wolf auf dem Schoß dreht sie sich ein Stück von mir weg, als könnte sie ihm mein Dasein nicht zumuten.

Ich muss lachen. »Dem kleinen Kerl sicher nicht.« Der Wasserkessel auf dem Herd beginnt zu pfeifen, ich wende mich ab und bereite die Milch zu. Mir fällt auf, dass ich anders bin als sonst. Ich lache, weil mir danach ist, nicht, weil ich denke, es wäre angebracht. Mit dem Messbecher in der Hand drehe ich mich zu Lou um und mustere sie für einen Moment. Ihr ganzes Interesse richtet sich auf den Welpen, der wieder seine erbärmlichen Laute von sich gibt. »Auch wenn du es nicht wahrhaben möchtest«, sage ich aus einem Impuls heraus, »es gibt Menschen und Wesen, die mich nicht fürchten.«

»Du kriegst gleich etwas zu trinken, keine Angst«, flüstert sie dem Kleinen zu, ohne auf das zu reagieren, was ich gesagt habe. Vielleicht hat sie es nicht einmal gehört.

Plötzlich hebt sie ruckartig den Kopf. »Meinst du, er verträgt das Pulver?«

Ich zucke mit den Schultern. »Hoffentlich. Aber erst einmal muss er es annehmen. Er ist ziemlich schwach.« Wenn die Mutter ihn verlassen hat, dachte sie bestimmt, er würde sowieso nicht überleben. Vielleicht erschien er ihr kränklich. Ganz kurz denke ich an meine Mum, vielleicht war ich ihr ja auch kränklich erschienen. Ärgerlich verdränge ich den Gedanken wieder und rede weiter: »Manchmal vergraben Wölfinnen ihre Jungen. Aber das machen sie eigentlich nur, wenn sie glauben, dass das Junge tot ist.«

»Vielleicht wollte sie es vergraben und wurde dabei gestört.«

»Vielleicht. Vielleicht wollte die Mutter auch die Höhle wechseln.« *Und kam nie zurück*. Ich gebe kühles Wasser zu der Milch, bevor ich alles zusammen in den Frühstücksbeutel schütte. Danach knote ich die Tüte oben zu und drücke sie Lou mit einem »Halt mal kurz!« in die Hand.

Ich muss an den Hängeschrank oberhalb der Seitentür.

Hier bewahre ich vieles von dem auf, was in Lous Besitz größeren Schaden anrichten könnte: sämtliche Betäubungsmittel, Werkzeuge, scharfe Messer und Scheren. Ich angele nach einer Nagelschere, um den Beutel aufzuschneiden, und drehe mich wieder zu Lou um.

Sie sitzt wie gebannt da und starrt mit glänzenden Augen auf den Schrank hinter mir. Ein dunkles Gefühl streicht wie ein Schatten über mein Herz.

Oh ja, Lou, du hast es jetzt natürlich gesehen. Klar, irgendwo muss das Zeug ja versteckt sein.

Der Funke Ausgelassenheit, den ich vor Minuten noch wahrgenommen habe, ist erloschen.

»Gib mir den Beutel«, fordere ich sie ruhig auf, aber mein Inneres schreit. Und meine Augen vermitteln etwas ganz anderes: *Nie wieder! Flieh nie wieder!*

Als sie mir die Milch reicht, zittern ihre Finger wie zu Beginn, doch ich kann nicht aufhören, sie anzustarren, als wäre ich ein Scharfschütze, der sein Ziel im Visier hat.

Mit der Spitze der Scherenklinge bohre ich ein Loch in den Beutel und halte es zu. »Das müsste reichen.« Ich neige den Kopf. »Willst du ihn füttern?« Immer noch klingt meine Stimme zu dunkel, zu beherrscht, weil der Zorn in mir Wellen schlägt. Ich könnte mir selbst eine reinhauen – der Riegel zu all den guten Gefühlen klemmt.

Lou sieht erst mich und dann den Welpen an. »Darf ich?«, fragt sie verunsichert.

»Warum denn nicht?« Ich erzwinge ein Lächeln, es spannt in meinem Gesicht, verkrampft die Wangenmuskeln. »Dabei wirst du mir schon nicht weglaufen, nicht wahr?« *Pass auf!*

»Nein.« Sie flüstert. Ungeschickt nimmt sie den Milchbeutel von mir entgegen, hält das Loch zu und sieht ihn ratlos an.

»Soll ich dir helfen?« Ich setze mich neben sie und versuche, die unguten Empfindungen in mir zu verdrängen: die Angst, Lou könnte mich verlassen, den Zorn, den ich dabei fühle; doch sie lassen sich nicht vollständig vertreiben.

Die Anspannung zwischen uns schwelt wie Augusthitze über einer asphaltierten Straße.

Lou rutscht mit dem Wolf auf dem Schoß bis zur Wand und wirft mir einen bangen Blick zu.

Immer noch ängstlich! War ja klar, so wie du wieder reagiert hast, Bren. Als wären ihre Fluchtgedanken ein Verbrechen.

Ich bleibe am äußeren Rand der Bank sitzen, bin ihr aber immer noch sehr nahe, und deute auf den Welpen. »Leg ihm den Beutel mit der offenen Ecke an sein Maul und träufele ein bisschen Milch auf seine Lefzen. Den Rest sollte der Hunger erledigen.« So haben sie das zumindest in dem Dokumentarfilm gemacht.

Lou nickt, führt die Tüte vorsichtig an das Mäulchen des Welpen und lässt die untere Öffnung los. Als die Milch heraustropft, nehme ich schnell den Kopf des Tieres und drehe ihn zur Seite. Tropfen für Tropfen fällt die dicke Milch auf seine Lefzen.

Der junge Wolf überschlägt sich fast, hektisch tritt er mit den Pfoten in das Fleece, als wollte er den Milchfluss anregen. Sein Winseln ist einem unruhigen Saugen gewichen, doch er ist viel zu aufgeregt, strampelt herum und die Milch verteilt sich in Sprenkeln auf seinem Gesicht.

Ich rutsche näher zu Lou, ohne auf ihre verkrampfte Haltung zu achten. Mit beiden Händen drehe ich das Junge auf den Bauch und halte es fest, damit es weniger herumzappeln kann. »Probier's mal so … Halt die Tüte schräg!«

Lou folgt der Aufforderung und endlich erwischt der Wolf den Zipfel der Milchtüte genau im richtigen Winkel. Es gibt leise schmatzende Geräusche, seine Pfötchen trampeln tapsig gegen meine Finger, aber er trinkt. Irgendwann, als er offenbar realisiert, dass er nicht träumt, fallen seine Augen zu, doch er saugt weiter.

»Sein Herz rast«, sage ich leise und spüre das Pochen seines Herzschlages in meinen Handflächen. »Aber er macht das gut.«

»Ja.«

Ich sehe zu Lou. Gedankenverloren schaut sie auf das kleine Bündel Leben auf ihrem Schoß. Ein Lächeln hat sich auf ihr Gesicht gestohlen und etwas in meinem Inneren flattert wie Wind und Himmel. All meine Angst und meine Wut sind plötzlich verflogen.

»Zum ersten Mal lächelst du«, sage ich leise, da ich nicht weiß, ob sie es selbst merkt.

Das Lächeln erstirbt.

Schon wieder falsch, Brendan!

Hätte ich doch bloß meine Klappe gehalten! Eine Weile schaue ich Lou beim Füttern zu, während ich den Welpen immer noch auf dem Bauch festhalte.

»Du solltest ihm einen Namen geben«, sage ich nachdenklich.

Sie schüttelt energisch den Kopf. »Nein.« Sie streicht glättend über die Tüte und verstärkt dadurch den Milchfluss. »Ich kann ihm keinen Namen geben, wenn du ihn vielleicht ertränkst.«

»Gerade dann solltest du es tun.« Ich muss an die Zeit denken, in der die Bones mich *Hoover* nannten. *Hoover* für Hoover Avenue, in der Ramon mich damals halb verhungert hinter einer Müllkippe gefunden hat.

»Wieso denn das?«, fragt sie jetzt ehrlich verwundert.

»Soll er sterben, ohne einen Namen gehabt zu haben?«, gebe ich zurück.

Lou sieht erst mich an und dann den Welpen, einen traurigen Ausdruck in den Augen. »Namen machen es nur schwerer. Namen binden dich an etwas. Namen bedeuten etwas.«

»Wenn er keinen Namen hat, bedeutet das, dass er nicht wichtig ist.« Im Geist höre ich Ramons Stimme: *Jeder sollte wissen, wie er heißt, Hoover. Namen sind wie ein verdammtes Geburtsrecht oder so. Wenn du deine Mum schon nicht kanntest, solltest du wenigstens wissen, welchen Namen sie dir gegeben hat, oder?*

Ich halte den jungen Wolf immer noch fest. Als ich wieder einen Blick zu Lou werfe, kommt es mir vor, als würde sie tatsächlich über einen Namen für den Kleinen nachdenken. »Du solltest ihn nicht unbedingt *Princess* nennen«, sage ich lächelnd.

»Ihn – ist es ein Junge … also ein Männchen?« Lou presst mit beiden Händen die letzten Reste aus der Tüte.

»Ein Rüde.«

Ich warte einen Augenblick, bis der Milchbeutel komplett leer ist, dann nehme ich den Welpen hoch und setze ihn auf den Fleecepullover zurück. Seine Augen sind geschlossen, womöglich fällt er jetzt, wo er endlich satt ist, in einen tiefen Schlaf.

Lou deckt ihn liebevoll zu. »Woher weißt du so viel über Wölfe?« Sie sieht zärtlich auf das Fellbündel auf ihrem Schoß.

Ich lehne mich zurück und betrachte das Junge ebenfalls. »Ich habe einige Sommer in der Wildnis verbracht. Einiges habe ich mir angelesen, aber vieles lernt man auch durch Erfahrung.« Zum Beispiel, wie man mit den Wölfen heult.

»Meinst du, er schafft es?«

Kaum hat sie gefragt, krampft sich der Welpe zusammen.

»Verdammt!« Fluchend nehme ich ihn hoch. »Hoffentlich hat er keine Spulwürmer.« Gegen Spulwürmer habe ich wirklich keine Medikamente dabei. Der kleine Kerl würgt ein paar Mal trocken, dann schwappt eine ganze Ladung warme Milch auf meine Hände und tropft zu Boden. Ich warte einen Augenblick, hoffe, dass er sich beruhigt, doch er würgt weiter und weiter, bis er mehr ausgekotzt hat, als er getrunken haben kann.

Lou beißt sich angespannt auf die Unterlippe.

»Ich glaube, es hat keinen Sinn«, sage ich leise, während ich das Köpfchen des Kleinen streichele. »Er ist schon jetzt zu schwach, die Milch bei sich zu behalten.«

»Vielleicht war es einfach zu viel«, entgegnet Lou schnell. »Vielleicht darf er nicht so viel auf einmal trinken.«

Ich schaue Lou an und dränge alle Gefühle zurück, sie soll nicht merken, dass ich selbst schwanke. »Ich fürchte, er schafft es nicht, tut mir leid.«

»Du gibst ihm gar keine Chance!« In Sekundenschnelle füllen sich Lous Augen mit Tränen. »Du willst es nicht einmal versuchen.«

Wieder machen ihre Tränen mich komplett hilflos und bringen alles durcheinander.

»Ich will ihn einfach nicht leiden lassen«, antworte ich schroffer, als ich vorhatte.

»Aber mich lässt du auch leiden und es ist dir egal. Mich ertränkst du ja auch nicht einfach im See.«

Ihre Worte treffen mich so unvorbereitet, dass ich zusammenzucke. »Das ist etwas anderes!«, fahre ich sie an.

»Nein, ist es nicht. Gib ihm eine Chance! *Bitte.*« Eine Träne kullert über ihre Wange.

»Lou …« Ich weiß gar nicht, was ich sagen soll. Ihre Reaktion überfordert mich. Ich sehe von ihr zu dem Welpen auf meinem Arm und kann in der Sekunde nicht abschätzen, wer von beiden dringender Hilfe benötigt.

»Bitte!« Lous Kinn zittert. »Bitte lass es uns versuchen! Ich füttere ihn jede Stunde, wenn es sein muss. Immer nur ein paar Schlucke. Er kann bei mir im Bett schlafen und ich kann ihn herumtragen und wärmen.«

Ich unterdrücke ein Lächeln. »Vielleicht sollte es mir auch mal schlecht gehen …«, versuche ich zu spaßen und halte den Welpen vor mein Gesicht. »Was meinst du, Kleiner?«

Er hängt so armselig da, als hätte er sich bereits aufgegeben.

»Bren, bitte!«

Sie hat dich noch nie so sehr um etwas gebeten. Außerdem hat sie gelächelt, zum ersten Mal seit Wochen. Sei kein Unmensch … nicht schon wieder, nicht diesmal!

Ich seufze tief. Sehe von dem Kleinen zu Lou und wieder zurück. Ich hätte ihn im See ertränken sollen, ohne ihn Lou zu zeigen. »Okay«, gebe ich schließlich nach. »Wir versuchen es einen Tag lang. Wenn es ihm aber dann nicht besser geht, mache ich seinem Leiden ein Ende.«

»Drei Tage«, protestiert Lou. »Einer ist zu wenig.« Sie streckt die Hände nach dem Welpen aus und ich überreiche ihn ihr so sanft wie möglich.

Danach gehe ich zum Waschbecken, drehe das Wasser auf und spüle die ausgekotzte Milch von meinen Händen. »Zwei«, entscheide ich endgültig. »Und du gibst ihm einen Namen.«

»Grey«, kommt es wie aus der Pistole geschossen.

Ich wende mich überrascht zu ihr um. »Grey? Wieso denn das?« Okay, er hat graues Fell, mit einem Schuss Cognac dazwischen …

Als sie sich vorbeugt und ihr Gesicht in das Fell des Welpen schmiegt, muss ich erneut lächeln. Ich lächele verdammt viel heute.

»So heißt eine Geschichte, die mein Bruder für mich geschrieben hat«, sagt sie schließlich und ihre Stimme klingt wegen des Fells vor ihren Lippen undeutlich.

Ein merkwürdiges Gefühl von Einsamkeit breitet sich in mir aus. Es ist eigenartig, dass sie mir das anvertraut, wo sie mich doch so grundlegend hasst. Für mich hat noch niemals jemand eine Geschichte geschrieben, und Geschwister hatte ich nie. Eine Zeit lang war Ramon so etwas wie mein Bruder. Nein, vielmehr betrachtete er mich als Bruder, aber ich habe keine Freundschaft zugelassen. Ich war ihm dankbar. Das war meine Verbindung zu ihm. Ich war dankbar für all die Dinge, die er getan hat, doch vertraut habe ich ihm nicht. Konnte ich einfach nicht. Da ist etwas in mir, das sich nicht von all den vergangenen Erlebnissen freimachen kann. Menschen verletzen. Das ist die einzige Lektion, die ich gelernt habe.

Verstohlen mustere ich Lou, die ihre Nase immer noch in das Fell des Welpen kuschelt. Ausgerechnet ich verlange von ihr, mir zu vertrauen, wo es mir selbst nie gelungen ist.

Das ist paradox. Und jetzt beweist sie mir sogar ein Stück Vertrauen, indem sie sich öffnet und verletzlich macht.

Ein erstaunliches Mädchen. Ein eigenartiges Mädchen.

Aber wenigstens hat sie aufgehört zu weinen.

Urplötzlich hebt sie den Kopf, als hätte sie all meine Gedanken mitverfolgt, und ich fühle mich ertappt. Ich sollte etwas Nettes sagen, etwas, das sie wissen lässt, dass ich ihre Brüder nicht aus ihren Gedanken ausschließen möchte.

»Jayden?«, frage ich deshalb, weil er der einzige der Scriver-Brüder ist, der Geschichten schreibt.

Sie nickt, schaut mich an, aber doch durch mich hindurch, als würde sie in eine andere Zeit sehen. Ich kann den Ausdruck in ihrem Blick nicht deuten, aber es kommt mir vor, als lägen darin Schmerz und Glück in einer einzigen Erinnerung. *Verrückt.*

»Okay«, ich schüttele das seltsame Empfinden ab und deute auf den Welpen, »dann also Grey.«

Ich erkläre ihr, wie sie die Milchflaschen zubereiten muss und dass sie dafür auf keinen Fall das mit Chlor versetzte Wasser aus den Leitungen benutzen darf. »Ich werde dann das Propangas dauerhaft aufgedreht lassen. Bisher habe ich es immer abgedreht, wenn ich dich hier alleine gelassen habe«, beende ich meinen Vortrag.

»Wieso das?«, hakt Lou nach und schmiegt ihre Hand an Greys Köpfchen.

»Falls es mal ein Leck gibt oder eine der Herdplatten kaputt ist«, erkläre ich ihr. »Wenn Gas austritt, ist es hier drin gefährlich. Und natürlich auch in einem gewissen Radius rund um den Camper. Diesem Risiko wollte ich dich nicht aussetzen.«

»Und wie willst du es jetzt machen?« Sie mustert mich aufmerksam.

Ich schaue zu Grey. Er winselt nicht mehr, sondern schläft. Ich bete, dass Blacky in all seiner Qual auch einfach irgendwann eingeschlafen ist und keine Angst mehr hatte. »Wenn du ihn wirklich jede Stunde füttern willst, musst du den Herd benutzen. Das bedeutet, ich kann das Gas nicht abdrehen.« Ich deute auf einen kleinen weißen Kasten am Sockel eines Küchenschranks. »Das ist ein Propangasmelder. Gas sinkt nach unten, daher sitzt er nicht wie ein Rauchmelder an der Decke. Wenn Gas austritt, schlägt er Alarm. Dann musst du den Camper sofort verlassen.«

Lou streckt wie eine Schülerin die Hand in die Luft und die Kette klirrt. »Weit komme ich damit aber nicht.«

Die Ketten sind jetzt natürlich ein Problem. Ich will sie nicht weglassen, aber wenn tatsächlich ein Feuer ausbricht, sitzt Lou in der Falle.

»Vielleicht sollte ich einfach zwei Tage keine Fallen stellen«, überlege ich laut. »Wenn wir ein bisschen Wasser sparen, muss ich auch nicht ständig neues holen.«

»Du könntest mir die Ketten auch zwei Tage lang abnehmen, oder?« Lou lächelt mich an, und auch wenn es angestrengt aussieht, freut es mich doch.

Trotzdem kommt es nicht infrage. »Damit du bei der ersten Gelegenheit wieder wegläufst und dich selbst in Gefahr bringst?« Ich schüttele vehement den Kopf. »Nein, danke.«

»Du müsstest mir eben vertrauen. So wie ich dir vertrauen soll, dass du mir nichts tust.«

Ha! So leicht lasse ich mich nicht um den Finger wickeln.

»Mein Vertrauen muss man sich verdienen. Ich verschenke es nicht leichtfertig.« Mit verschränkten Armen lehne ich mich an die Arbeitsplatte und mustere sie aus zusammengekniffenen Augen.

Lou legt den Kopf schräg, ein paar Haare fallen ihr ins Gesicht. »Dann gib mir eine Möglichkeit, mich zu beweisen. Nimm mir die Ketten zwei Tage lang ab.«

Da ist etwas in ihrem Blick. Sie schaut mich an wie damals auf dem Parkplatz des Visitor Centers: die Augen funkelnd wie vor einem bevorstehenden Abenteuer. Als würde sie darauf brennen, mit mir allein zu sein, damit ich sie küsse.

Nein! Nein! Nein!

»Wie willst du sonst herausfinden, ob ich vertrauenswürdig bin?«, fragt sie mich herausfordernd und ich bekomme wieder ein

Lächeln. Ein echtes Lou-Lächeln, das alles in mir zum Flattern bringt, als hätte ich einen Kolibri verschluckt.

Starr sehe ich sie an, auch wenn in mir alles in Aufruhr ist. »Du kämpfst mit unfairen Mitteln – und das bewusst«, sage ich und weiß nicht, ob ich ärgerlich oder glücklich sein soll.

»Was ist schon fair.« Ihre Stimme schwankt ein wenig, doch sie lächelt weiter. Sie ist wirklich tapfer. Vielleicht verdient sie ja ein bisschen Entgegenkommen. Die ganze Zeit war sie so apathisch, so weggetreten. Heute ist zum ersten Mal wieder Leben in ihr. Womöglich muss ich ihr endlich mal zeigen, dass ich nicht nur der kompromisslose Widerling bin, für den sie mich hält. Mir widerstrebt es zwar, ihr einen Vertrauensvorschuss zu gewähren, aber ich kann es bestimmt so einrichten, sie immer im Auge zu behalten.

Nein, Brendan!

Doch, das könnte funktionieren. Es sind schließlich nur zwei Tage.

Wortlos gehe ich zu dem Schrank über der Spüle und suche die Glöckchen, die ich auf einem der oberen Regalbretter verstaut habe. Irgendwo habe ich mal einen Artikel darüber gelesen, wie man Hauskatzen daran hindern kann, junge Vögel zu fangen. Die Besitzer haben ihnen Halsbänder mit Glöckchen verpasst, sodass diese bei jedem Schritt gebimmelt haben. Ich halte das für Tierquälerei, aber Lou ist keine Katze mit einem extrem feinen Gehör.

Nur ein seltsames, erstaunliches, entführtes, einsames Mädchen.

»Was willst du denn mit denen?«, fragt Lou entgeistert, als ich ihr die Glöckchen auf meinen Handflächen präsentiere. »Mir um den Hals binden wie einem Hund?«

»So in etwa.« Erneut wende ich mich ab und hole ein paar Kabelbinder aus demselben Schrank. »Die Glöckchen werden mir immer einen Hinweis darauf geben, wo du bist. Du kannst also auch mal draußen damit herumlaufen und bist damit sogar vor Bären sicher. Ich wollte das eigentlich von Anfang an so machen, aber es war schwieriger mit dir, als ich erwartet hatte …« Ich kann nicht anders, aber ihr empörter Gesichtsausdruck bringt mich schon wieder zum Lächeln.

»Du bindest mir also jetzt die Glöckchen um und lässt die Kette dafür weg?«, fragt sie gedehnt. Sie wirkt ein bisschen so, als wollte sie mir die Glöckchen in den Hals stopfen.

Ich nicke knapp. »Wir versuchen es die nächsten zwei Tage. In der Nacht geht das natürlich nicht, das ist dir hoffentlich klar.«

Lou streichelt dem Welpen über den Kopf. »Und wenn ich nachts Grey füttern muss?«, fragt sie mit unschuldigem Engelsblick.

Skeptisch beäuge ich sie. Ihre Miene zeigt keine Reaktion, die mir verraten könnte, ob sie mir etwas vorgeschwindelt hat und sie Grey im Falle einer möglichen Flucht im Stich lassen würde.

»Solange ich auch wach bin, ist es kein Problem. Ansonsten kette ich dich einfach in der Küche fest.«

»Gute Idee«, säuselt sie etwas zu lieblich, um glaubhaft zu sein.

Ich schnaube ungehalten auf, aber ich bin froh, dass sie nicht mehr so deprimiert ist.

18. Kapitel

In dieser Nacht sitze ich noch lange am Feuer. Es ist eine dieser sternenklaren Yukon-Nächte, in denen der Himmel über mir aussieht wie ein unerschütterliches schwarzes Meer mit Abermillionen weißen Lichtpunkten. Es wirkt, als wäre das Firmament selbst ein Stück Ewigkeit. Ich muss daran denken, wie ich an diesem einen kalten Tag im Dezember abends aus der Blockhütte in die Sterne geschaut habe.

Mädchenherzen.

Mit diesem Wort fing alles an. Ich habe Lou gefunden. Und jetzt ist sie so viel mehr, als ich erwartet habe. Im Grunde weiß ich gar nicht, was ich tatsächlich erwartet habe. Alles irgendwie. Und ich dachte, es wäre einfacher. Als könnte ich Lou auf Knopfdruck dazu bringen, alles hinter sich zu lassen. Natürlich war das ein Irrglaube, und wenn ich ehrlich bin, wollte ich mich damit auch nicht in allen Einzelheiten beschäftigen. Es war leichter, meinen Fantasiebildern nachzugeben und den Rest auf später zu verschieben.

Ich hole meinen Zeichenblock und meine Stifte aus dem Hängeschrank, doch ich merke schon bald, dass ich nicht zeichnen muss, um mich besser zu fühlen. Es geht mir tatsächlich besser. Mit dem Block auf dem Schoß rauche ich eine Zigarette und höre Lou im Camper mit Geschirr klappern.

Es hat etwas Beruhigendes, denn vorher war sie immer so still, lag oder saß nur auf dem Bett herum.

Heute war sie den ganzen Tag über ausschließlich mit Grey beschäftigt. Die Küche ist ein Schlachtfeld aus Wasserkesseln, Milchpulverresten, Tüten und Geschirr. Am Abend konnte ich nicht einmal abspülen, weil Lou die komplette Arbeitsfläche für Greys Utensilien beansprucht hat.

Der kleine Wolf scheint immer Hunger zu haben und trinkt mittlerweile genau im Halbstunden-Rhythmus. Zum Glück behält er einen Großteil der Milch bei sich, und ich bete, dass er bis zum Wiegetag ordentlich zunimmt. Lou hatte heute gar keine Zeit mehr, unglücklich zu sein, da sie so in die Wolfsfütterung eingespannt war. Sie hat Höhlen aus Decken gebaut, aber Grey trotzdem die meiste Zeit mit sich herumgeschleppt, sogar mit auf die Toilette. Hoffentlich befürchtet sie nicht, ich könnte ihn ihr heimlich wegnehmen und ohne ihr Wissen ertränken.

Als ich zum Camper zurückgehe, um mir ein Bier zu holen, höre ich sie durch die weit geöffneten Fenster mit ihm reden. Automatisch bleibe ich stehen. Ihre klare Stimme rauscht durch mich hindurch wie der Wind durch die Espen und erinnert mich an meinen Traum. So hat sie auch während des Flashs mit mir geredet.

Vorsichtig, ohne auf herabgefallene Zweige zu treten, schleiche ich mich über den Schotter, bis ich an der Seitenfront ankomme.

»Alles ist gut, kleiner Grey«, höre ich sie liebevoll flüstern. »Ich sorge schon dafür, dass er dich nicht ertränkt. Er will auch lieber, dass du es schaffst. Das weiß ich, auch wenn er es nicht sagt.«

Und wieder lächele ich.

Die zwei Tage, die ich Grey gegeben habe, sind vorbei. Lou kommt um vor Nervosität, sie hat mal wieder kaum gegessen, dafür aber ständig Blickkontakt zu mir gesucht. Ich glaube, sie hätte mich am liebsten gebeten, noch einen Tag dranzuhängen, es dann jedoch gelassen. Seit einer Stunde läuft sie jetzt mit feinem Glöckchengebimmel im Wohnmobil auf und ab, den kleinen Wolf in dem Tragetuch verstaut, das ich ihr aus einem Laken gefertigt habe. Immer wieder murmelt sie etwas vor sich hin, beruhigende Worte für Grey, die ich nicht verstehe. Aber ich liebe diesen Tonfall. Und irgendwie beruhigt er mich auch, denn ohne es zu wollen, bin ich fast genauso aufgeregt wie Lou, auch wenn ich ihr das nie zeigen würde.

Gegen Mittag erlöse ich sie und hole die Küchenwaage aus dem Schrank. »Komm, es ist so weit.« Betont ruhig stelle ich die digitale Waage mitten auf unseren Esstisch.

Lou steht mit blassem Gesicht davor und drückt Grey an sich.

»Setz ihn drauf!«, weise ich sie an, als sie keine Anstalten macht, den Wolf loszulassen. Ich weiß, dass ich mit meiner kühlen Art nur meine eigenen Gefühle ausblenden will, doch ich kann nicht anders. Wenn Grey wirklich abgenommen hat, schaffe ich es nur so, ihn auch tatsächlich im See zu ertränken. Die Vorstellung ist noch übler, als Lou wie eine Mastgans zum Essen zu zwingen.

Lous Hände beben wie Zitteraale, als sie den Wolf auf die Waage setzt.

»Du musst ihn schon loslassen, Louisa!«

Mit sichtbarem Widerwillen lässt sie das Fellknäuel los und sieht mich mit großen Augen an, als könnte sie mich notfalls mit flehenden Blicken umstimmen.

Ich drücke den Knopf und halte den Atem an. *Siebenhundert Gramm!* Ich danke dem Himmel. *Er wird es schaffen. Gott sei Dank wird er es schaffen!*

»Er hat zweihundert Gramm zugelegt«, sage ich sachlicher, als mir zumute ist. »Das ist sehr gut.«

»Wirklich?« Lou leckt sich nervös über die Lippen. Ängstlich schaut sie mich an und ich nicke. Was soll ich auch sonst tun?

»Du wirst ihn nicht im See ertränken?«, hakt sie noch einmal nach und greift nach Grey, als würde sie mir nicht trauen.

»Nein.« Ich bin schneller, nehme das Junge hoch und überreiche es ihr wie ein Geschenk. »Ich denke, er ist über den Berg. Jetzt können wir nur hoffen, dass er die Milch weiterhin verträgt. Du solltest ihn trotzdem noch ein paar Tage häufiger füttern.« Ich mustere sie prüfend und mir fällt auf, wie müde sie aussieht. »Vielleicht alle zwei Stunden. Ich helfe dir auch, wenn du willst. Ich könnte einen Teil der Nacht übernehmen.«

Sie zwinkert ein paar Mal und unterdrückt ein Gähnen. »Gerne«, nuschelt sie undeutlich. »Es wäre toll, mal wieder ein paar Stunden am Stück zu schlafen.«

In dem Moment fühlt sich das zwischen uns an, als wären wir Freunde, die für eine gemeinsame Sache kämpfen. Es ist, als hätte sie keine Angst mehr vor mir. Ein Funken Hoffnung stiehlt sich in meine Brust, macht mir das Atmen leicht. »Okay«, sage ich und fühle mich so gelöst wie schon lange nicht mehr. »Dann übernehme ich die zweite Hälfte der Nacht.«

Sie nickt, wirkt offen und entspannt.

Ich wage mich weiter vor. »Willst du heute Abend mit mir draußen essen?« Nur um etwas zu tun, nehme ich die Küchenwaage und verfrachte sie in den unteren Schrank. »Wir könnten auf Greys Lebenswillen anstoßen«, schlage ich vor und hoffe, den richtigen Ton zu treffen. Als sie nichts sagt, richte ich mich wieder auf.

Sie klammert sich Hilfe suchend an Grey. *Ach verdammt …*

»Hey, Lou!« Ich mache einen Schritt auf sie zu und zupfe ihr aus einem inneren Drang an einer fransigen Strähne, die fast die Schulter berührt. »Nur essen und anstoßen. Vielleicht auch ein bisschen lachen – mehr nicht«, sage ich leise.

»Essen und anstoßen«, wiederholt Lou etwas atemlos. »Aber nur, wenn du mir nichts in mein Getränk mischst.«

Das kann sie doch nicht immer noch denken! »Ich dachte, wir

hätten das Thema hinter uns gelassen«, sage ich missgelaunt.

»Und ich dachte, du würdest mich nicht anfassen«, gibt sie piepsig zurück. Unregelmäßige rote Flecken leuchten auf ihren Wangen, einer davon hat die Form Afrikas. Ich erinnere mich daran, wie schwer es mir selbst fällt, jemandem zu vertrauen.

Entschuldigend hebe ich die Hände. »Tut mir leid, ich wollte einen Spaß machen. Außerdem war es nur dein Haar.«

»Kein guter Spaß«, presst sie hervor und drückt Grey fest an ihre Brust.

Ich nicke knapp. »Ja, sehe ich genauso. Sorry, dass ich dich aufziehen wollte.«

Eine Weile stehen wir voreinander und keiner sagt ein Wort. Hätte ich doch bloß meine Finger bei mir gelassen! Ich war so kurz davor, ihr Vertrauen zu gewinnen. Jetzt steht sie da und schaut überall hin, nur nicht zu mir.

Klar, sie glaubt ja zu wissen, was ich von ihr will. Und ich habe ihr gesagt, ich würde warten, bis sie bereit ist. Aber es geht hier nur um ein Abendessen und ein Bier. Was soll da bitte schön schlimm dran sein? Das zieht nicht zwangsläufig Sex nach sich, oder?

Irgendwann ertrage ich es nicht mehr, sie so verlegen vor mir stehen zu sehen.

»Und was ist jetzt mit heute Abend?«, frage ich und ärgere mich gleichzeitig über das flattrige Gefühl in meiner Brust. Ich versuche es mit Gewalt zurückzudrängen, aber vermutlich könnte ich eher einem Grizzly befehlen, mir seinen Lachs zu überlassen.

Lou schaut mich wachsam an, als wollte sie ergründen, was in mir vor sich geht. »Nur, wenn du die Kette dabei weglässt«, platzt sie dann unvermittelt heraus. »Also, ich meine … weil doch jetzt die zwei Tage um sind … », stammelt sie und eine zarte Röte legt sich über die hektischen Flecken. »Und du hattest ja zwei Tage gesagt …«

Ich kann sie nur anstarren und daran denken, wie niedlich sie aussieht. Ihre Wangen leuchten und ihre zerzausten blonden Haare stehen durch die kurze Nacht in alle Richtungen ab. Ihre Klamotten sind verschwitzt und zerknittert, sie hat sogar einen Schokoladenfleck am Kinn, wahrscheinlich von den Donuts.

Sie ist so meilenweit von der Lou auf den Fotos entfernt, aber es ist mir komplett egal. Am liebsten würde ich sie jetzt in meine Arme ziehen und sie an mich drücken, damit sie die Nähe eines anderen fühlt und weiß, dass sie nicht allein ist. Und … nun ja … am liebsten würde ich sie küssen.

Es fällt mir unendlich schwer, nur mit den Schultern zu zucken.

»Ich wollte sie tagsüber sowieso erst einmal weglassen«, höre ich mich sagen und frage mich, welcher Teil in mir gerade das Regiment übernimmt. »Zumindest für die Zeit, in der Grey noch so oft gefüttert werden muss. Danach sehen wir weiter.«

Jetzt hat sie dich also endgültig kleingekriegt, Brendan Connor. Fuckin hell – du bist ein naiver Volltrottel. Sie wird fliehen, sobald sie die Möglichkeit hat.

Wird sie nicht!

Doch, wird sie!

Nein, wird sie nicht! Sie fängt an, mir zu vertrauen!

Mein blödes Herz hört einfach nicht auf, zu hoffen!

19. Kapitel

Ich brauche volle Konzentration, aber ich schaffe es, meine Aufgaben zu erledigen und trotzdem immer genau zu wissen, wo Lou gerade steckt. Wasser für die Tanks habe ich auf Vorrat geholt, gechlort und die Kanister einfach in den Stauraum gestellt. Arbeiten wie Wäschewaschen am See verschiebe ich auf einen späteren Zeitpunkt.

Lou ist an diesem Nachmittag ausschließlich mit Grey beschäftigt. Ich sammele Birkenrinde und Brennholz im näheren Umkreis und sehe ab und zu durch die Fenster in den Camper. Lou merkt es überhaupt nicht. Meist kocht sie Wasser auf oder spült Geschirr, manchmal sitzt sie auch auf der Bank und streichelt Grey über das wollige Fell.

Die Sonne steht genau über den dunkelgrünen Baumkronen, als wir uns darauf einigen, am Abend Lous Lieblingsessen zu kochen. Eigentlich schlägt sie es vor und ich verbuche es als weiteren Meilenstein in unserer Geschichte.

»Weißt du, was ich glaube?«, fragt sie, als ich zwischen zwei Brennholzladungen bei ihr vorbeischaue. Sie sitzt im Schneidersitz auf der Bank und krault Grey den Nacken. Ich wische mir den Schweiß von der Stirn und schüttele den Kopf.

»Ich glaube, dieser Wolf ist in den letzten Stunden zehn Zentimeter gewachsen!« Sie schaut mich mit so ernster Miene an, als wäre es eine verdammt große Sache. »Doch, ehrlich!«

Sie tätschelt Grey das Köpfchen und ich muss grinsen. Ich weiß nicht, was los ist, aber irgendetwas passiert. Mit mir. Mit Lou. Mit uns.

Am Abend habe ich einen gigantischen Vorrat an Brennholz gesammelt, den ich fein säuberlich erst mal hinter dem Camper aufeinanderschichte. Im Stauraum ist nicht genug Platz und ich überlege mir, in den nächsten Tagen einen niedrigen Schuppen zu zimmern, damit wir das Holz auch bei Regen trocken lagern können. Ich stopfe die Birkenrinde zwischen die Lücken in dem übereinandergestapelten Holz, als ich Lou von drinnen gleichzeitig fluchen und lachen höre. Es ist eine eigenartige Lautfolge, ein bisschen klingt es wie eine Mischung aus Jaulen und Ins-Wasser-Prusten, vermischt mit wildem Glöckchengeläut.

»Bren!«

»Was ist?« Sofort richte ich mich auf und laufe um den Camper herum. Lou kommt durch die Seitentür und deutet beinahe vorwurfsvoll auf Greys Köpfchen, von dem ich aber nur die winzigen Ohren sehen kann.

»Ich weiß nicht, ob mich dieser kleine Kerl mit einem Baum verwechselt, aber er hat mich jetzt schon zum dritten Mal vollgepinkelt!«, schimpft Lou und sieht Grey tadelnd an.

Ich ziehe die Augenbrauen hoch. »Hattest du das Tuch nicht mit Handtüchern ausgestopft?«

»Doch, aber es ist alles nass.« Lou nickt zu einem Stapel feuchter Frotteehandtücher, die seitlich auf der Treppe liegen. »Und eine Stelle vom Tuch hat's auch erwischt.«

Die vollgepinkelte Stelle ist nicht größer als eine Handfläche. »Lass uns zum See gehen und es auswaschen. Wenn du nur diese Stelle bearbeitest, kannst du ihn hinterher gleich wieder reinsetzen.«

Lou schürzt die Lippen. »Also verdient hat er es ja nicht. Da trägt man ihn tagelang spazieren, verwöhnt ihn von vorne bis hinten und was macht er …« Sie verstummt, als würde ihr auffallen, wie ungezwungen sie mit mir redet.

»Du wolltest ihn behalten«, sage ich schnell, damit sie nicht länger darüber nachdenkt. »Und übrigens: Wölfe markieren in diesem Alter noch nicht ihr Revier. Das kommt erst später.«

Lou sieht auf Grey hinab. »Na, hoffentlich pinkelt Grey dann später nicht andauernd in den Camper.«

»Manchmal setzen sie auch Kot ab.«

»Das ist ja eklig!«

»Nein – es ist natürlich.« Ich gehe zum Eimer neben der Feuerstelle und hole den Tiegel mit der Schmierseife heraus, mit der ich normalerweise unsere Wäsche bearbeite. »Komm!« Ich nicke in Lous Richtung. »Gehen wir zum See.«

»Und die Handtücher?«

»Die können wir auch zusammen mit der anderen Wäsche waschen.«

Ich laufe vor und höre an dem feinen Kling-Kling-Kling, dass sie mir folgt. Beim Fichtensaum holt sie auf. Das trockene Holz knackt unter unseren Sohlen, ein aufgescheuchter Zobel springt davon, und über uns zwitschern ein paar Finken in den letzten Ausläufern des Lichts.

Als wir ans Seeufer kommen, drückt Lou mir wie selbstverständlich Grey in die Hände. Ich setze mich auf den umgekippten Stamm am Ufer und nehme ihn auf den Schoß. Vorsichtig streiche ich über sein Fell und schaue Lou dabei zu, wie sie einen Zipfel des Tragetuchs durch den See zieht und ihn danach mit der pastenartigen Seife einreibt. Die tief stehende Sonne lässt ihre Haare golden schimmern. Jetzt, da sie kürzer sind und die hellen Spitzen fehlen, sind sie eine Mischung aus Zimt und Flachs. Ich versinke in diesem Anblick. Lou, die in ihren Caprijeans und der weißen Bluse vor dem See kniet und mit sanften Bewegungen das Tuch durch das Wasser gleiten lässt. Der Wasserfall plätschert vor sich hin und erfüllt den Ort mit einer ruhigen Lebendigkeit.

Ich fühle eine Stille in mir, die ich nicht kenne. Sie hat nichts mit dem Frieden dieses Ortes zu tun. Es ist, als würde ich im Auge eines Tornados stehen, als könnte neben mir die Welt untergehen und es würde mir nichts ausmachen. Der Grund dafür ist Lou. Lou ist wie Heimkommen.

Sie ist viel mehr als das Alaskamädchen oder das Sonnenmädchen. Jetzt kommt es mir albern vor, sie je so genannt zu haben. Habe ich wirklich einmal geglaubt, ich würde sie kennen? Damals wusste ich noch nicht, wie fürsorglich sie sein kann. Auch nicht, dass sie selbst ihrem ärgsten Feind in der Not hilft. Ich dachte, für sie wäre alles leicht, aber von ihrer Tapferkeit wusste ich nichts.

Als Grey an meinen Fingern leckt, reißt er mich aus meinen abschweifenden Gedanken. Er hat doch nicht etwa schon wieder Hunger? Ich unterdrücke ein Grinsen und spiele ein bisschen mit ihm, lasse ihn mit seinen Milchzähnchen in meinen Zeigefinger beißen, nur um meine Hand dann zurückzuziehen.

»Wenn er ordentlich zulegt, können wir seine Nahrung bald umstellen«, überlege ich laut und kraule ihm die Öhrchen, als er genug vom Spielen hat. »Normalerweise füttern die Eltern die Welpen nach acht bis zehn Wochen mit ausgewürgtem Fleisch.«

Lou hält in ihrer Arbeit inne und schaut stirnrunzelnd über die Schulter zurück. »Wenn du glaubst, ich würge Grey Kaninchen hoch, hast du dich geschnitten«, sagt sie bestimmt. »Das kannst gerne du übernehmen.«

»Vielleicht!« Ich strecke die Arme aus, um sie zu dehnen, danach krame ich die Zigaretten aus der Brusttasche meines Leinenhemds. Gegen das Licht betrachte ich Lou. Sie hat sich nicht wieder umgedreht, sondern sieht mich direkt an. Ihr Gesicht liegt im Schatten, die Sonne strahlt von hinten auf ihre Haare. Ihre Augen schimmern wie zwei blaue Öltropfen. Irgendetwas liegt in ihrem Blick, aber es ist keine Abscheu. Es ist sanft und ruhig, vielleicht sogar neugierig. Ein Schauer rieselt durch mich hindurch und lässt mein Herz flattern. In dem Moment weiß ich, dass ich alles für sie tun würde. Alles, bis auf eins: sie gehen lassen. Immer mehr glaube ich daran, dass es mit uns funktionieren könnte. Und immer mehr will ich wissen, wer Lou wirklich ist.

Für den Bruchteil einer Sekunde frage ich mich, was geschehen wäre, wenn ich sie nicht entführt hätte. Hätten wir den Sequoia National Park gemeinsam erkundet und uns entschlossen, den Sommer Seite an Seite zu verbringen? Wäre vielleicht mehr daraus geworden? Hätte ich die Lou kennengelernt, die sie einmal war? Habe ich diese Lou für immer verloren?

Warum habe ich mir all diese Fragen nicht gestellt?

Ich stecke mir die Zigarette in den Mund, ohne den Blick von Lou zu nehmen, und hole mein Feuerzeug vorsichtig aus der oberen Cargotasche. Grey stört sich nicht daran und bleibt entspannt liegen.

Natürlich kenne ich die Antwort: Weil meine Flashs sowieso alles kaputt gemacht hätten. Es hätte niemals funktioniert. Wenn es nicht in Ash Springs geklappt hätte, wieso dann in Lodgepole oder sonst wo? Ich bin krank, ein normales Leben kommt für mich nicht infrage. Viele Menschen machen mir Angst, jeder Geruch kann ein Trigger sein. So, wie ich jetzt hier sitze, kann ich mir das kaum vorstellen. Zum ersten Mal seit ewiger Zeit fühle ich mich, wie ich glaube, dass sich ein normaler Mensch fühlen sollte. Real. Echt. Ich habe echte Gefühle. Ich kann lachen, mich freuen, mich über kleine Dinge ärgern. Ich kann grinsen und spotten. Ich bin nicht länger der Geist, der früher im Winter durch die Einsamkeit gestreift ist und nicht wusste, ob er schon ein Teil der Wildnis ist oder nicht.

Und das alles verdanke ich dem Mädchen, das ich entführt habe.

Ihr Blick, der die ganze Zeit an meinem Gesicht festgehalten hat, wandert hinab auf meine Finger.

»Was machst du eigentlich, wenn dir die Zigaretten ausgehen?«, fragt sie auf einmal wie aus heiterem Himmel. »Oder das Feuer?«

Ich lächele, obwohl ich misstrauisch bin. Ich glaube kaum, dass ihr Interesse mit meinen Bedürfnissen zu tun hat, so weit sind wir dann doch noch nicht. »Feuer kann ich auch mit zwei Steinen machen, keine Sorge«, kläre ich sie auf. »Allerdings habe ich genug Nachfüllgas dabei. Und was die Zigaretten angeht …« Ich sehe sie so lange an, bis sie wegschaut und sich wieder intensiv mit dem Tuch beschäftigt. »Sollte deine Frage nicht lauten: Wann musst du wieder in einen Supermarkt?« Ich zünde die Kippe an. Normalerweise hätte mich ihr gespieltes Interesse wütend gemacht, aber heute kann mich nichts aus der Ruhe bringen.

Lou schweigt und ich schaue zu, wie sie in den Rauch der Zigarette gehüllt wird, der in ihre Richtung weht.

»Das ist nicht gut für Grey«, sagt sie geringschätzig und wedelt den Rauch mit einer Hand durcheinander.

»Er wird schon keinen Lungenkrebs bekommen«, gebe ich lässig zurück. »So alt werden Wölfe nicht.«

Lou zieht das Tuch bedächtig durch den See. Das Plätschern vermischt sich mit dem des Wasserfalls.

»Und wann musst du wieder in den Supermarkt?«, fragt sie nach einiger Zeit wie beiläufig.

Genüsslich ziehe ich an der Zigarette. »Wenn ich es darauf anlegen würde, überhaupt nicht mehr.«

»Was?«

Das unterschwellige Entsetzen in dem *Was* ärgert mich jetzt doch ein bisschen. »Wir haben Fleisch und Wildkräuter. Fichtennadeln für Tee. Himbeeren, Heidelbeeren und Hagebutten gibt es auch«, sage ich und deute in den Wald. »Nicht weit von hier ist eine Wildwiese mit essbaren Beeren, von denen du wahrscheinlich noch nie gehört hast. Im Winter brauchen wir kein Tiefkühlfach für das Fleisch, weil es draußen kalt genug ist. Übrigens kann man sogar die Bastschicht vieler Bäume essen, also die feuchte Schicht zwischen Holz und Rinde. Wusstest du das?«

Lou schluckt. »Und was ist mit Klopapier, Binden und Seife?«, fragt sie mit dünner Stimme.

»Das kann man alles durch Stoff und Natur ersetzen. Früher gab es all diesen Luxus auch nicht.«

»Und Wasser?«

Ich zeige auf das schimmernde Gewässer. »Süßwasser. Das gibt's hier überall.«

Lou wringt das Tuch aus und ich sehe, wie sie mit aller Macht versucht, ruhig zu bleiben. »Du meinst also, man kann das Wasser trinken?«, will sie wissen.

Ich zucke mit den Schultern. »Hab ich jedenfalls schon gemacht.«

»Und was ist mit Bakterien?«

Sie lässt echt nicht locker. Ich weiß nur nicht, worauf ihre Fragerei abzielt. »Die können natürlich drin sein, aber wir könnten das Wasser ja auch abkochen, wenn dir das lieber ist. Außerdem habe ich stapelweise Tabletten zum Desinfizieren besorgt.«

Lou ist ganz blass um die Nasenspitze. »Die habe ich noch gar nicht gesehen«, murmelt sie und fischt das Tuch aus dem Wasser.

Ich lächele ihr zu. »Bisher haben wir sie ja auch nicht gebraucht. Ich habe noch einige Gallonen Wasser im Stauraum.«

Abrupt steht Lou auf, knotet die Enden des Tuchs zusammen und legt es sich so um, wie ich es ihr gezeigt habe. Energisch zieht sie so lange daran herum, bis die nasse Stelle auf ihrem Rücken ist.

»Kann ich Grey haben?«, fragt sie mit ausgestreckten Armen.

»Klar.« Ich lege ihn ihr direkt in die Hände.

Sorgsam verstaut sie ihn in dem Tuch und ich sehe nur noch seine Umrisse. Er zappelt darin wie ein Kind im Mutterleib. Als er nicht aufhört, greift Lou beherzt in die Tiefe der Schlinge und beendet sein Gezappel mit einem Lächeln. Wahrscheinlich lag er zuvor wie ein Käfer auf dem Rücken.

Als sie wieder aufschaut, ist ihr Gesicht ernst. »Ich weiß, wo du mich entdeckt hast«, sagt sie übergangslos mit unbewegter Miene.

Die Erkenntnis bringt mich völlig aus dem Konzept. Nicht, dass sie es herausgefunden hat, sondern dass sie es bis jetzt nicht preisgegeben hat. »Bist du durch die Fotos in der Zeitung darauf gekommen?« Es ist die einzig logische Erklärung, denn auf dem ersten Bild trug sie die korallenfarbene Bluse – die, die ich nachgekauft habe. Ganz sicher hat sie eine Verbindung zwischen den Fotos hergestellt und brauchte nur eins und eins zusammenzuzählen.

Ihr Nicken bestätigt meine Vermutung.

»Gut.« Sie kombiniert doch besser, als ich dachte.

Pass auf!

Die Stimme, die schon länger geschwiegen hat, echot in meinem Kopf. Sie hat sich nichts anmerken lassen, sie ist eine gute Schauspielerin. Vielleicht sollte ich ihr doch wieder Ketten anlegen.

»Ich möchte nicht mit dir darüber reden«, erklärt Lou und unterbricht dadurch meinen Gedankengang. Sie schaut kurz zu Grey hinunter, wie um sich zu sammeln. »Wie lange hast du dich auf meine Entführung vorbereitet?«, fragt sie dann so vorsichtig, als fürchtete sie, ich könnte ausrasten. »Wann war dir klar, dass du es wirklich tun würdest?«

Jetzt sieht sie mir fester in die Augen als je zuvor. Es kommt mir vor, als würde sie mich mit diesem Nordhimmelblau hypnotisieren.

»Ich wollte dich haben. Ganz für mich allein. Für immer«, höre ich mich sagen und es klingt in meinen Ohren ganz fern. So fern, wie ich mich von damals entfernt fühle. »Als ich das für mich entschieden hatte, habe ich begonnen, mich vorzubereiten. Ich habe mir überlegt, was ich in einem gewöhnlichen Sommer in der Wildnis verbraucht habe. Das habe ich dann nicht nur verdoppelt, sondern mit einer Zahl, die dir nicht gefallen würde, multipliziert.« Wir schauen uns immer noch an. »Ich habe das, was Mädchen brauchen, dazugerechnet, und auch das, was wir im Winter benötigen. Wahrscheinlich werde ich im Laufe der Monate merken, dass doch etwas fehlt – aber es ist auch nicht schlimm, wenn ich es nachträglich besorgen müsste.«

»Und wann hast du dich dazu entschieden, mich zu entführen?« Sie blinzelt verunsichert.

Ein Eichhörnchen springt über uns von Ast zu Ast und ein paar Atemzüge lang sehe ich mich um. Ich kann nicht glauben, dass es dieser lebendige Ort war, an dem mich das kalte *404 Not found* so am Boden zerstört zurückgelassen hat. Es sind dieselben Bäume, es ist dieselbe Luft, derselbe Himmel. Und doch liegen Welten zwischen damals und heute. Es gibt den Brendan auf der Klippe in der Vergangenheit und es gibt den auf der anderen Seite, in einer Zukunft, die ich nicht kenne. Ich komme mir vor, als würde ich auf einem Drahtseil über einem Abgrund von einer Seite zur anderen balancieren, aber ich bin noch nicht angekommen. Noch kann ich fallen, stürzen, versagen. Ich kann den Brendan auf der anderen Seite erkennen, schemenhaft, doch es sind noch viele Schritte auf dem Seil, und dazwischen liegt Nebel.

Ich schaue Lou an, sie wartet immer noch auf eine Antwort.

»Du warst plötzlich aus dem Netz verschwunden«, sage ich leise. »Es kam mir vor, als hättest du mich verlassen. Das konnte ich nicht zulassen.«

»Ich musste mich bei Facebook abmelden. Mein Bruder hat mich dazu gezwungen.«

Ethan, denke ich sofort. Das wusste ich natürlich noch nicht.

Komischerweise ist mein Groll, diese nagende Eifersucht, die ich immer empfunden habe, wenn es um ihre Brüder ging, verschwunden.

»Du hättest mich nicht entführt, wenn du mich weiterhin auf Facebook gesehen hättest?«, fragt Lou jetzt weiter.

Ich wünschte, sie würde damit aufhören. Es ist zu verrückt, ich will sie nicht damit konfrontieren. Andererseits: Ich habe sie entführt, das ist Tatsache. Wieso sollte sie nicht die ganze Wahrheit erfahren?

Ich gehe einen Schritt auf sie zu, wie um mein Entgegenkommen zu demonstrieren, doch Lou versteht es völlig falsch. Sie weicht mir aus und stößt mit dem Rücken gegen einen Stamm.

»Komm nicht näher, bitte …« Die Hilflosigkeit in ihrer Stimme ist unüberhörbar. Der Puls an ihrer Kehle zuckt.

Augenblicklich weiche ich zurück, ich will nicht, dass sie wieder Angst vor mir hat. »Das kann man so nicht sagen, Louisa«, antworte ich sanft. Wahrheit bedeutet Nähe, für die Lou vermutlich noch nicht bereit ist. »Es gab noch eine andere Sache, etwas länger zuvor, die mich überhaupt erst auf die Idee gebracht hat.«

»Was?« Ihr Gesicht ist verkrampft, ein Fichtenzweig streift mit dem Windspiel immer wieder über ihre Wange.

Ich schüttele den Kopf. »Das sage ich dir sicher nicht jetzt, wo du vor Angst kaum noch atmen kannst.« Ich nicke in Richtung Camper. »Wir sollten jetzt zurückgehen und das Essen vorbereiten. Das heißt, wenn du immer noch möchtest.«

Als sie Grey aus dem Tuch nimmt und ihn zitternd an ihre Brust drückt, fährt mir ein dumpfes Gefühl ins Herz. Ich kann mir vieles einreden und wünschen, aber Lou wird noch lange brauchen, um sich an mich zu gewöhnen. Und sie wird auch noch lange trauern. Wie lange, kann ich nicht sagen. Als ich versuche, mich an meine eigene Trauer zu erinnern, finde ich nur ein großes schwarzes Loch in meiner Seele. Ein Loch wie eine Falltür zu einem finsteren Raum.

Du hältst das nicht aus, flüstert der Junge aus seinem Versteck zu mir nach oben und plötzlich sehe ich ihn vor mir stehen. Mit seinen verschnittenen Haaren und den dreckigen Hosen. Er hebt abwehrend die Hände, als ich ihn mustere. *Du kannst nicht reinkommen. Zu gefährlich.*

20. Kapitel

Als ich das Nudelwasser aufsetze, ist es schon beinahe dunkel. Ende Juli bedeutet das im Yukon, es ist nach zehn Uhr abends.

Aus einem oberen Schrank hole ich ein Glas mit eingelegten Knoblauchzehen und ein Brett; das passende Messer hake ich von meinem Gürtel ab.

Unauffällig sehe ich zu Lou rüber, die am Tisch sitzt und getrocknete Tomaten schneidet. Immer wieder wirft sie währenddessen einen Blick auf Grey, der an meinem Fleecepullover herumschnüffelt.

»Wir müssen noch Pinienkerne rösten«, fällt mir plötzlich ein, als ich gerade das Glas mit den Knoblauchzehen aufdrehen will.

Lou steht ruckartig auf und ihre Glöckchen bimmeln. »Soll ich sie holen?«, fragt sie sofort. Es kommt mir ein bisschen zu spontan vor.

»Sie sind in einem Pappkarton ganz vorne im Stauraum. Ich habe *Küche 5* darauf geschrieben«, sage ich und mustere sie aufmerksam.

»Okay.« Sie nickt. Etwas zu hastig.

Pass auf!

Als hätte ich keine Zweifel an ihren Absichten, hake ich den Schlüssel für den Stauraum von meinem Gürtel. Mit einer Selbstverständlichkeit, für die ich ein Schulterklopfen verdient hätte, drücke ich ihn ihr in die Hand und sage nichts weiter.

Lou verschwindet in dem graugrünen Zwielicht. Ich bleibe im Camper, halte inne und lausche auf das Klingeln der Schellen. Es bewegt sich mit Lou um das Wohnmobil herum. Okay, sie geht also wirklich nach hinten. Ich greife das Glas und drehe es mit einem harten Ruck auf. Mit der Gabel spieße ich eine Zehe auf und horche erneut. Ah, sie schließt die Heckklappe auf. Aber was, wenn sie jetzt trotz der Glöckchen einfach in die Dunkelheit rennt?

Wenn mich ein Flashback ausknockt, kann ich sie nicht mehr einfangen. Dann wäre sie allein in der Wildnis. Ich habe nicht mal so sehr die Sorge, dass sie die Straße findet und von dort aus zur nächsten Polizeistation trampt. Vielmehr habe ich Angst, sie könnte sich im Yukon verlaufen und nachts erfrieren. Selbst auf der unbefestigten Waldstraße ist es unheimlich weit bis zum Highway.

Für einen Augenblick ist es totenstill bis auf das Blubbern des kochenden Wassers. Ich kann die Glöckchenbänder nicht mehr klingeln hören.

Was macht sie?

Der laute Ruf eines Käuzchens schallt dreimal hintereinander durch die Nacht.

Ganz leise hake ich das Messer an den Karabiner und gehe so geräuschlos hinaus, als würde ich jagen. Ich umrunde den Camper, und als ich Lou vor der geöffneten Heckklappe entdecke, atme ich innerlich auf. Ein paar Sekunden lang hatte ich wirklich befürchtet, sie hätte eine Dummheit begangen. Erleichtert stelle ich fest, dass sie auch nicht in einer anderen Kiste herumstöbert, sondern tatsächlich in der, die ich ihr genannt habe.

Wortlos bleibe ich an der Seite stehen. Ich weiß, sie wird sich erschrecken, wenn sie sich umdreht, aber trotz aller Zuversicht und ihrer wachsenden Gelöstheit soll sie nicht vergessen, dass ich sie beobachte. Immer. Auch, wenn sie sich dessen nicht bewusst ist.

Ich sehe zu, wie sie mit den Pinienkernen in der Hand den Karton zuklappt, die Heckklappe zuwirft und ordentlich abschließt.

Sie dreht sich um und zuckt zusammen.

»Hat ziemlich lange gedauert«, sage ich nur.

Sie starrt mich an, als wollte ich sie wieder mit irgendetwas betäuben, doch ich kann zusehen, wie sie ihre Erschrockenheit mit einem kurzen Aufatmen abschüttelt. »Ich habe ein bisschen in der Kiste gewühlt.« Demonstrativ hält sie mir die Päckchen mit den Pinienkernen unter die Nase und händigt mir den Schlüssel aus.

»Ich wollte nur sichergehen, dass du die richtige Kiste erwischst.« Ich winke sie gespielt galant vor mich und sie geht mit steifen Schritten an mir vorbei.

Hat sie daran gedacht, wegzulaufen? Hat sie deswegen so lange gebraucht? War es ein Kampf in ihrem Inneren? *Lauf! – Bleib da! – Lauf?* Und wenn sie wirklich daran gedacht hat, warum ist sie geblieben? Wegen der Dunkelheit oder wegen Grey?

Ausgerechnet heute sind die Kriebelmücken eine Plage und wir essen trotz anderer Planung im Camper. Lou hat Grey auf ihren Schoß gesetzt und isst schweigend ihre Nudeln, doch mir fällt auf, wie sie schlingt. Zum ersten Mal scheint es ihr wirklich zu schmecken. Es freut mich mehr, als ich gedacht habe, und ich beobachte sie aus den Augenwinkeln. Mir fällt noch etwas anderes auf: Ihre

Hände zittern nicht ein einziges Mal.

Als sich unser Blick über den Tisch hinweg zufällig trifft, lächelt sie mich an. Kaum merklich, aber es ist ein Lächeln. Ein Lou-Lächeln. Ich lächele zurück und komme mir in diesem Augenblick vor wie der normalste junge Mann auf der ganzen Welt.

Später, als ich die Scheite für das Lagerfeuer neu aufschichte, kniet Lou sich neben mich und greift in den Stoffbeutel mit dem Zunder, der zwischen uns liegt.

»Soll ich?«, fragt sie zögerlich und schaut mich an.

»Klar.« Ich zeige auf die kleinen Hölzer und Zweige, die ich um die dicken Holzscheite arrangiert habe. »Leg die Birkenrinde dazu, dann brennt das Feuer doppelt so schnell.«

Lou zieht ein paar Rindenstücke aus dem Beutel und verteilt sie ungeschickt rund um die dürren Ästchen.

»Statt Birkenrinde kannst du auch trockene Gräser, die Samen von Löwenzahn oder Silberdistel verwenden«, erkläre ich ihr. »Man kann ein Feuer auch ohne Zunder in Gang bringen, aber dafür braucht man auf jeden Fall trockene Äste und Zweige. Allein mit den Scheiten ist es schwierig.« Ich nicke ihr zu. »Ich glaube, das reicht.«

Ohne etwas zu sagen, zieht sie die Hand zurück und beobachtet mich, wie ich den Zunder unter einer Schicht dürrer Espenäste in Brand stecke. Sofort qualmt ein beißender Rauch hervor und die ersten hellroten Flammen züngeln nach oben. »Die helle Farbe kommt von der Birkenrinde. Sie enthält ätherische Öle und brennt fast so wie ein Lappen, den man in Petroleum getunkt hat.«

Lou nickt.

Eine Weile schauen wir den aufsteigenden Flammen zu, dann gehe ich rein und hole uns zwei Bier aus dem Kühlschrank. Es sind die vorletzten Dosen, wenn ich danach Alkohol trinken will, muss ich auf den kanadischen Roggenwhisky umsteigen.

Wie selbstverständlich drücke ich Lou das Bier in die Hand und lasse mich in den Campingstuhl fallen. Während ich die Dose öffne und den ersten Schluck trinke, rutscht Lou ein paar Mal auf dem Stuhl hin und her, bis sie mit Grey auf dem Schoß eine geeignete Position gefunden hat. Sie öffnet die Bierdose und schiebt die freie Hand zu Grey unter die Decke. Zum allerersten Mal sitzt sie ganz entspannt bei mir am Feuer.

»Er tut dir gut«, stelle ich fest. »Grey. Du lächelst jetzt öfter.«

Statt zu antworten, trinkt sie einen Schluck Bier. Dabei fällt mir auf, dass sie nie in einem Post erwähnt hat, ob sie Alkohol trinkt. Vermutlich eher nicht, immerhin ist sie erst sechzehn. Ethan wird bestimmt mit Argusaugen darüber gewacht haben, schließlich ist es in ihrem Alter verboten und ihr ältester Bruder sicher niemand, der mal ein Auge zudrückt.

Sie setzt die Dose wieder ab und kaut auf ihrer Unterlippe herum. »Ich fühle mich nicht mehr so allein«, sagt sie schließlich und es klingt wie ein Geständnis.

Es ist seltsam, sie das sagen zu hören. Als wäre ich ihr Freund. »Verstehe ich.« Ich nicke. »Ich hatte auch mal einen Hund. Sein Name war Blacky.« *Und mit ihm war selbst die Hölle ein besserer Ort.*

Lou mustert mich auf eine Art, wie sie es noch nie getan hat. »Ich nehme an, er war schwarz«, sagt sie und ich höre einen Hauch Spott heraus.

Ich schüttele den Kopf. Sie versucht, mich aufzuziehen, allein das ist ein Wunder. »Nein, es war ein Retriever-Mischling«, entgegne ich. »Er hatte alle Farben – außer Schwarz.« Das Monster hat ihn Skyler genannt, aber für mich war er immer nur Blacky.

»Dann warst du also schon immer anders.« Eine Feststellung, keine Frage.

»Wie meinst du das?« Ich merke, wie ich starr werde, so wie immer, wenn es um mich und meine Vergangenheit geht.

Sie trinkt noch einen Schluck Bier und sieht ins Feuer. »Na ja, jeder andere hätte ihn Goldie oder Brownie genannt. Jeder andere hätte mich im Visitor Center einfach um ein Date gebeten, anstatt mich zu entführen. Ich nehme an, du weißt, dass ich damals nicht *Nein* gesagt hätte, oder?«

»Ich wollte aber mehr als ein Date«, sage ich mit rauer Stimme. *Ich wollte dich für immer.*

Lou atmet tief durch. »Warum hast du solche Angst davor, verlassen zu werden? Wieso bekommst du Flashbacks allein von der Vorstellung, jemanden zu verlieren.«

Druck baut sich in mir auf, wie in einer zugedrehten Sprudelflasche, die geschüttelt wird. Ich will nicht über meine Vergangenheit sprechen, auch wenn Lou es verdient hätte, etwas über mich zu erfahren. Unwillkürlich krampfe ich meine Finger hart um die Bierdose und schaue konzentriert auf die Oberseite mit der schmalen Öffnung. »Ich kann nicht darüber reden.« Die Worte stolpern aus mir heraus. Leise, aber entschieden.

»Kannst du nicht oder willst du nicht?«, höre ich Lou fragen. Sie klingt so offen, so ehrlich interessiert. Ausgerechnet mir gegenüber.

Ich kann nicht, sollte ich sagen, aber ich bringe die Worte nicht heraus. Der Riegel ist eingerastet. Zwischen uns entsteht ein Schweigen, in dem das Knistern des Feuers doppelt so laut erscheint. Ein Scheit platzt auf und Funken sprühen in die Nachtluft, wieder ruft das Käuzchen, das ich schon vorhin gehört habe.

»Manchmal ist es gut, Dinge auszusprechen«, sagt Lou nach einer Zeit, die mir ewig vorkommt. »Mir hilft das oft.«

Ich schaue in mich hinein, in die Dunkelheit, und erhasche einen Blick auf den Jungen in seiner dreckigen Hose. Zusammengekauert sitzt er in der Schwärze des Abstellraums und schaukelt vor und zurück. Vor und zurück. Er friert, er hat Hunger, sein Herz ist blind und taub. Der Geruch von Schimmel und Holzöl steigt mir in die Nase. Alles in mir zieht sich zusammen.

»Ich kann nicht.« Es ist ein Flüstern, das aus mir herauskommt. So, als hätte nicht ich das gesagt, sondern er, direkt aus der Tiefe. Meine Hand packt die Dose so fest, dass sie mit einem Knacken eingedellt wird. »Ich habe es schon so oft versucht.«

Lou atmet langsam durch die Nase ein und aus, als müsste sie sich ebenfalls zwingen, dieses Gespräch zu führen. Wieder frage ich mich, was in der Nacht meines Flashbacks passiert ist.

»Vielleicht solltest du es erst einmal nur für dich aussprechen«, sagt sie sanft. »Ohne dass dir jemand zuhört.«

Ich schließe für einen Moment die Augen. »Gute Idee, funktioniert aber nicht.« Ich hebe den Kopf und lächele sie an. Es fühlt sich an wie ein Krampf im Kiefer, als hätte ich in eine Zitrone gebissen. »Wenn ich meine Stimme hören würde, wie sie all diese Dinge beim Namen nennt, wäre es so«, ich schüttele abwehrend den Kopf, ich will nicht weiterreden, aber etwas in mir zwingt es heraus, »als würde ich mich selbst vergewaltigen … als würde ich mir alle Knochen brechen … mich zermalmen, bis nichts mehr übrig ist als ein Haufen Asche und Staub … Ich wäre nichts mehr hinterher.« Ich halte inne, bin schockiert über meine ungeschönten Worte. Mit einem dumpfen Gefühl im Bauch schüttele ich den Kopf. Wie bringt Lou mich dazu, Dinge auszusprechen, die ich kaum denken würde?

Eine ganze Weile traue ich mich nicht, in ihre Richtung zu sehen, als wäre das, was ich gesagt habe, eine Schande. Eine Schwäche. Ich schäme mich. Vor mir selbst, vor der Welt, vor jedem einzelnen Menschen. Doch diese Art der Scham ist schwer zu erklären. Mit einem tiefen Atemzug schließe ich auch meine andere Hand um die Bierdose und klammere mich mit aller Macht daran fest. Ich schäme mich dafür, dass ich zu schwach war, mich zu wehren, ich schäme mich dafür, in die Hosen gemacht zu haben, für den Gestank, den Dreck und meine Feigheit. Ich schäme mich wegen Jordan Price und selbst dafür, mein Essen im Müll gesucht zu haben. Ich schäme mich für mich selbst, weil ich nichts bin. Und ich schäme mich dafür, dass mich meine Eltern im Stich gelassen haben, ich es nicht wert bin, geliebt zu werden. Und auch wenn mein Verstand begreift, dass ich nichts dafürkonnte, mein Gefühl sagt etwas anderes. *Schwächling. Hosenscheißer. Bastard.* Die Worte kreisen wie Schmeißfliegen in meinen Gedanken, immer.

»Wenn du sagst, dass du hinterher nichts mehr bist«, höre ich Lou ganz ruhig sagen, »wer bist du jetzt? Wer bist du, Brendan?«

Ich hebe den Kopf. Sie sitzt da wie vorhin, streichelt Grey über das flauschige Fell. Ihr Blick ruht auf meinem Gesicht, scheu, aber offen.

Einen Augenblick denke ich über ihre Frage nach, froh über die Ablenkung.

»Ich bin jemand, der seine Stärken ebenso gut kennt wie seine Schwächen«, antworte ich dann. Zumindest habe ich noch bis vor Kurzem so über mich gedacht, doch jetzt weiß ich nicht mehr, wo mich das Drahtseil hinführt.

»Und was sind deine Stärken?«, will sie wissen. »Wenn du mir nur drei nennen dürftest, was wären sie?«

»Entschlossenheit, Kontrolle, Kraft.« Das weiß ich sicher.

»Und was sind deine Schwächen?«

Ich überlege kurz. »Die Gegenteile davon.« Es ist mehr eine Frage.

Lou legt den Kopf schräg. »So etwas wie: Unentschlossenheit, Ohnmacht, Unterlegenheit?«

Ich nicke zaghaft, auch wenn ich noch nicht weiß, worauf sie hinauswill.

»Ich denke, du weißt nicht, wie mich meine Brüder charakterisiert haben, denn ich habe nichts davon auf Facebook gepostet.«

Ein Lächeln stiehlt sich auf mein Gesicht, spöttisch und zugleich entwaffnend.

Lou übergeht es. »Ethan sagt, ich wäre oberflächlich, würde meinen Verstand nicht gebrauchen und wäre schwierig.« Sie hält inne, als bräuchte ich Zeit, ihre Worte einzusortieren. »Jayden dagegen sagt, ich wäre lebenslustig, gefühlsbetont und unsicher. Es ist alles dasselbe. Es sind nur irgendwie Licht- und Schattenseiten von ein und demselben Charakterzug.«

Ich muss unweigerlich an die Bilder von Lou auf Facebook denken. Mein Sonnenmädchen im Licht. Ein bisschen naiv, aber lebenslustig. *Für dich ist alles irgendwie leicht, Lou, stimmt's?*

Nachdenklich blicke ich in die Flammen. Zwei Arme aus Feuer schließen sich um ein Scheit, als wollten sie es umarmen. Ich muss an das denken, was mir neulich Abend durch den Kopf gegangen ist. Meine Theorie über Licht und Finsternis und dass das Licht nicht gewinnen kann. »Vielleicht hast du recht«, antworte ich dann. »Aber die Schatten sind immer stärker. Sobald man ein Licht anzündet, um sie zu verjagen, gibt man ihnen nur neue Nahrung. Als würde jeder Funken Hoffnung sie zornig machen …« Da ist immer noch so viel Hass in mir. So viel Furcht. In dem Moment kommt es mir vor, als könnte niemals jemand meine Dunkelheit ausleuchten. Nicht einmal Lou. »Ist es nicht komisch, dass das, was einem helfen sollte, einem erst recht zeigt, wie schwach man ist?«, frage ich leise.

»Vielleicht sind die Schatten ja gar nicht stärker«, entgegnet Lou nach kurzem Überlegen. »Womöglich kannst du sie durch das Licht nur besser erkennen. Und das, was du siehst, macht dir einfach Angst. Also schaust du nicht hin. Doch vielleicht solltest du genau das tun.«

Da ist ein Bild, das in mir aufsteigt. Lou öffnet die Tür zu dem dunklen Raum und hinter dem Spalt steht der kleine Junge. Je mehr Licht in mein Inneres fällt, desto deutlicher kann ich ihn sehen. Ich fühle mich realer, doch es macht mich verletzlich. Und am liebsten würde ich den Riegel für immer geschlossen halten.

Als ich Lou anlächele, liegt eine Schuld darin, die mein Herz schwer macht. »Wenn du das sagst, klingt es so einfach. Genau deswegen wollte ich dich, Lou. Du bist wie das Licht. Wie eine Sonne. Auf deinen Fotos hast du immer so gestrahlt, als wäre das Leben leicht. Als könnte es leicht sein, selbst für mich. Es schien, als wolltest du dem Leben alles abverlangen, ohne an Grenzen zu denken. Du sahst aus, als würdest du nur das Beste vom Leben erwarten.«

Ich weiß nicht, warum ich ihr das sage. Vielleicht, weil dieses Mädchen einfach endlich die Wahrheit verdient. Ich war damals so besessen von ihr. Wenn ich ehrlich bin, wollte ich überhaupt nicht wissen, wer sie ist, auch wenn ich mir das möglicherweise eingeredet habe. Sie sollte so sein wie auf den Fotos. Hauptsächlich deswegen habe ich auch all die Dinge gekauft. Es ging mir um dieses Gefühl. Ich dachte, wenn sie hier bei mir wäre, könnte es auf mich abfärben. Heute kommt es mir irrsinnig vor, jemals so gedacht zu haben.

Vielleicht war es ein Fehler, ihr das zu sagen, wahrscheinlich will sie jetzt gleich wieder reingehen, doch als ich sie ansehe, schaut sie zurück.

»Das hast du aus den Fotos herausgedeutet?« Sie wirkt ehrlich überrascht.

»Und aus dem, was du geschrieben hast.«

»Dann war ich ja wirklich das perfekte Opfer. Ich habe bei dir auch nur das Beste erwartet.« Bitter lacht sie auf.

Der Laut schneidet sich in meine Eingeweide. »Tut mir leid. Ich wollte das ganz sicher nicht ausnutzen … Du bist«, ich stocke, weil mir nichts Originelles einfällt, »einfach … außergewöhnlich.« *Fantastisch!*

Lou scheint es trotzdem zu gefallen. Ihre Augen glänzen in dem tiefsten Blau, das ich je gesehen habe. »Das hat mir noch keiner gesagt.«

»Das wundert mich.« Ungläubig schüttele ich den Kopf. »Ich meine, du hast deine Mutter nie kennengelernt und deinen Vater früh verloren – sorry, ja, das weiß ich alles.« Ich grinse entschuldigend und zum ersten Mal sieht es aus, als läge das Echo eines inneren Lächelns auf ihrem Gesicht. »Ein anderer hätte sich über sein hartes Schicksal, beide Elternteile zu verlieren, beklagt«, rede ich weiter und werde wieder ernst. »Er hätte jedes mögliche Scheitern damit entschuldigt. Du nicht.« Und das alles erkenne ich erst jetzt in seiner vollen Tragweite, wo ich es ihr sage, da ich vorher nur das Fantasiebild von ihr sehen wollte.

Lou zuckt mit den Schultern. »Ich habe meine Brüder. Sie sind meine Familie. Es hat mir nie an etwas gefehlt.«

»Ja, weil du das so siehst. Der Verlust deiner Eltern hat dir nie den Mut am Leben genommen. Du hast nie etwas vermisst.«

Sie sieht mich verwirrt an. »Du stellst mich viel zu gut dar. Es gab nichts zu vermissen. Jeder hat sich immer um mich gekümmert.

Ich bin in einem Haus voller Liebe aufgewachsen. Du täuschst dich in mir.«

»Nein. Ganz sicher nicht. Wenn es jemanden gibt, der das Leben liebt, dann bist du es.« Plötzlich bin ich wieder froh, sie entführt zu haben, denn sonst hätte ich die andere, starke Lou nie kennengelernt. Aber wie kann ich glücklich darüber sein, etwas derart Böses getan zu haben, und es gleichzeitig hassen? Und wie ist es möglich, dass Lou hier bei mir sitzt und mit mir spricht, als wäre nicht ich es gewesen, der sie verschleppt und fünf Tage lang betäubt hat? Der sie in Ketten legt und daran hindert zu gehen?

Als ich einen Blick auf Lou werfe, merke ich, wie sie in ihren Gefühlen versinkt, vielleicht über das nachdenkt, was ich gesagt habe, und traurig wird.

Ich räuspere mich kurz, um ihre Aufmerksamkeit auf mich zu lenken. »Wir sollten heute nicht mehr darüber reden«, schlage ich vor und zeige mit dem Finger auf den schlafenden Wolf auf Lous Schoß. »Das ist Greys großer Tag, oder?«

Sie nickt und scheint dankbar für den Themenwechsel.

»Vielleicht willst du mir die Geschichte erzählen, der er seinen Namen verdankt.«

»Du meinst Jaydens Geschichte?« Die widersprüchlichsten Gefühle spiegeln sich auf ihrem Gesicht. Verwirrung, Verständnis, Trauer.

Möglicherweise war das mit der Geschichte doch keine so gute Idee, denn jetzt muss sie bestimmt erst recht an ihren Bruder denken. Ich will ihr sagen, dass es blöd und gedankenlos von mir war, aber da setzt sie das Bier ab, von dem sie getrunken hat.

Das Glöckchenarmband um ihr Handgelenk klingelt. Doch Lou lächelt. »Einverstanden.« Sie wischt sich mit dem Handrücken über den Mund. »Die Geschichte heißt *Grey,* aber sie handelt nicht von einem Wolf, sondern von einem Indianerjungen.«

Ich fühle mich durch ihre plötzliche Freundlichkeit irritiert. Aus reiner Nervosität zünde ich mir eine Zigarette an und lehne mich in meinem Stuhl zurück.

»Ich bin keine so gute Geschichtenerzählerin,« Lou sieht mich ein bisschen entschuldigend an, »aber diese hier kenne ich fast auswendig.«

»Ich erinnere mich nicht daran, dass mir je eine Geschichte erzählt wurde, also werde ich nicht merken, ob du sie gut oder schlecht erzählst, Lou.« Ich nicke ihr aufmunternd zu.

Lou nickt zurück. Für mehrere Atemzüge schließt sie die Augen und ihre Gesichtszüge glätten sich, leuchten im Licht des Feuers orange und weich. Als sie anfängt zu sprechen, schaut sie in die Flammen und ihre Stimme klingt schlagartig so, als wäre sie weit weg.

»Viele Sommer und Winter, bevor die Schiffe des weißen Mannes den Tod um die Gegend des *Big Muddy Rivers* brachten, lebte einmal ein kleiner Stamm Lakota in der Nähe des Flusstals.«

Ich stoße den Zigarettenrauch aus und strecke die Beine lang nach vorne.

»Hier gab es üppige Wälder mit weißen, hohen Platanen, dickstämmigen Ahornbäumen und Rosskastanien, so weit das Auge reichte. Gab es Lichtungen, blühte dort ein Teppich aus roten Blumen, und im Indian Summer leuchteten alle Bäume wie Fackeln. Der Junge, von dem diese Geschichte handelt, kam nicht wie alle Lakota mit roter Haut zur Welt, sondern mit grauer.«

Wir sehen uns an, doch Lou scheint tatsächlich dort zu sein, am Big Muddy River, was sich wahrscheinlich besser für sie anfühlt als der Yukon.

»Wahrhaftig war sie vollkommen grau, fahlgrau wie Asche, und nicht rötlich wie die reifen Cranberries. Seine Mutter nannte ihn *Delsin*, das bedeutet: Er ist so.«

»Sie nannte ihn nicht *Grey*, obwohl die Geschichte so heißt?«, werfe ich trocken ein.

Lou mahnt mich mit einem Blick ab. »Nein. Sie wusste, dass er mit dem Makel nie einen besseren Namen bekommen würde, und bevor die anderen Kinder ihn *Tote Haut* oder *Grau-Gesicht* nannten, entschied sie sich für Delsin, um den anderen zu zeigen, dass sie ihn so akzeptierte, wie der Große Geist ihn gemacht hatte. Junge Indianer dürfen nach einer ruhmreichen Heldentat einen anderen Namen wählen, doch sie fürchtete, dass es dazu nie kommen würde. Schon als Fünfjähriger wirkte er durch die aschfahle Haut wie ein Greis. Die Mädchen fürchteten ihn und versteckten sich, sobald er in ihre Nähe kam, und die Jungs schlossen ihn aus und bewarfen ihn mit Steinen, wenn er mit ihnen spielen wollte.«

Ich muss schlucken. »Das ist eine traurige Geschichte.« Sie erinnert mich an meine erste Zeit in den Slums. Nachdem ich die Aufnahmeprüfung der Bones bestanden hatte, hätte ich mir auch einen

Namen aussuchen können. Ich hätte nicht mehr Hoover sein müssen, doch ich wollte keinen anderen Namen. Ich wollte meinen. Es gab eine Zeit, in der ich mir nichts mehr gewünscht habe, als zu erfahren, wie meine Mutter mich genannt hat. Als bekäme ich dadurch meine alte Identität zurück. So, als wäre ich dann nicht mehr der Bastard, der Hosenscheißer und der Schwächling. Doch natürlich änderte sich auch hinterher nichts.

Lou schaut mich an, als würde sie wissen, was in mir vor sich geht. Ihre Augen schimmern im Feuer wie zwei tiefe Seen.

»Als Delsin sechs Jahre alt war, starb seine Mutter bei der Geburt seiner Schwester, und so hatte er niemanden mehr, der ihn lieb hatte«, fährt sie fort. »Delsins Vater, der Häuptling des Stammes, schämte sich für Delsin. Am liebsten hätte er ihn schon kurz nach der Geburt ertränkt, aber der Medizinmann des Lagers hatte geweissagt, es würde großes Unglück bringen, wenn er seinen Erstgeborenen ersäufen würde wie einen missgebildeten Hund. Doch wann immer Krieger eines befreundeten Stammes vorbeikamen, um Schlachtpläne zu entwerfen und Verhandlungen zu führen, sagte er zu ihnen: ›Das ist nicht mein Sohn. Er wurde mir vom Großen Geist in die Wiege gelegt und ich muss mich diesem Schicksal beugen und ihn großziehen.‹«

So wie ich wuchs Delsin auf, als wäre er ein Bastard. Ohne Freunde. Isoliert. Dunkelheit hüllt mich ein. Ich verpasse einen Teil der Geschichte, doch dann konzentriere ich mich einfach wieder auf Lous Stimme, halte mich an ihr fest wie in der Nacht im Gewitter, als ich meinen Flashback hatte.

»Auch seine Schwester Alaska – das heißt: dort, wo sich die See bricht – mied ihn, aus Angst, dass die anderen sie sonst ebenfalls ausschließen würden und sie nie einen Mann bekäme, der sie mit in seinen Wigwam nähme«, höre ich Lou reden. »So blieb Delsin sich selbst überlassen und wurde zu einem grauen Schatten, der zwischen dem Wald, den Weidenniederungen und den Zelten hin und her huschte wie ein Geist. Sein Vater stellte ihm täglich eine Schüssel Bohnen vor den Wigwam. Delsin schlich sich nur zum Schlafen hinein und stand lange vor seinem Vater auf, damit er ihm nicht die Augen verdarb, wie dieser immer sagte.

Irgendwann glaubte Delsin selbst, nur noch ein Schatten zu sein. Ein Grauschatten. Und da die Lakota nicht mit ihm sprachen, ging er tief in die Wälder und begann, mit den Tieren und Pflanzen zu reden. Und irgendwann, als die Sonnentage länger wurden, kehrte er einfach nicht mehr zu der Lagerstätte am *Big Muddy River* zurück. Er lebte für sich, aber nicht allein. Er sprach mit Ahorn und Platanen, mit Eulen und Hirschen. Ja, selbst mit dem Mond und den Sternen redete er, denn er hatte viel zu erzählen, viele Dinge, die er bei den Lakota gehört und gesehen hatte, aber nicht verstand.«

Die Worte fließen immer weiter aus Lou heraus und erschaffen eine Blase um uns herum. Darin gibt es nur Lou und mich und die vorbeigleitenden Bilder, die sie mit Worten erschafft.

»Er breitete alles unter dem Himmelszelt aus – auf den Gipfeln grüngrauer Hügelketten fern des Waldes, wo seine Worte weit hinaufstiegen und sich wie Bilder ins Firmament webten. Den Mond nannte er seinen *gelben Freund im schwarzen Meer,* den hellsten Sternen gab er schimmernde Namen, die allein schon im Mund und am Gaumen glitzerten, wenn man sie aussprach.«

»Was waren das für Namen?«, will ich wissen und tauche dabei einen Moment an die Oberfläche, als müsste ich nach Luft schnappen. Fast kommt es mir vor, als prickelte das Innere meines Mundes wie nach einem Löffel Brause.

»Das habe ich Jayden damals auch gefragt.« Lou lächelt. »Er meinte, er wüsste die Namen, aber er könne sie nicht aufschreiben oder aussprechen. Sie seien zu schön. Ihre Buchstaben würden wie Glas zerbrechen, wenn er es versuchte. Für Delsin waren diese Sterne, denen er Namen gab, wie Tropfen von Silber, die der Große Geist an den Himmel getupft hatte. Und manchmal, in dem geheimsten aller Träume, wünschte er sich, seine Haut besäße die Farbe der Sterne. Silber statt Grau.« Sie schaut mich verschwörerisch durch die Dunkelheit an. »Ich habe Jayden damals dafür gehasst, dass er mir die Namen nicht verraten hat.«

Ich muss lachen, weil uns dieses Geständnis irgendwie zu Verbündeten macht. Als ich wieder ernst werde, merke ich, wie sie mich betrachtet. Da ist etwas in ihrem Blick, das mich an unsere erste Begegnung im Visitor Center erinnert. Eine Mischung aus Faszination und Neugier. Damals, als sie mich über die Regale hinweg beobachtet hat und die Dose Bärenspray umklammert hielt wie einen Rettungsanker. Damals, als ich noch die Möglichkeit gehabt hätte, eine andere Zukunft für uns zu schreiben.

Ich muss abermals schlucken und Lou wirkt mit einem Mal, als hätte sie sich hoffnungslos verirrt. Orientierungslos blinzelt sie, dann schaut sie in den aufsteigenden, dunklen Rauch und redet hastig weiter.

»Den Tieren, die zu ihm kamen, gab er Namen nach ihrem Temperament. Und nachdem er viele, viele Winter mit ihnen gelebt und geredet hatte, konnte er plötzlich auch ihre Sprache verstehen … Es muss ein bedeutender Morgen für Delsin gewesen sein: aufzuwachen und den Wald voller Geflüster zu hören, das er verstand.« Wieder trifft sich unser Blick, doch diesmal lässt sich Lou nicht aus dem Konzept bringen. »Tatsächlich fühlte sich Delsin, als wäre er in einer neuen Welt erwacht. Er aß Nüsse mit den Eichhörnchen, er sang mit den Grillen und Vögeln, er trabte mit den Hirschen. Und tief in ihm hörte er eine Stimme, die sagte: *Du bist so. Das ist dein Platz*. Hier lachte ihn niemand aus, niemand starrte ihn an. Ein jedes Tier sprach mit ihm. Nachts lauschte er dem Musizieren der Sterne, betrachtete seinen gelben Freund, den Mond, und dankte dem Großen Geist dafür, endlich zu Hause zu sein.« Sie hält inne, streichelt Grey.

»Ist das das Ende?«, hake ich nach. Es wäre ein gutes Ende einer traurigen Geschichte, aber ich will Lou noch weiter zuhören. Noch nie hat sie so lange am Stück gesprochen.

Als sie den Kopf schüttelt, bin ich erleichtert.

»Die Geschichte geht noch weiter«, erklärt sie ruhig. »Wie gesagt, es waren mehrere Winter und Sommer vorübergegangen.«

Gespannt lehne ich mich zurück.

»Delsin hätte glücklich werden können. Doch irgendwann begann er, sich nach einer Gefährtin zu sehnen.« Ein weiterer Blick von Lou, er huscht zu mir, scheu und zerbrechlich. »Er wanderte zum Sommerlager seines Stammes zurück, doch hielt sich in den Büschen versteckt. Wie es schien, hatte man ihn dort völlig vergessen. Niemand sprach über ihn, niemand benutzte seinen Namen. Sein Vater und seine Schwester gingen fröhlich ihren Tagesgeschäften nach. Mit hängendem Kopf schlich er zurück, doch dann kam er an dem schmalen Wasserlauf, einem Nebengewässer des *Big Muddy Rivers,* vorbei. Einige junge Indianermädchen schöpften dort frisches Wasser in ihre Holzeimer. Delsin stand da wie erstarrt. Er verbrachte mehrere Tage in einem Versteck, ohne dass sie ihn bemerkten. Eine hatte es ihm besonders angetan. Sie kam immer später als die anderen und blieb dafür länger. Ihr Name war Istu. Das bedeutet Zucker. Alles an ihr war süß. Von ihrem vollen, kleinen

Mund bis hin zu ihrem glatten schwarzen Haar und den wohlgeformten Brüsten, gerade so groß, dass sie genau in die Hände von Delsin gepasst hätten. Nach einigen Tagen, die er wie in einer Trance verbracht hatte, ging er in den Wald zurück. Er vergaß den Mond und die Sterne und die Tiere und wünschte sich so sehr wie nie zuvor, nicht Delsin zu sein. Nicht *so* zu sein! Anders zu sein. Einen Namen zu tragen, der Istus würdig war. Doch er wusste mit all der Klarheit seines Verstandes, dass dieser Tag niemals käme. Er zog sich zurück, trauerte um etwas, das er niemals würde haben können, und wurde sehr wütend auf den Großen Geist. Die Tiere kamen, um ihn zu trösten, doch er stieß sie in seinem Zorn von sich. Er kündigte dem Mond seine Freundschaft, und fortan war er wieder allein. Wieder ein grauer, einsamer Schatten.«

So wie ich. Ein verblasster Geist in der Einsamkeit des Yukon.

»Doch eines Morgens, es war mittlerweile schon sehr kalt in der Früh, weckte ihn der Ruf einer Eule. Sie schrie von einem gewaltigen Heer an Kriegern, die von Norden her kamen und den Stamm der Lakota überfallen wollten. Als Delsin das hörte, war sein Herz voller Furcht. Er dachte an Istus süße Lippen und auch an ihre Brüste. Er hetzte zurück, ein paar Hirschkühe an seiner Seite, die ihm von den Plänen der Feinde erzählten, die sie des Nachts aufgeschnappt hatten. Der feindliche Stamm wollte das Dorf einkesseln und in einer einzigen Schlacht dem Erdboden gleichmachen. Sie wollten die Wintervorräte stehlen und nur die unverheirateten Mädchen am Leben lassen.

Delsin brannte vor Zorn, als er das hörte, und lief noch schneller. Drei Tage und drei Nächte war er unterwegs. Als er in seinem Dorf ankam, wollte ihm keiner glauben. Sie bildeten einen Kreis um ihn, er wurde herumgestoßen und verlacht. Der Freund seines Vaters, Istus Vater, wollte ihn sogar töten lassen. In seinen Augen war Delsin gekommen, um sie alle ins Unglück zu stürzen. Er sagte, vielleicht hätte Delsin selbst diesem Heer ihren Lagerplatz verraten – aus Rache, weil sie ihn ausgeschlossen hatten. Doch seine Tochter Istu stellte sich vor Delsin und schützte ihn mit weit ausgebreiteten Armen vor ihrem Vater. In dem Augenblick erkannte Delsin, dass Istus Name weit über ihre süßen Lippen hinausging. Ihr gelang es, dass die Lakota ihm zuhörten. Sein Vater verlangte einen Beweis für sein Talent, mit den Tieren zu sprechen. Und so redete Delsin mit einem lahmen Pferd und fand sogleich den Grund für sein Hinken heraus. Es hatte ein eitriges Hufgeschwür, verursacht durch einen eingetretenen Stein, der aber von außen nicht zu erkennen gewesen war. Die Lakota waren fassungslos. Delsin erbrachte noch weitere Beweise und der Stamm war voller Respekt, denn nie zuvor hatte einer der ihren mit den Tieren gesprochen. Sie begannen, Fallen aufzustellen, und brachten ihre Vorräte in Sicherheit. Frauen und Kinder wurden bei einem benachbarten Stamm untergebracht, der ihnen seinerseits etliche junge Krieger zur Seite stellte. So kam es, dass das feindliche Heer ein leeres Dorf vorfand und selbst eingekreist wurde.

Kein einziger Lakota starb, aber alle Feinde fielen. Es war wie ein Wunder.

Als die Herbstsonne an diesem Abend die wenigen Blätter der Bäume noch röter färbte, kam Delsins Vater und sank vor ihm auf die Knie. ›Ich habe dich immer als meinen Sohn verleugnet‹, sagte er mit schwerer Stimme. ›Und ich hatte recht. Ich bin nicht würdig, dein Vater zu sein. Jemand wie du kommt vom Großen Geist. Heute hast du unseren Stamm gerettet. Ohne dich wären wir verloren gewesen.‹ Bei diesen Worten fielen auch alle anderen auf die Knie und senkten die Köpfe.

Delsins Vater sprach: ›Ab heute sollst du nicht mehr Delsin heißen, Sohn des Großen Geistes, sondern Silber. Denn was ist grau? Grau ist Silber, das nicht glänzt. Doch heute hast du gestrahlt, Silber, wir haben es alle gesehen.‹

Delsin hatte Tränen in den Augen, aber er schämte sich nicht dafür. Er zog seinen Vater auf die Beine und sagte laut: ›Mein Name ist Delsin: Er ist so. Wäre ich nicht so, hätte ich niemals die Sprache der Tiere gelernt und ihr wäret verloren gewesen, verstehst du? Nur weil ich so war, konnte ich euch retten. Meine Mutter hat diesen Namen gut gewählt.‹

Und so behielt Delsin seinen Namen bei. Einen Monat später nahm er Istu zur Frau, am Ufer des *Big Muddy Rivers,* der heute Missouri heißt. Istu, deren Herz noch süßer war als ihr Mund oder ihre Brüste.«

Lou verstummt, aber diesmal weiß ich instinktiv, es muss das Ende der Geschichte sein. Ich lasse mich in der Blase, die Lou geschaffen hat, wie in einem Raum ohne Zeit treiben. Bilder der wilden Lakota, der glitzernden Sterne und des Jungen mit der grauen Haut schweben an mir vorbei wie Erinnerungen. Gute Erinnerungen, von denen es so wenige gibt. Erinnerungen, die Lou mir geschenkt hat. Ich fühle mich wie in einem Fluss und würde mich am liebsten für immer darin forttragen lassen. Zusammen mit Delsin und den Worten seines Vaters: Grau ist Silber, das nicht glänzt. Ich wiederhole den Satz im Kopf, doch je öfter ich ihn mir vorsage, desto dunkler und schwerer wird es in mir. Aus einem Reflex heraus fasse ich nach der Münze an meinem Armband. Eine eigenartige Taubheit steigt mir vom Bauch in die Kehle und setzt sich dort fest. Ich schlucke gegen den Widerstand an, während ich nur noch daran denken kann, wie sehr ich mich als Kind nach anerkennenden Worten gesehnt habe. Nach dem Lächeln eines Vaters, einem freundlichen Schulterklopfen, Armen, die mich halten und beschützen.

Ich will das nicht fühlen.

Zu gefährlich.

Die Bilder der Lakota verblassen, je länger ich am Feuer sitze. Irgendwann spüre ich die Kühle der Nachtluft im Nacken, höre das Knistern und Knacken des Feuers. Rauch zuckt in unregelmäßigen Böen von rechts nach links, beißt in meiner Nase. Im Wald, vielleicht sogar nahe den Klippen, heulen die Wölfe ihr dunkles, klagendes Lied.

Ich schaue zu Lou. Ihr Gesicht ist immer noch entspannt, ihre Haltung locker. Ich hoffe, es hat ihr gutgetan, die Geschichte von Jayden mit mir zu teilen. Vielleicht sollte ich sie häufiger auffordern, mir etwas über ihr Leben zu erzählen. Womöglich kann sie es so besser verarbeiten.

Bevor sie spürt, dass ich sie beobachte, blicke ich in die Dunkelheit der Bäume und höre dem Wolfsheulen zu. Unvermittelt fängt Lou neben mir an zu kichern.

»Da ist nichts, Grey«, schimpft sie liebevoll.

Ich wende mich zu den beiden um. Grey streckt das Köpfchen in die Höhe und leckt an Lous Fingern, die sie ihm großzügig anbietet. Bestimmt ist er durch das Heulen seiner Artgenossen aufgewacht.

»Bleib mit ihm sitzen, ich mache die Milch.« Ich stehe auf und will zum Camper gehen, halte aber noch einen Augenblick inne, während ich sie betrachte.

»Was ist denn?« Lou schaut auf.

»Grau ist Silber, das nicht glänzt. Es ist dasselbe, so wie die Licht- und Schattenseiten von ein und derselben Sache. Hast du mir die Geschichte deshalb erzählt?« Daran musste ich vorhin schon denken, als ich noch in ihrer traumartigen Blase gefangen war.

Lou sieht mich verblüfft an. »Ich habe sie erzählt, weil du es wolltest. Hätte ich mit dieser Geschichte etwas bewirken wollen, hätte ich hinzugefügt, dass Delsin Istu beim Wasserholen entführt hat.«

»Und wie wäre die Geschichte dann ausgegangen?«

Lous legt den Kopf schräg. »Das weiß ich nicht. Das würde auf Delsin ankommen.«

Ich ziehe eine Augenbraue hoch und habe tausend Worte auf der Zunge, die alle nicht zusammenpassen, daher schweige ich besser, auch wenn mich die Antwort brennend interessiert. Schnell sammele ich die Bierdosen ein und gehe zum Camper zurück, um Milch zu kochen.

Hätte Istu Delsin geliebt, wenn er sie freigelassen hätte?

In der Wärme des Wohnmobils setze ich den Kessel auf den Herd, drehe das Gas an und spüle nebenher das Geschirr. Lous Worte gehen mir nicht mehr aus dem Sinn.

Das würde auf Delsin ankommen.

Was wollte sie mir damit sagen? Wieso hat sie mich vorhin so angesehen wie damals in Lodgepole? Hat sie den Brendan, den sie damals in mir zu sehen glaubte, wiedergefunden? Und wenn ja, wieso?

Hast du nicht mit so etwas gerechnet?, höre ich eine Stimme in mir fragen.

Wolltest du nicht genau das? Hast du dich nicht auch nach der Nähe des Monsters gesehnt, weil du so einsam warst?

Ein Kälteschauer kriecht mir über den Rücken. Vielleicht empfindet Lou so etwas wie Zuneigung, weil ihr nichts anders übrig bleibt. Der Gedanke, der mir früher Hoffnung gegeben hat, löst plötzlich Übelkeit in mir aus.

Aber sie hat dich im Visitor Center angesehen, als würdest du ihr gefallen. Sie ist mit dir mitgegangen. Weißt du nicht mehr, wie ihre Augen gefunkelt haben?

Ein ohrenbetäubendes Piepsen lässt mich mitten in meinen Gedanken zusammenfahren. Ein Teller rutscht mir aus den Händen und landet mit einem Krachen in der Spüle.

»Verdammter Mist!« Für eine Sekunde sehe ich mich gehetzt um. Die Flamme unter dem Kessel bildet ihren üblichen blauen Kranz, nichts qualmt.

»Was ist?«, ruft Lou alarmiert von draußen.

Ich orientiere mich anhand des schrillen Piepens. Es kommt von oben. Der Rauchmelder blinkt rot. Mit einem einzigen Griff schalte ich ihn aus und die plötzliche Stille wirkt schlagartig unheimlich.

»Nur der Rauchmelder!«, rufe ich Lou zu und lache erleichtert auf. »Im ersten Moment dachte ich, es wäre der Alarm für Propangas.«

»Was hättest du dann gemacht?«

»Ich hätte die Gasflasche zudrehen müssen und du hättest dich besser in Sicherheit gebracht.«

Zum Glück war es nicht der Propan-Alarm. Ein Leck im Gastank ist so ziemlich das Schlimmste, was passieren könnte. Nicht nur, dass es hochgefährlich ist, es würde auch den Gas-Vorrat relativ schnell schrumpfen. Am Ende müsste ich unter Umständen doch wieder eine Stadt ansteuern.

»Wo ist denn diese Gasflasche? Nur für den Fall, dass du mal nicht da bist, wenn der Alarm angeht?«, ruft Lou jetzt von draußen.

»Die Flasche ist in einem Fach auf der anderen Seite des Campers. Ungefähr auf der Höhe der Seitentür.« Ich gestatte mir ein Grinsen. »Allerdings möchte ich nicht, dass du daran herumschraubst. Du jagst uns sonst vielleicht in die Luft!«

Der Kessel pfeift und ich bereite die Milch für Grey zu. Dabei fällt mir wieder ein, woran ich zuvor gedacht habe.

Wenn Lou wirklich anfängt, mich zu mögen, sollte ich froh darüber sein, aus welchen Gründen auch immer.

Durch die Seitentür schaue ich zu Lou, wie sie am Feuer sitzt, vornübergebeugt, weil sie mit Grey spricht. Eine Windböe streicht mir über das Gesicht. Wie der Santa Ana-Wind, nur kühler. Ein paar Herzschläge lang verschwimmt alles und ich sehe nur noch die im Wind schaukelnden Teddybären vor der aufgebauschten Gardine in der Thorson Ave.

Vater, Mutter, Kind. Die perfekte Familie.

Das habe ich mir doch gewünscht. Ganz gleich, aus welchen Gründen sich Lou irgendwann in mich verliebt.

Aber wieso kommt es mir jetzt so erbärmlich vor?

21. Kapitel

In den nächsten Tagen heizt das Wetter richtig auf. Es ist der heißeste Sommer, den ich je im Yukon erlebt habe. Selbst die Streifenhörnchen, die normalerweise den ganzen Tag durchs Unterholz flitzen, liegen platt wie Pancakes im Schatten der Bäume. Die Heidelbeeren vertrocknen an den Büschen.

Ich weiß nicht, was mit Lou und mir nach dieser Geschichte von Jayden geschehen ist, aber etwas ist anders. Vielleicht ist es die Art, wie Lou mich betrachtet. Mit schüchterner Neugier. Mehr als einmal ertappe ich sie dabei, wie sie mich aus den Augenwinkeln beobachtet – und dann schnell wegsieht, als hätte ich sie bei etwas Verbotenem erwischt.

Die Vorstellung, ihr zu gefallen, prickelt wie Hitze in meinen Adern. Zu lange habe ich mein Verlangen nach ihr zurückgehalten. Rückblickend ist es mir unbegreiflich, wie ich es geschafft habe, nicht ständig daran zu denken, wie sie sich in meinen Händen anfühlen würde. Die Bilder, die sich dabei in meinen Kopf malen, bringen alles in mir durcheinander. Wenn sie mich wieder einmal so verstohlen betrachtet hat, kann ich eine Stunde lang keinen klaren Gedanken mehr fassen. Mein logisches Denken zerfasert in einen Haufen nutzloser Streifen und wird zu einem Traum von eng umschlungenen Körpern auf brauner Erde, beleuchtet von kupfernem Sonnenlicht, das durch die dichten Baumkronen fällt. Ich rieche den intensiven Geruch der Fichten, spüre den piksenden Nadelteppich auf meiner Haut, fühle Lou.

Irgendwann gestehe ich mir einfach ein, dass ich sie will, auch rein körperlich. Jetzt, wo sie ihre Angst verliert, noch tausend Mal mehr als zuvor. Das dunkle Brennen in meiner Brust ist einem anderen Gefühl gewichen. Es ist ein bisschen wie Schweben.

Manchmal wache ich morgens auf und fühle mich, als wäre ich aus meinem alten Leben herausgefallen; ich denke, es müsste wehtun, ich müsste mir alle Knochen gebrochen haben, aber ich komme mir vor wie ein frisch geborenes Karibukalb, das staksend seine ersten Schritte macht. Es dauert eine Weile, bis ich begreife, dass ich auf eine seltsame Art glücklich bin.

Seitdem Lou mir Jaydens Geschichte erzählt hat, verbringen wir die meiste Zeit des Tages zusammen.

Wir frühstücken im Camper, und während ich abräume und spüle, schaut Lou sämtliche Wiederholungen von *Hero of the Week*. Ab und zu ziehe ich sie damit auf, was das für ein pseudo-heroischer Schrott ist, und sie gibt zurück, ich sei nur eifersüchtig wegen der Aufmerksamkeit, die die Helden erhalten. Darüber kann ich nur lachen, denn die einzige Aufmerksamkeit, die ich mir wünsche, ist ihre, doch so etwas sage ich schon lange nicht mehr laut.

Vormittags bietet sie mir mittlerweile oft selbst ihre Hilfe an. Sie geht mit mir zum See und zusammen waschen wir unsere schmutzigen Jeans und T-Shirts. Nebeneinander knien wir am Ufer, die Arme bis zu den Ellbogen im Wasser, während Grey um uns herumtollt und sich vorzugsweise in einem meiner frisch gewaschenen Wäschestücke verbeißt. Manchmal glaube ich, er macht das absichtlich, weil er mich ärgern will. Ich fürchte, ich werde eines Tages mit ihm um Lous Gunst buhlen müssen.

Mittags entscheiden wir gemeinsam, was wir abends kochen, nein, meist entscheidet es Lou und ich nicke nur. Hauptsache, sie isst. Danach verbringen wir zwei Stunden im Camper, vor allem an den Tagen, an denen die Luft zwischen den Fichten und dem Totholz vor Hitze flimmert.

Es passiert nur noch selten, dass ich Lou irgendwo herumstehen sehe, ihre Halskette mit den Anhängern in der Hand, so als wäre sie der Anker zu ihrer Vergangenheit.

Doch trotz meines Glücksgefühls traue ich dem Frieden nicht. Es läuft zu gut. Von Zeit zu Zeit frage ich mich, ob Lou mir etwas vorspielt und heimlich Pläne schmiedet, wie sie mich hinterrücks erstechen oder erwürgen kann; oder was auch immer sie glaubt, mit mir tun zu können. Ich will sie wirklich nicht auf die Probe stellen, aber ich weiß auch, dass ein einziger Fehltritt von ihr alles zerstören kann. Wie eine Karte, die man ganz unten aus einem Kartenhaus zieht.

Ich fürchte diesen Moment. Das Schlimme daran ist, ich weiß nicht, wie ich darauf reagieren würde. Noch traue ich mir nicht, ich kenne den neuen Brendan zu wenig, denn da ist immer noch der Teil, der mir fremd ist.

Heute Morgen weckt mich Greys jämmerliches Winseln. In der Schlafkoje über dem Fahrerhaus richte ich mich auf und blinzele verschlafen durch den Gang. Lou hat die Falttür offen gelassen und ich entdecke Grey, der aus seinem Deckennest gepurzelt ist und am

Zipfel der Decke nuckelt.

Schnell klettere ich nach unten, schleiche barfuß nach hinten und pflücke Grey mit einer Hand von der Daunendecke ab.

Vorsichtig setze ich ihn auf meinen Fleecepullover auf der Sitzbank und bedauere ein wenig, dass dieser Pullover wohl nie wieder etwas anderes sein wird als Greys Tagesschlafplatz. Der Welpe schaut aus seinen Knopfaugen zu mir hoch und kriecht dann ungeschickt und winselnd unter einen Ärmel.

»Dir ist auch kalt, was?« Ich schaue aus dem Fenster nach draußen. Ein dünner Nebel hängt wie ein Schleier zwischen den Bäumen, der Himmel ist dämmergrau. Es ist höchstens halb sechs. Schnell streife ich mein Schlafshirt über den Kopf, werfe es spaßeshalber auf Grey und schlüpfe in meine Klamotten.

Grey fängt wieder an zu winseln, mein Shirt erwacht zum Leben und kurz danach lugt sein Köpfchen unter dem Oberteil hervor. »Schon okay. Ich halte mich ran.« Mit Blick auf ihn fülle ich Wasser in den Kessel und schütte das Pulver in den Messbecher. Dabei fällt mir auf, dass ich die Schere gestern Abend einfach auf der Arbeitsplatte habe liegen lassen.

Lou hat nichts dazu gesagt, vielleicht hat sie sie nicht einmal gesehen. Es ist das erste Mal, dass ich ein scharfes Werkzeug nicht nach dem Gebrauch sofort weggeschlossen habe, mal abgesehen von den Messern an meinem Gürtel.

Es braucht nur eine Sekunde, mich zu entscheiden. Leise verschwinde ich im Bad und deponiere die Schere im Spiegelschrank. Die ganze Zeit über frage ich mich, ob Lou etwas plant; so werde ich es vielleicht erfahren.

Irgendetwas in mir zwingt mich dazu.

Mittlerweile ist es acht Uhr und ich habe Kaffee gekocht und tiefgefrorene Pancakes getoastet. Grey hängt längs auf meinem Unterarm und trinkt bereits seine zweite Milchportion des Tages. Sein Bauch fühlt sich ganz prall an, wie ein aufgeblasener Ballon. Während ich noch überlege, ob er nicht genug hat, geht ein sanftes Schaukeln durch den Camper – ein untrügliches Zeichen dafür, dass Lou sich im Bett bewegt.

»Hey!« Ich schaue auf und sehe sie auf der Matratze sitzen und in meine Richtung starren.

Hat sie mich schon länger beobachtet?

Sie blinzelt ein paar Mal und reibt sich über die vom Schlaf geröteten Wangen. Zwei Haarsträhnen stehen von ihrem Kopf ab, es sieht lustig aus, ein bisschen wie bei einem Clown.

Ich lege Greys Milchbeutel beiseite, nehme den Schlüssel, der neben mir auf dem Tisch liegt, und werfe ihn kommentarlos zu ihr rüber aufs Bett. Eine Zeit lang habe ich ihre Fesseln morgens aufgeschlossen, aber das fühlte sich mit der Zeit so an, als wäre ich ihr persönlicher Schließer.

Lou öffnet die Fessel um ihr Handgelenk und verschwindet im Badezimmer. So früh am Morgen ist sie selten gesprächig und am besten ist es, sie einfach in Ruhe zu lassen, bis sie mindestens einen Kaffee getrunken hat.

Wieder schwankt der Camper hin und her. Ich weiß ja nicht genau, was sie im Bad macht, aber auf dem Klo ist sie definitiv nicht. Es ist auch nicht das erste Mal, dass das ganze Wohnmobil schaukelt wie ein Sturmschiff, sobald Lou die Tür hinter sich geschlossen hat. Schon vor ein paar Tagen habe ich mir überlegt, eine Kamera aufzustellen. Vielleicht versucht sie, die Wände hochzukrabbeln und über die Luke im Dach abzuhauen. Doch eine Kamera auf dem Klo wäre komplett daneben.

Irgendwann höre ich das Wasser rauschen und die Rohre im Camper gluckern wie Gedärme, kurz darauf schwingt die Tür auf. »Kannst du mir mal eine Schere geben?«, fragt Lou, als wäre es das Selbstverständlichste der Welt.

»Wofür?« Mit Grey auf dem Arm stehe ich auf. Komisch, dass sie ausgerechnet heute danach fragt.

»Ich will meine Haare gerade schneiden.«

Ich meine, einen versteckten Vorwurf in ihren Worten zu hören. »Liegt im Schrank.«

Wahrheit oder Vorwand?

Lou schließt die Tür hinter sich und lässt mich grübelnd zurück.

Ich hatte es darauf angelegt, es kann nichts passieren. Sie wird mich damit kaum überwältigen, allein die Vorstellung, wie Lou mich mit einer Nagelschere bedroht, hat etwas Rührendes. Aber was ist mit ihr? Ob sie sich selbst etwas antun würde? Doch sie schien in der letzten Woche viel weniger verzweifelt.

Ehe ich mich davon abhalten kann, schleiche ich zur Badezimmertür und lausche. Das feine, helle Geräusch, das entsteht, wenn Haare gekappt werden, dringt aus der Ritze der Tür zu mir nach draußen.

Wahrheit.

Ich atme erleichtert auf und drücke Grey, der immer noch über meinem Unterarm hängt, an meinen Bauch.

»Du hast erst mal genug, sonst bekommst du wieder Bauchschmerzen und jaulst uns die Ohren voll.« Mit zwei Fingern angele ich die nahezu leer getrunkene Milchtüte vom Tisch und werfe sie in den Müll unter der Spüle. Dabei fällt mir auf, dass das Wasser meine benutzte Tasse umspült.

»Der Greywater-Tank ist voll«, ist das Erste, was Lou mir erklärt, als sie aus dem Bad kommt und sich mit einer vollen Kaffeetasse zu mir an den Tisch setzt.

Als Grey Lou entdeckt, fängt er an, wie wild herumzuzappeln. »Ich weiß. In der Spüle steht auch das Wasser.« Über den Tisch hinweg reiche ich Grey zu ihr rüber und er leckt sofort quer über ihr Gesicht. Kichernd bettet sie ihn auf ihren Schoß.

Verstohlen mustere ich sie dabei. Ihre Haare haben jetzt alle eine Länge, fallen etwas weiter herab als bis zum Kinn.

»Sieht gut aus, was du mit deinen Haaren gemacht hast«, stelle ich fest. Der Jagdmesserschnitt war zwar praktisch, sah aber auch recht wild aus.

»Ich hab nur die Strähnen abgeschnitten.« Lou greift mit einer Hand dorthin, wo zuvor noch eine Franse herausragte, doch da ist nichts mehr. Sie war gründlich.

Ich unterdrücke das Bedürfnis, in ihre Haare zu greifen und sie durchzuwuscheln. Sie trägt ihr hellblaues Schlafshirt, das ihre Augen lebhaft glänzen lässt. Sie funkeln tatsächlich und sind nicht mehr so trüb. Als sie merkt, dass ich sie anschaue, lächelt sie plötzlich.

»Soll ich den Tank nachher leeren?«, fragt sie und dehnt das Lächeln ein wenig zu weit aus. Es wirkt künstlich.

Pass auf!, schreit die Stimme in mir.

Ach halt die Klappe, antwortet der Teil in mir, der Lou am liebsten alles glauben würde. Wohlüberlegt beginne ich zu nicken.

»Ich zeige dir, welchen Hebel man ziehen muss«, sage ich und mache damit unmissverständlich klar, dass ich mitgehe.

»Ich könnte auch die Eimer an den Bach tragen. Ich fühle mich fit genug.«

Damn it! Wenn sie mich so lammfromm ansieht, kann ich ihr so gut wie nichts abschlagen, und das weiß sie genau!

»Allein?«, hake ich trotzdem ebenso unschuldig nach, wie sie mich anblickt.

Sie hebt nur die Schultern, beißt sich auf die Lippe.

»Kleiner-Finger-ganze-Hand-Syndrom nehme ich an.« Mit einem kurzen Lachen stehe ich auf und mustere sie von oben. Niemals würde ich sie alleine zum See gehen lassen. »Hast du die Schere wieder zurückgelegt oder setzt du sie mir später an den Hals?«

Lou verschränkt die Arme vor der Brust. »Ich hab sie zurückgelegt. Du kannst ja nachschauen.«

»Das mache ich später – vorausgesetzt du lässt mich bis dahin am Leben.« Ein bisschen Spott kann ich mir nicht verkneifen. Aus dem Küchenschrank hole ich zwei weiße Kabelbinder aus meinem Vorrat und beginne, die Glöckchen darauf zu fädeln wie Glasperlen. Nach jedem Glöckchen schaue ich rüber zu Lou und jedes Mal trifft sich unser Blick – doch bevor ich mehr daraus deuten könnte, sieht sie weg.

Es kommt mir vor, als wäre die Luft mit einem Summen aufgeladen, mein Mund wird ganz trocken. Als ich das nächste Mal zu Lou rüberschaue, sind ihre Wangen gerötet und sie rutscht unruhig auf dem Sitz hin und her, sodass das Polster knarzt. Hastig schiebt sie sich ein Stück Pancake in den Mund.

»Fertig.« Ich habe das letzte Glöckchen aufgefädelt, insgesamt sind es sieben pro Kabelbinder. Wie jeden Morgen streckt mir Lou einfach abwechselnd ihre Arme entgegen und isst weiter, als wäre es nichts Besonderes. Vielleicht ist das ihre Art, damit umzugehen. Ich trete direkt vor die Sitzbank. Ganz vorsichtig lege ich ihr die Bänder um die schmalen Handgelenke und ziehe sie so fest zu wie nötig. Lous Hände zittern.

Wieder betrachte ich ihr Gesicht, halte den Verschluss des zweiten Kabelbinders einen Moment länger fest, als ich müsste. Meine Finger prickeln und das eigenartige Gefühl, dass die Wirklichkeit mit meinen Träumen verschmilzt, lässt die Realität schwanken.

Wieso ist sie so nervös? Kann es sein, dass sie mich plötzlich will? Empfindet sie mehr für mich?

In meinem Kopf ist ein Rauschen, wie wenn der Wind durch die Bäume fährt und es klingt, als wäre man am Ozean. Ich ziehe meine Hand zurück und streife dabei über Lous Handrücken. Eine Gänsehaut zieht sich über ihren nackten Unterarm.

Mein Herz hämmert.

Lou schluckt, sieht nicht zu mir, sondern streichelt Grey mit bebenden Händen.

»Lou?«, flüstere ich.

»Was?«

»Du solltest nicht mehr davonlaufen.«

Für einen Wimpernschlag verdunkelt sich ihr Gesicht. »Ich fliehe nicht«, haucht sie im Flüsterton zurück.

Oh doch, das tust du, süße Lou!

Ich fasse unter ihr Kinn und ziehe ihren Kopf nach oben, damit sie mich ansehen muss.

»Diese Art von Flucht meine ich nicht«, entgegne ich rau. Dort, wo ich sie berühre, brennt meine Haut wie Feuer. Lous Pupillen fließen auseinander, als hätte ich ihr Belladonna in die Augen geträufelt. Ich habe das Gefühl, alles in mir sackt in meinen Magen und explodiert in Hunderten von Feuersalven. Ich will sie küssen. Jetzt. Ihre Lippen glänzen feucht. *Tu es einfach!,* schreit eine Stimme in mir, aber ich bin wie erstarrt, kann nicht atmen, als hätte ich plötzlich Zement in der Lunge. Und je länger Lou mich ansieht, desto mehr sehe ich, wie die Zweifel in ihr wachsen. Im Blau ihrer Augen sammelt sich eine Art von Furcht, die ich noch nie bei ihr gesehen habe.

»Du wolltest mich doch nicht so anfassen … auf diese Art …«, wispert sie atemlos.

Ich spüre ihren Puls an meinen Fingerspitzen pochen, brauche einen Herzschlag lang, bis ich begreife, dass ich sie immer noch festhalte.

Konfus ziehe ich die Hand zurück, jeder Finger kribbelt. Für Sekunden scheint die Zeit um uns gefangen, eingeschlossen wie in ein Vakuum. Ich erwidere Lous schimmernden Blick, in dem so viel mehr liegt als Furcht vor mir.

Aber wovor sollte sie sonst Angst haben?

Ich schüttele mechanisch den Kopf, finde auf die Schnelle keine Antwort.

Lou fängt wieder an zu essen, doch ihre Schultern sind hochgezogen.

Was ist mit dir, Lou?, will ich rufen. *Wieso schaust du mich an, als wolltest du mich küssen und dich gleichzeitig vor mir verkriechen?*

Ihre Hände krampfen sich in Greys Fell, alles an ihr zittert. Was auch immer da gerade zwischen uns passiert ist, es hat sie erschreckt und verstört.

Ich ziehe mich nach draußen zurück, um ihr die Zeit zu geben, die sie braucht.

Während Lou duscht, sammele ich rund um den Camper Salmonberries und Hagebutten, jedoch ohne die Seitentür aus den Augen zu lassen. Mit den Salmonberries werde ich in den nächsten Tagen einen Obstwein ansetzen, und die Hagebutten können wir entweder roh essen oder ich zeige Lou, wie man daraus Marmelade kocht. Immer wieder muss ich an den Moment von vorhin denken, an Lous geweitete Pupillen. Das kann sie mir nicht vorgespielt haben. Das nicht! An allem anderen kann ich zweifeln, aber so eine körperliche Reaktion kann sie unmöglich bewusst provozieren.

Vielleicht sind ihre Gefühle für mich ja doch keine Illusion. Wobei – vielleicht weiten sich Pupillen ja auch bei einer Liebe, die man sich einbildet. Ist *einbilden* dafür überhaupt das richtige Wort?

Als meine Schalen voll sind, habe ich immer noch keine Antworten auf meine Fragen gefunden. Ich gehe rein und stelle sie auf die Arbeitsfläche, dann rufe ich Lou durch die geschlossene Falttür zu, dass ich draußen beim Abflussrohr auf sie warte.

Fünf Minuten später habe ich bereits die Klappe geöffnet und einen Eimer unter das silberne Rohr gestellt, da kommt sie in Jeans und gelber Spitzenbluse heraus.

Aus der intensiven Art, wie sie sich mit Grey auf ihrem Arm beschäftigt und meinen Anblick meidet, deute ich, dass sie immer noch verlegen ist. Oder unsicher. Ich gebe vor, es nicht zu merken, und kontrolliere übertrieben sorgfältig den Haken, mit dem ich die Klappe befestigt habe.

Lou kniet sich neben mich und setzt Grey zwischen uns auf dem Boden ab. Sollte sie der faulige Gestank nach Raststättentoilette anekeln, lässt sie sich zumindest nichts anmerken. Ich will gerade mit den Ausführungen anfangen, als Grey meinen Schnürsenkel anfällt, als wäre er eine Blindschleiche.

»Hey, Kleiner!« Ich gebe ihm einen Stups in die Seite, um ihm zu zeigen, wer hier das Sagen hat, doch es interessiert ihn nicht. Mit angelegten Ohren pirscht er sich an mich heran und schlägt seine Zähnchen stattdessen in die Hosentasche samt Schließknopf. Lou lacht leise.

Seufzend ziehe ich ihn weg und knurre ihn aus dunkler Kehle an. Mit einem klagenden Laut springt er zu Lou und zieht den Schwanz ein.

»Wir müssen anfangen, ihn zu erziehen, sonst hält er sich noch für das Alphatier«, sage ich zu Lou. Nicht dass er sich noch auf ihre Seite schlägt und mich eines Tages anfällt, weil er sie verteidigen will.

»Können wir ihn denn überhaupt behalten?«, fragt Lou und schaut Grey zu, der so tut, als hätte es diese kleine Auseinandersetzung zwischen ihm und mir nicht gegeben.

Ich zucke die Schultern. »Klar, wieso nicht? Wölfe verhalten sich wie Hunde, wenn sie bei Menschen aufwachsen.«

»Wird er nicht eines Tages zurückwollen? Er hört die Wölfe im Wald doch auch.« Lou beobachtet den Welpen und wirkt nachdenklich.

»Das kann natürlich passieren. Wobei es fraglich ist, ob das Rudel ihn akzeptiert. Vielleicht wird er eines Tages im Wald verschwinden und nicht mehr zurückkommen.« Ich sage es lässig, doch die Aussicht, Grey zu verlieren, liegt mir wie ein Stein im Magen. Irgendwie ist er das Bindeglied zwischen Lou und mir, und wenn er weglaufen würde, wäre das ein schlechtes Omen; so kommt es mir jedenfalls vor.

Ich verdränge den Gedanken und zeige Lou, welchen Hebel sie ziehen muss, um das Greywater abzulassen. Ich erkläre ihr noch mal den Unterschied zwischen der Füllmenge der beiden Tanks.

»Denk dran, den Hahn runterzudrücken, wenn der Eimer drei viertel voll ist. Es dauert eine Weile, bis der Strom gestoppt wird.«

Sie nickt mechanisch.

»Dann mal los!« Ich deute auf die Rohröffnung, die den Durchmesser einer Kokosnuss besitzt.

Lou beugt sich ein Stück nach vorne und studiert die beiden Abzugshebel, als wären sie unberechenbare, mathematische Größen. Gedankenverloren schüttelt sie den Kopf und greift zögernd an den vorderen Hebel.

Ich weiß nicht, ob es ein Spaß ist oder ob sie mir tatsächlich nicht zugehört hat. Ich warte mit meinem *Nein* eine Sekunde zu lang. Lou zieht den Hahn nach oben, Grey springt mit einem Satz auf mich zu und packt meine Hosentasche ein zweites Mal. Fluchend schubse ich ihn weg und stoße dabei mit dem Ellbogen den Eimer um.

»Verdammte Scheiße!« Ich kann nicht schnell genug reagieren.

Eine dunkelbraune Fontäne schießt aus dem Rohr und ergießt sich wie eine Flut über meinen Schoß. Sie stinkt nach alter Pisse, nach Chemie und nach Kacke. Der Gestank lähmt mich und ich sehe einfach zu, wie mich diese Brühe immer weiter durchnässt. Meine schwarze Hose wird schwer und braun.

Blitzlichter schleudern mich in die Thorson Ave zurück, ich liege im Dunklen, die Arme an den steifen Körper gepresst, die Oberschenkel zusammengekniffen, doch es nutzt nichts.

Nicht jetzt diese Bilder! Oh Gott, nicht jetzt! Keinen Flash!

Ich schnappe nach Luft und bekomme einen Spritzer der Gülle direkt in den Mund. Der faulige Geschmack explodiert an meinem Gaumen. Meine Zunge brennt, ich werfe mich reflexhaft zur Seite und lande auf allen vieren, würge ein paar Mal, ohne, dass ich mich übergebe.

Mit aller Macht zwinge ich mich, ruhig zu atmen, wie damals im Sarg, ganz am Anfang, in den ersten Minuten. Ein-aus-ein-aus.

Alles ist gut. Lou ist noch da. Grey ist noch da.

Alles ist gut, Brendan. Beruhig dich!

Ich spucke ein paar Mal auf den Boden, aber es hilft nicht. Wieder tanzen schwarze Punkte vor meinen Augen.

Sieh dich um, bleib da!

Ich gehorche mir selbst, schaue nach rechts und links, würge erneut.

Neben mir fließt die Kackbrühe wie ein stinkendes Wesen Richtung Fichtensaum. Lou liegt dahinter, halb auf der Seite, Grey kauert sich auf ihrem Bauch zusammen und jault mich an, als wäre es meine Schuld.

Ich wische mir mit dem Handrücken über die Stirn und verteile dabei irgendetwas ekliges Weiches. Neben dem Ekel sammelt sich Ärger in meinem Bauch.

»Das war verdammt noch mal der falsche Hebel!«, presse ich wütend hervor.

»Tut mir leid«, keucht Lou atemlos.

Ich unterdrücke den Brechreiz und krampfe mich innerlich zusammen. Ich würde sie am liebsten anfahren, dass die Chance fünfzig zu fünfzig stand und sie mir das nächste Mal gefälligst zuhören soll, da entdecke ich einen seltsamen Klumpen an ihren Haarspitzen.

»Du hast Kacke in den Haaren!«, stoße ich triumphierend hervor und deute vage auf ihren Kopf. »Sieht echt komisch aus!« Kaum habe ich es ausgesprochen, spüre ich etwas über meine Wange rinnen. Ich wische darüber und betrachte danach meine Finger. Kackbraun.

Erneut schaue ich zu Lou, die neben der ätzenden Brühe liegt. Grey stößt immer noch seine empörten Klagelaute aus. Etwas erbebt in mir drin. Tief in meinem Bauch, immer wieder. Meine Schultern zucken.

Ich begreife es nicht sofort. Laute, die ich von mir noch nie gehört habe, dringen aus meiner Kehle wie abgehackte Luftpumpenstöße. Ich lache. Immer mehr, so lange, bis mir der Unterleib wehtut und ich keine Luft mehr bekomme.

Irgendwann muss ich noch einmal würgen, aber danach lache ich weiter, während Lou mich nur anstarrt, als hätte ich jetzt endgültig den Verstand verloren. Ich weiß nicht, wie ich es schaffe, aufzuhören, doch nach einer Weile weichen die Krämpfe aus meinem Bauch, die Laute verstummen und zurück bleibt mein keuchender Atem.

»Du willst nicht wissen, was du alles an dir hast«, höre ich Lou schnippisch in die Ruhe sagen.

Eine Schar Schmeißfliegen kreist um ihren Kopf und plötzlich habe ich Angst, nochmals so lachen zu müssen wie eben. Es kam mir vor, als würde ich die Kontrolle verlieren, und das darf nicht passieren. Um das Gefühl loszuwerden, schüttele ich mich wie ein Hund, sehe von Lou zu Grey und dann zu dem Fichtensaum.

»Wer zuerst am See ist!«, rufe ich Lou zu und springe mit einem Satz auf die Füße. Mit vier langen Schritten habe ich die Bäume erreicht und höre das hektische Klingeln hinter mir. Lou rennt mir nach. Japst und schimpft, während ich vor ihr durch Farne und Hölzer jage, einen abartigen Gestank hinter mir herziehend.

In voller Montur werfe ich mich ins Wasser. Mir stockt der Atem. Der See ist eiskalt, noch nicht erwärmt von der Mittagssonne. Ich tauche ein paar Meter am sandigen Grund entlang und komme mit einem Prusten an die Oberfläche.

»Das ist scheißkalt!«, rufe ich rüber zu Lou, die mit Grey auf dem Arm am Ufer steht. Mit einem Luftholen lasse ich mich erneut unter Wasser sinken, rubbele mit beiden Händen durch meine Haare und spüre, wie sich die dickflüssige Brühe löst. Als ich wieder auftauche, sitzt Lou am seichten Ufer und legt den Kopf in den Nacken, um ihre Haare ins Wasser zu tauchen. Klar, dass sie sich nicht so weit reintraut, wenn sie nicht schwimmen kann. Allerdings ist der See wirklich nicht tief, es besteht überhaupt keine Gefahr.

Ich wate ein paar Schritte durchs Wasser, die Schwere der nassen Hose zieht mich ein bisschen runter, aber ich werde sie bestimmt nicht ausziehen. Lou könnte falsche Rückschlüsse ziehen.

Mit einem angewiderten Schnauben sehe ich an mir herab.

Aus meinem Hoodie tropft eine Mischung aus See- und Schwarzwasser. Ich reiße ihn mir über den Kopf, schleudere ihn in den See und laufe ein paar Meter zu dem plätschernden Wasserfall. Genau darunter breite ich die Arme aus und lasse mir das Eiswasser direkt auf die Haare prasseln. Für Sekunden höre ich nichts mehr außer dem kräftigen Rauschen, rieche die kühle Frische des Berges, spüre die Wasserstrahlen auf meiner nackten Haut. Ein bisschen fühlt es sich so an wie vorhin, als ich gelacht habe. Plötzlich fällt mir Lou wieder ein und ich werfe einen Blick über meine Schulter.

Es ist wie ein Déjà-vu. Ich kenne diesen Gesichtsausdruck, die Augen rund, die Lippen geöffnet. Wie gebannt schaut sie in meine Richtung, so wie damals in der Nische mit den Campingutensilien.

Was sieht sie jetzt gerade in mir? Den jungen Mann, den Abenteurer? Oder hat sie überlegt, den Augenblick zu nutzen und ihrem Entführer wegzulaufen?

Die Unwissenheit nagt an mir, macht mich schon seit Tagen rastlos. Mit dem merkwürdigen Gefühl, absolut nichts mehr sicher zu wissen, gehe ich zurück.

»Du kannst Grey dort am Wasserfall waschen«, rufe ich laut zu ihr rüber. »Da ist eine warme Stelle.«

Sie reagiert nicht.

»Lou? Hörst du schlecht?«

»Was ist?« Sie schaut mich an, als hätte sie mich noch nie zuvor gesehen.

»Du kannst Grey da hinten beim Wasserfall waschen, wenn du willst. Das Wasser ist an der einen Stelle etwas wärmer.«

»Oh, ja. Klar!«

Sie steht auf, angelt sich Grey vom Boden und stakst wie ein Storch in den hinteren Bereich des Sees. Grey streckt sie dabei von sich, als wäre er von Parasiten befallen.

»Links! Weiter links!« Ich muss es zweimal rufen, bis sie es versteht.

Wenn ich nur wüsste, was sie denkt oder fühlt. Wenn sie doch nur mit mir darüber reden würde. Es anzusprechen macht keinen Sinn, das habe ich heute ja versucht. Womöglich war das aber einfach zu direkt. Und vielleicht braucht sie auch wirklich noch mehr Zeit. Wir fangen ja gerade erst an, uns kennenzulernen und besser zu verstehen.

Ich denke an die Situation, die mich vorhin so zum Lachen gebracht hat. Selbst jetzt spüre ich noch den Nachhall in mir, das Beben in der Brust, das Durchgeschüttelt-Werden, die Anspannung der Bauchmuskeln. Es scheint in einer gewissen Weise wie Weinen zu sein, nur umgekehrt. Geistesabwesend laufe ich meinem abgetriebenen Pulli hinterher. Lachen und Weinen sind möglicherweise auch zwei Seiten derselben Münze, desselben Gefühls, so nah beisammen, so weit entfernt.

Ich fühle mich seltsam fremd.

Schade, dass du nicht wissen willst, wer du wirklich bist.

Vielleicht hilft Lou mir dabei, das herauszufinden. Vielleicht kann ich mit ihr zu der besten Variante meiner selbst werden.

Ich fische den Hoodie aus dem Wasser, der mittlerweile nahezu sauber ist, und wate zurück. Lou schaut zu mir rüber und aus einem Reflex heraus winke ich ihr mit dem Pullover zu. Sie lacht zwar nicht und spritzt nicht mit Wasser um sich, aber so, wie sie vor dem Wasserfall steht, kommt es dicht an die Bilder aus meiner Fantasie heran.

22. Kapitel

Die Sonne brennt unbarmherzig auf die Lichtung und lässt den Schlick des Schwarzwassers in giftigen Wolken verdampfen. Die Hitze kocht den Gestank so richtig auf, wir müssen uns Tücher um die Nase binden, um überhaupt arbeiten zu können. Ich habe zwar darauf bestanden, dass Lou sich ausruht, aber sie wollte mir unbedingt helfen. Also habe ich ihr einen Eimer in die Hand gedrückt, mit dem sie mir jetzt eifrig in den Wald folgt, um frische Erde zu holen.

Sie arbeitet wie besessen, vielleicht, weil ihr das Missgeschick passiert ist, keine Ahnung. Hin und wieder wirft sie mir einen Blick zu, den ich nicht deuten kann. Es könnte Trauer sein oder Mitleid, es passt auf jeden Fall nicht zur Situation und verwirrt mich mehr, als ich mir eingestehen will.

Als sie nach zehn Exkursionen in den Wald zu schwach ist, um die Erde selbst in den Eimer zu schaufeln, fülle ich ihn für sie.

»Du siehst aus wie ein Bankräuber«, stellt sie fest, während sie mir zuschaut. »Wie ein Bankräuber, der sich einen Tunnel zu einer Bank gräbt.«

»Solange ich nicht aussehe wie ein Spatenmörder, soll es mir recht sein«, brumme ich durch den Stoff. »Du siehst übrigens auch nicht aus wie das liebliche Mädchen von nebenan.« Sie trägt eine lange Jeans und ein schwarzes T-Shirt, beides müsste eigentlich gewaschen werden, aber wir haben uns für die Drecksarbeit keine frischen Klamotten angezogen. Das dunkle Tuch, das sie über Mund und Nase gezogen hat, verleiht ihr ein leicht kriminelles Äußeres – ich kann mir also vorstellen, wie ich aussehe.

Lou grinst nur schwach, wischt sich mit dem Handrücken ein paar tote Fliegen von der Stirn und streift die Finger an ihrer Jeans ab. Zusammen tragen wir die Eimer zur Bucht und schütten die Erde auf die Rinne, die das Schwarzwasser im Schotter hinterlassen hat. Schweiß läuft mir über den Rücken und mein weißes Shirt klebt an meiner Haut. Ich habe das Gefühl, den Geruch auszudünsten, und ich glaube, Lou geht es genauso.

Irgendwann ist die komplette Lache mit Erde aufgeschüttet – es sieht ein bisschen aus wie ein frisches Grab. Der Anblick lässt mich frösteln und ich wende den Blick ab.

»Es stinkt immer noch«, stellt Lou trocken fest und nimmt Grey auf den Arm, der ihr den ganzen Tag hinterherläuft. »Na, Kleiner … du bist aber heute echt eine Klette«, schimpft sie liebevoll.

»Vielleicht denkt er, du würdest ihn nicht mehr gernhaben, jetzt, wo er sich in ein Stinktier verwandelt hat.«

»So ein Unsinn!« Lou hebt ihn an ihre Wange und Grey leckt freudig darüber. Als sie kaum merklich die Nase rümpft und ihn schnell wieder absetzt, muss ich grinsen. Grey rast hakenschlagend wie ein Hase davon und schnuppert dann an der aufgeschütteten Erde herum, als läge dort ein totes Tier vergraben.

Wegen des penetranten Gestanks bleibt mir nichts anderes übrig, als den Camper ein paar Meter nach vorne zu fahren. Erst danach entleeren wir den Greywater-Tank und waschen dabei noch die dreckige Wäsche.

Anschließend verschwindet Lou in der Dusche, während ich die Campingstühle zu dem neuen Stellplatz des Wohnmobils trage und ein zweites Bett für das Lagerfeuer baue.

Als sie später die Treppen hinuntersteigt, strömt mir eine Wolke Zitrusblütenduschgel entgegen. Jetzt kommt der unangenehme Teil: Ich muss sie anketten. Seit sie die Glöckchen trägt, habe ich immer nachts geduscht, aber so lange kann ich heute nicht warten, dafür fühle ich mich zu verwest.

Ohne etwas dazu zu sagen, klicke ich zwei Ketten aneinander und bringe das eine Ende an der Stahlöse der Karosserie an, die ich auch schon in der Nacht des Gewitters benutzt habe.

»Komm her, Lou!« Ich versuche, locker zu klingen, als würde ich sie zum Essen rufen.

Sie dreht sich zu mir um, offenbar war sie zu sehr mit Grey beschäftigt, um etwas von meiner Aktion mitzubekommen.

Sie guckt mich irritiert an. »Und Grey?«, fragt sie nur.

»Der wird dir kaum weglaufen, so wie er an dir hängt.«

Ein Schatten huscht über ihre hübschen Züge, doch sie erwidert nichts und kommt auf mich zu, den Arm ausgestreckt.

»Dann mach wenigstens diese Klingelbänder ab«, verlangt sie, als wollte sie einen Deal mit mir aushandeln.

»Zu umständlich.« Ich schüttele den Kopf. »Außerdem brauche ich nicht lange.«

Sie hebt Grey hoch und drückt ihn an sich, die Lippen zusammengepresst. Für einen Moment zeigt sich wieder das wahre Gesicht der Verhältnisse. Wir sind Täter und Opfer, nichts weiter. Es kommt mir vor wie eine hässliche Fratze.

»Hast du Grey etwa auch mit Zitrusblütenduschgel eingeseift?«, versuche ich die Schärfe der Situation zu mildern, als mir von Grey der Duft von Zitronen entgegenkommt.

Lou nickt, dann lächelt sie verhalten. »Klar, was denkst du denn? Soll er etwa nach dir und deinem Duschgel riechen, wenn er bei mir im Bett schläft?«

Guter Konter. Ich ärgere mich und bin für einen Moment auf Grey eifersüchtig.

Nach dem Duschen pinsele ich Jod auf die Verletzungen an meinen Handgelenken. Einige Stellen heilen schlecht, da die Haut einfach zu oft aufgescheuert gewesen ist. An einem aufklaffenden Schnitt eitert das Gewebe. Zum Glück sind die Rötungen um Lous Handgelenke abgeklungen, seitdem sie die Bändchen trägt.

Ich gehe zu ihr nach draußen und klicke sie kommentarlos ab. Lou gibt sich gleichgültig, aber das ist gespielt. Sie beschäftigt sich ein bisschen zu intensiv mit Grey, um mich nicht anschauen zu müssen.

Mittlerweile ist es kühler geworden und ein scharfer Wind rauscht durch die Wipfel der Bäume. Die alte Narbe unter meinem Lederarmband sticht. Wetterwechsel. Es könnte einen Sturm geben, ich bin mir nicht sicher. Aber schon der Nebel heute Morgen hat darauf hingedeutet.

Mit einem Blick in den blaugrauen Himmel öffne ich eine Familienbüchse Chili con Carne und kippe Hackfleisch und Bohnen in einen Blechtopf. Er hängt an dem Dreibein, das ich gestern zusammengeschustert habe, sollte mir wirklich mal das Propan ausgehen.

An einer Kette, die ich dem Vorrat an Lous Fesseln entwendet habe, ziehe ich den Topf nach oben, und hake ihn fest. Fehlt nur noch das Feuer.

Instinktiv greife ich in meine Hosentasche, doch mein Feuerzeug ist nicht da. *Natürlich nicht.* Es war in der Cargohose, mit der ich mich heute nach der Schwarzwasser-Aktion in den See geworfen habe.

Ich wende mich zu Lou um. Sie hängt unsere Wäsche auf und ist von dem Stamm verdeckt, um den das eine Ende der Leine festgezurrt ist. Ich sehe nur ein Stück Arm von ihr, aber sie hat etwas Schwarzes in der Hand. »Hey Lou! Ist das meine Hose?« Ich gehe um das Dreibein herum. »Wirf mal das Feuer rüber! Bin mal gespannt, ob das Ding das Bad überstanden hat.«

Sie reagiert nicht, so wie zuvor am See.

Was denkt sie in solchen Momenten? An ihr Zuhause? An mich? An Flucht?

»Hey, Lou! Träumst du?«

Ihre Glöckchen klingeln schnell hintereinander.

Was macht sie?

Mit ein paar langen Schritten gehe ich auf die Baumgruppe zu, hinter der sie die Klamotten aufhängt.

Kurz bevor ich sie erreicht habe, schnellt ihr Arm mit der Hose in meine Richtung. Ihr Gesicht wird davon verdeckt.

»Ich … ich hab's nicht gefunden.« Ihre Stimme klingt schrill. »Du … du musst es wohl im See verloren haben. Oder beim Waschen.«

Sie hat mich also doch gehört. Wie ihre Finger zittern!

Wieso hat sie Angst? Misstrauen schießt wie ein heißer Adrenalinstoß durch meine Adern.

»Hm!« Der dumpfe Laut versteckt alles, was mir in Hunderten von Bildern durch den Kopf geht. Lou, wie sie das Wohnmobil anzündet. Lou, die den Wald in Brand steckt, damit wir von hier wegmüssen. Ohne sie aus den Augen zu lassen, greife ich meine Hose und durchsuche jede einzelne Tasche. Vielleicht hat sie es ja auch genommen, kurz über ihre Möglichkeiten nachgedacht und es wieder hineingesteckt.

Lou schluckt und nestelt mit den Fingern an den Säumen ihrer Bluse herum.

Ich durchwühle die letzte Tasche. Meine Finger ertasten ein Taschentuch und einen Kabelbinder – keine Spur von meinem Feuerzeug.

»Zu dumm!« Ich werfe die Hose über die Leine, als wäre sie eine Giftschlange, die ich loswerden muss.

»Hattest du denn nur das eine?«, fragt Lou piepsig.

»Natürlich nicht!« Ich blicke sie düster an. »Aber es war das einzige Gasfeuerzeug.« Liegt es im See oder hat sie es eingesteckt? Ein dunkler Zorn schnürt mir bei der Vorstellung die Kehle zusammen. Wieso zieht sie ihre Bluse über die Shorts? Was will sie verbergen?

Warum zitterst du, Lou? Soll ich dich durchsuchen, trotz Versprechen?

Ich mustere sie erneut, vom Scheitel bis zur Sohle. Zermürbend lange. »Ist dir kalt?«

»Ich fühle mich nicht besonders.« Sie klingt armselig. Sie lügt armselig. Die alte Wut wallt schubartig durch mich hindurch. Es kommt mir vor, als würde sie gerade die entscheidende Spielkarte aus unserem Kartenhaus ziehen.

»Vielleicht wirst du krank, du zitterst am ganzen Körper, Lou!« Meine Stimme ist eisig. Ich gehe einen Schritt auf sie zu und muss mich zusammenreißen, damit ich die nächsten Worte nicht brülle. »Ich frage dich nur ein einziges Mal und ich erwarte eine ehrliche Antwort.«

Sie schaut zu mir auf. Verletztes-Reh-im-Lichtkegel-Blick.

»Hast du das Feuerzeug genommen, ja oder nein?«

»Nein!«, fiepst sie und hektische rote Flecken malen sich auf ihre Wangen. Ich starre auf den, der wie Afrika aussieht.

»Okay.« Meine gefährlich leise Stimme jagt selbst mir einen eisigen Schauer über den Rücken. Das Kartenhaus fällt in sich zusammen. Karte für Karte mühsam übereinandergestapeltes Vertrauen. Schwarze Punkte tanzen in meinen Augenwinkeln.

»Darf ich reingehen?«, höre ich Lou in den Nebel meiner Wut fragen.

Sie klingt so furchtsam, wie zu Beginn unserer Fahrt, ich möchte schreien.

»Ich habe dir doch gesagt, du sollst mich nicht für alles um Erlaubnis bitten!«, herrsche ich sie an. »Das ist zum Kotzen. Als wäre ich ein Monster, das dir alles verbietet!«

Ich weiß nicht, wie lange ich es noch schaffe, nichts kaputt zu schlagen. Es kommt mir vor, als wäre nichts mehr real. Lou nicht und ich nicht. Ihr ganzes Gehabe war eine Lüge, eine Illusion, die sie geschaffen hat, um mich zu täuschen. Jetzt kenne ich wenigstens die Antwort auf meine Fragen.

Erbittert balle ich die Fäuste und sehe ihr nach, wie sie mit hängenden Schultern zum Camper schleicht, die Ausgeburt eines schlechten Gewissens. Kurz bevor sie im Inneren verschwindet, dreht sie sich noch einmal zu mir um.

Du hast es genommen. Du hast mich angelogen, vermittele ich ihr mit einem Blick, der keine Zweifel offenlässt.

Warum habe ich sie nicht durchsucht? Scheiß auf das Versprechen! Das hier wäre ein Sonderfall gewesen. Und Sonderfälle brauchen Sonderregeln.

Das hat er gesagt, Brendan. Er – bevor er Blacky in die Erde gelassen hat!

Das Gefühl zu fallen zuckt durch meinen Körper. Mein Sichtfeld wird trüb wie dunkles Milchglas.

Bleib hier, Brendan. Atme. Such deinen Schwerpunkt. Lou ist nicht weggelaufen. Und du sorgst dafür, dass sie's nicht tut. Das Feuerzeug bringt ihr überhaupt nichts!

Was wollte ich gerade machen?

Ach ja, das Lagerfeuer anzünden!

Ich stürme in den Camper. Lou liegt eingerollt auf dem Bett, die Daunendecke hochgezogen bis zur Nasenspitze. Angestrengt beobachtet sie jede meiner Bewegungen, als könnte ich mich plötzlich in den Irren verwandeln, vor dem sie sich fürchtet. Vielleicht tue ich das ja auch. Womöglich wäre es besser, uns beide anzuketten.

Hinter mir jault Grey, aber ich beachte ihn nicht. Voller Zorn schließe ich den Schrank oberhalb der Seitentür auf und fische ein Päckchen Streichhölzer heraus.

Mein Blick fällt auf die kleine Braunflasche mit den Notfalltropfen. Ein Spezialcocktail, den ich schon in Los Angeles eigens für Lou zusammengemixt habe; eine reine Vorsichtsmaßnahme, sollte ich sie in der Wildnis einmal schnell betäuben müssen. *Eine Mischung für Fälle wie diesen.* Rasch stecke ich die Flasche in meine Hosentasche und werfe Lou dann noch mal einen finsteren Blick zu. *Ich werde dir die Tropfen verpassen, wenn's nötig ist. Das ist auch ein Versprechen!* Heftig knalle ich die Schranktür zu und stürme nach draußen.

An der Feuerstelle zwinge ich mich, einfach mit dem weiterzumachen, was ich vorhin angefangen habe. Mit zittrigen Händen entzünde ich das Feuer und verkohle mir dabei den Daumennagel, weil der Wind mir die Flamme entgegenpustet. Ich fluche ungehalten vor mich hin. Zunder fliegt in den Böen davon, doch ich bringe das Feuer irgendwie in Gang. Danach rühre ich wie auf Autopilot in dem Chili herum und kann überhaupt keinen klaren Gedanken mehr fassen.

Hat sie das Feuerzeug genommen oder nicht? Ihre Reaktion lässt nur ein Ja zu. Aber was will sie damit anfangen?

Soll ich ihr die Tropfen verpassen, um sie zu durchsuchen? Oder soll ich sie außer Gefecht setzen, um mir zu überlegen, wie ich weiter vorgehen könnte? Ich schmeiße den Löffel in den Topf und balle die Fäuste. Minutenlang starre ich in das Chili, bis es anfängt zu blubbern. Wind wirbelt meine Haare durcheinander.

Was ich denke, gefällt mir nicht. Zumindest nicht dem neuen Brendan. Ich muss Lou tagsüber wieder anketten, bis ich die Wahrheit herausgefunden habe, und vielleicht noch länger. Das ist der einzige Weg. Ich kann ihr nicht mehr vertrauen. Sie hat mich belogen, ich weiß es fast zu hundert Prozent. Ihr Nicht-Reagieren auf meine Frage nach dem Feuerzeug, ihr Zittern, ihre angstdurchsetzte Stimme, das Hinunterziehen der Bluse. Außerdem: Ich hatte das Feuerzeug in der oberen Hosentasche, die ziemlich tief ist. Ich habe schließlich auch den Kabelbinder nicht verloren. Nein, Lou hat es genommen.

Ich atme ein. Das Gefühl, nach unten zu fallen, hat sich verflüchtigt, aber meine Gedanken trudeln immer wieder im Kreis wie in einer Warteschleife.

Vielleicht gibt Lou mir das Feuerzeug ja auch zurück. Sie weiß, dass ich es weiß. Womöglich lässt sie von ihrem Plan ab, wie auch immer er aussehen mag.

Plötzlich höre ich Schritte auf den Stufen.

»Ich mache die Milch für Grey«, ruft Lou zu mir rüber. *Mach du nur,* denke ich schnaubend und überlege mir, sie auf der Stelle wieder anzuketten. Ich werfe einen Blick über meine Schulter. Sie hat sich umgezogen, trägt einen grün-grauen Pullover und eine lange Jeans, und bückt sich, um ihre Wanderschuhe aufzusammeln.

Wenn ich sie jetzt ankette, werde ich dabei zornig sein und es wird ihr vorkommen wie ein Racheakt. Ich muss warten, bis ich ruhiger bin, und es ihr erklären. Natürlich will ich sie nicht bestrafen, es ist einfach die logische Konsequenz aus ihrer Lüge.

Wem versuchst du etwas vorzumachen, Bren? Sie hat dich verletzt. Du hast fast geglaubt, sie hätte Gefühle für dich. Und jetzt – bam – ist alles wie vorher. Du fängst wieder bei null an. Natürlich willst du sie bestrafen!

Lou verschwindet im Camper und ich höre sie in der Küche herumwerkeln. Vertraute Geräusche hinter dem stürmischen Wind und dem Knistern des Feuers. Irgendwann ruft sie nach Grey und da bemerke ich erst, dass er direkt in meiner Nähe herumgetollt ist. Wie ein Pfeil jagt er Richtung Wohnmobil und überschlägt sich fast, als er die Stufen nach oben springt. Lou hebt ihn hoch, drückt ihn an sich und flüstert mit ihm. Abrupt drehe ich mich um und stochere wie betäubt mit einem Ast in den Holzscheiten herum. Rote Funken fliegen in die Luft, doch der Wind löscht sie binnen Sekunden. Ich überlege gerade, wie ich mich weiter verhalten soll, als ein durchdringendes Piepen ertönt.

Es kommt vom Camper und ist so schrill, dass es mir bis in die Knochen fährt. Das ist nicht der Feueralarm. Reflexartig werfe ich den Stock in die Glut. In meinem Kopf sehe ich das Wohnmobil in tausend Teile explodieren. Schlagartig vergesse ich alles, was vorher war.

Ich muss Lou in Sicherheit bringen.

Wie von Furien gehetzt renne ich zur Tür, brülle wildes Zeug, das ich selbst kaum verstehe, und stolpere dabei über Grey. Er rast auf den Wald zu, als wäre ein Elchbulle hinter ihm her.

»Raus. Du musst sofort raus!«, schreie ich, als Lou an der Seitentür auftaucht. »Ist da drinnen noch irgendetwas an?« Ich presche die Stufen nach oben, packe sie in meiner Panik am Arm und stoße sie unsanft hinunter.

Ihre Augen glänzen fiebrig. »Der Herd«, flüstert sie wie erstarrt.

»Okay.« Ich nicke kurz und zeige auf den Fichtensaum, der an den See grenzt. »Geh da rüber! Ganz nach rechts. Ich will dich von der anderen Seite aus noch sehen können!« Ich gebe ihr einen kräftigen Schubs, damit sie losläuft, dann hechte ich um den Camper herum und löse den Schlüssel für die Klappe von meinem Gürtel. Vielleicht wird Lou ja doch krank. Vielleicht hat sie so gezittert, weil sie Fieber bekommt. Der See war kalt.

»Wo ist Grey?«, höre ich sie durch den ohrenbetäubenden Lärm rufen. »Grey?«

Wahrscheinlich hatte sie einfach nur Angst vor mir und wollte deswegen so schnell wie möglich rein. Meine Finger sind schwitzig und ungeschickt, ich brauche eine Ewigkeit, um die Luke aufzuschließen. Danach rutscht mir die Klappe aus den Händen und ich klemme mir den Zeigefinger ein. Voller Wut boxe ich mit der Faust gegen die Wand und fluche laut auf. Beim zweiten Versuch bin ich ruhiger und schaffe es, die Öffnungsklappe an der vorgesehenen Öse festzuhaken. Freier Zugang zum Gashahn. Flüchtig sehe ich mich nach Lou um und entdecke sie am Fichtensaum. Sie ruft immer noch nach Grey.

Okay, Brendan, alles unter Kontrolle. Jetzt schließ den scheiß Hahn, sonst kann Lou dich und die Reste des Wohnmobils vom Waldboden abkratzen.

Ich drehe an dem bronzefarbenen Knauf, aber er bewegt sich nicht. Schweiß sammelt sich in meiner Handfläche und macht sie glitschig.

»Scheiße!«, schreie ich in das endlose Piepen. Es schabt wie ein Messer an meinen Nerven. Fahrig wische ich die Hand an der Hose ab, versuche es erneut und diesmal bewegt sich der Drehknauf, wenn auch unendlich schwergängig.

Irgendwann habe ich es geschafft. Ein Seufzen der Erleichterung kommt mir über die Lippen, doch im nächsten Augenblick fällt mir der Herd wieder ein. Ohne die Luke zu schließen, springe ich auf und hechte um den Camper herum.

Der Wasserkessel steht auf der aufgedrehten Flamme, die wie eine verkümmernde blaue Blüte zusammenschrumpft, offenbar angefeuert durch die letzten Reste Propan. Mit zitternden Fingern drehe ich den Schalter um, nehme den Kessel vom Herd und schmeiße ihn in die Spüle. Gehetzt betrachte ich die vier alten Platten. Gibt es am Herd eine undichte Stelle, die den Alarm ausgelöst hat? Irgendwo muss es ein Leck geben, sonst wäre er nicht losgegangen. In diesem Moment fällt mir auf, dass es immer noch piept. Ich gehe in die Hocke und lege den Schalter um.

Augenblicklich ist es still, doch es ist eine sonderbare Ruhe. Fast unheimlich. Wie in einem Grab.

Ein eigenartiges Gefühl breitet sich in mir aus. Ich beachte es nicht, sondern reiße alle Fenster auf, um den Innenraum gut durchzulüften.

Um das Leck kann ich mich später kümmern. Gut, dass ich gestern noch das dreibeinige Gestell zusammengeschraubt habe, so können Lou und ich erst einmal über offenem Feuer kochen.

Lou!

Das eigenartige Gefühl in mir verdichtet sich zu einem harten Klumpen. Ich springe die Stufen nach unten und mein Blick fliegt am Waldrand entlang.

Lou ist nicht da. Dafür entdecke ich Grey, der auf etwas herumkaut.

Es ist so still. So still.

Ein Teil von mir hat plötzlich fürchterliche Angst, wie ein Kind, das alleine in der Fremde zurückgelassen wird. Wellen aus Adrenalin durchfluten mich, während mein Hirn eins und eins zusammenzählt.

Das Feuerzeug, das mit Gas betrieben wird … Sie hätte den Alarm damit auslösen können.

Nein, das hat sie nicht getan, so clever ist sie nicht. Niemals!

Die arglosen Fragen nach dem Propangastank und wo er sich

befindet, als sie mir die Geschichte von Delsin erzählt hat …

»Was hättest du dann gemacht?«

»Ich hätte die Gasflasche zudrehen müssen und du hättest dich besser in Sicherheit gebracht.«

Aber nein! Niemals kann sie das geplant haben!

Doch ich sehe sie nicht. Ich laufe mit schweren Beinen einmal um den Camper herum und bekomme keinen Ton heraus. Sie ist weg, wie vom Erdboden verschluckt.

Übelkeit krampft meinen Magen zusammen. Sie ist weg! Lou ist weg!

Eine unsichtbare Schlinge legt sich um meine Kehle und zieht sich immer weiter zu.

»Louisa?« Ich bringe nur ein Krächzen zustande. »Lou?«

Der geschotterte Platz, die Fichten und der Himmel beginnen dunkel zu flimmern und ein Teil tritt aus mir heraus. Zumindest fühlt es sich so an. Für mehrere Sekunden sehe ich schwarze Blitze, dann stürze ich in eine Tiefe, die mir den Schrei aus den Lungen reißt.

»Louisa! Komm zurück!«

23. Kapitel

Ich stolpere, falle auf die Knie, höre mich keuchen. Der Schotterboden verschwimmt.

»Louisa! Komm! Sofort! Zurück!« Meine Schreie umflattern mich wie eine Schar finsterer Krähen. Ich verstehe sie und verstehe sie nicht. Es ist, als existierte ich doppelt. Ein Brendan dort draußen, und einer gefangen in mir drin.

Als ich mich aufsetze und umschaue, blicke ich direkt in die zeitlosen Augen des kleinen Jungen. Wie schon einmal höre ich ihn zählen.

Eins, zwei, drei, vier, bin nicht da und bin nicht hier … Du musst dableiben.

Für einen Augenblick gibt es nur noch ihn und mich und die Dunkelheit. »Warum?«, flüstere ich heiser.

»Trauer. Zu schwer für dich. Du zerbrichst.«

Mit diesen Worten geht er in seinen schmuddeligen Hosen fort und lässt mich wie gelähmt zurück. Ich starre auf seinen Rücken, doch er verblasst …

Der Junge rennt. Noch nie zuvor war er so schnell. Er sieht nicht nach rechts und links, nicht zurück. Hinter ihm brüllt das Monster, als wäre es aus dem Ort der Verdammnis ausgebrochen. Die nackten Füße des Jungen wirbeln den Staub der Thorson Ave auf, er atmet ihn direkt in die Lungen. Die Körner reiben in seiner Kehle, machen das Atmen schwer, aber das ist seine Chance. Vielleicht die letzte für immer. Er weiß nicht, wie dicht der Mann hinter ihm ist, doch er hat einen Vorsprung. Der Santa-Ana pustet in sein Gesicht, er riecht nach Salz und heißem Fett. Nach so vielen Dingen, die der Junge nicht kennt.

An der breiten Straße wagt der Junge einen Blick über die Schulter. Der kräftige Mann mit den eisernen Zügen hechtet die Thorson Ave entlang, die Faust erhoben. Seine Stirn blutet, genau an der Stelle, wo der Junge ihn mit der abgesägten Holzlatte getroffen hat. Das war für Blacky – nie hätte der Junge es sonst gewagt, ihn anzugreifen. Doch auf einmal lag da dieses lange Stück Abfallholz in der Werkstatt, und der Schlüssel für die Hintertür steckte noch. Er erinnert sich nicht mehr, wie er es getan hat, nur, dass es ein hässliches Krachen gab. Es klang nach Triumph.

Und jetzt steht er hier und sieht das Monster auf sich zustürmen. In dieser bunten, hektischen Umgebung wirkt er wieder viel mehr wie ein Mensch.

Die Knie des Jungen werden weich. Plötzlich ist alles zu laut. Die Stimmen um ihn herum, das Brummen der Autos, das Hupen. Neben ihm lacht eine Frau. Sie ist so blond wie seine Little Miss Sunshine.

Helfen Sie mir!, will er schreien, aber seine Stimme versagt. Ihm hilft sowieso niemand. Nicht einmal die Polizei. Die bringen ihn nur wieder zurück, obwohl sie sehen, wie erbärmlich er aussieht. Der Mann erzählt Lügen und drückt den Männern ein paar Scheine in die Hand. So läuft das.

Er taucht in einem Pulk von Leuten unter, die gleichzeitig über die Straße gehen. Die Arme nach vorne gestreckt zwängt er sich zwischen den Leibern hindurch, als würde er schwimmen.

Der Mann brüllt. Irgendwo hinter dem Jungen. Eiswasser läuft ihm über den Rücken. Auf der anderen Seite stößt er mit einem Fremden zusammen. Ergeben schließt er die Augen. Er wird ihn festhalten, ihn an den Mann ausliefern. Doch es passiert nichts. Der Fremde fährt ihn nur an, bevor er weiterläuft, den Aktenkoffer fest unter den Arm geklemmt.

Für einen Moment steht der Junge perplex da. Sieht zurück. Das Monster hat die Kreuzung erreicht. Ein paar Menschen drehen sich schon nach ihm um, gleich werden sie wissen, weswegen er so schreit. Dann ist es aus.

Der Junge rennt los. Er weiß, wohin er will. Aus der Zeitung hat er von dem Viertel erfahren, in das kein Polizist reingehen will. Es grenzt direkt an seinen Bezirk. Er hat von den Banden gelesen und den Kämpfen. Dieses Gebiet ist seine einzige Chance, den Klauen des Mannes zu entgehen. Er hat sich alles eingeprägt: die Aufnahme, die damals abgebildet gewesen war, die wenigen Straßennamen, die dabeistanden. Doch jetzt findet er nichts davon wieder. Alles ist ihm fremd. Er läuft, ohne zu wissen, wohin. Sein ganzer Körper schmerzt von den Schlägen, aber er blendet es aus. An der nächsten Gabelung biegt er nach rechts ab, verschwindet erneut im Strom schwatzender Menschen. So viele Kreuzungen. So viele Straßen. Lichter. Es riecht nach Pizza und Pommes. Nach Zigarettenrauch.

Jugendliche stoßen ihn lachend wie einen Hund hin und her, aber es ist ihm egal. Er muss nur entkommen. Die Nacht wird zu einem Fluss aus Schreien, Autos, wildem Hupen und Musik. Wieder riecht es nach Essen. Sein Magen knurrt. Eine Frau mit grellroten Lippen spricht ihn an, lacht, doch er taumelt von ihr fort.

Irgendwann ist das Monster hinter ihm verschwunden. Zum ersten Mal wird er langsamer. Er ist nicht in dem Viertel, in das er wollte. Mit an die Rippen gepressten Händen läuft er eine geteerte Straße entlang, die auf beiden Seiten von mächtigen Palmen gesäumt wird. Hohe Palmen, so hoch, dass er den Kopf in den Nacken legen muss, um ihre Wedel zu sehen. Der Santa Ana-

Wind lässt ihre Blätter sanft auf und ab schwingen.

Rechts von ihm erhebt sich auf einem Stelzen-Plateau eine Ansammlung von bunten Buden. Am Rand ist ein Riesenrad mit blau blinkenden Speichen. Das muss der Santa Monica Pier sein, den er schon so oft im Morgenblatt gesehen hat.

Plötzlich fühlt er sich zu klein für diese Welt.

Er bleibt stehen. Da ist etwas in der Luft. Nicht nur Wind, sondern auch Kühle und Feuchte. Als hätte jemand Salz in der Luft zerstäubt. Aus der Ferne hört er ein gleichmäßiges Rauschen. Noch einmal dreht er sich um sich selbst, schaut, ob das Monster wirklich fort ist, dann läuft er in Richtung des Geräuschs. Seine Füße berühren etwas Weiches, das ihn kitzelt. Er blickt hinab. Sand. Es fühlt sich lustig an, aber er lacht nicht. Seine Zehen sind blutig. Er hebt den Fuß hoch und zieht eine Glasscherbe aus seinem großen Zeh. Schmerz spürt er nicht, dafür ist gerade kein Platz.

Er muss wissen, was das Rauschen ist, und geht einfach weiter. Auf einmal sieht er es im Mondlicht glitzern.

Das Meer.

Für einen Augenblick wird ihm schwindelig, weil es so riesig ist. Sein Blick gleitet über die nachtschwarze Fläche, hin zur Brandung mit den weißen Schaumkronen.

Der Junge schaut zu, wie sich die Wellen immer wieder am Ufer brechen. Er wartet auf etwas. Womöglich auf ein Gefühl. Man sollte etwas fühlen, wenn man zum ersten Mal das Meer sieht. Er wartet darauf, dass seine Lungen weit werden, aber sie krampfen sich zusammen. Er schluckt und presst sich die Fäuste in den Magen. Seine Schultern zucken, doch er weint nicht. Nicht einmal jetzt. Er weint nicht und er lacht nicht. Dabei ist er frei.

Das Einzige, an was er denken kann, ist Rhode Island. Der kleinste Bundesstaat der USA, der im Alphabet direkt nach Pennsylvania kommt. Pennsylvania, Rhode Island, South Carolina.

Aber sein eigener Name will ihm nicht einfallen, er hat ihn für immer vergessen.

Als ich wieder zu mir komme, sehe ich alles in Schwarz-Weiß. Mehrmals blinzele ich, doch die Farbe kommt nicht zurück, das Kronendach bleibt dunkelgrau, die Stämme der Fichten erscheinen mir schwarz. Der Flash ist nicht vorbei, ich habe nur gerade eine klare Phase. Diesmal liege ich nicht auf dem Waldboden, sondern ich stehe starr wie eine Statue vor dem Camper, meine linke Hand umschließt eine lange Eisenkette.

Wie ein Blitz zuckt die Erinnerung durch mich hindurch: Ich muss Lou zurückholen!

Mit klopfendem Herzen sehe ich nochmals zu den Baumkronen, die sturmgepeitscht auf und ab wippen. Ein dunkles Ächzen erfüllt die Luft. Jetzt bin ich mir absolut sicher, dass es heute Nacht einen Sturm geben wird – ich muss Lou unbedingt finden, bevor er über das Gebiet hereinbricht.

Wo ist sie hingelaufen? Wo würdest du hinlaufen, wenn du fliehen wolltest? Niemals Richtung Straße, das wäre zu gefährlich, denn da könntest du abgefangen werden.

Für einen Augenblick rieche ich Meersalz und Sand. Der kalte Wind verwandelt sich in den warmen Santa Ana von Los Angeles und das Rauschen der Bäume wird zu der Brandung des Meeres.

Ich würde am Bach entlanglaufen, um mich nicht zu verirren! Entschlossen packe ich die Eisenkette fester und mache mir ein Bild der Lage. Der Himmel scheint grau zu sein, aber es ist noch Spätnachmittag. Im Camper heult Grey; also habe ich ihn eingesperrt und offenbar auch alle Fenster geschlossen, selbst das Feuer habe ich gelöscht. Mitnehmen kann ich Grey nicht, er würde mich nur aufhalten, denn noch sehe ich eine Chance, Lou an den Klippen abzupassen. Wenn sie nicht dort ist, kann ich immer noch die Straße abfahren.

Mit dem Ärmel des Hoodies wische ich mir über das Gesicht und stolpere los. Die Angst, erneut von meinen Erinnerungen aus der Realität gezogen zu werden, ballt sich wie eine Faust in mir zusammen. Ich muss Lou finden. Die Vorstellung, dass sie mir verloren geht, kann ich nicht ansatzweise zu Ende denken. Kein Lou-Lächeln mehr. Keine niedlichen roten Flecken auf den blassen Wangen.

Ich laufe am See entlang, der mir stumpf und trüb vorkommt.

Du findest sie. Sie kommt nicht weit!

Wenn sie wirklich dem Bach folgt, wird sie mindestens eine Stunde brauchen, um die Klippen zu erreichen.

Ich suche den Wildwechsel, einen platt getrampelten Weg einer Herde Karibus, auf den ich beim Fallenstellen gestoßen bin. Der Weg führt steil bergab. Immer wieder bleibe ich stehen und horche auf ein Geräusch, doch außer dem Rauschen der Baumwipfel ist nichts zu hören. Hier und da fällt ein Zapfen auf den Boden und zerbirst zwischen den toten Hölzern.

»Lou?«, rufe ich, so laut ich kann. »Komm zurück! Du verläufst dich nur!«

Wieder verharre ich, lausche. Nichts. Mein Blick irrt den Abhang hinab Richtung Bach, aber die Bäume drängen sich zu dicht aneinander. Ich sehe nur dunkle Zweige, Gestrüpp und die hohen Gräser rechts und links des Pfades.

»Louisa! Komm sofort zurück zu mir!«

Was, wenn sie entkommt? Furcht und Wut vermischen sich in mir zu einem dumpfen, namenlosen Druck. Ich will schreien, ausflippen, meinen Kopf gegen den nächsten Stamm hämmern. Wie habe ich nur so blöd sein können, auf diesen Trick mit dem Gas reinzufallen! Ich laufe schneller und stolpere am Ende des Abhangs fast über einen halb verwesten Dachs.

Ich darf Lou nicht verlieren. Niemals! Nie! Ich darf sie nicht verlieren! Niemals verlieren! Niemals verlieren!

Nichts anderes kann ich mehr denken. Nach einer Weile lichtet sich der Wald. Das Totholz jenseits des Pfades gibt mehr und mehr Waldboden frei, ein untrügliches Zeichen, dass ich mich in der Nähe der Felsenschlucht befinde.

Plötzlich höre ich ein feines Rascheln und bleibe stehen, doch es ist nur eine Krähe, die mit einem tiefen Krah-Krah auffliegt. Von meinem jetzigen Standpunkt aus kann ich die letzte Baumreihe vor den Klippen erkennen. Der Himmel, den ich durch die Lücken der Stämme sehe, ist regenschwer. Vorsichtig laufe ich weiter und nehme aus den Augenwinkeln eine Bewegung am Rand des Abhanges wahr.

Mein Herz hämmert los. Direkt bei einer waagrecht über den Abgrund gewachsenen Birke steht Lou, eine Hand um einen aufrechten Ast geklammert. Sie schaut hinab in die Schlucht, sucht wahrscheinlich eine Möglichkeit, nach unten zu kommen.

Tausend Gefühle spülen über mich hinweg: Erleichterung, Wärme, Zorn.

Unwillkürlich schließen sich meine Finger fester um die Eisenkette und ich ziehe sie von der Schulter, als wollte ich sie als Lasso benutzen. Jetzt, wo Lou unverletzt hier steht, kann ich plötzlich nur noch daran denken, sie zurückzuholen.

Sie ist kein Tier, Brendan!

Sie gehört mir! Sie ist mir weggelaufen!

Tu ihr nicht weh!

Ich hole sie mir zurück, koste es, was es wolle!

Schritt für Schritt pirsche ich mich an den Hang heran, immer im Schutz der Bäume. Der alte Zorn flammt in mir auf und ich brauche alle Kraft, um ihn im Zaum zu halten.

Ich lasse dich sicher kein zweites Mal davonlaufen!

Kurz bevor ich sie erreicht habe, zerbricht ein morscher Ast unter meiner Sohle.

Lou fährt wie von der Tarantel gestochen herum. Als sie mich entdeckt, sinkt sie in sich zusammen, macht sich klein wie damals im Camper. Ihr Gesicht ist totenblass, ihre Augen groß und dunkel.

»Bren …« Ich glaube, sie hat meinen Namen geflüstert. Ihr Brustkorb hebt und senkt sich rasch hintereinander.

»Hier geht es nicht weiter«, erkläre ich ihr mit ruhiger Stimme, hinter der sich meine Wut sammelt. Ich mache zwei Schritte auf sie zu. »Das Gelände endet an dieser Schlucht. Du kannst an der Klippe entlanglaufen, so lange du willst, du kommst nicht ins Tal.« Ich klinge unheilverkündender als beabsichtigt. Ich darf sie nicht erschrecken, aber ich darf ihr auch keine Hoffnung machen. Erst jetzt bemerke ich, wie nahe sie dem Abgrund ist, und bleibe stehen. »Komm her und mach es nicht noch schlimmer für dich!«

Sie schüttelt kaum merklich den Kopf und weicht zurück. Ein paar Steine lösen sich vom Saum der Klippe und Lou gerät ins Taumeln.

»Vorsicht!«, schreie ich auf. Mein Puls pocht hart in meiner Kehlgrube.

Lou klammert sich fester an den Ast, an dem sie sich schon zuvor festgehalten hat. Mit den Füßen tastet sie nach dem Stamm. Wie ein Schwebebalken ragt er über die Felsen hinaus, viele Meter, zu viele. »Wenn du näherkommst, springe ich!«, brüllt sie zu mir rüber.

Vor meinem inneren Auge sehe ich ihren zierlichen Körper am Fuß des Felsens zerschmettern. Der Gedanke macht mich schwindelig. *Das ist Wahnsinn! Oh Gott, das ist verrückt!* Sie bringt sich wirklich noch um! Ich bin viel zu weit entfernt, um sie davon abzuhalten.

»Ich will dir keine Angst machen, Lou.« Im Stillen zwinge ich mich zur Ruhe, während mir der Schweiß über den Rücken rinnt. »Ich tue dir nicht weh. Das hab ich dir doch schon hundert Mal versprochen. Daran ändert sich nichts. Selbst jetzt nicht.« Ich wische mir über die Stirn, meine Haut ist klatschnass. »Komm schon, Lou, du weißt doch, was passieren kann!«

»Nein!« Hektisch schüttelt sie den Kopf. »Ich will nicht wieder angekettet werden wie eine Gefangene.«

Sie schaut mich über die wenigen Meter hinweg an und eine seltsame Traurigkeit schleicht sich in ihren Blick. So wie heute Mittag, als wir zusammen die Erde auf das Schwarzwasser gekippt haben.

Da liegt so viel in ihren Augen, so vieles, was sie nicht sagt. Vielleicht empfindet sie doch mehr für mich. Womöglich ist sie zerrissen von allem, was sie fühlt.

Je länger ich sie anschaue, desto mehr glaube ich, sie zu verstehen. Ihr geht es wie mir, sie kennt sich selbst nicht mehr. Sie ist verwirrt, verletzt, wütend. Sie hat Angst und ist verzweifelt. Warum sollten sich ihre Gefühle in Schubladen pressen lassen. Eine für gute, eine für schlechte. Eine für Liebe, eine für Hass. Alles ist in ihr durcheinandergeraten, als gäbe es nur noch ein Fach, in dem sich alles vermischt.

»Es war meine Schuld«, sage ich. Mein Herz zieht sich vor Mitleid und Kummer zusammen. »Ich hätte es dir nicht so leicht machen sollen. In dem Moment, in dem ich mir sicher war, dass du mein Feuerzeug genommen hast, war mir klar, dass du irgendetwas vorhast. Ich hätte sofort reagieren müssen.« Ich ringe mir ein Lächeln ab, doch ich habe noch nie so viel Kraft dafür gebraucht. »Jetzt ist es zu spät. Ich werde dich zurückbringen und du wirst mich wieder hassen!«

»Wieso hast du mich nicht durchsucht, wenn du dir so sicher warst?«, fragt Lou mit Trotz in der Stimme.

»Ich hatte dir versprochen, dich nicht anzufassen. Wie hätte ich dich …«

»Deswegen hast du stattdessen den Schrank offen gelassen. Um mich zu testen!«

»Nein!« Der Wind zieht an. Er wirbelt Lous Haare durcheinander und zerrt an ihren Kleidern. Sie muss sofort von dem Stamm runter, bevor die Böen sie hinabreißen.

Mit neuer Entschlossenheit hole ich die Notfalltropfen hervor. »Das war Unachtsamkeit, bedingt durch meinen Zorn und die erste Welle eines Flashbacks. Außerdem ist da oben nichts mehr drin, was dir wirklich hätte helfen können, mich loszuwerden.« Ich starre auf die Flasche. Der Wind pfeift in meinen Ohren.

»Was willst du damit?«, fragt Lou mit dünner Stimme.

»Ich werde dich betäuben, damit ich dich nicht mit Gewalt zurückzerren muss. Dir zuliebe.«

Sie zuckt zusammen, als hätte ich sie geschlagen. Für einen Augenblick glaube ich, sie würde anfangen zu weinen, doch dann setzt sie sich rittlings auf den Stamm.

»Lieber springe ich, bevor du mir wieder gewaltsam irgendein Zeug einflößt!«, schreit sie mich an und schiebt sich auf dem Stamm Zentimeter für Zentimeter weiter über den Abgrund. Ihre Bewegungen sind ungeschickt und zittrig, mit jeder Sekunde habe ich mehr Angst, sie könnte das Gleichgewicht verlieren und in die Schlucht stürzen.

»Lou, komm sofort da runter!« Es soll wie ein Befehl klingen, aber ich versage. Es klingt erbärmlich.

Sie rutscht noch weiter zurück. »Geh weg!« Eine Träne rollt über ihre Wange, unendlich langsam, fast wie in Zeitlupe.

Ein seltsames, unvertrautes Gefühl steigt mir die Kehle hoch. Es brennt in meinem Hals. »Lou …« Ich will sie in den Arm nehmen und trösten, ihr sagen, dass alles gut wird. Aber ich kann so etwas nicht. »Ich will dich doch nicht absichtlich leiden lassen. Ich weiß, wie sehr du deine Brüder vermisst. Wenn ich gewusst hätte, wie schlimm das alles für dich ist, dann …«

»Dann hättest du ein anderes Mädchen entführt?«, schleudert sie mir entgegen. »Das hatten wir doch alles schon!«

Ich mache einen Schritt auf sie zu und klammere mich an die kleine Flasche in meiner Hand, als wäre sie eine Krücke. »Ich wollte immer nur dich und du weißt, warum. Deshalb glaube ich auch nicht, dass du dich da runterstürzt. Dafür liebst du das Leben viel zu sehr.« Ich weiß nicht, ob ich selbst glaube, was ich sage.

Immer mehr Tränen strömen über Lous blasse Wangen. »Du hast mir mein Leben weggenommen«, schluchzt sie. »Du hast es gestohlen.«

So wie das Monster mir meins gestohlen hat. Ein unermessliches Elendsgefühl legt sich um meine Brust wie ein eiserner Ring. Aus einem Grund, der mir in diesem Moment noch nicht klar ist, stecke ich die Notfalltropfen wieder ein und strecke Lou eine Hand entgegen.

»Tu das nicht, Lou. Bitte …« Wenn sie sich etwas antut, ist das meine Schuld. Dann hat sie keine Möglichkeit mehr, ihr Leben zu leben, egal mit wem.

Sie sieht hinab. Da unten ist nichts außer Felsen und Wasser.

Lou, komm zurück!, flehe ich im Stillen, doch sie schiebt sich noch weiter nach hinten.

Bei dem Anblick, wie sie da auf dem schmalen Stamm über der Klippe sitzt, wird mir speiübel.

Ich treffe die Entscheidung, die bis eben nur in meinem Unterbewusstsein war. Sie hat mich die Flasche einstecken lassen, jetzt ist sie an die Oberfläche meines Verstandes gedrungen.

»Lou«, sage ich gerade so laut, dass sie es hört. »Ich weiß, du willst das alles gar nicht. Du bist verzweifelt. Und du willst es mir vor Augen führen. Du gehst so weit, dich selbst in Gefahr zu bringen, um es mir zu beweisen. Aber weißt du was: Ich habe es kapiert.« Sehr langsam, um sie nicht zu erschrecken, bewege ich mich rückwärts von ihr weg und laufe am Klippensaum entlang. Als ich genügend Abstand zu ihr habe, hole ich aus und werfe die Kette in meiner Hand schwungvoll in die Schlucht.

»Siehst du?«, schreie ich gegen den Wind in ihre Richtung und lache, obwohl es sich verkehrt anfühlt.

Für einen Augenblick sieht sie mich an. Verwirrt, als hätte ich mir eine Maske vom Gesicht gerissen und als sähe sie mich zum ersten Mal wirklich. Unter diesem Blick fängt mein Brustkorb an zu brennen. Alles in mir bricht auseinander. Ich werde sie verlieren, wenn ich das Mittel selbst trinke. Ganz sicher weiß ich es nicht, aber es ist sehr wahrscheinlich. Mit ohnmächtiger Verzweiflung ziehe ich die Flasche aus meiner Tasche. Ich habe keine Wahl. Ich muss das Zeug trinken, sie wird sonst niemals von diesem Stamm runterkommen, weil sie mir nicht vertraut. Doch sie muss wieder zurück auf die Klippe, andernfalls wird sie vom Sturm hinabgeworfen, wenn sie nicht sogar selbst springt.

Du verlierst sie! Sie wird dich verlassen!

Es geht ganz schnell. Ich spüre noch, wie ich auf die Knie falle und dabei gleichzeitig ins Bodenlose stürze. Dunkler Wind wirbelt an mir vorbei. Ich lande in dem finsteren Raum, dem dunklen Teil meiner Seele.

Du zerbrichst, flüstert der Junge in meinem Inneren.

Für Sekunden liege ich in der Dunkelheit und starre nach oben. Es ist zu eng, zu schwarz, zu einsam. Das neue Gefühl von vorhin fließt in jede Zelle meines Körpers und füllt sie mit Schwere.

So dunkel, so dunkel … unter der Erde … warum bist du fortgegangen? Hör nicht auf zu atmen. Hör nicht auf zu atmen. Halt die Hände still. Weine nicht. Hör nicht auf zu atmen …

Ist das meine Stimme? Sie ist in mir und außerhalb von mir.

Ich höre jemanden rufen. Klar und blau wie der Himmel. »Bren? Bren …«

Lou!

In der Finsternis suche ich nach ihrem Gesicht, aber ich finde es nicht. *Ich verliere sie! Ich werde sie für immer verlieren!* Ich zerbreche in Millionen Teile. Sie splittern um mich herum wie die Scherben eines Spiegels. Stroboskopisch blitzen Bildfolgen vor mir auf. Das Gesicht einer jungen lachenden Frau. Blonde Haare rahmen ihre Wangen. Mit leuchtenden Augen schaut sie auf mich herab, ihre Lippen formen ein Wort. Undeutlich wie durch einen Nebelschleier hallt es in meinen Ohren. Bren-dan. Bren-dan.

Mum?

Sie läuft mit ausgebreiteten Armen hinter mir her, um mich zu fangen. Ich kreische vergnügt auf und renne mit tapsigen Schritten von ihr fort, doch sie schnappt mich, wirft mich liebevoll auf die Sofakissen und kitzelt mich durch. Ihr langes Haar streift mein Gesicht und ich packe es mit den Fäusten. »Mummy, Mummy, Mummy!« Ich lache. »Mummy, aufhören!«

Etwas schnürt meine Kehle zu und ich bekomme keine Luft. Roter Nebel steigt vor meinen Augen auf und wieder höre ich die tiefe Stimme: *Geh beiseite.*

Ich werde umgeworfen, und alle Bilder sind fort. Für Sekunden sehe ich den Jungen, wie er am Meer entlangläuft, auf der Suche nach dem Viertel, das für die nächsten Jahre sein Zuhause sein wird, doch dann finde ich mich plötzlich in meinem Körper wieder, obwohl ich gar nicht wirklich da bin.

»Bren«, höre ich Lou flüstern. »Du bist hier, bei mir. Nicht irgendwo sonst. Bren … ich bin's … Lou.«

Ich knie immer noch auf dem Boden.

»Bren, ich weiß nicht, was dir in deiner Vergangenheit passiert ist … aber das ist vorbei. Du bist nicht mehr eingeschlossen, sondern frei. Du musst nur richtig hinsehen.«

Ich wiege mich vor und zurück, als könnte ich ihre Stimme mit in meinen Albtraum nehmen. »Bren … alles ist gut. Du bist nicht gefangen.«

Jemand anderes nimmt meinen Platz ein. »Lüge! Alles wird schwarz.« Ich laufe zu Lou, aber sie ist es nicht mehr. Sie sieht aus wie meine Mum.

Danach reißt etwas in mir durch und fliegt davon wie ein Drachen, der von seiner Schnur abgeschnitten wird.

Als ich zu mir komme, ist da wieder diese Stimme. Sie hallt wie aus einem fernen Land, und sie ist schön, obgleich sie so traurig klingt. Wie das letzte Mal lasse ich mich von ihr hinauftragen, an den Ort, an dem alles gut werden könnte.

»Bren …«, flüstert sie. »Ich bin's doch nur. Lou. Lou, das Mädchen, das du entführt hast.«

Lou. Lou. Lou. Dunkel und hell echot der Name in mir, während sie weiter zu mir spricht. Immer mehr Worte, die wie süßer Balsam auf meine Wunden tropfen. *Weggelaufen. Hasse dich nicht.* Ich verstehe nicht alle, aber sie ergeben einen Sinn, sind wie Noten in einem Musikstück. *Ein Teil von mir … richtig gern.*

Ich umklammere den Ast einer Birke, einen Fuß habe ich auf den Stamm gesetzt.

Meine Augen schmerzen und ich blinzele ein paar Mal. Ich will nicht, dass die Stimme aufhört zu reden, sondern dass sie mich weiterträgt. Wieder dringen Satzmelodien zu mir durch. *Dieser Teil, der, der dich gern hat … wahnsinnig … komplett durchgeknallt … versteh es selbst nicht.* Ich fließe mit der Stimme mit … *deinen Camper genommen und geküsst … nicht davor davonlaufen sollen.*

Etwas Kaltes streift mein Gesicht. Windböen.

Plötzlich sehe ich wieder klar und entdecke Lou vor mir. »Louisa?«, frage ich fassungslos, weil ich nichts mehr kapiere. »Was machst du da?«

Tränen laufen über ihre Wangen. »Ich sitze auf einem Baum und habe Angst«, flüstert sie schluchzend. Sie zittert am ganzen Körper.

Das Herz geht mir über. Sie hat während des Flashs wieder mit mir gesprochen. Vielleicht hat sie mich sogar zurückgeholt.

»Ich war weg, oder?«

»Ziemlich.« Sie nickt schwach.

Ich will tausend Dinge sagen, aber ich kann nicht in Worte fassen, was in mir vorgeht.

»Es ist zu gefährlich.« Entschieden steige ich von dem Baumstamm herunter und suche nach der Flasche. Sie muss mir aus den Händen gerollt sein, als ich weggedriftet bin. Ich entdecke sie im Gras und hebe sie auf.

Wieder sehe ich zu Lou. »Komm da runter, bitte …«, sage ich

eindringlich.

Der Wind bläht ihren Pulli auf wie einen Ballon.

»Ich trinke das nicht!«, presst sie hervor und klammert sich wie eine Schiffbrüchige an den Ast.

»Der Inhalt wirkt beinah sofort. Ich habe lange herumprobiert, bis ich die Mischung raus hatte.« Ich laufe rückwärts auf den Wald zu, um Lou zu zeigen, dass ich ihr nicht zu nahe komme. »Eigentlich war es für dich gedacht, daher wird es bei mir nicht ganz so stark wirken. Immerhin wiege ich ein bisschen mehr als du.«

»Bei dir?«, fragt sie verwirrt.

Ich umklammere die Flasche fester und trinke den Inhalt in einem Zug aus. »Ich hatte nicht vor, es selbst zu nehmen. Aber ich schätze, du wirst sonst nicht von diesem gottverdammten Baum herunterklettern«, erkläre ich ihr. »Ich weiß nicht, wann ich meinen nächsten Anfall bekomme. Was, wenn ich versuche, dich da runterzuholen? Oder du dich über mein Verhalten erschrickst und das Gleichgewicht verlierst …«

In meinen Ohren beginnt es zu rauschen. Es klingt ein bisschen, als würde mir jemand Luft gegen die Trommelfelle pumpen. Die Umgebung wird unscharf, aber diesmal liegt es an den Drogen. Blindlings stolpere ich durch den Wald, mein Fuß verheddert sich in einem Stapel Totholz und ich stürze zu Boden. Eine Flut von Schweiß läuft mir über das Gesicht, mein Herz hämmert in der Kehle.

Mit zusammengebissenen Zähnen krabbele ich zu einem kahlen Baumstamm und lehne mich im Sitzen dagegen.

Und dieses Zeug wollte ich Lou einflößen! Bei dem Gedanken fühle ich mich sterbenselend.

»Bren?«

Lou klingt ganz nah. Das heißt, sie ist nicht mehr auf dem Stamm! Meine Augen wollen zufallen, doch ich halte sie krampfhaft offen und suche im Dämmerlicht nach Lou.

Sie steht am Waldrand neben einer Fichte, blass und durchscheinend wie ein kleines Gespenst. Mein Herz wird ganz warm, als ich sie betrachte. Auf einmal fällt mir der Sturm wieder ein.

»Du solltest nicht fliehen, zu gefährlich.« Meine Worte klingen verwaschen. »Außerdem kriege ich dich sowieso.« Matt wische ich mir über das Gesicht, als könnte ich dadurch besser denken, aber mein Verstand fühlt sich an, als würde er gekocht. Ich zwinge mich,

Lou anzusehen, doch ihre Züge flackern unstet. »Es wird nachts viel zu kalt. Du wirst erfrieren.«

»Ich habe doch dein Feuer«, wispert sie und es klingt schuldbewusst.

Ich muss lächeln, auch wenn mir nicht danach zumute ist. »Du wirst den Wald abfackeln und dann weiß ich sowieso, wo du bist – falls du es überlebst.« Ich schließe die Augen, kann nicht mehr gegen die bleierne Müdigkeit ankämpfen. Mein Kopf kippt einfach weg. »Lou?«

»Ja?«

Ich höre Äste knacken. Sie kommt zu mir. Ganz langsam. Ich kann sie fast sehen, wie sie scheu auf mich herabsieht.

»Sturm … heute Nacht … bleib … Nicht gehen, zu gefährlich.« Ich gleite weg. Mein Oberkörper sinkt dem Waldboden entgegen. Zwei sanfte Hände fassen mich an den Schultern, können mich aber nicht halten.

Wie im Halbschlaf merke ich, dass Lou meine Beine anwinkelt. Immer mehr verschmelze ich mit der Erde.

Plötzlich ist warmer Atem auf meinem Gesicht. Ist das Lou, die sich über mich beugt?

Wieso beugt Lou sich über mich und rennt nicht sofort weg?

Sie streicht mir eine Haarsträhne zurück. Die Berührung fühlt sich so liebevoll an, dass sich etwas in mir verkrampft.

Mir fällt auf einmal so viel ein, was ich ihr noch sagen will. Denn wenn sie geht, muss sie auf tausend Dinge achten. Doch ich bin schon so müde. Bilder ziehen an mir vorbei wie ein Film. Lous ovales Gesicht mit dem weichen Kinn und dem süßen Mund – ihr Profilbild bei Facebook. Augen wie der Himmel über Alaska. Lou, wie sie aus dem Toyota klettert, als würde dieser Moment nichts bedeuten. Lou im Besucherzentrum und wie sie mich aus der Nische heraus anstarrt, das Bärenspray wie eine Waffe umklammert. »Lou …«, nuschele ich mit schwerer Zunge und geschlossenen Augen. Ihre Hand zuckt zurück. »Falls du gehst … die Grizzlys … hör nicht auf zu singen …«

Sie atmet tief durch. Sie sagt nicht: *Okay* oder *Ja.* Sie wispert: »Mach's gut!« Doch es klingt ein bisschen nach Tränen.

Ich merke, dass sie aufsteht, und augenblicklich wird mir kalt, weil ihre Körperwärme fehlt. Sie murmelt etwas, aber ich verstehe es nicht mehr. Kurz danach rascheln ihre Schritte über den Boden und zurück bleibt nur das Pfeifen des Windes.

24. Kapitel

Mit dröhnendem Schädel hieve ich mich an dem Stamm hinter mir nach oben. Zusammengeballte Regenwolken jagen über den blaugrauen Himmel, scharfe Windstöße schütteln die Baumkronen. Für einen Augenblick wird mir schwindelig und ich sehe hell blinkende Muster, dann übergebe ich mich ohne Vorwarnung direkt vor meine Füße.

Benommen taumele ich zur Seite, halte mich an einem Ast der Fichte fest und wische mir mit dem Ärmel über den Mund.

Lou ist geflohen. Natürlich. Das habe ich bereits geahnt, als ich zu mir gekommen bin, auch wenn es eine Weile gedauert hat, die Erinnerungen zu sortieren. Wie lange ich nach meiner Bewusstlosigkeit auf dem Waldboden gelegen habe, kann ich nicht abschätzen.

Mir bleibt jetzt nur noch eine Möglichkeit, Lou zu finden: Ich muss zurück zum Camper und Grey auf ihre Fährte ansetzen. Sie könnte mittlerweile überall sein. Auf der Schotterstraße, an den Klippen, mitten im Wald.

Schmerz und Furcht hämmern in meinem Hinterkopf. Mit wackeligen Beinen laufe ich los und notiere mir im Geist alle Dinge, die ich später brauche: eine Plane, um ein Regendach zu spannen, Milch für Grey, Geschirr, warme Klamotten …

Ich halte kurz inne und atme tief durch. Bei Sturm und Regen wird Lou niemals ein Feuer zustande bringen, das ist selbst für mich nicht so einfach.

Panisch schlucke ich gegen die Übelkeit an, während ich mich Meter für Meter den Berg hinaufkämpfe. Nach ein paar Minuten kann ich wieder gehen, ohne mich an den Stämmen festzuhalten, und wechsele auf den Wildpfad. Trotzdem bin ich viel zu langsam. Es scheint Stunden zu dauern, bis ich zurück zum Camper komme. Greys Heulen ist verstummt und für einen winzigen Augenblick durchdringt mich die Hoffnung, Lou könnte auf mich gehört haben und einfach zurückgelaufen sein. Aber als ich die Tür öffne, saust Grey mir entgegen und springt mit unbeholfenen Sätzen an meinen Beinen hoch. Lou ist nicht da, sonst würde Grey nicht so ausflippen.

Sofort wird mir klar, dass ich ihn erst füttern muss, bevor ich aufbrechen kann. Mein Kopf ist auf einmal wie leer gefegt. Ich verliere zu viel Zeit. Wie durch dichten Nebel gehe ich nach draußen, drehe den Gashahn auf und setze das Wasser für die Milch auf. Als ich vor dem Herd stehe, habe ich das Gefühl, dass alles um mich herum schwankt. Mein Schädel fühlt sich an, als würde er explodieren. Ich könnte ein paar Aspirin einwerfen, aber ich fürchte, sie vertragen sich nicht mit den Nachwirkungen der Notfalltropfen.

Während das Wasser aufkocht, gehe ich zur Ladeluke. Ich schnappe mir meinen Wanderrucksack und stopfe hastig eine volle Milchpackung für Grey, eine Packung Haferbrei, Trockenfleisch, Hartkekse und ein Feuerzeug hinein.

Was brauche ich noch? Wie lange werde ich weg sein? Ich habe überhaupt keine Ahnung. Messer und Werkzeuge habe ich an meinem Gürtel. Ich schaue auf eine Gallone mit Wasser, aber die wird zu schwer. Ich greife nach zwei normalen Literflaschen und hoffe, dass ich sie unterwegs immer wieder auffüllen kann. Tabletten zum Desinfizieren von Wasser bräuchte ich auch. Ich werfe die Klappe zu, stolpere über Grey, der mir hinterhergelaufen ist, und stauche ihn zusammen.

Ich darf auf keinen Fall etwas vergessen. Zurück im Camper stopfe ich wahllos Frühstücksbeutel, Blechgeschirr, Nüsse, einen Schlafsack, die Plane und eine Wolldecke in den Rucksack. Dazu noch Wechselklamotten für Lou und mich, Verbandszeug und die Tabletten für das Wasser.

Fehlt noch etwas? Mein Kopf streikt.

Mit bebenden Fingern bereite ich die Milch zu, füttere Grey und gehe im Geist noch mal alles durch. Etwas zu Essen finde ich in der Wildnis genug. Beeren, Blätter für Tee. Eventuell kann ich auch Fallen stellen, wenn ich länger unterwegs bin. Draht. Ich brauche Draht dafür.

Nachdem Grey die Milchtüte leer getrunken hat, setze ich ihn auf den Fleecepulli auf der Bank und hole den Draht aus der Ladeluke. Mein Blick fällt auf ein stabiles Seil, das im Notfall bis zu drei Personen tragen kann. Ohne zu überlegen, befestige ich es an meinem Gürtel, weil im Rucksack kein Platz mehr ist.

Anschließend drehe ich das Gas wieder ab, ziehe meine dickste Daunenjacke an und schlüpfe in gefütterte Boots. Vielleicht muss ich die Nacht über durchlaufen und ich habe keine Lust, wegen Unterkühlung aufgeben zu müssen.

Als ich alles eingepackt habe, hole ich einen Pulli von Lou, damit Grey weiß, nach wem er suchen soll, und stecke mir den Wolf zwischen Brust und Jacke.

Er soll genau dort nach Lou suchen, wo ich sie das letzte Mal gesehen habe. Natürlich kann es sein, dass sie zurückgerannt ist und sich Richtung Straße orientiert hat. Dann wäre ich den Weg umsonst hin- und zurückgelaufen, aber es gibt keine andere Möglichkeit.

Die Sonne ist bereits untergegangen. Es ist jetzt nach zehn Uhr und Lou ist ganz allein mitten in der Wildnis. Was, wenn ich sie nicht finde und sie erfriert? Oder nach qualvollen Tagen verdurstet? Die Vorstellung, wie sie sich mit letzter Kraft vorankämpft und schließlich zusammenbricht, macht mich fertig. Mit tauben Fingern löse ich die Taschenlampe vom Gürtel und laufe los, am See vorbei hin zum Wildwechsel.

»Lou?«, rufe ich in die Dunkelheit und ignoriere das Stechen in meinem Kopf. »Lou? Bist du hier? Ich tue dir nichts, komm einfach zurück!«

Wind braust über mich hinweg und ein schauriges Ächzen zieht durch den Wald wie das Stöhnen von Geistern. »Wir machen einfach weiter wie vorher. Ich versprech's dir. Ich werde dich nicht mehr anketten, Lou. Nur komm zurück! Bitte!«

Grey winselt an meiner Brust, aber ich habe keine Nerven, jetzt beruhigend auf ihn einzureden. Immer wieder rufe ich Lous Namen.

Irgendwann komme ich an die Stelle, an der der halb verweste Dachs-Kadaver liegt.

»Lou? Bist du hier irgendwo? Antworte mir! Bitte!« Es ist mir egal, wie verzweifelt ich klinge. Es wäre mir sogar egal, wenn Lou mich weinen sähe, wenn ich es könnte. Ich will sie einfach nur finden und ihr sagen, dass ich von jetzt an alles besser machen werde.

»Lou?« Etwas Großes, Schweres kracht neben mir zu Boden. Ich fahre herum und der Schein meiner Taschenlampe streift einen gewaltigen Ast, der von einem Baum abgebrochen sein muss. »Lou?« Ich renne los, ein Hämmern im Kopf, das bis in die Ohren pulsiert. »Lou? Antworte mir!«

Ich habe Grey an Lous Pulli schnüffeln lassen, aber er weiß sowieso, wen wir suchen. Auf seinen tapsigen Pfoten springt er in der Dunkelheit am Saum der Klippe entlang. Wahrscheinlich hat Lou mir nicht geglaubt, dass es hier keinen Abstieg gibt.

Fröstelnd schlinge ich die Arme um mich. Meine Finger sind

steif gefroren und meine Ohrmuscheln taub vor Kälte. Ich könnte mir die Kapuze aufziehen, aber dann würde ich Lou vielleicht nicht hören. Immer noch rufe ich ihren Namen in regelmäßigen Abständen, aber nur das dunkle Heulen des Windes antwortet. Es klingt bedrohlich, als wüsste er von einem Unheil, das Lou widerfahren ist. Angstvoll schaue ich mich um. Die Böen reißen wie mit Händen an den Baumkronen. Mitten im Wald könnte Lou von herabfallenden Ästen erschlagen werden, also muss ich hoffen, dass sie die ganze Zeit über an den Felsen weitergelaufen ist.

Ich habe bestimmt nicht mal drei Meilen geschafft, als die ersten Regentropfen fallen.

Angespannt beiße ich die Zähne zusammen und hoffe, dass Grey nicht die Spur verliert, wenn alles durchnässt ist.

»Komm schon, Grey, nicht schlappmachen!«, rufe ich dem kleinen Wolf zu, der an einer Stelle stehen geblieben ist und schnüffelt. »Hast du was entdeckt?«

Der Regen prasselt stetig härter auf uns herab. Grey ist komplett durchnässt und zittert so sehr, dass ich fürchte, er hält nicht mehr lange durch. Er sieht zu mir auf, dann läuft er weiter, doch ich merke, wie erschöpft er ist. Nach ein paar Minuten pfeife ich ihn zurück, hebe ihn hoch und stecke ihn unter meine Jacke, um ihn zu wärmen.

Er gibt ein klägliches Winseln von sich, als wollte er sich dafür entschuldigen, dass er mir nicht helfen kann.

»Schon gut«, flüstere ich. »Ist schon gut. Ich trage dich ein Stück und hoffe einfach, dass Lou hier geradeaus gelaufen ist.«

Die Zeit verschwimmt mit dem Regen. Ein stechender Schmerz zieht meine Beine hoch bis in die Hüfte. Vielleicht ist es die Kälte, vielleicht auch eine Nachwirkung der Tropfen. Immer wieder hole ich Grey aus meiner Jacke und kontrolliere, ob er die Spur von Lou noch findet. Als ich ihn diesmal auf die Erde setze, riecht er am nassen Schlamm, dreht sich einmal im Kreis und schaut mich ratlos an.

»Okay. Hier war sie nicht«, überlege ich laut und hole den Pulli von Lou hervor, der ebenfalls vorne in meiner Daunenjacke steckt. Im Regen lasse ich Grey daran schnuppern und atme danach selbst Lous Geruch ein.

Sofort steigt mir beklemmende Enge in die Kehle und ich verstaue den Pullover schnell wieder unter meiner Jacke. Ich darf jetzt auf gar keinen Fall einen neuen Flash bekommen.

Ich laufe zurück und Grey schießt mit einem Satz an mir vorbei, als hätte er durch die Ruhepause wieder genügend Energie getankt. An einem mit Gestrüpp überwucherten Felsbrocken bleibt er unvermittelt stehen und fängt laut an zu jaulen. Sofort bin ich an seiner Seite und gehe neben ihm in die Knie. »Ist hier was?« Mein Herz beginnt zu rasen, als ich mit der Taschenlampe die Böschung hinableuchte. Der raue Fels fällt steil nach unten, so tief, dass der Strahl der Lampe nicht bis zum Grund reicht.

Ist Lou hier runtergeklettert? Nein, das kann sie unmöglich riskiert haben. Ich habe plötzlich einen schalen Geschmack im Mund. An einem Strauch, der zwei Meter unter mir neben einem Baumstumpf wächst, glitzert etwas Silbriges. Ich leuchte mit der Taschenlampe direkt darauf und mein Verdacht bestätigt sich. Es ist Lous Kette mit den bunten Anhängern.

Alles dreht sich vor meinen Augen. Sie muss gefallen sein. Nie hätte sie sich getraut, hier hinunterzuklettern. Schon gar nicht bei diesem Wetter. Oder doch?

Nochmals leuchte ich in den Abgrund. Ich muss mich abseilen, der Fels ist zu steil und durch den Regen zu glitschig, um zu klettern. Hektisch schaue ich mich um. Hier gibt es nichts, woran ich das Seil festknoten könnte. Ich leuchte noch einmal nach unten und der Schein der Lampe bleibt an dem Baumstumpf auf der Felsnase hängen. Das könnte funktionieren. Mit Grey zwischen der nackten Haut und meinem Pulli lasse ich mich rücklings nach unten gleiten, meine tauben Finger fest an den Rand der Felsklippe geklammert. Wind pfeift über mich hinweg und ich bin erleichtert, als meine Füße auf dem waagrechten Vorsprung Halt finden. Als ich sicheren Stand habe, angele ich zuerst Lous Kette aus dem Strauch. Sie ist am Band durchgerissen und ich male mir besser nicht aus, warum. Schnell stopfe ich sie in meine Hosentasche.

Danach schlinge ich den Strick um den Stamm, sodass ich je zwei Stränge in den Händen halte, und leuchte mit der Lampe noch einmal nach unten. Die Felswand ist durch ihre Zerklüftungen unberechenbar. Hoffentlich reicht das Seil bis zum Grund.

Ich verdränge den Gedanken, nehme die Taschenlampe in den Mund und lasse mich vorsichtig hinab.

Die ersten Meter sind die schwierigsten. Meine Arme zittern, doch sobald ich die Füße gegen den steilen Fels stemmen kann, fühle ich mich besser. Grey jault an meiner Brust und rutscht immer weiter nach unten. Gut, dass ich meinen Pullover in die Hose gesteckt habe, damit er nicht rausfallen kann.

Wieder denke ich an Lou, hoffe, sie nicht jeden Moment mit verdrehten Gliedern zu finden. Als ich über die Schulter ins dunkle Tal schaue, lösen sich ein paar Steine an meinen Füßen und poltern den Steilhang hinab. Für Sekunden verliere ich den Halt, baumele an den Seilen in der Luft. Meine Muskeln brennen wie Feuer, der Rucksack zieht mich schwer nach unten. Wie aus weiter Entfernung höre ich das Echo meines Schreis von allen Seiten zu mir zurückhallen, während ich in einem einzigen Kraftakt die Beine anwinkele und wieder gegen den Felsen stemme. Ich brauche ein paar Atemzüge, bevor ich begreife, dass mir die Taschenlampe aus dem Mund gefallen ist. Ich schaue nach unten und sehe ihr Licht gut fünf Meter unter mir. Sie leuchtet auf ein Ufer mit kleinen Kieseln.

Gott sei Dank! »Wir haben es gleich geschafft, Grey«, stoße ich atemlos hervor. Als wollte er mir antworten, flutet etwas Nasses über meinen Bauch in den Bund meiner Hose.

»Hast du mich etwa gerade angepinkelt?« Jetzt weiß ich nicht, ob ich lachen oder mit ihm schimpfen soll. Er gibt ein Winseln von sich, das ziemlich reuevoll klingt.

Ich wage einen weiteren Blick nach unten und sehe den Kies, aber keine Lou, die dort liegt. Doch noch bin ich zu angespannt, um erleichtert zu sein.

Als ich wieder Boden unter den Füßen habe, leuchte ich zuerst die Umgebung ab. Lou finde ich nicht, aber dafür entdecke ich einen Müsliriegel, der in einer Pfütze schwimmt und mir bekannt vorkommt.

»Sie ist wirklich hier runter, Grey! Gut gemacht!« Grey ist schon vorausgesprungen. Im Laufen wickele ich das Seil auf und haste Grey hinterher, der am Fluss entlangläuft. Erst jetzt merke ich, dass meine Hände nass von Blut sind. Für einen Moment halte ich an und tauche sie ins Wasser. Es ist eisig, aber es tut gut. Plötzlich bin ich mir sicher, dass ich Lou wiederfinde. Trotz der Kälte, die mich langsam macht, und trotz meiner brennenden Arme und Beine. Ich muss einfach nur durchhalten.

Als Grey irgendwann am Fluss stehen bleibt und anfängt zu jaulen, zerbröckelt meine Hoffnung ebenso schnell, wie sie aufgestiegen ist.

»Das kann nicht sein, Grey, sie kann nicht schwimmen. Nie würde sie …« Ich verstumme und blicke auf die schwarze Wasseroberfläche, die wie der Körper einer Schlange durchs Tal gleitet.

Grey findet keine weiteren Spuren, also muss Lou den Fluss überquert haben.

Und dabei ist sie ertrunken. Schlagartig kann ich nicht mehr klar denken. Ohne zu wissen, was ich tue, schnappe ich mir Grey und laufe in den Fluss.

Ich merke, wie sich meine Hosenbeine mit Wasser vollsaugen und schwer werden, aber es ist mir egal. Das Wasser ist eisig, aber ich spüre die Kälte nicht. Als wäre jede Stelle meines Körpers vor Schock taub und unempfindlich geworden. Als würde ich nichts mehr empfinden, sollte Lou etwas geschehen sein. Nur ein Teil meines Bewusstseins nimmt wahr, dass der Fluss hier nicht tief ist.

Dieser Teil holt Grey wieder aus der schützenden Jacke und lässt ihn auf der anderen Seite nach Lou suchen. Und dieser Teil läuft dem kleinen Wolf auch wie ferngesteuert hinterher, während der andere gegen die Enge in seiner Kehle schluckt und nicht weiß, was er tun würde, wenn er Lou nicht fände.

Meine Lungen fangen an zu brennen und ein seltsames Pfeifen begleitet meine Atemzüge. Vielleicht kühle ich jetzt selbst zu sehr aus und merke es nicht. Ich kenne den *Killer of the Unprepared*. Kanadas Zeitungen sind voll davon. Ein lautloser, unspektakulärer Meuchelmörder. Heimtückisch, weil man ihn bis zur letzten Sekunde nicht im Nacken spürt.

»Lou?« Wenn es mir schon so geht, was ist dann mit ihr? »Lou?« Ich fühle mich fiebrig, schwach, aber ich darf auf gar keinen Fall aufgeben. Mit zusammengebissenen Zähnen laufe ich Grey hinterher. Irgendwann merke ich, dass ich die Taschenlampe verloren habe. Sie muss mir einfach aus den steifen Fingern gerutscht sein.

Wie betäubt starre ich zum Himmel. Die Wolkendecke ist aufgerissen und ein paar Sterne blitzen hervor. *Mach, dass ich Lou finde,* schicke ich ein Stoßgebet zum Himmel. Zu einem Gott, an den ich nicht glaube, weil er mich vergessen hat. Jetzt beschwöre ich ihn, mir zu helfen. Ich verspreche ihm alles, wenn er mich nur Lou wiederfinden lässt.

Irgendwo und irgendwann in meinen Gebeten höre ich Grey heulen. Es schreckt mich auf, da er die ganze Zeit nur gejault hat. Ohne wirklich bei mir zu sein, laufe ich schneller und dann sehe ich sie zusammengekauert auf dem Kies am Ufer liegen.

25. Kapitel

»Lou!«

Mit einem Satz bin ich bei ihr und halte meine steif gefrorenen Finger unter ihre Nase. Als ihr warmer Atem meine Handfläche füllt, sinke ich über ihr zusammen.

Sie lebt. Gott sei Dank, sie lebt!

Wie in Trance lege ich ihr meine Hand auf die Stirn. Ihre Haut ist so eisig, dass es mir Angst macht.

Ich rufe mir ins Gedächtnis, was ich über Unterkühlung weiß. Ich will tausend Dinge gleichzeitig tun: ein Feuer entfachen, Tee kochen, Lou die nassen Kleider ausziehen und sie in den Schlafsack packen.

Vorsichtig trage ich sie zum Waldrand, lege sie ab und breite den Inhalt des Rucksackes auf dem Boden aus, bis ich die Wolldecke gefunden habe. Ich decke sie damit zu. Noch immer ist sie vor Kälte bewusstlos. Ich muss daran denken, wie sie mich berührt hat. »Halte durch, Lou«, flüstere ich und streichele über ihre blassen Wangen. »Halte einfach durch und wir schauen, was wir ändern können, damit es dir besser geht.«

Während Grey sich an Lou schmiegt, sammele ich im nahen Wald Birken- und Totholz, da beides auch brennt, wenn es feucht ist. Trotzdem dauert es ewig, bis ich ein gescheites Feuer in Gang gebracht habe.

Danach stelle ich die Plane auf und breite den Schlafsack darunter aus.

Als ich Lou diesmal hochhebe und auf den geöffneten Schlafsack lege, dringt ein Wimmern aus ihrem Mund.

»Hey, alles in Ordnung, Lou.« Ich weiß nicht, ob ich mich darüber freuen soll, dass sie ausgerechnet jetzt zu sich kommt. Ich kann sie unmöglich in den nassen Sachen in den Schlafsack stecken, außerdem braucht sie Wärme von außen, das ist die erste Regel bei Unterkühlung. Und da sie nicht fähig ist, heißen Tee zu trinken, wird die Haut-zu-Haut-Kontakt-Methode am besten funktionieren.

Mit einem Seufzen knie ich mich zu ihr und reiße mit einem Ruck die Nähte des Pullovers auseinander, da ich zu ungeduldig bin, ihn ihr auszuziehen.

Sie stöhnt auf und wirft den Kopf von einer Seite zur anderen, ohne die Augen zu öffnen.

»Es passiert nichts«, murmele ich dumpf, denn ich ahne, was sie denkt.

Als hätte sie mich verstanden, hält sie den Kopf wieder still. Ich klettere über ihre Beine, schnüre in Windeseile ihre Schuhe auf und ziehe sie ihr zusammen mit den Socken von den Füßen.

Ihr rechter Knöchel ist dick geschwollen und dunkelblau. Prüfend lege ich meine Hand um ihre Zehen und habe das Gefühl, in ein Gefrierfach zu fassen. »Oh, Gott verdammt, so ein Fuck!« Leise fluchend ziehe ich ihr die nasse Jeans und die Unterhose aus. Eher zufällig huscht mein Blick über ihren nackten Körper, aber ich bin viel zu besorgt, um mir irgendetwas dabei zu denken. Schnell entledige ich mich meiner Klamotten und behalte nur meine Boxer-Shorts an – das einzige Kleidungsstück, das noch trocken ist. Dann krieche ich neben Lou in den Schlafsack und ziehe den Reißverschluss komplett zu.

Sofort wird es wärmer und ich begreife, wie kalt mir selbst die ganze Zeit über war. Vorsichtig rutsche ich an Lou heran und rolle sie auf die Seite, um sie dicht an mich zu ziehen. So dicht, dass ich ihren eiskalten Rücken an meinem Bauch spüre.

Mit einem gequälten Keuchen versucht sie von mir wegzurobben, doch ich lasse sie nicht. Sanft, aber nachdrücklich, hole ich sie wieder zurück.

»Ich weiß, dass dir das nicht gefällt, aber es muss sein.« Ihr Körper ist immer noch wie Eis. Ihr nackter Hintern drückt durch meine Umklammerung gegen meinen Unterleib und ich rieche ihr nasses Haar. Es duftet nach Regen und einem Hauch von Zitrone. Eine Gänsehaut prickelt über meinen Rücken, doch ich weiß nicht, ob sie durch Lous eisige Körpertemperatur oder durch ihre Nähe ausgelöst wird.

Für einen Moment liegt sie ganz still da, als hätte sie sich ihrem Schicksal ergeben. Es muss schrecklich für sie sein: völlig nackt und so dicht bei mir, kein Blatt Papier passt mehr zwischen uns.

Ich beschwöre meinen Körper, er möge jetzt nicht auf andere Gedanken kommen als mein Verstand. Angespannt lausche ich ihren Atemzügen, die immer hektischer werden, dann will sie ein zweites Mal von mir wegrutschen.

»Ganz ruhig.« Ich lege ein Bein über sie, was völlig ausreicht, um sie bewegungsunfähig zu machen. Außerdem spüre ich so ihren Hintern nicht mehr so intensiv.

Gut! Besser! Auf jeden Fall besser!

In der Enge des Schlafsackes suche ich nach ihren Armen und kreuze sie vor ihrer Brust, damit sie sich nicht so schutzlos fühlt. »Entspann dich. Du bist komplett unterkühlt. Eine Stunde später und du hättest es nicht mehr geschafft.«

Lou atmet ein paar Mal tief durch, als wollte sie sich selbst beruhigen, ich weiß gar nicht, wie viel sie überhaupt mitbekommt. Ich will noch etwas sagen, als ich ein feines glitschiges Geräusch höre.

Natürlich! Grey! Wie konnte ich ihn bloß vergessen. Zuvor hat er sich am Feuer gewärmt, doch jetzt scheint er sich ausgeschlossen zu fühlen und leckt freudig über Lous Gesicht. Ich schimpfe kurz mit ihm und lasse ihn dann zu uns in den Schlafsack kriechen. Sofort kuschelt er sich an Lous Seite und jault auf. Es klingt ein bisschen vorwurfsvoll, als wollte er sie fragen, warum sie ihn zurückgelassen hat, und Lou schluchzt auf. Der Laut dringt mir bis ins Mark und weckt eine seltsame Sehnsucht in mir.

Ich ziehe meine Arme wie Taue um sie, spüre ihren Rücken an meinem Bauch. Die Erleichterung, sie gefunden zu haben, schlägt plötzlich über mir zusammen wie eine monumentale Welle.

»Es ist alles gut, Lou«, sage ich leise und merke erst jetzt, wie erschöpft ich bin. Jeder Muskel brennt und mein Schädel pocht im Rhythmus meines Pulsschlags. »Alles ist gut. Ich habe dich gefunden. Dir ist nichts passiert.« Schon wieder wird meine Kehle so eng, dass ich kaum sprechen kann. Als würden sich eine Million Tränen darin stauen. »Ich tue dir nichts, ich fass dich nicht an. Ich will dich nur wärmen, sonst nichts.«

Ich bin so unsagbar froh, dass ihr nichts geschehen ist. So unsagbar froh, dass meine Gebete zum ersten Mal erhört wurden. Ich möchte laut schreien, um all die Anspannung loszuwerden, aber ich bleibe ganz still und presse meine Wange gegen Lous Haare. Ich spüre, wie sich ihre Muskeln lockern und ihr Körper dicht an meinem immer weicher wird. In diesem winzigen, klitzekleinen Ausschnitt meines Lebens ist zum ersten Mal alles perfekt. Es ist nicht nur, weil ich Lou in den Armen halte, so vertraut, schonend und nahe, wie ich niemals jemanden berührt habe, sondern weil es mir vorkommt, als hätte ich heute zum ersten Mal irgendetwas richtig gemacht.

Lange liege ich so da, meinen Körper wie eine Schale um ihren, und lausche in die Nacht. Neben uns prasselt das Feuer und der

Stoff der Plane flattert im Wind. In weiter Ferne, kaum zu hören, bellen ein paar Kojoten im tiefen Wald. Ich denke an nichts als an diesen Augenblick. Vielleicht ist das Glück. So stelle ich es mir zumindest vor. In diesem Moment ist kein Platz für Zweifel, Jordan Price oder die Thorson Ave, dieser Moment ist einfach, wie er ist, und so ist er perfekt.

Gedankenverloren atme ich in Lous Haare und glaube schon, sie ist eingeschlafen, als sie sich in meinen Armen regt.

»Bren …« Ihr heiseres Flüstern vibriert an meiner Brust. »Danke. Danke, dass du mich gerettet hast …«

Im ersten Augenblick kann ich überhaupt nichts erwidern. Ich fürchte, dass mich der bittersüße Schmerz, diese heftige Sehnsucht nach ihr, sonst auseinanderreißt. Ein paar Mal hole ich tief Luft.

»Das war doch gar nichts, Lou«, flüstere ich dann zurück und ziehe sie noch enger an mich heran. Plötzlich habe ich das irrsinnige Gefühl, durch etwas so Großes wie Schicksal mit ihr verbunden zu sein. So, als würde ich sie immer wieder finden, wenn sie mir verloren geht. Als würden wir beide zusammengehören und das schon lange, bevor wir überhaupt voneinander wussten. Als hätte Lou schon zu mir gehört, bevor ich sie entdeckt habe, und als hätte ich zu ihr gehört, seitdem ich denken kann. Selbst damals in der Thorson Ave.

Hätte ich an diesem eisigen Wintertag am See nicht an das Wort *Mädchenherzen* gedacht, hätte ich Lou unter Umständen zu einem anderen Zeitpunkt gefunden. Oder sie mich. So wie zwei Teile eines Ganzen immer zusammenfinden, als würden sie einem ungeschriebenen Gesetz folgen. Vielleicht sind wir ebenfalls wie zwei Seiten einer Münze, grundverschieden und doch eins. Zwei Ausprägungen einer einzigen Sache, wie Lachen und Weinen, wie Licht und Dunkelheit.

Vielleicht bin ich aber auch einfach nur zu müde und zu glücklich, um die Dinge so zu sehen, wie sie sind.

Trotz meiner grenzenlosen Erschöpfung gestatte ich es mir nicht, zu schlafen, damit ich Lous Zustand überwachen kann. Irgendwann wird sie ruhelos, zappelt und zittert in meinen Armen.

»Bren … kalt …«, murmelt sie im Halbschlaf. Ihre Zähne schlagen aufeinander. »K-kalt.«

Ich halte sie fester und streiche ihr beruhigend über die vor der

Brust gekreuzten Arme.

»Das ist okay, Lou. Das Zittern ist ein gutes Zeichen. Dein Körper reagiert wieder auf die Kälte, er wacht auf. Das ist gleich vorbei.«

Sie schmiegt sich in meine Umarmung, als würde sie jedem meiner Worte vertrauen. Abermals komme ich mir so seltsam vor, als wäre das alles hier ein süßer und zugleich fast beängstigender Traum.

Erst als ich mir sicher bin, dass sie fest schläft, krieche ich aus dem Schlafsack. Es ist so klirrend kalt wie zu Beginn des Winters. Eilig ziehe ich mir meine Wechselklamotten über und schlüpfe in meine getrocknete Jacke, danach stecke ich Lou vorsichtig in einen dicken Pullover.

Ich suche mir einen großen Stein, lege ihn in die Flammen und benutze seine Oberfläche als Herdplatte, um Wasser für Tee und Haferbrei abzukochen. Bloß nichts Fettiges, sonst verliert ihr Körper wieder Wärme durch die Verdauung.

Die Hälfte des kochenden Wassers fülle ich in die Thermoskanne, die noch im Rucksack war, und gebe einen Beutel Pfefferminztee hinein. In die andere Hälfte schütte ich die Haferbreimischung.

Eine Weile sitze ich am Feuer, rühre im Brei herum und beobachte Lou beim Schlafen. Diese körperliche Nähe zwischen uns hat einen Mantel um mich gelegt, der mich die Welt mit anderen Augen sehen lässt. Sie erscheint mir jetzt sicherer und zugleich größer. Ich kann freier atmen, der Stahlring um meine Brust ist fort. Vielleicht war es dieses Gefühl, auf das ich damals in Los Angeles beim Anblick des Meeres gewartet habe.

Gedankenverloren lege ich ein paar Birkenäste nach, als ich Lous Stimme höre.

»Bren …«

»Lou!« Ich blicke erstaunt zu ihr rüber und sehe nur ihren Kopf und den blonden Haarschopf. »Wie fühlst du dich?«

»Gefrostet«, murmelt sie dumpf.

Ich muss lachen, weil ich so erleichtert bin, dass es ihr bereits nach Späßen zumute ist. »Hast du Schmerzen?«

Es bleibt eine Weile still und ich glaube fast, sie ist wieder eingeschlafen.

»Mein Knöchel«, sagt sie dann irgendwann matt.

»Ich hab’s schon gesehen. Er ist geschwollen und blitzblau. Später mache ich dir einen Verband.« Vorsichtig ziehe ich den Löffel aus dem Brei und puste ein paar Mal darauf.

Lou dreht den Kopf, sodass ich ihr Gesicht sehen kann. »Wie hast du mich gefunden?«

Ich lasse den Löffel wieder sinken und lächele, weil mein Bauch bei ihrem anerkennenden Tonfall so warm wird, als hätte ich den Brei selbst geschluckt. Verlegen streiche ich meine Haare zurück. »Grey hat dich gefunden.«

Lou fallen die Augen zu. »Aber … der Felsen …«

Ich rühre den Brei um, ohne ihn gekostet zu haben. »Grey hat die Stelle gefunden, an der du runter bist. Du bist gefallen?«

Sie nickt.

»Du musst eine ganze Kompanie Schutzengel gehabt haben. Ich hab mich mit Grey abgeseilt. Er fand das allerdings überhaupt nicht lustig und hat mir die Hosen vollgepinkelt.«

Sie lächelt und ich kann nur daran denken, wie besonders sie für mich ist. »Grey hat deine Spur am Fluss verloren, also dachte ich mir, dass du da rüber bist«, erkläre ich weiter und setze mich mit dem Topf neben sie.

Im Schein des Feuers glänzen ihre Wangen rosig, als hätten sie Farbe bekommen, doch das Licht kann täuschen. Mit dem Kinn deute ich auf den Pott in meinen Händen. »Ich hab dir einen Brei gekocht. Es ist kein kulinarisches Meisterwerk, aber er wird seinen Zweck erfüllen.«

»Ich kann nichts essen.«

»Du musst.«

Lou will sich in den Schlafsack vergraben, aber ich komme ihr zuvor. Behutsam ziehe ich sie nach oben und stopfe ihr die Wolldecke in den Rücken, sodass sie ein wenig erhöht liegt. Danach führe ich den Löffel an ihre Lippen und bin erstaunt, wie bereitwillig sie sich füttern lässt.

Nachdem sie auch noch ein paar Schlucke Tee getrunken hat, rollt sie sich zu einer Kugel zusammen und kuschelt sich tiefer in den Schlafsack. Ich kratze die letzten Reste aus dem Topf und esse, während ich sie betrachte.

Plötzlich bekomme ich Angst, dass diese Nähe zwischen uns nur bis zum frühen Morgen Bestand haben könnte. Vielleicht erwachen wir dann und alles ist wie zuvor. Womöglich realisiert Lou erst morgen, dass ich zwar ihr Leben gerettet habe, ihre Flucht jedoch trotzdem missglückt ist. Wahrscheinlich geht sie wieder auf Abstand und sieht mich so, wie ich wirklich bin.

Als einen Entführer, einen schlechten Menschen.

Gute Menschen tun gute Dinge. Heute Nacht habe ich zum ersten Mal etwas richtig gemacht, aber das bedeutet vielleicht nichts. Denn hätte ich Lou nicht entführt, wäre sie auch nie in diese Gefahr geraten.

Ich gehe gedankenversunken zum Fluss und spüle den Topf aus, danach räume ich die Sachen zusammen, die ich in der Hektik verteilt habe.

»Bren …«

Ihre Stimme holt mich wieder in den Moment zurück, der mir vorhin noch so perfekt schien.

»Was war mit den Tropfen … war es … sehr schlimm?«

Ich halte mitten in der Bewegung inne. »Mir geht's gut.« Mein Kopf brummt immer noch und ich weiß, ich bin viel erschöpfter, als ich mir eingestehen will, doch das muss sie nicht wissen.

»Du klingst aber müde …«

Ich unterdrücke ein Lächeln. »Klar bin ich müde. Aber nicht von den Nachwirkungen der Tropfen … Und jetzt schlaf endlich, bevor ich dir doch noch welche verabreichen muss.« Ich packe die Thermoskanne in den Rucksack, halte nochmals inne. »Lou, das war ein Spaß«, füge ich schnell hinzu und schaue zu ihr rüber.

Sie kuschelt sich wieder ein und unterdrückt ein Gähnen. »Ich weiß.«

In dieser Nacht finde ich keinen Schlaf. Ich sitze am Feuer und weiß nicht, was ich denken soll. Welche von Lous Gefühlen sind echt und welche bildet sie sich nur ein?

Ich stochere in der Glut herum und beobachte dabei den östlichen Himmel. Die Schwärze weicht einem Schiefergrau, durch das sich schmale orangerote Bänder ziehen.

Erst jetzt bekomme ich eine Ahnung davon, wo wir gelandet sind. Es ist immer noch mein Land, knapp an der Grenze zum staatlichen Territorium. Wenn man stromaufwärts laufen würde, käme man nach einer sehr langen Zeit zum Quiet Lake. Allerdings müsste man auch hierfür zunächst die Klippen überwinden. Das schaffe ich nicht mit Lou auf dem Rücken und alleine wird sie sich nicht hochziehen können.

In Gedanken reise ich den Fluss hinunter. Ein paar Tagesmärsche von hier gibt es eine Spalte innerhalb der Felsen. Sie ist schmal, von einem Bach durchzogen. Man kann die Arme nach beiden Seiten ausstrecken und erreicht mit den Fingerspitzen die rauen Steine. Aber wenn man sie entlangläuft, gelangt man nach einiger Zeit an eine Stelle, an der es hinaufgeht. Von da kommt man zur Holzabfuhrstraße und von dort zur Haltebucht. Es ist ein riesiger Umweg, und wenn wir Pech haben, ist dann bereits September. Die Temperaturen fallen täglich und jede Nacht kann zum Überlebenskampf werden.

Mit einem Stirnrunzeln sehe ich zu Lou. Ich werde sie tragen müssen, was es nicht einfacher macht, außerdem bin ich nicht sicher, ob die Milch für Grey so lange reicht. Ich könnte versuchen, ihn mit Trockenfleisch zu füttern.

Müde wische ich mir über das Gesicht und wünschte mir, ich hätte wenigstens eine Stunde geschlafen. Mit steifen Muskeln baue ich in der Kühle des Morgens die Plane ab und rolle sie sorgfältig zusammen. Anschließend koche ich einen Brei für Lou und fülle ihn in eine Schüssel, danach füttere ich Grey, der neben mir am Feuer liegt. Irgendwann fällt mir ein, dass ich etwas essen müsste, auch wenn ich keinen Appetit habe. Ich trinke ein paar Schlucke Wasser direkt aus dem Fluss und stopfe mechanisch ein paar staubtrockene Hartkekse in mich hinein.

Als der Himmel bereits strahlend blau ist, suche ich im Rucksack nach frischen Klamotten für Lou.

Sie rekelt sich im Schlafsack, und als ich in ihre Richtung schaue, treffen sich unsere Blicke. Sie sieht nicht so aus, als würde sie mich hassen und ein Lächeln stiehlt sich auf mein Gesicht. Vielleicht sind ihre Gefühle ja auch gar keine Illusion?

Während Grey sie ausgiebig begrüßt, beobachte ich sie verstohlen. Schlaftrunken setzt sie sich auf und schaut sich um.

Ihre Augen werden groß und ich frage mich, was sie beim Anblick des Tals empfindet. Ihr Blick folgt dem hellgrünen Fluss, den breiten Kieselufern hin zu den Silbergräsern, den weißen Waldhyazinthen und den Schattenblumen. Immer weiter wandert er durch die waldgesäumte Senke und bleibt zum Schluss an den schneegekrönten Berggiganten am Horizont hängen – Berge, die so nah erscheinen, aber viele Meilen entfernt sind.

Die Natur beruhigt mich, als verlöre sich hier jeder Gedanke.

»Eine besondere Art des Friedens, oder?«, sage ich. »Es wirkt, als könnte einen hier nichts und niemand verletzen.«

Lou nickt nur, doch ein außergewöhnlicher Glanz liegt in ihren Augen. Vielleicht ergeht es ihr wie mir, als ich zum ersten Mal an diesem Ort war. Damals, als ich noch nicht wusste, wie sehr die Einsamkeit an der Seele frisst, und dass im Yukon nicht nur meine Vergangenheit verblassen würde, sondern auch ich selbst.

»Wo sind wir?«

Lächelnd hole ich eine Jeans und einen ihrer Pullis aus dem Rucksack, bleibe ihr aber die Antwort schuldig.

»Bren, wo sind wir?« Sie klingt ungeduldig.

Ich zucke mit den Schultern. »Irgendwo in Kanada.« Ich werfe ihr die Klamotten zu. »Zieh das über, dann kümmern wir uns um deinen Fuß … ach ja«, ich reibe mir etwas verlegen über die Nase, »eine trockene Unterhose habe ich leider nicht.«

Ich weiß nicht, warum ich ihr nicht sagen will, wo wir sind. Der Yukon kommt mir vor wie ein Geheimnis, das ich mit niemandem teilen kann – als würde ich sonst seinen Zauber entweihen.

Während Lou sich im Schutz des Schlafsackes umzieht, lösche ich das Feuer mit Erde aus dem Wald und lege anschließend noch jede Menge Kiesel darauf.

»Wie bist du an all das Zeug gekommen?«, fragt sie und streift sich ihren Pulli über den Kopf.

»Als ich aufgewacht bin, warst du weg«, sage ich und kann den anklagenden Unterton nicht ganz vermeiden. »Ich wusste, dass du da draußen nicht allein überleben würdest. Was du da vorhattest, war Wahnsinn!« Ich erinnere mich an den Brei, den ich für sie beiseitegestellt habe, und drücke ihr den Topf in die Hand. »Das solltest du noch essen, bevor wir gehen. Ist sogar noch warm. Ich habe auch noch Tee in der Thermoskanne.«

Sie schlingt den Brei hinunter, als wäre sie am Verhungern. Ich schaffe es einfach nicht, wegzusehen. Wenn ich nur wüsste, was sie denkt und wie es ihr wirklich geht.

Ich muss an die Halskette denken, die ich an dem Felsen gefunden habe. Noch in der Nacht habe ich sie ganz unten im Rucksack verstaut, aber ich will sie erst reparieren, bevor ich sie ihr zurückgebe.

Lou schielt zu mir rüber, als hätte sie gemerkt, wie ich sie mustere. Ein scheuer Blick. Ich kann ihn nicht deuten.

Sie blinzelt. »Und wie hast du mich zuerst gefunden, an der Klippe, meine ich?«

»Es lag auf der Hand, dass du dich entlang des Baches orientierst. Genug Trinkwasser und auch eine Garantie, nicht im Kreis zu laufen.« Ich angele nach der Plane und binde sie am Rucksack fest. »Als du dann an der Klippe noch mal weggelaufen bist, bin ich zurück, um Grey zu holen, damit er dich sucht. Ich wusste, dass ein Unwetter aufzieht.«

»Also hast du schnell alles eingepackt, was man zum Überleben braucht, und hast dich auf die Suche gemacht …«

»Killer of the Unprepared.«

»Was?« Lou starrt mich an.

»Mörder der Unvorbereiteten. So nennt man den Tod durch Unterkühlung. In Kanada erwischt er jedes Jahr einige Touristen. Wind, Nässe und Temperaturen unter fünf Grad sind die besten Voraussetzungen.« Ich mustere sie düster, spüre einen Anflug von Zorn, den ich nicht fühlen will. »Was hast du dir nur dabei gedacht? Nachts durch die Wildnis zu rennen und dann auch noch den Fluss zu überqueren … Ich dachte, du kannst nicht schwimmen.« Mit einem bitteren Geschmack im Mund schüttele ich den Kopf.

»Kann ich auch nicht«, flüstert Lou. »Aber welche Wahl hatte ich denn?«

Etwas in meinem Magen verknotet sich. »Keine, schätze ich«, sage ich viel zu hart und viel zu spöttisch. »Ich bin ja anscheinend schrecklicher als der Tod.« Besser, ich gewöhne mich nicht an das Gefühl der Nähe. Besser, ich lasse mich nicht durch Hoffnung verletzen.

Ohne sie weiter zu beachten, packe ich den ausgenuckelten Frühstücksbeutel ein. »Ich habe Grey schon gefüttert. Ich verbinde noch deinen Fuß und dann bringe ich dich zurück.«

Aus Lous Mund kommt ein merkwürdiger Laut, vielleicht auch gar kein echter Laut, sondern ein zittriger Atemhauch.

»Zurück? Wohin zurück?«

Meine Hand, die die Rucksackschnalle schließen will, bleibt in der Luft kleben. Mir wird bewusst, was ich gesagt habe. Lous Frage hängt zwischen uns und hinterlässt eine meterdicke Stille.

»Zum Camper natürlich, wohin denn sonst?«, sage ich dann nach einem Augenblick wie selbstverständlich. Ich ziehe den Lederriemen durch die Lasche und sehe nur auf die Schnalle.

»Na klar!«, höre ich Lou neben mir wispern, heiser, als würde sie gegen eine Flut von Tränen sprechen.

Scheiße! Ich kann ihre Verzweiflung fast körperlich spüren, sie schneidet in meine Eingeweide, zerrt an meinem Herz. Ich muss etwas zu ihr sagen. Etwas, das sie tröstet, denn es ist nicht ihre verdammte Schuld, dass sie traurig ist, sondern meine.

»Lou?«, flüstere ich sanft und schaue sie an. Sie sitzt mit gekrümmtem Rücken auf dem Schlafsack, wiegt sich vor und zurück, während ihr die Tränen über das Gesicht rollen.

Meine Kehle fängt an zu brennen. »Du hast gedacht, es ändert sich was, weil ich das Zeug getrunken habe, stimmt's?«, frage ich rau.

Sie nickt und hört nicht auf, mich anzusehen und zu weinen.

»Es tut mir leid.« Von ganz weit entfernt höre ich das Echo meiner Stimme. *Für dich ist alles irgendwie leicht, stimmt's?*

»Ich wünschte, ich könnte dich gehen lassen«, sage ich ehrlich. »Ich wünschte, ich könnte dir damit beweisen, was du mir bedeutest.«

»Dann tu es doch einfach!«, schluchzt sie tränenerstickt.

»Ich kann es nicht.« Ich sehe an ihr vorbei zu der goldenen Weide am anderen Ufer. Allein der Gedanke höhlt mich aus und lässt mich leer zurück. Ich kann es nicht. Ich werde es niemals können.

Sie sucht meinen Blick, ich merke es, aber ich starre immer noch an ihr vorbei. »V-Vielleicht … vielleicht irgendwann mal?«, fragt sie stockend.

»Ich habe das Mittel getrunken, weil ich eine Gefahr für dich war«, sage ich leise. »Ich habe mitten in einem Flashback gesteckt und alles war besser, als dich zu verletzen. Selbst dich zu verlieren war in dem Augenblick besser, als dass ich dir etwas angetan hätte oder du in die Tiefe gestürzt wärst.« Ich zwinge mich, sie wieder anzusehen, da alles andere feige und unfair wäre. Nur Feiglinge sehen weg.

Ihre Schultern beben und sie schlingt die Arme um sich, ein einsamer Trost. »Vielleicht irgendwann mal? Bren«, wiederholt sie und in ihren Worten liegt eine unerträgliche Hilflosigkeit. »Bitte sag es mir … vielleicht irgendwann? Nur irgendwann.«

Sie sieht mich an. Ich halte diesen Blick nicht aus. Sie glaubt an etwas in mir. Sie könnte einen guten Menschen aus mir machen. Einen guten Menschen, der gute Dinge tut, vor denen er sich fürchtet. Sie könnte mich zu dem machen, der ich geworden wäre, wenn es meinen Stiefvater nicht gegeben hätte.

Ich lächele traurig, denn ich glaube nicht, diese Schatten je überwinden zu können.

Schweigend mache ich mich daran, ihren Knöchel zu bandagieren, doch ihre Worte verfolgen mich die ganze Zeit. Es zerreißt mich, sie weinen zu hören und zu wissen, dass ich es ändern könnte. Ich denke an meine erhörten Gebete in dieser Nacht und daran, dass ich ihr versprochen habe, es für sie besser zu machen, auch wenn sie das wahrscheinlich nicht gehört hat. Ich denke daran, wie sie mit mir gesprochen hat, jedes Mal, wenn ich einen Flashback hatte. Sie hat mich mit Worten zurückgeholt, an die ich mich nicht mal erinnern kann.

Als ich fertig bin, sehe ich zu ihr auf. Was tut man, um es für jemanden besser zu machen?

Behutsam lege ich ihr meine Hand auf die nasse Wange. Mit dem Daumen streichele ich über ihre Haut, wische die Tränen fort, die immer noch über ihr Gesicht laufen.

Ich dachte immer, Hoffnung könnte einen Menschen zerbrechen. Aber vielleicht stimmt das nicht. Vielleicht ist es auch die Hoffnung, die uns so lange am Leben hält, selbst wenn wir nur Dunkelheit sehen. Habe ich gehofft, damals in der Thorson Ave? Wenn ja, wie lange? Ich weiß es nicht mehr. Doch vielleicht ist es auch gar nicht wichtig. Hier geht es um Lou und alles, was sie im Augenblick braucht, ist ein Licht.

Ich atme tief durch, schaue sie an, halte ihren Blick mit meinem fest. »Vielleicht kann niemals bedeuten – und irgendwann in zehn Jahren.« Sie schluckt, zittert. »Daher okay … Lou.« Ich wische erneut ein paar Tränen von ihrem Gesicht. »Vielleicht irgendwann. Vielleicht irgendwann. Aber frag mich nie wieder danach.«

26. Kapitel

Am späten Nachmittag, an der Stelle, an der der Fluss zu einem dunkelblauen See anwächst, setze ich Lou vorsichtig ab. »Hier können wir die Nacht über bleiben. Ein guter Platz.« Ich wische mir mit dem Unterarm den Schweiß von der Stirn. Ohne Pause bin ich den ganzen Tag gelaufen, damit wir vor September wieder am Camper sind, aber trotzdem sind wir nicht so weit gekommen, wie ich wollte.

»Wieso ist der Platz gut?«, will Lou wissen und guckt zu der niedrigen Böschung am Ufer. »Er sieht aus wie jeder andere Platz unterwegs.«

»Weil Grizzlys ihre Lachse weniger an Seen fischen, sondern mehr an Stromschnellen, wo die Fische nach oben springen, um das Gefälle zu überwinden.« Erschöpft schnalle ich den Rucksack ab, den ich über dem Bauch getragen habe, und lasse mich auf den Sandboden fallen.

»Gibt's hier viele Bären?« Lou schaut mich an wie ein verschrecktes Kaninchen und am liebsten würde ich sie sofort wieder so eng umschlungen halten wie letzte Nacht.

»Klar. Ungefähr fünfzehntausend. Es ist also viel wahrscheinlicher, einen Menschen zu treffen, als einen Bären, keine Sorge.« Ich muss über ihren halb ärgerlichen, halb belustigten Gesichtsausdruck lachen.

»Na toll!«, brummt sie, humpelt ein Stück von mir weg und setzt sich ebenfalls in den Sand.

»Lass bloß den Pullover an«, sage ich zu ihr, als ich sehe, wie sie ihn über den Kopf streifen will.

Mitten in der Bewegung hält sie inne.

»Du glaubst, es ist warm, aber der Wind kühlt dich aus.«

»Ich schwitze!«, motzt sie ein bisschen ungehalten.

»Dann schwitz weiter. Das ist gut so, nachdem du letzte Nacht fast erfroren wärst.«

»Und was ist mit dir?« Lou tippt mit der Handkante auf ihren Oberarm und ich weiß, dass sie mein T-Shirt meint.

»Ich habe Schwerstarbeit geleistet und dich getragen. Ich darf so rumlaufen.« Ich grinse sie an. Lou zupft an ihren Haaren. Seit sie kinnlang sind, macht sie das häufiger, wenn sie ärgerlich oder angespannt ist, doch ich realisiere es erst jetzt.

»Bren …«

»Ja?«

»Danke noch mal. Also, dass du mich trägst und so.«

Kopfschüttelnd stehe ich auf und packe den Schlafsack aus, damit Lou sich auf etwas Warmes setzen kann. »Ich kann dich schlecht hierlassen, oder?«

Darauf schweigt sie und ich beginne, die Vorbereitungen für den Abend zu treffen. Ich baue die Plane auf und fülle kleine Steinchen in eine leere Coladose, die ich in meinem Rucksack finde. »Gegen deine Bärenangst«, sage ich zu Lou. »Klappere mit der Dose, solange ich Holz hole.«

»Ich dachte, hier wären keine Bären.«

»Ich sagte, Grizzlys fischen weniger an Seen als an Stromschnellen, ich habe nicht behauptet, dass sie es gar nicht tun.«

Damit lasse ich sie allein und sammele eine Ladung Feuerholz im Dickicht des Waldes. Was die Bären angeht, bin ich unbesorgt, da es keine frischen Spuren am Wasser gibt.

Später, als das Lagerfeuer brennt, bereitet Lou die Milch für Grey zu, während ich einen Speer aus Birkenholz schnitze.

»Willst du jagen?« Lou schneidet ein Loch in den Frühstücksbeutel und nickt in Richtung des Holzstabes, den ich an einem Ende zuspitze.

»Lachse.«

»Wie ein Grizzly also.«

»So ähnlich.« Ich tippe prüfend auf die Speerspitze, schaue Lou direkt an.

Scheu lächelt sie und senkt den Blick auf ihre Füße. Vielleicht ist es diese Schüchternheit, aber irgendetwas macht mir wieder Hoffnung, ihre Gefühle könnten echt sein.

Als mein Speer fertig ist, ziehe ich die Schuhe aus, krempele die Hosenbeine hoch und laufe barfuß zum dunkelblauen See. Der Sand ist kühl und weich, nur durchbrochen von einem schmalen Teppich aus Rittersporn, Indianerpinseln und Schafgarbe.

Eine Ansammlung von Schwänen treibt auf dem hinteren Teil des Wassers, während Scharen von Kranichen und Wildgänsen über mir vorbeiziehen.

Lou realisiert es vielleicht nicht, aber ich erkenne die Zeichen des hereinbrechenden Herbstes in jedem Atemzug der Natur. Es sind nicht nur die Schreie der Gänse am Himmel. Die Weiden und Pappeln leuchten bereits grüngolden und überall in der Luft liegt neben dem klaren Fichtenduft ein Hauch von Moder.

Mit dem Speer in der Hand steige ich in das kalte Gewässer und wate ein Stück stromaufwärts, wo der Fluss in den See übergeht. An einer abschüssigen Stelle verharre ich reglos, den Speer schon im Wasser versenkt, um mich nicht beim Zustoßen durch sein Spiegelbild an der Wasseroberfläche täuschen zu lassen.

Anfangs passiert überhaupt nichts, doch nach einer Weile haben die Fische mich offenbar als natürliches Hindernis akzeptiert und schwimmen durch meine gegrätschten Beine. Mit tauben Füßen harre ich aus und bin froh, dass ich das Manöver im ersten Sommer bei der Erkundung meines Pachtlandes perfektioniert habe.

Gegen Abend sind die Fische oft müde und einfacher zu fangen, wenn man sich erst mal dem Rhythmus ihres Zuges angepasst hat. Ich will gerade zustechen, als ich am Ufer eine Bewegung wahrnehme. Irritiert schaue ich zu der goldenen Pappel. Lou steht an den Wurzelausläufern und sieht gedankenverloren zu mir rüber. Ihre Haare haben beinahe dieselbe Farbe wie die Blätter des Baumes. Ihr Pullover und ihre Hose verschmelzen mit der dunklen Rinde.

Sie passt so gut in den Yukon. Zärtlichkeit schleicht sich in mein Herz, und ohne dass ich es bewusst bemerke, lächele ich in ihre Richtung. Lou lächelt zurück. Wieder mit dieser scheuen Zurückhaltung, hinter der sie so vieles versteckt. Ich weiß nicht warum, aber es ist gerade diese Zurückhaltung, die mich so sehr berührt.

Lou beobachtet mich noch eine Weile, bis sie schließlich zum ausgebreiteten Schlafsack zurückhumpelt.

Ich sehe erneut auf den Grund des Sees und muss daran denken, wie sehr sie nach meinem Versprechen heute Morgen geweint hat. Viel mehr noch als vorher. Ich habe mich den ganzen Tag über gefragt, warum, und bis jetzt keine Antwort gefunden. Nur eins weiß ich sicher: Ein Teil ihres Weinens steckt seitdem tief in mir und es fühlt sich an, als würden ihre Tränen dort weiterfließen.

Der Wind bläst kalt und leise durch die Fichten und am Westhimmel verglimmt das letzte gelbe Licht des Tages. Ich habe zwei Lachse gefangen und mithilfe eines dicken Holzes über den Flammen gegrillt. Nach dem Entgräten zerteile ich sie in Stücke und reiche Lou ihre Hälfte in einer Blechschale.

»Ist da der Kopf mit drin?«, hakt sie vorsichtig nach und beäugt das rosafarbene Fischfleisch mit einem Stirnrunzeln.

»Klar! Und das Gehirn und die Augen«, spotte ich und setze mich neben sie in den Sand. Es bereitet mir eine diebische Freude, Lou aufzuziehen. Vor allem, weil es so leicht ist, sie zu verunsichern. Es ist vielleicht unfair, da ich ihr in der Natur überlegen bin, andererseits bringt es sie zum Lächeln – und das bin ich ihr schuldig.

Als ich sehe, wie sie mit der Gabel in den Fischstücken herumstochert und dabei aussieht, als würde sie nach einem glibberigen Auge Ausschau halten, muss ich grinsen. »Lou, das war ein Witz. Ich esse grundsätzlich auch nichts, was mich noch angucken kann, ob tot oder nicht.«

Sie lässt die Gabel sinken. »Ach so …« Ich bekomme das Lächeln, das ich mir wünsche, allerdings nur für einen Moment.

Wir essen schweigend, die Nacht senkt sich mit jeder Minute tiefer über den Wald und den See. Der Wind, der zuvor noch die Wipfel der Fichten zum Rauschen gebracht hat, ebbt ab, als würde er der Finsternis den Vortritt gewähren.

»Schmeckt lecker«, sagt Lou, die meinem Blick in Richtung der Bäume folgt.

Wie eigenartig die Stimmung zwischen uns ist. Überhaupt nicht mehr feindselig und auch nicht mehr voller Misstrauen. Sie hat sich gewandelt, schleichend, aber beständig, wie die Natur, wie der Herbst, den ich schon rieche und schmecke, bevor er sich ganz zu erkennen gibt.

Nach dem Essen steht Lou plötzlich auf, humpelt in meinen Socken zum See und setzt sich ans Ufer. Meine Daunenjacke liegt über ihren Schultern, doch sie ist zu groß und Lou ertrinkt fast darin.

Für eine Weile lasse ich sie in Ruhe und betrachte das Heer von Sternen, die vom Nachthimmel auf uns herabflimmern.

Mädchenherzen.

Wieder dieses Wort, das alles verändert hat. Doch heute ist es anders als damals im Winter. Lou ist nicht mehr wie früher und ich begreife, dass sie das vermutlich niemals war. Ich habe nur das gesehen, was ich sehen wollte.

Ein Mädchen, das mein Gegenstück ist. Ein Mädchen, dem alles leichtfällt. Ein Mädchen, das im Licht steht. Ich dachte, ich wüsste alles über sie, aber ich habe mich niemals zuvor so getäuscht.

Aus dem Bedürfnis heraus, ihr nahe zu sein, gehe ich zum Wasser und setze mich neben sie.

Sie rührt sich nicht, sondern betrachtet weiter den nachtschwarzen See, auf dessen Oberfläche das Spiegelbild des Mondes glänzt. Es sieht aus, als hätte jemand eine silberne Flüssigkeit hineingegossen, die jetzt als funkelnde Scheibe auf dem Wasser treibt.

Verstohlen schaue ich Lou von der Seite an. Wer bin ich für sie? Immer noch ihr kaltblütiger Entführer? Aber hier, im Herzen des Yukon, weg vom Camper, den Ketten und Glöckchenbändern, erscheint mir das kaum mehr real. Lou wird nicht fliehen, weil sie alleine verloren ist. Außerdem ist sie verletzt. Zum ersten Mal kann ich mich in ihrer Gegenwart entspannen und muss nicht jeden ihrer Schritte überwachen. Vielleicht fühlt sie sich dadurch befreit. Vielleicht ist es das, was jetzt zwischen uns anders ist.

Ich wende den Blick von ihr ab und folge ihrem, der auf den See hinausgeht und sich an einem unsichtbaren Punkt verliert.

»Das ist dein Land, oder?«, sagt sie auf einmal in die Stille der Nacht.

Ich bin ehrlich überrascht. »Wie bist du darauf gekommen?«

»Ich habe ein Schild gesehen. Privatgrundstück. Betreten verboten.«

Das Schild, das meine Vorgänger am Ufer aufgestellt haben, hätte ich beinahe vergessen. Es muss ihr beim Überqueren des Flusses aufgefallen sein. »Rechtlich betrachtet gehört es mir nicht.« Ich greife mir einen großen Kiesel und drehe ihn in einer Hand. »Ich bin der Pächter des Ganzen. Deswegen darf ich auch jagen und fischen. Ansonsten wäre es streng verboten. Naturschutz und so.«

Lou zieht die Augenbrauen hoch. »Du hast das alles sozusagen gemietet? Über wie viel Land sprichst du?«

Über viel Land, sehr viel Land. So viel, dass dir eine Flucht vermutlich sowieso nicht gelingen würde. »Die genaue Quadratmeterzahl habe ich vergessen. Ich kenne die Grenzen, das ist alles, was ich wissen muss«, antworte ich ausweichend.

Bei meinen Worten sehe ich etwas in Lous Augen aufblitzen. »Als du gesagt hast, du wärst den ganzen Sommer unterwegs … du warst immer hier, auf deinem Land?«

Ich nicke und mir wird bewusst, wie wenig sie von mir weiß. Eigentlich so gut wie nichts.

»Wie viele Sommer?«

»Drei.« Warum habe ich ihr nie von mir erzählt? Dachte ich, es würde sie nicht interessieren oder ihr noch mehr Angst machen?

Lou mustert mich, als könnte sie in mich hineinsehen, und

schlingt die Arme um ihre Knie. »Du kommst her, seitdem du aus Versehen diesen Mann getötet hast.«

Jordan Price taucht in meiner Erinnerung auf wie ein Brombeerdorn, den man sich eingefangen hat und der nach langer Zeit wieder an die Hautoberfläche drängt. »Du kombinierst schnell.« *Und merkst dir alles.*

Lou beißt sich auf die Lippen. »Ich habe ja nicht so viel, worüber ich sonst nachdenken könnte, wenn ich nicht gerade eine Flucht plane.«

Im Geist sehe ich mich in dem heruntergekommenen Kellerraum stehen und höre die Stille, nachdem Jordan gestürzt ist. Mein Kopf ist vom Adrenalin des Kampfes vernebelt und das einsetzende Gemurmel erreicht mich nicht. Die einzigen Dinge, die ich wahrnehme, sind dieser grotesk verdrehte Hals von Jordan und der Geruch von Zigarettenqualm und medizinischer Kühlsalbe. Als ich wieder zu mir komme, bugsiert Buzz mich durch mehrere Hinterzimmer und seine Worte prasseln auf mich ein. *Du musst hier raus, sofort!* Woanders toben Schreie. Jordans Brüder. *Wir bringen dich um! Wir lassen dich deine Gedärme fressen! Mörder!* Bis ich begreife, dass Jordan tot ist, vergehen Minuten.

Während ich daran zurückdenke, durchläuft mich ein Zittern, das nichts mit der Kühle der Nacht zu tun hat. Schaudernd ziehe ich die Beine an meinen Körper. »Ich wollte damals nur weg«, sage ich und betrachte das im Dunkeln liegende Seeufer, als wäre dort etwas, das meine Schuld leichter macht. »Alles hinter mir lassen. Alles vergessen.«

Lou hört nicht auf, mich anzusehen, fast ist es, als wären unsere Rollen vertauscht. »Was ist *alles*?«

Ein Teil von mir will aufstehen und in die Finsternis des Waldes fliehen, aber dann erinnere ich mich daran, dass Lou es verdient, mehr zu erfahren. »Die Kämpfe, das Leben in den Slums«, antworte ich schließlich bemüht ausdruckslos und hebe den Kopf.

»Du kommst aus den Slums?«

Es ist ihr anzusehen, wie viel Mühe sie sich gibt, um nicht schockiert zu wirken, trotzdem schaffe ich es nicht, weiter so emotionslos zu tun.

»Nicht wirklich.« Meine Stimme klingt düster. »Ich bin dahin geflohen. Und dann habe ich ein paar Jahre dort gelebt, ja.«

»Wo kommst du denn her?«

»Los Angeles. Ich war erst zwölf, als ich es geschafft habe, von zu Hause abzuhauen.« Ich muss an das brandende Meer am Santa Monica Pier denken und blöderweise auch an Rhode Island. Schnell verdränge ich den Gedanken und rede weiter: »Ich hatte es mehrmals versucht, aber die Polizei hat mich immer wieder aufgegriffen. Irgendwann dachte ich mir, ich wäre in den Slums sicher. Da wollen selbst die Bullen nicht rein.«

»Sicher – in den Slums?« Lou schüttelt so heftig den Kopf, dass ihre Haare um ihre Wangen fliegen. »Das ist so, wie einen Fluss zu überqueren, wenn man nicht schwimmen kann.«

»Ich erkenne eine Parallele.« Ich erzwinge ein Lachen.

Es folgt eine sehr lange Stille, während der wir auf den mondbeschienenen See starren und Lou ihre Füße mit den Händen warm reibt.

»Und was waren das für Kämpfe, von denen du gesprochen hast?«, fragt sie nach einer Weile. »Ging es da immer um Geld?«

»Mich hat eine Art Fight-Scout entdeckt«, sage ich freudlos und denke an die Schlägerei zwischen den Bones und den Black Bloods, nach der mich Buzz angesprochen hat.

»Ein Fight-Scout?«

»Das ist jemand, der bei den Rivalitätskämpfen der Gangs heimlich die Stärksten ausspäht, um sie für die Underground-Fights anzuheuern. Da geht's um viel Geld. Sehr viel Geld.« So viel Geld, dass sich manche zu Kämpfen überreden lassen, die sie nie gewinnen können. Junge Männer wie Jordan zum Beispiel. Ich packe eine Handvoll Kiesel und werfe sie einen nach dem anderen ins Wasser. »Dafür gibt es keine Regeln, ähnlich wie bei den Mixed Martial Arts-Kämpfen. Alles ist erlaubt, außer Waffen. Aber im Gegensatz zu den Mixed Martial Arts-Kämpfen sind die Underground-Fights nicht legal. Es gibt keine Grenzen. Die Wetteinsätze sind hoch und was mit dem Verlierer geschieht, entscheidet nur der Sieger.«

»Was soll denn passieren?«, will Lou wissen und sieht mich verstört an.

»Du meinst, neben dem Risiko, beim Kampf zu sterben?«

Sie nickt und scheint zu Erkenntnissen zu kommen, die sie erschrecken. Fast bereue ich es, ihr so viel erzählt zu haben.

»Es gibt da ein paar Praktiken, die sehr beliebt sind.« Ich mustere sie und schaue dann ein weiteres Mal über den schimmernden See. Nein, es gibt Dinge, die ich ihr nicht erzählen kann. »Du willst es nicht wissen, glaub mir.«

»Hast du auch mal verloren?«

»Nein.«

»Nie?«

»Nie.«

»Deswegen hast du jetzt so viel Geld, um das Grundstück zu pachten.«

Ich zucke mit den Schultern. »Es ist Schwarzgeld. Ich habe jemanden, der es für mich wäscht.«

»Oh …« Ihre Augen runden sich und ich frage mich ehrlich, was sie daran aus der Fassung bringt. Ich habe sie entführt. Schwarzgeld ist dagegen … nun ja, so geringfügig wie Taschendiebstahl im Vergleich zu Raubmord.

»Ich habe dir gesagt, ich bin kein guter Mensch.«

Ihr Blick bohrt sich in meinen und scheint sich mit einem Widerhaken festzuklemmen. »Hast du auch mal über etwas Schreckliches entschieden, was mit deinem Gegner nach dem Kampf passieren soll?« Ihre Miene verrät nichts, aber ihr Körper ist angespannt, das sehe ich trotz der Daunenjacke über ihren Schultern.

»Niemals. Ich schwör's.«

»Es muss furchtbar gewesen sein, so zu leben«, flüstert sie und ich höre wieder Zurückhaltung heraus, als wollte sie mir ihre wahren Gefühle nicht zeigen.

Verneinend schüttele ich den Kopf. »Nicht für mich. Die Gewalt und die Armut – beides war besser als das, was ich vorher hatte.«

Wir wissen beide, dass *vorher* die Zeit bezeichnet, aus der meine Flashbacks stammen. Nur kann ich nicht sagen, was Lou darüber weiß.

Wieder schweigen wir und sehen den Enten zu, die vor uns auf dem See vorbeischwimmen.

»Bist du denn irgendwann weg, als du genug Geld hattest?«, will Lou nach einiger Zeit wissen.

Ich werfe den letzten Kiesel ins Wasser und beobachte, wie er mit einem leisen Plopp untergeht. »Als ich achtzehn war, hab ich mir eine anständige Wohnung gemietet. Aber ich hätte dieses Leben weitergelebt, wenn es nicht diesen Zwischenfall gegeben hätte.« *Und natürlich die Flashbacks.* Ich schüttele über mich selbst den Kopf. »Erst da wurde mir bewusst, was ich eigentlich mache. Ich hab nie jemanden töten wollen, doch mein eigenes Leben war mir egal.«

»Dein Leben war dir egal?« In Lous Stimme spiegeln sich Unglaube und Fassungslosigkeit.

Starr blicke ich auf das glänzende Spiegelbild des Mondes, das sich durch ein paar Wellen im Wasser hebt und senkt, und denke an die Zeit meiner Jugend. »Es gab nichts, für das ich leben wollte. Vielleicht war ich deswegen so gut. Während eines Kampfes hatte ich nie Angst. Ich habe immer alles riskiert, der Tod war eine akzeptable Option. Ich bin nie wirklich aus der Dunkelheit herausgekommen, bis ich dich gefunden habe.« Ich schaue Lou herausfordernd an, aber ich fühle mich nicht so, als könnte ich es tatsächlich mit ihr aufnehmen.

Lou erwidert meinen Blick und ihre Augen glänzen tief und dunkel wie der See, neugierig, nicht ablehnend. »Wann war das?«

»Vor ungefähr einem Jahr.« Der Schatten eines Lächelns huscht über mein Gesicht. Wieder fasse ich an das von Kieseln gesäumte Ufer und greife mir eine Handvoll Steine, umschließe sie mit der Faust. »Vor drei Jahren habe ich die Wohnung gekündigt und den Camper gekauft. Ich wollte weg, bin einfach losgefahren, Geld hatte ich ja genug. Nach einem Monat bin ich hier gelandet und den Sommer über dageblieben.«

»Und die Winter?«

»Die zwei Winter zuvor war ich in einer kleinen Stadt. Den letzten Winter habe ich hier verbracht. Auf dem Grundstück gibt es ein altes Blockhaus am See. Es ist klein, aber es reicht, um dort zu überleben.«

Lou schaut mich an, als würde sie gar nichts mehr verstehen. »Wieso hast du mich nicht da hingebracht?«

»Das mache ich noch.« Der Gedanke, mit Lou am Quiet Lake zu überwintern, nachts die Wölfe auf dem See zu beobachten und mit ihr im Felllager zu schlafen, lässt mich lächeln. »Im Camper ist es im tiefsten Winter zu kalt, um zu überleben. Du hast mich mal danach gefragt, erinnerst du dich?«

Lou nickt. »Ja, natürlich.«

»Das Haus liegt an einem See, man kann es nur zu Fuß erreichen. Ein weiter Weg, dafür aber noch einsamer als hier. Im letzten Winter war ich dort vier Monate lang allein.« In Gedanken höre ich den Chinook über die Gebirgsgipfel heulen und ein Frösteln fährt durch meine Glieder. Bei Gott, ich will nie wieder so allein sein wie in diesen kalten vier Monaten.

»Hattest du mich damals schon gefunden?«, fragt Lou geradeheraus.

»Ich hatte einen Laptop. Die Verbindung war schlecht, immer nur ein paar Stunden am Tag, und der Generator hat auch ständig gezickt – wegen der Kälte. Dafür war es im Winter das Paradies. Ich habe mir ausgemalt, wie ich es dir eines Tages zeige.«

Ich muss an die vielen Wochen denken, die ich mit Lous Posts überstanden habe, damals in diesem eisigen, eiskalten Winter. Wie oft habe ich am Fenster der Hütte gestanden und mir vorgestellt, sie wäre bei mir und ich könnte ihr all die verborgene Magie des Winters zeigen. Sie weiß überhaupt nicht, dass sie mir das Leben gerettet hat, und ich kann es ihr auch nicht sagen. Ich glaube, sie würde es nicht verstehen. Wer könnte das schon?

Für einen Moment, der auch eine Ewigkeit sein könnte, schauen wir uns an. Lous Augen schimmern immer noch so tiefblau und unergründlich, scheinen voller Fragen und Gefühle, die sie nicht ausspricht. Fast kommt es mir vor, als würde ich darin die Bilder des Winters sehen. Meine Brücke zu ihr. Den schneeverhangenen Himmel, die glitzernden Kristalle in der Luft, den Nebel, der über dem See tanzt wie eine körperlose Spukgestalt. Und ehe ich mich davon abhalten kann, erzähle ich ihr vom Winter im Yukon. Vom Zufrieren des Sees und seiner schaurigen Melodie; von der tiefen roten Wintersonne und den riesenhaften Schatten. Von den Eiskristallen, die über dem See schweben wie Diamantstaub. Ich erzähle ihr davon, wie mich dieses Land erst rettete und dann krank machte und wie einsam ich war.

Als ich ende, fühle ich mich ausgelaugt und merke, dass Lou mich seltsam ansieht. Vielleicht denkt sie jetzt endgültig, ich wäre verrückt. Wer verbringt schon seine Winter alleine in der Wildnis? Beziehungsweise sein ganzes Leben? Automatisch drücke ich die Kiesel in meiner Hand so fest zusammen, als wollte ich sie pulverisieren.

Lou schüttelt sanft den Kopf und legt ihre Finger um meine geballte Faust. Ihre zarte Berührung lässt mich erstarren, wie schon das erste Mal, als sie mich im Camper umarmt hat.

»Hattest du nie Freunde?«, fragt sie leise. »Oder ein Mädchen, das du wolltest?«

»Beziehungen bedeuten, dass man verlassen werden kann. Verlassen zu werden, ertrage ich nicht, also habe ich eine Mauer um mich gebaut.« Meine Stimme klingt monoton.

»Und bei mir ist sie nicht da?« Behutsam öffnet sie meine steifen Finger und die Kiesel fallen heraus. Etwas in mir erbebt bis in seine Grundfeste. Ein Schatten aus Angst krallt sich in meine Seele.

»Nein«, flüstere ich heiser.

»Warum nicht?«, flüstert sie zurück.

»Weil ich dafür gesorgt habe, dass du mich nicht verlassen kannst«, flüstere ich wieder. »Ich muss mich nicht so sehr schützen. Seitdem ich dich gesehen habe … alles war plötzlich anders.« Ich schlucke geräuschvoll und versuche, meine Fassung wiederzufinden. »Es war … als könnte ich mit dir alles durch deine Augen betrachten … das Leben und so. Du warst wie ein Lichtstreif in einer Höhle voller Finsternis.« Ich hasse, was ich sage, auch wenn es wahr ist.

Wie von selbst schließen sich meine Finger wieder zu einer Faust, doch Lou drückt dagegen und formt eine offene Schale aus meiner Hand. Ich weiß nicht, wann sie zu mir gerückt ist, aber sie ist mir plötzlich so nah, dass ich ihren Atem auf der Wange spüre. Meine Kehle zieht sich zu und meine Augen schmerzen, als hätte ich ein Sandkorn hineinbekommen. Ich will sie immer noch so sehr.

»Heute würde ich alles anders machen.« Ganz fest drücke ich ihre Hand. »Heute würde ich dich nicht mehr entführen. Heute würde ich dich nicht mehr betäuben … ich würde dich nicht anrühren …« Ich schlucke gegen die Enge in meinem Hals. »Aber es ist zu spät. Ich kann nicht mehr zurück. Ich will dich nicht verlieren. Jetzt, wo ich dich wirklich kenne, erst recht nicht. Am Anfang war es nur der Gedanke, dass du mich glücklich machen kannst, doch jetzt weiß ich es sicher.« In dem Moment, in dem ich die Worte ausspreche, erkenne ich die Wahrheit. Noch nie zuvor habe ich mir so sehr gewünscht, die Zeit zurückdrehen zu können, zurück zu dem Augenblick, in dem Lou in meinen Camper steigt.

Starr blicke ich auf das andere Seeufer und fühle Bitterkeit und Verachtung in mir aufsteigen. Was hätte ich alles sagen können?

Willst du was trinken? Willst du mich küssen? Willst du ein Abenteuer? Willst du mit mir abhauen?

Es hätte unendlich viele Fragen gegeben. Doch ich habe ihr nicht eine einzige gestellt.

»Bren?« Lou zieht ihre Finger zurück. »Ich denke nicht, dass du ein schlechter Mensch bist.«

Bei diesen Worten drehe ich mich zu ihr um und fühle mich einsamer und kälter als der Winter selbst.

»Außer meiner Entführung meine ich jetzt.« Sie wagt ein Lächeln.

Ich lächele angestrengt zurück, auch wenn ich weiß, dass es nicht der Wahrheit entspricht. Menschen ändern sich nicht. Wäre ich ein guter Mensch, müsste ich Lou freilassen.

Lous Worte verfolgen mich, während ich den Rucksack wegen der Bären auf einen Baum hochziehe, und lassen mich auch nicht los, als ich zwei Schlafplätze am Feuer herrichte. Wie kann sie behaupten, ich wäre kein schlechter Mensch, wo sie weiß, was ich alles getan habe?

Schade, dass du nicht herausfinden willst, wer du wirklich bist.

Dr. Watts' Satz zuckt durch meine Gedanken. Ich frage mich, wer ich geworden wäre, hätte es meinen Stiefvater nicht gegeben. Wäre ich aufs College gegangen und hätte Kunst studiert? Oder wäre ich vielleicht zu so einem aufgeblasenen Arsch wie dieser Andrew aus *Hero of the Week* mutiert? Wäre ich trotzdem ein Einzelgänger gewesen? Wer bin ich wirklich?

Ich finde keine Antworten und starre einfach in den flimmernden Himmel, verfolge die Sterne des Großen Wagens. Alioth, Mizar und Benetnasch an der Deichsel.

Mädchenherzen.

Ich will nur Lous.

Mehr als alles andere will ich eine Chance.

Ich lausche in die Nacht und höre sie neben mir atmen. Ganz vorsichtig schiele ich zu ihr rüber. Sie liegt auf dem Rücken, das Gesicht Richtung Sterne. Das Licht des Feuers spielt mit ihren Haaren und lässt orangerote Lichtreflexe darin tanzen wie Feuergeister.

Am liebsten würde ich jetzt zu ihr in den Schlafsack kriechen und sie wieder so halten wie letzte Nacht. Allein der Gedanke an ihre Nähe weckt in mir einen Schauder aus Furcht und Freude. Ich muss an so viele Dinge denken. An so viele Antworten, die ich ihr schuldig bin.

»Lou … Bist du noch wach?« Eine der blödesten Fragen überhaupt.

»Ja.«

Ich gebe mir einen Ruck. Sie hat mich das vor Kurzem gefragt und ich habe es ihr vorenthalten, weil sie sich so gefürchtet hat. Wahrheit bedeutet Nähe, habe ich damals gedacht, und ich glaube, sie ist jetzt bereit dafür. »Du wolltest doch immer, dass etwas passiert, oder?«

Die Stille der Nacht wird plötzlich noch tiefer, als hätte sich ein doppelter Boden aufgetan.

»Wie meinst du das?«, fragt Lou zurück und ich höre die Beklommenheit in ihrer Stimme.

»Ich habe dir mal gesagt, es hätte noch einen zweiten Grund gegeben, wieso ich dich entführt habe.« Ich mache eine kurze Pause. »Du wolltest doch, dass dich etwas aus deinem Leben reißt und wie ein Adler in die Lüfte hebt. Du wolltest, dass dich etwas von innen nach außen kehrt und als jemand zurücklässt, den du nicht wiedererkennst. Etwas, das dein Herz leuchten lässt. Du hast dich danach gesehnt, oder?«

Lou antwortet nicht und ihr Schweigen dehnt sich immer weiter aus, wie das unendliche All über unseren Köpfen.

»Ich wollte einfach, dass du das weißt, Lou«, sage ich irgendwann leise und schaue zu ihr rüber. Sie liegt stocksteif da, wie eine ägyptische Mumie, und regt sich nicht.

Hoffentlich war es nicht zu viel Wahrheit für einen einzigen Abend.

Innerlich seufzend starre ich wieder zum Himmel. Megrez, Phekda, Merak und Dubhe vervollständige ich das Sternenbild des Großen Wagens und suche nach Spica, dem hellsten Stern der Jungfrau, der eine Verlängerung der Deichsel ist.

Doch noch während mein Blick die Linie hinaufwandert, verschwimmen die Lichtpunkte, als würde das Firmament unscharf. Ein roter Schleier weht durch die Luft, wie eine Fahne, die sich von einem Mast gelöst hat und nun langsam über den Himmel schwebt. Die Ränder flattern und flirren und mit einem Schlag ist die ganze Nacht erfüllt von diesem mohnroten Licht.

Für einen Sekundenbruchteil habe ich ein Déjà-vu. Das Leuchten erinnert mich an den Augenblick, in dem ich mit Lou auf dem Parkplatz stand und auf ihre nackte Schulter gesehen habe. Dieser Hauch von Misstrauen in ihr, der vom Aufreißen des Himmels und der roten Abendsonne wie weggewischt wurde.

Ich setze mich auf und schaue zu ihr rüber. Ihre Augen sind so weit offen wie die eines erstaunten Kindes, wie gebannt blickt sie nach oben.

»Nordlichter«, erkläre ich und erhebe mich langsam genug, um

Lou nicht aus dem Moment zu reißen.

Mit in den Nacken gelegtem Kopf gehe ich ein Stück Richtung See, während das Licht am Himmel zusammenfließt. Die rote Fahne wird zu einem brandenden Meer. Lichtfetzen fliegen davon und zerstäuben im Dunkeln wie Gischt.

Ein kühler Schauer läuft mir über den Rücken. Ist es Schicksal, dass Lou und ich immer von Lichterscheinungen begleitet werden? Ist es Schicksal, dass Lou ausgerechnet Laternen kaufen sollte – Lichtbringer –, bevor ich sie entführt habe?

Ich lasse mich ablenken und gucke zu ihr rüber, doch sie hat sich keinen Millimeter bewegt.

Als ich wieder nach oben blicke, sind dort tausendundeine Farbe, ein Lichternetz aus Blassrosa, Pastellgrün, Dunkelviolett und Rot. Wilde Bahnen rasen von einem Ende des Himmelsbogens zum anderen, tanzen mit Wind und Nacht, einem Rhythmus folgend, den ich ebenso wenig begreife wie mich selbst.

Irgendwann fallen die Farblichter wie bunte Mikadostäbe herab, die Lichtbahnen verblassen und zum Schluss ist da nur noch ein klares, lichtes Grün.

Abermals sehe ich zu Lou. Sie hat immer noch nichts gesagt, weder zu den Nordlichtern noch zu meiner Eröffnung. Ich glaube, es war heute einfach zu viel für sie.

Leise gehe ich zu unserem Lager zurück, hole mir die Wolldecke und setze mich ans Ufer. Lous Stimme echot in meinem Kopf.

Ich glaube nicht, dass du ein schlechter Mensch bist.

Nachdenklich schaue ich über den See, in dem sich jetzt wieder das Licht des Sternenhimmels spiegelt, und greife nach ein paar glatten Kieselsteinen.

Wer bist du, Brendan?

Auf jeden Fall bin ich nicht mehr der, der Lou im Juni so kaltblütig betäubt hat. Aber wenn ich nicht mehr dieser Brendan bin, dann müsste ich Lou gehen lassen. Mein Magen wird zu einem harten Felsbrocken und ich spüre den Riegel, der etwas tief in mir versperren will.

Ich schließe die Augen und versuche einen Blick darauf zu erhaschen – doch alles, was ich finde, ist der dunkle Raum, in dem mir bei meinen letzten Flashs der Junge begegnet ist.

Diesmal stehe ich davor.

Ich bin du, flüstere ich durch eine unsichtbare Tür in die Dunkelheit. *Selbst wenn du dich nicht zeigst, ich bin du.*

Stille. Ohne einen Flash wirkt dieser Ort verlassen. Vielleicht existiert er nur, wenn ich abdrifte. Im Geist probiere ich, die Tür zu öffnen, da fliegt der Nachhall einer Stimme durch meinen Kopf.

Trauer. Zu schwer für dich. Du zerbrichst.

Das war früher, entgegne ich ruhig. *Heute ist es in Ordnung.*

Ich muss unbedingt zu dem Jungen hinter der Tür durchdringen. Ich habe das Gefühl, er ist der Schlüssel zu all meinen Ängsten. Doch je mehr ich versuche, mich zu entspannen und den Riegel zu lösen, desto stärker krampft sich diese Stelle in mir zusammen.

Nach einer Weile gebe ich es auf und werfe die Kiesel zurück in den See. Vielleicht hatte Dr. Watts ja recht und hinter meinen Anfällen steckt noch mehr als ein Flashback.

27. Kapitel

Noch nie in meinem Leben habe ich mich so verletzlich gefühlt wie in diesen Tagen, nie zuvor war mir jemand so nahe wie Lou. Die Furcht und die Freude, die ich empfunden habe, wenn sie mir von sich aus nahegekommen ist, treiben dicht an der Oberfläche. Sie lassen mich lachen – und mich fürchten wie ein Kind, das die Hand nach Nähe ausstreckt, aber Angst vor Zurückweisung hat.

Mittlerweile habe selbst ich kein Gefühl mehr für Zeit. Die Tage bestehen aus stundenlangen Gewaltmärschen, während denen ich Lou auf dem Rücken trage und Grey ab und zu in den Rucksack setze, um schneller voranzukommen.

Gegen Abend rasten wir am Ufer des namenlosen Sees und ich steche uns ein paar Lachse. Oft entdecke ich Lou dabei, wie sie mir zusieht. Gedankenverloren und umhüllt von gelbgoldenem Abendlicht, ähnlich wie bei ihrem Rasentanz in Ash Springs. Wir reden nicht viel. Das zwischen uns wächst im Schweigen. Illusion oder Wirklichkeit, ich weiß es nicht.

Gestern hat sie mich gefragt, warum ich am Sommerlager stets ein Feuer brennen lasse, selbst am Morgen.

»Wegen der wilden Tiere«, habe ich geantwortet. »Ich will sie vom Lager fernhalten.«

»Vielleicht willst du ja auch was ganz anderes fernhalten«, hat sie gemurmelt, als wüsste sie von meinem Bedürfnis nach Helligkeit und Wärme.

Es ist ein bisschen so, als wären wir in einer zarten Blase gefangen. Jeder verstohlene Blick hallt darin nach, ohne sie zu verlassen. Eine eigenartige Spannung vibriert in der Luft, verdichtet sich von Tag zu Tag. Sie stellt meine Nackenhärchen auf und überzieht meine Haut mit einem Netz aus Feuer und Eis. Wenn Lou und ich uns zufällig berühren, habe ich das Gefühl, die Luft um uns ist voller winziger Blitzschläge, die nicht wehtun. Nachts bin ich oft schlaflos, auch wenn ich dringend Erholung bräuchte. Wenn ich doch schlafe, träume ich von Lous blauen Augen und von den vielen unausgesprochenen Dingen, die ich darin zu sehen glaube. Versprechen, die wie scheue Vögel davonflattern, wenn ich ihnen zu nahe komme. Sie geistern durch meine Nächte, die Tage und durch die schillernde Hülle, die uns wie eine Seifenblase umgibt.

Ich habe nur Angst, was passiert, wenn die Blase platzt.

Heute ist ein schmaler Streifen Sand alles, was Lou und mir zum Übernachten bleibt. Der Waldrand ist fast bis an den See vorgerückt, an manchen Stellen reichen die Weiden, Birken und Pappeln sogar mit den Wurzeln ins Wasser.

Ich sehe prüfend zum glutroten Himmel, an dem sich im Norden eine Schicht aus dicken Wolken sammelt. Hoffentlich fängt es nicht an zu regnen, sonst gibt es Hochwasser und wir müssen von der winzigen Bucht in den dichten Wald ausweichen. Etwas, das bei dem Bestand an Wölfen und brunftigen Elchbullen nicht unbedingt ratsam wäre, vor allem nicht so nah am See.

Nachdem Lou und ich die Plane gespannt haben, schichte ich halb verrottetes Treibholz aufeinander und entfache ein notdürftiges Feuer, damit Lou die Milch für Grey aufsetzen kann.

Als ich im Wald verschwinde, um Birkenäste zu sammeln, liegt die Dämmerung bereits wie ein dunstiger Schleier über dem Wasser. Eine ganze Weile bin ich damit beschäftigt, brauchbare Äste aufzulesen und zusammenzubinden, als Grey zu mir angesprungen kommt. »Na, satt geworden?«, begrüße ich ihn, als er jaulend an mir hochhüpft. Freudig wedelt er mit dem Schwanz.

Ich habe immer noch Bedenken, dass das Milchpulver nicht ausreicht, außerdem füttern wir ihn zu selten. Er bekommt nur drei Mahlzeiten, andererseits ist er mittlerweile kräftig genug, um das auszuhalten. Trotzdem habe ich Angst, er könnte bald sein erstes Wild reißen und sein Jagdtrieb dadurch erwachen. Vielleicht verschwindet er dann in den Wäldern und wir sehen ihn nie wieder.

Wie aus heiterem Himmel springt er über einen am Boden liegenden Stamm und lässt mich links liegen.

Ich gehe ihm nach und entdecke den frischen Fuchskadaver.

»Hey, lass das!«, rufe ich ihm zu. »Das bekommt dir nicht.«

Grey zieht die Ohren nach unten, bellt, als würde mir entgehen, dass dort ein besonderer Leckerbissen liegt.

»Vergiss es, Kleiner!« Ich klemme mir die aufgelesenen Birkenäste fest unter den Arm und stampfe durchs Unterholz, um zurückzugehen. Als ein Ast laut unter meinen Füßen knackt, kommt Grey wie ein geölter Blitz zu mir angeschossen.

»Du bist echt ein Schisser, weißt du das?«, tadele ich ihn liebevoll und bücke mich, um ihm den Kopf zu tätscheln. »Wahrscheinlich hast du sowieso viel zu große Angst, einfach abzuhauen …« Der Zweig einer Fichte kratzt über meine Wange, als ich mich zur Seite beuge, um zur Bucht zu sehen. Lou sitzt nicht mehr am Lagerfeuer. Mein Herz will schon anfangen zu rasen, doch dann entdecke ich sie bei ein paar Himbeersträuchern, die direkt am Waldrand wachsen.

»Verdammt noch mal!«, fluche ich leise vor mich hin und wuchte das sperrige Holzbündel hoch. Habe ich ernsthaft geglaubt, sie würde noch mal versuchen wegzulaufen?

Ich schüttele den Kopf über mich selbst und bahne mir einen Weg zwischen Totholz und Sträuchern hindurch. Die ganze Zeit war ich so entspannt, allerdings konnte Lou da auch kaum laufen. Sie humpelt zwar immer noch, jedoch nicht mehr so stark wie zu Beginn.

Nein, sie würde es nicht mehr probieren, beruhige ich mich selbst. Da ist etwas, das sie hier hält. Sie sagt es nicht mit Worten, nur mit Blicken.

Ich habe den Waldrand fast erreicht, da höre ich ein Geräusch, das nicht in die Wildnis passt. Auf jeden Fall nicht in den Teil, in dem ich die letzten drei Jahre gelebt habe.

Ein unbestimmtes Gefühl von Beklemmung steigt in mir auf. Für einen Moment stehe ich wie versteinert da und lausche. Wildgänse schreien in der Luft. Über mir zittern ein paar Espenblätter, doch das ist es nicht. Ein sanftes, gleichmäßiges Plätschern schwebt flussabwärts über den See.

Das sind keine auffliegenden Schwäne. Auch keine Kanadagänse oder Fischotter.

Noch bevor ich begreife, dass es nur Wilderer oder Touristen in Ruderbooten sein können, dringen Fetzen von Stimmen durch die Dämmerung. Tiefes Gelächter gleitet über das Gewässer wie Vögel im Sturzflug, gefolgt von Worten, die ich nicht verstehe.

Ich lasse das Bündel Feuerholz auf den Boden fallen und schaue Richtung See, doch ich kann nichts erkennen. Die Bucht bildet eine Kerbe, liegt zu weit hinten. Dafür entdecke ich Lou. Knöcheltief steht sie im Wasser neben den herabhängenden Zweigen einer Weide und sieht zu einem Punkt, der mir verborgen bleibt.

Eine unheimliche Stille legt sich über mich, lähmt mein Herz, meine Zunge, meine Beine. Sie wird schreien! Nur Bruchteile von Sekunden trennen mich von meinem Albtraum. Ich verliere sie.

Lou, will ich brüllen, *tu es nicht!,* aber meine Kehle ist wie zugeschnürt, jede Empfindung taub. Ich kann nur dort am Waldrand stehen und dabei zuschauen, wie Lou weiter ins Wasser watet.

Gleich ist sie hinter der Weide verschwunden und dann sehe ich sie nie wieder.

Furcht und Finsternis steigen in mir auf, ich habe das Gefühl zu fallen. Der kleine Junge zieht mich zu sich, immer tiefer hinunter.

Nein!, schreie ich ihn an. *Nicht jetzt! Nicht jetzt, sonst verliere ich sie. Du verlierst sie! Und du liebst sie doch! Ich liebe sie!*

Die stahlharte, verschlossene Stelle in meinem Magen fängt an zu brennen. Ein loderndes, unkontrolliertes Inferno. Etwas in mir reagiert. Ich laufe los. Mit ein paar Sätzen bin ich bei der Weide, verstecke mich unter den herabhängenden Zweigen wie unter einer Kuppel. Durch die Blätter sehe ich Lou und drei Kanus, die mit je zwei Mann besetzt flussabwärts gleiten. Zu sechst! Sie sind zu sechst. Ich habe jeden Kampf gewonnen, aber wenn Lou sie jetzt ruft, werde ich verlieren. Die täglichen Gewaltmärsche zehren an meinen Kräften.

Das Brennen erreicht meinen Kopf, tobt wie eine Feuersbrunst durch meine Sinne und färbt alles blutrot. Wie ich es schaffe, mich lautlos zu bewegen, weiß ich nicht. Ich spüre alles in seltsam voneinander getrennten Sequenzen: den Sand unter meinen Füßen, dann das Wasser, die aufsteigende Feuchte des Sees.

Lou steht genau vor mir, nur durch den blättrigen Vorhang der Weidenäste von mir getrennt. Sie merkt nichts.

Wieder hallt das kehlige Gelächter zu uns rüber. Ein paar Schwäne flattern auf. Das letzte Kanu erreicht die Höhe der Weide.

Ich kann keinen klaren Gedanken mehr fassen. Es ist wie damals, kurz bevor ich Lou betäubt habe. Dieses elende Gefühl, etwas Wichtiges zu verlieren, wenn ich weitermache. Ihr scheues Lächeln. Ihr gewonnenes Vertrauen. Aber ich komme nicht gegen dieses rote Brennen und das Chaos in meinem Kopf an. Es füllt alles aus. Ehe ich mich davon abhalten kann, gleite ich durch die Zweige und presse ihr von hinten die Hand auf den Mund. Mit einem harten, erbarmungslosen Ruck ziehe ich sie hinter die Äste der Weide.

28. Kapitel

»Nicht einen Laut!«, zische ich an ihrem Ohr, doch alles ist falsch. Ich sollte sie nicht so halten, den Arm nicht so fest um ihre Taille schlingen wie ein verdammtes Schiffstau, aber ich kann nicht anders.

Schicksalsergeben sackt sie in meinem Griff zusammen und ich höre durch die Stille nur noch die Paddel, die in einem nervenzehrenden Rhythmus ins Wasser tauchen. Rein, raus, rein, raus. Fremde Worte schaukeln über die Wellen. Dunkles Gelächter wie Hohn. Immer noch ist mein Geist voll mit rotem Feuer. Ein Toben, Schreien, Brennen. Ich kann Lou einfach nicht loslassen, meine Arme nicht lockern. Sie klemmen fest wie der Riegel in meinem Inneren.

Die Kanus gleiten weiter, weg von uns. Weg von Lou.

Plötzlich wehrt sie sich doch, als würde sie erst jetzt begreifen, dass ihre Chance verrinnt. Mit aller Kraft wirft sie sich gegen meine Umklammerung. Ihre nackten Füße platschen ins Wasser, als wären sie selbst Ruder, die sie von mir wegbringen könnten. Wasserfontänen spritzen um uns herum.

Wieder ein Lachen aus der Nacht. Dann ein abruptes Verstummen, ein Innehalten.

»Still!« Ich ziehe sie enger zu mir heran und presse die Finger noch härter auf ihren Mund. Das Rauschen von Schwanenflügeln schwebt über den See.

Lou wimmert hinter meiner Hand. Ihre Gegenwehr erlahmt, als hätte ich sie ein zweites Mal betäubt. Es macht mir Angst, auch wenn ich spüre, dass sie noch atmet. Sie wird mich wieder hassen. Von Sekunde zu Sekunde wird mir bewusster, was ich hier eigentlich mache. Ich tue ihr weh. Ich halte sie gepackt wie ein Täter sein Opfer, nicht wie jemand, dem sie etwas bedeutet. Nicht wie jemand, der schon so vieles mit ihr geteilt hat. Alles ist verkehrt.

Furcht und Selbsthass schnüren mir die Kehle zu. Das rote Feuer fließt von meinem Kopf in die Augen. Sie glühen wie Lava, als würden sie mir aus den Höhlen brennen. In mir ist ein Schrei, der nicht hinaus kann.

Noch mal erschallt das Lachen, ganz leise, fast nur eine Ahnung, lautere Rufe folgen, ein Wirrwarr an Stimmen, und dann wird es still.

Zu still.

Immer noch kann ich Lou nicht loslassen. Ich halte sie, klammere mich an sie, als würde ich nicht glauben, dass sie noch da ist. Ich weiß nicht, wie viel Zeit vergeht. Sie könnte jetzt fort sein, zusammen mit den Fremden. Glücklich und gerettet.

Der Gedanke betäubt mich. Meine Arme und Beine geben nach und ich lasse Lou los, behutsamer als ich mir zugetraut hätte.

Für einen Moment steht sie reglos da. Ihre Atemzüge gehen stoßweise und der Pullover klebt wie eine zweite Haut an ihrem Rücken.

Lou, will ich flüstern. *Verzeih mir. Es tut mir leid. Verzeih mir.*

Doch sie läuft Schritt für Schritt von mir weg, als hätte ich sie verprügelt und noch am Boden liegend getreten. Nichts ist mehr so wie zuvor, ich spüre es an der Art, wie sie sich bewegt.

Lou …

Als sie fast den Stamm der Weide erreicht hat, dreht sie sich abrupt zu mir um. Bei ihrem Anblick balle ich die Fäuste und merke erst jetzt, wie sehr meine Finger zittern. Sie kommt mir noch kleiner vor als gewöhnlich, noch zerbrechlicher, noch schützenswerter. Ihr Gesicht ist erhitzt und überzogen mit den hektischen roten Flecken. Unverständnis, Wut und verletzter Stolz schimmern im Spiegel ihrer Augen.

»Das hättest du nicht machen müssen.« Ihre Stimme zittert, aber es ist keine Angst.

»Doch, leider«, flüstere ich und komme mir vor, als wäre ich von uns beiden der Gefangene.

»Nein!« Sie brüllt so heftig, dass ich zusammenzucke. »Ich hätte nicht geschrien.« Wie wild schüttelt sie den Kopf. »Wenn ich es gewollt hätte, hätte ich es getan. Lange bevor du mich so fest gepackt hast, als wäre ich wieder nur die Beute, von der du besessen bist.«

Ich begreife überhaupt nichts mehr. Ihre Worte ergeben keinen Sinn. »Du hättest nicht geschrien?«, wiederhole ich nur fassungslos. »Das verstehe ich nicht … wieso … ich meine, das war deine Chance … oder nicht …« Eine tiefe Furcht nimmt von mir Besitz, ich weiß nicht, warum. Der Rest des roten Tobens in mir erlischt. »Lou«, flehe ich hilflos vor Unverständnis. »Wieso denn nicht?«

Mit halb geöffneten Lippen sieht sie mich an. *Du weißt das doch!,* scheint sie schreien zu wollen, aber eine unsichtbare Macht hält ihre Worte zurück. In dem Augenblick, wo ich sie so dastehen sehe, zerbrechlich und stark, wird mir bewusst, was das hier wirklich bedeutet.

Sie hätte alles für mich geopfert. Ihre Freiheit, ihre Vergangenheit, sich selbst. Denn wenn sie nicht zurückgehen kann, wird sie niemals wieder zu der Lou werden, die sie einmal gewesen ist. Sie hat ihre Brüder für mich verraten. Ihre Freunde, alles, was sie ausmacht. Das ist zu viel.

Ein rauer Schmerz drängt sich vom Grund meiner Seele an die Oberfläche. Da, wo sie mir beweisen wollte, was ich ihr bedeute, habe ich ihr misstraut. Ich habe keinen Grund, ihr nicht zu glauben, sie hätte Zeit gehabt, zu schreien.

Mit feuchten Augen schüttele ich den Kopf. »Ich habe wieder alles falsch gemacht …« Langsam gehe ich einen Schritt auf sie zu. »Als ich sie gehört habe … ich dachte, sie würden dich mir wegnehmen. Sie waren zu sechst.« Ich schlage mir die Hände vor das Gesicht, ein billiger Schutz, um das Chaos in mir zu verbergen. »Ich dachte, das war's, und ich verliere dich für immer …« Alles an mir zittert, aber es ist mir egal. Zum ersten Mal spielt Schwäche keine Rolle. Die Welt hat sich gedreht und vor mir steht das Mädchen, das ich liebe, das mich nicht verlassen hat, als es möglich gewesen wäre. »Wieso hast du nicht geschrien … ich versteh dich nicht … Lou, wieso nicht?« Ich kann nicht aufhören, es zu wiederholen. Ich begreife nichts und doch alles. Meine Furcht ist so groß; die Angst, Lou zu verletzen, die Angst, dass dieses Opfer zu tief geht. Ich verdiene es einfach nicht – und will es unbedingt.

Zittrig atme ich ein, das Geräusch einer landenden Schwanenformation, das sanfte Kräuseln des Wassers, dringt in meine Ohren.

»Du willst wissen, wieso ich nicht geschrien habe?«, höre ich Lou plötzlich dicht vor mir fragen. Die Herausforderung in ihrer Stimme ist brüchig wie Glas, so wie alles, was uns verbindet.

Ich kann nur nicken und lasse die Hände sinken. Sie steht einen Meter vor mir. Mein Blick irrt über ihr Gesicht und die winzigen Details erscheinen mir übergroß und intensiv. Die seidigen Wimpern, die zarten zimtfarbenen Sommersprossen, die blassen Wangen. Doch es ist der Ausdruck in ihren Augen, der mich fast in die Knie gehen lässt. Eine Verletzlichkeit schimmert darin, die noch viel größer scheint als das Opfer, das sie gebracht hat. Es ist eine stumme, verzweifelte Bitte, ihr nicht wehzutun. Eine Bitte an den Teil in mir, der sie mit dieser Zärtlichkeit liebt, die mir so fremd ist.

Komm zu mir, Lou, flüstere ich im Geist. *Komm her.*

Als hätte sie mich gehört, macht sie den letzten Schritt auf mich zu, schlingt die Arme um meinen Nacken und legt den Kopf an meine Brust.

Die Behutsamkeit der Berührung lässt mich vor Angst erstarren wie zu Beginn unserer Reise. Ich spüre Lou überall, aber meine Hände sind wie gelähmt und gehorchen mir nicht. Dabei will ich Lou halten und beschützen: vor dem Brendan, den ich selbst so sehr fürchte, der keine Nähe kennt und keine Liebe. Der immer alles zerstört und die falschen Worte sagt. Doch Lou glaubt an den anderen Teil in mir, bedingungslos und viel stärker als ich. Sie glaubt an den Brendan, der das Mittel getrunken hat und der ein guter Mensch sein könnte.

Ich kann!, schreie ich im Geist und schließe unbeholfen die Arme um ihre Taille. Und dann halte ich sie fest. Einfach nur fest.

Das Gefühl zu fallen bebt durch mich hindurch, als wäre ich von einer Brücke gesprungen, doch Lou zieht meinen Kopf nach unten, direkt in ihr Haar. Der Geruch von Fichtennadeln, Flusswasser und Rauch strömt in mich. Das ist so real. So echt. Da ist nichts mehr außer ihr und mir, unseren eng umschlungenen Körpern und zitternden Herzschlägen. In Lous Armen fühle ich mich angekommen, vollständig. Als wäre ich seit meiner Geburt ziellos umhergeirrt. Blind und taub und stumm, und als wären in ihr die Bilder, Melodien und Worte, die mir gestohlen wurden.

Der Stoff meines Hoodies wird nass und ich begreife, dass sie weint. Wahrscheinlich schon die ganze Zeit.

»Weißt du's jetzt?«, fragt sie dann mit einem leisen Schluchzen.

Ich kann nicht sprechen, nicht einmal nicken. Diese Liebe tut weh. Sie bricht alles in mir auf. Statt einer Antwort ziehe ich Lou noch enger an mich und plötzlich liegen ihre Hände auf meinen Wangen. Sie sind weich und heiß, die Sanftheit raubt mir den Verstand.

Ob Lou mir noch näher gekommen ist oder ich mich zu ihr hinuntergebeugt habe, weiß ich nicht. Ich spüre nur ihre seidenweiche Haut unter meinen Lippen. Ihre glatte Stirn, ihre zarten Lider, ihre kühle Nasenspitze. Ihren Mund.

Mein Herz hämmert in meiner Brust. Ich küsse sie, so behutsam ich kann, und sie öffnet für mich die Lippen. Ihre warme Zunge drängt gegen meine, zaghaft und scheu, beinahe fragend. *Darf ich das? Wirst du mir nie wieder wehtun?* Heißkalte Schauer jagen mir über den Rücken. Vor Glück glaube ich, den Verstand zu verlieren. Sie schmeckt so gut. Nach Salz, nach Himbeeren und Pfefferminz. Ich kann nur noch daran denken, wie sehr ich sie will. Alles an ihr. Die ganze Lou.

Als ihre Knie nachgeben, hebe ich sie hoch und sie schlingt die Beine um meine Hüfte, ohne den Kuss zu unterbrechen. Sie presst sich an mich, fest, überall, vergräbt die Hände in meinen Haaren. Oh Gott, mein Körper schmerzt vor Verlangen. Ein atemloses Zittern läuft durch mich hindurch. Ich fühle mich gefangen wie in einem Rausch.

Irgendwann weichen wir auseinander, ringen gleichzeitig nach Atem. Wir sehen uns in die Augen und ich finde etwas in ihrem Blick, von dem ich weiß, dass ich es niemals vergesse. Etwas Tiefes, Funkelndes, Rätselhaftes, etwas wie Schattenglück oder Nachthelle. Etwas Widersprüchliches und zugleich unendlich Starkes. Es weckt eine so große Sehnsucht in mir, dass ich glaube, mein Herz würde in diese beiden Teile zerbrechen, wenn ich Lou nicht sofort spüre.

Wieder küssen wir uns und ich trage sie ans Ufer. Alles fliegt unwirklich an mir vorbei. Die Schreie der Wildgänse, die goldenen Blätter, der Geruch nach Fluss und Feuchte. Vorsichtig lege ich sie auf den schmalen Streifen Sand, der noch von den hängenden Ästen der Weide überdacht wird, und senke meinen Körper auf ihren, bedecke ihn vollständig. Neben ihrem Kopf stütze ich die Hände rechts und links in den Sand und betrachte sie von oben. Ihre Augen flackern, durcheinander, aber glücklich. Sie lächelt, und es liegt so vieles darin, eigentlich alles. Alles, was ich mir immer gewünscht habe. Das kann nicht die Wirklichkeit sein. Es kann unmöglich real sein. So etwas passiert mir nicht. Ich muss einen seltsamen Gesichtsausdruck machen, denn Lou gräbt ihre Finger wieder fest in meine Haare und zieht mich zu sich, bis meine Lippen über ihren schweben. An meinem Mund spüre ich ihren schnellen Atem. Ich unterdrücke den kehligen Laut, der in mir aufsteigt. Meine Sehnsucht nach ihr bringt mich um. Mein Begehren bringt mich um.

Mit den Fingerspitzen ertaste ich den Saum ihres Pullis, schiebe die Hand darunter und spüre die warme Haut, den glatten Bauch, die zarte Rundung ihrer Brust. Sanft umschließe ich sie mit den Fingern; so süß, so weich. So, wie ich es mir immer ausgemalt habe. Damals.

In diesem Moment erwache ich wie aus einem Traum. Das geht zu schnell. Nicht für mich, sondern für Lou. Aber ich will nicht aufhören. Ich will sie weiter schmecken, fühlen und riechen. Doch dann denke ich daran, wie leicht ich alles zerbrechen kann.

»Vielleicht … vielleicht sollten wir warten …«, flüstere ich zögernd und betrachte sie erneut von oben: das ovale Gesicht, die geröteten Lippen und die vor Hitze flimmernden Augen, die nie unergründlicher waren als jetzt. »Vielleicht bist du nach dem, was passiert ist, zu verwirrt, um zu wissen, was du willst.« Es fällt mir schwer, das zu sagen, alles in mir brennt heiß und kalt. Lou zuliebe versuche ich, es zu verstecken, aber ich ahne, dass es mir nicht gelingt.

Sie antwortet nicht sofort, sondern zieht mich ein Stück zu sich hinunter. Meine Nasenspitze berührt ihre. »Nein«, flüstert sie. »Nein … ich bin nicht verwirrt. Ich bin nur traurig, weil ich nicht alles haben kann.«

Sie meint ihre Brüder, ihr Zuhause. Automatisch weiche ich zurück, doch sie zieht mich an den Schultern nach unten, beginnt mich wieder auf ihre scheue, unschuldige Art zu küssen. *Darf ich das? Wirst du mir nie wieder wehtun?*

Verdammt! *Hör auf, Lou! Wenn du dir nicht sicher bist, solltest du aufhören!*

Aber das tut sie nicht. Sie saugt an meiner Zunge, umkreist sie mit ihrer, süß und verheißungsvoll. Mein Unterleib fängt an zu prickeln. Mein Verstand flattert davon.

Schlagartig wird das Begehren in mir so groß und unaufhaltbar wie ein Feuer in einem trockenen Sommerwald. Ich reiße mir den Pullover vom Leib, streife Lous über ihren Kopf. Blass und silbern schimmert ihr Oberkörper in der Dunkelheit. Ihre Brüste sind milchweiß, klein und fest, die Brustwarzen hell wie Rosenknospen. Mit den Fingerspitzen fahre ich die Konturen nach und küsse die Gänsehaut, die sich darunter bildet. Wieder und noch einmal, bevor ich mit Fingern und Lippen nach oben streiche, Lou küsse. Ich schmecke ihre feuchte Zunge, während ich erst meine Hose ausziehe und dann ihre. Wir tragen nichts darunter und ich spüre sie überall.

Mein Denken, Fühlen und Verlangen verschmelzen. Brennen sich ein, als wären sie schon jetzt Erinnerung. Da ist das Prasseln von Regen, kalte Tropfen auf meinem Rücken, Lous Hände, die zaghaft über meinen Körper gleiten. Über meine Schulterblätter hinunter zu meinem Hintern, auf die Rückseite der Oberschenkel, wieder hinauf in die Haare. Meine Lippen und Finger, die Lou erforschen, überall; Stellen wie warmer, feuchter Samt. Ihr Erbeben unter mir bei der Berührung. Ihre Lippen in der Grube zwischen meinem Hals und der Schulter. Ihre Hände, die sich schüchtern nach unten tasten. Alles verschwimmt und rauscht an mir vorbei. Wieder Küsse. Diesmal stürmisch und haltlos. Ein Schauer rinnt durch mich hindurch. Mein Körper spannt sich an, ich will sie ganz, und als könnte Lou dieses Verlangen spüren, öffnet sie für mich die Beine.

Ganz vorsichtig dringe ich in sie ein. Ihr Atem zerplatzt in kleinen Stößen auf meiner Haut, ihr Blick flimmert, eine Mischung aus Furcht und Begehren. Plötzlich keucht sie auf, und ich halte erschrocken inne.

»Lou? Alles okay? Tut es weh?« Meine Worte wirken wie Fremdkörper in der Situation, doch sie nickt.

»Alles okay«, flüstert sie atemlos zurück und ihre Finger, die sich in mein Haar gekrallt haben, lassen locker. »Das ist gleich vorbei.«

Ich warte trotzdem und mache erst weiter, als ihre Augen wieder offen und rund sind. Als ich vollkommen in ihr bin, sie so intensiv spüre, weiß ich, dass ich sie niemals gehen lassen kann. Erst jetzt wird mir bewusst, wie sehr ich mich nach ihr gesehnt habe. Mein Körper zittert vor Erregung, vor Ekstase, vor Glück.

Wie durch einen Schleier nehme ich wahr, dass Lou ihre Arme unter meinen Achseln durchschiebt und sich an mir festhält. Ihre schwitzigen Finger klammern sich an meinen nassen Rücken. Ich halte mich zurück, bewege mich langsam und behutsam. Ein leises Keuchen kommt aus ihrem Mund. So unverdorben und voller Erstaunen. Es macht mich rasend, wahnsinnig, lässt mein Herz jagen. Das ist etwas völlig anderes als das, was ich in den schummrigen Kellern getan habe. Das war schmutzig, rastlos, ausgefüllt mit düsterer Lust. Das hier geht über alles hinaus, was ich erlebt habe. Es schmerzt vor Schönheit, irgendwo ganz tief in mir drin, so als würden all meine Wunden zugleich bluten und heilen.

Und ich will noch viel mehr von ihrem Erstaunen, ihrem Verlangen. Ich rolle mich auf den Rücken, sodass Lou auf mir liegt.

»Jetzt du«, flüstere ich mit einem Lächeln.

Lou stützt die Hände neben meinem Kopf in den Sand, ihre Wangen sind gerötet, die Augen glänzen wie im Fieber. Ihr Körper drückt gegen meinen. Fragend schaut sie mich an und ich glaube, sie zu verstehen.

Mit einer beruhigenden Geste streiche ich ihr durch die sandigen, feuchten Haare. »Keine Angst, das geht wie von selbst«, sage ich leise, um ihr die Scheu zu nehmen.

Ich stemme die Hände gegen ihre Schultern, richte sie auf und dränge meinen Unterleib vorsichtig gegen ihren. Mehr Aufforderung braucht Lou nicht. Ganz langsam hebt sie ihr Becken und lässt es konzentriert und bedächtig nach unten sinken. Sie schaut mich an, unsicher, ob sie es richtig macht. Ich nicke kaum merklich. Himmel, es bringt mich um. Lou, ihre Unsicherheit und die Zurückhaltung bringen mich um den Verstand. Mein Körper brennt. Ich sehe Lou wie durch ein helles, nebliges Flackern. Das blonde, verwuschelte Haar, die rot glänzenden Lippen, ihre über mir gespreizten Oberschenkel, das unendliche Erstaunen in ihrem Blick.

Mein Herz klopft hart und rau in meiner Brust. Es ist, als fände sie an einem Ort, den nur sie kennt, den Rhythmus. Er ist wie der Herzschlag der Erde, ein dunkler, träger Takt. Ganz tief in meinem Inneren spüre ich ihn vibrieren, anschwellen. Schneller werden. Jagen. Die Bilder des Moments rasen an mir vorbei. Lous schweißfeuchte Haut, ihre hellen Brüste, die in der Dunkelheit leuchten und auf und ab wippen.

Die Hitze in mir wird zu einem unlöschbaren Brennen. Als ich glaube, es nicht mehr auszuhalten, packe ich Lou rechts und links an der Hüfte. Ein überraschter Laut kommt aus ihrem Mund. Er macht mich verrückt vor Lust und Sehnsucht. Ich habe das Gefühl, überzulaufen. Hart kralle ich meine Finger in ihren Hintern, will sie unten halten, damit sie aufhört, aber es ist unmöglich. Ihr Atem überschlägt sich. Mein Becken stößt gegen ihres, wieder und wieder. Härter, tiefer. Irgendwann biegt sich ihr Rücken durch und sie wirft den Kopf in den Nacken. Ein dunkler Laut dringt aus meiner Kehle. Alles in mir pulsiert. Ein Schauer der Erregung flutet ihren Körper und endet in meinem. Ihr süßes, stürmisches Keuchen erfüllt die Nacht, ein Aufatmen und Wimmern. Es füllt mich aus und etwas in mir explodiert. Das Brennen schießt aus mir heraus. Ich höre mich schreien, während ich für einen Moment fortgetragen werde wie auf einer Welle. Hin zu Lou, hin zu uns. Hin zu dem, was mit uns passiert.

Sekunden später sinkt Lou mit einem erstickten Luftholen auf mich herab. Ihr Körper ist schweißnass, ihr Haar kitzelt an meinem

Kinn. Schweigend schließe ich die Arme um sie und halte sie fest. An meiner Brust fühle ich das Hämmern ihres Herzens, ein wildes, stürmisches Trommeln. Da-da-dam-da-da-dam-da-da-dam. Beruhigend streiche ich ihr über den feuchten Rücken und als Antwort schlingt sie den Arm noch enger um meinen Nacken.

Das ist für immer. Das muss es einfach sein.

Zum zweiten Mal fühle ich mich, als wäre ich gestorben und wiederauferstanden. Der Nachhall unserer Liebe verbindet mich mit einem Ort ganz tief in mir und trotzdem fühle ich mich unendlich weit weg.

Ich muss daran denken, wie sehr sich alles in wenigen Augenblicken für immer verändern kann. Vielleicht hat Lou recht. Vielleicht kann ich irgendwann ein besserer Mensch werden. Mit einem Aufseufzen ziehe ich sie noch enger an mich, spüre ihren weichen Körper, ihr Herz, das sich langsam beruhigt, ihre wunderbare Erschöpfung.

Ich weiß nicht, wie ich ohne sie atmen und leben soll.

Matt schließe ich die Augen. Ich will nicht darüber nachdenken, nicht nach dem, was eben passiert ist. Ich will nur hier liegen und mich so fühlen, als hätte die Vergangenheit keine Macht mehr über mich. Als hätte es die Thorson Ave, meinen Stiefvater, die Schläge und die Dunkelheit nie gegeben. Als wäre ich ein normaler Junge und Lou einfach das Mädchen, das ich liebe, mit dem ich hierher an den See gegangen bin. Mit ihr so dicht bei mir gelingt es mir zum ersten Mal, mich so unschuldig zu fühlen, als hätte ich überhaupt keine Vergangenheit; und in mir drin ist es, als würde der kleine Junge nach meiner Hand greifen.

Später stehen Lou und ich auf und laufen Hand in Hand ans Feuer zurück. Schweigend holen wir das Bündel Feuerholz vom Waldrand und legen ein paar Scheite nach, bevor wir zusammen in den warmen Schlafsack kriechen.

Ich kann nicht aufhören, Lou anzusehen und zu berühren. Meine Sehnsucht nach ihr ist jetzt nur noch stärker geworden. Ich flüstere ihr zu, wie schön ich sie finde, und ergänze im Stillen, wie sehr ich sie liebe. Alles an ihr. Genauso wie zuvor und doch anders. Die Lou, die ich liebe, ist keine Fantasievorstellung mehr. Sie bekommt hektische rote Flecken, wenn sie nervös ist. Sie mag kein Kaninchen essen und sie ist nicht einfach nur ein helles Licht, sondern sie lacht und weint. Sie ist ab und zu witzig, manchmal sarkastisch und vor allem tapfer. Sie sieht Dingen auf den Grund. Und sie hat ein großes Herz, nicht nur für Wolfswelpen. Sie ist eine Kämpferin. Am Bauch, unter dem Nabel, ist sie kitzlig. Sie mag es, zart und stürmisch geküsst zu werden. Sie ist morgens vor dem ersten Kaffee kaum ansprechbar, und sie zupft an ihren Haaren, wenn sie nervös ist.

Ich wusste zuvor so viel über sie und doch gar nichts.

Ich streichele ihr über die Haare und wir lieben uns noch mal, diesmal nicht so schnell und atemlos, sondern vorsichtig und langsam, als hätten wir alle Zeit der Welt.

Als ich am nächsten Morgen aufwache, halte ich Lou im Arm wie in der Nacht, als ich sie gewärmt habe. Ihr Rücken schmiegt sich an meinen Bauch und ihr Hintern drückt sanft gegen meinen Unterleib. Für einen Moment lockt mich die Versuchung, da weiterzumachen, wo wir gestern Nacht aufgehört haben, doch dann denke ich an die zwanzig Meilen, die ich heute noch zurücklegen will; außerdem möchte ich Lou nicht erschrecken. So, als hätte sie meine Gedanken gelesen, kuschelt sie sich an mich, und ich seufze und ziehe sie enger in meine Umarmung.

»Wir müssen los«, flüstere ich mit rauer Stimme in ihren schlafwarmen Nacken.

Ich höre sie gähnen und etwas murmeln, das nach *liegenbleiben* klingt.

Nichts würde ich lieber tun. Um mich selbst zu motivieren, rutsche ich ein Stück von ihr weg und konzentriere mich auf die Umgebung. Im fahlen Licht des Morgengrauens ertönt bereits das erste Gezwitscher aus dem Dickicht. Ein hohes Pfeifkonzert neben dem Platschen einzelner Tropfen, die nach dem langen Regen auf den Boden fallen. Erst jetzt spüre ich, wie seltsam ich mich fühle. Auf eine merkwürdige Art sprachlos über das, was geschehen ist. Und ich weiß nicht, wie ich mich Lou gegenüber verhalten soll. Was erwartet sie von mir? Erwartet sie überhaupt etwas?

Als wir aus dem Schlafsack kriechen und uns anziehen, werfe ich ihr verstohlene Blicke zu. Auf ihrem vom Schlaf geröteten Gesicht liegt ein leichtes Lächeln.

Ist sie glücklich? Sie kann doch nicht wirklich mit mir glücklich sein?

Gemeinsam falten wir den Schlafsack zusammen, und als ich ein paar Beeren pflücken gehe, kommt sie wie selbstverständlich mit. Später rühren wir abwechselnd in Greys Milch. Wir reden kaum. Vielleicht habe nicht nur ich Angst vor den Worten. Ich müsste Lou so vieles sagen: dass ich sie liebe und ihr Opfer nicht annehmen kann. Dass ich sie zu ihren Brüdern zurückbringe. Aber nichts davon kommt über meine Lippen. Es auszusprechen bedeutet, es wahr machen zu müssen, denn alles andere wäre grausam. Ich kann keine Hoffnung wecken, wenn ich sie nicht erfüllen kann.

Das ist der Punkt. Ich weiß nicht, was ich bereit bin zu geben. Womöglich haben Lou und ich ja auch hier im Yukon eine Chance. Vielleicht ist Lous Opfer unsere Zukunft und wir werden in der Wildnis glücklich.

Als wir Brei aus einer Schale löffeln, halten wir uns an den Händen, ohne uns anzusehen. Später, sehr viel später – wir sind längst unterwegs und ich spüre ihre Wärme an meinem Rücken –, trudeln wirre Bilder durch meinen Kopf. Einmal drehen wir uns ausgelassen und mit ausgebreiteten Armen singend um das Lagerfeuer am Camper. Im nächsten Augenblick spazieren wir ernst und schweigend Hand in Hand über den zugefrorenen Quiet Lake. Dann lieben wir uns in der Koje der Hütte. Zum Schluss sehe ich Lou, wie sie über das dürre Gras zu ihren Brüdern rennt.

Zum ersten Mal denke ich ernsthaft darüber nach, wie es wäre, Lou gehen zu lassen. Was es wirklich für mich bedeuten würde. Ob ich mit dieser Entscheidung weiterleben könnte. Die Antwort ist *Nein*. Nichts macht einen Sinn ohne sie. Nicht einmal der Yukon macht einen Sinn. Ohne sie wäre mein Leben wertlos, ein lebenslanges Sterben.

Irgendwann tauche ich aus meinen Gedanken auf, weil Lous Zähne aufeinanderschlagen. Ruckartig bleibe ich stehen.

»Du zitterst ja«, stelle ich überrascht fest und schaue über die Schulter. »Frierst du?«

»Ein b-bisschen.« Lou schmiegt die Wange an meinen Kopf und durch meine Haare spüre ich die Hitze, die von ihr ausgeht. Irgendetwas stimmt nicht mit ihr.

Sofort lasse ich sie von meinem Rücken rutschen und kann sie gerade noch unter der Schulter fassen, bevor sie umkippt. Sie sieht mich aus glasigen Augen an und erinnert mich an die Zwillingsmädchen aus den Slums, die in einem besonders feuchten Winter an einer Lungenentzündung gestorben sind.

Mit einem unguten Gefühl lege ich die Hand auf ihre Stirn. Sie ist heiß wie ein Kohleofen.

»Du glühst. Du hast Fieber.« Verdammter Mist, das hat uns gerade noch gefehlt.

»U-und jetzt?« Zähneklappernd hält sie sich an meinem Unterarm fest und wirkt völlig überfordert.

Ich führe sie zu einem Baumstumpf am Waldrand und drücke sie sanft nach unten. Hoffentlich bekommt sie keine echte Grippe. Im Camper wäre es kein Problem, aber hier draußen ist sie der Kälte und Rauheit der Wildnis ausgesetzt, ohne sich erholen zu können. Schnell lege ich ihr meine Daunenjacke um, schnüre mit fahrigen Fingern den Rucksack auf und hole die Thermoskanne mit dem Himbeerblättertee heraus.

Stumm reiche ich ihr den Becher und beobachte sie besorgt, während sie schluckweise den Tee trinkt.

Sie ist blass, nur ihre Wangen glühen wie zwei rote Bratäpfel.

»Ist dir jetzt wärmer?«, frage ich nach einer Weile.

Sie nickt schwach.

»Du zitterst aber immer noch«, stelle ich mit hochgezogenen Augenbrauen fest, ein bisschen streng, weil sie mir etwas vorspielen will.

Lou legt sich die Hände auf die Wangen und schaut aus großen Augen vertrauensselig zu mir auf. »Macht nichts«, nuschelt sie. »Dein Rücken wärmt mich beim Tragen auch.«

Sie sieht so niedlich aus, dass es mein Herz schwer macht. »Ich habe nichts dabei, was das Fieber senkt«, erkläre ich ihr und mustere sie zweifelnd. »Meinst du, du kannst noch ein bisschen durchhalten?«

»Klar.« Sie versucht ein Lächeln, das so erbärmlich aussieht, dass es mich rührt.

Als ich sie hochnehme, meine ich, ihr Herz an meinem Rücken klopfen zu spüren. Ich bin kaum losgelaufen, da legt sie den Kopf an meine Wange.

»Meinst du, das mit uns, das dauert für immer?«, flüstert sie in meine Haare.

Wieder bleibe ich abrupt stehen. Ihr Herz hämmert wirklich. »Natürlich«, behaupte ich, obwohl ich überhaupt nichts weiß und genauso verwirrt bin wie sie. »Wieso fragst du?«

»Keine Ahnung. Ich habe einfach nur Angst …«

»Angst wovor?«

»Vor allem … Vor uns, vor der Zukunft … was sein wird …«

Vielleicht ist es ja genau diese Angst, die sie in Wahrheit krank macht und nicht die Unterkühlung. Wer weiß, was sie sich ausmalt. Womöglich glaubt sie, sie wäre zurück am Camper wieder meine Gefangene. Aber ist sie das tatsächlich nicht mehr? Ich schließe kurz die Augen und atme tief durch. Was sind wir jetzt füreinander, wenn wir nicht mehr Entführer und Opfer sind? Ich finde keine Antwort. Ich will ihr nie mehr wehtun, das ist die einzige Gewissheit in mir.

»Lou …«, sage ich leise und so sanft ich kann. »Ich liebe dich. Es gibt nichts, wovor du dich fürchten musst … ich dachte, das wüsstest du.«

»Okay«, flüstert sie mit klappernden Zähnen.

»Wirklich okay?«

»Ja.«

Ich zweifele an ihren Worten, aber sie ist zu krank, um darüber zu sprechen, also laufe ich weiter und deute über den See, der in der Mittagssonne funkelt. »Da vorne kommt gleich die Stelle, wo wir durchs Wasser auf die andere Seite können. Der See geht dort wieder in einen Fluss über.«

»Bren?«

»Lou?«

»Wenn wir zusammen sind, für immer, dann können wir doch ein normales Leben führen, oder nicht?« Sie schlingt die Arme fest um meinen Hals und lehnt sich an meinen Rücken.

Wie vom Blitz getroffen bleibe ich ein weiteres Mal stehen und spüre, wie ich mich verkrampfe.

»Ich kann kein normales Leben führen, Louisa«, entgegne ich härter, als ich will. Fast kommt es mir vor, als würde der alte Brendan aus mir hervorbrechen wie aus einer Eierschale.

»Aber …«

»Nichts aber. Du weißt, was mit mir während eines Flashbacks geschieht, oder?« Mit aller Macht versuche ich, den Brendan, der so kompromisslos ist, zurückzudrängen. Ich will nicht, dass er wieder alles kaputt macht. Trotzdem hat er recht.

Lou hält mich immer noch fest, ohne von meiner Härte abgeschreckt zu sein – oder sie lässt sich nichts anmerken. »Aber ich verlasse dich doch nicht«, sagt sie so liebevoll, dass sich mein Inneres zusammenschnürt. »Das heißt, wir können irgendwo zusammen hingehen.«

»Nein«, widerspreche ich unfreundlich. »Unter vielen Menschen bekomme ich Aussetzer. Habe ich dir von dem Mann erzählt, den ich während eines Flashbacks bewusstlos geschlagen habe?«

»Ja. Mal ganz am Anfang, nach dem Gewitter.«

»Er hat nur keine Anzeige erstattet, weil ich ihm mehr Schmerzensgeld bezahlt habe, als er vermutlich vor Gericht erhalten hätte. Es gibt im alltäglichen Leben zu viele Trigger, die solche Anfälle provozieren.«

»Du hast in den Slums gelebt. Gab es da keine Trigger?«

Ich schnaube verbittert. »Die ganzen Slums sind ein einziger Trigger, aber das spielt jetzt keine Rolle. Hätte ich dort Flashbacks bekommen, wäre es nicht einmal aufgefallen.«

Sie schweigt. Wahrscheinlich überlegt sie sich, wie sie mich überzeugen könnte. Vielleicht glaubt sie ja wirklich, wir könnten zusammen unter anderen Menschen leben. In einer lauschigen Kleinstadt mit spießigen Nachbarn und dem Supermarkt um die Ecke. Aber wie sollte das funktionieren? Spätestens, wenn ich zum ersten Mal austicke, wäre das alles vorbei. Und Lou würde mich eines Tages verlassen, wenn sie sähe, wie aussichtslos es mit mir ist. Nein, ich kann nie wieder zurück. Ich gehöre in die Wälder, zusammen mit Lou.

Ich glaube schon, sie hätte aufgegeben, als sie fragt: »Deine Flashbacks haben nicht unmittelbar nach …«, sie stockt, »nach was auch immer angefangen?«

»Nein.«

»Seit wann hast du sie?«

Jetzt seufze ich laut. »Fing in der Zeit an, als ich für Geld gekämpft habe. Jahre später also. Ich dachte, ich hätte alles so weit überwunden. Könnte leben, ohne ständig daran zu denken.« Ich lache zynisch. »Manchmal hat nur ein Wort ausgereicht. Oder ein blendendes Licht. Ganz schlimm waren Einkaufszentren – wegen der vielen Reize. Ein bestimmtes Parfüm, die Art, wie jemand geht oder spricht …« So wie vor Monaten im Trader Joe's in Los Angeles.

»Ich kann doch einkaufen gehen«, murmelt Lou. Fast muss ich über ihren Optimismus lächeln, aber nur fast.

»Bren?«, flüstert sie noch mal.

»Lou?«, frage ich zurück.

»Meinst du, sie werden vielleicht irgendwann besser?«

Ich seufze wieder. »Vielleicht. Irgendwann.«

»Bren?«

»Was denn noch?«, murre ich ungeduldig und angespannt.

Sie drückt ihre Wange in meine Haare. »Ich liebe dich auch.«

Die Welt um mich herum beginnt zu schwanken und mit einem Mal werden meine Augen nass. Ich schlucke hart und frage mich, warum ich in diesem Augenblick so traurig werde.

Ich lasse Lous Bein los, halte sie nur noch auf einer Seite und ziehe ihren Kopf ganz dicht an meinen.

»Oh Gott, Lou …« Ich kann kaum sprechen. »Du überraschst mich immer wieder … Ich möchte dich so glücklich machen, wie du es verdienst.«

»Bren?«

»Ja?« Meine Kehle kratzt. Ich will nicht weinen, nicht jetzt.

»Vielleicht sollten wir weniger reden und uns mehr festhalten?«

»Vielleicht solltest du gar nicht mehr reden und erst einmal gesund werden«, sage ich energisch und überspiele damit meine Schwäche. Ich greife nach ihrem Oberschenkel und ziehe sie wieder richtig nach oben.

»Gute Idee«, murmelt Lou schläfrig und ich laufe wieder los.

Nein, ich renne. Nie hat mir jemand gesagt, dass er mich liebt. Und jetzt ist es wie ein Schock. Es darf nicht sein. Es erscheint mir unnatürlich und krank. Jemanden wie mich kann man nicht lieben. Alle Menschen, die es hätten tun sollen – tun müssen! –, haben mich verlassen. Aber Lou liebt mich. Oder? Ich würde es so gerne glauben und mich an diese Worte klammern. Doch vielleicht ist genau das passiert, weswegen ich sie ursprünglich entführt habe. Denn das wollte ich ja.

Doch jetzt wünsche ich mir, ich hätte die Gewissheit, dass ihre Liebe echt ist. Aber das werde ich niemals, niemals erfahren. Und das erscheint mir fast noch schlimmer, als wenn sie mich weiter verachten würde. Denn das könnte ich glauben. Das würde passen.

In den nächsten Tagen geht es Lou immer schlechter und kein Mittel kann das Fieber senken. Weder die Wadenwickel, die Waschungen mit Pfefferminztee noch das Emergen-C bewirken eine Besserung. Bereits nach kurzer Zeit ist mir klar, dass ich meine tägliche Wegstrecke verdoppeln muss. Ich laufe mit zusammengebissenen Zähnen in vollkommenem Schweigen, um meine Kräfte zu schonen, aber ich weiß nicht, wie lange mein Körper dieser Belastung noch standhält.

Schon bald werden die Nächte klirrend kalt und wir müssen dicht am Feuer schlafen, um genug Wärme zu bekommen. Ich mache kaum die Augen zu, dafür halte ich Lou im Arm, doch ich weiß nicht, ob sie es mitbekommt. Manchmal wacht sie mitten in der Nacht auf und murmelt mit fiebrigen Augen Dinge, die ich nicht verstehe. Jedes Mal streiche ich ihr beruhigend über die Haare, küsse sie auf die Schläfen und Wangen und sage ihr, wie sehr ich sie liebe und dass diese Liebe für immer ist; dass sie meine Dunkelheit mit Licht füllt. Ich sage ihr, dass das, was sie mich fühlen lässt, mir Angst macht. Dieses wunderbare Gefühl von Freiheit, Himmel, Sternen und Weite in der Brust. Es benebelt meinen Kopf, als hätte ich zu viel Sauerstoff eingeatmet, und lässt mich in der Realität taumeln, als wäre sie der Traum. Ich sage ihr, dass ich Angst habe, meine Liebe könnte sie überwältigen und verschlingen wie ein lebendiges Wesen, aber ich würde gut darauf aufpassen. Doch ich sage ihr kein einziges Mal, ich würde sie gehen lassen. Und dennoch wird mein Herz mit jedem Tag schwerer.

29. Kapitel

Noch in der Nacht, in der wir am Camper ankommen, bereite ich das Antibiotikum für Lou zu. Es gelingt mir sogar, es ihr einzuflößen, ohne dass viel danebengeht. Schmerzhaft erinnert es mich an den Beginn der Entführung, als ich Lou gezwungen habe, das Wasser mit den Betäubungsmitteln zu trinken. Ich schüttele den Gedanken widerwillig ab und lege sie hinten aufs Bett, breite die dicke Daunendecke über ihr aus und flüstere ihr ein *Alles wird wieder gut* zu.

Erschöpft lasse ich mich anschließend auf die Sitzbank fallen, denn ich weiß sowieso, dass ich nicht schlafen kann. Nach einer Weile des Vor-mich-hin-Starrens krame ich aus dem Wanderrucksack Lous Halskette hervor. Ich hatte noch gar keine Zeit, sie mir näher anzusehen. Das Band ist gerissen, genau in der Mitte, eigentlich eine Kleinigkeit. Leise hole ich mein Werkzeug, trenne ein verbogenes, offenes Glied ab und füge zwei intakte zusammen. Danach lasse ich die Kette in einem Schrank verschwinden und entscheide mich dafür, sie Lou erst zurückzugeben, wenn sie wieder aufnahmefähig ist.

In den nächsten Tagen verwöhne ich Lou, so gut ich kann, und gebe ihr dreimal täglich ihre Medizin. Am zweiten Tag gelingt es mir, sie mit ein paar Löffeln Brühe zu füttern, am dritten isst sie einen ganzen Teller Gemüsesuppe. Das Fieber sinkt und der schwere Husten, den ich gefürchtet habe, bleibt aus. Bald kann sie sogar wieder ihr Lieblingsgericht essen und kichert über meine schlechten Scherze.

Doch jedes Mal, wenn ich Lou ansehe, fühle ich mich verlorener.

In dieser Nacht kann ich wieder nicht einschlafen und betrachte sie wie früher vom Fußende des Bettes aus. Sie schläft auf dem Rücken, das Haar liegt wie ein heller Kranz um ihren Kopf. Ihr Mund ist leicht geöffnet und auf ihren Wangen schimmert ein zarter Rosé-Ton. Ein Arm liegt angewinkelt und entspannt neben ihrem Kopf, die Finger sind leicht geöffnet. Ihre Körperhaltung hat etwas von der eines Kindes. So absolut vertrauensselig, nicht mehr so verkrampft wie noch vor Wochen. Ich muss an die Nacht unter der Weide denken, wie sie auf mir saß, die Augen voller Erstaunen, die Brüste silbrig glänzend.

Meine Finger zucken, ich will sie berühren, doch ich habe Angst, sie aufzuwecken.

Ach Lou …

Während ich sie anschaue, wird mir der Grund meiner Trauer immer klarer. Ich liebe Lou. Ich liebe sie zu sehr, zu stark, zu viel. Ich liebe sie von Tag zu Tag mehr und was ich mir am meisten wünsche, ist ihr Glück.

Aber ihr Glück bin nicht ich. Nicht, wenn ich nicht weiß, ob ihre Liebe echt oder nur eine Illusion ist. Und selbst wenn sie echt wäre, müsste ich sie gehen lassen. Zu ihrem Besten. Sie muss zurück in ihr Leben, zurück zu ihren Brüdern, zurück zu den Menschen, die sie kennen und lieben, seit sie auf der Welt ist. Ich könnte ihr nie die Liebe geben, die sie braucht und verdient, dafür bin ich zu krank.

Du musst sie gehen lassen, Bren …

Ich weiß.

Der alte Brendan schweigt zu meinem inneren Monolog, aber ich spüre seine Furcht unter der Oberfläche. Kalt und klamm steigt sie mir die Kehle hoch und macht meine Sinne taub.

Ich schaff das nicht!

Doch. Du schaffst es. Für sie. Für Lou. Sie hat es verdient. Sie hat den besten Brendan verdient, der du sein kannst. Ihretwegen hast du ihn überhaupt erst gefunden!

Ich lege meinen Kopf in die Hände und versuche, die Angst wegzuatmen, aber es hilft nicht. Panik wächst in mir, finster und eisig. Mein Herz trommelt in meiner Brust und ein Strom Schwärze flutet meine Sinne. Ich werde wieder allein sein und es wird sich so leer und hohl anfühlen wie zuvor, vielleicht sogar noch schlimmer.

Das ist nicht Lous Schuld. Sie kann nichts dafür.

Ich weiß.

Ich schaff das nicht!

Entsetzen packt mich und zerreißt mein Inneres mit kalten Händen. Meine beiden Seiten bekriegen sich erbarmungslos. Meine Augen werden feucht, aber ich erlaube dem Schmerz nicht, sich auszubreiten. Er ist zu groß, die Macht unendlich vieler Jahre staut sich darin; wenn ich ihn zulasse, werde ich verrückt. Ich lasse die Hände sinken und dränge die Trauer zurück, so sehr zurück, dass mein Magen wehtut, als wäre sie dort hineingesickert. Mit einem letzten Blick auf Lou drehe ich mich um und gehe hinaus in die Nacht.

Der Himmel ist wolkenverhangen, nicht einmal der Mond ist zu sehen. Ich zwinge mich, ein paar Mal tief durchzuatmen und den alten Teil in mir zu beruhigen, aber die Furcht lässt sich nicht fortscheuchen.

»Ich schaffe es nicht«, flüstere ich vor mich hin.

Du musst es trotzdem tun, egal ob du es schaffst!

Ich weiß.

30. Kapitel

Durch den nächsten Tag wandle ich wie durch dicken Nebel. Immer wieder wandern meine Gedanken zu Lou und dem, was ich tun sollte. Als ich abends ihr Lieblingsgericht koche, esse ich kaum etwas und füttere stattdessen Grey gedankenverloren mit ein paar Nudeln. Lou wirft mir einen seltsamen Blick zu, während sie die Spaghetti auf ihre Gabel dreht, sagt aber nichts.

Ich versuche mich zusammenzureißen, damit sie nicht wieder Angst vor mir und meinen Gemütszuständen bekommt, und esse notgedrungen ein paar Bissen.

Dennoch bin ich erleichtert, als ich ihr beim Spülen den Rücken zudrehen kann. Sie anzuschauen bedeutet, all das zu sehen, was ich verlieren werde, wenn ich meiner inneren Stimme nachgebe. Außerdem habe ich das Gefühl, dass sie mir trotz der Schauspielerei genau ansieht, wie durcheinander ich bin. Und noch möchte ich ihr überhaupt nichts davon erzählen, denn noch kann ich zurück.

Monoton bearbeite ich das Geschirr mit der Spülbürste und lasse etwas Wasser nachlaufen.

»Geht es dir nicht gut?«, will Lou unvermittelt wissen.

War ja klar, sie kennt mich doch schon zu gut!

Ich stelle einen Teller auf das Trockentuch, zwinge ein Lächeln auf mein Gesicht, bevor ich mich zu ihr umdrehe. »Doch, wieso fragst du?« Mein Tonfall klingt nicht ganz so unbekümmert, wie ich es mir gewünscht hätte.

»Du bist total blass. Vielleicht hast du dich angesteckt.« Lou mustert mich prüfend.

Ich wische die Hände an meiner Hose trocken und setze mich ihr gegenüber auf die Bank. »Ich glaube nicht, dass ich mich an dem, was du hast, anstecken kann«, sage ich ernst. Über den Tisch hinweg greife ich ihre Finger.

»Wieso denn nicht?« Lou kräuselt die Stirn. Sie ist in ihre Daunendecke gewickelt und sieht aus wie ein kleines weiches Paket. Und obwohl sie insgesamt glücklich wirkt, kann sie es unmöglich sein.

Ich klammere mich an ihre Hände und für Sekunden kann ich nicht antworten. »Das, was dir wirklich fehlt, kann ich dir nicht geben«, erkläre ich schließlich. »Dafür gibt es keine Medizin … Ich denke, du bist nur so krank geworden, weil du unglücklich bist. Dein Immunsystem ist geschwächt, dann noch die Flucht und die Kälte

…« Abrupt stehe ich auf, weil mir die Halskette wieder einfällt. Mit einem leisen Klimpern ziehe ich sie aus dem Schrank hervor. Lous Augen werden groß wie Untertassen.

»Die habe ich am Hang gefunden.« Auf einmal bekomme ich Angst vor ihrer Reaktion. Vielleicht macht sie diese Kette ja auch traurig. »Sie hing an einem der Felsen. Das Band war gerissen … und ich … na ja, ich wollte sie dir erst wiedergeben, wenn ich sie repariert habe.« Ich halte ihr die Kette hin und Lou greift sie mit bebenden Händen. »Sie schien dir wichtig zu sein … du hast sie nie abgelegt.«

Lou schluckt ein paar Mal hintereinander und schüttelt dann kurz den Kopf. »Oh Bren … danke …«

Wir sehen uns an und in Lous Augen ist immer noch dieses tiefe, dunkle Funkeln, das mich nach so viel mehr sehnen lässt.

Ich hatte erwartet, dass sie sich die Kette sofort umhängt, doch sie legt sie auf den Tisch, sodass ich sie betrachten kann, und fährt mit dem Zeigefinger zart über einige Anhänger: über ein silbernes Kreuz, ein rotes Herz, eine Hand, die ein bisschen wie eine Glocke aussieht, und eine türkisfarbene Scheibe mit Silberrand. Vielleicht will sie mir damit deutlich machen, dass sie ihre Erinnerungen mit mir teilen möchte – so wie man das in einer normalen Beziehung eben tun würde.

Mit einem bitteren Geschmack im Mund setze ich mich wieder hin. Ich habe kein Recht auf diese Vergangenheit, ganz im Gegenteil.

»Die vier sind von deinen Brüdern«, sage ich, ohne es als Frage zu formulieren. Ich bin mir sicher, denn allen anderen schenkt sie keine Beachtung.

Sie nickt nur und jetzt sieht sie plötzlich so verloren aus, wie ich mich fühle.

»Willst du mir von ihnen erzählen?« Ich lächele, aber es fühlt sich schon wieder verkehrt an. Und auch wenn es mir so vorkommt, als verdiente ich ihre Worte nicht, muss ich sie reden lassen.

Als eine Träne über ihr Gesicht kullert, fange ich sie auf und streichele über ihre Wangen.

Lou lächelt tapfer, greift nach der Kette und legt sie sich um den Hals. Es ist, als ginge ein Aufatmen durch ihren Körper, und dann beginnt sie zu erzählen, erst zögerlich, doch nach einer Weile wird ihre Stimme fester. Gebannt höre ich zu, wie sie voller Liebe von ihren Brüdern spricht.

Von Ethan, der über die Familie regiert wie ein gebieterischer König, der aber auch bis zum Umfallen über alle wacht. Von Avery, dem leidenschaftlichen Koch, der als Vermittler zwischen den Geschwistern fungiert und von Liam, dem Außenseiter, den sie besonders liebt, vielleicht gerade deswegen. Als sie von Jayden erzählt, wird ihre Stimme brüchig. Sie umklammert die türkisgrüne Scheibe an der Kette und ich muss ganz kurz an Delsin und Istu denken. Sie sagt, Jayden sei der Träumer der Scrivers und in seinen Geschichten würde sich sein Herz spiegeln.

»Als Kind hatte ich alles, was ich brauchte«, sie weint und ich wische die Tränen aus ihrem Gesicht. »Ein Haus voller Liebe … Einen Bruder, der auf mich aufpasste … einen, der mich verwöhnte, einen, der die tollsten Spiele für mich erfand, und einen, den ich ärgern konnte … Ich fühlte mich geliebt, es war mir egal, wie viel oder wenig wir hatten. Ich wollte niemals weg von Ash Springs, von unserem Haus und unserem Garten, in dem mich Liam unsichtbare Nashörner fangen ließ … Es war das Paradies, auch wenn ich es damals nicht wirklich erkannt habe.« Kleine leise Schluchzer brechen durch ihre Worte. Unbeholfen streichele ich ihr über die Hände, mit denen sie immer noch die Anhänger der Halskette umklammert, und ganz langsam beruhigt sie sich wieder.

Mein Herz wird so schwer, als wollte es mir aus der Brust fallen. Sie sollte immer noch dort sein. Sie gehört nach Nevada, nicht in den Yukon. Sie gehört nicht mir und ich muss endlich damit Schluss machen.

Es folgt eine Weile des Schweigens, in der wir einander einfach nur ansehen. Lous blaue Augen sind mir so schmerzhaft vertraut und gleichzeitig auch in ihrer Tiefe unendlich fremd. Wie kann es sein, dass man jemanden kennt und doch wieder nicht? Wieso lässt allein Lous Anwesenheit mein Herz überlaufen vor Freude und weckt zur selben Zeit so große Angst?

Das weißt du genau.

Ich wende den Blick ab und betrachte die Dunkelheit vor dem Fenster.

»Du bist so komisch heute«, flüstert Lou. »Was ist denn?« Ihre Stimme klingt noch ganz rau vom Weinen.

»Ich weiß es nicht.« Blinzelnd schaue ich sie an.

Sie muss wieder nach Hause.

Als wäre es ein Abschied, nehme ich ihren Kopf in die Hände und küsse sie sanft auf die Stirn.

Du musst sie gehen lassen, flüstert die Stimme in meinem Inneren beharrlich. Ich wünschte, ich könnte sie einfach zum Schweigen bringen, aber das ist nicht mehr möglich. Lou hat den neuen Brendan zum Vorschein gebracht und jetzt setzt er sich für sie ein. Das ist doch verrückt.

Behutsam ziehe ich meine Hände zurück und verschwinde nach draußen, als könnte ich vor mir selbst davonlaufen.

Vor dem Camper atme ich tief durch. Es war nicht fair, Lou ohne eine Erklärung zurückzulassen, aber ich kann ihr schlecht sagen, was mich in Wahrheit bewegt. Ich lege ein paar Holzscheite nach und setze mich ans Lagerfeuer. Gedankenverloren starre ich in die Flammen.

Was ich vorhin zu Lou gesagt habe, will mir nicht mehr aus dem Kopf gehen. Ganz bestimmt ist sie vor Kummer so krank geworden, so etwas gibt es ja. Vielleicht ist es ihr noch gar nicht wirklich bewusst, was sie mit ihrer Entscheidung alles aufgegeben hat. Anders kann ich es mir nicht erklären, auch wenn sie das Gegenteil behauptet. Wie will sie jetzt abschätzen können, was in fünf Jahren sein wird? Selbst, wenn sie sich in mich verliebt hat, kann das nicht von Dauer sein. Außerdem: Ich habe eben gehört, wie sie von ihrem Zuhause und ihren Brüdern gesprochen hat, und bin mir sicher, so könnte sie niemals über mich reden. Weil es über mich nichts Gutes zu sagen gibt.

Über meine Schulter hinweg schaue ich zum Fenster und sehe Lou an der Spüle hantieren. Das Haar fällt um ihre blassrosa Wangen und sie scheint ganz in den restlichen Abwasch vertieft.

Mein Herz zieht sich zusammen, wenn ich nur daran denke, dass sie nicht mehr hier sein könnte. Wieder steigt mir die dunkle, kalte Angst die Kehle hoch und ich greife unwillkürlich zu der Silbermünze meines Armbands.

Ich bleibe immer allein zurück. Ich schaff es nicht. Nicht noch einmal.

Ganz flach atme ich ein und aus und konzentriere mich darauf, die Angst wegzuschieben. In dem Augenblick höre ich die Tür des Wohnmobils aufgehen.

Lou kommt humpelnd und in die Daunendecke gewickelt zum Feuer und setzt sich auf meinen Schoß, als wäre es das Selbstverständlichste der Welt. Ich kann ihre Verwirrung über mein Verhalten fast körperlich spüren, daher schließe ich wortlos die Arme um sie, so vorsichtig wie noch vor wenigen Tagen am See. Sie schmiegt sich an meine Brust und ihre Haare kitzeln mich an den Lippen. Wärme fließt in meinen Bauch.

Sie zu halten, lässt alles in mir schweigen. Die vielen Fragen und Antworten, die sich in mein Gehirn brennen, hören auf zu funken. Ich komme zur Ruhe. Ich rede mir ein, dass es nicht heute oder morgen entschieden werden muss, ob ich sie gehen lasse. Ich habe Zeit. Wenn ich es nicht heute tue, dann morgen. Und wenn nicht morgen, dann übermorgen und so kann sich das ewig fortsetzen, bis ich es eines Tages über mich bringe. Oder eben nicht.

Nach ein paar Minuten richtet sich Lou auf meinem Schoß auf. »Ist der Anhänger an deinem Armband auch ein Erinnerungsstück?«, will sie unvermittelt wissen und nickt mit dem Kinn in Richtung des Lederbandes.

Die Frage überrascht mich, aber vielleicht kommt sie darauf, da wir vorhin über ihre Kette gesprochen haben. Allerdings verspüre ich kein Bedürfnis, meine Vergangenheit vor ihr auszubreiten. Ich will mich ja nicht einmal selbst erinnern. »Er gehörte meiner Mutter.« Meine Stimme klingt kloßig und ich räuspere mich kurz.

Lou sieht mich offen an. »Willst du über sie sprechen?«

»Nein«, entgegne ich zu scharf. Lou zuckt zusammen. Sofort tut mir mein ruppiger Tonfall leid, aber ich möchte auch wirklich nichts dazu sagen. Dazu bin ich nicht bereit. Lou muss das akzeptieren.

»Du hast gesagt, sie hätte dich im Stich gelassen«, redet sie jedoch weiter.

Einen Atemzug lang bin ich sprachlos.

Lou legt ihre Hand vorsichtig auf meinen Unterarm. »Und doch bewahrst du diese Münze auf und lässt dir das Symbol auf den Rücken tätowieren.«

Blut weicht aus meinen Wangen. Woher weiß sie das über meine Mum? Ich habe mit ihr nie darüber gesprochen, niemals. Für einen Moment blitzt eine Bildfolge vor mir auf. Eine blonde Frau, nur etwas älter als Lou, die hinter einem kleinen Jungen herrennt, um ihn zu fangen. Das ausgelassene Lachen hallt in mir nach und ein Schmerz aus alter Sehnsucht krampft sich um mein Herz. Ein Laut der Qual steigt meine Kehle hoch, ich kann ihn nicht zurückhalten. Reflexartig lege ich die Hände vor das Gesicht und versuche, das tiefe Entsetzen in mir auszublenden. »Bitte nicht, Lou.«

»Bren, sieh mich an!« Lou nimmt meine Finger und zieht sie beiseite.

Das Bild verschwimmt vor meinen Augen und ich sehe nicht mehr sie, sondern all die Dinge, die ich in mir drin verriegelt habe. Endlose Dunkelheit, Kummer und Schmerz. Rosenranken auf Ebenholz.

»Ich will dir helfen«, höre ich Lou eindringlich sagen. »Eines Tages musst du darüber sprechen. Du musst.«

Mein Magen verkrampft sich. »Ich muss überhaupt nichts!« Das ist der alte Brendan, der aus mir spricht, aber es ist vergebens, in dieser Sache gegen ihn zu kämpfen.

Lou schüttelt den Kopf. »Wir werden sonst nie ein normales Leben führen können. Ich werde immer Angst vor dir haben. Ein Teil von mir wird immer den anderen Brendan fürchten, verstehst du?«

Ich achte nicht auf ihre Worte, denn das, was sie zuvor gesagt hat, geht mir nicht mehr aus dem Sinn. »Ich habe dir das mit meiner Mutter nie erzählt«, sage ich beklommen und mein Herz hämmert viel zu schnell. »Woher weißt du, dass ich denke, sie hätte mich im Stich gelassen?«

»Du sprichst in deinen Flashbacks von der Vergangenheit. Du nimmst verschiedene Rollen an.«

Es kommt mir vor, als hätte sie mich in eiskaltes Wasser gestoßen.

»Hat dir das nie jemand gesagt?«

»Nein.« Wie betäubt starre ich in die Dunkelheit der Bäume. In meinen Ohren beginnt es zu summen. Ein schrecklicher Verdacht keimt in mir auf.

Lou bemerkt nichts und schlingt die Arme um meinen Hals, als wäre nichts gewesen. »Ich weiß sicher mehr über dich, als du ahnst. Du hast mal gesagt, du könntest nicht über diese Zeit reden, aber genau das machst du, wenn du in deinen Erinnerungen gefangen bist.«

Mein rasendes Herz will aufhören zu schlagen. Ihre Worte drehen sich wie ein Wirbelsturm in meinem Kopf. Sie weiß alles! Sie kennt meine Furcht, meine Schwäche und meine Machtlosigkeit. Sie weiß, was ich bin. Ein Versager, eine Memme, ein Nichts. Und sie hat es mich nie wissen lassen.

Pass auf!

Zorn und Scham kochen in mir hoch. Ich fühle mich nackt, entblößt bis ins Mark. Warum hat sie geschwiegen? Was genau weiß sie? Wollte sie diese Dinge etwa ausnutzen oder bin ich in ihren Augen nur eine erbarmungslose Kreatur, die man bedauern muss? Bittere Galle steigt in mir hoch. Ich kann kaum noch klar denken. Ich merke nur wie nebenbei, dass sie mir über die Haare streichelt.

»Du musst darüber reden«, sagt sie leise. »Vielleicht hören dann ja auch die Flashbacks auf.«

Ich beachte ihre Worte nicht. »Hast du es deswegen getan?«, frage ich sie düster und fühle, wie mir meine guten Vorsätze entgleiten wie ein Schwarm glitschiger Fische.

»Was getan?« Lou rückt ein Stück von mir fort. Sie wirkt ertappt.

»Mich lieben. War es aus Mitleid?« *Hast du diese bedauernswerte Kreatur deswegen nicht von dir gestoßen?* Plötzlich ekele ich mich vor mir selbst. Ohne zu merken, was ich tue, springe ich auf und Lou rutscht von meinem Schoß, fängt sich jedoch gleich wieder.

Sie schüttelt den Kopf und stößt ein seltsames Lachen aus. »Wie kommst du …«

»War es aus Mitleid, ja oder nein?« Mein Tonfall ist so kalt wie das Eis der Furcht in meiner Seele. Er gefriert alle Tränen in meinem Inneren.

Lou sieht völlig verängstigt aus, ihre Augen glitzern in dem blassen Gesicht. »Nein! Nein, natürlich nicht …« Die Worte kommen stockend. Abwehrend schüttelt sie den Kopf. »Du meinst, ich habe die Männer nicht gerufen, weil ich Mitleid mit dem Mann hatte, der mich entführt hat? Denkst du wirklich, das würde ausreichen, mein Leben aufzugeben … Mitleid?« In dem letzten Wort liegt Fassungslosigkeit.

Mit verschränkten Armen stelle ich mich ans Feuer. Fast will ich ihr und dem verzweifelten Tonfall glauben, da fällt mir wieder ein, wie gut sie die Wahrheit meiner Flashs vor mir verborgen hat – und wie geschickt sie bei ihrer Flucht vorgegangen ist. Sie hat mein Feuerzeug gestohlen und den Alarm ausgelöst, um mich abzulenken. Sie ist gerissen.

»Vielleicht hättest du ja doch noch geschrien? Kann ich das wissen?« Bitterkeit färbt meine Worte dunkel. Wahrscheinlich war unsere gemeinsame Zeit am Fluss eine einzige Lüge! Plötzlich ist alles verkehrt. Einfach alles. Scharf blicke ich zu ihr rüber.

Sie starrt zurück. »Hör auf damit!«, flüstert sie mich an.

Aber ich kann nicht. Mein altes Ich drückt alles andere weg. »Womöglich habe ich dich gerade noch rechtzeitig erwischt und du hast die Situation für dich ausgenutzt. Hast mit mir geschlafen, um mir zu beweisen, dass du mich liebst.« *Ist Lou so gerissen? Meine Lou?*

»Ich musste dir gar nichts beweisen!«, zischt sie mit Zorn in der Stimme. »Ich musste dir nichts beweisen, weil ich dich nämlich wirklich liebe! Aber wenn du so weiterredest, bedauere ich das wahrscheinlich noch.«

»Oh ja, ich bedauere auch vieles«, stoße ich atemlos hervor. Ich kann nicht fassen, dass ich beinahe ein zweites Mal auf sie hereingefallen wäre. »Wie habe ich auch nur eine Sekunde glauben können, dass du es ehrlich meinst? Was wolltest du mit dem ganzen Theater erreichen? Wolltest du irgendwann an mein Gewissen appellieren?« Aus schmalen Augen sehe ich auf sie nieder und es ist mir egal, ob sie sich fürchtet oder nicht. »Dass ich dich nicht gefangen halten darf, wenn wir uns so nahe sind? Dass ich dich freilassen muss, wenn ich dich wirklich liebe?«

Unheimliches Wolfsheulen bricht aus dem Wald hervor. Ich mache einen Schritt auf Lou zu, doch sie weicht nicht zurück, sondern bleibt stehen. Tränen schimmern in ihren Augen, aber darauf werde ich nicht reinfallen.

»Ich … ich kann nicht glauben, dass du das wirklich von mir denkst«, stammelt sie. »Glaubst du wirklich, ich wäre so weit gegangen, mit dir zu schlafen … nur damit du denkst, dass ich dich liebe?«

Betont gleichgültig zucke ich mit den Schultern. »Vielleicht hast du wirklich gedacht, du könntest mich heilen, wenn du mir was vorspielst. Doch im Grunde ging es dir nie um mich, sondern um deine Freiheit.«

»Du musst … du musst mich wirklich, wirklich hassen, um so etwas zu sagen …«, wispert Lou und greift wie Halt suchend nach den Anhängern ihrer Halskette. »Ich verstehe dich nicht. Ich habe doch nur gesagt, dass ich mehr von dir weiß, als du ahnst. Du hast schon im Gewitter einen Anfall gehabt. Du hast damals schon mehr gesagt, als du mir wahrscheinlich je preisgegeben hättest. Und trotzdem habe ich dich danach immer noch gehasst. Das eine hat doch nichts mit dem anderen zu tun.«

Sie kommt mit einem gequälten Lächeln auf mich zu. Es wirkt so falsch, als hätte ich es aus ihr herausgeprügelt. Zaghaft fasst sie mich an der Schulter, aber es kommt mir vor, als würden ihre Finger tiefe Wunden reißen.

Mit einem Ruck schüttele ich ihre Hand ab. »Lass das, Louisa!« Ich weiche zurück.

Lou sieht aus, als hätte ich sie geohrfeigt. »Brendan … hör mir zu! Das ist doch verrückt.« Sie ringt zitternd nach Atem. »Ich habe mich doch nicht in dich verliebt, weil dich dein Vater irgendwo unter der Erde gefangen gehalten hat.«

Die Direktheit ihrer Aussage ist wie ein kalter Dolch im Herzen. *So dunkel* … Reflexartig ziehe ich Luft ein. Enge schnürt meine Kehle zusammen, während sich alles in mir zusammenkrümmt.

»Hör sofort auf damit!«, sage ich mit eiserner Stimme. Wie kann sie es wagen, davon anzufangen. Ein roter Nebel läuft in meine Gedanken.

»Bren, ich liebe dich!« Lou macht händeringend einen Schritt auf mich zu. »Und natürlich tut es mir unendlich leid, was dir passiert ist. Und ja, ich wäre wirklich gerne diejenige, die dich heilen könnte. Aber leider reicht Liebe dafür nicht aus.«

Ihre Worte bleiben in dem Nebel in mir stecken. Als sie erneut die Hand ausstreckt, um mich zu berühren, weiche ich nochmals zurück.

Mit einem mutlosen Ausdruck im Gesicht lässt sie den Arm sinken. »Das, was dir passiert ist, kann keine Liebe der Welt heilen …«, sagt sie leise. »Ich habe eines deiner Bilder gesehen, als du damals den Schrank offen gelassen hast.« Sie zögert, als hätte sie Angst, zu viel zu verraten. »Ich habe dir das schon mal gesagt, aber du hattest einen Anfall und weißt es wahrscheinlich nicht mehr. Lass uns zu einem Psychologen gehen und ganz neu anfangen …«

Etwas in mir dreht völlig durch. Wut packt mich wie eine Bestie. »Du willst mich doch nur zu einem Psychologen schleppen, damit du die Chance kriegst zu fliehen!«, schreie ich sie an und spüre, wie der Riegel in mir unnachgiebig einrastet. »Du willst mich gar nicht! Du willst nur abhauen.«

»*Das ist nicht wahr!*«, schreit sie zurück und ihr Körper zittert vor Zorn. »Ich habe alles für dich geopfert! Mein ganzes Leben! Aber das ist dir anscheinend nichts wert. Weißt du was? Ich wünschte, ich hätte am Fluss geschrien! Ich wünschte, ich hätte wenigstens den Wunsch gehabt, zu schreien! Ich wünschte, ich wäre zu Hause und nicht bei dir!«

Schmerz durchbricht den Panzer, der meine Seele umgibt. Er ist so stark, dass der rote Nebel meinen Blick trübt. Ich habe es ja gewusst. Sie will gar nicht hier sein. Sie hat mir alles nur vorgespielt, damit sie mich mit ihrer und meiner Liebe erpressen kann. Alles, was sie für mich empfindet, ist Mitleid und Verachtung.

Du bist nichts, nur Asche und Staub, du gottloser Bastard! Dich kann man nicht lieben.

Säure fließt in meinen Mund, meine Brust schnürt sich zusammen. Ich atme durch, um meine Sicht zu klären. *Verlier nie deinen Schwerpunkt.* Ich lasse zu, dass sich der alte Zorn über meinen Schmerz legt. Er ist kühl und viel einfacher zu ertragen.

Mit statuenhaftem Blick schaue ich auf Lou, die mich mit einer Mischung aus Trotz, Hilflosigkeit und Wut ansieht.

»Ich bin so froh, dass ich dich noch rechtzeitig durchschaut habe«, sage ich dann kalt und ruhig.

Lou sieht so verwirrt aus, als hätte ich sie allein in einem fremden Waldgebiet zurückgelassen. »Was meinst du mit *noch rechtzeitig?*«, fragt sie und presst die Lippen aufeinander.

Ich unterdrücke ein spöttisches Lachen. »Ich Idiot! Ich wollte dich gehen lassen.« Meine Stimme schneidet mir die Wörter aus dem Fleisch, wohl wissend, wie sehr sie das treffen wird. Und vielleicht will ich auch genau das. »Seitdem wir wieder hier sind, habe ich es mir wirklich überlegt. Nein, eigentlich, seitdem du mir gesagt hast, dass du mich liebst.« Ich fasse mir an die Stirn und jetzt lache ich doch, aber über meine eigene Dummheit. »Dabei war das alles eine Lüge.« Für einen Moment schaue ich ins Feuer. Die Wölfe sind verstummt. Der Wald ist still. Lou ist ganz still.

Damit hast du nicht gerechnet, stimmt's?

Ein Käuzchen ruft aus der Ferne, dann höre ich Lou aufschluchzen und sehe zu ihr rüber.

»Du wolltest mich gehen lassen?«, haucht sie schwach. »Du hast darüber nachgedacht?« Mit tränenverhangenen Augen kommt sie einen Schritt auf mich zu.

»Es ist egal«, antworte ich hartherzig. »Ich hab's mir anders überlegt.« Es muss grausam für sie sein, aber mein Herz fühlt sich an wie ein lebloser Felsklotz.

Lou presst sich die Faust auf den Mund. Es sieht aus, als würde sie mit aller Macht versuchen, die Tränen zu unterdrücken, doch es gelingt ihr nicht. Sie wird von Weinkrämpfen geschüttelt, ihre Schultern beben und ein winzig kleiner Teil in mir will sie umarmen und trösten, doch der andere ist stärker. Der andere fühlt sich verraten und allein gelassen und er will ebenso verletzen, wie er verletzt wurde. Er erfreut sich an ihrem Schmerz, so wie der Mann sich früher über den Schmerz des Jungen gefreut hat. Ich hasse diesen Teil, ich verachte ihn, aber ich werde ihn niemals los. Er steckt in mir wie eine unheilbare Krankheit; es war Irrsinn zu denken, ich könnte ein anderer Mensch werden. Ich mustere Lou aus zusammengekniffenen Augen.

Sie versteht es als Aufforderung, denn sie streckt abermals den Arm nach mir aus. Weinend. »Bren … bitte … du darfst so etwas nicht über mich denken …«

Ich ignoriere ihre Geste, ich habe keine Lust, mich wieder verarschen zu lassen. »Du solltest jetzt reingehen«, sage ich ungerührt. »Du bist noch nicht ganz gesund.« Entschieden packe ich ihren ausgestreckten Arm. »Los, komm mit.«

Grob schiebe ich sie vor mir her und will nur endlich, dass es zu Ende ist, ich sie nicht mehr sehen muss, zumindest nicht heute. Ich zerre sie in den Camper.

»Brendan, bitte, komm doch zu dir …« Lou weint immer noch, doch ich beachte es nicht. Sie kann so viel und heftig weinen, wie sie will, ich werde nicht nachgeben. Als sie über ihre Decke stolpert, fange ich sie auf und gebe ihr einen Stoß, damit sie hinten aufs Bett fällt.

Ich weiß, was ich tun muss. Mit taubem Herzen gehe ich nach vorne und hole mechanisch die Eisenkette mit den Handschellen aus dem Schrank.

Lou sieht mich gar nicht an, und selbst wenn, könnte sie nichts sehen, da ihre Augen immer noch voller Tränen sind.

»Gib mir dein Handgelenk«, weise ich sie an.

Lou gehorcht widerstandslos und ich lasse die Schelle einrasten.

Monster, flüstert die Stimme in meinem Kopf.

Wortlos gehe ich nach draußen, ohne mich noch einmal nach ihr umzudrehen.

31. Kapitel

Eine Weile stehe ich atemlos vor Zorn am Feuer und kann an nichts anderes mehr denken als an unseren Streit. Ich kann nicht glauben, was da gerade passiert ist, in mir herrscht ein einziges Chaos. Wie konnte Lou mir nur die ganze Zeit etwas vorspielen?

Zitternd balle ich die Finger zu Fäusten, öffne sie wieder und vergrabe die Hände tief in den Hosentaschen. Ich bekomme ihre tränenverschleierten Augen nicht aus dem Kopf. Auch nicht ihre Worte.

Ich musste dir nichts beweisen, weil ich dich nämlich wirklich liebe!

Sie klang so ehrlich. Aber das tat sie schon häufiger, auch in den Momenten, in denen sie mich ausgetrickst hat. *Scheiße,* ich weiß überhaupt nicht mehr, was ich denken soll! Warum hat sie mir das mit den Flashs verschwiegen? Was genau weiß sie alles? Weiß sie, dass mein Stiefvater mich gehalten hat wie einen räudigen Hund? Mich an der Kette auf Händen und Knien durchs Haus gezerrt hat und mich, wenn es ihm gerade zur Belustigung diente, aus Hundenäpfen am Boden hat essen lassen? Mit auf den Rücken gefesselten Händen? Weiß sie von dem Sarg im Keller, von den erniedrigenden Bestrafungen? Und was weiß sie noch über meine Mum? Mehr als ich?

Wie kann sie Bescheid wissen und einfach kein Wort darüber verlieren?

Weil sie es irgendwann gegen dich verwenden wollte.

Aber sie hat gesagt, sie liebt mich.

Glaubst du etwa, jemand wie sie könnte jemanden wie dich lieben, Hosenscheißer? Hast du sie nicht genau deswegen entführt?

Bren – ich liebe dich. Sie hat es gesagt.

Vergiss es, Bastard. Dich wird niemals jemand lieben.

Vielleicht machst du es dir auch nur leicht. Vielleicht willst du wütend auf sie sein, damit du kein schlechtes Gewissen haben musst, wenn du sie hierbehältst!

Der Kloß in meiner Kehle fühlt sich an wie ein Steinklumpen. Will ich es mir leicht machen? Ist es so einfach? Kann es sein, dass Lou die Wahrheit gesagt und nur aus Respekt vor mir geschwiegen hat?

Niemals! Niemals würde sie jemanden wie dich lieben!

Ich schließe die Augen und versuche, die böse Stimme in meinem Inneren wegzusperren. Lou hat während der Flashs mit mir geredet und mir geholfen, zurückzukommen. Schon das erste Mal während des Gewitters. Vielleicht hat sie auf das reagiert, was ich gesagt habe. Damals war ich ihr noch so dankbar. Und wenn sie die Wahrheit sagt, wusste sie schon zu dieser Zeit einiges über meine Vergangenheit. Es hat sich also nichts verändert.

Wie durch einen Schleier sehe ich ihr verweintes Gesicht vor mir, höre ihr verzweifeltes Schluchzen, weil ich ihr nicht glaube. *Fuck!*

Ich lege mir die Hand auf den Mund, als müsste ich ein Aufstöhnen unterdrücken. Meine Furcht und mein Zorn haben wie immer alles kaputt gemacht; meine Angst, ich müsste sie gehen lassen, weil es das einzig Richtige ist, etwas, das ein guter Mensch tun würde.

Ein dumpfer Druck quetscht mein Herz zusammen. Ich habe mich wieder wie ein rasender Irrer aufgeführt. Es war ein Akt der Grausamkeit, ihr zu sagen, ich hätte mir überlegt, sie gehen zu lassen. Heute Nacht dachte ich noch, alles, was ich wollte, wäre ihr Glück. Gerade weil ich sie liebe. Und was immer sie gedacht, geplant oder gewollt hat – wenn ich sie wirklich liebe, muss das egal sein. Es darf bei dieser Entscheidung keine Rolle spielen.

Du musst sie gehen lassen.

Ich schlucke gegen die kalte Panik in meiner Kehle an. Dieses Mal gelingt es mir, die Furcht klein genug zu halten, um es zu Ende zu denken, bis in jede Konsequenz. Mir wäre es sogar egal, ob Lou mich anzeigen würde, denn ohne Lou zu sein, ist Strafe genug. Ob in der Wildnis oder in einer Zelle, es wäre für mich dasselbe. Beides fühlt sich sinnlos an, aber es geht nicht um mich.

Ganz flach hole ich Luft.

Ich muss es tun. So bald wie möglich, damit ich mich nicht noch einmal umentscheide. Ich darf den alten Brendan nie wieder die Oberhand gewinnen lassen.

Abrupt wende ich mich vom Feuer ab und gehe schnurstracks zum Camper zurück. Vorsichtig öffne ich die Tür, steige die Stufen nach oben und bleibe im Mittelgang stehen. Meine Augen brennen, während ich in den hinteren Bereich sehe. Lou liegt zusammengerollt auf der Seite, ihr Gesicht ist kalkweiß und vom Weinen verquollen. Was war ich nur für ein riesiger Idiot!

»Lou?«, frage ich leise.

Schritt für Schritt nähere ich mich dem Bett, doch sie rührt sich nicht. »Lou?«

Sie atmet tief und gleichmäßig, vielleicht ist sie durch den Streit so erschöpft, dass sie eingeschlafen ist – immerhin ist sie noch nicht gesund.

Mit einem schweren Atemzug löse ich den Schlüssel von meinem Gürtel und schließe die Schelle um ihr Handgelenk auf. Sie murmelt etwas vor sich hin, schiebt die freigewordene Hand unter ihre Wange, aber ihre Augen bleiben geschlossen.

Ich betrachte sie mit einem hohlen Gefühl in der Brust.

So dunkel ... Mum ...

Die Stimme des Jungen durchsetzt mein Inneres wie ein immerwährendes Echo. Mechanisch umklammere ich die Eisenkette, die immer noch an der Wandverankerung festgemacht ist.

Komm zurück ... wo bist du, Mum?

Der Geruch von Holzbeize quillt aus einem fernen Ort hervor. Der Boden unter meinen Füßen schwankt so wie damals auf dem Quiet Lake. Mein Blickfeld flimmert in Grautönen. Mit fahrigen Händen schließe ich die Handschelle auf, die die Kette an der Verankerung hält, greife mir noch weitere Ketten aus dem Schrank und springe die Stufen des Campers hinunter.

So dunkel, dunkel, dunkel ...

Meine Brust und mein Magen ziehen sich schmerzhaft zusammen, eine finstere Flut strömt in meinen Kopf. Ich brauche einen Baum, irgendwas zum Festmachen ... Plötzlich bin ich mitten im Wald, stolpere mit schweren Beinen durchs Totholz, spüre kratzige Zweige in meinem Gesicht. An einer hochgewachsenen Fichte klicke ich die Stahlketten zusammen und schlinge sie um den Stamm, doch dann fällt mir ein, dass ich den Schlüssel noch bei mir trage. Ich brauche ihn, um die Handschellen zu schließen. Danach kann ich ihn aber nicht einfach in den Wald werfen, Lou würde ihn nie wieder finden.

Mit hämmerndem Herzen jage ich zurück, breche durch das Gestrüpp und zerre einen Generalschlüssel vom Karabiner. Kopflos krame ich ein dünnes Band aus meiner Tasche hervor und fädele es zittrig durch die Öse des Schlüssels. Wohin damit? Wohin? Mein Blick fällt auf den Seitenspiegel und ich atme auf. In Windeseile hänge ich ihn einfach darüber, gerade noch rechtzeitig. Die Dunkelheit in mir schluckt den Wald und die Bäume. Alles wird düster, als würde die Welt nur noch aus Schatten bestehen.

Kann nicht atmen … so dunkel …

Das Gefühl zu ersticken brennt in meinen Lungen. Blindlings stolpere ich zurück, stoße mit den Schultern rechts und links an Holz und Zweige, bis ich bei dem Baum mit den Ketten ankomme.

Wie in der Gewitternacht fessele ich mich an den Stamm, die Hände in den Schellen, die Eisenketten wie eine Leine an der Fichte befestigt. Immer wieder wankt die Erde unter mir und ich taumele seitwärts wie ein Betrunkener. Als ich fertig bin, schleudere ich den Originalschlüssel ins Unterholz.

Eins, zwei, drei, vier …

Der Boden gibt nach.

Schwarze Wirbel ziehen an mir vorbei. Mit einem dumpfen Schlag lande ich auf etwas Hartem. Verwirrt schaue ich mich um. Der kleine Junge steht vor mir und sieht mit seinem zeitlosen Blick auf mich herab. Blut rinnt ihm aus der Nase und um seine geröteten Augen sind grünblaue Veilchen.

Mit ernster Miene schüttelt er den Kopf. Ich weiß, was er sagen will, und komme ihm zuvor. »Ich gehe mit.«

»Du hast keine Ahnung, nicht wahr?« Mit den Händen reibt er sich über die Hose. »Du weißt nicht mehr, wie es ist, dort zu sein.«

»Doch«, antworte ich widerstrebend. »Doch, natürlich weiß ich, wie es war.«

Der kleine Junge lacht und ein Schwall Spott schüttet sich über mir aus.

Schreie erklingen von irgendwo her. Entsetzliche Schreie, wie ich sie noch nie zuvor gehört habe.

»Ich bin du!«, sage ich, als es wieder still ist und er weiter schweigt.

»Das, was du fühlst, ist nur ein Echo des Schmerzes.« Der Junge dreht sich auf seinen nackten Sohlen um und läuft den dunklen Gang entlang, den ich in meinen Kindertagen schon so oft gesehen habe. Die Kerbe im Boden, die unebene Schwelle. Die Tür, hinter der all das Grauen liegt, das ich fürchte.

»Brendan, warte!«, rufe ich und rappele mich auf. Er reagiert nicht, scheint plötzlich an einem anderen Ort zu sein. Von Neuem durchdringen die entsetzlichen Klagelaute mein Trommelfell.

»Bren!«, schreie ich, als es wieder still ist.

»Ich habe keinen Namen, das weißt du!«, sagt er jetzt zornig.

»Natürlich hast du einen Namen«, rufe ich ihm nach und bin auf einmal wütend auf ihn, weil er mich nicht an sich heranlässt. »Er nannte dich alles Mögliche, aber du heißt Brendan. Du hattest es nur für lange Zeit vergessen.« Für eine unendlich lange Zeit. So lange, so dunkel.

»Ich bin ein Nichts, ein Nichts braucht keinen Namen«, wispert der Junge

und bleibt plötzlich stehen.

»Du bist nicht nichts. Du bist ich. Ich heiße Brendan. Ich bin zweiundzwanzig und ich habe im Januar Geburtstag. Ich liebe ein wunderbares Mädchen. Diese Liebe ist nicht nichts. Du bist nicht nichts!«

Der Junge blickt über die Schulter zu mir zurück, seine Augen glänzen von ungeweinten Tränen. »Ist das wahr?«, flüstert er und eine tiefe Traurigkeit liegt in seinen Worten. Sie will mir das Herz brechen.

»Ja,«, flüstere ich erstickt zurück und strecke die Hand nach ihm aus, wie Lou ihre Hand nach mir ausgestreckt hat. Ich will ihn berühren und ihm sagen, dass alles wieder gut wird. »Er kann dir nicht mehr wehtun, Bren. Er kann uns nicht mehr wehtun.«

»Ist er tot?«

»Ich weiß es nicht, aber er hat keine Macht mehr über uns. Er ist fort.«

»Und trotzdem ist er immer da.«

»Erinnerungen. Das sind nur Erinnerungen«, sage ich leise und gehe Schritt für Schritt auf den Jungen zu. »Das ist vorbei.« Er darf mir nicht mehr entgleiten.

Doch er sieht mit einem Mal wieder so verschlossen aus wie vorher. »Ich muss dich schützen. Vor diesen Erinnerungen«, sagt er mit kindlicher Entschiedenheit.

Ohne weitere Erklärungen beginnt er zu rennen. Er stößt die Tür zu dem Keller auf, doch dieses Mal laufe ich ihm nach. Mit ausgestrecktem Arm fange ich den Schwung der Tür ab, halte sie offen und mache ein paar Schritte in die Finsternis.

»Brendan?«, rufe ich.

Stille.

Dann wird die Dunkelheit von einer Sekunde auf die andere auseinandergerissen wie ein Vorhang. Licht sticht in meine Augen und ich sehe das Monster, das sich über den kleinen Jungen beugt, ihn am Kragen packt und zu dem schwarzen Sarg zerrt.

Voller Zorn stürze ich mich auf den Mann, aber ich erreiche ihn nicht, er verpufft wie Luft zwischen meinen Fingern.

»Du dreckiger Bastard einer gottlosen Hure! Ich bringe dich um!«, schreit er den Jungen an. Ich will ihn fassen, doch an meinen Händen gibt es einen eigenartigen Ruck, Schmerz schießt in meine Handgelenke.

»Bren?«, höre ich jemanden keuchen. Verwirrt blicke ich mich um. »Bren, ich bin es, Lou.«

»Ich bringe dich um«, brüllt jemand und ich glaube, es ist das Monster, das auf den Jungen einschreit.

»Nein«, wispert eine Mädchenstimme direkt vor mir. »Das wirst du nicht. Du liebst mich!«

Plötzlich ist da wieder das Bild von der blonden Frau, von meiner Little Miss Sunshine. Wärme und Trauer umspülen mein Herz, es fühlt sich an, als wäre es mehrfach gebrochen, so sehr vermisse ich sie.

»Du hast mich verlassen«, sage ich elend. »Du bist gegangen … dabei war es so dunkel … weißt du, wie es war, dort, unter der Erde …«

»Ja. Ich weiß es.« Das ist Lou, irgendwo in all meiner Dunkelheit begreife ich es. Ganz zaghaft spricht sie mit mir, hält mich fest, wie ich den Jungen festhalten wollte. »Alles war still. Du warst allein. In jeder Pause zwischen zwei Herzschlägen dachtest du, du seist gestorben. Und als du dachtest, du wärst tot, warst du immer noch allein. Selbst als du wieder draußen warst. Du hast dich nach den Armen deiner Mutter gesehnt, aber sie kam nie zurück.«

»Wie konntest du mich nur verlassen?« Es ist nicht meine Mum. Ich weiß es tief in mir drin, aber die Worte kommen trotzdem. Und mit ihnen ein so unendliches Gefühl der Einsamkeit, dass es dafür gar keinen Ausdruck gibt. Kälte kriecht mir ins Mark und lässt mich zittern. Es ist, als müssten mir die Knochen einzeln brechen. Ich will schreien, aber ich bleibe stumm. Selbst meine Hand kann ich nicht heben, um sie nach Lou auszustrecken.

»Vielleicht … vielleicht hat sie dich nicht verlassen«, höre ich sie jetzt sagen und klammere mich an ihre Stimme, wie ich es unbewusst schon so oft getan habe. »Es könnte ihr auch etwas passiert sein. Womöglich hat sie jemand entführt. Vielleicht hat derjenige, der dir das angetan hat, auch dafür gesorgt, dass sie dich nicht findet. Oder dass sie nie zurückkommt.«

Die Worte tanzen in einer schwarz-weißen Nebelbank um mich herum. Ich begreife den Inhalt, kann ihn aber nicht einsortieren. Es tut nur einfach so gut, ihre Stimme zu hören. Es ist, als nähme sie die Kälte aus meinen Gliedern. Ein paar Mal kneife ich die Augen zusammen, damit meine Sicht wieder klar wird, und entdecke Lou. Sie liegt rücklings auf der Erde. Seltsam. Warum liegt sie mitten auf dem Vorplatz?

Verstört schüttele ich den Kopf. »Lou?« Mein Hals kratzt, ich bin total heiser. »Was machst du hier?«

Lou schluchzt trocken auf. »Bren, Gott sei Dank …« Habe ich

sie umgeworfen? Liegt sie deswegen auf der Erde?

Ihr Blick wandert über mich, Angst und Sorge spiegeln sich darin.

»Du bist verletzt«, sagt sie atemlos und deutet auf meine Handgelenke. Ich folge ihrer Geste und entdecke das dunkelrote Blut, das unter den Eisenreifen hervorquillt und in meine Handflächen rinnt. Sie liegt am Boden und sorgt sich darum, dass *ich* verletzt bin!

»Besser ich als du«, antworte ich knapp und rucke an der Kette, doch ich spüre den Schmerz kaum. Der andere, kältere Schmerz in mir ist viel stärker und ich fühle ihn mit jeder Sekunde mehr. Gleichzeitig schrumpft mein Sichtfeld erneut zu einem Tunnel zusammen.

So dunkel, höre ich den Jungen wimmern. *So dunkel … hol mich hier raus!*

Angespannt sehe ich zu Lou, denke an Jordan Price. Ich darf sie auf keinen Fall noch einmal zu Boden reißen. »Du musst sofort wieder nach drinnen«, weise ich sie an.

»Nein.« Lou hievt sich auf die Beine, taumelt.

Ich kann nicht atmen … kann nicht …

»Lass mich bei dir bleiben.« Lou könnte es gesagt haben oder ich selbst zu dem Jungen. Abermals höre ich diese furchterregenden Schreie, halb Mensch, halb geschundenes Tier. Ich muss von ihr weg. Zusammengekrümmt stolpere ich voran, Holz zerbirst um mich herum. Der abgehackte Atem eines Menschen füllt die Finsternis.

»Brendan …«

Wie wild drehe ich mich im Kreis, erhasche einen Schemen, blinzele in die Nacht. Lou steht nur wenige Schritte von mir entfernt zwischen den dunklen Bäumen. Erneut erinnert sie mich mit ihrer Helle an ein kleines Gespenst. So zart und durchscheinend. Sie sieht mich an, ganz tief in mich hinein. Sie weiß alles. Sie fürchtet sich; und trotzdem ist sie hier. Sie hat mich nicht im Stich gelassen. *Komm zu mir, Lou,* will ich wispern, *ich will dir nie wieder wehtun,* aber ich bin reglos, kann weder sprechen noch mich bewegen. Ich brauche alle Kraft, um im Hier und Jetzt zu bleiben.

Als könnte sie meine Gedanken hören, macht sie einen winzig kleinen Schritt auf mich zu. Und noch einen. Wie damals am See.

Halte mich fest, Lou! Halte mich und lass mich nie wieder los! Nie wieder.

Ich will sie zu mir ziehen, aber mein Körper reagiert nicht. Und mein Verstand weiß, dass es zu gefährlich ist und ich sie anschreien müsste, damit sie weggeht. Doch Lou steht so dicht vor mir, dass wir uns berühren. Mit einem leisen Keuchen presst sie die Arme um mich und ihr Kopf sinkt an meine Brust.

Die Sehnsucht, sie zu spüren, ist viel stärker als die Vernunft. Ich ertrinke, fliege, falle. Mein Bewusstsein sackt hinab zu dem Jungen und mein Herz füllt sich mit Mitleid, als ich ihn in seiner zerschlissenen Hose in dem finsteren Loch finde. Er ist so klein. Er wartet schon so lange auf Erlösung und noch viel länger auf Liebe. Er ist nicht wertlos, sondern einfach nur einsam, verwirrt und zu Tode verängstigt. Es ist nicht seine Schuld, dass seine Eltern ihn nicht wollten. Es ist nicht seine Schuld, dass er gequält und misshandelt wurde. Er ist ein guter Mensch.

»Hey Bren«, sage ich leise.

Mit großen Augen sieht er zu mir auf. »Du bist zurückgekommen«, wispert er und die Ungläubigkeit, mit der er das sagt, versetzt mir einen Stich ins Herz.

»Ich lasse dich nicht mehr allein«, verspreche ich. »Ich kann mich jetzt um dich kümmern. Du musst nur mitkommen, in meine Zeit.« Ich reiche ihm die Hand und mit einem bangen Blick legt er seine kleine in meine große. Seine Finger sind steif vor Kälte, die Berührung ist ungelenk, als wüsste er nicht, wie er mich anfassen soll.

»Das machst du gut«, sage ich mit einem Lächeln.

Scheu lächelt er zurück. »Du lügst nicht?«

»Nein. Ich halte aus, was immer du trägst.« Ich ziehe ihn mit mir und mit einem Mal weht die Finsternis zur Seite und wir stehen in einem lichten Wald, zwischen Fichten und Birken. Der Himmel ist strahlend blau, nordhimmelblau, ohne eine einzige Wolke.

Immer noch halten wir uns an den Händen. Eine laue Brise zerzaust mir das Haar. Ich schaue hinab zu dem Jungen und entdecke ein Lächeln. Ich spüre es in meinem Gesicht. Es ist kein Echo oder eine Spiegelung. Es ist mein eigenes. Ganz vorsichtig schließe ich den Jungen in die Arme und halte ihn fest.

Und sein Körper wird zu meinem Körper, und ich spüre, wie ich gehalten werde. Von Lou. Und von mir selbst. Ich bin der Junge und der Junge ist ich.

»Ich lasse dich nicht allein, Bren«, höre ich Lou an meiner Brust flüstern.

»Du bist verrückt.« Ich fühle mich benommen, aber nicht nur von ihren Worten, sondern weil es sich auf einmal so anfühlt, als würden sich meine Erinnerungen mit denen des Jungen vermischen. Mir wird wieder klar, wie gefährlich es für Lou ist, hier bei mir zu sein. Ich versuche, meine Arme aus ihrer Umklammerung zu befreien, doch Lou drückt dagegen.

»Du kannst mich in deinem Wahn schlagen und treten, aber ich werde nicht gehen. Du kannst mich wegstoßen, aber ich bleibe da«, sagt sie mit grimmiger Entschlossenheit und schlingt ihre Arme demonstrativ noch fester um meine Taille.

»Das kann ich nicht zulassen«, würge ich hervor.

»Du hast keine Wahl. Du hast gesagt, ich hätte dir nur etwas vorgespielt, aber das stimmt nicht. Ich liebe dich.«

Ich stöhne auf. Jetzt ist sicher nicht der günstigste Zeitpunkt, um darüber zu reden, da der Flash noch nicht vorbei ist.

So sanft ich es fertigbringe, nehme ich Lous Kopf in die Hände. »Ich weiß, Lou«, flüstere ich. »Ich weiß.« Behutsam streichele ich ihr über die Wangen und sie werden nass vom Blut meiner Hände und ihren Tränen. »Ich habe wirklich daran gedacht, dich gehen zu lassen. Tief in mir habe ich wahrscheinlich nach einem Grund gesucht, es nicht tun zu müssen. In dem Moment wollte ich glauben, du hättest mir das alles vorgespielt. Ich wollte wütend auf dich sein.«

Sie lacht und weint zur selben Zeit. *Verrückt.* Wie soll das funktionieren?

»Hey, Lou, nicht weinen«, schimpfe ich liebevoll. »Sht. Alles ist gut. Es tut mir leid, was ich gesagt habe.« Das Gefühl, fremde Bilder in mir zu haben, verdichtet sich und schickt einen Kälteschauer durch meine Glieder. Irgendetwas passiert mit mir, aber ich weiß nicht, was. Hastig löse ich mich aus Lous Armen. »Du musst gehen, schnell!«

»Nein, ich bleibe!«, widerspricht Lou, ohne mich aus den Augen zu lassen. »Und wenn du das nächste Mal an dem Ort bist, den du so fürchtest, dann stell dir vor, ich wäre auch da.«

»Lou …« Schweiß sammelt sich in meinem Nacken. Ich will ihr sagen, dass es eine denkbar schlechte Idee ist, weil ich nicht weiß, wie es diesmal sein wird, doch sie ist schneller.

»Bitte, tu es! Versuch es einfach!«

»Und wenn es nicht klappt? Wenn ich auf dich losgehe?« Mein Körper zittert, als stünde ich unter Strom.

»Bleibe ich trotzdem da.«

Wann hat sie die Arme wieder um mich geschlungen? Ich weiß

es nicht. Es kommt mir plötzlich vor, als würde ich auf dem Grund eines Brunnens stehen. Etwas rauscht von oben auf mich zu. Eine ganze Flut. Bilder rasen in schneller Abfolge durch meine Gedanken. *Ein schokoladenüberzogener Geburtstagskuchen mit drei weißen Kerzen, blaue Piraten-Luftballons an der Decke und Konfetti auf dem Tisch. »Puste sie aus und wünsch dir was«, höre ich meine Mum mit fröhlicher Stimme sagen. Ihre Wangen sind gerötet, aber ihr rechtes Auge ist blutunterlaufen und geschwollen. Ich blase die Backen auf, puste und heißes Wachs spritzt auf die Papiertischdecke. Rauch steigt nach oben. »Hey, das war spitze, Brenny. Alle drei auf einen Streich!« Meine Mum lacht, schlingt ihre Arme um mich und hebt mich hoch. Ich atme ihren Duft ein. Vanille-Zitrone. »Und dein Wunsch?«, fragt sie flüsternd. »Ich will weg von ihm. Mit dir weg von ihm«, flüstere ich zurück.*

Die Erinnerung kippt. Andere Bilder folgen. Meine Mum ist weg, ich bin in einem fremden Haus, in einer heruntergekommenen Küche aus zusammengestückelten Schränken. Alles ist unvertraut, dunkel und unheimlich. Vor meinen Füßen ist ein See aus verschütteter Milch. Der Mann, den Mum meinen Daddy nannte, kommt mit einem breiten Ledergürtel auf mich zu. Seine Mundwinkel biegen sich nach unten, seine Augen werden schmal wie Sicheln. Ich spüre die Gefahr, renne weg und kauere mich in eine Ecke, aber es ist vergebens. Sein Hass hagelt auf mich nieder. Das Leder zischt durch die Luft, explodiert klatschend auf meiner Haut. Das Brennen ist allumfassend, macht mich blind. Der Mann brüllt, meine Mum hätte mich verlassen, weil sie einen Scheißer wie mich nicht zum Sohn wollte. Das brennt noch stärker als das Leder. Schmerz schießt hinter meine Augen, in jede Zelle meines Körpers.

Mein Oberkörper krümmt sich unter der Last der Erinnerung zusammen. Ich will das nicht fühlen. Roter Nebel füllt meinen Kopf.

»Schrei doch!«, höre ich Lou durchdringend flüstern. »Schrei einfach, es hört dich doch niemand. Nur ich. Und ich halte es aus. Ich bleibe da.«

Noch mehr Bilder füllen mich aus.

Ich liege im Dunkeln, die Hände gegen das dicke Holz gestemmt, doch ich komme nicht gegen die sechs Schließen an. Meine Muskeln in den Oberarmen brennen. »Mum!«, schreie ich im Geist. »Mum! Komm zurück!« In meine Angst mischt sich lodernder Schmerz. »Wieso bist du gegangen? Warum hast du mich zurückgelassen? Ich wollte doch mitgehen. Ich hab's mir gewünscht!« Nichts passiert. Es bleibt einfach still. So still. Mein eigenes Herz wird ebenso still und ebenso dunkel. Ich ertrage es nicht, der Schmerz ist so groß. Ich kann nicht atmen, ich kann nicht atmen. Mum, es ist so dunkel.

Sekunden ticken vorbei. Minuten. Meine Fingernägel sind nass, wahrscheinlich bluten sie von meinem Versuch, ein Loch in den Deckel zu kratzen. Doch das ist zwecklos. Alles tut mir weh. Meine zerplatzte Haut lodert von den Schlägen, am Rücken, auf dem Bauch, an den Armen und Beinen. Ich spüre quälenden Durst und den ohrenbetäubenden Lärm der Stille. Hunger beißt in meinem Magen und meine Hose ist kalt und steif. Irgendjemand weint. Plötzlich öffnet sich der Deckel und es wird so hell, als stünde ich im Himmel bei tausend Engeln.

Aber nur er ist da.

Er zerrt mich aus der Kiste, wirft mich zu Boden.

»Du weinst.«

»N-Nein Sir …« Aber ich weine doch.

»Ich sollte dich töten«, zischt er schauerlich. Er beugt sich hinab, packt meine Kehle und rammt mich gegen die Kellerwand.

»Bren, nicht …« Da ist wieder diese Stimme. Ich höre sie wie durch einen Traum.

»Du bist nichts, kleiner Bastard. Nichts. Asche und Staub. Ich könnte dich töten und keiner würde es mitbekommen. Niemand würde dich vermissen.«

Seine Worte flammen in mir wie der Druck seiner Finger an meiner Kehle. Für Sekunden wünsche ich mir, dass er mich tötet, aber ich weiß, er tut es nicht, weil er mich dann nicht mehr quälen kann. Als ich hilflos wimmere, verzieht er sein Gesicht zu einer höhnischen Maske. »Ich stecke dich in einen Sarg und vergrabe dich im Garten. Aber dieses Mal hole ich dich nicht wieder raus. Du kannst dir da drin in die Hosen scheißen, so oft du willst, und in deinem eigenen Dreck verrecken. Na, wie gefällt dir das?« Seine kalten grauen Augen betrachten mich wie ein hungriges Raubtier. »Antworte mir gefälligst!«

»Bren … hör auf … du bist … nicht … er …« Jemand schluchzt. Wer ist das?

»Dein jämmerliches Winseln hilft dir jetzt auch nicht weiter, du Schwächling!«, höre ich das Monster brüllen. Oder brülle ich? Aus einem Reflex heraus kralle ich meine Hand fester um etwas, das ich umschließe.

»Bren …« Eine Hand zerrt an meinen Fingern. »Ich liebe dich … bitte komm zu mir zurück!«

Mein Körper erstarrt. Das ist doch Lou, oder nicht? Verwirrt versuche ich, die Bilder in mir niederzukämpfen. *Das sind nur Erinnerungen,* sagt eine Stimme in mir. *Nur Erinnerungen. Das ist vorbei, das hast du doch selbst gesagt.*

Tief in mir drin lächelt meine Mum mir zu und eine gewaltige Sehnsucht packt mich wie mit Händen. Wünsch dir was!, sagt sie leise.

»Verlass … mich … nicht! Komm zurück!«

Mein Herz krampft sich zusammen. Lou weint. Jetzt höre ich es ganz deutlich. »Bitte … komm zurück.« Wo ist sie denn? Ich schüttele den Kopf, um wieder ein klares Bild vor Augen zu haben. »Brendan, bitte …«

Plötzlich taucht sie direkt vor mir auf, ganz nah. Wieso weint sie so und warum sagt sie, ich soll sie nicht verlassen? »Ich bin doch bei dir, Lou«, flüstere ich rau. Da fällt mein Blick auf meine Hand, die ihre Kehle umschließt. Der Schock ist so groß, dass ich auf die Knie sinken will. Ich habe sie an der Kehle gepackt und gewürgt, wie das Monster mich gewürgt hat! *Gott, lass ihr nichts passiert sein!* So vorsichtig, als wäre ihr Hals aus Glas und meine Hand aus Beton, ziehe ich die Finger zurück.

Lou sacken die Beine weg, doch ich fange ihren Sturz auf und schließe sie in die Arme. Mit Entsetzen bemerke ich den roten Abdruck meiner Hände auf ihrer Haut. Sie ist so still, so furchtbar blass, all die Panik spiegelt sich in ihren Augen.

»Lou, sag was, bitte …«, flehe ich sie an.

Keuchend klammert sie sich an meinen Oberarmen fest, während ihr die Tränen über die Wangen laufen. Sie will lächeln, aber es missglückt. *Du musst nicht tapfer sein,* möchte ich flüstern, doch ich bringe kein Wort heraus, denn das zweite Lächeln gelingt.

Etwas sprengt mich in tausend Stücke. Wie kann sie lächeln? Dumpf schüttele ich den Kopf. »Verzeih mir … Lou …«, murmele ich. »Ich werde nicht mehr zulassen, dass du das tust!« Mit den Fingerspitzen wische ich Tränen von ihren Wangen.

Lou blinzelt und sieht aus, als würde sie mich erst jetzt wieder klar erkennen. »War gar nicht so schlimm«, wispert sie erschöpft. Ihre Stimme klingt kratzig.

Ich beiße die Kiefer aufeinander, bis mir die Gelenke wehtun. »Du lügst. Du zitterst wie verrückt.«

»Mir ist nur kalt.«

»Lou, meine Hand war an deiner Kehle und du sagst, es war nicht so schlimm?« Ich hebe ihr Kinn. Trotz der Dunkelheit erkenne ich jeden einzelnen meiner Finger als Striemen, die sich über ihre Kehle ziehen. »Verfluchte Scheiße!«, entwischt es mir ungehalten. »Du darfst nicht bei mir sein, wenn ich ausraste. Das ist Wahnsinn. Glaub mir endlich!«

»Ich glaube dir, aber ich mach es trotzdem«, sagt Lou unbeirrbar. »Außerdem: Du bist zurückgekommen – nur das zählt.«

Ich beuge mich zu ihr hinab, bis meine Stirn an ihrer liegt. Ihr Atem streift über mein Kinn und ich möchte sie einfach nur noch beschützen. »Ich lasse es nicht zu, dass du dich noch mal in Gefahr bringst.«

»Du musst.« Mit der Faust boxt sie mir neckend auf die Brust. »Du bist derjenige, der hier wie ein Hund an der Leine an den Baum gekettet ist, nicht ich.«

Ich lache, aber es klingt müde und nicht amüsiert. »Dann lass mich dich wenigstens zum Feuer tragen.« Ich beuge mich runter, lege ihr einen Arm auf den Rücken und schiebe den anderen unter ihre Kniekehlen. Sie ist leicht, aber mein Körper fühlt sich an, als hätte er zehn Tage ohne Essen und Trinken in dem einsamen Sarg gelegen. Meine Beine zittern, doch ich schaffe es mit der klirrenden Kette bis zum Feuer. Vorsichtig setze ich Lou auf dem Boden ab und lasse mich hinter ihr auf die Erde fallen. Dicht rutsche ich an sie heran, die Beine rechts und links neben ihr angewinkelt, um sie von allen Seiten zu wärmen. Ihr Rücken lehnt an meinem Bauch.

Matt lässt sie den Kopf gegen meine Brust sinken und legt die Hände auf meine Arme. Wir sitzen da wie zwei Hälften, die auseinandergebrochen waren und jetzt mühsam gekittet wurden.

»Lass mich nie wieder los, Lou. Nie wieder«, sage ich im Flüsterton.

»Tu ich nicht«, flüstert Lou zurück.

Eine Weile schweigen wir beide und ich höre in weiter Ferne das Wolfsrudel heulen. In diesem Moment klingt es nicht mehr einsam, sondern einfach nur ursprünglich und wild.

Mit zittrigen Fingern streiche ich Lou über die Haare und mir wird erneut bewusst, wie verletzlich sie ist. Ich weiß, sie will während der Flashs bei mir bleiben und mir ihre Liebe beweisen, doch das kann ich nicht länger zulassen. »Wenn die nächste Attacke kommt, gehst du aber auf Abstand, verstanden?«, sage ich und wickele eine Strähne ihrer Haare um meinen Finger.

»Bren …«

»Versprich es mir!«, unterbreche ich sie, bevor sie mehr als meinen Namen sagen kann. Vielleicht ist es die Verzweiflung in meiner Stimme, die sie nicken lässt. Ich bin unendlich erleichtert.

»Ich gehe aber nur ein paar Meter weg«, fügt sie hinzu. »Und wenn du mich brauchst, bin ich da.«

Ich kann ihr nicht antworten. Ich beuge mich zu ihr hinunter und im selben Augenblick dreht sie den Kopf in meine Richtung, kommt mir entgegen.

Unsere Lippen treffen sich irgendwo in der Mitte, und als ich ihre Zunge spüre, rast ein wilder Schauder über meine Haut. Heiß und kalt wie Feuer und Sterne. Lou schmeckt wie in unserer Nacht am See, nach Tränen, Pfefferminze und Himbeeren. Alles verschmilzt miteinander, als gäbe es zwischen uns keine Grenzen.

Ich weiß, ich sollte das nicht tun. Ich weiß, was mir morgen bevorsteht und dass der Flashback nicht vorbei ist. Aber all das zählt in diesen Sekunden nicht. Für einen Moment will ich dem Traum erlauben, sich in mir auszubreiten und alle Dunkelheit zurückzudrängen. In einem sehnsüchtigen Verlangen schließe ich Lou fester in die Arme. An meiner Brust spüre ich ihren Herzschlag im Takt mit meinem, zusammengehörend wie Wolfsgeheul und Wald, Polarlicht und Nordhimmel, Mond und Sterne. Wieder falle ich in die Tiefe, aber diesmal ist es nicht mehr dunkel.

Am frühen Morgen sitze ich am Tisch des Campers und füttere Grey mit einer doppelten Portion Milch. Die Nacht und die Flashs, die den ersten beiden gefolgt sind, haben mich so sehr erschöpft, dass ich kaum die Augen offen halten kann. Ein drückender Schmerz bohrt sich wie ein Dübel in meinen Hinterkopf, trotzdem darf ich mich nicht ausruhen.

Ich beuge mich zur Seite und schaue durch den Mittelgang nach hinten zu Lou, die ausgestreckt auf dem Bett liegt und tief und fest schläft. Sie sieht so unsagbar friedlich aus. Fast rede ich mir ein, sie wäre zu glücklich, um sie gehen zu lassen, doch das ist nur Wunschdenken. Diese Nacht hat gezeigt, dass es in meiner Nähe zu gefährlich ist, ganz gleich, ob ich einen Teil von mir wiedergefunden habe oder nicht.

All die neuen Erinnerungen in mir, die Erinnerungen des Jungen – meine! –, die so lange verdrängt waren, flattern wie Geister durch meine Sinne. Immer wieder blitzen Bilder vor mir auf. Manche von ihnen sind schwer greifbar, als hätten sie den Platz, der ihnen zusteht, noch nicht gefunden.

Ich muss an die Worte der Psychologin denken, die mir gesagt hat, es könnte mehr als ein Flashback hinter den Aussetzern stecken.

Mittlerweile bin ich gewillt, es zu glauben, aber ich habe keine Ahnung, wie man dieses Phänomen nennen kann.

Geistesabwesend reibe ich mir über die schmerzenden Augen und setze Grey in sein Fleecepulli-Nest zurück. Rastlos laufe ich im Mittelgang auf und ab. Was soll ich nur machen? »Grey, was soll ich nur machen?« Ich wiederhole die Worte wieder und wieder, doch es ist lächerlich.

Es gibt nur eine einzige Antwort, und die kenne ich längst.

32. Kapitel

Unter einer eiskalten Dusche scheuere ich mir das Blut von den Händen und lasse das Wasser sachte über die aufgerissenen Hautfetzen an den Handgelenken laufen. Vor allem das linke sieht schlimm aus. Ich tupfe Jod darauf und lege einen Verband an. Später schaue ich in den Spiegel des Hängeschranks. Auf meiner Stirn prangt eine Beule, durch deren Mitte sich ein tiefer Riss zieht. Ich klebe ein Pflaster darauf und wundere mich, dass ich kaum Schmerzen habe. Ich spüre sie nur wie durch eine dicke Schicht Watte.

Als ich den Camper startklar mache, breitet sich eine bittere Übelkeit in meinem Magen aus. Jeder weitere Gedanke an das, was kommt, ist unerträglich. Ich beruhige mich selbst, sage mir, ich könnte immer noch zurück, nichts wäre endgültig, doch ich habe mir nie dreister in die Tasche gelogen. Wenn ich Lou nicht heute gehen lasse, habe ich Angst, es nie wieder tun zu können. Heute ist die Erinnerung an meine Finger an ihrer Kehle noch frisch, meine Vernunft weiß es besser als mein Gefühl – vielleicht zum ersten Mal, seit ich Lou entführt habe.

Gegen sechs Uhr früh breche ich auf. Das Wohnmobil holpert über den Schotter und ich muss die Zähne zusammenbeißen, um nicht loszuschreien. Diesmal nehme ich nach einem kurzen Stück auf der Waldstraße eine andere Route als auf dem Hinweg. Es ist eine Abkürzung, die aufgrund des Gefälles nur in eine Richtung befahrbar ist. Mein Ziel ist die nächste Stadt mit Anschluss an die Greyhound-Busse.

Die Fichten, Flüsse und Gebirgsseen ziehen an mir vorbei wie blasse Schatten, Erinnerungen an so vieles, was ich im Yukon erlebt habe. Unendliche Einsamkeit, Furcht, aber auch tiefe Liebe.

Irgendwann komme ich auf den Highway 4 nach Watson Lake. Der Himmel ist bleigrau, als habe eine höhere Macht alles Licht geschluckt, er wirkt beklemmend. Ich fühle mich leer und hohl – wie ein Gefäß, aus dem die letzten Tropfen Wasser geflossen sind. Das Einzige, was ich spüre, ist Angst. Die ganze Zeit sitzt sie wie ein Eisklumpen in meiner Brust und ich kann sie weder wegatmen noch einfach verleugnen. Und als ob Grey ein Spiegel meiner Gefühle wäre, winselt er fortwährend vor sich hin. Kurz nach Watson Lake setze ich ihn auf den Beifahrersitz, damit sein Gejaule Lou nicht vorzeitig aufweckt. Wie aus Protest kotzt er seitdem im Viertelstunden-

Rhythmus und ich darf jedes Mal seitlich ranfahren und die Wolfskotze wegwischen.

Normalerweise hätte ich wahrscheinlich mit ihm geschimpft, halb ernst, halb belustigt, aber heute wische ich nur stumm die Sauerei weg und tätschele ihm den Kopf. Er kann ja nichts dafür, dass er nicht der ideale Reisegefährte ist.

Nach vielen Stunden Fahrt komme ich am Nachmittag in Hudson's Hope an, ein kleiner Ort in British Columbia mit einem bescheidenen Shoppingcenter und einem Busbahnhof. Etwas Besseres werde ich heute sicher nicht für Lou finden.

Ich parke den Camper ganz hinten auf dem grauen Parkplatz und ziehe alle Vorhänge zu. Lou soll nicht sofort sehen, wo wir sind, ich möchte sie damit überraschen. Aber natürlich ist das Zuziehen der Gardinen auch nicht uneigennützig. Ich möchte noch einmal mit ihr alleine sein, sie noch einmal in den Arm nehmen, ohne dass sie von dem Abschied weiß.

Bei dem Gedanken daran fängt mein Hals an zu brennen und ich schlucke gegen die Hitze und den Stau in der Kehle an. Ich weiß nicht, wie Lou es aufnehmen wird. Die ganzen Wochen über wollte sie nichts dringender als von mir weg. Und als ich ihr gestern gesagt habe, ich hätte mir überlegt, sie gehen zu lassen, war sie überwältigt. Aber am Fluss hat sie nicht geschrien. Es könnte ja sein, dass sie mich gar nicht mehr verlassen will. Vielleicht kam die Überwältigung nur daher, weil es für sie der größte Liebesbeweis war, den sie je von mir bekommen kann. So, wie sie ihn für mich unter der Weide am Flussufer erbracht hat. Doch was soll ich machen, wenn sie sich nicht von mir trennen will? Wie mache ich ihr klar, dass es das Beste für sie ist?

Müde wische ich mir über die Stirn, als könnte ich all diese Gedanken aus meinem Kopf vertreiben. Mit kalten Fingern krame ich das Handy aus dem Hängeschrank über der Seitentür und schalte es an. Dann googele ich nach den Busfahrzeiten von Hudson's Hope nach Calgary, und von dort weiter durch die Bundesstaaten Montana und Idaho bis hin nach Nevada – Ash Springs. Es wird eine lange Liste. Ich fühle mich an die Zeit in Los Angeles erinnert, als ich mir auf dem Walmart-Parkplatz die Dinge notiert habe, die ich für Lou benötigte. Ein Funken Wehmut strömt wie ein Echo durch meine Adern. Damals war ich voller Zuversicht auf ein besseres Leben. Ich dachte in diesen Tagen tatsächlich, ich würde Lou lieben. Ich dachte, ein paar Bilder, ein Lachen und all die Informationen würden ausreichen, um jemanden zu kennen.

Aber die Wahrheit ist: Ich kenne Lou immer noch nicht wirklich. Selbst wenn sie mir näher ist, als es irgendein Mensch je war. Nähe und jemanden kennen, das muss nicht zwangsläufig zusammengehören.

Mit einer Hand streiche ich glättend über das Papier, bevor ich den Zettel zusammenfalte und in einem gelben Rucksack verstaue. Danach schmiere ich Sandwiches mit Mayo, Schinken und Gouda und schleiche mich nach hinten, um ein paar Wechselklamotten für Lou herauszusuchen. Dabei entdecke ich die fein säuberlich gefalteten Zeitungsartikel, die ich ihr ausgehändigt habe, damit sie isst. Hier hat sie sie also die ganze Zeit aufbewahrt! Ohne zu überlegen, packe ich sie zusammen mit den Kleidern, Wasser, Geld und dem Proviant in den Rucksack.

Schließlich gibt es nichts mehr zu tun, außer zu warten, bis Lou aufwacht.

Ich setze mich an den Tisch und starre vor mich hin. Nichts habe ich je so gefürchtet wie den Augenblick, in dem Lou mich verlässt. Ich versuche an nichts zu denken, doch ich bekomme diese Szene nicht aus dem Kopf: Lou, wie sie den Parkplatz überquert und aus meinem Leben verschwindet, als hätte es sie nie gegeben. Nach einer Weile wird mir bewusst, dass ich mit der Silbermünze an meinem Lederband herumspiele.

Es wäre an der Zeit, die Erinnerung daran zu suchen, aber ich traue mich nicht, ihr nachzuspüren. Noch nicht – nicht, solange Lou noch hier ist. Stattdessen löse ich die Münze vom Band. Sie war immer mein Anker, der mich daran erinnerte, dass ich eine Vergangenheit jenseits der Thorson Ave besitze. Eine Erinnerung an meine Mum. Ein Zeichen dafür, dass es mich gibt. Heute bin ich randvoll mit Gefühlen, und auch wenn sie unfassbar schmerzhaft sind, weiß ich, wer ich bin.

Die Münze wäre ein schönes Andenken für Lou. Etwas, das ich ihr mitgeben kann, damit sie mich nicht vergisst. Vielleicht wird sie die Münze aber auch an dem Tag ablegen, an dem sie erkennt, dass sie mich nie wirklich geliebt hat und ihre Liebe nur ein Bedürfnis nach Nähe war. Ich rede mir ein, auch das wäre okay für mich, doch es ist natürlich gelogen.

Leise gehe ich nach hinten und auch auf die Gefahr hin, sie

könnte davon aufwachen, befestige ich die Silbermünze am Ring der Kette, an dem auch die Anhänger ihrer Brüder hängen. Sie fügt sich nahtlos darin ein, als wäre der Platz schon immer für sie reserviert gewesen.

Mit den Fingerspitzen fahre ich Lous Silhouette in der Luft nach. Ihre Augenlider sind dunkel, beinahe schwarz, die Wangen schmal und hohl. Trotz der Zufriedenheit, die sie im Schlaf ausstrahlt, kann ich nicht leugnen, wie krank und müde sie aussieht. Die Striemen auf ihrem Hals sind etwas verblasst, aber trotzdem erscheinen sie mir noch wie ein Mahnmal.

»Zeit heimzugehen, Lou«, flüstere ich zu ihr hinab. »Es ist an der Zeit … heimzugehen!«

Ich werfe den Generator an und setze Kaffee auf. Vielleicht ist es der Lärm, der Lou aufweckt, auf jeden Fall streckt sie sich wie eine Katze nach einem ausgiebigen Mittagsschlaf. Und so sehr ich mir wünsche, sie würde sich einfach wieder herumdrehen und weiterschlafen, bin ich gleichzeitig auch froh, wenn alles vorbei ist.

»Hey, du Langschläfer«, sage ich zur Begrüßung, als sie sich aufgesetzt hat, und stecke die letzten Pancakes in den Toaster.

»Selbst hey.« Ihre Stimme klingt total heiser. Vorsichtig betastet sie ihren Hals, hört aber sofort auf, als ich zu ihr nach hinten schaue.

»Wie spät ist es?«, fragt sie und es wirkt auf mich wie ein Ablenkungsmanöver, damit ich mich nicht schlecht fühle.

»Nachmittag.«

Lou krabbelt vom Bett und kommt in ihren verknitterten Jeans und dem dicken Pulli auf mich zu. Sie sieht ernst und still aus, als sie mich betrachtet, und ich nehme sie wortlos in den Arm. Ihr Körper ist weich und zart und unendlich erschöpft, er fügt sich nahtlos an meinen, wie ein fehlendes Puzzleteil. Plötzlich ist alles wieder da. Die letzte Nacht, das Gefühl zusammenzugehören und alles gemeinsam durchstehen zu können.

Was wäre aus uns geworden, hätte ich sie nicht entführt? Ein brennendes Bedauern schießt mir ins Herz, weil ich begreife, wie viel einfacher es hätte sein können.

Du weißt sicher, dass ich nicht Nein gesagt hätte, hat Lou mal zu mir gesagt, aber dafür ist es jetzt zu spät.

Ich werde nie erfahren, wie es gewesen wäre, und ob meine Flashs alles kaputt gemacht hätten oder nicht.

Lou schmiegt sich an mich und ich muss an das bescheuerte

Teddybär-Mobile denken.

Mutter, Vater, Kind.

Das ist alles vorbei, dabei fühlt es sich an, als könnte es erst beginnen. In einem irrsinnigen Gedanken wird mir bewusst, dass die Bindung zwischen Lou und mir niemals so tief geworden wäre, hätten wir uns auf normalem Wege kennengelernt. Lou wäre niemals so geworden, wie sie heute ist, und ich hätte wahrscheinlich niemals meine Erinnerungen wiederbekommen. Doch was ist für Lou besser? Ist die neue, stille, ernstere Lou glücklicher als die unbeschwerte? Ich weiß, dass mir diese Frage niemals jemand beantworten kann. Ich habe nicht einmal das Recht, sie zu stellen. Vielleicht will ich die Antwort auch gar nicht bekommen oder es gibt keine.

Ich beuge mich zu ihr hinunter und atme ihren Duft in mich ein. Nicht mehr Nivea-Zitrone, sondern Feuerholz, Rauch und Wald. Yukon.

Als das Tropfen der Kaffeemaschine aufhört, lassen wir uns gleichzeitig los. Ich hebe Lous Kopf ein Stückchen an, um mir die Quetschungen an ihrem Hals noch einmal aus der Nähe anzusehen. Innerlich verfluche ich mich aufs Neue. Sollte ein letzter Rest Zweifel in mir gewesen sein, bringt ihn spätestens der Anblick meiner roten Fingerabdrücke auf ihrer Kehle zum Schweigen. Lou entgeht meine Bestürzung nicht, auch wenn ich nichts weiter sage, und sie verschwindet schnell im Bad.

Als sie wieder herauskommt, trägt sie eine frische Jeans und einen gelben Schal mit kleinen kunterbunten Herzen. Mit einem dunklen Gefühl in der Brust bemerke ich, dass sie die weiße Bluse anhat, die sie damals auf dem Campground getragen hat.

Ich zwinge ein Lächeln auf mein Gesicht und deute auf den Tisch, den ich in ihrer Abwesenheit gedeckt habe. »Setz dich!«

Während ich den Generator ausschalte, rutscht Lou auf die Bank. Mit einem Stirnrunzeln sieht sie sich um. »Wieso sind denn die Vorhänge zugezogen?«

»Ich wollte, dass du so lange wie möglich schlafen kannst. Immerhin ist es draußen schon hell geworden, als wir ins Bett sind.« Es ist verdammt schwer, sie anzulügen. Ich schaffe es nicht, den Blick zu halten, und starre auf das Muster der Gardinen. »Außerdem fand ich das so irgendwie romantischer«, setze ich schnell noch nach.

»Willst du mit mir heute den restlichen Tag über hier drinnen bleiben?« Sie neckt mich.

Und ich gehe darauf ein. »Mir fallen da direkt ein paar Dinge ein, die ich gerne mit dir machen würde …«, versuche ich zu scherzen, zwinkere ihr zu.

Lou zwinkert zurück, stützt den Kopf in die Hände und betrachtet das Geschirr, als gäbe es nichts Interessanteres auf der Welt. Spürt sie die Unruhe in mir? Ich kann es nicht sagen, vielleicht bin ich anders als sonst.

Plötzlich richtet sie sich auf und sieht sich suchend um. »Wo ist Grey?«, fragt sie alarmiert.

Betont ruhig fülle ich Kaffee in zwei Becher, stelle sie vor Lou auf den Tisch und arrangiere die Pancakes übereinander. »Er liegt auf dem Beifahrersitz. Am besten lässt du ihn in Ruhe, er hat den gesamten Vormittag über gekotzt.«

»Er hat gekotzt? Ist er krank?«

Ich setze mich neben sie auf die Bank. »Mach dir keine Sorgen. Er hat wahrscheinlich im Wald irgendwas Verdorbenes gefressen. Ich muss ihm bald Fleisch geben, bevor er anfängt, halb verweste Kadaver zu fressen.«

Lou wirkt erleichtert und lächelt mich so süß an, dass es wehtut. »Ich erinnere mich an diese Auswürge-Geschichte. Aber ich mach das nicht! Das darfst gerne du übernehmen.« Wie ihre Augen funkeln, trotz ihrer Erschöpfung! Sie lehnt sich an mich und ich schlucke mehrmals hintereinander. Nicht mehr lange und ich sitze wie früher alleine hier. Dann ist sie fort und ich werde sie nie wieder berühren können, nie wieder ihr Lächeln sehen. Kälte kriecht mir durch die Adern. Ich schiebe den letzten Gedanken von mir, ich will nicht daran denken, nicht jetzt, wo sie noch so nah bei mir ist.

»Du hast überhaupt nicht geschlafen«, sagt sie urplötzlich und ich spüre ihren prüfenden Seitenblick. »Wenn du den ganzen Vormittag Wolfskotze weggewischt hast, kannst du gar nicht geschlafen haben.«

»Ja, stimmt«, gebe ich zu. Ich muss es ihr sagen, sie spürt sicher, dass etwas nicht in Ordnung ist. Es wäre unfair, es ihr länger vorzuenthalten. Mit dem Kinn nicke ich zu den Pancakes und den Lemon-Cookies, die ich damals im Walmart gekauft habe. »Iss bitte etwas, Lou. Du musst zu Kräften kommen.«

Wieder lächelt sie, ein echtes Lou-Lächeln, nur ein wenig abgeschlagener nach dieser Nacht. »Dann musst du aber auch essen.«

»Okay.« Ich starre auf den Pancake, aber ich bringe keinen Bissen hinunter. Wenigstens isst sie ein bisschen was. Sie muss fit für die lange Fahrt sein, nicht, dass sie zwischendurch umkippt. Vielleicht sollte ich ihr mehr Wasser einpacken. Vielleicht muss ich noch …

»Was ist los, Bren?« Ihre ungeduldige Stimme reißt mich aus den Gedanken. Energisch zieht sie mir den Pancake aus den Fingern und pfeffert ihn auf den Teller. »Sag es!«

Es hat keinen Sinn mehr, ihr etwas vorzumachen. »In Ordnung.« Zittrig greife ich ihre warmen Hände, und als könnte Lou meine Anspannung spüren, verkrampft sie sich augenblicklich.

»An dem Tag am Fluss, als du die Männer nicht gerufen hast …«, fange ich an und muss mich zwingen, mit fester Stimme zu sprechen. »Du hast da eine Entscheidung getroffen, die für diesen Moment für dich richtig war. Vielleicht war sie auch falsch und fühlte sich nur richtig an. Ich weiß es nicht.«

»Sie ist immer noch richtig«, behauptet Lou so entschieden, dass mir die Andeutung eines Lächelns über das Gesicht huscht.

»Heute vielleicht ja. Für dich vielleicht ja«, entgegne ich leise. »Aber was ist mit deiner Familie? Was ist mit deinen Brüdern?«

Lou schluckt und ihre Augen füllen sich mit Tränen. Ganz fest drücke ich ihre Finger.

»Was ist in fünf Jahren, wenn das zwischen uns vielleicht zerbricht? Dann habe ich dir einen Teil deines Lebens gestohlen, dich um eine Ausbildung gebracht. Du wirst mich hassen.«

»Ich könnte dich niemals hassen«, sagt sie erstickt. Als sie mich ansieht, wirkt ihr Gesicht offen wie ein Buch, sie ist bleich, die Lippen schmal, doch in ihren Augen schimmert aufrichtige, tiefe Liebe.

Vorsichtig führe ich unsere ineinander verwobenen Finger an meine Wange, den Bauch voller brennender Sehnsucht nach ihrer Nähe. »Ich glaube dir, dass du mich liebst, Lou. Bitte denk nichts anderes.« Ich neige den Kopf. »Aber was ist, wenn diese Liebe nur darauf beruht, dass du so einsam warst? Wenn du das Opfer warst, das sich in seinen Entführer verliebt hat?«

Ihre Miene wirkt gequält. »Bren, was willst du hören? Was soll ich antworten? Ich weiß das doch alles selbst nicht. Ich weiß nur, dass ich dich liebe. Du hast mir schon im Visitor Center gefallen. Ich hätte mich auch so in dich verliebt.«

»Ich bin mir nicht sicher, ob du im Moment in der Lage bist, ein richtiges Urteil zu fällen, Lou. Daher habe ich mich entschlossen, die Entscheidung für dich zu treffen.«

»Welche Entscheidung? Was willst du?« Ein dunkler Schatten malt sich wie eine Vorahnung auf ihre Züge.

Ich presse die Lippen zusammen, aber etwas passiert mit meinen Augen. Sie werden feucht und meine Sicht verschwimmt.

»*Vielleicht* ist ein Ja«, flüstere ich rau. *Vielleicht ist ein Ja.* »Und *irgendwann* bereits heute.« Großer Gott, ich will nicht weinen. Wenn ich jetzt weine, kann ich nicht mehr aufhören, und das kann ich Lou nicht antun. Sie soll mich nicht mit der Last des Mitleids und des Kummers zurücklassen. Ganz fest beiße ich mir auf die Lippen und schmecke Blut.

Lou sieht mich vollkommen aufgelöst an. »Du willst … du willst mich gehen lassen? Heute?« Die Intensität ihrer Verwirrung verstört mich noch mehr.

»Ich will nicht, Lou, doch ich muss es tun. Es ist zu gefährlich. Gestern habe ich dich gewürgt, so wie mein Stiefvater es mit mir getan hat. Was mache ich morgen …« Ich sehe sie an, aber ich habe das Gefühl, sie hört mich gar nicht, so als wäre sie weit weg. »Glaub mir, ich würde nichts lieber tun, als mit dir für den Rest meines Lebens im Yukon zu bleiben. Weit weg von der Welt und allen anderen Menschen. Nichts würde ich mir mehr wünschen. Wenn es eine Möglichkeit gäbe, die dir gegenüber fair wäre, Lou … doch es gibt keine. Wir wissen ja nicht einmal, worauf deine Gefühle für mich beruhen …« Ihre blauen Augen sind wie zwei Seen, die gleich überfluten. »Lou?«, flüstere ich sanft. »Lou … hörst du, was ich sage?«

Kurz und schnell schüttelt sie den Kopf. »Du kannst mich nicht einfach wegschicken«, stößt sie atemlos hervor. »Ich gehe nicht.«

Ich stehe auf und ziehe die Vorhänge des Führerhauses zurück, damit sie sieht, wo wir sind. Vielleicht macht ihr das klar, wie ernst es mir ist. Womöglich spürt sie unter ihrer Fassungslosigkeit dann so etwas wie Freude. Als ich mich zu ihr umdrehe, wird mir noch elender. Mit versteinerten Zügen blickt Lou nach draußen, beinahe so starr wie damals, als sie hinten auf dem Bett saß, verängstigt und verloren.

»Bren …«, flüstert sie. »Wie … ich meine … was …« Mit steifen Gliedern steht sie auf und läuft zum Fenster an der Spüle, schiebt den Vorhang zurück.

Ich kann unmöglich sagen, was in ihr vor sich geht. Sie sieht nach draußen, als wäre es eine fremde Welt, in die sie nicht mehr hineinpasst. So, wie es mir in all den Jahren ergangen ist, wenn ich mal in die Zivilisation zurückmusste. Nein, so wie es mir schon immer ergangen ist, auch nach der Thorson Ave.

»Ich bin den ganzen Tag über gefahren. Du hast … du hast so tief geschlafen und nichts gemerkt. Ich wollte dich überraschen«, versuche ich ihr diesen Ort zu erklären.

»Grey hat überhaupt nichts Falsches gefressen«, sagt sie dunkel. Sie klingt, als fühlte sie sich völlig allein auf der Welt.

»Ihm ist die Autofahrt nicht bekommen.« Ich lege mir die Hände über die Augen. Der Gedanke, sie könnte sich durch das, was ich ihr angetan habe, nicht mehr in der Realität zurechtfinden, legt sich wie ein Eisengewicht auf meine Schultern.

»Wieso … wieso, Bren? Ich versteh das nicht …«

Ich lasse die Finger sinken. Sie hat sich herumgedreht und sieht mich immer noch mit absolutem Unverständnis an. Langsam gehe ich auf sie zu und schlinge die Arme um ihren Rücken. Ich ziehe sie an mich, als wollte ich sie nie wieder loslassen. Die langen Zweige der Weide tauchen vor mir auf, das dunkelblaue Wasser und Lous glänzender Körper auf dem feuchten Sand. »Weißt du's nicht?«, flüstere ich heiser.

»Doch«, wispert sie an meiner Schulter. »Aber wieso denn schon heute? Wieso nach gestern?«

»Die Frage ist: wann, wenn nicht heute?« Ich weiche ein Stück zurück und nehme ihren Kopf in die Hände, um sie besser anschauen zu können. Sie sieht zurück, angstvoll und mit bebenden Lippen. Sie versteht es nicht. Sie versteht vielleicht nicht, wie sehr ich immer noch gegen mich selbst kämpfe. Ein Mann kann Erinnerungen finden, die er verdrängt hat, er kann ein anderer werden, aber ein Teil seines früheren Ichs wird niemals ausgelöscht sein, selbst wenn er ein besserer Mensch wird. Dieser Teil ist noch in mir, und dieser Teil will Lou behalten. Besitzergreifend und absolut. Er erinnert sich an ihre Begegnung im Visitor Center und Lous große blaue Augen voller Naivität und Vertrauen. »Ich habe Angst davor, es mir anders zu überlegen, wenn ich dich nicht sofort gehen lasse. Jetzt gleich, verstehst du?«

Ihr Blick flackert. »*Jetzt?*«

Sanft streichele ich ihr Gesicht, aber am liebsten würde ich auf etwas einschlagen. »Es geht nicht anders.«

»Nein …« Lous Finger krampfen sich in meine Schultern.

Ich spüre ihr Entsetzen wie mein eigenes. Kalte, nackte Furcht schwappt wie eine Welle über mich und lähmt mein Denken. Ich werde durchdrehen. Sobald Lou weg ist, werde ich verrückt vor Kummer und Sehnsucht. Mein Herz beginnt zu hämmern. Wie betäubt ziehe ich Lou zu mir, beuge mich hinab und lege meine Stirn an ihre. Gott, das tut so gut. Niemals hat mir ein Mensch so viel bedeutet, niemals erschien mir etwas schwerer als das. Selbst ruhig in meinem engen Grab zu liegen, erscheint mir in diesem Augenblick leichter gewesen zu sein. Wenn sie weg ist, werde ich diese warme Stelle in meinem Herzen nie wieder ausfüllen können. Es wird dort kälter sein, als an jenem eisigen Tag im Dezember. Und doch ist es das einzig Richtige. Es ist das Schlimmste, Schrecklichste und Beste, was ich je getan habe.

»Lou.« Ich lege alle Wärme, die sie in mir auslöst, in meine Worte. »Vertrau mir. Es ist besser so. Eines Tages wirst du wissen, dass es die richtige Entscheidung war. Vielleicht nicht für diesen Tag, aber für alle anderen, die folgen.«

»Und was ist mit dir?«, würgt sie hervor. »Was wird sein, wenn du wieder Flashbacks hast?«

»Nach heute Nacht … ich stelle mir einfach vor, du wärst bei mir.« Es sind nicht die Flashbacks, die ich fürchte. Als ich sie loslasse, habe ich das Gefühl, einen Teil von mir für immer zu verlieren. »Du hast schon so viel für mich getan, Lou. So viel. Alles, was ich für dich tun kann, tun muss, ist, dich gehen zu lassen … Weil ich dich liebe.« Ich gehe zur Tür und stoße sie ruckartig auf. In mir ist eine Trauer, von der ich weiß, dass ich sie niemals im Leben wieder loswerde.

Lou steht stocksteif da. Der Geruch von Müll und Abgasen strömt in den Camper. Lou wirkt darin fehl am Platz, sie gehört in den Wald, in den Yukon und zu mir.

»Du solltest wirklich gehen, bevor ich es mir anders überlege.«

»Ich werde sagen, ich wäre abgehauen«, sagt Lou plötzlich monoton.

»Deine Brüder werden dich dafür verachten.«

»Ethan vielleicht.«

Ich muss an das denken, was mir neulich durch den Kopf gegangen ist. »Du kannst ihnen auch die Wahrheit sagen«, entgegne ich ruhig. Ich will nicht, dass sie für mich mit ihren Brüdern bricht. Das wäre schrecklich. Aber ich glaube, Lou hätte ein größeres Problem, mich in einer Zelle zu sehen als ich selbst, daher füge ich noch schnell hinzu: »Die Polizei wird mich nicht finden.«

Lou schaut mich eine lange Zeit an. Ich sehe den Kampf, den sie gegen ihre Tränen und den Widerstand, die Stufen hinunterzusteigen, ausficht. Er scheint ihr alles abzuverlangen, was sie noch an Kraftreserven übrig hat.

»Wo bin ich hier?«, will sie dann plötzlich mit fester Stimme wissen.

Ja, genau so. Du schaffst das, Lou! »Wir sind jetzt in British Columbia, Kanada.« Rasch hole ich den gepackten Rucksack aus dem Schrank. »Geld, Proviant, Wechselklamotten und die Zeitungsartikel.« Ich deute durch die Tür auf das Gebäude. »Ein paar hundert Meter weiter ist ein Einkaufszentrum und eine Bushaltestelle. Die Greyhounds bringen dich in jede größere Stadt. Von da aus kannst du umsteigen. Ich hab dir eine Liste mit den Zeiten und Haltestellen eingepackt. Hab es auf dem Samsung nachgegoogelt.«

Entgeistert sieht sie mich an. »Du hast ein Handy?«

Keine gute Idee, ihr das zu verraten. Sie soll mich nicht erreichen können, das ist das Beste für sie. »Ich habe dort oben keinen Empfang, Lou. Außerdem ist es besser, wenn du erst mal nichts mehr von mir hörst.« Das mit dem Empfang ist nicht einmal gelogen, denn obwohl ich meistens Internet habe, ist die Telefonverbindung miserabel.

»Verstehe.« Sie schluckt trocken.

Ich lächele und kann sie kaum noch sehen, weil meine Augen voller Tränen sind. »Ja, bald verstehst du.« Es zerreißt mich, so zu sprechen, als wollte ich das alles.

Sie sieht über die triste Parkfläche bis hin zu der Einkaufsmall. »Versprichst du mir etwas?«

»Das kommt darauf an.«

»Kommst du nächstes Jahr am 25. Juni wieder in den Sequoia? Ins Visitor Center?«

Mein Magen zieht sich zusammen, ich bin sprachlos.

»Das war der Tag, an dem du mich entführt hast.«

Ich lache kurz auf, trotz meiner Trauer. »Das weiß ich.« Wie könnte ich das je vergessen?

»Wenn wir uns dann immer noch lieben, verbringen wir den Sommer zusammen.« Lous Blick kehrt zu mir zurück, erfüllt von Hoffnung und etwas, das ich nicht benennen kann.

Meine Hände krampfen sich um die Riemen des Rucksacks. Es wäre ein süßer Traum, diesen Gedanken zu verfolgen, etwas zu haben, an das ich mich in all der Zeit klammern könnte, doch es wäre ihr gegenüber unfair. »Ich weiß nicht, ob das gut wäre, Lou. Für dich wäre es besser, du würdest mich vergessen. Und für mich wäre es sicher besser, ich würde dich vergessen.«

Lou streckt den Arm nach mir aus und ich meine schon, sie will mich berühren. »Denk einfach drüber nach«, flüstert sie und greift nach dem Tragegurt, den ich immer noch wie einen Rettungsring umfasse. Dann steigt sie ohne weitere Worte die Stufen hinunter. Es ist, als würde ich es erst jetzt wirklich begreifen. Ich verliere sie. Ich verliere Lou. Das Entsetzen breitet sich wie ein schwarzer Ozean in meinem Inneren aus und füllt meine Lungen. Sie kann doch nicht einfach so gehen! All meine Muskeln spannen sich an. Ich will ihr hinterher, sie packen, zurückziehen, küssen, lieben, doch ich bin bewegungsunfähig.

Am Absatz der Treppe bleibt sie noch einmal stehen, als wartete sie auf etwas, aber ich kann nichts sagen. Alle Worte sind weg.

»Mach's gut, Bren«, flüstert sie, ein schwereloser Hauch im Wind, und dann läuft sie los.

Ich beiße mir auf die Fingerknöchel, mein Herz pocht schwer und hart in meiner Brust. *Warte!*, will ich schreien, doch noch immer bin ich stumm, sehe nur zu, wie Lou sich Schritt für Schritt weiter von mir entfernt.

Das passiert nicht. Ich habe sie nicht gehen lassen, das könnte ich gar nicht!

Lou, warte. Bitte warte! Für einen Moment will ich ihr hinterherstürmen und sie zurückholen. Ihr sagen, dass ich sie nie, niemals gehen lasse, aber natürlich tue ich das nicht.

Mit zitternden Knien sinke ich auf die Stufen des Wohnmobils und bleibe dort sitzen. Mühsam kämpfe ich gegen die Tränen, während Lous Umrisse grau werden und immer mehr mit der Umgebung verschmelzen. Mein kleines, tapferes, starkes, verrücktes, warmherziges Mädchen. Bald ist sie nur noch ein Punkt und dann ist sie fort. Einfach weg.

Für dich ist alles irgendwie leicht, stimmt's?

Aber das hier war es nicht. Sie wusste nur, wie schwer es für mich ist, und sie hat es mir leicht gemacht. So wie sie alles leicht gemacht hat, selbst mein Herz.

Ich starre wie paralysiert auf die Parkfläche, nicht fähig, irgendetwas zu tun. Ich kann mich nicht bewegen, nicht durchatmen, nicht schreien. Meine Fäuste wollen etwas zertrümmern, doch ich sitze nur da und schaue in die Ferne. Alles ist unwirklich. Ich komme mir vor wie in einem Flash, als wäre ich gar nicht hier.

Staubkörner schweben vorbei. Der Parkplatz füllt sich mit Autos, der Himmel wird bleigrau und ein böiger Wind fegt Ahornblätter und Plastikmüll über den Asphalt.

Ich weiß nicht, wie viel Zeit vergeht. Vielleicht sind es nur Minuten, vielleicht aber auch Stunden.

Wo bist du jetzt, Lou? Sitzt du schon im Bus? Geht es dir gut?

Plötzlich fällt ein Schatten auf mich. Zuerst denke ich, es ist Lou, und hebe hoffnungsvoll den Kopf, doch es ist nur ein kleines blondes Mädchen. Wind spielt mit seinen langen Haaren.

Vor Enttäuschung krampft sich mein Magen zusammen.

»Warum weinst du?«, fragt sie mich geradeheraus.

Ich gebe einen undeutlichen Laut von mir. »Ich weine nicht. Ich weine nie.«

»Doch, tust du.« Sie deutet auf mein Gesicht.

Irritiert wische ich mir über die Wangen. Meine Hände werden nass.

»Mein Bruder weint auch manchmal. Das ist okay, glaube ich. Er ist noch ziemlich klein.« Sie mustert mich, ihre Augen sind beinahe so blau wie die von Lou. Für einen Moment scheint sie zu überlegen, ob es für einen Mann ebenfalls okay ist, zu weinen. »William weint, wenn er hinfällt und sich wehtut. Tut dir auch was weh?«

»Ja«, flüstere ich und neue Tränen quellen aus meinen Augen hervor. Die Taubheit, die mich gepackt gehalten hat, weicht von mir. Heiße Trauer schießt in mein Herz, schwer und dunkel, umklammert meine Brust, presst sie zusammen. Sekundenlang kann ich nicht atmen, denke, am Schmerz zu ersticken. Ich stöhne auf, packe meine Haare mit Fäusten und reiße an den Büscheln, um etwas anderes zu fühlen.

»Harper!« Eine aufgeregte Frauenstimme schallt zu mir rüber. »Du sollst doch nicht weglaufen!« Schritte nähern sich. Ich schaukele vor und zurück, vor und zurück, die Fäuste in meinen Haaren. Krampfhaft sauge ich Luft ein, ein pfeifendes Geräusch. Eine junge Frau mit einem Kleinkind auf dem Arm und einer Einkaufstüte in der Hand taucht neben dem Wohnmobil auf. Sie streckt den Arm nach dem Mädchen aus. »Du sollst nicht mit Fremden sprechen«, tadelt sie sie ärgerlich.

»Aber er weint. Er hat sich wehgetan.«

»Nun, er wird sich schon zu helfen wissen.«

Ich lasse die Arme sinken, die Handflächen voller dunklem Haar. Die Frau schaut demonstrativ an mir vorbei.

Harper sieht mich mitleidig an und hebt die Hand. »Ich muss gehen.« Sie greift die Finger ihrer Mutter und lässt sich mitziehen. Irgendwann guckt sie noch einmal über ihre Schulter zurück. »Mach Salbe drauf!«, ruft sie mir zu. »Das hilft bestimmt.«

Ich wische mir über das Gesicht und stehe mit steifen Gliedern auf. Der dumpfe Druck in mir macht mich benommen und schwindelig. Alles tut mir weh, jeder Muskel, jeder Knochen, jede Faser meines Körpers. Beim Luftholen brennt mein Brustkorb wie bei einer Lungenentzündung. Mit einem Ruck ziehe ich die Tür des Campers hinter mir zu und lasse mich auf den Boden sinken. Dort rolle ich mich zusammen und spüre, wie meine Schultern anfangen zu beben. Wieder kralle ich die Hände in meine Haare. Tiefe, schwere Schluchzer brechen aus mir hervor und es kommt mir vor, als weinte ich in diesem Augenblick um alles.

Um Lou, um meine verlorene Kindheit, um meine Mum, um den, der ich hätte werden können, und um all meine verpassten Chancen.

33. Kapitel

Die Welt ist leer und sinnlos geworden. Die Tage wollen nicht vergehen. Es kostet mich eine unerträgliche Kraft, jeden einzelnen davon zu bewältigen und die alltäglichen Dinge zu verrichten. Ich bin erschöpft, todmüde vor Trauer. Das Gewicht liegt wie Blei auf meinen Schultern und macht jede Bewegung zur Qual. Manchmal kommt es mir so vor, als lebte ein anderer mein Leben und ich betrachte ihn dabei aus großer Höhe wie ein Adler. Gelegentlich gebe ich ihm Anweisungen. *Füttere den Wolf, trink Wasser, geh dich waschen.* Doch nicht immer tut er, was ich ihm sage.

Ich konnte nach dem Tag im September nicht mehr zu meinem Stück Land zurückkehren. Die bloße Vorstellung, dort alleine am Lagerfeuer zu sitzen, hat mich fast umgebracht. Ohne Lou wird es nie wieder so sein wie zuvor, es gibt jetzt einfach zu viele Erinnerungen.

Ich bin in den Yukon zurückgefahren, irgendwo in das *Unorganized Canada,* ein Gebiet so durcheinander, wie ich mich fühle.

Vom vielen Weinen tun meine Kieferhöhlen weh und meine Augen schwellen überhaupt nicht mehr ab. In meinem Kopf ist ein rhythmisches Pochen, aber der Schmerz ist nichts gegen das entsetzliche Gefühl des Vermissens. Nachts schlafe ich kaum, wälze mich von einer Seite zur anderen, und wenn ich doch mal einnicke, träume ich von Lou. Morgens will ich dann nicht aufstehen, zu gefangen von den Bildern und der Sehnsucht nach ihr.

Abends sitze ich bei geöffneter Tür auf den Stufen des Wohnmobils und schaue dem Tag dabei zu, wie er in die Nacht übergeht und wieder zu einem neuen Morgen wird. Doch das Morgen wird sein wie gestern. So wie es früher war. Unerbittlich und einsam.

Irgendwann ist es Oktober und die goldenen Laubbäume färben sich weinrot. Die Wildgänse schreien jetzt häufiger und ganze Scharen ziehen nach Süden. Ab und zu knallt ein Schuss von Wilderern durch die Luft.

Die Sonne geht schon am Nachmittag unter, also sitze ich im Zwielicht auf den Stufen, mit tauben Fingern und eingefrorenen Füßen, weil die Kälte den Yukon fest im Griff hat. In solchen Momenten kommt Grey zu mir, um mich zu wärmen, aber ich scheuche ihn fort, denn er erinnert mich zu sehr an all meine glücklichen Stunden mit Lou.

Als gegen Mitte Oktober die Temperaturen zu weit fallen, kehre ich nach Faro zurück, den Ort, in dem ich bereits zwei Winter verbracht habe. Ich miete ein heruntergekommenes Haus am Waldrand, das Nachbarhaus ist eine viertel Meile entfernt. Drinnen stehen noch ein paar Möbel, ein alter Eichentisch, drei Stühle mit eingerissenen Polstern; eine altmodische Küchenzeile mit kaputten Schranktüren ist ebenfalls noch da. Nachts schlafe ich auf einer Isomatte, tagsüber sitze ich zusammengekauert auf dem Boden vor dem großen Südfenster und schaue in den verwilderten Garten: auf Brombeeren, Heckenrosen und Birken.

Ich habe ein paar von Lous Klamotten ausgepackt und sie in den zwei Stockwerken verteilt, damit es so aussieht, als wäre sie nur kurz weggegangen. Ansonsten hole ich nur das Nötigste aus dem Camper. Er steht im Hof, und ab und zu setze ich mich dort an den Tisch, schließe die Augen und versuche mich an Lous Stimme zu erinnern. Nur ganz selten gelingt es mir wirklich und dann höre ich sie mit mir flüstern. Dinge von unserer Nacht unter der Weide, Dinge, die auf ewig mein Geheimnis bleiben werden.

Die Versuchung, im Netz nach ihr zu suchen, ist groß, aber ich gebe dem Drang nicht nach. Am Anfang habe ich täglich online die Vancouver Sun gelesen, immer in der Hoffnung, eine Story über Lou darin zu finden. Vielleicht einen reißerischen Bericht über ihre Entführung, zusammen mit einem neuen Foto. Womöglich habe ich gehofft, dass die Polizei mich finden und einsperren würde. Dann hätte ich wenigstens nicht mehr überlegen müssen, wie es weitergeht. Doch der Artikel blieb aus. Stattdessen gab es eine kurze, sachliche Meldung ohne Foto: *Laternenmädchen war wohl ausgerissen.* Ein paar Zeilen Text, das war's. Vielleicht stand in den Staaten ja mehr darüber in der Zeitung.

Sie hat also wahr gemacht, was sie auf dem Parkplatz gesagt hat. Irgendwie hat es mich mitten ins Herz getroffen, denn das heißt, ich bin ihr nicht egal geworden. Und für Grey ist es natürlich wichtig. Was hätte ich mit ihm gemacht, wenn sie mich ins Gefängnis gesteckt hätten? Doch trotz meiner Erleichterung bleibt ein ungutes Gefühl zurück, weil ich nicht weiß, ob Lous Brüder ihr das vergeben. Und oft denke ich dabei auch an Los Angeles und Compton, an Schuld und Bezahlung. Wenn ich nicht eingesperrt werde, für das, was ich getan habe, wie werde ich dann bestraft?

Manchmal, wenn ich apathisch am Fenster sitze, starre ich auf die currygelben und purpurnen Streifen am dämmernden Himmel. Der Herbstwind lässt die Birken erzittern und ein kahler Zweig tickt in einem trägen Rhythmus fortwährend gegen das Glas. Es ist, als würde die Natur flüstern, so wie all die drängenden Fragen in mir, die ich nicht abstellen kann.

Geht es dir gut, Lou? Bist du wieder in der Schule? Hast du Albträume von den Dingen, die ich dir angetan habe? Träumst du von der Dunkelheit in der Kiste, von der Enge, der Todesangst? Denkst du noch an mich?

Wird sie mir jemals verzeihen, wenn sie erkennt, was der Sommer wirklich für sie bedeutet hat?

Gegen Ende Oktober weicht der Geruch des Herbstes der klaren, metallischen Prägung des Winters. Meine Narbe unter dem Lederband beginnt zu stechen und am nächsten Tag bringen bitterkalte Winde Schnee und Eiseskälte aus dem Norden. Die Stadt versinkt unter einer hohen Schneedecke. Die wenigen Bewohner schaufeln die Straßen frei und ich helfe mit, weil ich sowieso nichts Besseres zu tun habe. Tatsächlich ist es das erste Mal, dass ich unter Menschen gehe, seit ich das Haus gemietet habe. Futter für Grey habe ich liefern lassen, ich selbst hatte noch genug Vorräte im Camper und wollte mich nicht der Öffentlichkeit aussetzen. Faro ist klein, die Menschen sind neugierig. Viele Ältere sind Angehörige der First Nations und beäugen Eindringlinge grundsätzlich voller Misstrauen. Das war schon vor zwei Jahren so. Außerdem traue ich meinen Anfällen nicht. Seit dem Tag, an dem Lou und ich uns getrennt haben, hatte ich keinen Flash mehr. Doch das bedeutet nichts. Ich hatte zuvor in der Wildnis auch keine Aussetzer, erst mit dem Bild von Lou fing es wieder an.

Und jetzt, nach langer Zeit erneut unter Menschen, versuche ich einfach, ihre Blicke zu ignorieren, brumme *Ja* oder *Nein,* wenn ich etwas gefragt werde, und arbeite ansonsten schweigend.

Beim Räumen des Schnees fällt mir auf, wie sehr meine Kondition unter dem Bewegungsmangel und den vielen Zigaretten der letzten Wochen gelitten hat. Ich bin nicht fit, doch die frische Luft tut mir gut. Zum ersten Mal seit September klärt sich mein Kopf, meine Nase wird frei und ich kann wieder besser denken und durchatmen.

Auch Grey dreht voll auf. Er springt ausgelassen um mich herum und ich bekomme ein schlechtes Gewissen, weil ich mich in letzter Zeit so lieblos um ihn gekümmert habe. Ich lasse ihn in den Garten, aber ich glaube, ihm fehlt der Wald ebenso wie mir.

»Wir gehen wieder raus«, verspreche ich ihm und werfe spielerisch einen Schneeball in seine Richtung. Freudig stellt er die Ohren auf, kommt zu mir und knabbert an meinen Handschuhen. Ich muss lächeln, während mir gleichzeitig die Tränen in die Augen schießen. »Du vermisst Lou auch so sehr, hab ich recht?«

Beim Klang ihres Namens schaut er sich irritiert um, als müsste sie gleich um die Ecke kommen. Dann guckt er fragend zu mir und wedelt aufgeregt mit dem Schwanz.

»Sie ist nicht da, Grey«, sage ich leise. Ich packe die Schneeschaufel und gehe zum Haus zurück.

Schon am nächsten Morgen mache ich mein Versprechen wahr und laufe mit Grey ein Stück am Pelly River entlang und von dort aus in den Wald. Das trübe Winterlicht taucht die Nadelbäume in einen gespenstischen Grauschleier. Rings um mich herum ist die Natur außergewöhnlich still. Der gefallene Schnee dämpft meine Schritte und es kommt mir vor, als liefe ich durch eine Landschaft aus einem Traum. Grey springt voraus, nicht ohne sich hin und wieder nach mir umzudrehen.

Nach ein paar Minuten begreife ich, wie blöd die Idee mit dem Spaziergang war. Alles hier erinnert mich an die Gegend am Quiet Lake. Die schneegepuderten Fichten, der weißgraue Winterhimmel, die klirrende Kälte. Unweigerlich schweifen meine Gedanken an den Tag zurück, an dem ich Lou entdeckt habe. Ich vergrabe die Hände trotz der Handschuhe tief in meinen Taschen. Damals wollte ich nicht mehr so weiterleben. Aber im Grunde bin ich heute genauso einsam wie vor einem Jahr. Sicher nicht ganz so, weil ich jetzt Grey habe, allerdings ist Grey ein Wolf und kein Mensch.

Und doch … etwas ist anders als in dem Winter am Quiet Lake, und das liegt nicht an den wenigen Menschen, denen ich beim Schneeschaufeln Gesellschaft geleistet habe.

Ich versuche, mir über meine Gefühle klar zu werden.

Schon lange denke ich darüber nach, ob ich die Entführung bedauere. Natürlich wollte ich Lou nicht wehtun, aber wie könnte ich alles andere bedauern? Ich glaube, kein Mensch hat je so eine Liebe erlebt wie wir. Im Nachhinein erscheint sie mir wie ein tiefes, unergründliches Geheimnis. Wenn ich an diese Liebe denke, ist da die

Schwere meiner Dunkelheit, die plötzlich so hell wurde, als gingen tausend Sterne zur selben Zeit auf. Da sind geflüsterte Worte und wilde Magie, da ist der Geruch von Flusswasser, Wind und Nacht, und die vielen Dinge, die wir uns nie gesagt haben. Da ist Vertrauen, das im Schweigen gewachsen ist. Und eine Leichtigkeit, die ich nicht verstehe. Wie soll ich so eine Liebe bedauern, auch wenn sie auf etwas gewachsen ist, das ganz und gar falsch war? Wie kann aus so einem falschen Anfang etwas so Schönes entstehen?

Unwillkürlich schüttele ich den Kopf. Ich finde keine Antwort. Ich weiß nur, dass ich ein anderer bin als damals. Auch heute, Wochen nach Lous Weggehen, fühlt sich alles sinnlos an. Trotzdem würde ich jetzt niemals mit geschlossenen Augen über einen nur halb zugefrorenen See laufen. Möglicherweise ist es gerade der Schmerz des Verlustes, der mich lebendig macht. Vor einem Jahr empfand ich nichts als Leere. Durch Lou habe ich mich wiedergefunden. Das ist vielleicht das größte Geschenk, das sie mir gemacht hat.

Abrupt bleibe ich stehen. Mein Atem malt helle Wölkchen in die Winterluft. Wie immer, wenn ich an Lou denke, bekomme ich schlagartig Angst. Großer Gott, ich hoffe, es geht ihr gut. Sie soll in ihr Leben zurückgefunden haben. Es wäre grausam, wenn sie das Trauma, das ich ihr zugefügt habe, nicht überwinden könnte.

Sei einfach okay, Lou, ja? Für einen Moment halte ich inne und lausche, als müsste sie mir antworten, doch alles bleibt still. Natürlich.

Ich setze mich wieder in Bewegung. Meine Schneehose raschelt bei jedem Schritt, der Schnee knirscht unter meinen Sohlen. Mein Gang ist immer noch viel zu schleppend. Irgendwie ist es wie krank sein, wenn man jemanden vermisst. Ich frage mich, ob es jemals aufhört. Wird dieses Sehnen in meiner Brust je verblassen? Werde ich irgendwann an Lou zurückdenken können und nichts als Freude und Dankbarkeit empfinden? Noch kann ich mir das überhaupt nicht vorstellen. Genauso wenig kann ich mir ein Leben ohne sie vorstellen. Ein Leben ohne Lou …

Ich müsste mir eine Arbeit suchen. Jeder Mensch braucht eine Aufgabe, um nicht verrückt zu werden, egal ob er Geld hat oder nicht. In der Wildnis war ich mit Fallenstellen, jagen, Holz sammeln, Früchte einkochen und Obstwein ansetzen beschäftigt, doch was ist, wenn ich niemals dorthin zurückgehen kann? Wenn die Erinnerung an Lou einfach zu schmerzhaft bleibt?

Aber was soll ich in Faro? Und was passiert, wenn ich wieder Flashs bekomme? Muss ich dann weiterziehen, von Dorf zu Dorf, immer auf der Flucht vor meinen Anfällen und ihren Auswirkungen? Wird die Angst der Menschen mich zu einem ewigen Nomaden machen? Und was soll ich ohne Lou mit diesem Leben anfangen? Lou wollte ein normales Leben mit mir und ich habe ihr gesagt, das wäre nicht möglich. Denn selbst wenn ich aktuell keine Flashs mehr habe, kann sich das jederzeit ändern.

Eine Ladung Schnee fällt mir von oben auf die Mütze. Konfus ziehe ich den gefütterten Handschuh aus und klopfe das Pulver ab, doch ein Teil bleibt in eisigen Klumpen an der Wolle kleben. Bin ich schon wieder stehen geblieben? Ich blicke mich um. Grey steht neben mir und leckt mir über die Finger. Automatisch gehe ich in die Hocke und schlinge meine Arme um ihn. Seine Zunge schrubbt rau über meine Wange.

»Sie hatte recht«, murmele ich in den dicken, weichen Fellkragen um seinen Hals und vergrabe meine Nase noch tiefer in seinen Pelz. Grey jault, als würde er meinen Kummer mit Musik unterlegen. Wieder muss ich lächeln und weinen zugleich. *Verrückt.* Lou hat zu mir gesagt, keine Liebe der Welt könnte mich heilen. Ich glaube, ich verstehe erst jetzt, was sie damit gemeint hat. Ich habe zwar die Erlebnisse des Jungen, aber in mir ist zu vieles zerbrochen. Nein, Liebe allein wird mich nicht heilen können. Das kann ich nur selbst.

Ganz vorsichtig löse ich mich von Grey und stehe wieder auf. Lou hätte gewollt, dass ich mich um mich selbst kümmere, also werde ich tun, was ich schon vor langer Zeit hätte tun sollen.

34. Kapitel

Dr. India Lee, Psychotherapeutin steht in dunkelgrünen Lettern auf dem antiken Schild neben der Tür. Sie ist die einzige Psychologin im Umkreis von hundert Meilen und ich kann froh sein, dass ihre Praxis ausgerechnet vier Straßen von mir entfernt liegt. Ich klopfe mir den Schnee von den Winterboots und drücke auf die Klingel.

Keine Sekunde später schwingt die Tür auf. »Ich habe Sie kommen sehen.« Die Frau vor mir reicht höchstens bis zu meinem Bauchnabel. Wenn sie mich hat kommen sehen, muss sie auf einem Stuhl am Fenster gestanden haben. Ruhig streckt sie mir die Hand entgegen, sehr weit nach oben. »Ich bin Dr. Lee.«

Ungeschickt ergreife ich ihre Finger und schüttele sie. »Brendan Connor.« Sie hat einen energischen Händedruck, was ich bei ihrer Größe nicht erwartet hätte.

Lächelnd bittet sie mich herein und ich folge ihr mit einem unguten Gefühl im Bauch in ein lindgrün gestrichenes Zimmer. Direkt am Fenster steht ein Schreibtisch mit einem chaotischen Sammelsurium an Unterlagen, mehrere Stühle stehen davor verteilt und in der Ecke gibt es eine geblümte Couch. Auf dem Tisch vor dem Sofa stehen zwei Gläser und eine Karaffe Wasser, ein Räucherstäbchen auf der Fensterbank verströmt einen erdigen Geruch. Zedernholz.

»Setzen Sie sich dahin, wo Sie sich wohlfühlen.«

Ich mustere India Lee mit einer Mischung aus Argwohn und Nervosität. Sie ist so ganz anders als Dr. Watts. Dr. Watts sah aus wie eine typische Ärztin, Dr. Lee wirkt in ihren orangefarbenen weiten Hosen, den Lammfellpantoffeln, der bunten Filzjacke und der Federkette wie ein in die Jahre gekommenes Blumenkind. Ihre braunen Haare kringeln sich um runde Wangen, sie ist mir auf eine schräge Art sympathisch.

Ich setze mich in die hinterste Ecke des Raums, aufs Sofa. Kommentarlos lässt sich Dr. Lee auf ihren Schreibtischstuhl sinken und dreht sich zu mir um.

»Haben Sie Ihren Wolf zuhause gelassen?«

Ich muss ein verblüfftes Gesicht machen, denn sie lacht.

»Ein kleiner Ort, Mr. Connor. Fremde fallen auf.«

Ich wette, eine India Lee fällt in Faro ebenfalls auf. Das macht sie mir noch sympathischer. »Ich war kaum vor der Tür.«

Sie schweigt einen Moment, in dem sie mich aufmerksam mustert. »Sind Sie deswegen hier?«

»Nein. Oder vielleicht auch … Ich weiß es nicht.« Mutlos lasse ich die Schultern sinken. Ich habe am Telefon gar nicht viel zu ihr gesagt. Auf einmal kommt mir das alles verkehrt vor. Wie komme ich darauf, einer Wildfremden meine Geschichte zu erzählen? Bin ich verrückt geworden? »Vielleicht sollte ich besser wieder gehen …«

»Zurück in Ihr Haus, zu Ihrem Wolf?«

Zurück in die Einsamkeit? Das sagt sie nicht, doch sie ahnt es, das sehe ich an der durchdringenden Art, mit der sie mich betrachtet. Beim Blick in den Spiegel heute Morgen bin ich erschrocken. Meine Wangen sind eingefallen, die Augen trüb, die Haut fahl, fast grau – wie Delsins. Wenn ich jetzt gehe, wird sich nichts ändern. Aber Lou hätte es sich gewünscht, nur deswegen bleibe ich sitzen.

»Sagen Sie Brendan zu mir«, antworte ich und lecke mir über die trockenen Lippen.

»Okay, Brendan. Haben Sie Fragen, bevor wir beginnen?«

»Sie unterliegen der Schweigepflicht«, stelle ich fest.

Sie nickt, ohne die Miene zu verziehen.

»Sie gehen nicht zur Polizei, wenn Ihre Patienten Ihnen Dinge erzählen, die … mit denen sie sich strafbar gemacht haben.«

Entspannt faltet India Lee die Hände auf ihrem Schoß. Sofort fällt mir auf, wie verkrampft ich auf dem Ecksofa sitze, und atme tief in den Bauch. Wie bei einem Kampf. Ich weiß gar nicht, warum mir die Sache mit der Schweigepflicht so wichtig ist. Noch vor Wochen wäre es mir komplett egal gewesen, aber jetzt will ich frei sein. Ich muss mich um Grey kümmern.

»Ich verliere meine Zulassung, wenn ich etwas von dem öffentlich mache, was meine Patienten mir erzählen«, erklärt Dr. Lee mir freundlich. »Es sei denn, Sie verraten mir, dass Sie Ihre Nachbarin ermorden wollen. Das müsste ich der Polizei melden. Gefahr im Verzug.«

Erleichtert atme ich auf. »Die alte Mrs. Campbell macht mir im Grunde keinen Ärger«, versuche ich zu scherzen.

India Lee lächelt. »Womit wollen Sie anfangen, Brendan?«

Ich bin froh, dass sie mir die Entscheidung überlässt.

»Ich hatte … ich habe Flashbacks … Aber ich bin mir nicht sicher, ob es tatsächlich Flashbacks sind.« Mittlerweile habe ich dieses Phänomen gegoogelt. »Sie dauern länger als wenige Sekunden.

Manchmal sogar Stunden, und sie beginnen auch nicht abrupt, sondern ich spüre, wie ich abdrifte.«

»Sie kommen also, weil Sie unter etwas leiden, das Sie sich nicht erklären können.«

Ich nicke. Am Telefon habe ich mit ihr bereits die Kostenfrage geklärt. Ich zahle die Sitzungen privat. Ich bin sowieso nicht krankenversichert.

»Können Sie das Abdriften beschreiben?«, hakt Dr. Lee jetzt nach.

Ich überlege kurz. »Ich falle in einen dunklen Raum. Es ist, als würde sich im Boden eine Falltür öffnen. Davor sehe ich alles nur noch schwarz-weiß, alles erscheint irgendwie verzerrt.«

Dr. Lee notiert sich etwas, dann schaut sie mich auffordernd an.

»Ich habe keine Erinnerung an das, was ich während dieser Zeit tue. Man sagte mir«, *Lou sagte mir,* »ich würde über vieles, was ich erlebt habe, sprechen. Es gab ... schlimme Dinge in meiner Kindheit.« Mehr bin ich noch nicht bereit, preiszugeben. »Ich verhalte mich auch aggressiv in diesen Phasen. Ich schlage Sachen kaputt, verletze Menschen, aber hinterher weiß ich es nicht mehr.« Ich muss tief durchatmen, am liebsten würde ich fluchtartig den Raum verlassen.

»Sie erinnern sich also nicht an das, was Sie während dieser Episoden tun. Erinnern Sie sich an etwas anderes?«

»Ich habe immer einen Jungen gesehen. Der Junge ... also ... ich habe ihm wie in einem Film zugeschaut ...«

»Aha.« Dr. Lees Augen blitzen für einen Moment auf. »Erzählen Sie mir etwas über den Jungen«, fordert sie mich auf. »Irgendetwas, das Sie mir sagen können oder wollen.«

Ich erzähle ihr, wie ich mich dem Jungen in den letzten Monaten angenähert habe, wie ich mit ihm gesprochen habe und wie ich ihn schließlich an die Hand genommen und ins Licht geführt habe. Ich erwähne Lou, aber nicht die Entführung. Auch den Sarg und meinen Stiefvater erwähne ich nicht. Doch ich erzähle India Lee von meinen wiedergewonnenen Erinnerungen.

Als ich ende, schaut sie mich mit schräg gelegtem Kopf an. Sie scheint auf etwas zu warten.

»Der Junge bin ich«, sage ich wie ein Schüler, der dem Lehrer eine Antwort schuldet.

»Ja, sicher«, sagt sie gelassen, als wäre das, was ich berichte, das

Normalste der Welt. »Was glauben Sie, warum es diesen Jungen gibt?«

»Er hat Erinnerungen vor mir verborgen. Schmerzhafte Erinnerungen. Aber auch schöne. Und Trauer.«

»Er hat sie also beschützt.« Dr. Lee steht auf, geht zu einem hüfthohen Bücherregal und zieht einen roten Wälzer heraus. Sie legt ihn auf den Tisch, lässt ihn jedoch zu.

»Ohne Ihre Kindheit zu kennen, Brendan ... Sie sagten, es gab schlimme Dinge. Wie alt waren Sie damals?«

»Klein. Ich weiß es nicht genau.« Für eine Millisekunde taucht das Bild mit den drei Kerzen vor meinem inneren Auge auf. »Vielleicht vier.«

»Das würde passen.«

Ich verstehe überhaupt nichts mehr.

Sie blättert in dem dicken Buch auf ihrem Schreibtisch und findet schließlich offenbar, was sie gesucht hat. Mit dem beringten Zeigefinger tippt sie auf eine Überschrift.

»Haben Sie schon einmal etwas von Dissoziativen Störungen gehört?« India Lee sieht mich interessiert an. Zum ersten Mal fallen mir ihre honigfarbenen Augen auf. Im Gegensatz zu Dr. Watts hat sie einen gütigen Blick. Trotzdem schüttele ich den Kopf mit einem unangenehmen Gefühl. Nie hätte ich erwartet, so schnell eine Erklärung für dieses merkwürdige Phänomen zu bekommen.

»Ich sage nicht, dass Sie darunter leiden, dennoch sollten Sie wissen, was diese Störungen alles bewirken können.«

Ich nicke beklommen.

Dr. Lee setzt sich wieder auf ihren Stuhl. »Dissoziative Störungen können im Rahmen von Traumata auftreten, ähnlich wie Posttraumatische Belastungsstörungen. Wissen Sie, was man unter Posttraumatischen Belastungsstörungen versteht?«

»Ja.« Dr. Watts hatte es in der ersten und zugleich letzten Sitzung ausgeführt. Posttraumatische Belastungsstörungen sind Spätfolgen eines Traumas. »Flashbacks gehören dazu«, sage ich nur.

»Unter anderem.« India Lee erklärt mir in kurzen Worten, wie das Gehirn auf ein traumatisches Ereignis reagiert. Ich kann mir jedoch nur merken, dass manche Dinge währenddessen ungefiltert abgespeichert werden und das Bewusstsein oft nicht erreichen. Daher wären Traumaerinnerungen oft bizarr und Details würden in der Erinnerung eine übergroße Rolle spielen.

»Die Psyche sorgt nach einem Trauma dafür, dass man überleben kann. Manchmal erfordert das ein Abspalten von Gefühlen, aber auch von Erinnerungen. Ein traumatisiertes Kind, das in einer Familiensituation lebt, der es nicht entkommen kann, bei dem sich das Trauma eventuell permanent wiederholt, muss einen sehr großen Teil von sich abtrennen, um überlebensfähig zu bleiben. Verdrängen. Leugnen. Abspalten. All diese Dinge stehen einem Kind zur Verfügung.«

»Und was ist bei mir passiert?«, frage ich nach und starre auf den langen Aschestängel des Räucherstäbchens.

India Lee rollt mit ihrem Stuhl zum Tisch und gießt mir ein Glas Wasser ein. »Ich kenne Sie doch noch gar nicht, Brendan. Aber wenn Sie sagen, es gab schlimme Dinge in ihrer Kindheit, dann muss man als Erstes an eine Reaktion auf diese Dinge denken. Die Anfälle, so wie Sie sie mir schildern, vor allem die Amnesie daran und die flashbackartigen Episoden, können für eine Störung aus dem dissoziativen Bereich sprechen. Sie entwickelt sich oft bei kleinen Kindern, denen ein Trauma widerfährt, weil diese noch keine anderen Bewältigungsstrategien kennen.«

Die Asche des Räucherstäbchens fällt in die kobaltblaue Auffangschale. »Und was sind das genau für Störungen?«

»Ich mache Ihnen später eine Kopie von dem Kapitel in meinem Buch. Im schlimmsten Fall spaltet eine Person ihr Bewusstsein in mehrere Anteile auf. Früher nannte man es Multiple Persönlichkeitsstörung.«

Ich muss an Dr. Jekyll und Mr. Hyde denken. Mein Herz klopft schneller. »Ich bin also schizophren?«

»Nein, das ist etwas gänzlich anderes, Brendan. Schizophrenie ist eine psychische Erkrankung, die nicht auf einem Trauma beruht. Ich glaube auch nicht, dass Sie an einer klassischen DIS leiden. Dann müssten Sie auch im Alltag ohne diese Anfälle Aussetzer und Amnesien haben.«

Ich verstehe gar nichts mehr. »Was ist eine DIS genau?«

»Eine DIS ist eine Dissoziative Identitätsstörung. Solche Patienten springen im Alltag zwischen ihren Persönlichkeiten hin und her, ohne es zu merken. Das geht so weit, dass eine Persönlichkeit Dinge einkauft, von denen die andere hinterher nichts mehr weiß, nur als Beispiel. Kennen Sie so etwas von sich?«

»Nein.«

»Es gibt in diesem Bereich etliche Misch- und Unterformen, auch Mischformen mit anderen Posttraumatischen Belastungsstörungen. Ich vermute, dass Sie in einer Belastungssituation Ihr Bewusstsein abgekoppelt haben. Sie haben einen Jungen erschaffen, der damals älter war als Sie. Ihr Unterbewusstsein dachte, Ihr älteres Ich, ein älterer Brendan, könnte das besser schultern. So konnten Sie die Situation überleben. Der Junge ertrug den größten Teil Ihrer Trauer, aber Sie haben ihm auch schöne Erinnerungen mitgegeben, die sie belastet haben.«

»Wieso sollten mich denn schöne Erinnerungen belasten?«

»Sie verstärken die Trauer.«

Das Räucherstäbchen verglüht. Die Schwaden von Zedernholz hängen in der Luft. Ich reibe mir mit feuchten Händen über die Hosen, ich bin völlig durcheinander.

Dr. Lee rollt mit ihrem Schreibtischstuhl ein Stück in meine Richtung. »Das war viel. Brauchen Sie eine Pause?«

Hastig schüttele ich den Kopf. »Nein, ich verstehe es nur einfach nicht.«

»Hätten Sie tatsächlich eine eigene Teilpersönlichkeit entwickelt, hätten Sie keinen Zugang zu ihr erhalten. Es dauert oft Jahre, bis es Menschen mit einer DIS gelingt, die verschiedenen Anteile zu integrieren oder aufzulösen. Vielen gelingt es sogar niemals. Dazu gehören viel Geduld und Akzeptanz für sich selbst.«

Mir schwirrt der Kopf. Ich bin also nicht komplett, sondern nur halb verrückt?

»Die Wände zu dem Jungen waren dünn, Sie hatten Kenntnis von ihm. Er war zwar abgespalten oder verdrängt, hat sich aber nicht verselbstständigt.«

Ich starre sie an und weiß nicht mehr, was ich von all dem halten soll.

»Sie haben bereits den ersten Schritt getan und ihn zurückgeholt.«

Ich trinke das ganze Glas Wasser auf ex, weil ich das Gefühl habe, es könnte meinen Kopf klarer machen.

India Lee lehnt sich nach vorne. »Warum sind Sie hier, Brendan?«

»Ich möchte wissen, was ich habe. Es wäre … hilfreich …« Ich zögere und schaue sie fragend an. »Weniger beängstigend.«

»Ein Schuss ins Blaue, ohne Gewähr. Wäre das in Ordnung für

Sie?«

Ich nicke.

»Sie werden getriggert, bekommen einen Flashback, der nicht zwangsläufig Ihr komplettes Denken lahmlegt, vielleicht nur Sekunden andauert. Möglicherweise auch mehrere hintereinander mit klaren Intervallen dazwischen, daher das Gefühl des langsamen Entgleitens. Aber durch diese Flashbacks mobilisiert Ihr Körper oder vielmehr Ihr Unterbewusstsein den für Sie bestmöglichen Schutz. Hier setzt die Dissoziative Störung ein, mit der Sie sich komplett aus der Realität wegbeamen, denn im Flashback realisieren Sie nicht den Unterschied zwischen Vergangenheit und Gegenwart. Ihr Unterbewusstsein glaubt, Sie befänden sich wieder in der alten Situation. Was nun letztendlich genau in dieser Phase passiert, kann ich Ihnen jetzt noch nicht sagen. Vielleicht durchleben Sie eine Art dissoziativer Trance.« Sie sieht mich durchdringend an. »Was erhoffen Sie sich von einer Therapie, Brendan?«

»Ich möchte, dass diese Anfälle aufhören«, antworte ich wahrheitsgemäß. »Oder, dass ich die Kontrolle dabei behalte.«

India Lee nickt. »Okay, das ist ein gutes Ziel. Aber Sie werden viel Geduld brauchen.«

Ich erwache von einem Schrei. Dunkelheit hängt wie ein Grabtuch in der Luft, in der der Hilferuf immer noch nachhallt. Schweiß läuft mir über den Rücken.

»Grey?« Orientierungslos taste ich um mich, finde aber nur die weiche Isomatte und den kühlen Boden. Normalerweise liegt Grey neben mir, drängt sich an mich, wenn ich wieder einmal von meinem eigenen Angstschrei hochschrecke. Doch jetzt ist er weg. Mit steifen Gliedern stehe ich auf. Immer noch kann ich nichts sehen außer Finsternis.

Ich muss mich zwingen, ein paar Schritte vorwärts zu machen, die Arme ausgestreckt wie ein Blinder. Irgendetwas stimmt nicht.

»Grey?«

Da vorne müsste das Südfenster sein, doch da ist nichts. Kein Ausschnitt in den Wänden, kein Glas, keine Sterne. Gar nichts. Nur Schwärze. Mein Herz trommelt wie wild gegen die Rippen. Ich hatte einen Albtraum, doch was passiert jetzt? Ich blinzele angestrengt, aber es bleibt dunkel wie in einem Totenreich. Ich wage es nicht zu atmen. Die seltsame Angst, jemand könnte mich hören, läuft wie ein eisiger Schauer über meinen Rücken. Doch wer sollte mich hören außer Grey?

Wieder taste ich um mich. Meine Fingerspitzen berühren raues, kaltes Holz. Ganz dicht vor mir. Neben mir, links und rechts. Es sind Wände. *Nein, unmöglich!*

»Grey?«

Ein raues Schaben wispert durch die Luft, Metall klickt. Eins, zwei, drei, vier, fünf, sechs.

Mein Blut gefriert zu Eisklumpen. Oben und unten verschwimmen. Er hat mich gefunden. Das Monster hat mich gefunden. Es hat Grey getötet und mich in einen Sarg gesteckt. Niemand wird mich je finden. Niemand weiß, wo ich bin. Meine Kehle zieht sich zu. Die stickige Luft lässt meine Augen tränen. Wie verrückt stemme ich meine Hände gegen das Holz, aber es gibt nicht nach. Die Enge zerquetscht mich, wie eine Faust reifes Obst. Ich kann nicht mehr atmen. Wieder drücke ich gegen den Deckel, plötzlich zerbricht er und ich liege in einem aufgeschütteten Grab. Überall ist Erde, schwer und feucht, voller Würmer und Käfer. Sie dringen in meinen Mund, in die Lungen …

Ich schrecke auf, höre mich schreien.

Sofort ist Grey bei mir und legt sich an meine Seite, als müsste er mich bewachen. Schweißüberströmt vergrabe ich die Finger in seinem Fell und schaue keuchend zum Südfenster. Silbern und groß steht der Vollmond am Himmel und wirft einen glänzenden Strahl auf das alte Parkett.

Nur ein Traum. Es war nur ein Traum, Brendan.

Ich konzentriere mich auf meinen Atem, so wie Dr. India Lee es mir geraten hat. Langsam durch die Nase ein, gleichmäßig durch den Mund aus. Nur wenige Atemzüge pro Minute, um den Herzschlag zu verlangsamen. Sie hat mich auf die Albträume vorbereitet.

Je mehr Erinnerungen wir uns zusammen anschauen, desto mehr werden Sie diese auch in Ihre Träume begleiten, hat sie gesagt.

Unruhig stehe ich auf und lasse mir in der Küche Wasser über das Gesicht laufen. Mittlerweile verfolgen mich die dunklen Träume jede Nacht. Zweimal pro Woche gehe ich zu India Lee, aber wir arbeiten nicht immer daran, die schlimmen Erinnerungen zu integrieren. Sie müssen allmählich in meine Lebensgeschichte einsortiert und bewertet werden und am Ende soll ich in der Lage sein, diese

Erinnerungen bewusst zu steuern, damit sie mich nicht durch einen Auslöser überfluten. India Lee warnt mich vor neuen Anfällen. *Sie retraumatisieren Sie, Brendan. Sie erleben darin immer wieder Ihr Kindheitstrauma und das wirft Sie stetig zurück.*

Doch es ist schwer, für Dinge, die mich vor Entsetzen sprachlos gemacht haben, Worte zu finden. Wie erinnert man sich, ohne an diesen Erinnerungen zugrunde zu gehen? Viele meiner Eindrücke sind sogar jetzt noch lückenhaft, doch es ist für die Heilung unumgänglich, sie anzuschauen. Manches habe ich Dr. India Lee schon erzählt. Von den Schlägen, den Ketten, der Einsamkeit. Vieles weiß sie aber noch nicht.

Und immer mehr begreife ich, wie viel von all dem, was in der Thorson Ave geschehen ist, gefühlsmäßig von mir verdrängt wurde. In den Träumen komme ich sehr oft an meine wahren Gefühle heran, durchlebe die Momente im Sarg in voller Intensität. Der Junge sagte mal, ich würde nur das Echo des Schmerzes kennen, und er hatte recht.

Trotz langsamer Fortschritte, oder gerade auch deswegen, höre ich nicht auf, an Lou zu denken. Oft ertappe ich mich dabei, wie ich zum Handy greife, um mir ihre Bilder anzusehen. Eines Tages lösche ich sie dann kopflos von Handy und Laptop, um mich der Versuchung nicht länger auszusetzen. Danach schmeiße ich das Smartphone an die Wand, weil ich mich so sehr über mich selbst ärgere.

Mitte November fange ich wieder an zu zeichnen. Ich male Lou, wie sie mir in Erinnerung geblieben ist, und tapeziere damit das Wohnzimmer. Lou unter den Fichten, ängstlich und scheu. Lou im Camper, wie sie vor sich hinstarrt, ohne wirklich etwas zu sehen. Lou und ihr erstes Lächeln im Yukon, als sie Grey füttert. Lou am See beim Wäschewaschen, Lou unter der Weide, händeringend und mit fassungslosem Blick. *Weißt du's jetzt?* Lou nackt im Sand von einem anderen Körper halb bedeckt.

Ich nehme diese Bilder mit zu der Therapiesitzung, zusammen mit meinen dunklen Zeichnungen, den Rosenranken auf Ebenholz. Nur anhand dieser Bilder kann ich India Lee erzählen, was geschehen ist. Damals in der Thorson Ave, und dieses Jahr in Lodgepole. Meine Stimme bricht einige Male, manches wiederhole ich immer wieder, aber India Lee hört geduldig zu, ohne mich zu unterbrechen. Ab und zu nippt sie an ihrem Tee, als wäre die Geschichte, die sie hört, nur eine von vielen. Nur als ich den Sarg und später das Chloro erwähne, atmet sie tief durch, ein Zeichen ihrer Betroffenheit.

Schließlich bin ich fertig und starre auf eine helle Fläche an der lindgrünen Wand, wo vielleicht mal ein Bild gehangen hat.

»Sie haben also das Mädchen, das Sie entführt haben, gehen lassen«, fasst India Lee den letzten Teil meiner Erzählung zusammen.

Ich nicke nur und schaue vorsichtig zu ihr hinüber. Sollte sie schockiert sein, zeigt sie nichts davon, gar nichts.

»Ich bin nicht hier, um Sie zu verurteilen, Brendan«, sagt sie und faltet ihre Hände wieder auf dem Schoß. Ihre Augen sind klar und offen. »Traumata können zu schlimmen Taten führen. Sie sind zu mir gekommen, damit ich Ihnen helfen kann.«

»Bin ich wie mein Stiefvater?« Die Frage kommt mir so unerwartet über die Lippen, dass ich selbst überrascht bin.

»Sie haben sich das doch vorhin bereits beantwortet, oder nicht? Sie mussten fliehen, um Ihre Freiheit zu erlangen, aber Sie haben das Mädchen gehen lassen.«

Für einen Augenblick denke ich über ihre Worte nach. »Warum hat er es getan? Also, mich gefangen gehalten und in einen Sarg gesperrt?« Manchmal glaube ich, ich könnte es besser ertragen, wenn ich das *Warum* kennen würde.

India Lee zuckt mit den Schultern. »Darüber kann man nur spekulieren. Letztendlich wird es so sein, dass er es vermutlich ebenso wenig erklären könnte.« Sie rollt mit dem Stuhl wieder näher zu mir heran. »Glauben Sie mir, Brendan: Zu viele Menschen verstehen ihre Handlungen oft selbst nicht. Und auch, wenn es um ihr Leben ginge, könnten sie womöglich nicht nachvollziehbar darlegen, weshalb sie dies oder jenes tun. Im Prozess der Menschwerdung, vom reinen Menschsein hin zur Menschlichkeit, sind bei solchen Personen entsetzlich viele Dinge schiefgelaufen. Nicht alle Menschen verhalten sich menschlich. Sie, Brendan, dürfen sich glücklich schätzen, wenigstens in den ersten drei Jahren bei Ihrer Mutter gewesen zu sein, mal ungeachtet dessen, wieso Sie von ihr getrennt wurden. Die ersten drei Jahre prägen uns wesentlich. Von Ihrer Mutter haben Sie gelernt, was Liebe bedeutet. Sie hatten es vielleicht in all den Jahren nur verlernt; wie eine Sprache, die Sie länger nicht gesprochen haben. Das Mädchen hat Ihnen dabei geholfen, sie wieder fließend zu sprechen. Und das ist der Unterschied zwischen diesem Winter und letztem Winter.« Immer noch entdecke ich keine Verurteilung in ihren Augen. »Sie besitzen heute etwas, das Sie damals noch nicht hatten.«

Erwartungsvoll schaue ich sie an.

»Wissen Sie es nicht?« Sie lächelt. »Hoffnung.«

35. Kapitel

Sechs Wochen später

Das schlichte Filmstudio in Los Angeles Echo Park hat die besten Jahre bereits hinter sich. Putz bröckelt von der angegrauten Fassade und ein paar zerbrochene Dachziegel liegen wie Strandgut neben dem Eingang. Ich parke den Camper direkt davor und halte einen Moment inne, die Hände um das Lenkrad geklammert.

Hoffnung. Gerade jetzt muss ich an India Lee denken. So viel ist seitdem passiert. Trotzdem kann ich nicht glauben, wieder in meiner alten Stadt zu sein. Los Angeles fühlt sich immer noch an wie ein Wirbelsturm, der mir die Gedanken aus dem Kopf fegt. Das Konzentrieren fällt mir schwer.

Gestern Nacht habe ich auf einem Walmartparkplatz gestanden und versucht, Abstand zu gewinnen. Abstand von den letzten Wochen. Seit dem Tag auf dem *Mountain of Everything*, als ich den Grizzly verscheucht und damit diese Familie gerettet habe, geschehen die Dinge zu schnell. Zu viele Menschen und zu viele Fragen brechen über mich herein. Manchmal kommt es mir so vor, als wäre ich ein Vogeljunges, dessen Schale man mit Gewalt vor seiner Zeit aufgebrochen hat. Ich bin für den Rummel um meine Person nicht gewappnet. Außerdem war das, was ich getan habe, selbstverständlich. Drei brachiale Schreie – und der Bär ließ von dem Mann ab, um stattdessen mir hinterherzujagen. Ich konnte mich an einem Birkenstamm in die Höhe ziehen und in Sicherheit bringen. Aus Erfahrung weiß ich, dass ausgewachsene Grizzlys nur sehr selten auf Bäume klettern. Da war nichts besonders Heldenhaftes dabei. Der eigentliche Held ist Grey, denn er hat die Familie bewacht und dafür gesorgt, dass der Grizzly nicht zurückgekehrt ist.

In Faro haben sich die Blicke, mit denen ich seither gemustert werde, dennoch verändert. Die alte Mrs. Campbell hat mir sogar einen Topf voll Elchgulasch mit Maronen und Wacholderbeeren vorbeigebracht, obwohl sie mir nie zuvor Beachtung geschenkt hat. Ich weiß nicht mal, ob sie wusste, dass ich neben ihr eingezogen bin; sie scheint wie ich ein Leben als Eremit zu führen. Ein paar der First Nations-Frauen inspizieren mich unverhohlen, wenn ich mit Grey Richtung Wald laufe. Manchmal stecken sie dann die Köpfe zusammen und kichern albern. Einem Kind sollte ich obendrein übers

Haar streichen; so als würde meine Berührung Glück bringen. Mr. Miller, der junge Familienvater, den ich nach der Bärenattacke zurück nach Faro getragen habe, hat mir einen Fresskorb zugestellt. Vielleicht hat er gehört, dass mich nie jemand im Supermarkt sieht. Zwischen Dosenschinken und einer Tüte Marshmallows lag ein Dankesschreiben mit der Nachricht, er hätte mich bei *Hero of the Week* angemeldet. Die Einladung der Filmgesellschaft *Echo Park Studio* lag direkt neben der luftgetrockneten Salami. Nach dem Lesen habe ich zum ersten Mal bedauert, dass ich den Kerl gerettet und meilenweit durch den Schnee geschleppt habe.

Ich atme tief ein, während ich das Filmstudio von außen betrachte. Es gibt nur einen Grund, weswegen ich heute in Los Angeles bin. Hoffnung. Wenn Lou weiterhin diese Sendung schaut, ist das meine Chance, sie zu erreichen. Nach allem, was ich getan habe, wäre es völlig indiskutabel, in Ash Springs aufzukreuzen. Falls sie erkannt hat, dass ihre Liebe nur eine Illusion gewesen ist, will ich mit meinem Auftauchen keine alte Wunden aufreißen. Aber wenn nicht, sollte auch nur der Hauch einer Chance bestehen … Ich schließe die Augen. Wie in einem Flash rieche ich plötzlich Rauch, Nadeln und nassen Sand, spüre Lous süße Lippen auf meinen, schmecke ihre Zunge – Salz, Himbeeren und Pfefferminz. Regentropfen kitzeln auf meinem Rücken. Die Sehnsucht ist wie ein Sturm in meinem Herzen, ein Tornado in meinem Kopf. Das bittersüße Verlangen pulst wie Blut durch meine Adern. Ein beständiger Strom in einem einzigen Rhythmus: Lou. Lou. Lou. Hell und dunkel. Unendlich.

Vor Wochen habe ich mich gefragt, ob der Schmerz des Vermissens je aufhört. Jetzt habe ich den Eindruck, er wird fortwährend schlimmer. Wer immer behauptet hat, die Zeit könnte Wunden heilen, hat gelogen.

Mit einem Seufzen steige ich aus und gehe auf den heruntergekommenen Gebäudekomplex zu. Ich muss an diesen Andrew denken, den Harvard-Schönling, auf den ich einmal eifersüchtig gewesen bin. Ob die Sendung auch hier gedreht wurde? Ob Lou sie heute Abend mit ihren Brüdern sieht?

Wie schon die Einfahrt zum Parkplatz wird auch der Eingangsbereich von zwei Sicherheitsmännern überwacht. Ich zeige ihnen die Einladung und meinen Ausweis; meinen echten Ausweis, dessen Vorgänger Ramon damals aus der Thorson Ave gestohlen hat, um mir meinen Namen und meinen Geburtstag zurückzugeben. Die

Beamten lassen mich eintreten und sofort werde ich von einer adretten jungen Frau in Empfang genommen.

Penelope Grace, Praktikantin, steht auf dem ovalen Schild, das an ihrer schwarzen Bluse steckt.

»Brendan Connor?« Ihre perfekt gezupften Augenbrauen sind hochgezogen.

Ich nicke mechanisch und fühle mich neben ihr völlig derangiert.

»Herzlich willkommen.« *Danke,* will ich sagen, doch sie redet schon weiter. »Sie sind spät. Sie müssen sofort in die Maske.« Sie weist einen hell ausgeleuchteten, nackten Flur entlang. Kein Wort darüber, dass ich ein *Hero of the Week* bin, aber das ist mir recht.

Ich laufe ihr hinterher und versuche, das grelle Deckenlicht zu ignorieren, ebenso die vielen geschäftigen Menschen, die mit wichtigen Mienen an mir vorbeieilen. Mein letzter Flash liegt zwei Wochen zurück, mal wieder ausgelöst durch einen besonders intensiven Albtraum. India Lee meinte, die Albträume könnten noch andauern, im Gegenzug würden die Anfälle schwächer und kürzer – in dem Maße, in dem ich die verdrängten Gefühle, die Verzweiflung, die Angst und die Trauer aufarbeiten würde. *Denkbar,* sagte sie, *dass die Träume nie ganz verschwinden.*

Ich beschatte meine Augen mit der Hand, um dem Licht zu entkommen, und orientiere mich an dem Klacken von Penelopes hohen Absätzen. Mit den Albträumen käme ich klar, solange es mir gelingt, die Flashs unter Kontrolle zu bekommen. Zum Teil mache ich Fortschritte, doch ich werde Durchhaltevermögen brauchen. Sehr viel Beharrlichkeit und sehr viel Zeit, vielleicht mehr, als ich habe.

In der Maske sitzen bereits weitere Gäste, keine Ahnung, ob hier parallel noch andere Shows gedreht werden. Ich lasse mich ergeben auf den Stuhl fallen, den Penelope Grace mir zuweist.

»Mr. Connor?« Eine zweite junge Frau taucht hinter mir auf. Ich sehe sie im Spiegel, drehe mich jedoch nicht zu ihr um, weil mir das Gewusel im Studio definitiv zu hektisch ist.

»Ich bin London McLane.« Im ersten Moment nehme ich nur die schwarz-weißen Karos ihrer Bluse wahr, dann die schwarze Lederhose und die schwarzen Haare. Mein Mund wird trocken. Ruckartig wende ich mich zu ihr um, bemerke das knallrote Armband. Rot. Das Armband ist rot. Zum Glück kein Vorbote eines Anfalls.

Verhalten nicke ich ihr zu. »Hi.«

Sie kneift die Augen zusammen und mustert mich, als wäre ich nicht der Held der Woche, sondern die Zumutung des Jahrhunderts. »Ich fürchte, wir haben viel zu tun«, sagt sie mit einem reservierten Lächeln. »Wann haben Sie das letzte Mal Ihre Haare geschnitten?«

Ich zucke mit den Schultern und drehe mich wieder um, damit ich sie nur durch das Spiegelglas sehen muss. »Keine Ahnung, aber sie bleiben jedenfalls so, wie sie sind.« Lou mag sie so!

»Ein bisschen kürzer wäre seriöser.«

»Sie bleiben so.«

»Und Ihre … Kleidung?« Mit spitzen Fingern zupft sie an meinem ausgebleichten schwarzen Hoodie herum, als könnten dort jede Sekunde Läuse herauskrabbeln.

Ich werfe einen Blick auf die braune Cargohose und entdecke eine aufgeplatzte Naht an einer Tasche. »Behalte ich an.« Lou soll mich genau so sehen, wie sie mich in Erinnerung hat. Auf gar keinen Fall will ich zu einem zweiten Andrew mutieren.

London McLane verschwindet kurz. Ich vermute, sie spricht mit dem Produktionsleiter und sie überlegen gemeinsam, ob mein Aufzug das Ansehen der Sendung gefährden könnte. Als sie wiederkommt, macht sie eine unbestimmte Geste. »Sie werden als Einsiedler aus dem Yukon angekündigt«, sagt sie nur. Offenbar ist das dann genug Erklärung für meine Erscheinung.

Ich antworte nicht und überlasse mich den verschiedenen Tinkturen, Cremes und Pinseln. Am liebsten würde ich alles ausblenden und wieder zu der Nacht unter der Weide zurückkehren, doch ständig kommen andere Leute herein, um mich zu begrüßen, mir zu gratulieren oder den Visagisten Anweisungen zuzurufen.

Irgendwann bin ich fertig und betrachte mich im Spiegel. Meine tiefen Augenschatten werden von einer dicken Schicht Make-up verborgen, die wie Kleister auf meiner Haut pappt. Meine hohlen Wangen wirken voller. Ich komme mir fremd vor, dieser gesund aussehende, junge Mann vor mir sieht aus wie eine glücklichere Variante meiner selbst.

Vielleicht wäre das mein Ich, hätte es die Thorson Ave nie gegeben.

Minuten später stehe ich vor dem Aufnahmeraum, in dem die Sendung gedreht wird. Meine Handflächen sind feucht und mein Herz klopft viel zu schnell. Ich darf jetzt auf gar keinen Fall einen

Flash bekommen. Die Show wird live ausgestrahlt, direkt heute, am 24. Dezember, wenn alle Familien vor dem Fernseher sitzen. Mein Fall mit dem geretteten Familienvater passte wohl perfekt zu den Weihnachtsfeiertagen. Vermutlich ist das auch einer der Gründe, warum sie gerade mich für *Week 52* ausgewählt haben.

Aus dem Studio höre ich bereits die dramatische Titelmelodie. Vor mir taucht ein Bild von Lou auf, wie sie mit angezogenen Knien auf der Camperbank sitzt und *Hero of the Week* schaut. Wie klein sie sich anfangs immer gemacht hat …

»Brendan? Hallo?« London tupft mir zum hundertsten Mal mit der Puderquaste über das Gesicht. »Sie sind gleich dran.«

Wie aus weiter Ferne höre ich die Stimme des Moderators David O'Dell.

»Unser heutiger Held der Woche kommt aus dem einsamen Kanada, genauer gesagt aus dem Yukon Territory.«

Ich schließe die Augen und schicke ein Stoßgebet zum Himmel, dass Lou auch heute mit ihren Brüdern vor dem Fernseher sitzt. Ob sie dabei an mich denkt? Wie fühlt sie sich, wenn sie die Bilder des verschneiten Yukon sieht? Erinnert sie sich an unsere Nacht unter der Weide, an unsere Küsse und an den Geruch des Waldes?

»Brendan?« London McLane schnalzt ungeduldig mit der Zunge.

Verwirrt schüttele ich den Kopf und höre die abschließenden Worte, die gleichzeitig auch mein Einsatz sind: »Mit seinen gerade erst zweiundzwanzig Jahren hat er bereits fünf Menschenleben gerettet. Begrüßen Sie mit mir: Brendan Connor.«

Applaus schallt aus dem Aufnahmeraum und dröhnt in meinen Ohren. Ich komme mir vor wie unter Wasser, alles verschwimmt. London öffnet die Tür und verpasst mir einen Klaps auf die Schulter, damit ich loslaufe. Ungeschickt stolpere ich voran und fange mich gerade noch rechtzeitig, bevor ich das Studio betrete.

Zuerst ist das Licht so hell, dass ich überhaupt nichts erkenne. Grelle Sterne tanzen vor meinen Augen, dazwischen ist ein dunkler Punkt, wahrscheinlich David O'Dell. Ich fixiere den Fleck und versuche, auf das zu achten, was der Moderator sagt. Ich kenne seinen Text, weil er mir vor der Sendung gezeigt wurde, ebenso kenne ich alle Fragen, die er mir stellen wird. Hauptsächlich geht es um die Situation während der Bärenattacke. Für einen Moment schaue ich auf den Boden, um mich zu sammeln. Die Sätze fliegen an mir vorbei und kreisen in der Luft. Die Scheinwerfer brennen auf meinen

Scheitel.

Irgendwann wird es still.

Antworte!

Ich räuspere mich umständlich, dann rattere ich die erste meiner auswendig gelernten Antworten herunter, ohne zu wissen, ob das okay ist.

Wieder Stille.

Noch lauterer Applaus.

Jordan Price erhebt sich aus meinen Gedanken wie aus einer Gruft und auf einmal erscheint mir das alles so grotesk. Sie feiern mich hier als Helden der Woche, dabei habe ich einen Mann getötet und ein Mädchen entführt.

Aber du hast Lou gehen lassen. Und Jordan wusste, worauf er sich einlässt …

Noch während sich meine inneren Stimmen streiten, redet David O'Dell weiter. Meine Kehle schnürt sich bei jeder Antwort, die ich gebe, enger zusammen. Schweiß sammelt sich auf meiner Stirn. Die Hitze der Scheinwerfer ist unerträglich. Immer wieder muss ich auf den Boden schauen, weil das Licht in meinen Augen brennt.

Ich drehe gleich durch.

Du brauchst einen Reiz. Etwas, das dich im Hier und Jetzt hält.

Aber ich habe keine Eiswürfel dabei, die ich lutschen könnte – ein Tipp, den mir Dr. Lee gegeben hat, wenn ich das Gefühl habe, abzudriften. Eiswürfel oder Chilischoten. Ich beiße mir ganz fest auf die Wange. Eine Sekunde später schmeckt es, als hätte ich Kupfermünzen im Mund.

Das Gesicht von David O'Dell bekommt schärfere Konturen.

»Und, Brendan«, höre ich ihn sagen. »Haben Sie unter den vielen Helden der Woche auch einen persönlichen Favoriten, der am Ende *Hero of the Year* werden soll?«

Ich muss schlucken. Diese Antwort brauchte ich nicht auswendig zu lernen. »Keinen Helden, sondern eine Heldin«, erwidere ich leise. »Aber sie war niemals Teil dieser Sendung und trotzdem hat sie mein Leben gerettet.« Trotz der Helligkeit blicke ich direkt in die Kamera und bete, dass Lou mich jetzt sehen kann.

»Ein Held, der selbst gerettet wurde? Das klingt spannend.« David O'Dell lacht. »Wer genau ist diese Heldin?«

Immer noch schaue ich nicht weg, sondern stelle mir vor, durch die Kamera hindurch mitten in Lous nordhimmelblaue Augen zu sehen. Ein warmes Gefühl von Dankbarkeit strömt in mein Herz. Für einen Augenblick muss ich innehalten. So viele Erinnerungen spülen über mich hinweg, diesmal nur helle, leichte Erinnerungen. Ich muss mich zusammenreißen, um nicht loszuheulen. Sie hat mir so vieles geschenkt. Viel mehr noch als Liebe und Hoffnung, sondern auch wunderschöne Momente. Sie sind wie Lichtbringer in meiner Dunkelheit.

»Es ist ein Mädchen aus Nevada«, sage ich schließlich so leise, als dürfte nur sie es hören. »Sie hat mir bewiesen, dass ich kein so schlechter Mensch bin, wie ich immer dachte. Sie hat an mich geglaubt, als ich es selbst nicht mehr konnte.« Ich räuspere mich kurz, weil ich viel mehr sage, als ich wollte, aber ich kann die Worte einfach nicht zurückhalten. »Sie hat Sonnenstrahlen in meine Dunkelheit geworfen und mir gezeigt, dass Grau in Wahrheit nur Silber ist, das nicht glänzt. Dafür …«, ich halte inne, blinzele, »möchte ich ihr heute danken, nur deshalb bin ich hier.« Meine Umgebung verschwimmt ein zweites Mal an diesem Abend, doch diesmal nicht, weil ich mich unwirklich fühle. Mit den Händen drücke ich kurz gegen meine Schläfen, um mich zu sammeln. Das hier ist zu wichtig. Das hier ist meine Hoffnung, meine Chance. »Dieses Mädchen …« *Zu leise,* ich setze noch einmal an. »Dieses Mädchen wollte, dass ich ihm ein Versprechen gebe, bevor wir uns getrennt haben.« Wieder schlucke ich und es tut weh, weil mein Hals brennt. »Ich wusste nicht, ob ich es halten kann, aber heute … Sie soll wissen, dass ich eine Therapie mache … und … und dass ich auf sie warte, wenn sie bereit ist, mir eine Chance zu geben.« Als ich ende, bin ich außer Atem und mein Hoodie klebt an meinem Rücken. Meine Augen sind feucht, doch jetzt ist es mir egal. Erneut folgt Applaus und ich nutze den Augenblick, um tief in den Bauch einzuatmen. Wie früher bei einem Kampf.

Später an diesem Tag laufe ich mit hochgezogener Kapuze durch das Viertel meiner Jugend. Der Himmel ist pechschwarz und bewölkt, nicht ein Stern ist zu sehen.

Ich lasse die flachen Häuserreihen und die Silhouette der silbrigen Wolkenkratzer hinter mir, gehe am betonierten Los Angeles River entlang und überquere irgendwann die stillgelegten Bahngleise Richtung Compton. In der Ferne bellt ein Hund, eine Straße weiter singen ein paar Besoffene »Jingle Bells« im Kanon. Am schäbigen

Eckkiosk wühlt eine ältere Frau in der Mülltonne. Aus einem Impuls heraus drücke ich ihr einen Hundertdollarschein in die Hand, auch wenn ich weiß, dass wahrscheinlich die Hälfte davon für Crack draufgeht.

Ich fühle mich seltsam, kann aber nicht beschreiben, auf welche Weise. Ich muss an Lou denken und male mir aus, wie sie auf meinen Auftritt reagiert hat. In meiner Vorstellung sitzt sie in ihrem Zimmer, das konsequenterweise gelb-rosa gestrichen ist, und drückt sich ein Herzkissen an die Brust, die blauen Augen voller Tränen. Das ist natürlich Schwachsinn, wahrscheinlich besitzt sie nicht mal ein Herzkissen. Und ich sollte mir Lou auch nicht so vorstellen, als wüsste ich alles über sie.

Ich verbanne diese Bilder aus meinem Gedächtnis, während ich weiterlaufe.

Irgendwann weicht der Asphalt grauem Schotter. Die ärmliche Wohngegend wirkt immer noch wie ausgestorben, doch im letzten Haus auf der linken Seite der Thorson Ave sind viele Fenster hell erleuchtet. Eine bunte Lichterkette spannt sich unterhalb des Daches entlang der Regenrinne; neben einer der Königspalmen im Vorgarten steht ein hell blinkendes Rentier samt Santa Claus-Kutsche.

So wie beim letzten Mal fängt mein Herz beim Anblick meines früheren Zuhauses an zu klopfen. Noch vor Monaten wirkte es auf mich wie ein Fremdkörper in dieser Umgebung, jetzt erinnert es mich mehr an einen Schatz. An etwas unendlich Kostbares.

Direkt vor dem hüfthohen Tor bleibe ich stehen. Zwei kirschrote Stumpenkerzen brennen auf hohen Leuchtern hinter einem der Fenster. Die anderen werden durch Lichterketten in leuchtende Quadrate verwandelt. An der Haustür hängt ein Kranz aus Tannenzweigen, verziert mit rot-weißen Zuckerstangen. Ich sehe zu dem Fenster auf der rechten Seite. Die Vorhänge mit den Feuerwehrautos sind zugezogen, das Teddybär-Mobile schwebt still in der Luft, als würde es schlafen. Sicher liegt der kleine Junge längst im Bett. Wahrscheinlich träumt er von morgen und den Geschenken, die dann für ihn unter dem Weihnachtsbaum liegen.

Für einen Augenblick stehe ich nur da und schaue auf die hellblauen Bärchen.

Vater, Mutter, Kind.

Ich schließe die Augen. Mein Herz wird ganz warm. Ich wünsche mir das immer noch, nur auf eine andere Art und Weise. Es gibt so vieles, das ich besser machen will als meine Eltern. Hätte ich einen Sohn oder eine Tochter, könnte ich alles wiedergutmachen, was meine Mum und mein Dad falsch gemacht haben. Es kommt mir so vor, als wäre das meine Pflicht – komisch. Wahrscheinlich hat India Lee recht. Manche Dinge kann man vermutlich wirklich nicht erklären.

Ich bleibe noch eine Zeit lang stehen, mit nichts als Sehnsucht und Hoffnung im Herzen. Aus dem Haus dringt *Silent Night* in einer klassischen Version.

Irgendwie bin ich froh, dass ausgerechnet in diesem Haus jetzt so eine liebevolle Familie wohnt. Man sagt, manche Orte würden nach schrecklichen Ereignissen noch lange deren Emotionen tragen – wie ein Brandzeichen. Viele Menschen sagen, sie könnten diese negative Atmosphäre spüren. Doch hier, am Ende der Thorson Ave, fühle ich rein gar nichts mehr von allem, was früher geschehen ist. Keinen Zorn und keinen Hass. Zumindest nicht heute. Der kleine Junge, der dort im Keller gefangen war, ist frei.

36. Kapitel

Sie wird nicht kommen, ich bin mir ganz sicher.

Wie aufgezogen laufe ich mit Grey an der Leine über den Parkplatz des Visitor Centers Lodgepole. Hin und zurück, hin und zurück. Gefühlte eine Million Mal. Das Geräusch meiner Schritte auf dem Asphalt erscheint mir wie das Ticken einer schnell ablaufenden Uhr. Doch trotz meiner Zweifel schaffe ich es nicht, die einzige Zufahrtsstraße aus den Augen zu lassen.

Etliche Urlauber sind im Laufe des Tages angekommen, Familien mit großen Campern, Globetrotter mit Rucksack und Zelt, einsame Wanderer. Nur keine Lou.

Mittlerweile ist die Luft von der Kühle des herannahenden Abends durchsetzt und der Himmel bedeckt von einer Schicht grauer, zerfranster Wolken. Nur im Westen zieht sich ein schmaler rostroter Streifen über den hohen Bäumen entlang.

Mit bangem Blick schaue ich auf die Uhr. Kurz nach fünf. So viele Stunden hat der Tag nicht mehr.

Das dumpfe Gefühl in meinem Inneren verdichtet sich immer mehr und wird zu einem eisenharten Brocken. Lou müsste vollkommen verrückt sein, wenn sie kommen würde. Das wäre krank. Ganz bestimmt hat sie mittlerweile erkannt, dass sie mich in Wahrheit nie geliebt hat. Vielleicht hat sie sogar einen Freund in Ash Springs. Bei dem Gedanken, wie ein anderer sie anfasst, senkt sich ein roter Schleier über meinen Geist. Mir wird kotzübel.

Nein! Nein! Nein! Sie hat keinen Freund. Lou liebt mich.

Und wenn nicht?, hält mein Inneres dagegen.

Immer dieselben Fragen, seit Wochen.

Ich werfe den Zigarettenstummel weg, bleibe stehen und umklammere die Leine fester.

Wenn nicht, was mache ich dann? Soll ich zurück nach Faro gehen und meine Therapie zu Ende bringen, so wie es mir Dr. Lee geraten hat?

Wir haben das Ausmaß Ihres Krankheitsbildes immer noch nicht in seiner Gesamtheit erfasst. Vielleicht gibt es auch noch einen weiteren abgespaltenen Anteil, höre ich sie sagen. *In Ihnen existiert sehr viel Wut. Wut, die Sie damals nicht ausleben durften.*

Ich habe mich während der Kämpfe abreagiert.

Ihr erwachsenes Selbst hat sich abreagiert. Der Junge durfte seine Wut nicht äußern. Er musste alles schlucken. Wo ist seine Wut, sein Zorn? Können Sie ihn spüren? Er muss umkommen vor Hass auf seinen Stiefvater.

Für einen Augenblick musste ich an den roten Nebel denken, an die Stimme: *Geh beiseite!* Diese Worte habe ich während eines Anfalls öfter gehört. War das der kleine Junge oder war das meine unterdrückte Wut?

Können Sie denn mittlerweile den Namen Ihres Stiefvaters aussprechen?

Everett Harlow Nolan, sagte ich mit fester Stimme, aber unter innerlicher Abwehr.

Gut. Haben Sie manchmal das Bedürfnis, sich an Everett Nolan zu rächen?

Ich weiß es nicht. Doch ja … schon. Aber das ist doch nicht krankhaft.

Natürlich nicht. Das ist nur normal.

Hören Sie, ich habe die Anfälle im Griff. Ich habe schon lange nichts mehr während einer Attacke kaputt geschlagen. Ich traue mich sogar, neue Möbel zu bestellen.

Und doch fehlen Ihnen nach Anfällen immer noch Bruchstücke Ihrer Erinnerung. Das könnte ein Hinweis auf eine weitere abgespaltene Seite sein. Sie sind nicht gesund, Brendan.

Das werde ich vielleicht niemals sein, Dr. Lee. Das waren doch Ihre eigenen Worte. Aber wenn es für mich die Chance auf ein Leben mit Lou gibt, muss ich sie nutzen!

Ich halte das, untertrieben ausgedrückt, für keine gute Idee. Ein normales Leben: ja – aber nicht mit diesem Mädchen.

Mit diesem Mädchen …

Ja, mit Lou, dem Mädchen, das Sie entführt haben. Sie triggert Sie. Glauben Sie wirklich, Sie können mit ihr ein normales Leben beginnen, nach allem, was war? Was werden Lous Brüder zu Ihrer Verbindung sagen? Haben Sie keine Angst, dass Ethan nachträglich Anzeige erstattet, wenn er dahinterkommt, was damals wirklich passiert ist? Nach dem, was Sie mir erzählt haben, kann ich mir nicht vorstellen, dass er Sie dann willkommen heißt – sollte Louisa tatsächlich am Treffpunkt erscheinen.

Ich lege den Kopf in den Nacken und schaue in den zinngrauen Himmel. Immer mehr Wolken quellen über die Wipfel der dunklen Mammutbäume.

Wirst du kommen, Lou?

Ein Wispern geht durch das Kronendach der Bäume, fast wie eine Antwort – doch das Rauschen könnte sowohl *Ja* als auch *Nein* bedeuten. *Aber wenn sie hätte kommen wollen, wäre sie sicher schon da,* gebe ich mir selbst die Antwort. Trauer brennt in meiner Brust. Ja, sie wäre schon da, ich sollte aufhören, mir etwas vorzumachen.

Mit schweren Schritten laufe ich seitlich am Visitor Center vorbei zum Hintereingang. Grey schleicht wie ein geprügelter Hund neben mir her. Ein paar Mal habe ich ihn heute grundlos angefahren und auch, wenn ich ihm danach die Ohren gekrault habe, spürt er das Chaos in mir.

Am hinteren Zugang binde ich ihn an einem Edelstahlgeländer fest und muss dämlicherweise an Lous imaginäres rosafarbenes Nashorn denken, von dem sie mir erzählt hat. Sie hat es stets an der Veranda festgemacht. Ich glaube, es war Liam, der dieses Spiel für sie erfunden hat.

Ungläubig über mich selbst schüttele ich den Kopf. Lou ist überall, in jedem meiner Gedanken, in jeder Windung meines Gehirns. Jetzt schaffe ich es schon nicht mal mehr, einen Wolf anzubinden, ohne dass sie mir in den Sinn kommt.

Mit einem innerlichen Seufzen betrete ich das Besucherzentrum und fülle auf der Toilette eine alte Plastikschale mit Wasser, damit Grey wenigstens etwas zu trinken bekommt. Da Dauerparken hier ein No-Go ist, habe ich das Wohnmobil gestern abseits des Zentrums geparkt und es auch heute Morgen dort stehen lassen. Seitdem traue ich mich nicht mehr, zum Camper zurückzugehen, aus Angst, Lou zu verpassen. Also mussten Grey und ich fasten, da ich mein Geld idiotischerweise im Wohnmobil vergessen habe. Sonst hätte ich Grey eine XL-Dose Hundefutter aus dem Besucherzentrum gegönnt.

Ich bringe die Schale nach draußen und Grey trinkt begierig, während ich ins Visitor Center zurückgehe und von dort den Parkplatz im Auge behalte. Mittlerweile wirkt er wie ausgestorben. Auf der weiten Parkfläche stehen nur noch drei Vans und ein Kleinwagen. Eine Krähe hüpft über den Bordstein und pickt ein paar Krümel neben einer Mülltonne auf. Wind fegt über den Abfall, greift nach einer Pommestüte und lässt sie am Fenster vorbeitrudeln. *Sam's Best French Fries.*

Angstvoll lasse ich den Blick schweifen.

Immer noch keine Lou.

In der Ferne entdecke ich den Mammutbaum, hinter dem ich mich vor einem Jahr versteckt habe, um den Parkplatz zu überwachen. Wie ein Jäger. Wie ein Irrer. Vor einem Jahr lag Lou fast schon in meinem Camper, betäubt und mit einem Kabelbinder gefesselt. Vor einem Jahr habe ich ihr gewaltsam das Wasser eingetrichtert und sie in die Kiste gesteckt.

Sie wird nicht kommen. Plötzlich ist die böse Ahnung Gewissheit. India Lee hat recht. Wie könnten wir zwei miteinander glücklich werden, nach dem, was ich ihr angetan habe? Solche Dinge kann man nicht einfach vergessen oder mit Erklärungen in Ordnung bringen. Tief in Lou wird es eine Verletzung geben, in der sich all die Angst und der Schmerz, den ich ihr zugefügt habe, sammelt. Wenn die Zeit gekommen ist, wird die Wunde bluten und alles ausspucken wie Gift. Vielleicht ist das auch schon passiert und sie empfindet nur noch Verachtung für mich.

Die graue Fläche verschwimmt vor meinen Augen. Habe ich wirklich erwartet, dass sie kommt? Denn auch wenn der Vorschlag von ihr kam – sie war damals verwirrt und geschwächt. Ich hätte ihre Worte nicht ernst nehmen dürfen. Aber genau das wollte ich so, vor allem, als es anfing, mir wegen der Therapie besser zu gehen.

Am Fenster des Visitor Centers stehend balle ich die Hände zu Fäusten und presse die Lippen aufeinander. Ich will jetzt nicht weinen.

Verstohlen wische ich mir mit dem Ärmel über die Augen.

Auch wenn du nicht kommst … ich liebe dich, Lou! Ich liebe dich, Lou, und sonst nichts. Und alles, was ich getan habe, tut mir unendlich leid. Alles, alles, alles … außer meiner Liebe zu dir.

Durch den Mund hole ich Luft. Atme so, wie Dr. Lee es mir gezeigt hat. Vielleicht sollte ich einfach gehen und mir die Qualen des unsinnigen Wartens ersparen. Doch etwas in mir sträubt sich dagegen.

Irgendwann gehe ich wieder zum Hinterausgang, um mit Grey zum Parkplatz zurückzukehren.

Noch bevor ich ins Freie trete, fällt mein Blick auf die leere Stelle am Geländer. Ich reiße die Tür auf und eine Ladung kühle Luft schwappt mir entgegen.

»Verdammt! So ein Fuck!« Wutentbrannt hämmere ich gegen den Stahlpfosten. Eine Frau, die eben nur in ein Handtuch gewickelt aus den Duschräumen tritt, sieht mich mit aufgerissenen Augen an und huscht eilig um die Ecke.

»Grey?«, brülle ich und laufe gleichzeitig los in Richtung Wald, der hinter dem Besucherzentrum beginnt. »Du kommst sofort zurück! Hast du gehört?«

Das geht grad gar nicht! Vor der ersten Baumreihe bleibe ich stehen und schaue mich um. Es ist unmöglich, den Parkplatz von meinem Standpunkt aus vollständig zu überblicken, doch ich kann mir denken, wo er hin ist.

»Ja, okay, ich hab dich nicht gefüttert«, rufe ich erzürnt und steige über ein paar Büsche hinweg. Licht fällt in einzelnen Bahnen auf den schattigen Waldboden. »Aber das ist kein Grund, auszureißen und auf die Jagd zu gehen!«

Es ist meine Schuld. Ich war in Gedanken und habe ihn wahrscheinlich nur halbherzig festgebunden. Ich laufe mehrere hundert Meter zwischen den Sequoias hindurch, bevor ich erneut stehen bleibe. »Grey, verdammt! Komm her oder ich mache Wolfsbraten aus dir, wenn ich dich erwische!«

Ein vorwurfsvolles Jaulen antwortet mir, und als ich mich umdrehe, entdecke ich Grey mit eingezogener Rute und hängenden Ohren neben einem Weißdorn. Aus seinen honigfarbenen Augen sieht er mich schuldbewusst an.

»Da bist du also …«, schimpfe ich halb ärgerlich, halb besänftigt. »Was, wenn Lou jetzt gerade ankommt, he?«

Grey spitzt die Ohren, wie immer, wenn Lous Name fällt.

»Sie kommt aber nicht«, gestehe ich mir niedergeschlagen ein. »Sie kommt nicht, weil ich ein kompletter Irrer gewesen bin. Ein Unmensch. Ein … ach, zum Teufel …« Erbost über mich selbst grabe ich die Nägel in meine Handfläche. Hätte ich sie doch nur niemals entführt. Hätte ich sie doch auf ein Bier mit in den Camper genommen. Hätte ich ihr doch einfach über Facebook geschrieben. Hätte ich doch …

Es ist zu spät, alle Chancen, die sich mir geboten haben, sind Vergangenheit.

Ich streiche Grey über das kurze Sommerfell, aber er beachtet mich nicht. Aus einem unerfindlichen Grund wirkt er schlagartig total unruhig. Noch bevor ich die Leine zu fassen bekomme, springt er Richtung Visitor Center davon.

»Hey!«, protestiere ich und hechte ihm hinterher. Direkt vor dem Waldsaum werfe ich mich wie ein Baseballspieler vor der Base auf den Boden und erwische die Leine mit drei Fingern. Grey jault auf.

»Schluss jetzt!«, zische ich durch die Zähne. Ich weiß, ich bin nur so wütend, weil Lou nicht da ist. Und im Grunde bin ich auch nicht wütend, sondern traurig. Grey kann nichts dafür, dass meine Welt in tausend Scherben zerbricht.

Wieder wische ich mir über die Augen und stolpere dabei über die Betonkante des Weges, der die Duschräume und das Visitor Center miteinander verbindet. Grey zieht wie durchgedreht an seiner Leine, heult und bellt und überschlägt sich fast. An der geschlossenen Glastür des Besucherzentrums stellt er sich auf die Hinterbeine.

»Was zum …« Ich schaue durch das Glas und verstumme.

Da steht ein Mädchen in der Nische mit den Campingutensilien, den Rücken zu mir gedreht. Mein Herz fängt an zu klopfen. Dieses leuchtende flachsblonde Haar, das ihr bis auf die schmalen Schultern reicht, die weiße Bluse mit den ausladenden Ärmeln, diese scheue und gleichzeitig entschlossene Haltung. Die stumme Verletzlichkeit, die sie ausgestrahlt hat, seitdem ich … ja, seitdem ich ihr hier vor einem Jahr begegnet bin.

Ich reibe mir über die Augen und erwarte, dass sie verschwunden ist, wenn ich wieder hingucke, aber sie ist immer noch da. Wie in Tropfen sickert die Erkenntnis in mich hinein.

Lou ist da!

Für mehrere Herzschläge verschlägt es mir den Atem, obwohl meine Brust weiter wird als der Himmel.

Lou ist da!

Sie ist gekommen. Ich kann es nicht fassen.

Tränen schießen mir in die Augen und ohne wirklich zu wissen, was ich tue, reiße ich die Tür zum Visitor Center auf. Grey rennt wie bekloppt los, es ist unmöglich, ihn zu stoppen. Ein Mann mit armeegrüner Kappe springt gerade noch rechtzeitig zur Seite, um ihm auszuweichen. Jemand schreit auf.

Ich stehe da wie narkotisiert, beobachte, wie Lou zum Ausgang geht.

»Hey, Mister, Sie können doch nicht mit einem Wolf …«

Keine Ahnung, wer das gerufen hat. Keine Ahnung, was hier überhaupt passiert. Mein Kopf ist voller wunderbarer, wirrer Gedanken, da merke ich, dass Lou mich immer noch nicht gesehen hat.

»Lou! Lou … Warte!«

Beim Klang meiner Stimme zuckt sie zusammen.

»Halten Sie den Wolf …« Der Mann an der Kasse kommt um seine Theke gelaufen.

»Entschuldigung, tut mir leid!«, rufe ich ihm zu und stürme Grey hinterher.

In diesem Augenblick dreht sie sich um und Grey springt an ihr hoch. *Nicht!*, will ich noch schreien, doch er reißt sie um, jault und bellt wie ein Hund, der sein Herrchen nach Jahrzehnten wiedergefunden hat. Lou klammert sich an seinen Hals wie eine Ertrinkende. Sie lacht, kichert und schluchzt gleichzeitig. *Verrückt.*

Irgendwann schiebt sie Grey mit sanfter Gewalt zur Seite und setzt sich auf.

Wortlos sieht sie mich an. Ihre Augen schimmern voller Tränen. Und doch ist da auch dieser Zauber, das geheimnisvolle dunkelblaue Funkeln, das mir in der Nacht am See den Verstand geraubt hat. Mein Herz krampft sich vor Sehnsucht zusammen, auch wenn Lou so nah ist.

»Du bist gekommen«, sage ich so leise, als könnten laute Worte mich aus meinem Traum wecken. Sie ergreift meine ausgestreckte Hand und ich ziehe sie zu mir nach oben. Ein dicker Kloß sitzt in meiner Kehle. Erst jetzt, wo sie vor mir steht, werde ich mir darüber bewusst, wie sehr ich sie vermisst habe. Viel mehr noch, als mein Bewusstsein es zu mir hat durchdringen lassen. Unendlich viel mehr.

Sanft drückt sie meine Finger. »Hast du etwa daran gezweifelt?« Sie legt den Kopf schräg und sieht mich herausfordernd an, ein bisschen trotzig, so wie die alte, abenteuerlustige Lou.

Es erfüllt mich mit einer eigenartigen Wehmut, aber es bringt mich auch zum Lächeln. »Den ganzen Tag.«

Plötzlich beginnen ihre Lippen zu beben. »Ich dachte, *du* wärst nicht gekommen«, sprudelt es aus ihr heraus und sie zieht wie wild an meinem Arm, als müsste sie ihre Gefühle loswerden. »Wir hatten eine Panne und ein Laster ist umgekippt und überall waren diese dämlichen Orangen auf der Straße …« Ein trockener Schluchzer bricht aus ihr hervor.

Moment mal … Sie dachte, *ich* komme nicht? *Ich?* Unwillkürlich muss ich lachen, auch wenn mir so nach Weinen ist wie schon sehr lange nicht mehr. Dieses Mädchen ist wahrhaftig verrückt. Vielleicht liebt sie mich ja deshalb.

»Ich bin schon gestern angekommen. Ich warte seit heute Morgen hier«, erkläre ich ihr und greife nach Greys Halsband, weil mir der Mann an der Kasse wieder irgendetwas zugerufen hat. »Ich habe Grey draußen angebunden, aber vorhin hat er sich losgerissen und ich musste ihn einfangen.«

Lou sieht mich mit ungläubigen Augen an und ich begreife erst jetzt, dass sie das todernst gemeint hat. Sie hat wirklich gedacht, ich würde sie im Stich lassen. Sie hat geglaubt, ich würde einfach nicht kommen. Weiß sie denn immer noch nicht, wie sehr ich sie liebe und dass nichts auf der Welt mich davon abbringen kann, mit ihr zusammen zu sein?

Ich strecke die Hand aus, um ihre Wange zu berühren, in dem Moment schlingt sie wie selbstverständlich die Arme um meine Taille.

»Ich will mich nie wieder von dir trennen, Bren. Nie wieder.«

Mit einem undefinierbaren Laut drücke ich sie an mich und vergrabe mein Gesicht in ihren blonden Strähnen. »Das musst du auch nicht mehr, Lou, versprochen.« Ich atme den Duft ihrer Haare in mich hinein. Sie riechen nicht mehr nach Feuer, Holz und Rauch, aber auch nicht nach Zitrone. Eher wie Honig-Lavendel. Oder einfach wie Lou. Mein Herz beginnt zu pochen, ein süßer Rausch aus Adrenalin und Glück flutet meine Sinne. Ganz behutsam nehme ich Lous Kopf in die Hände und streiche mit dem Daumen über ihre Wange.

Wir sehen uns an. Für Sekunden verbindet uns eine Stille, in der alle Fragen schweigen. Sie ist wie Magie. Es gibt nur noch Lou und mich und sonst nichts. Und als wir uns küssen, kommt es mir vor, als hätten wir den See, den Sand und die Weide nie verlassen. Es ist wie damals. Lous Geschmack, ihre weichen Lippen, ihre warme, vorsichtig drängende Zunge. Mein Blut füllt sich mit Hitze und in meiner Brust spüre ich dieses tiefe, raue Trommeln wie den Herzschlag der Erde. Heißkalte Schauer jagen über meinen Rücken. Ein süßes, wildes Verlangen, das mir so natürlich vorkommt wie die ewigen Winternächte im Yukon.

Wie lange wir nach unserem Kuss aneinandergeklammert dastehen, weiß ich nicht. Ich bekomme auch nicht mit, dass der Mann hinter der Kasse droht, die Ranger zu rufen, wenn wir mit Grey nicht gleich aus dem Laden verschwunden sind.

Lou muss es mir mehrmals sagen, um mich wieder in die Realität zurückzuholen. Sie sagt mir auch, dass Jayden auf dem Parkplatz wartet.

»Er hat dich hergefahren?«, frage ich entgeistert, als wir Hand in Hand zum Ausgang laufen. Ich kann das nicht glauben. Irgendwie dachte ich, Lou wäre mit dem Bus gekommen.

»Er hat gesagt, er lässt mich nicht gehen, solange er nicht deine Handynummer und die genauen Koordinaten deines Pachtlandes hat.«

Also hat sie ihm bestimmt die Wahrheit über mich erzählt. »Bekommt er, klar.« Ich nicke ihr zu. Wäre ich Jayden, hätte ich mich heute vermutlich krankenhausreif geprügelt. Das sage ich allerdings nicht laut. Ich muss an die Worte von Dr. Lee denken.

Was werden Lous Brüder zu Ihrer Verbindung sagen? Haben Sie keine Angst, dass Ethan Anzeige erstattet, wenn er dahinterkommt, was damals wirklich passiert ist?

Ob sie Ethan alles erzählt hat? Sicher nicht, denn dann wäre er zu hundert Prozent mitgekommen, um mich eigenhändig zu erwürgen.

Jayden steht mit der Hüfte an einen alten Ford gelehnt auf dem Parkplatz und sieht mir mit dunkler Miene entgegen. Ich schaue betont offen zurück, ich will auf gar keinen Fall einen Streit provozieren.

Ohne ein Hallo fragt er kühl nach den Grundstücksdaten, als wäre ich nicht der Entführer seiner Schwester, sondern irgendein Makler, dessen Gelände er besichtigen will. Die Situation ist bizarr. Er notiert alles auf einem Zettel, ebenso meine Handynummer.

»Du wirst uns kaum erreichen können«, sage ich, als er den kleinen Block in seine Hosentasche steckt. »Im Yukon hat man häufig keinen Empfang.«

»Dann sorg gefälligst dafür, dass es ab und zu funktioniert«, gibt er mit gefährlicher Ruhe zurück.

Er nimmt Lou zum Abschied in die Arme. Lange, sehr lange.

Was glaubt er, wann er sie wiedersieht? Was hat Lou ihm erzählt? Damals im September sagte sie, wir sollten den Sommer gemeinsam verbringen, aber nach diesem Sommer ist sie achtzehn und kann selbst über ihr Leben bestimmen. Ich denke, wir beide meinen nicht nur die nächsten Monate, sondern ein ganzes Leben. Und vielleicht können wir auch nach Faro gehen, damit ich meine Therapie weitermachen kann. So würde Lou bekommen, was sie sich am meisten wünscht. Ein normales Leben. Es könnte funktionieren.

Als Jayden die Umarmung löst, starrt er mich mit vorgeschobenem Kinn an. »Wenn du ihr noch einmal wehtust, bringe ich dich um«, sagt er wieder mit dieser stoischen Ruhe, die mehr Unheil birgt, als würde er mich zusammenbrüllen.

Ich nicke und er steigt in den Wagen. Ich verstehe ihn nur zu gut. Mädchen wie Lou müssen beschützt werden.

Mit einem Lächeln nehme ich Lous Hand und pfeife Grey zurück, der an dem Hinterreifen des Fords herumschnüffelt. Sofort trabt er an meine Seite.

»Er ist bei dir geblieben«, stellt Lou erstaunt fest und mustert Grey von oben bis unten. Mir wird bewusst, wie lange sie ihn nicht gesehen hat, das letzte Mal war er noch ein Welpe.

Gutmütig klopfe ich Grey auf den Rücken. Im Frühling dachte ich zuerst auch, er würde eines Tages einfach im Wald verschwinden und nicht mehr zurückkommen. Für einen Moment erinnere ich mich an unser Kräftemessen unter dem weiten offenen Himmel, in den endlosen Wäldern und am Ufer des stürmischen Pelly Rivers. Was hätte ich nur ohne ihn in all der Zeit des Wartens gemacht? Ich sehe dankbar von Grey zu Lou. »Wir hatten ein paar heftige Kämpfe, bis er kapiert hat, wer das Sagen hat«, erkläre ich ihr.

Lou nickt und lässt den Blick über den Parkplatz schweifen. Der Ford rollt gerade auf die Straße. Wie sie sich jetzt wohl fühlt?

»Der Camper steht ein bisschen abseits«, ich deute vage Richtung Süden. »Ich durfte nicht den ganzen Tag hier stehen.«

Lou lächelt nur still und zusammen laufen wir Hand in Hand über die weite Fläche. Es dämmert bereits und allein die untergehende Sonne wirft ein paar blassrote Strahlen auf den Boden, ein flirrendes goldenes Wechselspiel von Licht und Schatten.

Vielleicht habe ich mich geirrt. Vielleicht hatte ich in all den Jahren eine falsche Vorstellung im Kopf. Lou hat mir verziehen. Sie liebt mich noch immer. Sie liebt mich nicht wegen, sondern trotz der Entführung.

Womöglich kann man im Leben doch viele Dinge wieder in Ordnung bringen, auch wenn es zunächst so aussieht, als gäbe es keine Hoffnung.

Aus schlechten Menschen können bessere werden.

Aus Weinen ein Lachen.

Aus Schatten Licht.

Aus Grau Silber.

Abermals schaue ich zu Lou. So wie vor einem Jahr könnte ich sie auch jetzt die ganze Zeit ansehen. Der Wind greift mit seinen stürmischen Fingern in ihre blonden Haare, wirbelt sie durcheinander und bläst ihre Bluse auf wie einen Ballon. Lachend drückt sie den Stoff zurück an ihren flachen Bauch.

Ich muss an das Teddybär-Mobile denken, an die glückliche Familie in der Thorson Ave.

Manchmal wird aus einem Ort des Schreckens wieder eine Heimat. Und aus einem Jungen, der nur Dunkelheit kennt, jemand, der liebt.

DANKSAGUNG

Auch dieses Mal gilt mein Dank in erster Linie meiner Familie, vor allem meinen wunderbaren Töchtern Lisa, Hannah und Lara. Ich bin so froh, dass es euch gibt. Bleibt, wie ihr seid!

Das zweite große Dankeschön geht an meine Freundin Christine. Dein Vorschlag, ein Buch über Brendans Sicht der Dinge zu schreiben, hat mir den nötigen Schubs in diese Richtung gegeben. Ohne dich gäbe es dieses Buch wahrscheinlich überhaupt nicht!!!

Ein weiterer Dank geht an meine Lektorin Anne Paulsen, die mal wieder ganze Arbeit geleistet hat. Ohne sie hätte Brendan niemals die Kiste gebaut und sich so viele Gedanken über die Entführung gemacht. Ich musste nachträglich ein noch tieferes Maß an krimineller Energie entwickeln und bin überrascht, dass es mir so leicht fiel ☺. Ohne dich, liebe Anne, wäre Brendan nur halb so gut vorbereitet an den Start gegangen (wer weiß, wohin das geführt hätte!), und sicherlich wäre er auch weniger sympathisch gewesen, sofern man hier von Sympathie sprechen kann.

Danke auch an Tanja Lottes für das großartige Korrektorat und an meine Cousine, die danach noch einmal drübergelesen hat.

Natürlich geht auch ein riesengroßes Dankeschön an alle Leser und Leserinnen. Ich kann euch gar nicht sagen, wie happy ihr mich gemacht habt, weil ihr Lou und Bren so ins Herz geschlossen habt. Ich hätte es nie für möglich gehalten, dass das erste Buch so ein Erfolg wird. Danke für eure Mails, Fotos, Bilder, Rezensionen und einfach eure Gedanken. Danke, dass ihr euch getraut habt, diese Geschichte zu lesen.

Auch dieses Mal freue ich mich natürlich über eine Rezension und/oder eine Weiterempfehlung, da es für Selfpublisher einfach die beste Werbung ist. Wer nicht gerne große Reden schwingt – bei Amazon reichen schon zwanzig Wörter …

DANKE

NACHWORT DER AUTORIN

Um den Leser nicht im Unklaren zu lassen, will ich hier noch einmal auf die *Dissoziative Störung* eingehen, damit weniger Fragen offenbleiben. Jeder von uns erlebt hin und wieder einen dissoziativen Zustand. Wenn man Auto fährt, von Ziel A nach Ziel B, und hinterher nicht mehr genau weiß, wie man letztendlich dort hingekommen ist, war man mental weggetreten. Vereinfacht ausgedrückt: Ein Teil des Bewusstseins hat den Wagen gelenkt, während der andere geistig überall und nirgends war. Im Alltag erleben wir viele solcher harmlosen dissoziativen Zustände. Von Tagträumen bis hin zum starken Konzentrieren auf eine Sache, wobei alles andere ausgeblendet wird. Das Krankheitsbild *Dissoziative Störung* hat damit allerdings nichts zu tun.

Bei diesem Krankheitsbild spaltet sich ein Teil des Bewusstseins ab, und das in einem viel stärkeren Maß als bei alltäglichen dissoziativen Zuständen. Diese Abspaltung kann, muss aber nicht, in Wahnvorstellungen und Halluzinationen enden. Dieser letztgenannte Schweregrad entspricht dem Zustand einer Psychose, wie sie beispielsweise bei einer Schizophrenie vorkommt – nur dass hier keine Schizophrenie vorliegt.

Die meisten Psychiater und Psychologen sind heutzutage der Ansicht, dass eine Dissoziation das Ich vor traumatischen Erinnerungen schützen soll.

Wikipedia sagt zu Dissoziation u. a. Folgendes: »Der Begriff Dissoziation in der Psychiatrie bezeichnet das teilweise bis vollständige Auseinanderfallen von normalerweise zusammenhängenden Funktionen der Wahrnehmung, des Bewusstseins, des Gedächtnisses, der Identität und der Motorik.«

Es gibt ganz unterschiedliche Formen der Dissoziation, und sie alle abzuhandeln, ist nicht Sinn und Zweck dieses Nachwortes. Wer sich darüber informieren möchte, braucht heute keine teuren Fachbücher mehr zu kaufen, sondern kann im Internet recherchieren. Hier findet man alle Formen, von der *Dissoziativen Amnesie* bis hin zu der schwersten Form, der *Dissoziativen Identitätsstörung,* die früher als *Multiple Persönlichkeitsstörung* bezeichnet wurde. Dr. Lee erwähnt sie in diesem Buch, zumal sie anfangs annimmt, Brendan könnte darunter leiden. Hierzu sollte man wissen, dass diese Störung nur im Kindesalter ausgebildet wird und später oft fortbesteht. Die Identitätsbildung ist bei kleinen Kindern im vollen Gange. Erleben sie ein Trauma oder eine Folge von Traumata, wie zum Beispiel bei extremem physischen oder sexuellen Missbrauch, entwickeln sie manchmal zusätzliche Identitäten, die dieses Leid für sie erdulden. Zum bestmöglichen Schutz ist sich ihr eigentliches Ich aber nicht darüber im Klaren, »bestenfalls« weiß es gar nichts über die anderen Persönlichkeitsanteile. Wer sich dafür interessiert, es gibt einige Bücher zu diesem Thema.

Auch erwähnenswert sind *Depersonalisation* und *Derealisation*. Betroffene erzählen, sie fühlen sich fremd im eigenen Körper oder beobachten sich selbst von außen. Das bezeichnet man als Depersonalisation. Derealisation beschreibt ein Ereignis, bei dem die Umwelt verändert wahrgenommen wird. Beide Erscheinungen treten oft zusammen mit Panikattacken auf. Beides fällt in den Rahmen dissoziativer Erscheinungen.

Wo ist jetzt aber der Zusammenhang zwischen den Flashbacks, der *Posttraumatischen Belastungsstörung (PTBS)* und Brendan?

Ich hatte es in einer Antwort auf eine Rezension mal angedeutet, dass Brendan natürlich nicht nur an Flashbacks leidet. Allerdings hat er diese verständlicherweise auch. Das ist die Krux bei Traumata und psychischen Leiden aller Art. Die Wissenschaft sortiert sie gerne klassisch in einzelne Zustände und Phänomene, doch oft treten sie in der Realität in Kombination auf und lassen sich mitunter nur schwer voneinander abgrenzen. Beispielsweise braucht es manchmal Jahre, um hinter einer Schizophrenie eine DIS (Dissoziative Identitätsstörung) zu entdecken. Die Halluzinationen bei manchen Flashbacks haben früher auch oft zu einer Fehldiagnose geführt. Ebenfalls wird das Aufspalten der Persönlichkeit in verschiedene Anteile auch heute noch oft als schizophren angesehen – wenn auch nur von Laien.

Patienten wie Brendan, die an keiner klassischen DIS leiden, aber trotzdem einen abgespaltenen Teil in sich tragen, besitzen eine Art Co-Bewusstsein über diesen Anteil. Wenn dieser Teil handelt, wissen sie oft – aber nicht immer! –, was sie währenddessen getan haben oder was passiert ist. Dennoch können sie die Gefühle dieses Anteils meist nicht konkret nachvollziehen.

Brendan weiß zum Beispiel nicht, was er tut. Er gerät durch einen Trigger erst in eine Reihe von Flashbacks und dissoziative Erscheinungen wie Depersonalisation und schließlich in einen anderen

Bewusstseinszustand, um sich vor seinen Traumaerinnerungen zu schützen. Die Erinnerungen des kleinen Jungen erlebt er ohne Gefühl. Was er in dieser Zeit macht, bleibt ihm verborgen. Er handelt in einer Art psychotischer Trance, die ebenfalls Teil einer dissoziativen Störung sein kann.

Im Laufe der Geschichte integriert er seinen abgespaltenen Anteil mehr und mehr, am Ende verschmilzt er symbolisch gesehen mit dem kleinen Jungen, der er früher war.

Das ist ein bedeutender Teil des Heilungsprozesses, allerdings ist Brendan noch lange nicht gesund. Mit der Annahme seines abgespaltenen Anteils bekommt er einen anderen Zugang zu dem Leid, das er erlebt hat.

Wie sieht nun die Therapie für jemanden wie Brendan aus? Ich habe sie bewusst nicht näher erläutert, denn ich wollte einen Roman über eine ungewöhnliche Liebe und nicht über eine Therapie schreiben.

Menschen wie Brendan müssen ihre schmerzhaften Erinnerungen aufarbeiten und hierfür steht eine Vielzahl an Möglichkeiten bereit. Die Therapie kann aus Gesprächen und Hypnose bestehen. Flashbacks bzw. PTBS behandelt man heute u. a. mit dem *EMDR-Verfahren* (Eye Movement Desensitization and Reprocessing) was auf Deutsch »Desensibilisierung und Verarbeitung durch Augenbewegung« heißt. Hierbei werden traumatische Erinnerungen unter Nutzung bilateraler Stimulation (gesteuerte Augenbewegung durch Fingerbewegung des Therapeuten) nochmals abgerufen und durch die Stimulation weniger negativ bewertet und abgespeichert.

Weiterhin kommen Körpertherapien wie Atemtechniken und Progressive Muskelentspannung zum Einsatz.

In der Traumatherapie geht es allgemein um Stabilisierung, Distanzierung und schließlich um die Integration des Traumaerlebnisses. Da wir alle Individuen sind, sprechen wir auch alle unterschiedlich auf Therapien an, sodass sich der Therapeut entscheiden muss, welche Therapie für welchen Patienten die beste ist. Manchmal finden die Patienten auch selbst heraus, was ihnen dabei hilft. Bei Brendan ist es das Zeichnen. Generell kann auch Kunsttherapie im Rahmen einer Traumatherapie mit in den Heilungsprozess einbezogen werden. Wer sich für Traumatherapien interessiert, auch hierfür gibt es entsprechende Fachliteratur.

Zum Abschluss bleibt noch eines zu klären. Brendan ist am Ende dieser Geschichte keinesfalls geheilt, auch wenn das bei einigen Lesern in »Entführt – Bis du mich liebst« so ankam. Er sagte, er mache eine Therapie, aber eine Therapie dauert meist Jahre. Ich habe das Ende bewusst offengelassen, auch wenn es den Anschein eines Happy Ends in sich birgt. Ich fand damals, der Leser, aber auch Lou und Bren, verdienen ein Happy End, und ich selbst wollte es auch.

Vielleicht finden Lou und Bren ihr Glück in Faro – oder aber auch in der Wildnis. Vielleicht beendet er seine Therapie erfolgreich. Womöglich schaffen es die beiden oder eben auch nicht. Ob es eine Fortsetzung gibt, möchte ich mir an dieser Stelle offenhalten. Sollte ich mich dagegen entscheiden, darf jeder sein eigenes Ende weiterspinnen. Etwas an dieser Vorstellung gefällt mir viel besser als eine Weiterführung …

<u>Eine Liste meines Infomaterials</u> (neben meinen Kenntnissen als Ergotherapeutin und persönlichen Erfahrungen):

<u>Internet</u>:
• <u>https://de.wikipedia.org/wiki/Dissoziation_(Psychologie)</u> (letzter Abruf 14.11.16)
• <u>http://www.aufrecht.net/</u> (letzter Abruf 14.11.16)
• <u>http://www.trau-dich-bs.de/beratung/72-traumatherapie</u> (letzter Abruf 14.11.16)
u.a. auf Anfrage

<u>Literatur:</u>
• Der Junge, der wie ein Hund gehalten wurde: Was traumatisierte Kinder uns über Leid, Liebe und Heilung lehren können – Aus der Praxis eines Kinderpsychiaters (Bruce D. Perry)
• Flashback – Die Schleiferin: Eine verschlossene Tür in der Seele öffnet sich (Rita Arendt)
• Reise Know-How Outdoor Praxis: Outdoor-Ratgeber – Ausrüstung, Verhalten, Gefahren, Survival (Sachbuch) (Rainer Höh)

<u>Sonstiges:</u>
• Wildes Kanada (DVD), Jeff Turner (Regisseur)

16648495R00248

Printed in Poland
by Amazon Fulfillment
Poland Sp. z o.o., Wrocław